LES CHERCHEURS D'OR

ARIEL DJANIKIAN

LES CHERCHEURS D'OR

Traduit de l'anglais (États-Unis)
par Anne-Sylvie Homassel

BUCHET • CHASTEL

Titre original : *The Prospectors*
Éditeur original : William Morrow, HarperCollins Publishers

ISBN : 978-2-283-03906-9

Pour Gregory et Alyson,
guides en lesquels j'ai toute confiance

« Oh, ils grattent la terre, et ça s'éboule,
et t'as pas les mains assez grandes. »

Klondike, vieille chanson canadienne

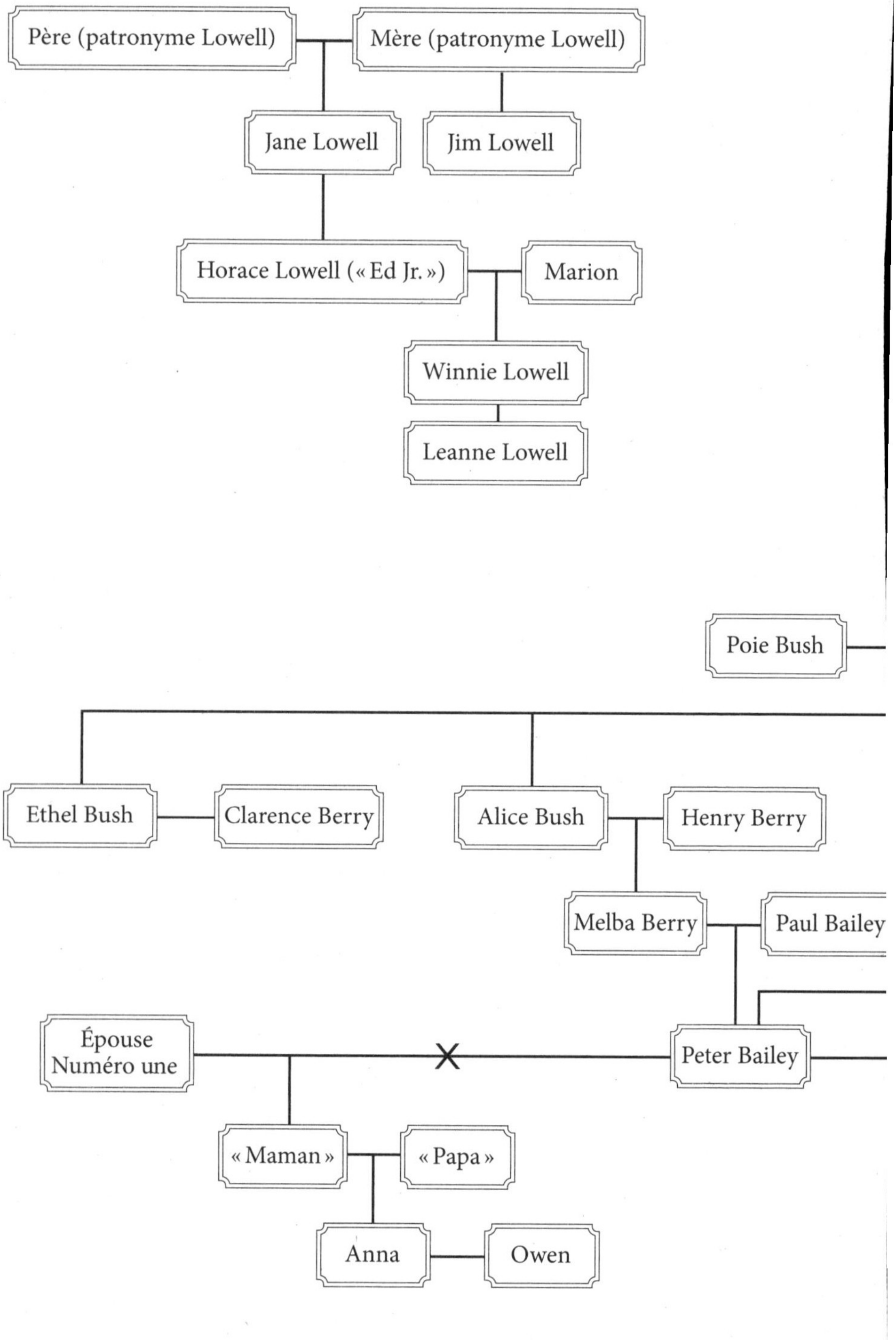

Père (patronyme Lowell)
Mère (patronyme Lowell)
Jane Lowell
Jim Lowell
Horace Lowell (« Ed Jr. »)
Marion
Winnie Lowell
Leanne Lowell
Poie Bush
Ethel Bush
Clarence Berry
Alice Bush
Henry Berry
Melba Berry
Paul Bailey
Épouse Numéro une
Peter Bailey
« Maman »
« Papa »
Anna
Owen

ARBRE GÉNÉALOGIQUE INCOMPLET DES FAMILLES BUSH, BERRY ET LOWELL

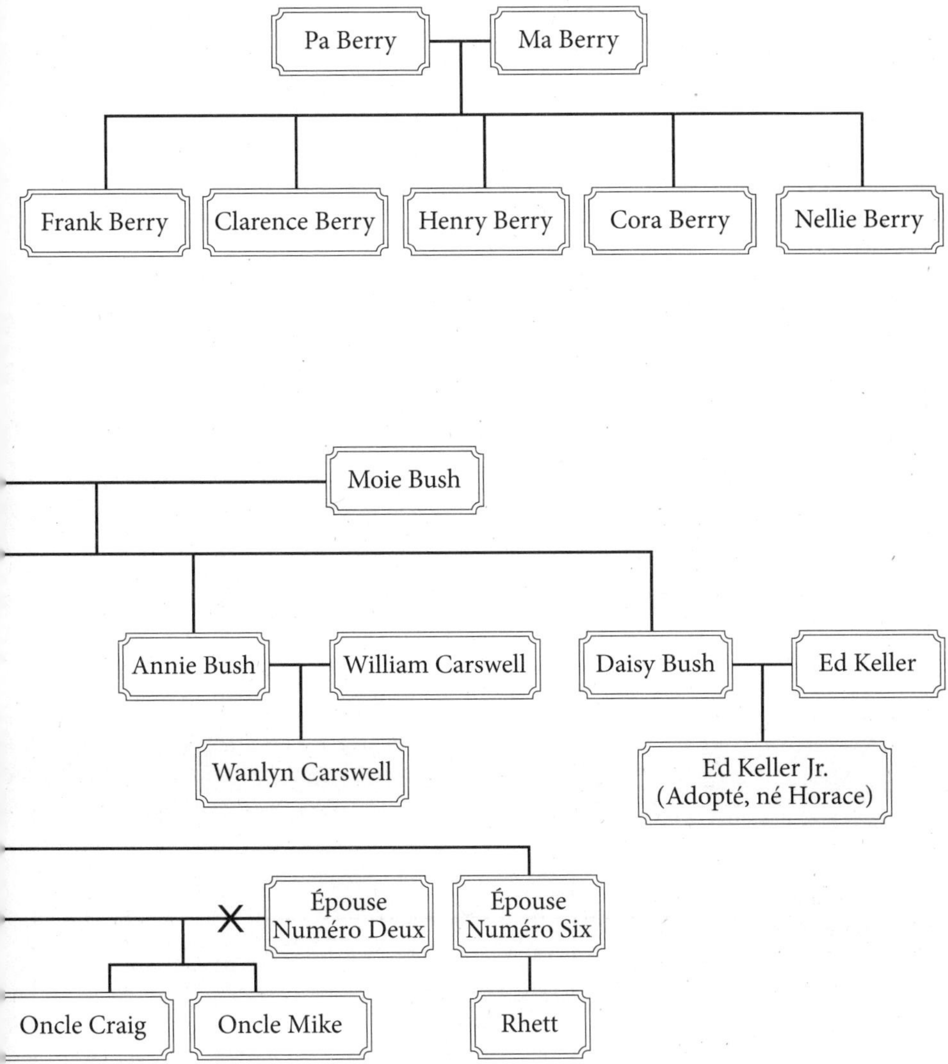

De la Californie au Klondike

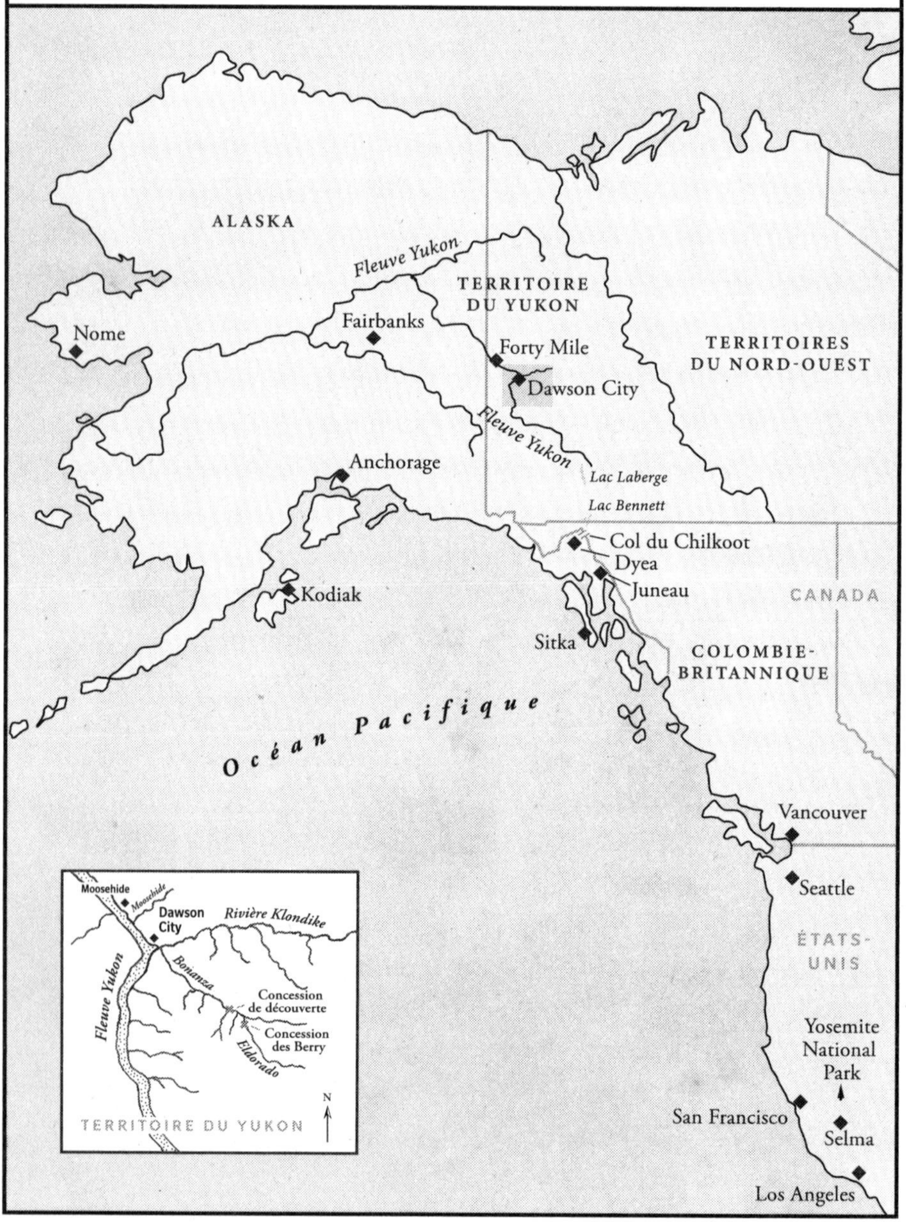

PROLOGUE

Klondike

1898

Sous le toit en pente de l'étroit grenier, Alice se tenait accroupie, la main reposant contre un sac en toile de jute rempli d'or. Les voix étouffées de sa sœur et de son beau-frère montèrent à ses oreilles, mêlées aux pépiements des moineaux et des roitelets, puis s'envolèrent au-dehors. Alice attendit un moment avant de pousser l'échelle de corde, puis la déroula jusqu'au plancher où elle atterrit avec un bruit sourd. La jeune femme descendit prudemment de son perchoir. La porte était grande ouverte, la maison plongée dans une lumière blanche. Personne n'avait dormi. Personne ne s'était même couché. Le banc et les chaises reposaient de travers contre la table, sur laquelle trônaient encore les bouteilles de la veille et une collection de petits verres sales. Sous le banc, le sol était jonché de ces plaques de glaise qu'on traîne toujours sous ses semelles et qu'il lui faudrait plus tard balayer. Elle se retourna vers la concession déserte, au-delà du seuil.

Dans quel monde vivait-elle donc ? Il n'avait pas cessé de changer durant l'année passée. Sans doute ne durerait-il pas assez longtemps pour que quiconque puisse répondre à cette question.

Elle se dirigea lentement vers le grand dehors, attrapa au passage un chapeau de paille et se l'enfonça sur la tête sans s'arrêter. Les mineurs avaient touché leur paie de la saison et avaient abandonné les tentes de toile pâle qui claquaient dans le vent, de l'autre côté du torrent. Sur le rivage, et dangereusement proche des eaux déchaînées, une casserole en fer-blanc avait été oubliée. Légèrement cabossée, elle avait presque la taille de la coiffe du chapeau. Un tas informe de terre aurifère gisait près d'un carré de tissu, au bord du sluice. En bonne fermière, Alice n'aimait pas les tâches inachevées. Elle en ramassa une poignée et la déposa dans le récipient. Elle y ajouta un peu d'eau et, avec un mouvement circulaire que les mineurs n'avaient eu aucun mal à lui apprendre, secoua jusqu'à ce que l'eau grise déborde.

Une première lueur apparut dans le tourbillon, puis une seconde. Elle ne s'arrêta de faire tourner la casserole que lorsque toute l'eau fut partie. Avec une précision d'experte, elle plongea l'index vers la pépite, restée collée dans le fond. De l'or massif imprégnant sa peau. Quel frisson. Ils avaient parcouru des milliers de kilomètres pour cette sensation, des milliers de kilomètres à travers une terre qui leur appartenait et ne leur appartenait pas, tout cela dans le seul but de mettre la main sur quelques morceaux de métal pour les accaparer sans hésitation, ce qu'elle fit sans perdre une seconde. Elle leva soudain les yeux. De l'autre côté du torrent, Clarence Berry, son beau-frère, revenait vers la maison, tournant le dos aux tentes des mineurs, pouces fichés sous ses bretelles rouges préférées. Son visage rond était sévère, ses traits tendus. La veille au soir, il avait bondi sur Alice, la forçant à battre en retraite. Elle n'avait jamais ressenti une telle haine, même si cette brutalité reflétait également les inquiétudes croissantes de Clarence. À son côté, sur le flanc nu de la colline, surgit Ethel, la sœur d'Alice, descendant la pente à petits pas. Contrairement à son mari, elle avait remarqué la présence d'Alice et dirigé son regard vers la silhouette recroquevillée sur le bord du torrent.

« Alice, viens. Il faut qu'on te parle. »

Avantage de cette vaste terre, du bruit du vent, du grondement du torrent, de la voix trop grêle d'une sœur : Alice pouvait ne prêter aucune attention à ce qu'elle n'avait pas envie d'entendre.

Alors, les manches trempées et alourdies, le gravier crissant sous ses bottes, Alice posa la casserole dans la conduite et traversa les concessions *Trois* et *Quatre*, jusqu'au fossé qui portait le chiffre *Cinq*. Un peu plus loin, avant les buissons, sur l'herbe sèche, se dressait une cabane au toit bas et aux murs penchés. On y rangeait les outils d'hiver. Alice s'arrêta avant de reprendre d'un pas hésitant, main tendue vers la porte de guingois de l'appentis. Il y a un homme là-dedans, avait annoncé Clarence la veille au soir. Ce qui signifiait : Il y a un corps là-dedans.

Une brise fronça la surface de l'eau et coucha les herbes les plus hautes. On ne pouvait pas revenir sur ce qui avait été fait. Pourtant, ces petites cruautés qui s'accumulaient si vite qu'elle ne parvenait plus à en comprendre le sens : celles-là pouvaient sans doute être évitées. Alice ne bougeait plus. Sa tête et son cou s'étaient figés dans cette position si particulière qui précède le choix. Il faut que j'arrête, se dit-elle. Puis, comme en un scintillement : mais je ne pense pas en être capable. Elle sentait dans l'ardeur du soleil la chaleur naissante d'un futur luxueux, opulent, bien qu'encore brumeux. Elle plongea la main dans sa poche pour s'en arroger le pouvoir, serrant entre le pouce et l'index la pépite d'or.

CHAPITRE 1

Ahwahnee Hotel,
Yosemite National Park

2015

Mon grand-père était un homme riche. Cela ne lui avait inspiré aucun sentiment de culpabilité jusqu'à ces derniers temps. La fortune lui était tombée dessus, pensait-il, sans qu'il ait rien demandé – il aurait pu aussi bien écoper de la misère ou de la malchance. Et l'argent avait fait de lui un être dominateur, porté à l'autoglorification, parfaitement charmant et sans aucune considération pour autrui. N'importe qui pouvait s'en rendre compte, sauf lui, bien sûr. Il avait vécu dans l'acceptation nonchalante de cette bonne fortune, comme un Californien du Sud accepte, le nez à sa fenêtre, une existence passée sous un grand ciel bleu.

Lorsqu'il nous a appelés, mon mari et moi, par un après-midi de la mi-mai, pour nous demander de passer le voir, sa voix trahissait une tension, une hésitation qui m'ont fait comprendre que sa requête était plus complexe. D'instinct, je n'ai pas répondu immédiatement ; j'étais sur mes gardes avant même de connaître les détails de son invitation.

« On adorerait pouvoir venir, grand-père », lui ai-je répondu en élevant la voix. Dans la rue, un autoradio beuglait.

J'ai sauvegardé le problème de biochimie sur lequel je travaillais.

« Mais avec le boulot et la fac, on est un peu pris en ce moment. Dès qu'on aura une minute, promis. Fin juin, peut-être. »

L'esquive l'a fait bondir.

« Fin juin ? Et puis quoi, encore ? Je te propose vendredi. »

Il avait quelque chose à nous dire, et ça ne pouvait pas attendre, m'a-t-il expliqué. Et il ne voulait pas en parler au téléphone. Je n'avais aucune envie de le rejoindre où que ce soit. Une semaine d'examens m'attendait et j'avais déjà l'impression d'être en retard dans mes révisions. Pourtant, il n'était pas facile de refuser quoi que ce soit à mon grand-père, en grande partie parce que ce master qui me donnait des sueurs froides était financé par ses soins. J'ai fait pivoter ma chaise de bureau pour me tourner vers notre salon, grand désordre moucheté de soleil. Sourcils haussés, j'ai interrogé du regard Owen, qui était perdu derrière des piles de copies.

« C'est possible, tu penses ? » ai-je murmuré en écartant le téléphone de mon oreille.

Seul m'a répondu le son creux du stylo bille d'Owen tapotant le tas de copies.

« Le moment est mal choisi, a-t-il fini par concéder, résigné. Enfin, pour ton grand-père, j'imagine qu'on arrivera à se débrouiller. »

Je me suis retournée vers la rue. Le feu était passé au vert et la circulation avait repris.

« Bon, très bien, ai-je répondu avec une gaieté feinte. Changement de programme. On peut venir ce week-end. »

Mon grand-père s'est alors contenté de nous donner des précisions techniques, sans autre commentaire. Il ne voulait pas nous recevoir dans son ranch des environs de Fresno, dans lequel il habitait en compagnie d'une irascible créature qui n'existait pour moi que sous le nom de « Numéro Six ». Il préférait que nous le retrouvions à l'Ahwahnee Hotel, dans Yosemite Park, lieu tant aimé de ses vacances d'enfant. Il y avait déjà réservé deux chambres pour le week-end, m'a-t-il avoué sans la moindre gêne.

Le vendredi suivant, non sans avoir prié pour que notre Toyota Corolla à l'agonie puisse supporter les six heures de route, nous avons donc quitté Los Angeles, traversant d'éclatants paysages où les amandiers le disputaient aux champs de fraises, filé entre des rangées de pompes à pétrole, troupeaux d'immenses créatures mythologiques penchant en rythme la tête pour s'abreuver en longues gorgées du sang de la terre. Puis nous avons pris des routes de plus en plus étroites, gravissant des collines ombreuses de pins, de séquoias, de cyprès, de genévriers et de cornouillers. À sept heures du soir, nous sommes arrivés à l'hôtel, prenant pied dans un monde dont les dimensions n'étaient plus celles des espaces conçus par et pour l'homme, dans lesquels nous évoluions la plupart du temps. Malgré la fatigue qui nous piquait les paupières, nous frémissions du tranquille enthousiasme qui saisit les jeunes gens à la vue de la nouveauté.

Nous avons traversé le parking jonché d'aiguilles de pin et sommes entrés dans le vestibule de l'Ahwahnee ; sa majesté, ses meubles et ses boiseries sombres nous ont tant sidérés que nous avons failli manquer l'apparition soudaine d'un homme de grande taille, le geste élégant, les cheveux blancs : mon grand-père, Peter Bailey, qui sortait d'un pas résolu du magasin de l'hôtel, poussant un chariot contenant quatre grands sacs en papier kraft bien remplis.

L'inquiétude ne m'avait pas quittée de tout le voyage. Mon grand-père avait beau avoir quatre-vingt-treize ans, il n'en était pas moins imprévisible : difficile de savoir à l'avance dans quel état d'esprit nous le trouverions. Ce jour-là, il était cependant d'excellente humeur, si ce n'est carrément fier de cette expédition. Il a serré la main d'Owen et m'a embrassée sur la joue – « Anna, bonsoir ! Quel plaisir de te voir ! » – avant de nous conduire dans le salon de l'hôtel. Après nous avoir fait asseoir sur l'immense canapé en cuir, il a entrepris de déballer ses emplettes effectuées apparemment pour notre seul bénéfice. Il devait bien y en avoir pour deux mille dollars.

« Regarde comme c'est beau, m'a-t-il dit en libérant d'un geste théâtral une lampe-tempête en fonte de son papier bulle. Tu aimes ? »

Il avait également acheté trois paniers décoratifs, un sac muni d'une anse tressée et une figurine Kachina verte et noire, à la petite bouche amère et au bras armé d'un gourdin. S'y ajoutaient une série de bols en argile peinte, un bracelet de turquoises, deux couverts à salade en bois et en os, et un soleil orange en verre cloisonné à suspendre contre une fenêtre.

Ces cadeaux, nous a-t-il confirmé à notre grande surprise, nous revenaient ; il nous les a donc remis avec une posture que j'avais déjà remarquée chez lui, mélange assez déconcertant d'ostentation et d'autodérision.

« Je vous dois cela depuis un bon moment, a-t-il déclaré, et vous prie de m'excuser pour ce long retard. Ne pas pouvoir assister à votre union, c'est une chose. Mais avoir oublié votre cadeau de mariage ! »

Il n'avait pu effectivement faire le voyage en Pennsylvanie à l'automne précédent, une insuffisance cardiaque lui ayant été diagnostiquée quelques semaines plus tôt : les quelques heures d'avion auraient représenté un risque inconsidéré. C'était à Philadelphie qu'Owen et moi nous étions rencontrés, sur les bancs de la fac ; c'était là que la plupart de nos amis demeuraient. Pourtant, comme je le lui ai timidement fait remarquer, redoutant quelque peu sa réaction, il nous avait envoyé une carte charmante, accompagnée d'un chèque qui avait couvert les frais de notre voyage de noces : les billets d'avion et les sept nuits à l'hôtel Fontana avec vue sur la fontaine de Trevi, à Rome.

« Mon Dieu, ça m'était sorti de l'esprit ! s'est-il exclamé en se frappant le front. Ah, mais oui, je vous ai envoyé un chèque ! Quelle incroyable générosité de ma part. »

Puis, se remettant de ses émotions et, le regard pétillant, tendant la main vers le sac plein de cadeaux, il nous a taquinés :

« Alors, si c'est le cas, vous allez me rendre tout ça. Ces belles choses doivent revenir à d'autres. »

Au restaurant de l'Ahwahnee, quelques tables étaient encore libres ce soir-là. Owen et moi étions sur le point de monter cadeaux et sacs de voyage dans notre chambre lorsque mon grand-père s'est interposé : que le porteur s'en charge ! Il avait faim et il voulait dîner sans tarder. J'ai bien essayé de protester : ne fallait-il pas que nous nous changions, Owen et moi ? Nous étions en jeans et en tee-shirt. Mon grand-père a eu un geste d'impatience : l'idée lui paraissait témoigner d'un attachement aux règles dont il n'avait cure.

Alors nous avons retraversé le vestibule et sommes entrés dans une salle à manger encore plus chic que ce que je redoutais, couverts rutilants, lustres en fonte et hauts plafonds : le genre d'endroit dont je n'avais pas l'habitude.

Depuis deux ans Owen enseignait l'éducation civique à la Katella High School d'Anaheim et j'étais en première année de master en écologie et sciences de l'environnement à UCLA, diplôme que j'espérais ultérieurement troquer – sans savoir comment – contre un mirifique emploi où il me serait donné d'extraire et de stocker le dioxyde de carbone. Habitant Los Angeles, nous étions bien forcés, Owen et moi, de côtoyer l'extrême richesse : l'expérience relevait cependant davantage de la cohabitation entre des strates économiques étanches, entassées en mille-feuille et munies de rares passerelles tendues de l'une à l'autre, étincelantes, éphémères.

En prenant place derrière la nappe immaculée, je n'étais pas franchement à l'aise. Owen non plus. Pourtant lui aussi en jeans, mon grand-père ne semblait nullement gêné.

Tout en m'efforçant de dissimuler mes jambes sous une serviette de table démesurée, dont je cherchais à me faire une sorte de jupe, j'ai laissé mon esprit vagabonder : comment peut-on se sentir si supérieur aux autres qu'aucun manquement à l'étiquette ne puisse plus vous troubler ?

Mon grand-père n'a pas daigné consulter le menu. Il a fait signe au serveur pour lui tenir le discours suivant :

« Je peux vous poser une question ? Vous devez avoir d'excellentes côtes de bœuf ici, j'imagine ? Et du chou de Bruxelles ? »

Et mon grand-père lui a tranquillement dicté de manière détaillée ce qu'il comptait voir dans son assiette, son index arthritique braqué vers le plafond.

« Alors, voilà ce que vous allez faire… »

Le serveur est immédiatement reparti en cuisine.

« Je n'avais encore jamais vu ça », m'a soufflé Owen, dont les parents, sympathisants socialistes, avaient tous deux été vendeurs chez Macy's, dans le Queens.

C'était l'année de mes vingt-sept ans, je venais de me marier et comme mon grand-père ne faisait pas encore mine d'aborder le sujet qui nous valait cette invitation à l'Ahwahnee, il me semblait normal de combler le vide par quelques anecdotes relatives à l'heureux événement de nos noces. À l'évidence, le sujet ne passionnait pas mon grand-père. Il n'a pas tardé à détourner le regard et, après avoir bu une longue gorgée de son whisky, m'a semblé enfin prêt à nous révéler ce qui lui tenait à cœur. Il s'est raclé la gorge avant de déclarer d'une voix grave et sonore :

« Comme vous le savez, ce n'est pas uniquement pour les randonnées et la bonne table que je vous ai fait venir jusqu'ici. Ce que j'ai à vous dire est assez délicat, mais j'ai déjà abordé la question avec d'autres membres de la famille et il est temps que vous autres, les jeunes, soyez aussi au courant. »

Owen a reposé son verre, et je l'ai imité. Nous étions tous deux suspendus aux lèvres du vieil homme.

« Je dois vous dire que... »

La voix de mon grand-père s'est brisée sur ces mots. La suite a eu du mal à venir.

« Je dois vous dire que je n'en ai plus pour longtemps... »

Que répondre à cela ? Je n'en avais aucune idée. Mon grand-père avait quatre-vingt-treize ans. Il souffrait d'insuffisance cardiaque. Pensait-il nous surprendre par cette déclaration ? J'ai lancé un regard à Owen et nos yeux ne se sont guère croisés plus d'une seconde ; sans doute mon mari craignait-il qu'un échange plus long ne puisse nous trahir.

J'ai fini par me reprendre. La main sur le bras du vieil homme, j'ai murmuré, comme pour lui reprocher la cruauté de ses propos :

« Oh, grand-père ! Il ne faut pas dire ça.

– Mais c'est la vérité, a-t-il insisté, lucide. C'est une perspective qui ne m'emballe pas, tu sais. J'aurais adoré vivre dix ou vingt ans de plus. Pourquoi pas ? Bien sûr, personne ne partage cet avis. Quand on dépasse les quatre-vingt-dix ans, on est censé prendre la porte de sortie de bonne grâce. Ne t'inquiète pas, ma chérie, a-t-il dit en repoussant ma main d'un geste tendre. La mort approche, et je la regarde dans les yeux. J'ai mis de l'ordre dans mes affaires. Les maisons sont propres et bien rangées. J'ai confié les chiens à ton oncle Craig. Quant à mon testament, je l'ai récrit tant de fois que le notaire a fini par m'interdire d'y retoucher. Il m'a dit que j'étais comme ces peintres de la Renaissance, incapables de reposer le pinceau. »

Il s'est tu un instant, a passé sa serviette sur ses lèvres pâles et gercées. Ses paupières se sont légèrement plissées.

« Reste un point qui ne me satisfait pas du tout. Cet infernal testament m'a contraint à des tonnes de compromis. Et l'équilibre n'est pas tout à fait respecté. Pour ce qui concerne ma femme et ses enfants – c'est-à-dire, pour mon grand-père, Numéro Six et ses deux fils adultes d'un premier lit –, tout va bien. J'ai aussi pu réserver un petit quelque chose à mes propres enfants et à vous autres, petits-enfants (Peter avait engendré, en plus de ma mère, six enfants de ses cinq premiers mariages et, si je comptais bien, quinze petits-enfants et deux arrière-petits-enfants). Mais il y a quelqu'un que j'ai été contraint d'exclure et je m'en voudrai toujours d'avoir cédé sur ce point. »

J'étais à peu près certaine de ce qui allait suivre. J'avais eu vent par divers canaux de la dispute qui avait opposé mon grand-père à Numéro Six pendant des mois, portant sur l'inclusion dans le testament d'une femme quasi inconnue, une Tlingit-Hän du Grand Nord canadien : aux yeux de Numéro Six, cette insulte à son statut était absolument intolérable. Elle avait déjà assez de mal avec l'abondante descendance de son mari.

« Winifred Lowell, a proféré mon grand-père, confirmant mes soupçons. S'il y a une affaire que je n'ai pas pu régler dans mon existence, c'est bien celle-là. Nous n'avons jamais fait ce qu'il fallait pour elle et pour les siens. Du moins, pas moi. Et avant d'échanger mes jetons à la caisse du casino et de commencer à refroidir... Dieu sait que j'aimerais que justice soit rendue sur ce point. »

Et cela non plus ne m'a pas surprise, même si mon grand-père en parlait avec une ardeur renouvelée. J'avais déjà entendu dire par d'autres membres de la famille qu'il était de plus en plus hanté par les Lowell – une famille qui en 1898, pendant la ruée vers l'or du Klondike, avait eu le malheur de se confronter aux Bush et aux Berry, mes ancêtres maternels. J'avais appris par les mêmes canaux que mon grand-père, dans ses recherches acharnées, était remonté jusqu'à son propre grand-oncle, Clarence Berry, source de sa présente fortune. Originaire de la vallée de San Joaquin, en Californie, Clarence avait quitté les vergers de la ferme familiale ruinée par la sécheresse pour suivre la piste de l'or du Yukon. Après quelques années de vaine prospection, et contre toute attente, il s'était vu attribuer une bonne concession. Il était tombé sur un filon miraculeux, ce qui lui avait valu bientôt le surnom de roi du Klondike.

« Mon grand-oncle Clarence était un homme d'affaires avisé, nous a expliqué mon grand-père en réponse à nos interrogations (nous voulions comprendre ce qu'il entendait par « Nous n'avons jamais fait ce qu'il fallait pour elle et pour les siens »), et je reconnais qu'il ne manquait pas d'aplomb. Mais le Yukon, et après cela la moitié de la Californie, a été piétiné par son fichu clan au complet, sans aucune considération du mal qui pouvait être fait à ceux qui y habitaient, et au pays lui-même. La grand-mère de Winnie, une autochtone du Canada du nom de Jane Lowell, a travaillé tout un été sur les parcelles qu'avaient réquisitionnées les Berry et, si mes informations sont exactes, elle ne s'est jamais remise de cette épreuve. Le temps a effacé la plupart des indices, mais il se trouve que son propre frère est mort dans un terrible accident impliquant, j'ai le regret de vous le dire, Clarence Berry en personne.

– C'est affreux », a réagi Owen.

C'était la première fois qu'il en entendait parler, contrairement à moi, étant donné nos discussions récentes sur l'histoire de la famille et l'affaire Lowell, après de longues années de silence. Sans doute aurions-nous posé d'autres questions, mais c'est à ce moment que nos plats sont arrivés. Des pâtes aux fruits de mer pour moi, un tilapia aux câpres et au citron pour Owen et une côte de bœuf pour mon grand-père, qu'il a goûtée sans tarder et jugée, non sans bienveillance, « moyenne, sans plus » avant de renvoyer le serveur.

« C'est la réaction que j'ai eue l'année de mes vingt ans, a-t-il poursuivi après cette interruption culinaire. La génération de mes grands-parents s'éteignait progressivement et ma mère avait hérité de l'essentiel de la fortune du clan. Mais, ô surprise, dès que cet argent qui nous était dû a commencé à submerger nos comptes en banque, il m'est venu cette idée dérangeante, impossible à ignorer : tout cela respirait l'injustice. Et plus j'en apprenais sur les origines de cette fortune, laquelle remontait à l'exceptionnel filon de Clarence, plus j'étais convaincu que nous devions quelque chose à ces Lowell. Mes parents me prenaient pour un cinglé, mais quelques années plus tard, en 1944, en pleine guerre, je me trouvais avec mon navire de débarquement de chars au large de l'Alaska ; figurez-vous que j'ai réussi à me faire affecter à Sitka, à la base navale. Et un dimanche, j'ai frappé à la porte d'un autochtone canadien, un certain Ed Lowell, qui n'était autre que le fils de Jane Lowell. Mon idée, c'était de rembourser son emprunt immobilier, ou je ne sais quoi – enfin quelque chose d'un peu chevaleresque.

– C'était une belle idée, ai-je opiné, la fourchette en l'air. Je n'en avais jamais entendu parler. »

Mon grand-père cependant a secoué la tête avec vigueur.

« J'étais à peine entré chez les Lowell qu'ils ont compris qui j'étais ; ils m'ont fait prendre la porte immédiatement. La femme d'Ed – il me semble qu'elle s'appelait Marion – m'a prié en des termes dont je vous fais grâce de me mêler de mes affaires. »

Levant la tête vers la longue rangée de lustres de fonte, il a émis un rire bref et navré.

« Ed, cependant, avait une fille, a poursuivi mon grand-père en décochant un sourire de conspirateur à Owen, qui s'est abstenu de le lui retourner. Une jeune femme ravissante et pleine d'énergie nommée Winifred, qui me considérait avec un peu plus de bienveillance. Après cette confrontation avec ses parents, Winnie est passée me voir à la base. Et nous sommes allés au dancing, deux ou trois fois. Vous imaginez la scène ? Petit-fils et petite-fille de la ruée vers l'or, représentant chacun un destin emblématique, virevoltant sur la piste de danse… Nous avons continué à correspondre tant que j'étais dans le Pacifique. C'était la grande époque des lettres d'amour et nous avons été ravis d'y jouer notre rôle. Nous sommes restés en contact, même après avoir, chacun de notre côté, rencontré quelqu'un d'autre. Je lui ai rendu quelques visites quand elle vivait à Juneau. La dernière fois que je l'ai vue, je pense, c'est lorsqu'elle est passée à Los Angeles. On avait tous les deux la cinquantaine alors. Elle venait de divorcer ; sa fille était venue avec elle. Je me souviens de lui avoir proposé un peu d'argent et elle a répondu par cette plaisanterie que j'avais trouvée assez déplacée sur le moment ; d'après elle, je lui devais largement plus que mille ou deux mille dollars ; en guise de réponse, je l'ai traitée d'ingrate, ou une horreur de ce genre.

– Oh, non ! s'est exclamé Owen.

– Inutile de me le dire. »

Mon grand-père s'est penché sur son assiette et a découpé quelques morceaux de viande d'un geste machinal. Je l'ai regardé pendant un moment les porter un par un à sa bouche. Je n'avais pas saisi jusqu'ici la profondeur de son lien avec les Lowell – surtout avec Winnie ; nous cachait-il encore quelque chose ? Il a fini par reposer sa fourchette et par reprendre, sans plus aucune ironie :

« Nous sommes restés plus ou moins en contact par la suite. À vrai dire, j'avais assez de femmes dans ma vie pour ne pas m'ennuyer. Six mariages, ce n'est pas de tout repos… Et puis les médecins ont rendu leur verdict, et ça a été comme un retour du passé : les visages de mes ancêtres et de toute la famille Lowell ne cessaient de surgir dans mes pensées. Vous êtes trop jeunes pour comprendre ça, mais quand on approche de la mort, on distingue beaucoup plus clairement la forme de sa propre existence et le rôle des gens qui l'ont traversée. Et ce que j'essaie de vous dire, c'est que je n'aime pas beaucoup ce que j'ai sous les yeux ces jours-ci. J'ai eu la possibilité de faire ne serait-ce qu'un tout petit geste pour Winnie et, même ça, j'en ai été incapable. »

Il a secoué la tête. Je le voyais bien, il était en plein examen de conscience, et passait au crible ses propres aptitudes, pourtant remarquables.

« Ed et Marion Lowell ne sont sûrement plus de ce monde depuis longtemps, mais j'aime à penser que Winnie est encore parmi nous. Elle avait quelques années de moins que moi. Et si ce n'est pas le cas, on peut sûrement retrouver sa fille. Il n'est jamais trop tard pour que le bien triomphe. Pour les procrastinateurs de mon espèce, c'est heureux. Si Sylvia (c'était Numéro Six) ne supporte pas l'idée que je couche les Lowell sur mon testament, je leur donnerai cet argent de mon vivant. »

Avec une surprenante facilité, mon grand-père nous a ensuite détaillé non pas l'état de ses sentiments, mais la mécanique de ses finances. Ces derniers mois, il avait effectué quelques transferts d'argent, ouvert un compte secret alimenté par deux ou trois investissements chez Morgan Stanley, amassant ainsi plus de trois millions de dollars qu'il était prêt à verser à Winnie ou à ses descendants. Seul problème : il avait perdu le contact avec Winnie depuis des années et ne savait pas comment la retrouver.

J'avais beau être engourdie par l'opulence de la nourriture et la fatigue du voyage, je commençais à distinguer dans la brume de mon esprit la raison pour laquelle mon grand-père nous avait fait venir et ce qu'il attendait de nous. L'annonce de sa mort imminente n'avait été qu'un prélude.

Les détails de l'affaire n'ont pas tardé à venir et je suis enfin sortie de ma torpeur. Mon grand-père voulait récupérer des adresses. Des signatures. Des actes notariés. Il était prêt à payer tous les billets d'avion nécessaires aux deux gamins aux visages candides qui voudraient bien l'aider dans ses recherches. Il ne m'avait pas choisie au hasard, oh non ! Ma mère avait toujours été la plus rebelle de sa descendance directe et il m'avait toujours, non sans raison, jaugée sous cet angle. Nous étions, nous confia-t-il, les seuls auxquels il puisse confier cette mission. Nous étions jeunes, dotés d'une solide conscience sociale, nous targuant de ces tendances politiques nouvelles qui, poursuivit-il, nous permettaient de défendre avec vigueur tout ce qui ressemblait de près ou de loin à – « Voyons, comment on appelle ça, déjà ? Ah, voilà, la redistribution des richesses ». Il n'avait pas oublié l'embuscade que nous lui avions tendue lors de notre précédent Noël en famille : nous lui avions alors rebattu les oreilles de la taxation des superprofits, de la protection de l'environnement et – sujet dont je m'attendais toujours à ce qu'il le fasse grimacer – de la nécessaire instauration d'une protection sociale universelle et financée par l'État fédéral.

« Rafraîchissez-moi la mémoire, les tourtereaux, a conclu mon grand-père en se calant contre le dossier de la chaise. Je vous ai bien envoyés en Italie, tous les deux ?

– On vous doit une reconnaissance éternelle, a répondu Owen après s'être éclairci la voix, la fourchette posée sur son tilapia déchiqueté. On a dû prendre un million de photos !

– Ah, Rome, c'est une ville magnifique, a enchaîné mon grand-père. Et la fontaine de Trevi… C'est d'une beauté à tomber. Après tout ce luxe, vous apprécierez sûrement les charmes d'une aventure plus sportive, non ? »

Nous lui avons dit oui. Nous avons accepté sa proposition de voyage, presque contre notre gré, impuissants. Comme nous avions accepté le week-end à l'hôtel. Oui, avons-nous répondu, oui, nous irons au Yukon, nous remonterons la piste des Lowell. Et même si ce ne sont pas exactement les mots que nous avons employés, nous nous sommes également engagés à cela : Oui, grand-père, nous t'aiderons à transférer ton argent d'un lieu où il coule à flots à un lieu où il est sans doute bien plus rare. De sorte que quand tu mourras, ce qui ne saurait tarder, tu partiras avec le sentiment d'avoir remis les choses en place, d'avoir accompli la bonne action qui avait tant tardé.

« Oui, je crois qu'on va adorer ça, grand-père, me suis-je entendue articuler.

– Je ne vois pas en quoi ça ne pourrait pas se faire, a murmuré Owen de son côté.

– Quel soulagement, cette entreprise. C'est drôle, hein ? a répondu mon grand-père avec une lueur d'exaltation dans le regard. Regardez-moi, les enfants. Je suis fou de joie. »

Le temps d'avoir englouti génoise au caramel, crème brûlée et mousse au chocolat, nous étions déjà convenus des préliminaires. Nous avions choisi plusieurs dates en juin, à confirmer ultérieurement. Les questions de passeports, d'hôtel et de frais divers avaient été posées et traitées sans tarder.

L'addition nous a été présentée dans une luxueuse bourse en cuir. Et tandis qu'Owen et moi portions la main à nos portefeuilles respectifs, mon grand-père nous a régalés du plus bel éclat de rire de la soirée.

Après quoi il s'est levé, les mains sur la table, testant la solidité de ses genoux. Il voulait aller boire un whisky au bar, qui jouxtait la salle à manger où un énorme feu rugissait dans la colossale cheminée en pierre. J'ai suivi le mouvement sur quelques pas avant de me rendre compte, aux quelques signes qu'il m'avait adressés – notamment un « Bonne nuit, ma chérie » – que mon grand-père, qui vivait selon les normes d'une époque révolue, ne souhaitait partager ce moment qu'avec mon seul époux. La jeune femme que j'étais n'avait qu'à monter se coucher. En d'autres circonstances, je ne me serais pas pliée aux exigences d'un si grotesque sexisme. Mais il était si vieux, mon grand-père. À quoi bon lui faire la leçon ? Et donc, me conformant à son désir, en fidèle incarnation des fantômes féminins de sa jeunesse, je me suis dressée sur la pointe des pieds pour lui planter un baiser sur la joue, ai prononcé quelques paroles d'encouragement et, lui tournant le dos, me suis dirigée d'un pas ferme vers l'ascenseur.

Une heure plus tard, alors que je consultais mon téléphone dans les méandres d'un lit immense et moelleux, la porte de la chambre s'est ouverte avec fracas. Owen est entré, la démarche vacillante, encore sous le choc de la proposition de Peter.

« Mon Dieu, Anna, ton grand-père est complètement possédé par ces Lowell, m'a-t-il dit en ôtant son tee-shirt, assis au bout du lit. Il n'a qu'une hâte, c'est de nous savoir au Yukon. Il aimerait que nous prenions nos billets dès demain matin, au petit déjeuner. C'est un peu troublant.

– On peut toujours refuser », ai-je proposé en me redressant contre les oreillers.

J'ai posé mon téléphone sur la table de chevet. Après le dîner, j'étais d'humeur plus pensive. J'avais passé ce moment de tranquille solitude non pas à réviser, mais à lire quelques articles sur la ruée vers l'or du Klondike. Même s'il n'occupe guère plus qu'une ligne aujourd'hui dans l'histoire de l'Amérique, c'est à ce phénomène que les mots « Klondike » et « Yukon » doivent l'aura romanesque qui, jusqu'à ce jour, leur colle aux syllabes. Sur le plan historique, c'était une simple injonction qui avait ouvert les vannes à des dizaines de milliers de chercheurs d'or, leur permettant d'envahir le Grand Nord canadien pour tenter leur chance dans ce qui ne peut apparaître aujourd'hui que comme une entreprise de pillage sans vergogne.

Puis, dans cette chambre toute en tentures et baldaquins, ressentant avec de plus en plus d'acuité l'opulence de ce décor et la présence de la poupée autochtone dans son sac en kraft, j'avais effectué quelques recherches sur l'Ahwahnee Hotel, qui avaient renforcé mes appréhensions. À l'endroit même où se dressait notre présente résidence, un petit groupe d'Ahwahnechee avait trouvé refuge, échappant aux massacres qui avaient émaillé la conquête de la Californie dans ce fond de la vallée du Yosemite. Tenaya, le chef de ces survivants, avait donné son nom au lac le long duquel nous nous proposions de randonner le lendemain. À ma grande surprise, j'avais découvert – et le secret qui entourait cette anecdote était aussi troublant que l'anecdote elle-même – que le choix de ce nom n'était pas un honneur, mais une cruelle provocation. Les hommes du bataillon Mariposa, milice constituée par des représentants de la toute jeune Californie, avaient pris d'assaut le camp des Ahwahnechee et tué le jeune fils de Tenaya. Et c'était pour perpétuer la destruction de ce que ce dernier avait cherché à sauver qu'ils s'étaient juré d'appeler Tenaya le lac ainsi conquis.

« J'ai l'impression que tu regrettes de t'être engagée si vite, m'a dit Owen en introduisant son tee-shirt roulé en boule dans notre sac de voyage.

– Ce n'est pas faux. J'ai l'impression que mon grand-père nous force la main sur cette affaire.

– Tu veux qu'on lui dise qu'on a changé d'avis ?

– Non. Mais ce n'est pas pour lui faire plaisir. S'il a envie de donner des tonnes de sous à ces gens, je ne voudrais pas être celle qui empêche ce transfert.

– Il t'a coincée, a-t-il dit en affichant un grand sourire amoureux, avec une pointe de compassion. Tu sais de quels qualificatifs ton grand-père t'a affublée au bar ? Idéaliste au cœur d'or, antimatérialiste, moraliste sans taches.

– Oh, c'est sans doute à prendre au second degré », ai-je protesté.

Sans me laisser le temps de finir, Owen a opiné.

« Bien sûr. Il ne le pense pas une seconde.

– Et vous avez parlé de quoi d'autre ?

– Il m'a raconté des tas de choses sur le Klondike, a répondu Owen avec un haussement d'épaules. D'après lui, on va adorer. Il aurait aimé faire le voyage en personne, d'ailleurs. »

En se laissant tomber sur le lit, près de moi, les mains croisées derrière la tête, Owen a ajouté :

« Je t'avoue que cette affaire commence à m'emballer. Les rivières aurifères, ça doit être quelque chose. Et Dawson City, avec toutes ces vieilles maisons. Tu sais, ce genre de recoin du monde, secret, étrange, avec une histoire complètement folle.

– Complètement folle ? Je ne sais pas si le terme convient vraiment à ce qui s'est passé là-bas, ai-je répondu du tac au tac. C'est beaucoup plus violent que ce que je te soupçonne d'avoir en tête. »

La réaction d'Owen me sidérait. Je ne m'étais pas attendue à ce qu'il se laisse charmer par les anecdotes de mon grand-père : lesquelles, comme je m'en rendais à présent compte – et cela en dépit de l'insistance avec laquelle le vieil homme avait déploré l'injustice faite aux Lowell – avaient repris la forme si séduisante du bon vieux conte américain du miséreux qui devient millionnaire, à la sauce aventureuse du Grand Nord qui plus est. D'ailleurs, Owen visiblement avait repris ses esprits et reconsidérait la question sous des angles plus variés, exercice qui, au vu de ses origines et de son milieu, ne présenterait aucune difficulté.

Owen n'était pas exactement ignorant des horreurs de ce monde. Il avait même mis sur pied pour ses élèves un programme de trois mois sur les crimes de guerre. Ses grands-parents, juifs d'Allemagne et de Pologne, avaient échappé de justesse à la mort. Et la femme qu'il avait épousée était de père arménien : même si la chose était relativement peu connue aux États-Unis, nous aussi avions failli disparaître dans les massacres ethniques perpétrés par les Turcs pendant et après la Première Guerre mondiale. Il lui était donc facile, comme à moi, de s'emparer des histoires de mon grand-père, de les mettre sens dessus dessous, de les inspecter sous toutes les coutures et de comprendre de quoi elles étaient faites, de distinguer ces veines de violence et de sang qui en constituaient le cœur.

« Ce que je veux dire, ai-je insisté, c'est que mon grand-père a beau parler d'excuses et de réparations, il a quand même encore pour toutes ces anecdotes du Klondike les yeux de l'amour. C'est excitant, c'est merveilleux. Sauf qu'en vérité ça a été horrible. Et que tout ce qui comptait, c'était l'argent.

– C'est toujours comme ça, a badiné Owen.

– Encore plus dans ce cas précis. »

Owen s'est quelque peu rembruni. Puis, après une brève méditation, il a complètement retrouvé le sourire et s'est tourné vers moi. Ses yeux brillaient, ardents. Je me suis emparée des deux oreillers qui avaient culbuté entre nous deux et les ai fait glisser au pied du lit.

« Je me demande ce qui te fait penser ça, a-t-il soufflé en rampant vers moi. Peut-être le fait qu'on appelle ça la ruée vers l'or ? »

CHAPITRE 2

Selma, Californie
Seattle, Washington
Le passage par les terres
La piste du Klondike

1897-1898

1.

Alice se mit à rire dès que l'enveloppe fut posée dans sa main. Un rire sans joie, un rire qui n'avait rien de contagieux. Ses doigts crasseux, endoloris, se refermèrent brutalement sur la lettre, dont elle pensait connaître le contenu. Elle releva le menton. Elle détourna vivement les yeux de ces terres asséchées, épuisées, qui constituaient la ferme familiale, ignorant de ce fait le jeune postier qui avait surgi de la route et lui avait barré le chemin alors qu'elle sortait de l'étable. Son regard affolé embrassa l'immense vallée de San Joaquin, le dôme du ciel clair et froid au-dessus de sa tête, courant de montagne en montagne, comme un couvercle de bocal, altier, soigneusement poli.

Elle n'aurait pas dû rire. Elle avait honte de cette hilarité involontaire. Elle témoignait de la tension nerveuse d'une personne qui a lutté pendant des années, et qui vient d'apprendre que la bataille a pris fin. L'ennemi a renoncé à son petit jeu de cache-cache, renoncé à la traque sans pitié de sa proie. Il a pointé l'épée vers sa gorge. Bientôt le métal touchera la peau et le sang coulera. Elle sera libérée de cette peur lancinante, éternelle. Elle ne craindra plus pour sa vie et celle de ses proches.

Alice pensait que la lettre venait de la banque.

Elle se trompait.

Ce n'était pas sa faute. Tous dans la famille étaient certains que la lettre annonçant la saisie de la ferme arriverait dans la semaine. Ils avaient eu des mois pour s'y préparer, depuis l'été dernier, depuis que les lettres leur rappelant leurs dettes impayées s'étaient faites plus longues et plus comminatoires. Le père d'Alice, qu'on surnommait Poie, s'était rendu trois fois à l'agence, à Fresno, pour obtenir un répit. En vain. Les employés de la banque ne voyaient jamais rien au-delà de ces mensualités impayées. Elles se dressaient entre eux et les visages de ceux qui venaient supplier. Réduits à l'impuissance, les Bush avaient continué à s'occuper de leurs vignes, de leur potagers, de leurs vergers de pêchers, sachant qu'à n'importe quel moment, par la force d'une simple lettre, tout cela pouvait cesser de leur appartenir. Le matin même, Poie avait erré devant la fenêtre du petit salon, serrant sa tasse de thé à la briser, torturé par l'apparition probable et imminente, au bout de la route, d'un cavalier solitaire dans le nuage de poussière que soulevait sa monture.

« Je croyais qu'ils venaient en personne remettre les avis d'expulsion », déclara Alice au jeune postier qui serait le témoin de sa déchéance.

Son cœur battait avec violence. Son regard enregistra dans une grande clarté les pêchers rabougris, les treilles des vignes, le toit concave de l'étable, comme celui d'un animal sur le point de mourir.

« Qui ça ? répondit le garçon.

– C’est ce qui se disait quand les McCullers ont reçu le leur, siffla Alice, lèvres tournées vers le ciel, sans s’adresser directement à lui. Un cavalier roux était venu de Fresno. Nous attendons un inconnu sur un cheval pie.

– Oh, mademoiselle Bush, mais regardez ! répondit le garçon avec une vivacité soudaine qui fit tressauter sa casquette grise. Ce n’est pas une lettre de la banque. C’est votre sœur qui vous écrit. »

Alice retourna l’enveloppe. L’adresse mentionnait l’ensemble de la famille Bush, pas seulement Poie ; et l’écriture était assurément celle d’Ethel. La lettre ne venait pas de ces hommes sans visage de la banque, à Fresno, mais bel et bien de leur chère Ethel, la plus âgée des quatre sœurs Bush.

Le rire s’était volatilisé. L’amertume s’était répandue dans les airs comme une giclée d’embruns dévorée par le soleil. L’excitation avait pris sa place. Ils n’avaient reçu aucune nouvelle d’Ethel depuis plus de huit mois. Au Klondike, où elle était partie avec son mari depuis presque un an à la recherche d’or, l’hiver gelait tous les fleuves, même les plus grands ; l’arrière-pays devenait un désert infranchissable. Rien n’en sortait, ni personne, et par conséquent nulle correspondance.

Alice déchira le haut de l’enveloppe. Si l’écriture d’Ethel sur l’enveloppe garantissait le fait qu’elle soit encore vivante, la lettre elle-même pouvait encore leur apprendre n’importe quelle nouvelle. Ethel en bonne santé, ou malade ; son époux, Clarence Berry, vivant ou mort. L’or souterrain qu’ils traquaient encore à l’abri au creux de la terre, ou peut-être à portée de leurs mains.

L’enveloppe tomba sur la route. Alice déplia l’unique feuille de papier ivoire et lut ces mots tracés à l’encre bleue :

1er avril 1897, Eldorado Creek

Chère famille,

Cette lettre n'est pas une farce de 1er avril. Vous êtes trop loin pour qu'on vous traite ainsi. Nous avons la possibilité d'envoyer un message et, même s'il me faut écrire vite, c'est une chance que je ne peux pas manquer. La chance nous a souri ici. Elle nous a vraiment souri. À un point extraordinaire. Par là, je veux vous dire que notre but a été atteint. Nous avons parié sur une concession, puis de nombreuses autres, et nous avons trouvé un filon.

Les premiers jours, quand nous nous sommes installés près de cette rivière, nous n'avons rien trouvé. Comme nos espérances étaient considérables, nous avons plongé dans le désespoir. Clarence et moi avions creusé vingt fosses, et je l'aidais au nettoyage du gravier, mais cela ne nous donnait rien, hormis de toutes petites paillettes. Un soir, cependant, un de nos voisins a surgi dans la nuit, torche à la main, pour nous apprendre qu'après avoir creusé jusqu'à la roche, il avait enfin trouvé un filon. Cela a redonné de l'espoir à Clarence. Trop impatient pour attendre le lever du soleil, il est descendu dans une de nos fosses avec une pelle.

Il lui a suffi de trois heures à peine. Il n'a pas tardé à atteindre la roche, lui aussi, en a déplacé un morceau, a levé haut sa lanterne, a fait ébouler le mur sur une épaisseur de quelques centimètres : puis, voilà notre miracle, car un filon traversait la pierre et ce sont de très grosses pépites qui sont tombées dans son seau. Vous auriez dû l'entendre qui hurlait de joie. Je m'étonne que sa voix n'ait pas porté jusqu'à Selma.

Nous pensons toucher dix mille dollars ce mois-ci. Mais cette prédiction émane de Clarence, qui est bien trop prudent. Le filon est excellent. Ma main tremble à vous écrire ces mots. Elle va bientôt cesser, du reste, car j'en ai besoin pour me pincer. Oui, d'excellentes nouvelles. Je vous récrirai quand je pourrai.

Dans l'intervalle,
je suis votre dévouée
et toujours aimante Ethel Berry

La feuille restait à la verticale. *Elle y est arrivée*, telle était l'unique et vibrante pensée dans la tête d'Alice. *Elle y est arrivée, elle y est arrivée.* Les vignes, le ciel de la Californie, les pêchers aux branches basses, l'air sec dans ses poumons, la lumière jaune de l'après-midi qui l'avaient étouffée tantôt, inévitables, oppressants, commençaient à relâcher leur étreinte. Le corset de son existence se desserrait, les griffes se détachaient de sa peau.

Le jeune postier continuait de parler, de la questionner, lui semblait-il même. Il connaissait la provenance de la lettre ; ils voulait maintenant en apprendre le contenu.

Elle le dévisagea. Il paraissait si loin.

« Partez, aboya-t-elle, ce qui le fit sursauter. Je ne vais pas vous la lire avant que mes parents l'aient vue. »

Elle ramassa l'enveloppe et traversa au pas de charge la cour et les treilles des vignes, tout droit vers la maison.

2.

Elle atteignit les trois marches du perron, la porte de la cuisine, déjà ouverte, puis le couloir sombre obscurci par la suie de mille feux de cheminée.

Moie et Poie se trouvaient dans la pièce de devant, près des deux plus belles fenêtres. Un plateau avec des gâteaux secs et du beurre trônait déjà sur la table.

« Ethel nous a écrit ! »

Les visages effarés, en contre-jour devant la lumière poussiéreuse, se levèrent vers le sien.

« Les nouvelles sont bonnes, se hâta-t-elle d'ajouter. Vous verrez ».

Poie tendit la main par-dessus son assiette et Alice y déposa la lettre qu'il déchiffra, ses lèvres articulant les mots sans un bruit, ses yeux balayant lentement la page. N'allait-il pas bondir de sa chaise ? À la grande surprise d'Alice, il resta assis, voûté, les traits impassibles, puis il tendit la feuille à Moie, dont la réaction ne fut guère différente. Elle se contenta de saluer les nouvelles retentissantes d'Ethel d'un modeste « Dieu merci, Ethel a survécu à l'hiver au Klondike ».

« Mais vous comprenez ce qu'elle dit, tout de même ? » s'exclama Alice.

Ils acquiescèrent. Et leur fille se rendit enfin compte qu'ils avaient lu le récit d'Ethel sans en croire une ligne. Son ton se fit ironique. La scène commençait même à l'amuser.

« Êtes-vous donc tellement habitués aux mauvaises nouvelles que vous ne savez plus que faire quand la chance revient ?

– Il y a des gens qui se sont enflammés de cette manière, dit Moie avec une pointe de chagrin dans la voix, et qui ont été bien déçus par la suite.

– Tu crois avoir une pépite au creux de la main, renchérit Poie, mais ce n'est pas ce que tu crois. Ou tu penses avoir trouvé un filon généreux, mais il s'épuise avant que tu sois rentré dans tes frais. »

J'aurais dû m'y attendre, songea Alice sans rien rétorquer. Pour ces deux-là, Moie et Poie, la recherche de l'or était encore une blessure. Cette douleur avait son origine dans leurs jeunesses respectives. Près d'un demi-siècle plus tôt, dans les années 1850, ils étaient, chacun de leur côté, partis dans le grand Ouest avec leurs familles : c'était l'époque des grands convois de chariots, toute une génération qui avait prêté l'oreille aux rumeurs d'enrichissement rapide. Moie avait traversé le territoire sioux à deux ans, juchée sur son poney, menant une petite bande de six familles du Wisconsin. Poie était venu du Texas à neuf ans ; il était entré en Californie en brandissant une petite hache faite pour sa main d'enfant. Mais en dépit des annonces tonitruantes, des espérances annoncées, la promesse de l'or n'avait pas survécu longtemps après leur arrivée. Ils n'avaient rien trouvé. Les deux familles avaient repris le travail de la ferme, dans une région où il leur fallait tout réapprendre : les semailles, les aléas du temps, les mystères de l'économie. Poie, dans l'un de ses rares moments d'introspection publique, avait pu déclarer ceci : ils avaient été pauvres dans l'Est, ils seraient pauvres et seuls dans l'Ouest. Cette expérience avait, de multiples façons, modelé leurs jeunes existences, et n'avait été que le prélude à d'autres désillusions. Alice comprenait intimement leur prudence instinctive. Ce qu'elle ne pouvait tolérer, cependant, c'était leur tendance à transformer leur expérience en règle universelle.

Un tonnerre de pas au-dessus de leurs têtes fut suivi par ce qui, sous ce toit, passait pour un ouragan. C'était Daisy. Elle dévala l'escalier, brosse à la main, pour exiger des explications. Que se passait-il ? Alice lui raconta les nouvelles d'Ethel, la méfiance des parents ; Daisy, pour des raisons qui lui étaient propres, sembla partager cette incrédulité.

Puis elle lut la lettre, dont la sincérité lui tira un ricanement, et s'autorisa un commentaire sarcastique sur la broche en diamant qu'Ethel ne manquerait pas de lui offrir pour son anniversaire.

« Elle perd un peu la tête, pépia la petite sœur. Je crains que ces efforts ne lui soient montés au cerveau. »

Alice arracha la lettre à ces mains indignes et la replia avec soin.

« Bien sûr, répondit-elle d'un ton égal, toi, tu n'en crois pas un mot. »

Elle ne pouvait se permettre aucune réprimande à l'encontre de ses parents. Daisy était une cible plus facile.

« Car bien sûr, à te croire, toi, tu es la seule au monde à laquelle il puisse arriver des choses extraordinaires. »

Quelques minutes plus tôt, devant la maison, alors qu'elle pensait, crucifiée, que le postier leur apportait l'avis d'expulsion, Alice avait été secouée par un rire de désespoir. Elle avait retrouvé tout son calme et ses lèvres laissèrent échapper un soupir hautain. À dix-neuf ans, elle avait déjà le visage émacié et les traits las, ce dont elle n'était que trop consciente. Sa silhouette était épaisse et sans formes, conséquence d'un régime trop riche en pain. Elle était la deuxième de quatre filles. La benjamine, Daisy, seize ans, était leur bébé, leur petit bouchon, dût-elle atteindre la taille d'une géante. La jumelle d'Alice, Annie, était la beauté de la famille avec ses yeux sombres au regard séducteur, sa poitrine enjôleuse ; trois ans plus tôt, elle avait épousé un épicier de l'Illinois, William Carswell, échappant ainsi aux corvées et aux travaux de la ferme familiale, qu'elle appelait non sans dédain le « turbin ». L'aînée, Ethel, était une jeune femme de vingt-trois ans à la physionomie quelconque. Pourtant, bien avant cette lettre miraculeuse, Ethel avait été la mieux jugée des enfants : opiniâtre, admirable, leur parangon de morale ; nul, y compris Alice, ne pouvait s'empêcher de l'aimer.

Et Alice, pour finir. Qui était-elle ? Elle n'avait aucun talent. Elle chantait faux. Elle dessinait mal. Sur les bancs de l'école, elle ne s'était pas ridiculisée, sans jamais pour autant se distinguer. Une fois par semaine, leur église de Front Street la rassurait sur ce point essentiel : son âme comptait aux yeux de Dieu, au même titre – et cela l'affligeait un peu – que celle de tous les autres. Cependant, elle existait. Elle sentait pointer l'épanouissement de son importance future. La lettre d'Ethel avait tiré cette conviction secrète de son sommeil.

Le regard d'Alice se posa sur les siens. Sur Poie aux épaules voûtées, à l'âme blessée. Sur Moie aux traits délicats et pincés, semblables à ceux d'un lapin. Sur Daisy aux joues roses, aux lèvres pleines, à l'esprit fourmillant de pensées mesquines et vaniteuses. Alice les aimait tendrement. Il n'y avait pourtant rien à en tirer.

« Vous ne comprenez donc pas ? voulut-elle insister. Grâce à Ethel, grâce à Clarence, nous allons pouvoir nous élever. »

Cela ne suffit pas à réchauffer la moindre flamme entre eux. Ses parents et sa sœur étaient de ceux qui échouent à se surpasser lorsque le moment l'exige, lorsque l'appel retentit.

3.

Chère famille, cette lettre n'est pas une farce.

Ainsi débutait la première lettre d'Ethel. La lettre miracle écrite à l'encre bleue, qu'Alice garda dans sa poche pendant des semaines. Puis, après une insupportable période de silence, causée sans doute par les difficultés de navigation, une deuxième lettre parvint à Selma à la mi-mai, et trois suivirent de près, les troisième et quatrième ensemble, la cinquième sur leurs talons.

L'exploitation se déroule à merveille, écrivait Ethel. Nous avons creusé une fosse dans la *Trois*. Sur cette lancée, nous avons creusé dans la *Quatre* et atteint la roche : le filon était là ! Et la poussière jaillissait de la terre, un vrai geyser. À chaque passage au sluice, nous récoltons des centaines de dollars. Une fois les frais payés, nous devrions rentrer à la maison avec vingt mille dollars, au moins.

Lettre suivante : les tranchées sont encore plus riches qu'escomptées. Clarence m'a rapporté un seau de gravier et je suis là, assise replète et satisfaite sur mon solide petit tabouret, à trier les pépites comme si c'étaient des prunes. Poie, ceci pour toi : ne te fais plus de souci pour l'emprunt. Clarence paiera la somme encore due quand nous rentrerons. Daisy, Alice : ne vous mariez pas trop vite. Si vous attendez un peu, je vous présenterai à de bons partis que nous avons rencontrés ici.

Un post-scriptum était griffonné à la verticale, le long du bord de la feuille : je me suis trompée quand je vous ai annoncé vingt mille. Ce sera le triple, je pense.

Pauvre Poie, pauvre Moie. Les bonnes nouvelles ne cessaient d'affluer. Pour les saper, il leur fallut déployer des prodiges de pessimisme, en des termes sans cesse renouvelés.

Le 12 juin leur en fournit une splendide occasion : ce jour-là, l'homme roux arriva enfin sur son cheval pie dans la cour de la ferme pour remettre à Poie, en mains propres, l'avis d'expulsion. Poie allait sans doute se rengorger, pensiez-vous. Eh bien non ! Il s'avoua simplement vaincu, chose invraisemblable.

« Nous avons travaillé cette terre pendant onze années, dit-il. Hélas, le temps nous aura manqué. Je suis navré, mes chères filles. Il faut rendre les terres. »

Il fallut à Alice une journée entière de manœuvres et de persuasions pour faire asseoir son père à la table de la cuisine, afin qu'il écrive à la banque pour expliquer que son beau-fils avait l'argent en main. Le porte-plume à la main, Poie protestait encore.

« J'ai l'impression de leur mentir. »

Alice se plaqua les mains sur le visage. Elle implora le Seigneur pour qu'Il lui donne patience.

Ethel leur accorda le coup de grâce au tout début de l'été. Elle et Clarence rentraient. Ils étaient restés au Klondike quinze longs mois. Ils avaient trop d'or pour rester encore une saison, avait décrété Clarence. Il était temps d'en convertir une partie à la banque. Ils avaient déjà acheté le billet de retour, sur le premier navire en partance.

Le 17 juillet 1897, le *Portland* entra dans le port de Seattle. Des centaines de badauds l'attendaient, en rangs serrés sur les quais. Qui aurait pu penser – les Bush en étaient bien loin – que le retour d'Ethel et de Clarence aux États-Unis ferait date non seulement dans l'histoire de la famille, mais aussi dans celle de la nation ? Déjà, la nouvelle s'était largement répandue : il y avait de l'or au Klondike. L'idée du précieux métal enterré dans son grand coffre de glace, quelque part dans le Nord, avait rallumé la flamme d'un esprit pionnier qu'on avait cru presque éteint. Ainsi, le navire des Berry, par exemple, premier à revenir en cette ère nouvelle, fut accueilli avec la plus extraordinaire des unes de presse : LE VAPEUR *PORTLAND* RENTRE DU

KLONDIKE AVEC UNE TONNE D'OR EN CALE. C'est bien trop, s'étaient étonnés les gens de Portland. Les journalistes se trompent ! En effet : l'on comptait presque deux tonnes.

Les quais tanguèrent sous le poids animal de l'accueil aux pionniers. Les enfants étaient sagement assis en rangs, à sucer des bonbons. Les femmes pleuraient sans retenue. Le maire se tenait à l'avant de la foule ; les yeux du monde flottaient dans son dos. Depuis la récession de 1893, l'économie stagnait ; la crise frappait plus particulièrement l'agriculture. Cette arrivée d'or frais pourrait peut-être y mettre fin. Du moins, y aurait-il une réaction sur le marché de l'or, que beaucoup disaient étouffé par des règles trop rigides, conduisant à la récession. Les afflux d'or avaient toujours causé des progrès, des évolutions, du mouvement. L'atmosphère était à l'ivresse.

Les passerelles furent abaissées, et les argonautes descendirent. D'après la description très détaillée qu'en donne le *San Francisco Chronicle*, ces héros étaient en guenilles, sales comme des poux. Tignasses hirsutes, grasses, constellées de souillures blanchâtres, haillons raides de la boue du Grand Nord. Ils transportaient à deux, à cause du poids, les couvertures dans lesquelles ils avaient emmitouflé leurs plus gros fragments d'or. Il y avait aussi des pépites dans des boîtes de conserve vides ou de vieilles bottes recouvertes de chaussettes ; il y avait de la poussière d'or dans des bocaux bouchés au papier à lettres, qu'on portait accrochés au cou par des bouts de ficelle.

Ethel et Clarence comptaient parmi les plus riches. Clarence possédait un tout petit peu plus de la moitié des concessions *Trois*, *Quatre*, *Cinq* et *Six* Eldorado, l'autre appartenant à son partenaire autrichien, Anton Stander.

Eldorado était peut-être la vallée la plus riche en or du monde.

Ethel ne déméritait pas entièrement. Il était de notoriété publique – bien qu'elle se soit gardé d'en dire un mot dans ses lettres – qu'elle rentrait en Californie avec sa petite tranche du gâteau Klondike. Ce n'était pas une concession complète, car cette dernière devait, en vertu de la loi, mesurer au moins cinq cents pieds de long, mais une portion seulement, que l'on appelait « fraction ». Ces fractions prenaient vie lorsque le chercheur d'or plantait ses piquets lors de sa première installation au-delà de la distance autorisée des cinq cents pieds. En l'occurrence, Ethel était propriétaire de quarante-deux pieds de terre situés entre les concessions *Cinq* et *Six* Eldorado, Clarence et Anton ayant mal mesuré les dimensions de la *Cinq*, l'année précédente. Au début du printemps, un représentant du gouvernement canadien venu mesurer les concessions s'était rendu compte de leur erreur.

Les journalistes voulaient tout savoir. Ils demandèrent à Ethel ce qu'elle allait faire de ses pépites. Tous finissaient leur interview avec une variation hilare sur le prêt qu'elle leur consentirait, ou non. Ils aimaient bien Ethel. Ils la respectaient. C'était la première femme blanche à pénétrer dans les terres du Klondike ; elle représentait à leurs yeux la parfaite pionnière. Enjouée, astucieuse et surtout solide comme le roc, pour reprendre leur image favorite. Alice n'en fut nullement surprise. Cette pionnière modèle était aussi son inimitable sœur. Ethel qui, toute petite, s'était évanouie en lessivant les parquets, car elle refusait de s'arrêter pour boire ne serait-ce qu'un verre d'eau avant que la tâche soit finie. Ethel qui, à quatorze ans, s'était couchée toute seule, comme une grande, avait fermé la porte de sa chambre et exigé qu'on la laisse seule avant de manquer de mourir des oreillons. Ethel n'était plus seulement courageuse, stoïque et modeste, elle était maintenant prospère. Bientôt, semblait-il, le monde ne pourrait plus prononcer le nom de Klondike sans saluer cordialement Ethel Berry au passage. Et l'on ne pouvait plus ouvrir le journal, disait Poie avec une admiration pétrie de respect, sans que les révérés patronymes de Mr et Mrs Clarence Berry vous sautent au visage.

4.

Quelques semaines plus tard, sous les rayons ardents du soleil de l'été, Alice ressentit une inquiétude déconcertante malgré ses joyeuses espérances. Était-ce réellement de la nervosité à l'approche des retrouvailles ? Jamais Ethel ne lui avait adressé de mots durs. Et Clarence Jesse Berry, leur voisin de toujours, n'avait été jusqu'à sa trentième année qu'un homme de peu, un exploitant de vergers criblé de dettes, comme tant d'autres. Il n'était connu à l'époque que pour avoir perdu ses quarante hectares de Kingsburg dès que le prix des fruits s'était effondré.

Mais aujourd'hui, Alice se tenait auprès de Moie, de Poie et de Daisy, sous l'auvent, dans une chaleur à fendre la terre, et observait, au bout de la route, dans un nuage de poussière, la carriole qui ramenait Ethel et Clarence, et elle fut soudain prise de nausées. Elle ne pouvait pas s'en empêcher. Quels qu'aient été Ethel et Clarence auparavant, leurs échecs ne pouvaient plus leur être opposés. Leurs combats, leurs misères passés semblaient n'être que le prélude nécessaire à la gloire qui les auréolait désormais.

Bientôt on put les distinguer : Clarence, avec sa tête ronde, son crâne déjà dégarni, le trou rose sur l'une de ses pommettes, souvenir des engelures dont il avait souffert lors de son premier voyage de reconnaissance dans le Grand Nord. Ses bonnes joues d'Irlandais étaient vastes, arrondies par son immense sourire. D'une main gantée il tenait les rênes et de l'autre leur adressait des saluts effrénés.

À son côté était assise leur chère Ethel. Ses lèvres se mouvaient, hurlant des « Bonjour, bonjour » dans une brume de poussière. Son visage était aussi pâle, aussi rond que celui de Clarence, et tout aussi souriant. Trois ans plus tôt, elle n'était guère qu'une fille de ferme, Ethel Bush. Désormais, il fallait l'appeler Ethel Berry. Elle avait consenti à se marier avec un homme ruiné qui lui avait demandé sa main avec de la terre sous les ongles. À présent, elle était sa riche épouse. Et elle avait visiblement hâte que Clarence arrête les chevaux, qu'elle puisse avec son aide descendre du banc et voler vers les siens.

« Oh, y croyez-vous ? s'écria-t-elle, les bras grands ouverts, pour les étreindre rudement. N'est-ce pas la chose la plus drôlement, la plus diablement folle qui soit jamais arrivée ? »

De la part d'Ethel, c'était une singulière exubérance. Quant aux mots qui lui étaient sortis de la bouche, c'étaient sans doute les plus inconvenants qu'on lui ait jamais entendus prononcer.

Elle commença par serrer Moie dans ses bras, puis Poie, puis Alice, puis Daisy. Après quoi, elle décrivit un cercle sous l'auvent et étreignit Alice une seconde fois.

« Oh, tu es bien là, lui chuchota-t-elle tout près de son chignon. Je dois me pincer pour penser que je ne rêve pas.

Je veux te confier un secret. Alice, tu es celle qui m'as le plus manqué. »

Une sensation vigoureuse et naïve envahit Alice ; seule Ethel pouvait la lui faire ressentir. Après cela, riant, essuyant ses larmes, elle se sentit aussi légère, aussi heureuse que les autres.

Dans la maison, les Berry firent asseoir Poie et Moie avant de leur remettre une liasse de billets, tous juste sortis des coffres de la banque centrale. Il y en aurait d'autre, car venue d'un peu plus loin sur la route, les rejoignait à présent la famille de Clarence. Pa et Ma Berry, Henry et Frank, les frères de Clarence, et de même ses deux sœurs, Nellie, bruyante et mal élevée, et Cora, prude et très dévote, aussi longue, mince et raide qu'un râteau.

Les parents Berry reçurent leur propre liasse. Puis des présents plus modestes furent distribués aux frères et aux sœurs : des pépites de la taille et de la texture des raisins secs, une poignée de dents d'ours, des perles de jade qui tintaient dans les paumes, une dépouille de rat musqué que l'un d'entre eux aurait envie, peut-être, d'accrocher au mur.

Ce soir-là, dans l'air tiède, avec les pièces de viande qui tournaient au-dessus du feu devant la maison, les deux familles installèrent les chaises et la table de la cuisine dans la cour, ce qui, à Selma, annonçait les grandes fêtes. Clarence, d'ordinaire silencieux et affable, descendit dans la cour en bavardant. Il s'occupa de la viande sans penser à ce qu'il faisait, manqua presque de renverser le tournebroche et d'incendier leur repas. Personne cependant ne lui en voulut d'être si distrait. Cet homme était submergé. Son esprit vagabondait vers des terres et des peuples lointains. Il ne parvenait pas à croire que sa vie ait pris ce tournant, qu'il avait bel et bien vécu tout cela.

Poie et Moie étaient assis d'un côté du feu, Pa et Ma Berry de l'autre. Le frère cadet de Clarence, Henry, s'ébrouait à côté de sa chaise comme un chien avide de plaire. Daisy, Nellie et Cora étaient assises en rang, bien sagement, à boire ses paroles. Ethel et Alice se tenaient, comme le souhaitait cette dernière, près de la porte de derrière, inséparables, à s'occuper du pain et des flageolets qui cuisaient dans le poêle.

Un convive cependant ne partageait pas la joie des familles : le frère aîné de Clarence, Frank Berry, à la troublante beauté. Perché sur une pierre, il fumait la pipe, morose et à l'écart du groupe ; il émanait de sa longue et mince silhouette toute repliée l'aura menaçante d'une araignée prête à fondre sur sa proie. Quatre ans plus tôt, juste après que Clarence avait perdu ses vergers, c'était Frank, le grand frère, qui avait conseillé à Clarence d'écouter les rumeurs, de tenter l'aventure de l'or au Klondike. Lorsque Clarence s'était décidé à suivre ce conseil, Frank avait trouvé la plaisanterie irrésistible, se vantant de son bon tour devant qui voulait l'entendre. Il avait même mimé le combat de son frère contre les ours polaires, une chute au bas de la falaise. Bien sûr, il ne souhaitait pas que Clarence puisse souffrir à ce point de l'aventure ; tout au plus le voyait-il y laisser un ou deux doigts. Mais Dieu lui en était témoin : jamais il n'aurait mentionné le Grand Nord et ces rumeurs absurdes de torrents chargés d'or, de pépites grosses comme des cerises, prêtes à être cueillies, s'il avait pu imaginer une soirée comme celle-ci, s'il avait eu la moindre prémonition que son frère puisse en revenir couronné de succès.

Clarence avait sa chaise, comme tous les autres, mais ne pouvait y rester assis plus d'une seconde. L'immense ciel du crépuscule derrière lui, et la longue silhouette de la Sierra Nevada sous les yeux, il était saisi de folles gesticulations et répondait aux questions des deux familles avec un enthousiasme irrépressible.

« La traversée, ça a été le pire moment, commença-t-il, en réponse à Pa Berry. Je n'ai pas changé d'avis par rapport à ce que je t'avais dit. La première partie, de Seattle à l'Alaska, dans cette bassine en fer-blanc… Ah, je vois que ma femme se moque de moi, mais j'étais sûr et certain que nous allions y passer, dès que nous serions sortis du port. Vous auriez dû voir la reconnaissance avec laquelle j'ai baisé la terre quand ils nous ont débarqués, à Dyea. Bien que ce soit vraiment au milieu de nulle part, avec encore un peu plus de nulle part tout autour !

– Clarence, le sermonna Nellie, tu es un héros, nous le savons déjà. Inutile d'essayer de nous prouver ton courage ! »

Du rocher sur lequel était perché Frank vint un petit rire d'assentiment.

Clarence ne se laissa pas impressionner par ces deux-là.

« Vraiment, Nell, tu tomberais en pâmoison rien qu'à voir les lieux ; je te garantis qu'ils sont aussi sauvages que les gens le disent. Des montagnes que personne n'a vaincues, des forêts vierges : aux États-Unis, nous n'avons plus cela. Et puis il y a des Indiens partout. C'est une remontée dans le temps d'au moins cinquante ans. Par exemple, sur la piste, nous avons rencontré un charmant Tlingit qui se faisait appeler Jim. Très laconique, et très travailleur. Nous avons pu le convaincre de devenir notre porteur, et je ne sais pas comment nous aurions fait sans lui. Il a fait passer nos bagages par le col du Chilkoot comme si c'était un jeu d'enfant, je te le garantis. Moi qui ne transportais que le sucre et la viande, j'en pleurais presque de fatigue. »

Il éclata de rire, les yeux dans les étoiles, perdu dans ses souvenirs.

« On a grimpé trois mille pieds jusque dans les nuages, ce jour-là. Et notre Ethel, en jupe et en bottines à talons ! Ah, quel supplice, mais ça en valait la peine, reprit-il avec élan. Chaque journée de labeur a porté ses fruits. Cet or que j'ai échangé à la banque n'est qu'un début. La vraie richesse se trouve encore dans les terres du Nord, dans ces concessions que nous détenons. »

Il se redressa d'un bond, le regard rivé sur la maison, et leur demanda de ne pas bouger. Lorsqu'il revint de la cuisine, il tenait le porte-document de cuir qui ne l'avait pas quitté jusqu'au début du repas.

Il l'ouvrit pour en sortir quelques épaisses feuilles de papier. Alice ne les identifia pas immédiatement, puis elle comprit : c'étaient les certificats des concessions *Trois*, *Quatre*, *Cinq* et *Six* Eldorado. Clarence les montra à ses parents, puis aux Bush, Poie et Moie, avant de les poser sur la table.

« Ethel, apporte la tienne. On va les mettre les unes à côté des autres, que l'on voie l'étendue de notre fortune. »

Ethel était réticente, trop embarrassée. Elle finit cependant par se lever ; le visage béat, les gestes gracieux, elle alla s'asseoir près de son mari sans se retourner une seule fois vers Alice.

Elle tira sur la chaîne qu'elle avait au cou, finit par extirper une petite bourse en toile huilée de sa robe, puis en sortit, entre le pouce et l'index, un morceau de papier qu'elle déplia avant de le poser près des quatre certificats de Clarence. C'était sa fraction de quarante-deux pieds.

« Et voilà, dit Clarence d'un ton vibrant de révérence. Maintenant, regardez bien ces papiers, tous autant que vous êtes. Cela appartient aux Bush aussi bien qu'aux Berry. Nous nous sommes tous usés jusqu'à l'os par le travail de la ferme. Ces efforts ne sont plus nécessaires. Je n'exagère pas lorsque je vous annonce que dans ces papiers se trouve notre salut. »

Lorsque Ethel revint s'asseoir après avoir récupéré son certificat, elle avait les joues roses de plaisir. Ah, ce n'est sans doute pas rien, songea Alice. Faire honneur aux vôtres, assurer leur salut. Son chemin à elle ne la mènerait pas à un tel accomplissement.

« Il a fallu que Clarence en parle pour que tu montres ton trésor, taquina-t-elle sa sœur à voix basse en se penchant vers elle. Tu n'en disais pas un mot dans tes lettres. C'est le journal qui me l'a appris. J'étais bien loin de me douter que tu le gardais pendant tout ce temps sous ta robe !

– Oh, souffla Ethel en rougissant encore un peu plus, tandis qu'elle rangeait son certificat sous sa robe et rajustait son encolure. C'est pour l'avoir à l'abri, c'est tout.

– Et c'est bien normal. Cela t'appartient.

– Non, pas vraiment, répondit Ethel, non sans embarras. Ne le considère pas de cette façon. Ce n'est qu'un détail technique, venant du fait qu'Anton et Clarence ont dépassé les cinq cents pieds pour la *Cinq*. La règle est des plus strictes. Aucune concession ne peut dépasser cette taille le long de la rivière. Lorsque les représentants du gouvernement canadien ont constaté l'erreur commise par Clarence, ils ne lui ont pas permis de revendiquer à son nom cet excédent de terrain. Stander n'en a pas eu davantage le droit, si bien qu'ils m'en ont déclarée propriétaire. L'autre possibilité aurait été d'autoriser on ne sait quelle mauvaise troupe venue de Dawson à s'introduire dans nos concessions ; c'était hors de question, même pour Stander. Tu peux donc comprendre que j'étais la meilleure solution, et même la seule. Ce n'est pas comme si j'allais me séparer d'eux pour me lancer dans l'aventure en solitaire.

– Bien sûr, mais c'est quand même la gloire.

– Non, non, Alice, s'écria Ethel, le rire aux lèvres. Je t'en prie. Pour moi, c'est ce qu'en dit Clarence : un prix d'encouragement, pour avoir accompli le périple du Grand Nord avec mon mari.

– Et cette fraction, s'enquit Alice avec une fausse nonchalance, elle est si riche que cela ?

– La rivière s'appelle Eldorado, tu sais. La fraction pourrait difficilement ne rien donner.

– Je voudrais voir ton certificat de plus près. »

Ces derniers mots avaient été prononcés avec une ardeur soudaine et sans bornes, ce à quoi Ethel répondit par un regard attristé. Elle tira du col de sa robe la bourse de toile huilée, en sortit l'acte de propriété qu'elle tendit à sa sœur. Ce n'était rien en vérité, un bout de papier plus petit que ce à quoi on aurait pu s'attendre. De la taille et de l'épaisseur d'une feuille de papier à lettres de bonne qualité, mais l'encre était noire, le trait affirmé. Le nom d'Ethel Bush Berry s'étalait sans trembler sur une ligne parfaitement droite. Les coordonnées étaient soigneusement indiquées. Le nom de la rivière. L'emplacement de la fraction. Le tout signé par un représentant de l'administration canadienne nommé William Ogilvie, et agrémenté d'un tampon rouge sang au coin inférieur gauche.

Quel effet cela pouvait-il produire de posséder un tel titre ? se demanda Alice. Elle ne pouvait y croire. Sa sœur bien-aimée. Elle fut pénétrée d'un douloureux désir en caressant le certificat. Un bout de papier, ou peut-être autre chose. Sa puissance imprégnait tout l'être d'Ethel.

L'acte tirait sa force des lois de deux nations. Pour qui en connaissait le sens, il parlait le langage de l'argent. Pour qui maîtrisait cette langue, il pouvait conduire n'importe où.

Alice le rendit à Ethel et, ce faisant, eut l'impression que ses poumons se vidaient de tout leur air. Ses côtes se contractèrent. Sa vision se brouilla. Sa sœur existait-elle vraiment ?

Avec tant d'argent, se demanda-t-elle, que ressentirais-je ? Qui serais-je ?

5.

Alice pourtant l'avait bien compris : elle n'avait pas le droit d'éprouver la moindre convoitise. Et cela d'autant moins qu'Ethel et Clarence faisaient preuve d'une bonté et d'une générosité sans bornes.

Un lundi après le retour en fanfare, Clarence et Poie partirent à cheval pour Fresno ; Poie s'assit à côté de son gendre à la grande table d'acajou de la banque tandis que, sous ses yeux, Clarence rachetait l'emprunt de la ferme au nom de son beau-père. La catastrophe à venir, qu'ils avaient passé tant d'heures à anticiper, s'évanouit irrévocablement, comme l'eau sale bue par la terre. Poie rentra de Fresno rajeuni de dix ans : personne ne l'avait vu si heureux depuis son installation à Selma.

Toutes les fins de semaine, Ethel et Clarence faisaient leurs courses en ville. Ils remplirent le garde-manger familial de bœuf salé, d'huîtres en conserve, de biscuits, de légumes marinés et autres mets merveilleux. Le soir, ils s'installaient sous l'auvent de la maison des Berry et bavardaient avec les visiteurs. Ils étaient toujours disposés à participer à la cueillette des fruits, avec les autres. Clarence aida même son père à consolider le canal de Lone Tree lorsque la paroi s'écroula sur toute une portion, même s'il s'efforçait souvent de convaincre les deux familles que ces trop rudes tâches n'étaient plus nécessaires.

En octobre, avant que les glaces ne s'emparent du Klondike, Clarence offrit le voyage par le Nord à son benjamin, Henry. Le jeune homme avait pour mission de passer l'hiver dans les concessions pour superviser le travail des ouvriers ; Anton Stander, le partenaire de Clarence, avait selon lui déjà passé trop de temps seul maître à bord. Les adieux de Henry furent empreints de son humour coutumier : il pria sa mère de ne pas verser de larmes sur son sort, puisqu'il avait une chance sur deux de ne pas se noyer, et quatre chances sur dix d'échapper aux maladies du grand froid. Cette cérémonie de départ fut pour Frank Berry la goutte d'eau qui fit déborder le vase. Après s'être contenu pendant des mois, il explosa, exhibant au grand jour un orgueil et une jalousie des plus hideuses. Il s'en prit à Clarence : il aurait dû partir à la place de Henry. D'abord, parce qu'il était le fils aîné ; ensuite parce qu'il avait été le premier à faire circuler la nouvelle du fabuleux Klondike. Il vociféra, tempêta, ne se souciant même pas du spectacle honteux qu'il offrait. Et bien qu'il se soit, depuis le retour de son frère, contenté pour l'essentiel de bouder, il obtint cependant de ce dernier de pouvoir les accompagner, Ethel et lui, au printemps, sur le passage du Nord.

Alice, quant à elle, eut à peine le temps de jalouser Frank avant l'année nouvelle ; bientôt ce fut 1898, qui commença étrangement. Un certain Edward Keller rendit visite aux Berry et coucha dans le lit de Henry. Cet homme avait des liens d'affaires avec Clarence ; il avait un temps eu des parts dans la société que ce dernier avait fondée avec Anton

Stander pour la concession *Cinq* Eldorado. Cependant, ne pouvant supporter la vie du mineur d'or, il avait vendu ses parts à l'amiable ; Clarence était si satisfait du profit qu'il en avait retiré qu'il avait invité Keller à demeurer quelque temps chez les Berry, en attendant de se réinstaller à Los Angeles. Soudain Alice se retrouva au centre de l'agitation déployée par les Berry. Quand elle dînait chez eux, on la faisait asseoir près de Keller. On lui demandait de lire les journaux le soir, distraction collective qui revenait d'ordinaire à Poie. Ses modestes succès d'écolière, oubliés depuis des années, furent loués un matin que les Bush recevaient pour le petit déjeuner.

En dépit de ces pressions silencieuses, Alice n'était nullement séduite par la perspective d'un mariage avec Ed Keller ; l'indécision la torturait si profondément qu'elle en perdait le sommeil. Il était riche, oui, mais vaniteux et si superficiel qu'il en devenait sot. Son regard était perpétuellement en chasse, comme pour traquer les affronts ; ses manières manquaient d'élégance et de raffinement. Un jour, après avoir remporté une partie de cartes, il lui baisa la main. Elle sentit un spasme de répulsion lui remonter jusqu'à l'épaule. Pourtant, tandis qu'elle retournait cette question dans son esprit, elle fit de son mieux pour garder sa bonne humeur et ne fit part à personne de ses scrupules, ce qu'elle regretta plus tard. Car sans doute se serait-elle sentie moins humiliée lorsque, après deux semaines de ce douteux piédestal, Ed Keller déclara sa flamme à Daisy. Laquelle, avec ses rondeurs, son teint rose et ses cheveux blonds, devait lui paraître, songea Alice, comme un délicieux édredon, après des années à camper dans les éboulis. Cette histoire d'amour leur donna des ailes ; ils se fiancèrent le mois suivant.

Alice supporta le choc, et ne s'effondra pas. Elle avait été à la naissance un nourrisson chétif, geignard, la plus petite des deux jumelles, comparée à Annie ; c'était l'époque du comté de Placer, aux forêts humides et froides. Leur Poie y avait tenté sa chance comme bûcheron, et la famille Bush avait manqué de mourir de faim, tant il était mal payé. Puis, Ethel avait adopté sa petite sœur, la gardant toujours au chaud dans son lit, car elle avait entendu un jour Poie et Moie craindre que la petite Alice ne vive pas longtemps. L'enfant avait tenu bon, et elle en était reconnaissante. Elle avait également acquis la conviction qu'elle pouvait survivre à tout ce qui lui arriverait. Elle releva la tête. L'homme était riche, certes, mais son argent lui venait de Clarence.

Elle se débrouilla pour passer plus de temps avec Ethel et son mari, les accompagnant lorsqu'ils allaient faire des courses à Fresno. Dans les magasins, Alice les suivait comme leur ombre. Dans leur enfance, Ethel avait toujours gâté Alice, et Alice s'était attachée à sa sœur. C'était cette intimité qu'elle voulait ressusciter. Elle s'installait avec eux près du foyer en plein air, devant la maison, le soir, quand ils racontaient des histoires du Klondike. Ils se souvenaient par exemple avec gravité d'un jeune homme du Wisconsin, d'à peine vingt ans, qui en route avait succombé à la fièvre typhoïde, et auquel Ethel avait donné son écharpe et un bol de porridge bien chaud, avant de continuer sans lui avec Clarence sur le rude sentier dans les forêts. Ils lui avaient raconté comment ils avaient navigué sur le Klondike, à quelques mètres derrière une barge qui avait chaviré sous leurs yeux. Les deux passagers ne savaient pas nager, et bien que les Berry se soient trouvés à courte distance de ces mains et de ces coudes qui se débattaient dans les eaux, ils n'avaient pu freiner la progression de leur propre barque pour agripper les malheureux et les hisser à bord. Ils avaient évité Skagway, racontait Clarence, où l'on pouvait gagner aux cartes et tomber raide mort, cloué sur sa chaise par une balle. Et pourtant, raconta Clarence dans la nuit silencieuse et claire, quand les hommes sont à bout, ils commettent des crimes ; un soir, peu de temps après le passage du Chilkoot, Clarence s'était réveillé sous la tente au moment où quelqu'un soulevait le rabat ; était apparu un inconnu aux joues hâves et aux yeux fous. Clarence avait levé son pistolet vers lui, sans dire un mot ; l'homme, après l'avoir longuement dévisagé, était reparti. Ethel et Clarence avaient décampé en vitesse. Le sommeil les avait quittés pendant une bonne semaine, tant ils craignaient d'avoir été suivis.

Alice n'était jamais à court de questions ni de soupirs émerveillés. Lorsqu'ils revenaient à leurs « Contes de la piste », nom qu'ils donnaient aux anecdotes les plus distrayantes collectées au cours de leur voyage, elle riait. Il y avait eu, au printemps, ce chien qui leur avait volé une marmite pleine de ragoût et qui, trop rusé pour son propre bien, l'avait déposée pour la faire refroidir sur l'une des dernières congères. En plein dégel ! Alice mémorisa le chemin du Klondike et surprit le couple en reprenant un jour Clarence qui avait confondu le lac Bennett et le lac Laberge.

Clarence, assis près du foyer devant la maison, répondit ceci, en reprenant le surnom de « Tot » dont les Bush avaient affublé Alice et que sa sœur utilisait toujours :

« J'ai envoyé Henry aux concessions, mais c'est toi qui apprends le plus vite. C'est Tot qu'on aurait dû y expédier. »

Et la cicatrice rose de l'engelure sur sa pommette s'était soulevée sous l'effet du rire.

6.

Le printemps revint dans toute sa splendeur. La voie du Nord redevint accessible et le pays fut saisi par la fièvre de l'or. À San Francisco, les trolleys ne roulaient plus : les conducteurs se préparaient tous à partir pour le Klondike. Le maire démissionna pour en faire autant. De jeunes hommes empruntaient cinq cents dollars, parfois mille, pour acheter des pelisses en fourrure, d'épaisses vestes à carreaux, des chaussures en caoutchouc, des bottes hautes, des sacs d'avoine et de farine, de la viande de porc, des fruits et des pommes de terre séchées, du café, du lait condensé, du matériel de chercheurs d'or, des hachettes, des clous et autres ustensiles. Des instituteurs quittaient leur école avant la fin de l'année scolaire, frappant dans leurs mains pour se débarrasser de la poussière de craie, avec à l'esprit une tout autre sorte de poussière.

Les Bush et les Berry étaient aux premières loges de cet engouement collectif ; ils avaient même pu l'anticiper, au vu des monceaux de lettres qu'avaient reçues durant l'hiver Ethel et Clarence, toutes envoyées par des correspondants en quête de conseils. Un New-Yorkais avait conçu un vélo qui pouvait circuler sur la glace : qu'en pensait Clarence ? Une petite troupe d'ouvriers des poissonneries se sentait soudain indispensable. Mr Berry n'avait qu'un mot à dire : les gars seraient ravis de se joindre à sa prochaine expédition.

Alice riait, comme les autres. Elle ne voulait pas se joindre à ces quémandeurs idiots. Elle éprouvait pourtant des pulsions similaires, *moi, non, je pourrais m'en tirer à merveille, si seulement le destin pouvait me déposer au pied de cette colline.*

L'hiver touchant à sa fin, Ethel et Clarence se préparèrent à rejoindre la grande migration : les dizaines de milliers d'aventuriers prêts à partir vers le Nord dans ce que le monde entier commençait à considérer comme une ruée en bonne et due forme. Ils rentreraient dans l'épaisse neige du printemps dans leurs concessions, reprendraient la bêche et extrairaient de la terre tout l'or possible. Le voyage vers le Nord restait ardu. Quels que soient le nombre de candidats, la quantité de cartes imprimées et vendues dans tout le pays, la piste traversait des contrées encore désolées. Clarence put se procurer de nouveaux chiens de traîneau, l'équipage précédent ayant été pour partie vendu au Klondike, ou cédé à des amis. Les matinées étaient consacrées au dressage. Il faisait tirer aux chiens, sur la terre battue, un traîneau qu'il avait fabriqué lui-même et pourvu de roues en bois : véhicule comique à voir, comme il l'avait promis à son entourage.

Pendant ce temps-là, au premier étage de la maison des Berry, dans une petite chambre blanche qui avait été celle de Clarence enfant et qu'il occupait désormais avec son épouse, Ethel ravaudait l'un des chandails de son mari, la joie affleurant sur les traits de son aimable visage. Alice était à son côté pour la seconder dans toutes ses décisions. Elle avait sauté sur l'occasion d'aider Ethel à faire ses bagages. Depuis des semaines, elle avait quelque chose sur le cœur, qu'elle voulait lui confier. Peut-être n'en aurait-elle plus jamais la possibilité.

Tandis qu'elles discutaient de Henry, lequel avait feint d'être choqué de voir Frank se joindre à l'expédition, Alice commença par un habile préambule :

« Mais, ma chère, sais-tu ce que je me dis ? Ce n'est pas très juste que Clarence puisse disposer de ses deux frères pour lui donner un coup de main cet été aux concessions, alors que tu devras assurer seule toutes les tâches ménagères.

– Oh, répondit Ethel, insouciante, je serai ravie de leur compagnie. Tant pis si cela signifie de la cuisine et des lessives en plus.

– Certes, mais pourquoi assumer seule toutes ces corvées ? insista Alice. Je sais que tu n'aurais sans doute aucune difficulté à prendre une domestique. Ne serait-ce pas plus agréable d'avoir une amie à ton côté ? Peut-être pourrais-je te tenir compagnie, Ethel ?

– Me tenir compagnie ? Que veux-tu dire, Alice ?

– Et si je venais avec vous dans le Nord ? » répliqua celle-ci, optant pour la franchise.

Un spasme de compassion saisit le doux visage d'Ethel, et la jeune femme posa le chandail sur ses genoux. Avant même que l'une ou l'autre rouvre la bouche, Alice, à laquelle la perspective de cette révélation avait donné des ailes, sombra, le cœur en berne.

« Si je partais accompagnée, reprit Ethel d'une voix lente, et pleine d'une sincère commisération, ce serait par toi. Mais le voyage est tellement brutal. Souviens-toi de nos histoires, des périls auxquels nous avons échappé de justesse. Je ne peux pas te demander de risquer ta vie pour moi, si c'est uniquement pour m'aider à faire la cuisine et le ménage.

– Il n'y a pas que ces dangers, pourtant. Tu es contente d'y être allée.

– C'est vrai, répondit prudemment Ethel.

– Tu sais, reprit Alice avec résolution, faisant de son mieux pour masquer sa cuisante déception, je suis prête à affronter les difficultés. Je ne suis ni comme Daisy ni comme Annie. Je n'ai pas le mal de mer et je peux marcher toute la journée sans fatigue. C'est ce que je fais, d'ailleurs, au moins une fois par semaine, quand Mopsey s'évade de l'étable. »

Quand les causes étaient perdues, cependant, Alice le devinait toujours. Ethel avait le cœur trop généreux pour ne pas se soucier du bien-être d'autrui.

« Tu penses que c'est trop dangereux.

– C'est une chose que de risquer ma peau, répondit Ethel avec une infinie compassion. Mais si quelque chose arrivait à l'une de mes petites sœurs, si quelque chose t'arrivait – elle effleura tendrement la main d'Alice à ces mots –, je ne me le pardonnerais jamais. »

7.

Le revirement d'Ed Keller avait été la première des humiliations d'Alice. La deuxième lui avait été offerte par sa sœur. La troisième lui vint de Clarence qui, lorsqu'il se retrouva en sa compagnie, la traita avec une gentillesse particulière, et ne la régala plus de ses « Contes de la piste », comme s'il voulait l'épargner. Les sentiments les plus amers s'emparèrent du cœur d'Alice ; la honte les avait fait sortir de leur coquille. Sa seule consolation lui venait du départ imminent d'Ethel et de Clarence.

Un départ en fanfare, le 2 mars 1898, auquel Alice assista sous l'auvent de la maison, avec les Bush et les Berry. Et les aventuriers étaient radieux, à l'idée de quitter la ferme surpeuplée, de reprendre le chemin vers leur contrée magique. Frank Berry, lui, s'était déjà installé sur le banc, dans la carriole, le sourire satisfait, ses yeux sombres rivés sur la route et les rênes bien en main. Et lorsque sa sœur Cora approcha pour l'embrasser, il feignit de ne pas la voir. Quant aux heureux chercheurs d'or : l'histoire pour eux se répétait. C'était une reconstitution de leur mariage, en 1896. Deux ans plus tôt, en ce même jour du début mars, ils avaient quitté la ferme pour leur lune de miel, des rubans jaunes virevoltant au dos des sièges. Tous alors s'inquiétaient pour eux, mais en deux ans la commisération avait changé de camp : c'était la famille restée en Californie, les malheureux hurlant « Bon voyage » qui étaient à plaindre.

La carriole disparut au bout de la route. La poussière retomba, et un silence familier revint dans la ferme. C'était celui de la pétrification. Alice retrouva les treilles, le soleil aveuglant, et elle retourna à l'étable pour nettoyer la stalle de Mopsey. Or ou non, il fallait toujours des muscles d'acier et une pelle pour cela.

Le soir, les ombres des vignes s'étendirent, précises, sur la terre. Alice les vit aussi sur ses mains, noires et arachnéennes, ce qui la fit sursauter.

Sa sœur était riche et heureuse.

En quoi cela changeait son propre sort ?

Elle ne mourrait pas de faim. Les parents garderaient la ferme. Une année cependant s'était écoulée. Alice avait vingt ans, et des appétits nouveaux s'épanouissaient en elle.

8.

Le jour où ils reçurent le message de Seattle, Alice était assise dans la cuisine, languide, dans un carré de lumière, à lire la Bible. L'église familiale organisait un concours de récitation auquel elle s'était inscrite. Quelques années plus tôt, elle en avait gagné un, à l'époque naïve où les trois dollars de la récompense avaient tout d'une aubaine.

Cette fois-ci, Alice manqua le passage du jeune postier. Son regard interrogateur, sa casquette grise. De fait, elle entra dans le salon où elle trouva Moie et Poie immobiles comme deux sentinelles de pierre. Ils avaient reçu un télégramme : chose étrange, car ils n'en recevaient jamais. Lorsque Poie aperçut Alice, il lui tendit le bout de papier jaune et prononça un seul mot, « Ethel ».

SOMMES À SEATTLE. REPARTONS MARDI. ACHETÉ BILLET EN PLUS. ENVOYEZ TOT.

Elle fut prise du même spasme de stupéfaction que l'année précédente, mais celui-ci était personnel. Cette fois-ci, c'était Alice qui lisait le message, Alice qui n'y croyait pas. Son esprit se démenait entre les mots et fouillait les espaces muets. Des semaines plus tôt, tandis qu'elle aidait Ethel à faire ses bagages, elle lui avait proposé de les accompagner dans le Nord, mais Ethel avait dit non. Or Ethel n'était pas inconstante, elle ne changeait d'avis que très rarement.

Moie et Poie étaient perplexes, Daisy révoltée. L'un des nombreux plaisirs associés à ses fiançailles avec Ed Keller était la perspective de laisser derrière elle, dans l'ornière de la ferme, une sœur plus âgée. À présent, elle arpentait la cuisine en grondant « Tot ? Tot ? Mais elle sert à quoi, Tot ? », comme s'il s'agissait d'une question philosophique à jamais sans réponse.

Il leur fallut quelques moments pour trouver un début d'explication qu'aucun d'entre eux, d'ailleurs, n'évoqua en toute clarté. Ce fut Moie qui, la première, prononça quelques paroles énigmatiques et inquiètes. Ethel et Clarence étaient mariés depuis deux ans. Il y avait une évolution, un changement d'état chez une femme qui rendait soudain nécessaire la présence d'une autre femme. Pourtant, cela n'avait aucun sens. Voyager ainsi était inconcevable. Le Klondike pouvait tuer des bûcherons au premier contact. Les chevaux y mouraient comme des mouches. Des voyageurs prudents, soigneusement préparés, sautaient dans les airs, étaient précipités au flanc des falaises. Ethel elle-même, au cours de l'hiver, leur avait raconté cette histoire singulière et tragique : une jolie jeune femme de Fresno, à peine dix-huit ans, avait suivi son époux sur la piste du Nord, avec leurs deux petits bébés dans les bras, emmitouflés dans des couvertures. La pauvre jeune femme avait sous-estimé les difficultés du voyage et s'en était retournée deux semaines plus tard à Fresno, accablée, les mains tragiquement vides.

« Pars à Seattle, murmura Moie d'une voix rauque. Mais dis à Ethel de laisser Clarence partir seul. Elle doit revenir ici, rester avec nous.

– Tu crois que je pourrai la convaincre ? douta Alice. Et si la chose est déjà décidée entre eux deux ?

– Elle a perdu la tête, dit Moie. Parce qu'elle est allée une fois au Klondike et qu'elle en est rentrée saine et sauve, elle se croit invincible.

– Mais, Moie, insista Alice, et si elle ne veut pas changer d'avis ? »

Leurs regards se croisèrent jusqu'à ce que Moie perde assurance et détourne la tête. Ethel était du genre à camper sur ses positions ; sa sœur et sa mère le savaient bien. Elles furent pendant un moment en sympathie : une compréhension mutuelle qui n'était pas sans impureté. Il s'y cachait un autre sentiment. Si Alice avait été la fille préférée de Moie, plutôt qu'Ethel, la mère aurait pu dire cela : *Fais de ton mieux pour ramener Ethel à la maison, mais si elle tient vraiment à partir, ne l'accompagne sous aucun prétexte* – des paroles que Moie ne pouvait prononcer.

Si Ethel, comme Alice le soupçonnait, était réellement enceinte, si elle avait besoin d'aide pendant le voyage, Moie ne pouvait pas la lui refuser, Moie ne pouvait pas la priver de la compagnie d'Alice, même si cela mettait cette dernière en danger.

« Le Pullman part demain matin à huit heures, dit Alice, interrompant le silence et résolvant le dilemme de sa mère. Je peux être à Seattle à la tombée de la nuit. Il n'y a pas une minute à perdre. »

Et ce fut à distance qu'Alice entendit les protestations de Poie, Moie et Daisy ; déjà pourtant le brouhaha paraissait s'atténuer, comme une bête hurlante qui chute dans un puits. Elle embrassa le salon et les gens qui s'y trouvaient d'un regard presque malveillant. Près de la porte qui donnait sur l'arrière de la maison et que l'on distinguait au bout du couloir, elle aperçut la chaise où elle s'asseyait toujours : branlante, les pieds grêles, bois de pin éthéré et lumineux dans son carré de soleil. La chaise se trouvait exactement à l'endroit, légèrement de travers par rapport à la table. Elle s'était réfugiée contre son dossier pendant une semaine, les aventures de Moïse à plat sur ses cuisses. Elle allait rater le concours de la Sixième Rue, et peut-être la prochaine année de sa vie, au vu de ce qu'elle en imaginait. Ce n'était pas un mal, elle gagnait même au change. Ses pas la dirigeaient vers la porte.

9.

Le train filait vers le nord. Les fermes défilaient par la fenêtre. Les fleuves, et des kilomètres de champs où poussaient des herbes hautes, hirsutes. Puis sous ses yeux se déploya une vaste plaine verte tandis que la locomotive avançait sans relâche, emmenant Alice plus loin qu'elle n'avait jamais voyagé.

Dans les wagons, une foule bruyante. Les places avaient été prises d'assaut par des jeunes hommes candidats à la ruée. Ils s'agenouillaient sur les sièges, se penchaient par-dessus les dossiers, parlaient tous en même temps, se posant des questions les uns aux autres et se hâtant ensuite de répandre les fausses réponses dans tout le train. Personne n'adressait la parole à Alice. Poie et Moie s'étaient inquiétés de la voir si mal entourée et lui avaient conseillé de ne pas quitter des yeux un couple âgé de leur connaissance, des voisins qui se trouvaient par hasard dans ce même convoi. Les candidats à la ruée cependant ne prêtaient aucune attention à Alice, si ce n'était pour s'excuser lorsqu'ils lui heurtaient le coude. Alice n'appartenait pas à leurs yeux au monde merveilleux et naissant de leur aventure. C'était une regrettable erreur de leur part, car après avoir écouté pendant huit mois les anecdotes d'Ethel et de Clarence, la jeune femme était devenue un almanach vivant de la piste du Yukon.

La pluie tambourinait sur le toit du wagon ; des auvents jaillissaient de longues traînes de gouttes. Ils firent halte à Portland, où les rues n'étaient que boue, où l'eau s'engouffrait dans les bottes d'Alice.

À la tombée du jour, leur destination leur sauta au visage, comme un brigand caché derrière les arbres. Une foule s'était amassée sur le quai. Les manteaux des hommes et des femmes étaient ternes ; de rares taches de couleur illuminaient la mer de chapeaux noirs. Cependant, il y avait une vibration chaleureuse dans ces corps : la chaleur de l'espoir avait pris le dessus sur la grisaille et le crachin.

Alice prit congé des voisins sur le marchepied du wagon et aperçut Ethel et Clarence. Ce fut un soulagement, bien qu'elle n'ait jamais eu aucune raison de douter, et la preuve que la convocation d'Ethel n'était pas une plaisanterie.

« Je suis là ! » s'écria Alice en s'élançant vers eux pour les embrasser tous deux.

En dépit du mystère, elle était bien décidée à faire sa réapparition dans l'enthousiasme.

« Je savais bien que je vous manquerais trop pour que vous m'abandonniez. »

Elle prit appui sur l'épaule de sa sœur pour soulever son pied droit.

« Regardez ! J'ai déjà de la boue plein les bottines, preuve incontestable de mon esprit d'aventure.

– Jette-les à la première occasion, dit Clarence. Si elles n'ont pas résisté à la Californie, elles te serviront encore moins en Alaska. »

Le porteur arriva avec le sac d'Alice. Clarence s'en saisit et feignit de s'être cassé l'épaule.

« Ne la taquine pas, le gronda Ethel. Elle vient de si loin ! Alice, tout le monde se portait bien à la maison ? »

Les deux sœurs se mirent en route, bras dessus, bras dessous, Clarence quelques pas en arrière. De jeunes hommes descendus du train erraient sur le quai, d'énormes sacs sur les épaules, le regard perplexe. Certains passagers du wagon d'Alice reconnurent Clarence et ouvrirent de grands yeux, comprenant, trop tard, que la gamine sans nom assise du côté de l'allée connaissait le fameux chercheur d'or Berry.

« Non, je suis navrée de te le dire, tout le monde ne se porte pas bien, dit Alice en se retournant vers Ethel tandis qu'elles se frayaient un chemin dans la foule. Daisy est verte de jalousie. Dieu merci, j'ai pu partir avant qu'elle ne m'arrache les yeux. J'en suis désolée pour Moie et Poie. Je crains que le seul remède ne soit un mariage très coûteux.

– Je n'étais pas certaine qu'ils te laisseraient venir, répondit Ethel. Annie sera très mécontente. Tu ne les verras pas cet été, elle et Wanlyn.

– J'avais oublié sa visite », répondit Alice en toute sincérité.

Annie, sa sœur jumelle ; Wanlyn, sa petite nièce de trois ans. Toutes deux vivaient dans l'Illinois. Après avoir reculé pendant des années devant la perspective d'un voyage, Annie avait décidé, presque au moment où Ethel et Clarence faisaient les unes des journaux, qu'elle avait peut-être le temps en fin de compte d'aller voir ses parents, avec sa fille sous le bras.

« Crois-moi, reprit Alice, je me remettrai de cette déconvenue. Mais tu dois savoir que Moie serait encore plus heureuse que nous soyons présentes, toi et moi, quand Annie et Wanlyn viendront à la maison, dit Alice pour rendre justice à leur mère. Et, d'une certaine manière, je lui donne raison.

– Vraiment ? répondit Ethel d'une voix égale, sans lever les yeux. Et pourquoi cela ?

– Ma chère, ton télégramme nous a tellement surpris. Ces revirements ne te ressemblent pas. »

Voilà, songea Alice. As-tu vu comment je t'ai tendu la perche ? Maintenant, à toi de la saisir, pour tout m'expliquer, enfin.

Ethel parut pendant quelques instants sur le point de parler, puis elle se détourna résolument de la lumière.

« Je suis désolée de t'avoir inquiétée à ce point. Ce n'était pas mon intention. Simplement, cette offre de nous accompagner me trottait dans la tête. Clarence et moi sommes passés l'autre jour devant la file d'attente des gens qui veulent faire la traversée ; à les revoir, je me suis dit que tu avais eu raison. J'ai fait part à Clarence de ton offre ; il a sauté sur l'idée. Il ne comprenait pas que nous n'ayons pas accepté dès le début. »

Alice dévisagea sa sœur, sans croire un mot de ce qu'elle disait. Pourquoi mentir ? C'était incompréhensible.

« Eh bien, je suis ravie de faire le voyage, dit-elle. Tu t'en doutais, je pense.

– Merci, Tot, répondit Ethel, qui sembla s'effondrer à ces mots. Tu ne peux pas savoir à quel point je suis reconnaissante. »

Elles pressèrent le pas, descendirent quelques marches luisantes de pluie. Tandis qu'elles s'éloignaient de la gare, les pancartes, les immeubles, les chapeaux dégoulinants d'une pluie morose subirent aux yeux d'Alice un curieux décalage ; l'énergie et la joie qui avaient animé cette foule qui jouait des coudes prirent une apparence vaguement grotesque.

Alice avait salué sa sœur et son beau-frère avec entrain, pensant trouver chez eux la même gaieté, empreinte peut-être de nervosité. Pourtant même Clarence, qui les suivait à deux ou trois pas, était d'humeur sombre.

De nouveau, elle fouilla Ethel du regard, examinant la veste bleu marine qui lui moulait le torse, la jupe, le corsage rentré à la taille. Rien de visible, peut-être était-ce trop tôt. Ethel n'était pas insensible à cette attention. Ses lèvres frémirent – allait-elle parler ? Non. Son visage brûlait de pensées inexprimées. Elle redressa la tête et poursuivit sa progression.

10.

Elles bifurquèrent dans Madison Street, où de nombreuses personnes faisaient leurs courses, et Clarence les rattrapa. Des rangées de lampadaires, lunes miniatures, les accompagnèrent le long de la chaussée, au-dessus de laquelle le crachin scintillant du début mars s'épaississait jusqu'à devenir neige. Les vitrines des magasins étaient obscurcies par d'obèses sacs de farine. Une pancarte flambant neuf proclamait TOUT POUR L'ALASKA ; deux immeubles plus loin, dans le dédale du Bazar du Klondike, des chapeaux se mouvaient entre les étalages de manteaux de fourrure.

À l'un des carrefours suivants, une troupe obscure d'inconnus les salua, identifiant Clarence avec une cordialité bruyante.

« Bonsoir ! hurlèrent-ils. Attendez, on arrive tout de suite ! »

D'un pas vif, ils s'égaillèrent et assiégèrent les Berry, mains crispées sur leurs couvre-chefs.

Ces jeunes gens voulaient savoir, sans embêter Mr Berry : S'il vous plaît, quel est donc le secret pour trouver le bon filon au Klondike ? Et par quelle piste y retournait-il ? Que savait-il de Bunker Hill ? Y trouvait-on vraiment de l'or ? Un garçon maigre surgit non loin d'Ethel : beau visage, ouvert, mobile, une physionomie d'acteur. Il arborait l'un de ces badges ridicules que l'on vendait à présent partout dans le pays, proclamant « Au printemps je me rue ». Il le montra à Ethel tout en continuant de marcher, avec une timidité qu'elle prit pour argent comptant. Lorsque Clarence parvint à l'arracher à l'attention du nouveau venu, aboyant à son tour « Bonsoir, bonne route », l'homme s'écarta sans protester. Trente secondes plus tard, il était encore sur le trottoir, les bras ballants, la lèvre inférieure, charnue, saillant en une moue de caricature.

Ils réintégrèrent enfin leur hôtel par les immenses portes doubles. Une petite musique s'égrenait dans la tête d'Alice tandis que les autres clients les regardaient traverser la réception. *C'est ça quand on est très très riche*. Sans doute voulaient-elles dîner dans la grande salle, où Frank était censé les retrouver, suggéra Clarence. Le refus d'Ethel fut catégorique : les deux sœurs prendraient leur repas dans leur chambre.

Dans la salle à manger, elles traversèrent une forêt d'appliques étincelantes, de longues tables bordées de chaises ; le regard d'Alice se fit pensif.

« Je suis navrée, lui glissa Ethel qui l'observait. Je sais que tu aurais trouvé l'expérience intéressante, mais ces gens commencent à devenir violents. Hier, une effroyable bagarre a éclaté au bar. Un billet pour la traversée a été retrouvé entre les mains d'un voleur au moment même où il l'extrayait de la poche de son propriétaire. Soudain, vingt colosses se sont livrés à une bataille en règle, en se déplaçant dans tous les sens comme si leurs mouvements étaient contrôlés par je ne sais quel aimant. On nous a dit qu'ils avaient même fini par sortir les couteaux. »

Elles prirent un escalier étroit, dont la cage sombre recueillait toutes les odeurs de cuisine.

« Je m'inquiète pour la piste, ajouta Ethel. Si nous assistons ici déjà à des manifestations aussi violentes… Je m'attendais à une compétition plus équitable. C'est sans doute parce que je suis une femme.

– Non, la corrigea Alice. C'est ta bonté naturelle. Tu pourrais montrer l'exemple à bien des gens. »

11.

Un lit à baldaquin dominait la chambre, sa courtepointe blanche comme une amie de la neige. Après avoir brièvement passé en revue le mobilier, Alice s'approcha de la fenêtre, attirée par une vue surplombante dont elle n'avait jamais fait l'expérience, et qui lui donna l'impression d'être un oiseau. Les flocons replets et blancs virevoltaient près de la vitre. Il ne neigeait jamais à Selma. Alice n'avait plus vu de neige aussi épaisse depuis ses huit ans et leur dernier hiver dans le comté de Placer. Elle songea au lieu où elle se trouvait, à la distance qui la séparait de chez elle, et il lui sembla qu'elle volait, comme si le voyage vers le Nord équivalait réellement à une ascension du globe. Quelle merveille de penser à tous ces inconnus qui vivaient de par le monde, à leurs vies bien remplies. Elle entendait des bruits de pas à l'étage supérieur, des voix flottant dans les couloirs ; elle vit des groupes d'hommes marcher en zigzag dans la neige, plus loin en contrebas, à la lumière des lampadaires. De l'autre côté de la rue, Tout pour l'Alaska n'avait pas encore fermé boutique ; un acheteur hésitant traînait devant l'un des étals près de la porte et manipulait une imposante pile de couvertures. Il finit par en extraire une rouge foncé, puis l'ouvrit à deux mains et parut sur-le-champ équipé d'une paire d'ailes colossales. Alice resta bouche bée, fascinée, jusqu'à ce qu'une lueur soudaine dans la chambre vienne obscurcir la vue de la fenêtre.

Ethel avait allumé la lampe de leur petite table. Elle y disposa deux serviettes, des fourchettes et des couteaux dénichés dans un tiroir, puis se laissa tomber dans le fauteuil. Elle leva la main et tira une épingle de son chignon.

Alice fit allusion à la vue vertigineuse, ce à quoi Ethel répliqua par un assentiment distrait.

« J'ai tant de choses à raconter dans mon journal ce soir », ajouta Alice, ce qui lui valut, cette fois-ci, un murmure approbateur.

D'ordinaire, la placidité d'Ethel la charmait, l'apaisait. C'était une précieuse qualité lorsqu'on avait, comme Alice, grandi dans une petite maison avec deux autres sœurs qui ne cessaient de bavarder. Ce soir-là, cependant, cette tranquillité l'impatienta. Si Ethel avait quelque chose à dire, elle serait bien obligée de renoncer à sa prude délicatesse ! Ou bien s'attendait-elle à ce qu'Alice chemine tranquillement à son côté, jour après jour, regardant son ventre s'arrondir, lui tenant la main sur la piste et restant bouche close, jusqu'à ce qu'un soir, à la lumière du feu de camp, dans une tente secouée par la tempête, un enfant flottant sur des flots de sang vienne au monde entre ses mains, au milieu de nulle part ?

« Alors, insista doucement Alice, dis-moi. T'es-tu disputée avec Clarence ? »

Le visage d'Ethel pivota, telle une lune écarquillée par la surprise.

« Quelle question !

– Ethel, quand j'ai proposé de partir avec vous, tu n'as pas voulu. Puis tu m'as expliqué que tu avais changé d'avis en voyant la file des voyageurs en quête d'un billet. Tu m'excuseras, mais il me semble que tes raisons sont plus sérieuses que celle-là, trois jours avant le départ de votre bateau.

– Tout va très bien entre Clarence et moi. »

Les traits d'Ethel se figèrent, comme ceux de Moie lorsqu'elle était en proie à la nervosité. Alice posa son sac de voyage sur la courtepointe et l'ouvrit.

« Mais tu vois ce que je veux dire, persista Alice. Ça m'a fait réfléchir. Si Ethel, soudain, a besoin de compagnie, est-ce parce que Clarence…

– Arrête, Alice. Je te dis que ça n'a rien à voir.

– Je te mets en colère. J'en suis désolée.

– Ne t'inquiète pas.

– Alors, si ce n'est pas cela ? dit-elle après un silence.

– Bon, se lança Ethel en inspirant sèchement. Je ne sais pas comment aborder les choses. »

Alice resta coite.

« Je suis malade. »

Moie ne s'était donc pas trompée. Alice lâcha le fermoir du sac avant de croiser le regard larmoyant d'Ethel.

« Annie était malade, aussi, en attendant Wanlyn. Ça arrive à nombre de femmes.

– Non. Je savais que cette idée te viendrait à l'esprit, dit Ethel dans son désarroi. Est-ce à cela qu'on pense, à la maison ?

– Peut-être, oui, répondit Alice, confuse. C'est surtout Moie qui se pose la question.

– Je l'ai dit à Clarence. On aurait dû écrire : "Ethel mal en point. Besoin d'aide." Mais je vois bien que vous auriez, de toute façon, tiré la même conclusion.

– "Mal en point", ma chère ? Que veux-tu dire ? »

Deux épingles à cheveux glissèrent sans un bruit des genoux d'Ethel. La flamme orange de la lampe se courba ; l'anneau de métal crépita tandis que la petite flaque de lumière se déportait dans une direction inattendue. C'était Ethel qui manipulait la lampe, le visage en feu.

« Je suis navrée d'en arriver là, murmura-t-elle, mais je vais te montrer quelque chose d'affreux. »

Alice se leva, affrontant soudain une muraille d'effroi. Emboîtant le pas à sa sœur, elle traversa la chambre sombre et glaciale. Dans un recoin, non loin de la porte, se trouvait un petit récipient coiffé d'un couvercle trop grand. Ethel le souleva. À la lumière de la lampe, Alice distingua un amas de tissu froissé, raidi, imprégné d'une substance brun-roux.

« C'est comme cela depuis deux semaines. »

Alice ne comprit pas immédiatement, puis elle effleura les plis figés pour découvrir une triste tâche, un odeur de latrines : froide, minérale, terre humide et riche. Elle avait vu déjà de ces débris sanguinolents, à demi caillés, imbibant le tissu, et traités avec la même gravité. Une porte s'ouvrit dans sa mémoire. Elle se retrouva, une fois de plus, dans leur première maison du comté de Placer, ce palais des courants d'air au milieu de la forêt. Les Bush étaient un quatuor de filles : un petit frère s'y serait pourtant ajouté si seulement ce petit être, apparu l'année d'après la naissance de Daisy, avait bien voulu rester dans le ventre de sa mère.

« Oh, Ethel.

– Ça va, ne t'inquiète pas. »

Le chiffon du dessus était encore humide. Que trouverait-elle en le soulevant ? Un petit visage plissé qui lui rendrait son regard ?

« Il y a un bébé dans ces…

– Non. Dieu merci.

– Et y en a-t-il un, maintenant, un qui n'aurait pas… »

Elle regarda longuement vers le ventre d'Ethel.

« C'est ce que j'ai cru, répondit Ethel, la voix pâteuse. Mais je ne suis plus sûre de rien. Il n'y a plus que ce saignement qui ne s'arrête jamais, et un point de côté. Clarence était persuadé que j'avais une appendicite. Le médecin est venu pour m'examiner et, comme Clarence l'a contaminé pendant une bonne heure avec ses certitudes, il a fini par dire que ce n'était pas impossible. Dieu merci pourtant, il ne s'est pas laissé entièrement convaincre, refusant de m'ouvrir le ventre.

– On rentre à la maison. »

En dépit de sa déception, Alice revenait à la raison. Les instructions de Moie n'auraient pu trouver messagère plus empressée.

« Tu ne peux pas entreprendre le voyage à pied. Tu m'as dit toi-même qu'escalader le col du Chilkoot, c'était monter une échelle de glace. Si tu es malade, c'est hors de question. Tu imagines, Ethel ? conclut Alice en tendant la main vers les chiffons ensanglantés. Ces horreurs, sous la tente ? »

Ce conseil ne fut pas bien reçu, à la surprise d'Alice. Ethel posa la main sur sa nuque. Soudain libérée, une épaisse et folle cascade de cheveux noirs se déversa jusqu'à sa taille.

« Tu crois que je t'ai demandé de venir pour me ramener à la maison ? J'aurais eu le choix entre cent héros locaux, si je n'avais eu besoin que d'une escorte pour Selma.

– Très bien. Alors que Clarence nous trouve un logement, et nous resterons à Seattle. Dis aux autres que nous attendons que la température remonte avant d'aller retrouver les hommes là-haut. C'est ce que font les gens sensés, pour la plupart, quel que soit leur état de santé. Nous partirons en mai ou en juin, si tu vas mieux.

– Non.

– Ton stoïcisme confine à la bêtise.

– Le voyage est périlleux, c'est vrai, acquiesça Ethel d'un ton étrangement sévère.

» Si tu ne veux pas nous suivre, je comprendrai. Je m'en veux terriblement de t'imposer cela. Je ne devrais pas. »

Leurs regards se croisèrent. Elles restèrent muettes.

« Je n'ai pas peur du voyage, finit par dire Alice.

– C'est une erreur.

– Et toi ?

– Alice, je ne peux pas rater cela. Comment t'expliquer ? »

Ethel soupira et ce fut, curieusement, comme une libération. Dans le même temps, sans doute, lui vint la décision de ne plus rien cacher à sa sœur.

« Tu vas peut-être trouver cela idiot, mais je crois bien que j'ai enfin trouvé la vie qui m'était destinée, et je ne veux pas y renoncer. Je sais de quoi j'ai l'air dans les journaux : cette image grotesque, dure comme le roc et téméraire. Mais elle n'est pas si fausse que cela, en bien des manières. J'adore cette vie. »

Ethel se tenait dans l'ombre, mais son visage étincelait de toute la force de la lucidité.

« Je sens depuis des années que je peux faire bien plus que ce qu'on attend de moi. Quand Poie et Moie trimaient dans le malheur, je me suis occupée de vous autres, mes petites sœurs. J'ai tenu la maison pour nous tous, et je ne le regrette pour rien au monde. Mais le jour où je suis descendue du bateau, à Dyea, avec Clarence, j'ai ressenti une joie entièrement nouvelle. J'avais l'impression que les quatre murs qui me retenaient prisonnière s'étaient effondrés, que je voyais le monde comme jamais auparavant. Je le respirais, je palpais sa richesse. J'ai marché trente miles en tirant les chiens. J'ai escaladé le Chilkoot sur mes deux jambes, agrippée au roc, le piolet à la main. C'était extraordinaire. J'avais l'impression d'être au sommet du monde. C'est cet air que je veux respirer de nouveau. Je veux continuer de vivre pleinement ma vie. Tu comprends ? Je suis au sommet, Alice. C'est l'apogée de mon existence. C'est ma jeunesse, ou ce qu'il en reste. Et si je devais rester dans cet hôtel, si je devais rentrer à Selma, c'est cela que je manquerais, et je m'en mordrais les doigts jusqu'à la fin de mes jours. Je ne pourrais plus jamais revenir sur mes pas. »

12.

Vingt heures avant l'embarquement, dans les tourbillons de la neige et l'émoi des préparatifs de départ, Alice marchait sur la corde raide. Elle avait promis solennellement d'aider sa sœur. Elle l'accompagnerait dans le Nord, lui rendrait le périple possible. Durant cette soirée de confessions, elle avait été prise au piège des aveux d'Ethel.

« Tu as raison, je crois, ma chère sœur, lui avait-elle dit. On ne peut pas rater cette occasion. »

Pourtant, à quoi avait-elle donné son accord, exactement ? La question la tourmentait sans cesse. Avait-elle signé l'arrêt de mort de sa sœur en cédant à son désir, ou peut-être même le sien ? Clarence ne leur fut d'aucun secours dans ce dilemme. Il s'était déjà résigné à ne pouvoir convaincre sa femme de rester à Seattle. Il avait accepté qu'Alice voyage avec eux pour le bien d'Ethel : l'affaire était donc réglée. Son attitude enrageait Alice, même si Clarence était si pitoyable en cet instant précis qu'il y avait à peine de quoi entretenir la colère. Il était en proie à de tout autres préoccupations. À Selma, il avait été fait allusion quelques fois à la terrible angoisse qui s'emparait de Clarence Berry à la perspective d'un voyage en mer. Cela toutefois n'avait pas préparé Alice au spectacle de son effondrement. On ne pouvait plus lui parler. Il n'ouvrait la bouche que pour mentionner, une fois de plus, le naufrage du *Nancy G*, ou celui du *City of Mexico*. Il revenait toujours au tragique destin de l'*Aurora*, qui avait contourné une île du mauvais côté, non loin de l'embouchure du fleuve Skeena, et qui s'était alors précipité sur les récifs toutes voiles déployées et avait mis douze effroyables heures à sombrer. Funèbre, il ajoutait : « Je n'arrive pas à chasser le *Moon Merry* de mon esprit. » Le *Moon Merry*, nul ne l'ignorait, avait disparu en mer après qu'on l'avait vu se diriger droit vers l'ouest en pleine tempête, gîtant à soixante degrés.

Le matin de l'embarquement, Clarence s'enferma dans le silence et ne toucha pas à une miette de son petit déjeuner. Debout, à la fenêtre, les mains croisées dans le dos, il laissa sa femme et sa belle-sœur finir de préparer les bagages. Elles préparèrent des provisions de chiffons et comptèrent les pilules de morphine ; Alice ne put s'empêcher de voir là un signe de mauvais augure pour le voyage à venir. La lueur du petit matin vieillissait la chambre. Le café qu'aucun des trois n'avait fini maculait d'un vernis noir le fond des petites tasses blanches.

Lorsque Frank Berry les rejoignit, frémissant d'excitation et de plaisir, il fut stupéfait de leur gravité. Leur humeur cependant lui sembla plus sombre que tragique.

« Comme si vous veniez de perdre un vieil oncle célibataire, que nul ne connaissait vraiment et qui s'est éteint dans son sommeil », résuma-t-il non sans exactitude.

Ethel finit par déclarer qu'il était temps ; ils furent bien obligés de se mêler à la foule qui se rendait en masse au port. Les Berry étaient scrutés avec émerveillement. Clarence retournait exploiter de riches concessions dont il était déjà propriétaire, alors que tous les autres se rendaient dans le Nord pour miser sur des terres de plus en plus peuplées. Alice aurait pu jouir de ce moment si l'inquiétude ne l'avait pas tenaillée.

La veille, elle avait envoyé un télégramme à Moie et Poie.

Ethel bien vaillante. Comme toujours. Partons sur la Bertha.

Elle ne pouvait imaginer ce que penseraient ses parents à la lecture de ces énigmatiques paroles. Elle comprenait à peine ses propres inquiétudes. Devant elle, des passagers s'engageaient sur la passerelle. À voir leurs yeux plissés, leurs grimaces qui signifiaient « Je franchis le pas sans réfléchir », ils auraient pu aussi bien se mettre à l'eau.

13.

La première nuit en mer, dans l'ardeur bleue du mouvement, la transporta trop entièrement pour laisser place au regret. Ethel disait vrai, songeait Alice allongée sur sa couchette, malgré le danger, nous ne pouvions pas rater cela. Puis, la deuxième nuit, le vent se leva et le bateau se mit à tanguer. Alice, dans un retournement immédiat, pensa que Clarence avait raison depuis le début : Nous allons mourir.

« Il pleut comme vache qui pisse sur ce foutu pont, dit un homme dans le couloir. Tu crois que je pourrais réutiliser ces godasses ?

– Ah, mon vieux, répondit l'autre d'une voix qui se perdit dans les profondeurs du navire à mesure qu'ils s'éloignaient, t'auras même pas le temps de les enlever avant de crever. »

Toc-toc-toc-toc. C'était Ethel, de l'autre côté de la cloison qui séparait de la cabine d'Alice celle qu'elle partageait avec

Clarence. Alice se retourna et répondit d'un double toc. Elles conversaient ainsi depuis des heures : Je suis vivante, et toi ? Oui, pour le moment, et toi ?

Puis le navire fit une embardée et Alice porta la main à ses lèvres. Sur les fleuves, elle n'avait jamais été malade, mais la mer secoue d'une tout autre manière. Sans se rendre compte de ce qu'elle faisait, elle se leva, prit appui sur le mur et se dirigea vers la porte de la cabine, qu'elle ouvrit pour se vider généreusement l'estomac dans le couloir, tandis que l'autre occupante de la cabine, Jeannette, qui allait rejoindre son mari commerçant à Dyea, s'écriait :

« Mais où vas-tu ? Où vas-tu ? »

Dans le couloir ténébreux, l'eau clapotait, lui entrant dans les bottes. Elle tituba le long du mur, avançant à l'aveuglette, jusqu'au moment où elle remarqua une porte ouverte d'où émanait une douce lueur.

Trois hommes. Ils étaient recroquevillés autour d'une table sur laquelle était posée une lampe-tempête ; ils jouaient aux cartes, lesquelles ne cessaient de leur échapper des mains. Des visages se levèrent, abasourdis. L'homme assis devant le seuil se retourna sur sa chaise. Le plus petit des trois, un portefaix, fit signe à Alice d'entrer.

« Ah, une fille comme on les aime, prête à affronter les petits poissons les yeux grands ouverts. Venez donc vous asseoir, mademoiselle, on ne mord pas. On n'est pas des requins, nous. » Et cette épouvantable évocation lui arracha un « Dieu nous en garde ! »

Ils lui proposèrent une chaise et se présentèrent. Alice se trouvait dans le salon des messieurs, pièce à peine plus grande qu'une cabine, et gorgée de la même odeur d'humidité et de pourriture. Mais la lumière était agréable, de même son reflet dans le miroir. Mieux valait rester en cette compagnie plutôt que tenir la main à Jeannette. Les deux compagnons du porteur travaillaient aux cuisines du navire. Ils lui firent un aveu : à Dyea, ils déserteraient l'équipage. Ils achèteraient provisions et ustensiles, se fabriqueraient un traîneau, escaladeraient le Chilkoot et prendraient la route de Dawson. Tout le monde avait le même plan. Alice remarqua cependant que les marins n'avaient pas l'enthousiasme enfantin des passagers du train, ou des foules de Seattle ni sa propre et naïve excitation à l'idée du voyage. Ils parlaient de leur expédition comme d'un chemin où le sort les poussait sans qu'ils puissent reculer.

« On verra si on peut se trouver une bonne petite vallée où personne n'est encore allé voir, dit l'un des cuistots. Peut-être même un bout de Bonanza. Il paraît qu'il n'y a plus rien de libre à Eldorado.

– De temps en temps, il y a des fractions », dit Alice.

Sa langue s'était déliée, sous l'effet sans doute du roulis et de la peur de mourir.

« Ma sœur est propriétaire d'une fraction qui se trouve entre la *Cinq* et la *Six*, dans Eldorado. Quand il a installé ses bornes, son mari a fait une erreur de mesure. Lorsque les officiels l'ont découvert, il en a fait cadeau à sa femme.

– Bon sang, qui est votre sœur ? voulurent-ils savoir.

– C'est Ethel Berry. Son époux se nomme Clarence. »

Les trois hommes en furent ébahis.

« Avec ces parents, lui dirent-ils, c'est que vous êtes riche, mademoiselle.

– Non, ce sont eux, rectifia-t-elle en riant. Moi, je suis Personne, seulement Mademoiselle Petite Sœur. J'aimerais bien avoir ce qu'ils ont. »

Lugubre aveu. Elle ne s'était pas rendu compte de la profondeur de ses envies, jusqu'à ce qu'elle l'exprime de son propre chef. Comme ces hommes ne misaient nullement sur elle, ils le prirent avec équanimité.

« Pourquoi vous ont-ils emmenée ? » voulut savoir le porteur.

Elle évoqua le problème d'Ethel. Ils tressaillirent. Sur un bateau chargé d'hommes, elle savait très bien qu'ils ne commettraient aucune indiscrétion. Quoi qu'il en soit, il lui paraissait indigne de mentir, alors que leurs vies pouvaient prendre fin à tout moment dans ce salon des messieurs transformé en aquarium pour humains, en seule compagnie de leurs corps ballotés.

« Si on s'en tire, il faut vraiment que ces fichus Berry vous bourrent les poches d'or, dit le porteur. Quel culot il a, ce type, de traîner une jolie fille comme vous jusqu'au Klondike. Vous auriez dû rester chez vous.

– Rester chez moi ? s'écria Alice tandis que l'océan s'écrasait sur le hublot et que la flamme de la lampe se recroquevillait avant de succomber. Hors de question ! »

À présent, ils la considéraient avec une admiration qui confinait à la vénération. Elle était le seul être dans cette pièce qui ait conservé son aura d'espoir. Puis le navire tangua et l'eau lui monta jusqu'aux cuisses.

« Seigneur ! » gémit un des cuistots, dont le torse avait flotté un instant au-dessus de son siège.

Ils se cramponnèrent tous à la table vissée au plancher. Une jolie collection de mains en éventail orna soudain son pourtour. On aurait dit qu'ils invoquaient les esprits : les leurs, peut-être ?

Leur cadeau d'adieu à Alice fut un gobelet de brandy, à rapporter dans sa cabine. Chacun de ces messieurs y avait contribué de sa flasque personnelle. De sa main libre, elle se retint à la paroi du couloir et s'y cogna violemment. Le navire se redressa. Un ballon brun flottait par-dessus sa botte, un rat noyé. Elle poursuivit en levant les genoux. L'eau était noire de poussière de charbon, le chargement précédent du navire. Alice avançait à grandes enjambées, ne sachant plus dans quoi elle marchait.

« Ta sœur tape depuis une heure sur la cloison, lui dit Jeannette.

– Tu n'as pas répondu ?

– Ça ne m'était pas destiné. »

Au-dessus de la couchette retentissait un martèlement continu. Alice répondit. Ethel de même. Elles continuèrent jusqu'à l'aube.

14.

Après le chaos du Pacifique, l'arrivée à Dyea leur parut douce comme l'étreinte généreuse d'un continent. L'étroit bras de mer s'empara du navire, et d'eux avec. La proue s'éleva au-dessus d'une bosse avant de redescendre au cœur des flots. Alice descendit sur le pont avec Clarence, Frank et sa sœur. Elle était contusionnée, tremblante, mais radieuse : quel soulagement de revoir la terre ferme ! Le vent mêlant leurs chevelures, elle embrassa lentement la joue tendre d'Ethel, comme pour la première fois. L'air piquait de mille épines de glace invisible. Le ciel était une vaste mosaïque de nuages gris, et les collines n'offraient aux regards que troncs coupés. Une poignée de bâtisses se blottissaient les unes contre les autres dans un creux de terre : trois pauvres pâtés de magasins et d'hôtels, quelques maisons, des tentes de toile pâle, dont les portes et fenêtres tournaient le dos au rivage, comme pour se protéger de la mer. Aux confins de ce village se trouvaient d'autres tentes et des piles de bois mort. Dans le lointain, on distinguait à peine des meutes de chiens dans leurs enclos, des chevaux squelettiques qu'on voyait parfois galoper sur quelques mètres, le long de petites clôtures en bois.

L'ancre fut baissée. Bientôt Mack, leur capitaine, qu'ils n'avaient pas vu du voyage, se faufila dans la foule des passagers pour les presser de débarquer. Il n'y avait pas de quai à Dyea. Hommes et marchandises devaient rejoindre la terre par barque ou par radeau. Les chiens gémirent jusqu'à ce qu'ils puissent retrouver la liberté ; détachés, ils se montraient capricieux, collés aux mollets de leurs maîtres dont ils voulaient à tout prix lécher les mains. Les chevaux hennissaient, martelaient les planches de leurs sabots et secouaient la tête tandis que leurs propriétaires leur faisaient finir le voyage à la nage. Le pont était tiède de leur fumet ; il fallait s'écarter d'eux si l'on ne voulait pas recevoir un coup de sabot. L'année passée, raconta Clarence, le pont inférieur avait été noyé sous cinq pieds d'eau avec tous les petits animaux qui s'y trouvaient : on avait retrouvé les cadavres hirsutes des chiens flottant par-dessus les caisses. Cette traversée-ci n'avait pas été si mouvementée, après tout. Cependant, il ajouta gravement ceci à qui voulait l'entendre, lui qui connaissait mieux le pays que la plupart d'entre eux :

« Les chiens s'y feront, mais les chevaux ne sont pas adaptés au climat d'ici. Aucun d'eux n'y survivra. »

Après bien des allers et retours, le débarquement s'acheva sans autre difficulté. La cargaison du navire avait été disposée le long de la plage, formant une muraille basse de caisses et de sacs. Ethel et Alice parlaient déjà du dîner : iraient-elles au restaurant, préféraient-elles cuisiner ? Puis un jeune homme qui s'efforçait d'organiser ses affaires baissa les yeux sur l'eau qui clapotait à ses chevilles.

« Bon sang ! » s'écria-t-il.

Le reste des passagers fit le même constat que lui. Le capitaine avait commis une grave erreur, en faisant débarquer le navire à marée basse. À présent la mer remontait. Toute la cargaison, les provisions et les ustensiles destinés à la piste et laissés pour l'heure sur le rivage étaient en grand danger de submersion.

Une clameur de colère s'éleva. Pourtant, il n'y avait pas de temps à perdre en récriminations. Chaque passager avait cinq cents kilos à transporter au sommet de la plage, le plus vite possible, pour échapper à l'assaut des vagues.

Une horde de portefaix, des Indiens pour la plupart, avec quelques Blancs parmi eux, descendit d'un pas traînant vers la mer avant d'annoncer ses tarifs.

Alice, fascinée, sentit une main se plaquer sur son dos : celle de Clarence, qui les repoussait, Ethel et elle, vers la dune, loin de la marée.

« On ne peut pas vous aider ? » demanda-t-elle.

Si Clarence, homme de progrès, voyageait avec des femmes, il n'admettait cependant pas que ces dernières puissent porter de tels fardeaux.

Pendant ce temps, une tragédie grecque se jouait sur la plage. Une centaine de paquetages était entreposée au pied de la plage couleur champagne. C'étaient autant d'économies sacrifiées à ce projet, de prêts consentis par les familles : les haches, les pioches, la farine, les précieux sacs de sucre, le porc salé, les haricots en conserve, les pelisses en fourrure, la toile de tente. Si la marée montait plus vite que les hommes ne pouvaient transporter leurs biens, ils perdraient tout.

Les aventuriers virevoltaient entre les glaciers bleus et leurs lamentations flottaient dans le vent.

« Oh ! s'exclama soudain Ethel en s'emparant du bras de sa sœur. Regarde, c'est Jim ! Je suis si contente que Clarence l'ait retrouvé. Les porteurs viennent toujours assister aux débarquements, mais on ne savait pas si Jim y serait. »

Jim était l'Indien Tlingit dont il était souvent question dans les « Contes de la piste ». Ils l'avaient rencontré deux ans plus tôt, lors de leur lune de miel : c'était lui qui leur avait fait franchir le col du Chilkoot. Alice le dévisagea. Quel plaisir de voir en chair et en os cette personne dont on lui avait tant parlé ! Elle remarqua que, conformément aux anecdotes rapportées par Clarence, Jim se chargeait du sac le plus lourd de la cargaison des Berry, celui qui contenait la farine, et qu'il l'avait soulevé comme si de rien n'était.

Ils retrouvèrent bien vite l'espoir. Il était évident que leurs possessions ne risquaient pas grand-chose, avec Clarence, Frank et Jim pour tout mettre en sécurité. D'autres n'étaient pas si bien lotis. Ceux qui voyageaient seuls et ne pouvaient se payer de porteur risquaient la ruine.

Il y avait en particulier un jeune homme aux longs cheveux blonds et à la physionomie hagarde, duquel Alice ne pouvait détourner le regard. Courbé sur le sable, il fit rouler une caisse vers le haut de la plage. Il se retourna vers le reste de ses biens, abandonna la caisse pour empoigner un sac, puis il hésita avant d'en ramasser un autre. Son pied glissa dans le sable mou et il s'affaissa avec une lenteur comique. Il ne cria pas, préférant arborer le sourire désespéré de l'homme perdu dans un cauchemar.

De ces masses brumeuses, Clarence finit par émerger pour déposer aux pieds des deux femmes leurs toiles de tente roulées. Il fut suivi de Jim qui, ployant sous le poids des haricots et des pommes séchées, adressa à Ethel un salut de la tête. Frank à son tour vint déposer leur piolet sur la pile. Il s'épongea le front, en nage, et suivit le regard d'Alice, encore rivé sur le jeune homme blond.

« Tu te prépares pendant un an, dit-il. Tu n'es pas plus bête que les deux gars entre lesquels tu vas courir. Et voilà que tu te prends la décharge de petit plomb du pistolet de départ dans l'arrière-train.

– Je compatis à sa douleur, dit Alice.

– Ça vaut mieux pour lui. On pourrait lui donner un coup de main, mais ça ne serait pas lui rendre service. Le pire qu'il puisse perdre aujourd'hui, c'est son capital et sa fierté. »

Deux heures plus tard, le drame trouva sa conclusion. Quelques caisses flottaient sur les vagues, emportées par la marée. Des sacs de farine s'auréolaient d'eau salée. Une cargaison d'oignons séchés retrouva sous leurs yeux tout leur moelleux. Une hache, perdue dans la cohue, s'ensabla, solitaire.

La neige épaisse se mit à tomber en diagonale. Les porteurs resserrèrent les rangs, satisfaits de leur journée. Jim arpentait la plage d'un pas assuré, avec un mot pour chacun.

Puis la lumière disparut de cette fin d'après-midi, comme bue par la terre spongieuse, et la plage commença à se vider. Les perdants se dirigèrent du même pas traînant que les vainqueurs vers les bâtisses floues du village. Dyea était une agglomération trop récente pour être équipée de réverbères. Cependant les lueurs émanant des maisons produisaient un vague halo de bienvenue.

Les deux sœurs furent parmi les dernières à quitter la plage ; Clarence leur avait demandé d'attendre qu'il leur ait trouvé un logis convenable pour la nuit. Il ne restait plus que l'équipage de la *Bertha*, installé autour d'un feu de bois alimenté en partie par les reliques de caisses que leurs propriétaires avaient éventrées et vidées. Ethel et Alice venaient d'entendre siffler Clarence, signe qu'elles allaient pouvoir le rejoindre au village, lorsque Jim, qui ne les avait pas remarquées, surgit d'une ruelle sombre. Il se dirigea vers la plage, sa pipe dépassant d'une poche de son gilet. À la grande surprise d'Alice, il accosta le capitaine de la *Bertha*, lequel avait eu l'insigne courage de quitter son navire pour dîner avec les hommes sur la plage.

Ethel déjà remontait vers les habitations. Alice, à regret, lui emboîta rapidement le pas pour la rattraper.

Dans son dos cependant, Jim et le capitaine échangeaient des salutations enjouées. Elle se retourna. Jim venait de s'asseoir sur le sable, près du capitaine. Il tendit un portefeuille dont il écarta le soufflet. Alice s'immobilisa et plissa des yeux pour mieux voir ce qu'il se passait. Si Jim ne la remarquait toujours pas, le capitaine, lui, se sentit épié. En s'emparant du portefeuille, il balaya la plage du regard et remarqua Alice. L'expression peu amène de son visage incita la jeune femme à se détourner et à reprendre sa progression. Mais de quoi pouvaient bien discuter le porteur de Clarence et le capitaine Mack ? Lorsqu'elle se risqua de nouveau à leur glisser un regard, ils conversaient joyeusement. Le capitaine, traits détendus, la pipe à la bouche, désigna le rivage jonché de provisions perdues et se mit à rire.

15.

Dans le vestibule du Dyea Hotel, simple cabane surmontée d'une imposante enseigne, Alice se confia à Ethel.

« Tu ne vas pas croire ce que je vais te raconter », annonça-t-elle avant de lui rapporter en détail la rencontre de Jim et du capitaine.

Elles n'étaient pas seules dans cette réception ouverte à tous les vents. Assis près de la cheminée, un homme revêtu des pieds à la tête de fourrure brune surprit leur conversation.

« Ah, gronda-t-il, amer, pourquoi croyez-vous que le capitaine nous a débarqués à marée basse ? »

Ethel et Alice ne comprenaient toujours pas.

« Les porteurs font leur journée, cracha-t-il. Grâce au capitaine Mack. Ce que vous avez vu sur la plage, c'est Mack touchant sa part du gâteau. »

Lorsque Clarence les rejoignit dans un courant d'air froid, Alice l'interpella.

« Écoute, cela devrait t'intéresser. »

L'histoire laissa Clarence dubitatif.

L'homme aux fourrures haussa les épaules. Bientôt il s'éclipsa et disparut à l'étage, où se trouvait le dortoir des messieurs, comme s'il préférait ne pas avoir à contredire Clarence.

Ce dernier réchauffa ses mains engourdies et pâles à la chaleur du feu. Lorsqu'il se fut un peu réconforté, Alice aborda de nouveau le sujet.

« Tu vois bien ce qu'ils ont manigancé, tout de même, Clarence ? Tu n'appelles pas ça de la trahison ? »

Il répondit par un grognement.

« Écoute-moi bien, insista Alice de plus en plus excitée. J'ai vu de mes propres yeux l'argent changer de main.

– Jim et le capitaine se connaissent depuis longtemps. Je suis certain qu'ils réglaient d'autres affaires. »

Alice hésitait à poursuivre l'enquête, en dépit de sa résolution. Cette retenue atténua la colère de Clarence.

« Autrefois, quand j'ai perdu ma ferme de Kinsburg, dit-il, tout le monde s'est payé ma tête. Je n'avais plus un sou en poche, ni pour me nourrir ni pour rester propre. Je ne ressemblais plus à rien et puais encore plus que mes chiens. J'étais un homme bien. Quelqu'un d'intelligent. Quelqu'un de travailleur. Et personne ne s'en rendait compte. Aujourd'hui, j'essaie toujours d'accorder aux autres ce qu'on m'a refusé. Je juge les gens sur leur vraie personnalité sans m'arrêter à leur apparence. Jim te paraît sans doute étranger, et le capitaine Mack n'est pas le genre de père de famille que tu fréquentes à Selma. Mais tu ne peux pas juger de la personnalité d'un individu en le jugeant selon ses habitudes. »

Clarence l'enveloppa d'un regard bienveillant. De même que l'homme aux fourrures brunes, il s'apprêtait à lui faire la leçon.

« Tu te méprends sur mon compte, marmonna-t-elle, révoltée. Comme toi, je ne me contente pas des jugements de surface. »

16.

Le lendemain, à l'aube, les Berry attelèrent leurs quatorze excellents chiens aux traîneaux que s'était procurés Clarence. Ils s'élancèrent à travers des murailles d'arbres et s'engagèrent sur l'étroit sentier dans la neige, parcourant sans difficulté les premiers miles très praticables qui les séparaient encore de Dawson City, cœur des champs aurifères et paradis de maisons à deux étages et de magasins variés.

Neuf des chiens avaient voyagé avec eux depuis Selma ; les cinq autres étaient des malamutes achetés à Dyea. Le premier traîneau était conduit par Jim, le second par Clarence et Frank, avec à bord Ethel, qui voyageait entre les paquets et les sacs. Elle aurait préféré marcher. Cependant son visage était étincelant de vigueur. Elle aimait avoir de la neige dans les yeux. Elle mania un moment le fouet, mais dut le rendre à Clarence. Bien qu'elle sache guider les chiens, l'effort était trop considérable. Alice suivait au trot, jupons alourdis, tenaillée par la crainte d'être distancée. D'autres voyageurs les regardaient passer d'un air mélancolique, affligé. Les Berry étaient mieux équipés que la plupart des candidats à la ruée. Certains ne portaient sur leur chemise qu'une seule épaisseur de laine et grelottaient déjà.

Les Berry s'arrêtèrent pour le déjeuner, et firent cuire du porc et des crêpes sur leur petit fourneau en tôle. Ils donnèrent du poisson séché aux chiens, qu'il fallait ne pas trop rassasier : les malheureuses bêtes couraient plus vite et se montraient plus obéissantes quand elles avaient faim.

Le lendemain, la piste se fit plus encaissée, avec un vent de face qui s'acharnait à les faire reculer. Ils dépassèrent un cheval couché sur le bas-côté, sabots croisant le chemin des voyageurs. Un autre, qui semblait mort, ne l'était pas tout à fait. Clarence, généreux, lui offrit la balle du coup de grâce.

« Alors, tu continues à prendre du bon temps ? » hurla Frank dans le vent, tout en se précipitant vers son frère pour remplacer Alice. Elle avait essayé vainement de l'aider à libérer le traîneau d'une saillie sous la neige. Les deux hommes rassemblèrent leurs efforts et le traîneau fut libéré.

« Mes sœurs et moi nous sommes occupées d'une ferme sans frère pour nous aider, se défendit Alice. Je suis aussi dure à la tâche que tous les gens d'ici. »

Mais dès qu'ils eurent fini de dîner, elle s'effondra un moment sur son tas de fourrures. Elle prit note dans son journal de la distance parcourue, des noms des gens qu'ils avaient rencontrés en route. Puis il fallut s'occuper d'Ethel. Le sang ne cessait pas de couler. Alice prit les chiffons et les mit à bouillir à feu doux dans une marmite de fonte noire. Elle les remua à l'aide d'un épais bâton qu'elle avait trouvé sur le chemin. À Seattle, Clarence avait cru qu'avec le froid les saignements s'interrompraient, mais ce n'était pas le cas.

Ethel souffrait plus vivement la nuit, si bien qu'Alice devait appliquer des compresses tièdes sur la vaste et indéchiffrable zone de chair qui s'étendait du nombril à l'aine. Les compresses ne la soulageant nullement, il fallut recourir à la morphine.

« Je n'aurais pas dû te laisser partir, dit Alice en s'écartant de sa sœur. Tu dois avoir je ne sais quelle grosseur là-dessous, une blessure interne. Ce médecin que tu as vu à Seattle était sans doute un incompétent. »

Puis, Alice posa enfin cette question qu'elle avait retenue pour épargner les sensibilités de sa sœur :

« À quoi est-ce dû, à ton avis ?

– Tu sais bien que je l'ignore, répondit Ethel dans un murmure.

– Je suis désolée. »

Sous la tente, l'air était lourd et humide, la vapeur s'échappant du pot.

« Accompagne-moi jusqu'à notre concession, murmura Ethel. Tu verras, là-haut, je pourrai me reposer. Je me porterai de nouveau comme un charme. »

17.

Seize jours après avoir quitté Seattle, trois jours après la nuit passée à Dyea, les Berry quittèrent la piste taillée dans le roc. C'était le 1er avril 1898, un an exactement après qu'Ethel avait écrit la lettre fatidique qui annonçait leur bonne fortune aux parents Bush. Une tempête dense, de basse altitude, les talonna toute la matinée. Sans la protection des arbres, le vent leur fouettait le visage et énervait les chiens. Devant eux s'étendait une vallée baptisée Sheep Camp ; au-dessus, menaçant, se trouvait l'obstacle principal du périple, l'impressionnant col du Chilkoot.

De loin, dans les tourbillons de la neige, ils parvenaient à distinguer les cordes qui striaient la pente abrupte. Le chemin était vertical et lisse, sans aucune prise visible pour l'escalader.

La neige tambourinait sur leurs manteaux. Les échines des chiens se bordèrent de blanc. Il fallut arrêter les traîneaux pour en ôter les pyramides de flocons qui s'étaient accumulées sur les paquetages. Clarence souleva son chapeau comme un serveur l'aurait fait de son plateau. Puis il le baissa à hauteur de son torse et le retourna pour contempler, fasciné, la neige qui en tombait en cascade.

Ils poursuivirent leur lente progression jusqu'à la vallée. Des centaines de tentes en toile étaient soigneusement alignées le long d'allées aussi droites que les rues d'une ville. Hors des abris, il n'y avait pas âme qui vive, jusqu'à ce que deux silhouettes obscures apparaissent, avançant dans leur direction. Après un moment de surprise, ces ombres prirent quelque consistance : c'était un homme qui poursuivait sa mule.

« Personne n'a pu franchir le col depuis pratiquement quatre semaines, hurla l'homme à Clarence, qui l'avait interpellé. Il faudra que vous attendiez la fin de cette foutue tempête, je suis navré de vous le dire. »

Il rebroussa chemin au trot, pour ne pas perdre de vue sa monture, avant de conclure :

« D'autres ont essayé, et sont redescendus au bout d'une heure. Avec un vent pareil, il y a de quoi se détacher de la falaise et faire la culbute dans les nuages. »

Ils croisèrent un autre de ces fantômes, qui indiqua à Clarence un emplacement pour leur tente, le groupe qui l'occupait ayant renoncé au voyage avant de se replier sur Dyea. Ils trouvèrent en effet l'endroit, nu et plat, dans les hurlements du blizzard. Ils commencèrent par planter les piquets à la masse, dans la neige, puis ils déplièrent les toiles et les tendirent sur les montants. Ils travaillaient sans échanger une parole : rien ne servait de s'époumoner dans la tempête. Le blizzard les mitraillait sans relâche. Un homme fit halte devant la tente, la main tendue, affamé. Ils lui donnèrent quelques bribes de nourriture. Les branches de sapin qu'ils avaient ramassées en chemin furent disposées au sol, de même les fourrures, aussi généreuses dans leurs proportions que les ours dont elles provenaient. Ils disposèrent leur petit fourneau en tôle au centre de la tente, avec la longue trompe en zigzag de son tuyau d'évacuation, saillant par l'orifice ménagé dans la toile. Alice alluma le feu. La neige ne cessait pas. Le vent faisait crépiter le tuyau qui tressautait dans son trou, entraînant dans sa danse les parois de la tente. Les chiens furent débarrassés de leurs harnais et attachés à un pieu. Frank s'éclipsa un instant et revint avec deux têtes de porc, groins, oreilles et petits yeux plissés, que les chiens n'eurent aucun mal à déchiqueter, constellant la neige d'étoiles rouges et de petites gouttes de chair rose et froncée comme du papier crépon.

La tempête fit rage pendant deux jours. Les nuages étaient si bas qu'ils avaient le sentiment de vivre dans un monde de fumée. Ne sachant combien de temps ils seraient cloués au pied du col, Clarence recommanda à Alice de rationner la nourriture ; mais recevant sa maigre part de pain et de haricots, il fut le premier à grommeler.

Quand Clarence dormait, Ethel se tenait le ventre à deux mains. La fourrure buvait ses larmes. Elle avait beau se ressaisir durant la journée, il lui était difficile de cacher la douleur qui s'emparait d'elle le soir, entre deux cachets de morphine. Ne t'en fais pas, disait-elle à Alice, ça va passer. Alice cependant ne pouvait s'y habituer. Comme Clarence, elle n'imaginait pas qu'Ethel puisse continuer bien longtemps à perdre son sang de cette étrange manière.

18.

Le 3 avril, dimanche des Rameaux, ils furent surpris de se réveiller sous un ciel bleu.

« Dieu merci, dit Alice. Encore une journée enfermée dans cette tente, et je serais devenue folle.

– Et moi donc, dit Frank en se pinçant le nez, son bol de haricots de la veille à la main. Je devrais me trouver une concession avec Henry. Et me voilà coincé dans ce trou. »

Autour d'eux, sous les rayons de ce soleil neuf, Sheep Camp se vidait de ses habitants. Le col du Chilkoot était enfin accessible, et tous voulaient le franchir au plus vite.

Alice remballa les ustensiles de cuisine et roula les fourrures pour ne pas perdre de temps. S'ils pouvaient y monter avant midi, songeait-elle, ce ne serait pas un mal. Les mouvements d'Ethel étaient déjà plus lents, plus précautionneux. Alice avait voulu le faire remarquer à Clarence, mais ce dernier, trop préoccupé par leurs accidents de parcours, n'avait rien voulu entendre.

« Tu es sûre ? Je n'ai pas vu de changement. »

Bien sûr qu'il n'avait rien vu. Ethel devait rester à ses yeux l'épouse invulnérable qui l'avait accompagné au bout de la piste deux ans plus tôt.

« Il ne manque plus que notre foutu porteur, grommela Frank une fois la tente repliée. Il croit peut-être qu'on ne travaille pas le dimanche ?

– Jim est au courant », dit Clarence.

Ils attendirent. De chaque côté de leur emplacement, leurs voisins avaient déjà plié bagage. Jim fit son apparition une heure plus tard. Frank voulut lui prendre le bras pour l'entraîner vers les paquets, mais Jim se déroba.

« Il dit qu'il ne montera pas ! » piailla Frank, vaguement amusé.

Jim, en comparaison, semblait imperturbable. Il rappela Poie à Alice : confronté à un adversaire indigne de lui, Poie avait la même façon de n'investir dans la bataille ni ses émotions ni son âme.

Jim croisa le regard de Clarence.

« Il y a trop de neige sur le sentier. Je n'essaierais pas de franchir le Chilkoot aujourd'hui. Avec ce soleil, tout va dégringoler très vite.

– Que veux-tu dire au juste ? rétorqua Clarence. Que tu ne veux pas suivre ?

– Ça veut dire qu'il y a deux mois de neige, et ils vont dégringoler très vite. »

Clarence sembla sur le point d'émettre une réponse cinglante, puis se ravisa. La main en visière sur le front, il se tourna lentement vers les montagnes sereines et scintillantes.

Cette hésitation, cette considération visiblement concédée à Jim firent bouillir Alice d'impatience.

« Clarence, méfie-toi, dit-elle à voix basse. Je me garderais de prendre tout ce qu'il dit pour argent comptant. »

Clarence ignora cette allusion trop timide.

« Je ne sais pas de quoi vous débattez, les amis, dit Frank, son paquetage déjà sur les épaules. Mais soit nous remontons la tente, soit nous changeons de porteur. »

Alice dévisagea Jim. Elle se rappelait sa conversation hilare de la veille avec le capitaine. Il lui rendit son regard avec une détestation palpable.

« Bon, dit Clarence au porteur, avec une pointe de quasi stupéfaction dans la voix. Mettons les choses au point. Tu me dis que le soleil va amollir la neige ? Que la neige va dégringoler ? On appelle ça une avalanche. C'est bien ça que tu crains ?

– Le premier jour de soleil après toute cette neige, dit Jim, et il compléta d'un geste éloquent de la main.

– J'ai compris, dit Clarence en donnant un coup de pied à la toile de tente. On la remonte.

– Sur sa seule parole ? »

C'était par-dessus tout la nonchalance de Clarence qui enrageait Alice.

« Je t'ai dit pourtant que j'avais vu Jim sur la plage remettre une liasse de billets au capitaine. Le capitaine

Mack, qui nous a débarqués à marée basse pour que les porteurs aient du travail. Et Jim lui a remis sa part. »

C'était trop, cette fois-ci. Tous les regards se tournèrent vers elle. Clarence explosa de colère sans transition.

« Ça suffit ! Qui es-tu pour déblatérer sur le capitaine ? »

Alice le regrettait déjà. Une venimeuse amertume courut dans ses veines. C'était donc ainsi qu'on la remerciait de ses efforts. Elle les détestait tous.

« Ethel, qu'en dis-tu ? »

La voix de Clarence avait retrouvé de la sérénité.

« Nous devrions écouter Jim », répondit Ethel.

Ethel resta à bonne distance d'Alice pendant une heure, puis elle s'approcha d'un pas résolu de la sœur cadette qu'elle avait trahie.

« On s'est tellement privés, ces derniers jours. Que dis-tu d'un petit festin ce soir ? Je suis prête à ouvrir ces paquets d'œufs et d'abricots, si tu ne trouves pas ça prématuré. »

Alice évita le regard d'Ethel, lourd de préoccupation. Elle s'occupait de remettre leurs marmites à l'endroit, comme si cette tâche mobilisait toute son attention. Elle s'était opposée à Jim et à Clarence pour le bien de sa sœur, pour l'orgueil des Berry ; sa sœur et son beau-frère n'avaient pas voulu de cette aide dont ils n'avaient aucun besoin.

« Clarence se fie aux mauvaises personnes, dit-elle, dans un épais tourbillon de vapeur. Retiens bien ces paroles : il n'y aura pas d'avalanche. »

Le soleil brillait avec ardeur. Un cortège se mouvait lentement vers le bas de la montagne. L'humeur était joyeuse, les cloches tintaient aux traîneaux.

19.

À midi, un grondement se fit entendre de toutes parts. Alice croisa le regard surpris d'Ethel et, prenant sa sœur par la taille, se rua hors de la tente en sa compagnie. Dehors, ne sachant où aller, elles levèrent les yeux, mains en visières, à la recherche des falaises lumineuses. Les chiens devenaient fous et tiraient sur leurs laisses, le poil hérissé. L'air frémissait. Les chapeaux volaient en tous sens, des mains les rattrapaient dans les tourbillons.

Puis le silence. Elles avaient couru sur quelques mètres, dans une direction qui n'avait rien de raisonné. Frank et Clarence avaient disparu.

« C'est une avalanche ? » s'interrogea un homme aux yeux écarquillés, une pomme à la main.

La confirmation ne tarda pas à leur parvenir du pied de la montagne. Des centaines de personnes étaient ensevelies le long du sentier. Clarence et Frank revinrent et manquèrent presque de faire tomber la tente d'un coup de pelle ; ils en portaient tous deux une à l'épaule.

« Que je sois pendu si cet Indien n'a pas dit vrai, siffla Frank en passant devant Alice. Voilà qui vous donne l'air d'une vraie sotte, mademoiselle Bush. Ce soir, tu boiras le calice jusqu'à la lie. »

Des sauveteurs improvisés se mirent à creuser des tranchées vers les hauteurs dans le plus grand désordre, car personne ne connaissait l'emplacement exact du col. Ils plantaient les pelles là où les têtes dépassaient de la neige douce et blanche, comme des museaux de tortue affleurant au-dessus des eaux. Ils creusaient lorsqu'un souffle chaud faisait fondre la neige en tuyau. Ils entendaient des cris humains sous leurs pieds. L'un d'entre eux aperçut un gant en cuir posé sur la neige. Il voulut le ramasser, puis recula d'un bond. Le gant recouvrait une main de femme. Le reste de son corps était enneigé à la verticale, comme une cheville plantée dans la terre.

Des cadavres dévalaient le sentier sur des traîneaux. Rien n'était tendre dans ces chairs : les bras gelés étaient avides, les genoux ployés, les bouches béantes. Figés en pleine course, ils seraient à jamais pétrifiés dans leur impatience.

Alice se vit parmi eux. Ils y avaient échappé de si peu. Elle avait failli se condamner elle-même à cette mort. Sans l'avertissement de Jim…

Deux tentes accolées l'une à l'autre servirent de morgue. Alice s'y rendit pour apporter son aide, et Ethel voulut l'accompagner. Les cadavres étaient couchés sur le sol enneigé. Le propriétaire du seul magasin de Sheep Camp s'était désigné responsable des lieux et demandait aux passants d'entrer pour l'aider à identifier les corps. En vain, la plupart du temps, car la plupart de ces gens avaient péri avec ceux qui les connaissaient, ou voyageaient seuls. Deux nouveaux corps furent amenés sur des civières fabriquées avec des manteaux et des pieux. Un peu plus tard, un trio de héros en puissance fit une entrée en trombe, visages roses, interdits, prêts à fondre en larmes. Ils avaient passé deux heures à creuser autour d'un tunnel d'où émanait un souffle tiède. Ce n'était finalement qu'un bœuf, ruminant dans l'immense cavité qu'il s'était creusée à coups de sabot sous les congères.

La journée toucha bientôt à sa fin, mais le choc subi était comme un éclat aveuglant sur la surface enneigée, qui paralysait le temps. Tout le monde se démenait. Il ne fallait surtout pas se retrouver dans l'oisiveté, de peur d'avoir à réfléchir à la catastrophe. Alice palpitait d'humiliation. Elle regardait de temps en temps le col par la porte de la tente, avec la sensation déchirante que la neige avait dégringolé pour la punir.

Il y avait près de cinquante morts à présent, et sans doute restait-il encore nombre de corps sous la neige. Alice baissa les yeux sur celui qu'on leur apporta bientôt, et qu'elle reconnut. C'était le porteur rencontré sur la *Bertha*. Il n'avait pas changé. Sa barbe lui jaillissait du menton. Sa chair était ferme et humide, comme celle d'un poulet tout juste plumé. Elle fut envahie par le souvenir de cette nuit à bord : l'expression accablée de cet homme, le plancher de travers dans le salon des messieurs. Il avait craint de ne pas survivre à la tempête. Il avait eu, en somme, trois semaines de retard dans ses prémonitions.

Clarence revint du sentier. La pelle tressautait sur son épaule. Ses joues s'empourprèrent, comme si le sang cognait sous sa peau, dans une vaine tentative d'évasion. Il échangea quelques mots à voix basse avec Ethel, puis balaya du regard les personnes présentes, à la recherche d'Alice.

« Rentre à la tente, Alice.

– Je suis venue pour aider. »

Elle dégagea le front du porteur d'une mèche gelée qui s'y était posée.

« Tu sais ce que je pense ?

– Tu parles trop fort, Clarence.

– Je me dis que si on t'avait écoutée, on serait tous morts à l'heure qu'il est. »

La terreur s'était emparée de lui. Il fallait une cible à sa colère, faute de quoi il aurait fondu en larmes. Alice se retourna lentement pour étudier ce visage blême. Des volutes blanches tourbillonnaient entre eux, sa fureur s'enfuyant en un souffle aussitôt gelé.

Ils sortirent de la morgue improvisée. Les vociférations de Clarence attiraient l'attention. Alice, hurlait-il, avait peut-être fini par apprendre qu'il ne fallait pas le contredire.

« Tu as eu ce toupet ! »

Clarence avait beau se sentir en haut de l'échelle sociale ici, il vivait dans la crainte perpétuelle qu'une erreur ne puisse lui coûter sa place. Lorsqu'il finit par se taire, le silence revint, lourd d'un conseil implicite : Alice, c'est maintenant qu'il te faut reconnaître que j'ai toujours raison.

Comme elle restait muette, il la prit par le bras et la traîna jusqu'à la tente.

Dès qu'ils en eurent franchi le seuil, il la déséquilibra d'une violente bourrade. Elle trébucha, soudain ne vit plus que le fourneau de tôle noire, contre lequel sa joue cogna. Elle atterrit les paumes à plat sur le sol et leva les yeux. Clarence semblait surpris de l'avoir blessée, sans pour autant afficher le moindre regret. Alice était une idiote, et, chose curieuse, elle partageait cet avis. N'avait-elle pas failli les conduire à la mort ? Malgré tout, l'amertume l'envahit. Si Jim avait été plus loyal, elle n'aurait pas douté de lui. Si Clarence n'avait pas été si peu attentif aux souffrances d'Ethel, elle n'aurait pas eu besoin de prendre la défense de sa sœur.

Elle porta la main à sa joue égratignée. Le sang coulait. Sa chair tendre en porterait bientôt une marque.

« Ne sors plus d'ici », dit Clarence.

Il pivota, ses bottes crissant sur la neige.

Un immense frisson s'empara d'Alice. Ses dents claquaient. Leur maison provisoire, désertée pendant dix heures, était une glacière. À quatre pattes, le poids de la journée la plaquant au sol, elle alla chercher des bûches dans le coin de la tente pour les rapporter près du fourneau. Elle n'avait aucun recours, du moins pour l'heure. La colère en elle chassa bientôt la raison. Une bûche, deux bûches, trois bûches, puis quatre. C'est ainsi que les mains froides, petit à petit, patiemment, amassent le combustible.

20.

Quatre jours plus tard, ils démontèrent les tentes, refirent leurs paquetages et se joignirent au cortège qui se dirigeait vers le col du Chilkoot. L'avant-garde avait péri dans l'avalanche. Les suivants, que la prudence ou la crainte de la foule avait retenus, prirent la tête de la procession, à pas timides et méfiants.

Clarence, Frank et Jim se chargeaient du matériel et des provisions. Ethel et Alice n'avaient que leurs seules carcasses à traîner jusqu'au col qui culminait à la verticale au-dessus de leurs têtes : voie blanche et rectiligne sur trois mille pieds, de la vallée au plateau. On n'y arrivera jamais, s'était dit Alice en contemplant le col de Sheep Camp ; on n'y arrivera jamais, se répéta-t-elle sur le chemin. Pourtant, elle se joignit à la cohorte des hommes, comme Ethel.

Et tous se mirent en route, les uns derrière les autres, agrippés à la corde, vibrant des centaines de mains qui s'y cramponnaient. Le manteau d'Ethel était un désert de fourrure, immense et brun, sous les yeux d'Alice. À peine avaient-elles franchi vingt pieds qu'Ethel réclama une pause. Les hommes derrière elle durent faire halte.

La corde qui leur servait de guide était double : un câble servait à la montée et l'autre à la descente. À deux reprises du reste les hommes de l'expédition Berry s'en étaient servis pour hisser leurs paquetages. Alice craignit que la cohorte ne les force à se ranger du côté de la descente, aucun des chercheurs d'or ne pouvant se payer le luxe d'attendre.

« Ma chère, se hâta-t-elle de dire à sa sœur avant que d'autres en prennent l'initiative, si tu as besoin de redescendre, nous nous plierons à tes souhaits. »

Ethel respira profondément et, ayant puisé dans ses dernières forces, reprit sa lente progression vers le col.

L'ascension triomphale du printemps 1896 était bien loin, quand Ethel avait manié le piolet, ne s'était pas laissée distancer par les hommes. Cette fois-ci, elle pleurait de douleur en rampant vers les hauteurs, sans rien perdre pourtant de son stoïcisme, étouffant ses sanglots dans l'énorme manche de son manteau.

Vers la fin de l'ascension, le vent se mit à gifler Alice. L'altitude était presque tangible. Les flocons de neige ne tombaient plus vraiment : nés de l'air humide, ils se condensaient directement devant les yeux de la petite troupe. Parvenue au sommet, Ethel se laissa retomber de l'autre côté de l'arête, suivie par une Alice pantelante.

La frontière entre les États-Unis et le Canada se situait à cet endroit précis, au Chilkoot. Et s'il y avait foule sur le plateau, ce n'était pas seulement à cause du retard causé par l'avalanche, mais aussi parce que tous ces aventuriers devraient franchir la douane avant de redescendre du côté canadien. Les autorités d'Ottawa, craignant l'afflux de candidats mal préparés et mal équipés, et la malnutrition qui pouvait en découler exigeaient depuis peu de chaque voyageur qu'il passe la frontière avec une année de provisions. Les Berry montèrent leur tente près de celle des contrôleurs, couronnée de drapeaux rouge et bleu qui claquaient dans le vent. Jim resta près de la porte. Il tirait sur sa pipe, dont le fourneau, en forme de poisson sautant au-dessus des flots, exhalait une fumée qui sentait le sucre et l'écorce.

Sa deuxième paie, qu'il avait rangée dans sa poche de pantalon, était loin d'être négligeable. Avant l'ascension, Clarence lui avait remis une somme bien supérieure à celle que touchaient d'ordinaire les porteurs. N'était-ce pas entièrement justifié, après que Jim leur avait sauvé la vie ?

Ethel s'approcha de Clarence qui attisait le feu dans le fourneau, tandis qu'Alice revint un instant sur leurs pas, vers le col enneigé, à la recherche du gant perdu d'Ethel.

Lorsqu'elle retourna vers la tente, Jim était encore là, le regard méfiant. Elle se demanda pendant un moment si elle n'allait pas lui dire ce qu'elle avait refusé de reconnaître devant Clarence : Vous avez eu raison. L'expression de Jim l'en empêcha. Il n'avait que mépris pour elle. À quoi bon lui tendre les verges pour se faire battre un peu plus ? Lorsqu'elle passa devant lui, ils se bousculèrent. Il avait reculé d'un pas et lui bloquait la voie. Incident involontaire, aurait songé Clarence. Alice et Jim cependant lui donnaient, à raison, un autre sens.

Elle s'était fait un ennemi, à son corps défendant. Pour rendre la situation plus difficile encore, cette question la hantait : qui, de Jim ou d'elle, se trouvait tout au bas de l'échelle ? En Californie, ç'aurait été Jim. Ici, c'était elle, ce dont elle était désormais terriblement consciente.

21.

La porte de toile se referma derrière elle. L'intérieur de la tente était un cocon de chaleur. Les murs s'incurvaient, bas et réconfortants, et les flammes dansaient derrière les dents de fonte du poêle. Ethel était couchée, la main sur le haut de la cuisse de son mari, la tête sur ses genoux. Depuis le départ de Seattle, ils n'avaient guère eu la possibilité de se parler en tête-à-tête, encore moins celle d'entreprendre autre chose. Avec la maladie d'Ethel, cependant, le temps n'était peut-être pas aux caresses. Alice resta un instant près de la porte, tapant des pieds pour en faire tomber la neige. Clarence chuchota quelques mots dans la chevelure d'Ethel, puis se leva et passa devant Alice. Une bourrasque glacée la saisit aux reins. Elle attendit quelques secondes avant de rattacher les pans de toile à l'aide de pinces à linge qu'ils avaient emportées à cet effet, pour empêcher le vent d'entrer.

« Où est-il allé ?

– Il veut jeter un coup d'œil aux étais de l'autre tente, dit Ethel en se redressant à regret.

– On ne peut pas le lui reprocher. Il suffirait d'un coup de vent pour qu'on se retrouve dans les nuages. »

Alice s'accroupit devant le fourneau. Elle était d'humeur morose, car elle devrait faire face à de longs mois d'exil dans une terre septentrionale en compagnie de gens qui ne voulaient pas d'elle. Elle avait quitté Selma pour cette grande aventure, mais le jeu en valait-il la chandelle ? Elle prit la place laissée vacante par Clarence sur la peau d'ours en désordre et s'empara du tisonnier pour pousser les bûches. Le feu s'embrasa de plus belle, lui piquant les paupières.

« Si j'étais à la maison à cette heure, dit-elle, je ferais la vaisselle avec Daisy.

– Tu dois être bien malheureuse pour la regretter ! »

Alice se mit à rire.

« Alice, reprit sa sœur, d'où te vient ce bleu sur la joue ?

– Je te l'ai dit, je me suis cognée contre le poêle.

– Dis-moi que Clarence n'y est pour rien. »

Alice se tut.

« Lui non plus, il ne m'a pas répondu lorsque je lui ai posé la question, dit Ethel, chagrinée. Si tu me dis que c'est lui, je le tuerai. »

Le vent faisait violemment claquer le mur de toile. Les deux femmes le regardèrent, se préparant à l'effondrement. Les étais ne cédèrent pas. Au moins avait-on pris soin de les enfoncer profondément.

« Je t'en prie, dit Alice. Oublions tout simplement cette horrible journée, veux-tu ? Tous ces gens qui sont morts, c'est bien assez terrible. Et je suis incapable de penser à cette matinée sans brûler de honte. J'ai voulu convaincre Clarence de nous laisser partir. S'il avait cédé, nous aurions été enterrées vivantes.

– Ce n'est pas toi qui nous guides.

– Tu aurais dû me le rappeler avant que je me ridiculise. »

Alice reposa le tisonnier. Elle posa le menton sur la corniche que faisait sa jupe, tendue entre ses genoux. La neige tombait sur le toit en flocons granuleux qui faisaient un bruit semblable à ceux de Selma, telle une poignée de terre lancée contre un mur. Le silence s'installa. La main posée sur son épaule ne réveillait rien en elle : aucune reconnaissance pour la compassion de sa sœur, pas même une sensation de proximité. Il y avait dans ses veines une palpitation brûlante et avide, plus forte que la tendresse.

« Alice, ne le prends pas trop mal. Je trouverais ça épouvantable que tu souffres. »

La main effleura ses cheveux tressés.

C'est une torture pour elle, comprit Alice. Ma souffrance la fait souffrir.

« Je ne permettrais pas à Clarence de te traiter aussi mal.

– Mieux vaut ne pas y penser. Je t'en prie, Ethel. De toute façon, ce n'est pas seulement lui. »

Ces mots lui avaient échappé. Elle n'était même pas sûre de ce qu'elle faisait, mais ressentit une chaleur terrible, carbonisante. Une partie opaque de son esprit était sur le qui-vive. L'instinct lui dictait de se lancer dans cette direction, de traverser le monde des émotions sincères pour pénétrer dans le royaume du seul fantasme.

« C'est-à-dire ? demanda Ethel.

– Tu me détesterais si je te répondais. »

C'était encore un fantasme, mais Alice cependant persista.

« Jamais de la vie.

– C'est que je me sens bête, Ethel ! Si tu savais ! Je voulais que nous passions le Chilkoot le plus vite possible parce que je me disais que, une fois là-haut, Clarence et toi pourriez m'aider à acquérir une concession. »

Et un rire s'échappa de sa gorge. Que racontait-elle ? Des mensonges. Le matin de l'avalanche, elle n'avait pensé qu'à sa propre fatigue, à Ethel, à la colère que lui inspirait Clarence qui ne voulait pas croire qu'elle avait vu Jim conférer avec le capitaine Mack. À présent, sans vraiment comprendre ce qui la faisait avancer, elle trafiquait le passé. Ce n'était pas bien difficile. Elle étreignit son bref rêve d'enrichissement, semblable à celui qu'elle avait eu à bord de la *Bertha*, rêve partagé avec le porteur et les deux aides-cuisiniers, et le déposa en un lieu où il pourrait s'épanouir.

« Ma chère, que ferais-tu d'une concession ? »

La commisération submergea la tente. Oh, cette substance poisseuse qu'était l'amour d'Ethel.

« Tu sais bien que Clarence et moi prendrons soin de toi.

– Je sais bien, et je suis tellement reconnaissante. Mais il faut que tu comprennes, Ethel, qu'en dépit de cette générosité jamais je n'aurai une vie comme la vôtre. Tu auras ta maison à toi, une famille. Tu auras toute la liberté que peut te procurer ton argent. Moi, ça restera sûrement hors de ma portée. »

Que racontait-elle ? Que racontait-elle, bon sang ? Elle se sentit ivre de l'instant. C'était la vérité, et ce n'était pas la vérité. Quoi qu'il en soit, c'étaient les choses à dire, à en juger par le regard d'Ethel, immense, pensif, et surtout fécond du besoin d'aider.

« Attends. »

Alice s'essuya les yeux, puis resta dressée sur son séant, immobile, saisie d'espérance.

« Je veux te donner quelque chose, dit Ethel. Que tu vas apprécier. »

La pochette en toile huilée refit une apparition, pêchée dans les profondeurs de la robe d'Ethel. Elle fut ouverte. En fut extrait puis déplié l'acte de propriété, libérant les explosions brûlantes de ses mots tracés à l'encre. L'acte de propriété de la fraction située entre les concessions *Cinq* et *Six* Eldorado. Alice ne l'avait plus revu depuis Selma, lorsque Clarence avait demandé à Ethel de le montrer en même temps que les siens aux Bush et aux Berry pendant qu'il leur expliquait, extatique, que cette terre aurifère du Grand Nord serait leur planche de salut.

« C'est pour toi. J'y tiens, annonça Ethel.

– Non !

– Mais si, Alice. Sans me vanter, je suis une femme riche, et je puis offrir à ma sœur ce que je veux. Clarence aurait pu proposer la fraction à l'un de ses frères. Il me l'a donnée, parce qu'il voulait me remercier d'avoir risqué ma vie en l'accompagnant jusqu'ici. Je t'en fais cadeau aujourd'hui pour la même raison.

– Il va être fou de rage.

» Si tu tiens vraiment à le donner à quelqu'un, c'est à Poie et à Moie qu'il doit revenir, ajouta Alice en bonne chrétienne, ayant retrouvé le sens du devoir filial.

– Je prendrai soin de nos parents par d'autres moyens. Quant à Clarence… »

Qu'était-ce donc ? Une bouffée d'incertitude, de gêne ? Si tel était le cas, elle fut bientôt submergée par des sentiments plus puissants. L'amour porté à la petite sœur. La culpabilité de l'avoir fait venir en ces lieux si dangereux.

« Je lui en parlerai dès que nous serons arrivés à la maison, ajouta-t-elle, lorsqu'il aura tout son or avec lui. Maintenant, assez de questions. Trouve-moi un porte-plume. »

Alice lui apporta un porte-plume et un encrier. Sans hâte, d'une lenteur de bon goût.

Ethel barra son propre nom et le remplaça par ces deux mots : Alice Bush ; puis elle ajouta la date et signa au bas de l'acte.

« Il faut l'enregistrer auprès des autorités canadiennes. Elles en conservent un double dans leurs bureaux de Dawson City. Mais c'est un début. »

Le certificat, léger comme une plume, atterrit dans les mains d'Alice. Elle émit un torrent de protestations qui n'appelaient pas de réponse. Après cette transmission solennelle, ce bout de papier était sien. Un plaisir singulier l'envahit. Elle sentit son nom, « Alice Bush », prendre une certaine ampleur. Elle était plus complète que l'instant d'avant, se tenant conquérante, sur une montagne de terre. Une joie éclatante faisait trembler l'air. Un éclat de rire se réverbéra en elle, écho pourtant si différent de celui qui l'avait saisie à Selma, l'année précédente, quand elle avait cru la ferme perdue. Non plus la perte, mais un gain inconcevable : une merveille ! Elle se considérait de fait avec une certaine admiration. Après tant d'inquiétude, de gêne, de jalousie, elle avait trouvé le bon filon sans avoir mis les pieds dans la concession.

22.

À Crater Lake, Frank Berry dormit la tête hors de son fourreau de peau d'ours. Le matin, ils le baptisèrent « Père Noël », sa barbe s'étant entièrement givrée. Avant midi, cependant, ce surnom eut changé : il était, pour faire honneur à sa vraie nature, devenu le « jumeau maléfique du Père Noël ». L'un des chiens déroba la plus grosse tranche de viande de porc dans la casserole. Ils en auraient pleuré s'il n'avaient pu la récupérer, et le chien continua de démontrer sa grande intelligence en affectant une pose humble : museau à terre, tête baissée, queue entre les jambes.

Près du lac Bennett, ils rencontrèrent deux partenaires en plein désaccord, qui avaient décidé de partager leurs biens. L'un avait pris la tente, l'autre le traîneau.

« Quand ils auront crevé, hurla Frank, on pourra peut-être les enterrer ensemble. »

Les compères levèrent la tête, yeux rougis, battant des paupières. Frank, cruel, n'avait pensé qu'à mal, mais à voir l'effroi sur le visage de ces deux-là, il leur sauva sans doute la vie.

Près du lac Laberge, les fouets se mouvaient silencieusement dans des tourbillons de flocons, comme les paillettes dont on remplit les boules à neige. Alice marchait tout contre Ethel lorsque, assez étrangement, le traîneau de tête se déporta vers la gauche avec ses chiens, tandis que Frank et Clarence le poussaient vers l'avant. L'autre traîneau passa dans un éclair et disparut dans la brume.

Elles se mirent à courir, sans savoir pourquoi, et ce ne fut pas avant d'avoir escaladé le talus à quatre pattes, sous le regard de trois humains et de quatorze chiens, qu'elles apprirent que les hommes avaient entendu la glace se fendre sous le poids des traîneaux.

Le printemps était arrivé. Cette nuit-là, l'air ne cessa d'exploser de mille détonations, comme une escarmouche aux pistolets dans le lointain.

Au matin, les feuilles de glace, brisées et enchevêtrées, scintillaient, le soleil illuminant leurs cicatrices. Sous elles, l'eau déjà arrondissait les angles, rongeant et digérant la glace pour augmenter ses forces. D'immenses mares étaient apparues en quelques heures. Un simple pas de côté, et le cercle de glace sur lequel vous marchiez coulait soudain à la verticale, et vous avec. Vous étiez sous les eaux, encore à la verticale, mais comment lutter contre les longues lames de glace épaisses comme la main, qui se refermaient au-dessus de votre tête ? Le petit déjeuner fini, Frank taquina Alice tandis qu'ils rangeaient la tente.

« Tu as bien failli mourir célibataire. »

Il lui lança un regard équivoque en attendant sa réaction. Frank aurait aimé la séduire, pour le plaisir de la rejeter. Son physique avantageux, pensait-il, lui autorisait de ces petits jeux. Cet excès de confiance n'était guère partagé. La cruauté n'avait jamais charmé Alice.

« Je me fiche bien du mariage, répondit-elle. J'ai surtout failli mourir pauvre. »

Pas vraiment. Plus vraiment. La pauvreté ne comptait plus au nombre des embûches.

Sa réponse désinvolte eut l'effet recherché sur Frank. Il avait l'intention de partir prospecter en compagnie de Henry dès leur arrivée dans les champs aurifères. Il était cependant, hormis sa pioche et ses belles ambitions, démuni de tout. Il entendit fort bien le message caché sous la réplique d'Alice, une gifle dans les airs : *pauvre, comme toi.*

23.

L'arrivée du soleil de printemps avait enclenché la fonte des neiges, chaque ration de lumière du jour ôtant une couche de glace à l'amas de l'hiver. Les tourbières se liquéfiaient, la neige compacte se dissolvait ; par endroits le sol s'affaissait de quatre pieds. La boue était traîtresse. Un jour, ils croisèrent un homme à terre, la jambe tordue, sans doute cassée. Après un court échange et l'offrande de quelques tranches de bacon, ils reprirent leur chemin, tandis que le blessé, en appui sur son coude, les regardait s'éloigner de son lit improvisé, une couverture à carreaux rouge et brun, petite saillie au flanc de la colline.

Une fois que la rivière fut débarrassée de ses plus gros glaçons, ils fabriquèrent deux radeaux avec le bois des traîneaux et de petits arbres faciles à abattre. Ils entreposèrent leurs biens à bord, chiens compris. Ethel enfin put s'asseoir jambes allongées, ce qui atténua son inconfort. Alice trouva le moyen d'installer leur petit fourneau sur deux fers, un pied au-dessus du plancher du radeau. Ils allumèrent un feu dans le foyer, ce qui lui permit de faire cuire du pain et des haricots tandis qu'ils naviguaient. Le fleuve avait de si nombreuses bifurcations qu'ils ne savaient pas toujours quelle direction prendre. Clarence alors déposait une boîte de conserve vide sur les flots pour tester le sens du courant, songeant qu'il était sans doute plus fort là où la boîte allait. Méthode efficace, la plupart du temps, si bien qu'il leur arrivait souvent de passer devant des équipes qui les avaient distancés quelques jours plus tôt. Cela les mettait tous d'excellente humeur.

Lorsque les flots se firent plus puissants, Clarence comprit qu'ils approchaient des Five Finger Rapids. Il fit accoster les radeaux dans la vase d'une berge basse, et tout le monde descendit. Les chiens furent attachés, les paquetages transportés à dos d'homme tandis qu'un nautonier dûment rétribué convoyait les radeaux. Frank grommelait, mécontent. Cependant, lorsqu'ils virent, de la falaise, l'embarcation suivante se retourner dans les rapides, passagers et provisions compris, il cessa de récriminer. Quand ils furent remontés sur les radeaux, ils passèrent le long d'une colline couverte de primevères en boutons au sommet de laquelle s'étendait un petit cimetière. Des citoyens compatissants extrayaient du fleuve les voyageurs qui s'y étaient noyés et les enterraient là-haut. Un de ces morts, cependant, était un suicidé, leur déclara Clarence, solennel, tandis qu'ils s'éloignaient tranquillement sur les flots. Sam Raymond était son nom ; il avait été vaincu trois fois par les rapides. Après ses deux premières tentatives, il était revenu à Sheep Camp, avait racheté provisions et matériel et repris la route. Au troisième échec, il s'était écrié : « Que vont devenir Mae et les petits ? » et, tirant son pistolet de sa ceinture, s'était tiré une balle qui lui avait traversé le crâne d'une oreille à l'autre.

Le 11 mai 1898, le groupe des Berry, enfin, atteignit sa destination, Dawson City. Lorsque les radeaux eurent contourné le dernier méandre, la vision lui sauta aux yeux, merveilleuse. Une pure magie, lui sembla-t-il : lovée au creux des montagnes immenses et désertes, la ville était aussi vaste que Seattle.

Dawson City avait été construite sur une galette de terre coincée entre les montagnes. Elle grouillait de monde ; ses docks étaient encombrés d'embarcations ; l'air vibrait du fracas diffus des masses, des marteaux, des scies, brouhaha qui se répercutait en mille riches échos sur les parois rocheuses.

La nervosité de Clarence grandit à mesure de leur approche. Petit à petit, la raison en devint claire : la tragédie avait frappé la concession pendant l'hiver, une information qui jusqu'ici avait échappé à Alice. Deux des mineurs de Clarence avaient perdu la vie. Henry l'avait écrit à son frère : maladie du sang, peut-être, ou quelque autre désordre fatal. Les décès avaient été nombreux cet hiver-là, et Clarence dut reconnaître qu'il n'y avait pas souvent pensé. Il avait fallu la proximité croissante de la ville, de la foule d'hommes perdus qu'elle hébergeait, amaigris, désespérés par les noires journées d'hiver, pour qu'il commence à s'en soucier. Il se demanda à voix haute si Henry s'était montré digne de ses responsabilités, si les autres avaient pu le prendre au sérieux. Et si, durant leur absence, l'opinion publique s'était retournée contre les Berry, les considérait désormais comme des pingres ? Quand on avait la chance de travailler pour Clarence Berry, on ne devait souffrir ni de la faim ni du froid.

Deux jeunes gens firent accoster leur radeau ; les traits de Clarence exprimèrent soudain une douloureuse impatience.

Sur le quai, cependant, lorsqu'il déclara son nom, « Berry », personne ne se jeta à sa gorge.

Le soulagement s'empara de lui. De même la déception de Frank, car ce dernier aurait aimé voir son frère humilié.

Tous cependant prirent plaisir à ce qui suivit, leur entrée en ville. Il y avait foule dans les rues de Dawson, toute vibrante des hommes qui revenaient des concessions, et de ceux qui y montaient pour le printemps. Ils remontèrent Main Street et furent chaleureusement salués par ceux qui reconnaissaient les Berry de l'année précédente. À la Turner Company of Auctioneers, on leur proposa le choix des tables. Le Monte-Carlo Theater se réjouissait de leur retour. Le propriétaire de Gandolfo Fruit contourna son comptoir pour serrer la main de Clarence, puis celle des deux femmes. Marchant bras dessus, bras dessous avec Ethel, Alice souriait à quiconque leur faisait bon visage. Le peu de femmes qu'elles virent se tenaient à distance, mais en passant devant une porte ouverte, elles entendirent des voix féminines et aiguës chanter un duo.

Les Berry furent reçus en monarques au magasin Tobacco, au New York Saloon, au Pacific Hotel et au kiosque qui vendait des gaufres et du café. Le retour de Clarence inspira peut-être quelques murmures insistants, mais rien qui témoigne de la moindre colère.

S'il se trouvait des individus qui tenaient son beau-frère pour responsable de la mort de ces deux ouvriers, conjectura Alice, ce ne serait pas parmi les commerçants de Dawson, qui convoitaient sa clientèle.

Et pourtant. Clarence, ne souhaitant prendre aucun risque, s'offrit en spectacle. Il traversa la ville d'un pas ferme jusqu'au cimetière pour s'incliner devant les tombes. Il ne se contenta pas de cette dépense symbolique, et paya la location du traîneau qui avait transporté les deux corps de la concession à Dawson sur la rivière gelée, le bois dont on avait tiré les cercueils et les clous. Il retrouva les fossoyeurs qui avaient creusé les tombes pouce par pouce en allumant des feux pour dégeler la terre, comme le faisaient les chercheurs d'or pour leurs fosses, et leur versa de généreux pourboires, ne sachant si Henry y avait pensé.

Ces dettes payées, Clarence retrouva sa liberté, et regarda de nouveau droit devant lui. Ils ne se trouvaient plus qu'à dix-neuf miles de marche des concessions d'Eldorado.

Le lendemain matin, il entra en trombe dans la chambre qu'occupaient les deux sœurs. Elles avaient passé la nuit au Dawson Hotel, dans un vrai lit. L'apparition de son beau-frère ne réjouissait pas Alice, qui aurait préféré rester dans cette chambre le plus longtemps possible, à l'abri. À présent, elle était perchée sur une chaise, loin du sol, bénissant ardemment l'invention des meubles. C'était le summum du luxe que de manger à table, avec une assiette sous les yeux, et non un bol juché sur les pans tendus de sa jupe. Ethel avait dormi toute la nuit et s'était réveillée de bonne humeur. Elle considérait ce profond repos comme preuve de ce qu'elle n'avait besoin que d'un retour au confort pour se remettre entièrement. Lors de leur dernière nuit sous la tente, alors qu'elle faisait, en compagnie d'Alice, bouillir l'eau pour nettoyer ses chiffons ensanglantés, elle lui avait confié ceci :

« Il me semble que les saignements sont moins abondants. J'ai peut-être fini d'expulser ce qui était en moi. »

Son ventre était encore un peu douloureux et distendu. Alice se demandait, sans vouloir en parler encore à sa sœur, si ces symptômes n'étaient pas en fait ceux d'une grossesse à laquelle il avait fallu un certain temps pour se stabiliser.

« Bon sang, dit Clarence en prenant une chaise pour se joindre aux femmes, quel plaisir d'être de retour ! Je ne comprends pas ce qui m'a rendu si nerveux. Sans doute les gens comme Frank, qui cherchent à me provoquer. Depuis que nous avons franchi le Chilkoot, il n'a cessé de m'empoisonner avec ses insinuations : je serais attendu par une foule qui se masserait sur les trottoirs, qui serrerait les poings, qui voudrait me voir au bout d'une corde. Ah, d'ailleurs, nous sommes débarrassés de lui. Il est parti tôt ce matin. Il m'a prié de vous saluer, mesdames. Hier soir, il est tombé sur toute une troupe, au bar, qui voulait tenter sa chance à Quartz Creek. Il est devenu fou et a plié bagage, disant que c'était l'occasion ou jamais. Après toutes ses récriminations, toutes ses pleurnicheries au sujet de Henry qui ne l'attendrait jamais pour prospecter, c'est lui qui laisse tomber son frère. Hen sera furieux. Enfin, c'est vrai qu'il a pu se trouver une concession à Bonanza cet hiver ; Frank voulait sûrement faire jeu égal.

– Et Jim ? »

La question surprit Clarence. Depuis Sheep Camp, Alice évitait de prononcer ce nom.

« Il est allé rendre visite à sa sœur, à Moosehide. Il nous retrouvera la semaine prochaine sur les concessions. Il est impatient de retrouver le salaire plus régulier de la mine. C'est mieux que d'être porteur, ne serait-ce que pour cette raison.

– Combien ?

– De quoi veux-tu parler ?

– J'aimerais seulement savoir ce que gagne un mineur dans ce pays. »

Ethel lui lança un regard indigné, comme si elle venait de proférer quelque obscénité. Regrettait-elle de lui avoir fait cadeau de sa fraction ? se demanda Alice. Cependant Clarence, qui n'en savait encore rien, se contenta de voler une saucisse de porc dans l'assiette de sa femme.

« Plus que tu ne l'imagines, répondit-il. Et plus que j'aimerais le payer. D'ailleurs, ajouta-t-il en désignant le petit déjeuner de sa belle-sœur, j'espère que tu vas tout manger. Puisqu'on parle de sous… Sache que ce cochon a franchi des montagnes pour arriver dans ton assiette. »

24.

Ils retrouvèrent leur vitalité dans cette atmosphère arctique, si proches de leur but, et à si stupéfiante distance de Dyea – cinq cents miles ! Le soleil jaune était une énorme pépite, à portée de main ; le sol sous leurs pas aurait pu s'ouvrir et révéler d'interminables grottes remplies de trésors, comme dans un ancien conte arabe. Ils n'avaient plus à transporter leurs provisions. Quelques hommes de Dawson, à la recherche de travaux journaliers, les suivaient à quelques centaines de mètres, avec leurs bagages et leurs chiens. Sans Frank ni Jim, Clarence semblait plus détendu. Ethel marchait sans peser de tout son poids sur lui. Ils semblaient heureux. Ils échangèrent un sourire. Ce devait être si valorisant, pour ces deux-là, de retourner en cet éden qu'ils avaient fait leur, sans l'aide de quiconque. À l'époque de leur mariage, ils n'avaient pas un sou en poche. Puis ils avaient vu chacun la flamme brûler en l'autre : flamme de qui ne rechigne pas à l'effort, qui œuvre sans relâche. Ils s'étaient bien jaugés. Voilà à quoi ils pensaient à l'approche des concessions.

L'endroit où la rivière Eldorado se sépare de sa mère, la Bonanza, est un point de repère. Cinquante pas plus loin, la maison des Berry se dévoila à leurs regards.

« Regarde, s'exclama Ethel d'une voix pleine de vigueur. Elle n'a pas changé. »

C'était une cabane à deux étages, en bois nu, solidement plantée sur le sol, devant une colline sans arbres. Simple, trapue, et qui ressemblait à ce qu'un enfant aurait dessiné si on lui avait demandé une maison. À en juger par la présence du tuyau de poêle, la cuisine se trouvait à l'une des extrémités. S'y appuyait un abri sans porte, pour les chiens. Du tuyau sortait une fine volute gris sombre. À l'intérieur de la maison jaillit une lueur orange. Le four avait été ouvert puis refermé. Un visage joufflu et rougeaud parut à la fenêtre. Puis la porte d'entrée fut ouverte en coup de vent. Sur le seuil se tenait Henry Berry, un grand sourire aux lèvres, ressemblant plus que jamais à son frère Clarence, hormis ses quinze livres de chair en plus, et ses manières bien à lui : bras écartés, pieds en canard, yeux luisant d'un feu intérieur et joyeux.

« Bienvenue dans votre humble demeure ! J'ai dévoré vos provisions, volé l'or qui luisait dans les entrailles de votre concession, renvoyé vos meilleurs mineurs pour les remplacer par mes vieux copains de l'école, à Selma. J'ai essayé de gager la propriété, mais je n'ai pas réussi à imiter de manière assez convaincante ta signature, Clarence, que tu avais pris soin de faire enregistrer par les autorités. Allez, entrez, ne restez pas là à lever les yeux au ciel. Je regardais seulement si la viande était bien cuite. C'était ma dernière chance de mettre le feu à la maison, avant que ces dames ne me chassent de la cuisine. »

Il fit un pas de côté pour les inviter à entrer. Sa régence prit fin en cet instant, ce qui paraissait le réjouir. Son sourire était contagieux. Il étreignit Clarence à lui briser les côtes, jusqu'à le soulever du sol. Et se contenta d'un baiser respectueux, presque royal, sur la joue d'Ethel, avec cependant un sourire en coin.

« Le climat vous sied, mademoiselle Bush, déclara-t-il ensuite en prenant dans les siennes la main d'Alice qui parut aussitôt minuscule. Tu portes tes piqûres de moustique avec plus d'élégance que toutes les femmes de ma connaissance. »

Elle se figea sous son regard tandis qu'ils se serraient la main ; malgré son ton taquin, il y avait de la cordialité dans les yeux du jeune homme. Puis il se tourna vers la concession déserte.

« Ne me dites pas que vous avez perdu Frank en chemin.

– Il est parti de Dawson avec une troupe assez nombreuse, qu'il a croisée au bar », expliqua Clarence.

Henry laissa échapper un juron.

« Maudit soit-il. On était censés prospecter ensemble. Ça fait des mois que je l'attends. Il ne pouvait pas se retenir pendant vingt-quatre heures ? »

Clarence entra d'un pas lourd dans la maison pour en faire l'inspection.

« Il t'attend à Quartz Creek si tu as envie de le rejoindre, nous a-t-il dit. »

La maison était splendide. Rien à voir avec les cabanes qu'ils avaient vues sur les autres concessions, guère plus que des huttes à un étage, minuscules. Clarence, dès qu'il avait eu les fonds, avait préféré faire construire une demeure digne de sa noble épouse. Il y avait une grande pièce aux murs nus de bois neuf, qui donnait l'impression de se trouver à l'intérieur d'un arbre. Elle était meublée d'une longue table de bois rustique, flanquée de bancs de chaque côté. Dans un coin trônait le fauteuil à bascule d'Ethel sur son tapis ovale, en laine tressée, bleu pâle. Il y avait une deuxième pièce au rez-de-chaussée, une petite chambre à l'arrière de la maison, presque entièrement occupée par un grand lit plaqué tout contre la fenêtre. Une cuisine étroite, que Henry appelait la coquerie, s'étendait sur le flanc droit de la maison.

Alice s'y faufila à temps pour retourner le rôti qui paraissait délicieux. Henry sans doute avait acheté la viande à Dawson pour leur faire plaisir. Un gros sac de farine et une grande boîte de biscuits étaient posés contre le mur. Sur l'étagère se trouvaient des bocaux contenant sucre et thé. Elle trouva aussi un petit bol plein de baies sauvages, cueillies le jour même. Le cagibi, d'après ce que lui avait dit Ethel, pourrait accueillir les boîtes de lait condensé, les fruits en conserve et toutes les provisions qu'ils avaient apportés. Elle inspecta le fourneau en tôle que Clarence avait installé l'année précédente. Il était moins massif que ceux dont elle avait l'habitude, mais de meilleure qualité, lui avait-on dit, que ceux qu'on trouvait à Dawson, même dans les hôtels. Une miche de pain de belles proportions y dorait tranquillement. Elle trouva un panier posé sur l'étagère au-dessus du comptoir de bois de la cuisine et y disposa une généreuse quantité de biscuits salés avant de revenir dans la salle à manger.

« Vous auriez dû laisser cette canaille à la maison, maugréait Henry pour récriminer de nouveau contre son frère Frank.

– Ce n'est pas de mon fait, dit Clarence en se laissant tomber sur le banc, près d'Ethel. Pa m'a rebattu les oreilles tout l'hiver. Les gémissements de notre pauvre frère l'émeuvent. Il pense que Frank n'a jamais eu de chance dans la vie, et ça l'inquiète.

– Ah ! ricana Henry. C'est un bon compagnon de route, à part ça ?

– À peu près autant que la dysenterie », répondit Clarence.

Henry ouvrit grand la bouche pour émettre l'un de ses fameux rires tonitruants. Clarence, avec un petit sourire de satisfaction sur les lèvres, prit le panier des mains d'Alice et se servit abondamment en biscuits.

« À y repenser, dit Henry en essuyant ses larmes, je vais peut-être laisser l'or à Frank et rester ici avec vous. »

Ethel et Alice eurent droit à un clin d'œil.

« Je n'ai eu pour seul spectacle pendant tout l'hiver que des vagabonds crasseux. J'ai grand besoin d'un changement. »

25.

L'aube survint et ce fut comme si le soleil tenait la terre au bout d'une ficelle et l'extrayait tout à coup de la nuit. La veille au soir, une fois le rôti dévoré jusqu'à l'os, Alice avait poussé le banc contre le mur et déplié ses fourrures. Au réveil, le soulagement l'envahit : elle n'était plus sur la piste, elle avait dormi dans une maison. L'avalanche du dimanche des Rameaux, la marche dans la neige : tout cela lui semblait très loin désormais. Son regard se posa sur le plancher rugueux avant de le parcourir jusqu'à la porte de la chambre. Elle était ouverte, si bien qu'Alice vit Clarence et Ethel sous un immense tas de couvertures, serrés l'un contre l'autre, presque l'un sur l'autre, frôlant l'indécence. Ils ne s'étaient jamais exhibés ainsi sous la tente. Ethel semblait déjà avoir repris des forces, de l'énergie. Et puis ils étaient les maîtres des lieux, ici, et se sentaient peut-être en droit de le montrer.

D'une peau d'ours noir surgit, à l'autre bout de la salle à manger, un corps agité de soubresauts : Henry. Il se rendit dans la coquerie puis tira le rideau. En plissant les paupières, Alice apercevait ses bottes dépasser du rideau. Elle respirait sans bruit. Bientôt elle entendit l'eau bouillir, et le crissement du moulin à café dont elle perçut la bonne odeur.

À Selma, Henry était souvent venu les dimanches, surtout l'année où Clarence et Ethel avaient commencé à se fréquenter. Il n'aimait rien tant que s'asseoir à l'harmonium, dans le salon, et jouer un air de bruyante manière. Il invitait alors une jeune fille à chanter comme lui sur la mélodie, puis, à dessein, s'efforçait de couvrir la voix, qui pouvait être celle d'Annie, par exemple, ou de l'une des sœurs Smith, des voisines, qui attendaient toutes cette occasion depuis le début de la semaine. Cela aurait pu être un malentendu, mais Henry peu à peu se donnait tant de mal pour dominer sa partenaire que les deux finissaient par hurler. Alors le jeune homme s'affalait, hilare, sur le clavier, tandis que la pauvre chanteuse restait, le visage empourpré, debout près du banc.

Un jour, Alice se trouvait seule avec Ethel lorsque les deux frères Berry étaient passés. Clarence et Ethel s'étaient éclipsés au bout d'un moment, de sorte que Henry et elle avaient marché seuls jusqu'au fossé et s'étaient assis dans l'ombre rafraîchissante du vieux cyprès. Il avait parlé de lui, de son passé, de sa vie future de fermier. Pendant un moment d'exaltation, Alice s'était imaginé l'avoir charmé. Elle s'était vue, en une brève illumination, debout, en robe claire, devant l'autel, quelques minutes avant de devenir l'épouse de Henry. Cette vision était sur le point de devenir quasi-certitude lorsque Henry soudain lui fit un aveu passionné : il trouvait qu'Annie, la sœur jumelle d'Alice, était la plus jolie fille du monde, et s'il était venu chez les Bush avec Clarence, c'était pour la voir. Il travaillait dur, avait-il ajouté, mettait de l'argent de côté – enfin, les banalités d'usage. Et quand il s'était tourné vers Alice, attendant sa réponse, elle avait bien été forcée de la lui donner :

« Je suis bien désolée, mais je crois qu'Annie aime déjà William Carswell. »

Henry avait hoché la tête et continué de parler, mais plus jamais d'Annie.

Au petit déjeuner, Alice servit du saumon sur du pain grillé et des pêches en conserve, merveilleuse amélioration par rapport aux haricots et au bacon du long voyage. Henry se carra contre le dossier de sa chaise pour considérer son assiette d'un regard humide. Il y avait eu pendant l'hiver des jours si noirs qu'il lui avait semblé devenir fou, disait-il ; il voyait des visages de clown dans les nœuds du bois. Il était si heureux d'avoir des gens à qui parler, si bien qu'il ne se lassait pas des récits des dangers affrontés durant leur voyage.

« Ah, C. J., disait-il en se penchant pour enlacer son frère d'un bras de lutteur, je ne dis pas que je ne m'en serais pas sorti, mais je préfère que tu sois resté de ce monde, que tu aies pu garder ta fortune ; quand je le pourrai, je t'aiderai pour les dépenses. »

Ils finirent leurs tasses de café devant la maison. La lumière du jour illuminait les montagnes violettes et faisait étinceler la rivière, dansant sous le soleil blanc. Alice, à table, aurait voulu savoir où était sa fraction, *où est cette fine bande de terre entre* Cinq *et* Six, *dont je garde l'acte de propriété sous ma jupe*. Mais elle n'osa pas, pas avant qu'Ethel explique sa décision à Clarence.

Partout aux alentours, des fosses creusaient la terre en désordre. Et celles-ci, expliqua Henry en gesticulant sur l'allée de gravier, constituaient les mines. Il s'en trouvait déjà à vingt pieds de la maison, creusées avec une telle régularité qu'on pouvait imaginer sans peine au prix de quels efforts insensés.

« Reste au chaud, dit Alice lorsqu'elle vit paraître sa sœur sur le perron de pierre, derrière elle.

– Je n'ai pas fait ce chemin pour rien, rétorqua Ethel d'une voix douce. Je veux voir mes concessions. »

Henry les accompagna au bord de la fosse la plus proche, fier de pouvoir montrer les résultats de son travail. La fosse était étroite, ne laissant place qu'à un seul mineur ; elle s'enfonçait à la verticale sur dix-huit pieds. Elle était munie en son sommet, comme d'autres dans la concession, d'un petit bourriquet en bois, constitué d'un auvent qui protégeait la fosse de la pluie et d'un treuil en métal, avec sa chaîne et son seau. Près de la fosse s'élevait un tas de gravier, la riche terre constellée d'or que les ouvriers avaient extraite du sol. Chaque fosse, ou presque, était flanquée de cette petite pyramide, recouverte d'un carré de toile maintenu au sol à chaque angle par de grosses pierres. Maintenant que la rivière était dégelée, les mineurs passeraient les mois de printemps et d'été à nettoyer ce gravier pour en extraire l'or.

« On dirait un jeu d'enfant, commenta Henry en les menant d'une fosse à l'autre. Creuser, jusqu'à la Chine. Je peux vous dire pourtant que ce n'est pas du tout le cas. Avec le climat d'ici, le travail du mineur est le plus éprouvant qui soit. Rien à voir avec la Californie. Ici, le sol est gelé une bonne partie de l'année. Il faut faire des feux à l'endroit où vous creusez. Une fois le feu éteint, vous prenez la pelle et vous travaillez le plus vite possible. Au bout d'un pied, vous retombez sur la terre gelée. Alors vous rallumez un feu, vous le laissez se consumer, et vous creusez d'un pied de plus, et ainsi de suite. Et pendant ce temps-là, le vent vous frappe sans cesse au visage et tout ce qui dépasse, les doigts, les oreilles, meurt de froid. »

Les Berry cependant étaient mieux lotis que les autres, poursuivit Henry. Il entraîna Alice vers ce qui lui sembla être un tas de ferraille, mais il s'agissait de la machine à vapeur de Clarence, un mécanisme qu'il avait inventé pour remplacer les feux de bois. Ils avaient commencé à le tester cet hiver.

« Voilà ce qu'on fait, expliqua Henry. On remplit d'eau ce gros récipient, la vapeur sort par ce tuyau et on le dirige vers la partie du sol que l'on veut creuser. C'est beaucoup plus efficace que les feux de bois, pour faire fondre la glace. C'est plus précis, et on n'a pas de cendres et autres débris à évacuer. C'est une tête, mon grand frère ! »

Puis, à voix basse, rappelant du regard à Alice que Clarence se trouvait à quelques mètres d'eux, accroupi, tripotant la valve de son tuyau à vapeur, il ajouta :

« Quand on était petits, il passait pour idiot. Ah, c'était qu'on était bien loin de comprendre que ses gémissements et ses bricolages étaient les signes d'un génie précoce. »

Les journaliers sortirent des cinq tentes plantées sur la colline nue ; bientôt la concession vibra de leurs allées et venues. Ils ne creusaient plus : comme l'avait mentionné Henry, c'était une tâche hivernale. Dès le printemps, on lavait la terre pour en extraire l'or. Les hommes se rassemblaient près des sluices, qui longeaient le torrent : avec leurs quarante pieds de long, on aurait dit des canaux miniatures, ou des toboggans pour gravier. Les mineurs déposaient des pelletées de gravier aurifère à une extrémité du sluice, puis versaient de nombreux seaux de l'eau puisée dans le torrent, pour faire glisser le tout. La terre et les petites pierres dégringolaient tout du long, mais le gravier aurifère, plus lourd, restait sur les planches. Il fallait ensuite récupérer cette substance à l'aide d'une casserole, puis se rendre au bord de l'eau, en verser dans le récipient et nettoyer le tout. Quelques mouvements experts du poignet et du bras, et la mixture se mettait à tourbillonner. Les particules les plus légères débordaient de cette mixture et l'or, pur et pesant, collait aux parois.

Le long du torrent, là où ce travail s'effectuait en dix endroits et sans relâche, on entendait les mineurs des autres concessions hurler, crier de joie. Les fumées d'autres feux s'élevaient dans le ciel. Le torrent charriait le gravier inutile. Bientôt Clarence sortit de la maison pour les rejoindre et, déposant au passage un baiser sur la joue d'Ethel, s'éloigna pour retrouver ses mineurs. Parmi eux, se dit Alice, il devenait un homme comme les autres ; rien dans ses mouvements ou sa corpulence ne l'aurait différencié des ouvriers. Son seul signe distinctif était la double bande rouge de ses bretelles favorites.

Henry prit Alice et Ethel chacune par le bras pour leur faire visiter *Trois*, *Quatre* et *Cinq* Eldorado. Le trio arriva bientôt non loin de la cabane d'Anton Stander, sur la *Six*, à un demi-mile en aval du torrent. Stander était partenaire à cinquante pour cent des concessions, et donc aussi riche que les Berry, ce qui était difficile à croire devant ce taudis. Le toit était affaissé, envahi par des mousses vertes ; le conduit de la cheminée penchait dangereusement. Le perron était jonché de petits os, comme la tanière d'un animal sauvage.

« Je ne compte plus les lugubres journées d'hiver que j'ai passées dans la solitude, chuchota Henry avec un petit signe effaré de la tête, plutôt que supporter la compagnie de Stander. C'est dire à quel point l'homme est infréquentable, et ce même pour moi dont les exigences en matière d'amitié sont scandaleusement minimes. »

Ils rebroussèrent chemin, ne souhaitant guère rencontrer le maître des lieux.

Ils préférèrent discuter des voisins, de ceux qui étaient partis pour l'hiver, de ceux qui étaient restés. Alice ne connaissait aucune de ces personnes. Ils visitèrent de nombreuses fosses sur le chemin du retour, et Alice se demandait : Est-ce donc ma terre que j'ai là, sous les pieds ? Jugeant que la question pouvait être posée sans risque, même en présence de Henry, elle se lança :

« C'est la fameuse fraction, ici ? Les quarante-deux pieds ?

– La fraction d'Ethel ? s'enquit Henry. Non, nous en venons juste ; elle est là-bas. »

Ethel était déconcertée. Sans doute avait-elle perçu dans l'allusion d'Alice, à tort, une tentative de lui forcer la main. Avant qu'Alice puisse l'en empêcher, elle s'exclama :

« C'est la fraction d'Alice, maintenant. Je la lui ai donnée, s'exclama-t-elle avant qu'Alice puisse l'en empêcher.

– Pardon ? »

Henry glissa la main en cornet derrière son oreille. Lorsqu'il tourna la tête, deux creux profonds se formèrent dans la peau de son cou.

« Quelle chance ! Moi, j'ai passé tout l'hiver ici, sans qu'on me fasse ce genre de cadeau. »

Alice, abasourdie par ces échanges, ne sut que dire. Ethel, qui se rendait peut-être compte que cette révélation était prématurée, n'était pas plus diserte. Lorsqu'ils approchèrent de la maison, les chiens se ruèrent sur eux, tête basse, en tirant sur leurs chaînes.

« Je croyais que tu avais une concession à toi, à Bonanza, finit par dire Alice à Henry.

– Oui. En décembre, je me suis accordé quelques jours et j'ai jeté mon dévolu sur *Cinquante-Huit* Bonanza. Tu devrais passer voir, un de ces jours, c'est très impressionnant. Et d'un rapport tout juste supérieur à celui d'une tranche de glacier au pôle Nord. »

Une fois devant la maison, Ethel s'écarta d'eux pour se diriger vers les fosses. Et y rejoindre Clarence, sans doute, avant que Henry ne répande la nouvelle du cadeau dans toute la concession.

Seule dans la maison, Alice se livra à la gêne, les joues en feu. Elle s'en voulait d'avoir posé cette question. Et elle en voulait à Ethel de s'être méprise sur ses intentions et d'avoir parlé bien trop tôt du cadeau. Elle en voulait aussi à Clarence, pour la réaction qu'il ne manquerait pas d'avoir lorsque la nouvelle se répandrait. Elle prit son journal, l'ouvrit, le reposa, sortit son nécessaire à lettres, se disant qu'il fallait bien annoncer leur arrivée aux parents, sans même parvenir à écrire une entrée en matière un tant soit peu joyeuse. La réplique indignée de Henry lui trottait dans la tête. Et elle s'imaginait lui répondre : Tant pis pour toi, si tu as passé l'hiver ici en croyant mériter la moindre récompense. Tant pis pour toi si tu as passé six mois à prendre soin de l'or de ton frère. Tant pis pour toi si tu as cru qu'extraire le gravier de la terre, le faire tourbillonner, tenir l'or dans tes paumes, en ces journées sous le couvercle gris du long hiver de novembre à mars, te rendait propriétaire de cet or. Tant pis pour toi si tu n'as pas retenu cette leçon, si américaine : peu importe que tu dormes sur cette terre, peu importe ce que tu en tires de tes propres mains. Ce qui compte, c'est ce bout de papier, ces quelques mots en anglais : un nom, une date, une signature, comme celui que j'ai plié et rangé dans ma bourse de toile huilée.

26.

L'après-midi même, à la fin d'un repas tout en tensions silencieuses, Clarence fit reculer sa chaise et se leva.

« Tot, suis-moi. Il faut que je te parle. »

Alice essaya bien d'interroger Ethel du regard, mais cette dernière ne semblait pas comprendre la cause de cette proposition.

« Maintenant, aboya-t-il. Avant qu'il y ait trop de moustiques. »

Puis, tandis qu'Ethel se préparait à les accompagner, il ajouta d'une voix douce, mais encore chargée d'autorité :

« Ethel, tu t'es assez démenée ces derniers temps. Reste au chaud. »

Ils traversèrent *Trois* et *Quatre* et montèrent en haut de *Cinq*. Les tentes des mineurs saillaient, formes fantômes, au flanc des collines. L'air était brumeux. Le torrent coulait vif et bruyant sur son lit de roches. Clarence récupéra une cheville en bois dans les profondeurs de sa poche de gilet. Il tendit la main vers une épinette solitaire dont le tronc portait une marque, puis enfonça la cheville en terre du bout de son pied, avant de produire un rouleau de corde.

« Ethel t'a fait cadeau de sa fraction, il paraît ? demanda-t-il d'une voix tremblante. Pas mal, pour la petite sœur qui est venue pour donner un coup de main aux fourneaux. J'aurais conseillé un présent un peu moins grandiose : des gants neufs, un chapeau, mais on ne m'a pas consulté. Si je t'ai fait monter ici, c'est parce que je me suis dit que tu aimerais voir ton domaine. C'est l'usage, quand une concession change de mains. Les piquets bougent en hiver, mais on peut refaire les mesures. »

Il secoua la corde.

« Je l'ai coupée à la bonne taille. Quarante-deux pieds. »

Il l'attacha à la cheville puis la déroula minutieusement sur le sol.

Le pied agile, le cœur battant, elle le suivit le long du torrent. À l'autre bout de la corde, il enfonça une deuxième cheville. Puis il traversa le torrent et répéta l'opération. Alice se tenait immobile, les bras croisés. Il était en colère, oui, mais ce n'était pas grave. On pouvait s'y attendre. Il s'habituerait à cette étrange péripétie durant l'été : la fraction appartenait désormais à Alice. De l'autre côté de la rivière, il enfonça ses deux dernières chevilles. Alice balaya le rectangle du regard, inspectant la terre. Combien y avait-il d'or dispersé dans le sol ? Que diraient Poie et Moie ? Seraient-ils heureux pour elle, ou penseraient-ils qu'elle n'aurait pas dû accepter ce cadeau ?

Clarence retraversa le torrent ; l'eau dansait sur le rebord de ses hautes bottes, maculait son pantalon. Derrière le masque, une expression nouvelle avait fait son apparition. Ce n'était plus de la colère, se dit-elle, de plus en plus perplexe. De la cruauté, plutôt, de la fureur. La légèreté pétillante du matin s'évaporait dans l'air raréfié. Quelques secondes plus tard, Clarence remonta la berge avec force éclaboussures, écrasant d'un seul regard l'espace qui les séparait encore.

« On peut emprunter une règle pour ajouter les pouces qui manquent, bien sûr, mais tu peux voir clairement ce qui t'appartient, dit-il en indiquant la distance qui séparait les deux chevilles de l'autre côté du torrent. Des gens se sont entretués pour ce bout de terre. Ces quarante-deux pieds de la meilleure terre du Klondike. »

Il la transperça d'un regard noir.

« Je ne t'ai encore rien dit de la profondeur. »

Le mot sortait avec peine de sa bouche, bourdonnant comme un insecte coincé derrière ses dents. Il avait une idée derrière la tête, mais laquelle ? Elle regarda de nouveau la terre, à la recherche d'un quelconque indice.

« C'est-à-dire ? N'hésite pas, maugréa-t-elle. Avoue. Tu as déjà trouvé le filon, et il a été vidé de tout son or ? Tu l'as épuisé ?

– Non, il déborde d'or. Cette foutue baraque est construite sur l'or. Rien que de cette fosse, on a déjà tiré mille dollars. Le filon fait la longueur de la rivière, ici. Il faudra des années pour le vider. Le problème, c'est comment l'atteindre. »

Elle lui rendit un regard peu amène.

« Deux mineurs sont morts cet hiver, ajouta-t-il à voix basse. Sur cette terre. Tu crois que c'est facile ? Tu crois qu'il suffit d'appeler "Viens, petit or, petit or" pour voir la poudre surgir de la terre ?

– Tu devrais t'entendre. Tu es aussi cruel que Frank. »

Elle avait provisoirement mis fin à sa comédie, sans trouver matière à triompher dans cette petite victoire. Ce bref arrêt de la scène permettait d'entrevoir la vraie raison de sa rage : la fraction d'Ethel, sa fraction, était profonde et riche. Elle croisa de nouveau les bras. Il faisait froid, aujourd'hui. Sa respiration gelait, jusqu'à devenir blanche. De l'autre côté du nuage se trouvait Clarence, de l'autre côté de Clarence la maison. Elle s'imagina Ethel entre les murs, inquiète, le visage au carreau.

« Il est possible, dit Clarence en s'efforçant de revenir à son ton affable d'homme d'affaires, que tu puisses tirer trois mille dollars par mois de ce bout de terrain. Cela dit, le filon est à vingt pieds, ce qui signifie qu'il te faut plusieurs hommes pour creuser tes fosses et les entretenir. Il te faudra aussi des pioches, des pelles et une personne au moins pour te procurer le bois, puis des sluices pour séparer l'or du sable. Le matériel, les hommes, j'ai l'habitude. Je peux m'en charger pour ton compte. »

Il plongea les doigts dans la poche de poitrine de sa chemise pour en extraire une feuille de papier à lettres qui provenait du nécessaire d'Ethel, et sur laquelle il avait griffonné quelques chiffres.

« Voici ce que ça va te coûter. »

Il passa les pouces sous ses bretelles et les écarta pour mieux bomber la poitrine. Il avait dressé la liste des coûts à prévoir. Une pioche, dix dollars. Des ouvriers, deux cents dollars la semaine. Ainsi de suite.

« Et au total ? »

Elle lui parlait d'une voix plate, comme elle l'aurait fait avec son épicier.

« Il me faudrait un crayon, dit-il en ricanant. Deux mille dollars environ, juste pour commencer. À la fin de l'été, tu me devrais déjà...

– J'ai compris, j'ai compris. Je n'ai pas les moyens d'exploiter. »

Il se rengorgea, triomphant.

« Autant vendre. »

Il s'étrangla. Son teint sanguin d'Irlandais vira au gris.

« Que dirait ta sœur ?

– Que je n'hésite jamais, quand il s'agit de faire un bénéfice. Elle devrait être habituée, pourtant. Avec toi. La prochaine fois que Henry va faire les courses à Dawson, je l'accompagnerai.

– Non. »

L'atmosphère avait changé. Les cartes s'étaient répandues dans les airs avant de rebondir sur le sol, et s'étaient perdues à jamais. Disparus, les chiffres et les additions. En quelques secondes, ils s'étaient déjà lassé de ce jeu.

« Tu ne te rends pas compte de ce que j'ai fait pour tes parents. À Noël, je leur ai fait cadeau de douze cents dollars.

– Je me demande à quoi ils les ont dépensés. On a continué de manger des œufs à un dîner sur trois, jusqu'à mon départ.

– Tu m'écoutes ? Je viens de te dire, douze cents dollars. »

Elle resta muette.

« Ils le mettent de côté, c'est ce que je pense, Tot. Tu crois que ton père veut continuer à s'occuper de sa ferme, maintenant qu'il a dépassé le demi-siècle ? L'autre soir, on a discuté en toute intimité, après que vous vous soyez couchées, les filles. Je lui ai dit : "Mr Bush, à la fin de l'année, j'aurai déjà un demi-million en poche ; il y a une chose que j'aimerais bien faire, si vous me le permettez, c'est de vous installer bien au chaud avec Mrs Bush dans une jolie maisonnette aux murs blancs, avec vue sur la mer." Attention, Tot, l'idée ne vient pas de moi. C'est le rêve de tes parents. J'ai fini par faire causer ton Poie. Ils veulent habiter au bord du Pacifique, dormir la fenêtre ouverte, avec le bruit des vagues. Tu aurais dû voir sa tête. Je lui ai dit : "Quittez la ferme quand vous voulez, Mrs Bush et vous, je vous ferai une retraite de cinq cents dollars par an jusqu'à la fin de vos jours." Je lui ai promis, et je tiendrai parole. »

Alice se taisait. Elle aurait voulu lui demander : « Mais comment as-tu su, pour leur rêve ? » Elle craignait cependant d'avoir entendu la réponse dans la tirade de Clarence. Ces dix dernières années, quand on leur parlait en privé, Poie et Moie mentionnaient en riant ce refuge de leurs vieux jours, jusqu'à cet hiver pur fantaisie. Ils aimaient à se dire l'un à l'autre : « Ah, je suis prêt à déménager pour aller dans notre maison du bord de mer. »

« Ta famille, reprit Clarence, je la considère avec autant d'affection que la mienne. C'est peut-être pour cette raison que je ne supporte pas de me voir traité par toi en ennemi plutôt qu'en frère. Cette fraction, c'était un cadeau à ma femme. Elle n'aurait jamais dû te la proposer. Je pense qu'elle l'a compris, maintenant. Fais preuve de compréhension à notre égard, et ne profite pas de son faux pas. »

Alice était incapable de répondre. Elle ne pouvait s'imaginer en personne qui avait abusé de la gentillesse d'Ethel, bien que le cadeau lui ait été offert en toute connaissance de cause. Elle glissa la main sous son décolleté avec la délibération de celle qui sait que son geste aura une conséquence indélébile.

Clarence reçut au creux de la paume le certificat, à la température de la peau qui l'avait réchauffé.

« Voilà, c'est fini », dit-il d'une voix douce.

Le fourreau de toile huilée fut ôté, puis aussitôt emporté par le gris tourbillon, avant même de toucher terre. Le certificat portant le nom d'Alice, cette scandaleuse souillure : il le déchira une première fois en quatre, avant d'en rassembler les morceaux pour les déchirer en huit, en seize. Personne n'en saurait rien. Les autorités de Dawson, qui détenaient la copie de l'acte, n'en seraient nullement perturbées dans leurs activités de classement et coups de tampon ; elles ne ressentiraient pas les blessures de cette dispute familiale, contrairement à Alice.

Avec quelle facilité, songeait-elle, mes grandes espérances ont été anéanties.

Clarence redescendit dans l'eau gris terne, jusqu'à ce qu'elle lui arrive au haut des bottes. Il lança les bouts de papier sur l'eau ; ils y naviguèrent en tremblotant un moment, avant de s'arrimer aux flots et de se laisser porter par eux. Le courant était rapide ; en quelques secondes, les crêtes blanches étaient passées devant la maison et avaient disparu au tournant de la rivière pour traverser la concession d'un autre.

« Je vais te dire, murmura Clarence. Je te verserai quarante dollars par mois, pour la cuisine. Si tu veux, je te paie en pépites. Tu pourrais peut-être imiter Ethel, qui veut les faire monter en collier. »

Il se hissa sur le rivage, puis effleura la nuque d'Alice du bout des doigts. C'était sans doute l'idée qu'il se faisait d'un geste de réconfort.

CHAPITRE 3

Fairbanks, Alaska
Dawson City, Yukon

2015

Devant le miroir des toilettes de l'avion, j'ai sursauté à la vision de mon reflet. Cependant, ce n'était ni ma physionomie ni un quelconque changement dans mon apparence qui me surprenait. J'avais passé des heures à lire de vieilles lettres et le journal d'Alice Bush, qu'elle tenait dans un carnet de toile bleue. Une fois nos dispositions prises pour le voyage, mon grand-père m'avait confié tout une caisse de papiers de famille, d'où provenaient ces reliques. Immergées dans ces visions anciennes, mes pensées avaient suivi les variations d'un paysage bien différent, et donc d'un esprit bien différent. Lorsque j'avais aperçu mon reflet dans le miroir, je me trouvais si profondément plongée dans l'esprit d'Alice Bush que c'est son visage que j'ai cru voir pendant une seconde. Morte depuis soixante-dix ans, elle avait été ressuscitée dans le vol 106 d'Alaska Airlines, de retour vers le Klondike.

Quand je suis revenue m'asseoir pour reprendre la lecture de ses lettres, séparées par un marque-page, Owen s'est retourné vers le hublot et m'a pris le bras.

« Oh, regarde ! »

Et je me suis rendu compte qu'il n'était pas le seul à se tordre le cou. J'ai suivi la direction que m'indiquait ce regard collectif : sur la terre, loin au-dessous de nous, un troupeau d'énormes bêtes galopait sur une plaine gris-vert foncé.

« Qu'est-ce que c'est ? » ai-je demandé.

Owen n'en avait aucune idée. D'autres passagers, aussi émerveillés que nous, ont prononcé le nom de caribou.

« Caribous et rennes, c'est la même chose ? s'est enquis Owen.

– Il me semble, oui. »

Owen, qui avait grandi dans le Queens avant de quitter New York pour Philadelphie puis Los Angeles, qui n'avait jamais connu que la ville, n'avait rien d'un naturaliste. La réflexion suivante, prononcée sur un ton grave et révérencieux, m'a donc surprise :

« On dirait des créatures d'un autre monde. »

Les rennes, en effet, avaient quelque chose de magique, êtres qui ne se montraient aux humains que dans des circonstances particulières. Je n'ai pas poursuivi ma lecture. J'ai remis le marque-page à sa place et j'ai fermé le carnet bleu, dans lequel j'avais inséré les lettres d'Alice.

Le mont McKinley est apparu juste après le passage des caribous. Son sommet pointu était coiffé de nuages doux et vaporeux. On avait beaucoup parlé de lui ces derniers temps, ai-je expliqué à Owen. Après presque un siècle de discussions, le National Park Service s'était décidé à lui redonner le nom de Denali que lui avaient attribué les Premières Nations.

« Denali signifie "le très haut", ai-je dit tandis que nous le survolions. Une montagne peut-elle imaginer nom plus approprié ? »

Une douce sonnerie d'alerte s'est fait entendre dans la cabine. J'ai refermé le sac à dos qui contenait non seulement les archives d'Alice, mais des papiers à visée plus pratique : une carte récente du Yukon, avec un plan de Dawson City, une copie papier de notre contrat de location de voiture, et pour finir en beauté, cette information essentielle, conservée sur mon téléphone, mais également transcrite sur une fiche en carton : l'adresse à Dawson City des deux dernières survivantes de la famille Lowell.

Quelques jours plus tôt, lors de la conversation entre hommes qu'ils avaient eue au bar de l'Ahwahnee Hotel, mon grand-père avait avoué à Owen qu'il avait essayé à plusieurs reprises de retrouver Winnie Lowell, la petite-fille Tlingit-Hän des participants à la ruée vers l'or du Klondike. Leurs derniers échanges épistolaires remontaient à plus de trente ans. Il avait trouvé une adresse à Whitehorse et leur avait écrit deux fois, sans jamais recevoir de réponse.

Le soir même, à l'hôtel, Owen avait décidé de mener ses propres recherches. Après dix minutes d'investigations fébriles en ligne, il avait marmonné quelque chose qui ressemblait à « Je l'ai ».

« Elle est morte, avais-je soufflé. C'est ça, non ? »

J'étais certaine qu'il allait faire pivoter son écran pour me montrer l'avis de décès.

« Pas du tout, avait-il répondu avec un grand sourire. D'après ce que je vois ici, elle est bel et bien de ce monde. »

Winifred Lowell avait quatre-vingt-dix ans. S'il fallait se fier à cette première recherche sur les annuaires en ligne, elle avait en effet vécu à Whitehorse, dont elle était partie dans les années 1980. Owen avait déniché une autre adresse liée à son nom, à Dawson City, dans une maison dont la propriétaire était une certaine Leanne Lowell. Nous avons pu déterminer assez rapidement que cette dernière était la fille de Winnie et qu'elle avait cinquante-cinq ans. Il nous a fallu dix secondes de plus pour localiser deux associations dont elle était membre, un centre culturel Hän Hwëch'in de Dawson et un groupe d'artistes des Premières Nations. Et sa page Facebook, qui la montrait souriante, longs cheveux lustrés, devant la confluence scintillante du Klondike et du Yukon. De plus, elle avait récemment posté sur la même page une photo publique, dont nous pensions avec une quasi-certitude qu'elle représentait Winnie.

J'avais écrit un message à Leanne juste avant de m'endormir. Je m'étais présentée, j'expliquais de qui j'étais la petite-fille et j'annonçais sans autres précisions que je comptais me rendre avec mon mari dans le Klondike. Je restais évasive, ajoutant simplement que je serais ravie de les rencontrer, elle et sa mère. Mon grand-père, disais-je, regrettait profondément le traitement que ses ancêtres avaient infligé à ceux des Lowell ; il ne souhaitait rien de plus, tant qu'il en était capable, que de se réconcilier avec leurs descendants.

Le lendemain, en prenant mon café, j'avais ouvert mon portable, n'attendant pas de réponse si rapide. Et pourtant, elle était là. Oui, confirmait Leanne, elle était bien la fille de Winifred Lowell, elle-même petite-fille de Jane Lowell et petite-nièce de Jim Lowell ; Jane et Jim avaient tous deux travaillé dans les concessions des Berry pendant la ruée vers l'or. Mon message, ajoutait-elle, les avait sidérées, sa mère et elle. Winnie, bien sûr, se souvenait parfaitement de Peter et se réjouissait de savoir qu'il allait bien.

Et si vous entreprenez réellement ce voyage, concluait Leanne, *sachez que ma mère et moi serions heureuses de vous rencontrer.*

Onze minutes plus tard, pourtant, j'ai reçu une nouvelle petite bulle. Le ton exubérant de la première réponse était quelque peu atténué :

Je ne sais pas si vous êtes au courant, mais si jamais ces détails n'ont pas survécu de votre côté au passage du temps, il faut que je vous dise que la grand-mère de ma mère, Jane, et celle de votre grand-père, Alice, étaient des ennemies mortelles. Pendant la ruée vers l'or, Alice Bush avait accusé Jane d'avoir volé de l'or dans la concession des Berry ; par la suite, son frère, Jim, avait été abattu par Clarence Berry au cours d'une dispute. Les deux familles s'étaient sans doute plus ou moins réconciliées, car les Berry pendant un temps se sont occupés du fils de Jane (mon grand-père Ed Lowell) quand il était petit. Il y a dû y avoir un autre différend, car lorsque Peter a repris contact avec ma famille en 1944, Ed, mon grand-père, a refusé de le voir. Cela n'a pas empêché ma mère et votre grand-père de s'écrire pendant la guerre, et même un peu plus tard. Je crois que Peter a toujours été plus ou moins amoureux de ma mère. Étiez-vous au courant de tout cela ? Nous aimerions vraiment vous rencontrer, mais mieux vaut, à mon sens, que ce soit en pleine connaissance de cause.

Même si ces précisions nous troublaient, Owen et moi avions expliqué à mon grand-père que l'adresse de Whitehorse n'était plus la bonne et nous lui avions lu le message de Leanne après le petit déjeuner.

Il avait enfoui son visage dans ses grandes mains tavelées. J'avais craint un moment qu'il ne soit bouleversé par ce que révélait le message de Leanne, la manière horrible dont les Berry avaient traité les Lowell. Ce n'était pas le cas. Il était heureux. Il était incroyablement soulagé de savoir que Winnie était encore de ce monde. L'existence de Leanne le ravissait. S'il avait semblé effaré, c'est essentiellement, nous avait-il expliqué, parce qu'il était conscient du fait qu'il avait trop tardé à agir.

« Vous vous rendez compte, tout ce temps que j'ai perdu ? avait-il marmonné. J'aurais pu renouer le contact il y a trente ans. »

Nous avions essayé de le rassurer. Les vagues velléités que j'avais eues la veille au soir de refuser ce voyage et la mission qui y était associée s'étaient évanouies. L'excitation inquiète de mon grand-père et son immense gratitude m'en empêchaient.

« Seigneur, avait-il soupiré d'un ton terriblement mélancolique. À ce propos, comment avez-vous pu vous procurer ces informations en une seule soirée ?

– Quelques recherches sur Google », avait répondu Owen.

Mon grand-père avait baissé la main, le regard pétillant.

« Ce qui est sûr, c'est qu'avec vous j'ai sonné à la bonne porte. »

Owen et moi avons atterri à Fairbanks avec quelques heures de retard. Nous sommes sortis du petit aéroport désert pour nous retrouver dans la lumière ambrée et vacillante d'un lampadaire solitaire, assaillis par des hordes de moustiques. Il était vingt-trois heures, mais, à cette latitude, en juin, le soleil n'est pas encore couché. Il traînait, oisif, au-dessus des frondaisons sombres et dentelées des arbres.

Nous avons longé l'immeuble de l'aéroport sur un trottoir tout aussi désert pour parvenir devant l'agence de location, minuscule cube de béton percé de quatre fenêtres et planté à l'extrémité du parking. Lorsqu'il nous a vus entrer, l'employé a surgi du comptoir. Et lorsque nous lui avons appris que nous nous rendions à Dawson City, il a attiré notre attention sur les dangers de la route, qu'on surnommait la route du Toit du monde. Pour Dawson, il n'y en avait pas d'autre.

« Les gens du coin, ils gèrent, a-t-il expliqué. Les étrangers, pas trop. Je ne suis pas là pour vous faire peur, les gars, mais l'été dernier, il y a un minibus avec six touristes danois qui a plongé dans le vide. Ils ont dû rater le virage. Ils allaient peut-être trop vite, ou ils pensaient à autre chose ? Impossible à dire. Le truc, sur cette route, c'est de ne surtout pas téléphoner au volant. »

Il nous a fait traverser le piteux parking où se trouvait notre toute petite voiture rouge. Il m'est passé sous le nez pour remettre les clefs à Owen avec un machisme si profondément assumé que je ne me suis même pas sentie vexée.

« Bonne chance, nous a-t-il dit. Pas d'imprudence, hein ? »

Quand nous nous sommes éloignés de l'aéroport, il était toujours au même endroit, à ma grande surprise, et nous suivait d'un regard pensif, les mains dans les poches.

De Fairbanks à Dawson City, il y avait huit heures de route. Le lendemain matin, nous sommes partis juste après le petit déjeuner. J'ai conduit les trois premières heures, avant de céder le volant à Owen. Pour reposer mon regard de la route scintillante, du grand flou vert des forêts, j'ai rouvert le journal d'Alice. Son écriture était hâtive, penchée. C'était une vieille écriture cursive dont la lecture exigeait un sérieux effort de concentration.

J'en étais restée au 16 mai 1898, date à laquelle Alice décrivait les concessions d'Eldorado : les fosses profondes, les sacs de poudre d'or, la maison et ses murs en rondins.

« Owen, tu aurais participé à la ruée vers l'or, si tu avais vécu à cette époque ? »

Nous pénétrions à présent dans les montagnes et j'ai remarqué la manière dont il conduisait à présent, le regard fixé sur la route, les mains rivées sur le volant.

« Tu veux dire, si j'avais été un fermier californien étranglé par la sécheresse ? Sans doute.

– Mais c'est du colonialisme de peuplement, non ? Je croyais que tu détestais ça ?

– Oui. Surtout quand ceux qui s'y livrent savent exactement ce qu'ils font. Mais je ne peux pas détester des gens qui ne cherchent qu'à sortir de la misère. On ne peut pas les rendre seuls responsables de ces colonisations.

– Et si la terre que ces colons venaient piller avait été la tienne ? ai-je poursuivi en inversant les perspectives, pratique assez répandue chez les jeunes gens de notre génération.

– Je les aurais massacrés. Qu'est-ce que tu crois ? »

Il s'est tu avant de s'engager dans le virage, se cramponnant de plus en plus fermement au volant. Le gravier crissait sous les roues. Sans doute aurait-il dû ralentir avant de tourner. La chaussée, à cet endroit, était taillée dans le roc et nous avons frôlé le talus de mon côté. Après un bref moment de panique, la route s'est faite plus rectiligne et nous avons retrouvé quelque sérénité. Owen avait-il, comme moi, pensé aux six Danois et à leur minibus ?

« Tu crois que Clarence Berry traitait convenablement ses mineurs ? ai-je demandé en reprenant ma lecture.

– J'espère. Il en avait les moyens.

– Le premier hiver, il y a eu deux morts dans sa concession, ce qui n'a guère ému les Berry.

– Ça t'arrive souvent de penser aux souffrances des gens qui fabriquent tes téléphones ?

– Hum. La comparaison est-elle valide ?

– Entre sous-payer des gens qui travaillent pour toi sur tes terres et sous-payer des gens qui travaillent pour toi dans leur pays, il n'y a pas une grande différence sur le plan éthique.

– C'est difficile. Dans un cas, tu peux agir ; dans l'autre non.

– Si, tu peux très bien boycotter les entreprises qui maltraitent leurs employés.

– Oui, mais qui sait de nos jours d'où provient vraiment ce que nous consommons ? Ce que nous mangeons, ce que nous portons, les appareils dont nous nous servons. Ce sac à dos, cette voiture. Ces produits de nettoyage. Il y a trop de composants d'origines différentes. Le monde est devenu trop complexe.

– Tu as raison, a dit Owen sur un ton qui me faisait comprendre que je m'étais mise dans une impasse logique. En effet, il est bien trop complexe, et ça nous arrange bien, les uns et les autres. Les mauvais traitements que nous infligeons à certaines personnes sont rendus indétectables par ces transactions sans fin. De sorte qu'il est parfaitement raisonnable de renoncer à comprendre comment nos choix peuvent faire du mal aux autres.

– Nous ne valons donc pas mieux que Clarence Berry ?

– Ça vaut pour une bonne majorité de la population américaine.

– Et les sœurs Bush ? Comme ce sont des femmes, elles ne sont pas responsables ?

– Honnêtement, je ne peux pas dire. Je ne sais pas de quels pouvoirs elles disposaient vraiment.

– Bon, nous parlions de notre propre tendance à consommer sans réfléchir.

– Ce que je voulais dire, c'est que nous pouvons toujours nous rationner.

– L'an dernier, nous nous sommes mariés et nous avons passé notre lune de miel à Rome.

– Merde, dit-il après un silence. Ce n'est pas faux.

– Et c'est loin d'être le pire. Nos possessions les plus précieuses ne sont même pas tangibles. Tu as fréquenté un lycée public, certes, mais d'exception. Nous nous sommes rencontrés dans une université privée.

– L'éducation n'a pas de prix, a marmonné Owen. Tu as raison, cela dit. C'est ce que nous avons de meilleur et de pire : le système éducatif à l'américaine. D'ailleurs, et comme je n'ai pas de grand-père Peter sous la main, j'en ai encore pour six ans à le rembourser. »

J'ai refermé le journal avant de le glisser dans le sac à dos que je gardais à mes pieds, puis j'ai contemplé un moment le ciel immense, la vallée profonde. Les successions à l'infini de collines couvertes de conifères verdoyants.

« Tu sais, Owen, je commence à redouter la rencontre avec Winnie et Leanne. Toi aussi, tu t'es passé le film ? Notre arrivée devant leur maison, avec la paperasse de grand-père : bonjour, mesdames, voici trois millions de dollars pour compenser cent quinze ans de racisme et de privations de vos droits. Chaque fois que j'arrive à cette scène, ça coince. C'est tellement gênant.

– Il vaudrait mieux que ton grand-père garde l'argent ?

– Non, mais trois millions de dollars, c'est à la fois exorbitant et radin.

– Je vais te dire ce que j'en pense. Si tu es curieuse de savoir comment je justifie cette aventure très discutable à mes propres yeux. Soit tu accomplis de petites choses à ta mesure, soit tu passes ton temps à te dire que tu n'en fais pas assez, et tu cours le risque de la paralysie totale, ce qui ne sert à rien ni à personne. Ça t'ennuie d'endosser le rôle du sauveur, d'entrer chez ces gens d'un pas martial pour leur donner l'argent de ton grand-père ? Très bien. Mais ça serait tout aussi répréhensible sur le plan éthique de ne pas endosser ce rôle. Parce que dans ce cas-là tu te soucierais avant tout de ta propre pureté morale. Et plus du tout des Lowell.

– Génial, ai-je dit en regardant un panneau solitaire filer à toute vitesse de l'autre côté de la vitre. Ça m'aide beaucoup. Je me sens déjà bien mieux. »

Nous étions désormais dans les hauteurs, et Owen retrouva tout son sérieux. Virages sans visibilité, arbres du côté conducteur et du mien, pas de garde-fou, une pente rocailleuse, abrupte. J'avais eu de la chance de n'assurer que le début du trajet. La route méritait pleinement son surnom de Toit du monde.

À une demi-heure de Dawson, l'incident vaguement redouté depuis notre départ au petit matin s'est matérialisé. La masse sombre et voûtée d'un ours a surgi de l'ombre épaisse de la forêt pour se précipiter sur la route à toute allure. J'ai hurlé. Owen a tourné le volant vers la pente puis braqué dans la direction opposée. La voiture a raclé un tronc d'arbre avec une certaine violence avant de s'arrêter net. Nous étions pétrifiés.

Silence. Le monde semblait se tendre, retenir sa respiration. J'entendais avec une précision particulière le ronronnement du moteur, bas et régulier ; je sentais la forêt immobile autour de nous. Le passé et le futur se consumaient dans leurs moindres détails, tandis que la voiture, l'arbre et mon corps s'illuminaient. Owen a posé le front au ralenti contre le volant qu'il n'avait toujours pas lâché.

« J'ai rêvé, ou c'était un ours ?

– C'était un ours.

– Rappelle-moi ce que je viens faire dans ce pays ?

– Ça va aller. »

Au coin de la vitre jaillissait un bouquet de fils multicolores auxquels le rétroviseur du côté conducteur était encore attaché.

Owen l'a considéré, le visage renfrogné.

« Merde. C'est mauvais, ça.

– Non, ne t'en fais pas. »

J'avais encore les muscles raidis par la collision.

« On va se débrouiller. »

Owen a coupé le contact. Nous sommes sortis constater les dégâts. Outre le rétroviseur cassé, la portière était enfoncée côté conducteur : rien cependant qui puisse nous empêcher de rouler. Excellente nouvelle, car nos téléphones ne captaient aucun signal et nous n'avions croisé aucun véhicule au cours du trajet, à l'exception d'un pick-up, une heure plus tôt.

Nous sommes redescendus très lentement de la montagne et sommes enfin parvenus au bord du fleuve Klondike, qu'on pouvait traverser en bac. Nous avons embarqué sur la rampe et patienté tandis que de puissantes pinces de métal se rabattaient sur les roues de notre véhicule. Le manutentionnaire, un homme au visage tanné, aussi rouge que sa chemise, a sifflé avec délectation en examinant notre carrosserie. Ce mois-ci, nous a-t-il annoncé, le garagiste de

Dawson était en congé ; il était parti camper. Il faudrait se contenter d'une réparation de fortune, au ruban adhésif. Notre accident le rendait particulièrement disert.

« C'était fou, disait-il, les gens comme vous (nous lui avions avoué que nous étions de Los Angeles). Ils n'ont même pas le réflexe de penser qu'il peut y avoir des animaux sauvages sur la route. C'est la base, pourtant. L'an dernier, a-t-il ajouté, un minibus avec six randonneurs danois à bord a fait une sortie de route.

– Oui, on sait, a répondu Owen avec une pointe de sarcasme dans la voix, même si son regard inquiet, qui s'était reposé sur les montagnes, exprimait une autre sorte d'émotion.

– Il faut faire attention à ce qui vous entoure.

– Bien sûr, a acquiescé Owen. Mais quand ce qui vous entoure vous saute dessus de nulle part, ça ne sert pas à grand-chose, non ? »

Le bac est parvenu à quai. Nous avons remercié l'homme, avant de remonter en voiture et de retrouver la terre ferme. Dawson City occupait une surface plane à la confluence tumultueuse du Yukon et du Klondike. Cette ville toute simple était constituée de quinze fois dix pâtés de maisons cubiques, en bois, à l'ancienne, sur fond de hautes montagnes, et dépendait essentiellement des touristes intrépides qui débarquaient en été. C'était pour leur complaire que l'endroit s'était transformé en parc de loisirs miteux, en ville du Far West reconstituée. Dawson avait conservé l'architecture des années 1890, au plus fort de la ruée vers l'or du Klondike : fausses façades, trottoirs en bois, rues de terre battue, copies mélancoliques de ce qui avait existé cent dix ans plus tôt.

« C'est très étrange, ai-je dit tandis que nous circulions à dix kilomètres à l'heure entre les nids de poule. Mais d'une étrangeté sympathique. J'aime bien. »

Tout était conservé à l'ancienne, y compris les enseignes : Diamond Tooth Gerties, un casino avec des spectacles de danse en soirée. Le Jack London Cabin & Museum. La misérable cabane où London avait vécu lors de sa brève incursion dans la carrière de chercheur d'or.

Nous sommes passés devant une bâtisse rouge, le Downtown Hotel, que j'avais repéré lors de mes recherches sur Internet. L'établissement était réputé pour son restaurant, le Sourdough Saloon ; sachant qu'il apprécierait ce détail, j'ai mentionné à Owen qu'on pouvait y commander un whisky agrémenté d'un orteil momifié dont le propriétaire originel avait dû se séparer, victime d'engelures.

« L'intérêt de la chose, ai-je expliqué à Owen, c'est de toucher la relique du bout des lèvres, sans l'avaler toutefois. Cette mésaventure est survenue à un client fauteur de troubles, qui avait dû s'acquitter d'une forte amende. Ceux qui boivent le whisky sans avaler l'orteil reçoivent un certificat attestant de leur qualité de membre officiel du Sourtoe Cocktail Club, créé en 1973.

– Tentant, a concédé Owen. C'est tout à fait mon genre. Mais je pense que je m'abstiendrai, cette fois-ci. »

Nous avons longé le Dawson City Museum qui, selon son site Internet, hébergeait une installation consacrée à Clarence Berry : sa silhouette en carton, grandeur nature, plantée devant la machine à vapeur de son invention dont les mineurs se servaient autrefois pour dégeler la terre.

Nous sommes passés devant le centre culturel Hän Hwëch'in, à l'architecture remarquablement contemporaine, avec ses surfaces de métal et de bois. C'était l'unique rappel de la modernité au milieu d'une ville restée figée dans ses années 1890, et il semblait signifier, en un singulier retournement, que si le passé séculaire de Dawson appartenait aux mineurs qui l'avaient fondé, des Blancs pour la plupart, le futur dépendait des hommes et des femmes des Premières Nations.

Nous avons bifurqué dans la Cinquième Avenue où se trouvait la Golden Nugget Inn, notre petite auberge. Cependant, en descendant de la voiture, nous avons constaté que la voie n'était pas libre : devant la porte, deux hommes d'un certain âge se disputaient à haute voix, avant d'en venir aux poings, sous mes yeux incrédules. Sous leurs pieds agités, une fine poussière ocre s'élevait de la rue. Et ce n'est qu'au dernier moment qu'ils se sont séparés en trébuchant, comme mus par un accord tacite. Une bourrasque tiède s'est levée et, sans nous accorder un regard, ils sont partis chacun de leur côté.

« Tu crois qu'ils faisaient semblant ? m'a demandé Owen, écœuré.

– Non, les échanges de coups avaient l'air bien réels. »

Nous avons traversé la rue en traînant nos valises dont les roulettes avaient du mal à avancer sur la terre battue. À la vue du taudis qui nous était destiné, Owen a serré les dents. Les marches du perron étaient affaissées, le bois pourri. La peinture jaune moutarde de la façade s'écaillait. Une tache de moisissure noire rongeait tout un pan de mur, contre la porte d'entrée.

« Tu étais tout excité à l'idée de faire le voyage, Owen, lui ai-je rappelé d'une voix douce. Tu expliquais que tu avais besoin de changement.

– Je retire ce que j'ai dit, a-t-il marmonné. On est ici depuis dix minutes à peine, et j'ai déjà envie de repartir. »

CHAPITRE 4

Klondike

1898

1.

Cela se produisit dans un moment sans importance, sous un grand et beau soleil.

« Je ne me sens pas bien », dit Ethel.

Après quoi, recroquevillée, mains crispées sur le bas-ventre, elle s'affaissa sur le gravier, entre la maison et le torrent. Alice entendit son nom, propulsé au-dessus de la concession par la voix de Clarence, sur le ton de l'effroi et non de la colère. Déjà elle accourait à leur secours, elle avait vu Ethel tomber. Clarence avait passé le bras sous la tête de sa femme lorsque Alice les rejoignit. Il s'efforçait de la soulever, alors qu'elle ne le voulait pas.

Le torrent était en eaux ce jour-là et grondait à leurs pieds, dans une nuée d'embruns. Lorsque le regard d'Ethel se frotta au sien, Alice fut saisie d'une froide lucidité. Personne ne veut vivre cela : une personne qui vous est chère, étendue sur un sol infect, les vêtements souillés de bile. Le visage d'Ethel était gonflé de larmes. Larmes de douleur ? C'étaient sans doute les seules qu'elle s'autorisait jamais. On était à la fin du mois de mai ; jusqu'ici leur vie à la concession avait été agréable, sans embûches. Alice s'était complue dans les tâches ménagères et le spectacle de la mine, ou ce qu'elle pouvait en voir de la coquerie. Elle avait pensé que le repos et le grand air avaient requinqué Ethel. Quelle illusion mensongère. Huit semaines s'étaient écoulées depuis la soirée dans la petite chambre étouffante, à Seattle, depuis l'exhibition du funeste récipient où croupissaient les chiffons gorgés de sang. S'il y avait eu en Ethel un barrage qui retenait le déluge, ne laissant filtrer qu'un filet de liquide, il venait de s'effondrer. Du sang. Du sang, mais pas celui qui coulait d'ordinaire dans ce pays, le sang de cow-boy, le sang de fermier à la faux. Entre les jambes d'Ethel, c'était bien autre chose. La jupe était relevée jusqu'aux genoux. Les bas étaient trempés, cuisses écarlates. Une fleur immense et rouge s'épanouissait sur la croupe de la robe.

« Ne me touche pas », dit Ethel à Clarence, qui la tenait par les épaules.

Puis ses yeux se révulsèrent. Elle se mourait. Il n'y avait personne à la concession pour leur venir en aide. Alice se coucha presque au-dessus de sa sœur, genoux creusant le gravier. Elle lui soutenait la tête, effort dont le corps de sa sœur était désormais incapable.

Alice eut l'impression d'être dans un rêve. La lumière blanche du jour ne révélait en elle qu'une surprise hébétée. En dépit de l'inconfort des écoulements, Ethel avait tenu bon jusqu'ici. Oui, il lui fallait parfois avaler son cachet de morphine, lorsque le besoin s'en faisait vraiment sentir. Depuis son arrivée à Eldorado, pourtant, elle avait presque semblé recouvrer sa santé d'antan. Comment soupçonner un instant ce qu'avaient caché ces jours sereins ?

Ils n'essayèrent pas de relever Ethel. Puis, comme elle ne réagissait pas au contact de leurs mains, Clarence, aidé de Henry qui avait accouru du puits, plastron et pantalon trempés, la soulevèrent et la transportèrent dans la maison.

Le sang se répandait en flots saccadés, imprégnant les bas, la robe. Après deux heures d'hémorragie, Alice se demandait comment il pouvait couler. Enfin Ethel fut parcourue d'un spasme ; un caillot luisant et dense, de la taille d'un pamplemousse, s'échappa de son entrejambe et roula sur les draps.

Alice ne put tout d'abord que le contempler, bouche bée. La chose était lisse, sphère gélatineuse qui semblait douée d'une vie propre. Rien qu'un corps humain ait jamais eu la capacité de produire. Alice souleva la couverture de ses mains tremblantes pour forcer la sphère rouge sombre à se détacher des fibres de laine, à glisser dans le seau d'eau, au pied du lit.

Ensuite ? Que pouvaient-ils faire ? Le corps avait fait son entrée en scène. D'ordinaire, il vous servait tranquillement, sans comédie ; mais se livrait à présent à des activités terrifiantes et bizarres, se désorganisait de manière inouïe. Alice n'avait qu'une idée en tête : mettre fin à ces désordres, simplement, violemment, reconstituer Ethel en la serrant très fort contre elle, comme on modèle une poignée de terre qui, sans intervention humaine, se désagrégerait.

« Décroche ces rideaux », dit Alice à Clarence.

Elle les roula en boule et les cala fermement entre les jambes de sa sœur.

« Essaie de ne pas bouger, dit-elle à cette dernière, qui commençait à reprendre conscience. Si tu bouges, le sang coulera plus fort. Je vais t'aider à rester immobile. La blessure finira peut-être par se refermer. »

Quelle blessure ? Il n'y avait rien de visible. La nuit qui suivit, elle ne connut que torture de l'âme, tandis qu'Ethel cherchait le sommeil, recroquevillée et pantelante. L'esprit d'Alice revenait sans cesse à Seattle. Dans la ténébreuse chambre d'hôtel, au cinquième étage, là où Ethel lui avait montré le récipient et les chiffons, avant de lui dire :

« C'est un filet de sang qui coule en permanence, et un point de côté.

» Non, avait ajouté Ethel, je ne rentrerai pas à Selma. Je ne veux pas laisser passer cette chance. »

Alice l'avait réprimandée en paroles. « Ton stoïcisme confine à la bêtise », avait-elle dit. Mais dans le fond de son cœur – et plus elle y pensait, plus elle se détestait –, elle avait ressenti une certaine excitation devant cette obstination : elle non plus ne voulait pas laisser passer cette chance. « Tu as raison », avait-elle concédé. On ne peut pas manquer ça. Et n'avait-elle pas, de cette manière, conduit sa sœur à la mort ?

Les jours et les nuits passèrent jusqu'à s'y entremêler, sans que les sépare clairement aurore ni crépuscule. Un matin, elle trouva l'oreiller d'Ethel gris de sueur ; elle sentit la fièvre qui épuisait les chairs de sa sœur avant même de lui toucher le front. Henry s'en fut à Dawson chercher un médecin et rentra bredouille. Un des deux praticiens de la ville s'occupait déjà de quatre cas graves de typhoïde et n'aurait pour aucune prime au monde quitté leur chevet. L'autre, un certain Moorhead, avait délaissé provisoirement son cabinet pour la prospection. Personne ne savait où il était parti ni quand il reviendrait.

Alice avait apporté de l'eau dans le seau en bois de la cuisine et, à l'aide d'une louche, elle l'offrait à Ethel. Sur le cou de sa sœur saillait un long tendon. Ethel buvait, jusqu'au moment inopiné où elle se pencherait pour vomir, écœurée par ce qu'on lui faisait avaler.

Les deux hommes traînaient sur le seuil. Ils passaient la tête par l'embrasure, puis reculaient, comme si Alice les avait priés de ne pas entrer.

« Elle avait l'air de si bien se remettre, depuis notre arrivée, marmonnait Clarence, accablé par le remords. J'avais pensé qu'une fois à la concession, tout irait mieux. À Seattle, j'étais persuadé que c'était l'appendicite. Elle, elle était certaine que non. »

Il voulait en dire plus. Il voulait savoir s'il était responsable de cette maladie. Peut-être bien, aurait répondu Alice, car depuis la nuit des temps, les maris tuent leurs femmes en leur infligeant des grossesses désastreuses.

Elle lui expliqua qu'il lui faudrait écrire à Moie et Poie pour les prévenir. Il lui apporta du papier couleur ivoire et un porte-plume. Elle se rendit compte qu'elle en était incapable.

« Ils ne pourraient pas supporter cette attente, dit-elle à Clarence en lui rendant les feuilles vierges. J'essaierai plus tard, quand nous en saurons plus. »

Ethel dormait. Alice glissa la main sous son bras à la chair tendre et brûlante. Le temps de cette étreinte, Ethel ne pouvait pas mourir. C'était impossible. Cette audacieuse métamorphose ne pouvait pas se produire sous ses yeux, révéler ses mystères à Alice. Laquelle songea ceci : dans cette chambre, nous sommes seules toutes les deux, sœurs qui nous connaissons depuis toujours ; personne ne peut me la prendre tant que je la tiens. Elle était capable de garder Ethel du côté des vivants. Il suffisait de ne plus lui lâcher le bras.

Au cinquième jour, Ethel reprit conscience et réclama des fraises. Alice et Clarence furent saisis de panique : il n'y avait rien de tel à la concession. Clarence somma Henry d'aller faire la tournée des foyers le long de la Bonanza, frappant aux portes, offrant des sommes folles. Il ne réussit qu'à rapporter une poignée de myrtilles desséchées. Au retour de sa quête, Clarence les tendit à sa belle-sœur sans un mot, les larmes aux yeux. Ils les firent avaler à Ethel, dans une cuiller froide. Elle ne perçut pas la supercherie, pensant goûter des fraises que Clarence venait juste de cueillir.

Il en conçut un certain soulagement, heureux que son échec n'ait pas plongé Ethel dans le désespoir. Le cœur d'Alice se serra horriblement. Cette confusion des sens lui semblait bien plus inquiétante.

La nuit suivante, elle resta assise au chevet de sa sœur, face à elle et ne cessant de tripoter un ouvrage de couture sur ses genoux. Le ciel était resté gris et bas toute la journée, sans une goutte de pluie. Si l'hémorragie avait enfin cessé, elle semblait avoir vidé Ethel de son énergie vitale, et la fièvre faisait rage. La peau de la malade luisait de sueur, paraissant fraîche ; au toucher cependant, elle était brûlante. Ce soir-là, Alice avait eu peur sans pour autant faire part de ses appréhensions à Clarence. Elle imaginait, sans pouvoir le décrire, Ethel lentement emportée vers le fond, de plus en plus loin du monde, comme une nageuse qui coule sous les vaguelettes d'un lac.

Vers minuit, la malade se remit à bouger. Sa poitrine était agitée d'une houle irrégulière dont Alice ne pouvait détourner les yeux.

« Arrête, Ethel, lui ordonna Alice. Arrête tout de suite. Calme-toi. »

Elle caressa la peau en feu, effleura la chevelure poisseuse avec tendresse, puis avec brusquerie. La respiration d'Ethel reprit un rythme plus régulier. Alice se rassit. Bientôt ce souffle se fit inaudible.

« Arrête, Ethel ! »

Alice était en rage. Elle se leva en se penchant sur sa sœur et lui passa le bras derrière les épaules pour la redresser contre les oreillers. Son corps était si lourd, mais quelle importance ? Alice aurait pu soulever le lit. De sa paume ouverte, elle pressa la nuque d'Ethel. Son propre cœur palpitait, sa gorge se serrait. Elle ne luttait ni contre sa sœur ni contre la maladie. L'ennemi, c'était cette force dans la chambre qui donnait corps au mal.

« Ethel, arrête ! »

Ethel enfin se ranima ; la poitrine immobile se mut de nouveau, le souffle de la vie revint. Durant cet accès, elle n'avait ouvert les yeux une seule fois.

Alice s'était sans doute effondrée sur sa chaise, car elle se retrouva soudain plaquée au dossier sans aucun souvenir de s'être rassise. Ce ne fut que lorsque Clarence fit son entrée qu'elle reprit pleinement conscience d'elle-même. Elle sanglotait, mains sur le visage.

« Que s'est-il passé ? »

Lèvres bouffies de sommeil, épaules voûtées, il était apparu dans l'embrasure. Son visage n'exprimait que confusion. Il retenait d'un poing serré sur le ventre la ceinture lâche de son pantalon de flanelle.

« Son état s'aggrave. Bon Dieu ! Comment se fait-il qu'on ne puisse pas avoir un docteur ici ?

– J'ai fait ce que j'ai pu. J'ai envoyé Henry à Dawson, se défendit-il. Ethel les déteste, tu le sais bien.

– Elle confond les fraises et les myrtilles. Tu ne vois pas que son état empire ? »

En guise de réponse, il la dévisagea, yeux écarquillés. Elle aurait aimé chasser ce rictus béat d'une gifle.

« Insiste ! hurla-t-elle. Retourne à Dawson. Fais quelque chose ! »

Il sortit de la chambre. Ce n'était pas la première fois qu'elle lui parlait sur ce ton, loin de là. Ces mots amers lui étaient sortis spontanément de la bouche ; pendant un instant, elle eut le sentiment que la terre épouvantée allait trembler sous ses pieds, le monde se retourner contre elle, sa mère, à Selma, s'évanouir d'horreur, des visages indignés se coller aux fenêtres. La vérité était pourtant plus étrange que cela. L'humiliation de Sheep Camp était une aberration. À présent, elle se permettait d'invectiver les gens, comme si elle en avait le droit, comme si elle en savait plus qu'eux. Et au lieu de se moquer, ils se rangeaient à son avis. Elle inspira profondément et ses mains, avides, se mirent en quête d'une occupation. Elle n'avait aucune envie de revivre ces heures pour le bénéfice de son journal intime. Elle se décida à commencer une broderie qui ornerait tôt ou tard un oreiller. *Jusqu'ici l'Éternel nous a secourus*, en alternant fils jaunes et verts à chaque mot. Curieuse conséquence de la brève dispute entre son mari et sa sœur, Ethel semblait avoir sombré dans un sommeil serein.

2.

La maison était plongée dans le silence, figée dans l'attente. Alice, assise à la table, contemplait le verre d'eau qu'elle avait servi à Ethel. Clarence était assis près du lit, derrière elle, l'un et l'autre attendant les aboiements des chiens qui leur annonceraient l'arrivée du docteur Moorhead, chercheur d'or éphémère.

Dès qu'ils avaient appris son retour à Dawson, ils étaient immédiatement passés à l'action. Treize heures plus tôt, Clarence avait fait irruption dans la tente des mineurs qui travaillaient pour les propriétaires de concessions. Il en avait extrait Jim, le messager le plus rapide du Yukon, et l'avait envoyé à Dawson avec ordre de trouver le docteur et de le conduire chez les Berry, au chevet d'Ethel.

Nous n'aurions jamais dû entreprendre ce voyage, songeait Alice.

Elle toucha le verre du bout de l'index, là où la flamme de la bougie se reflétait, incurvée.

Nous n'aurions pas dû venir ici.

Cette conviction débordait de son corps, envahissait l'espace sombre et brun de la maison. Elle ne pouvait penser à rien d'autre.

Les chiens se mirent à aboyer au-dehors. N'était-ce pas un peu tôt ? Quelques secondes plus tard, une voix d'homme qu'elle ne connaissait pas se fit entendre, impérieuse. Elle se précipita vers la porte.

Le docteur Moorhead lui apparut, silhouette noire sur fond de nuit obscure, étoilée. Il avait le regard pétillant. Son visage luisait sous sa fine patine de transpiration ; des taches blêmes tavelaient ses joues. Son nez à l'arête gercée était rose et bulbeux. Il ôta son chapeau, pour découvrir une chevelure blanche et hirsute. Il entra d'un pas vacillant, comme s'il avait franchi les dix-neuf miles qui le séparaient de Dawson d'un pas trop rapide pour son cœur.

Il passa sans s'arrêter devant elle et rejoignit Clarence campé dans la pièce, pour lui serrer la main.

« Monsieur Berry, ravi de faire enfin votre connaissance. Si seulement ce pouvait être en d'autres circonstances ! »

La voix était énergique, obséquieuse. L'effet sur Alice fut brutal. L'espoir que la venue du médecin avait fait naître retomba comme une fleur fragile dans son vase.

La porte d'entrée était sur le point de se refermer lorsque le docteur se précipita vers le battant, le retenant de la paume.

« Eh bien, monsieur le timide, s'écria-t-il à l'attention d'une présence furtive qui s'éloignait de la maison, entrez donc. À moins que vous ne préfériez le grand air ? Je crois que ce n'est pas réciproque. Je crois que le grand air est fatigué de vous. »

Une seconde plus tard, Jim se faufilait dans la maison, dos au mur, la respiration égale, contrairement à celle du docteur Moorhead, bien qu'il fût évident qu'il avait couru, lui aussi : cela se sentait à l'odeur de pain chaud que dégageait sa peau. Son visage était serein. Il avait une couverture en grosse laine multicolore sur les épaules, qu'il rajusta d'un geste vif lorsqu'elle menaça de glisser.

« Ce monstre adamique, rugit le docteur, s'est emparé d'un renard à mains nues et l'a fait voler vers la forêt, à trente pieds de là. La pauvre bête eut le malheur de croiser notre chemin. Seulement, elle a eu le tort de nous montrer les dents. »

Jim haussa les épaules ; cette description de ses exploits l'avait surpris, peut-être même blessé : le docteur l'avait trahi, s'il fallait en croire l'expression du regard qu'il lui lança alors.

« J'espère que vous le payez bien », poursuivit le docteur Moorhead, voulant visiblement leur faire croire qu'il se souciait de Jim. Et je crois qu'il ne dirait pas non à un petit verre de brandy, pour la peine. Ce n'est pas la porte à côté, Dawson City.

– Nous payons bien, répondit Clarence. Jim, attends-moi dehors. J'irai te parler dans deux minutes.

» Docteur, on ne peut pas faire boire de l'alcool aux Indiens, poursuivit-il une fois la porte fermée. Même pas du brandy. C'est interdit. »

Alice s'avança avant que le médecin puisse répondre.

« Puis-je vous prendre votre manteau, docteur Moorhead ?

– Mettez-le plutôt au feu, dit-il en se dépêtrant de sa pelisse de fourrure mitée, qui trouva bientôt place sur les bras tendus d'Alice. Il y a deux trous dans le dos, on y mettrait le poing.

– Je vais annoncer votre arrivée à ma sœur.

– Parfait. Mais je commencerai par me lubrifier la gorge. »

Il lança un regard plein d'espoir aux deux bouteilles que Clarence avait laissées sur la table.

« Bien sûr. »

Il y avait de la froideur dans le ton d'Alice. À peine Moorhead avait-il fait son entrée qu'elle ne pouvait déjà plus dissimuler l'antipathie qu'il lui inspirait. Elle lui servit un verre de brandy. Il réclama quelque chose de salé, pour faire passer l'alcool. Elle lui apporta du pain. Il en mâchonna la croûte avec des mimiques exagérées. N'avait-elle donc rien sous la main pour l'attendrir ?

« Un peu d'eau de la rivière, peut-être ? proposa-t-elle d'une voix neutre. Je n'ai plus de beurre. Je crains d'avoir négligé la cuisine, ces derniers temps. »

Contrairement à ce qu'exprimaient ses paroles, elle n'avait plus de courage. En se retournant, elle sentit le regard de Clarence peser sur elle, et sa colère se fit effroi. Je ne peux pas perdre Ethel, se disait-elle avec lucidité. Ma sœur préférée, la compagne de toute une vie. Je ne peux pas perdre la plus raisonnable, la plus douce de toutes. Perdre Daisy, ou même Annie, ce serait une tragédie pour la famille. Mon cœur se briserait ; je ne m'en remettrai pas. Perdre Ethel, ce serait pire. Ce serait l'humanité entière qui sombrerait un peu plus dans les ténèbres.

3.

Ignorant la prière du médecin, Alice suspendit son manteau à la patère de fonte, près de la porte. Puis elle entra dans la chambre pour préparer sa sœur à la visite.

« Qui est là ? demanda une voix rauque, que le souffle défaillant privait de toute ampleur.

Ethel tourna péniblement son visage vers Alice.

« Ne le prends pas mal, mais nous avons fait venir un médecin pour t'examiner, dit-elle en s'approchant du lit.

– C'est hors de question, râla Ethel.

– Tu te souviens de la fois où tu as failli mourir des oreillons parce que tu refusais de reconnaître que tu étais malade ? Je ne te laisserai pas nous rejouer ce tour. »

Ethel esquissa une moue rebelle. Alice cependant était la plus forte. Elle souleva la couverture et l'atmosphère de la chambre fut traversée par une onde de puanteur. Puis elle la fit claquer et la laissa retomber à plat sur la malade.

Alice, souriante et efficace, s'était munie d'une bouteille d'eau chaude ; elle nettoya le visage de sa sœur, ses mains, ses cuisses. Elle procédait sans gêne aucune, comme elle avait, jadis, fait la toilette de la fillette des voisins, enfant sauvage qu'elle gardait parfois moyennant salaire. La petite de temps à autre allait dans les vignes où elle se soulagerait sans ôter sa culotte.

« Un médecin qui a mis au monde trois cents bébés. Tu crois qu'il n'a jamais eu des cas comme toi sous les yeux ? » dit-elle à sa sœur.

La cruauté de cette question, bien qu'involontaire, était bien réelle. Ces trois cents femmes avaient de parfaits intérieurs qui avaient modelé de ravissants petits humains. Ceux d'Ethel avaient fabriqué tout autre chose.

Alice se tint à côté du lit pendant l'examen du docteur Moorhead, la main de sa sœur dans la sienne. C'était pour cet instant précis, et la lessive des chiffons souillés, et la toilette des cuisses, qu'elle avait été conviée au Klondike. Elle s'acquittait très bien de sa tâche. Sa présence donnait de la décence à l'épisode. Elle souffla des paroles d'encouragement à Ethel. Lorsque cette dernière se tordit sous la main du docteur et poussa des cris de surprise, Alice lui serra la main plus fort.

« Qu'en dites-vous ? » demanda Clarence en massant son crâne dégarni.

Sous la voûte de la toile pâle tendue sur le plafond, la lumière se ridait, aquatique. Ils s'étaient installés à table ; Ethel s'étant recouchée, Alice ferma la porte de la chambre et se joignit aux deux hommes sans y être invitée.

« Combien de temps prévoyez-vous de rester ici ? s'enquit le docteur Moorhead en s'éclaircissant la voix. Je vous demande cela parce qu'on est dans une vallée, vous comprenez. Comme à Dawson City. L'air humide s'intalle au fond. Cette humidité, qui est malsaine, peut aggraver les symptômes.

– Nous partirons avant les très grands froids.

– Très bien. J'aurais trouvé inquiétant qu'elle reste ici cet hiver. Si vous pouvez vous trouver une jolie maison dans un climat plus chaud, son état devrait s'améliorer.

Cependant, pour la question que vous m'avez posée, tout à l'heure, concernant la possibilité que votre femme puisse concevoir… »

Il ne remarqua pas que le visage de Clarence, déjà rosé, avait viré au rouge. Aucun des deux ne se tourna vers Alice, ne vit son masque d'épouvante. Que dis-tu, imbécile, songea-t-elle. Pourquoi revenir sur ce point ? Si Clarence t'a posé la question en privé, pourquoi y répondre devant moi ?

« Il faudra attendre un ou deux ans avant de se prononcer. Elle n'a que vingt-quatre ans, c'est encore jeune. Mais je serai franc avec vous, mon ami. Mon sentiment est que les débordements dont elle souffre vont se poursuivre, qu'elle va continuer de produire ces excès de pertes. Et que si cela ne cesse pas, s'il y a quelque plaie interne, l'utérus ne pourra pas accepter de semence… »

Ce discours fut interrompu par un aboiement strident auquel répondit une voix d'homme. Clarence s'approcha de la fenêtre. C'était Jim, accroupi sur le gravier, en conversation avec l'un des chiens.

« J'avais oublié, dit Clarence, avec gêne. J'avais promis de lui payer la course. Oh, mon Dieu. Il a donc attendu tout ce temps ! »

Cette négligence le déconcertait. Il prit quelques pièces et les donna à Alice, avec prière de les remettre à Jim. Peu lui importait le fait que, depuis la débâcle de Sheep Camp, ces deux-là s'étaient soigneusement évités.

Elle sortit dans la nuit blanche. Les étoiles avaient disparu. Elle ferma la porte derrière elle après un moment d'hésitation. Elle savait que le docteur Moorhead ne garderait pas le silence, même devant une porte ouverte ; elle ne voulait pas que Jim puisse entendre ce qu'il avait encore à dire.

Jim gratifia le chien d'une dernière caresse puis se redressa lentement à l'approche d'Alice. Tous deux éprouvaient de la gêne. Ils ne s'étaient plus regardés en face depuis le terrible matin de l'avalanche des Rameaux. Elle avait douté de l'honnêteté de Jim. En guise de réponse, la neige avait tué les hommes sur la route du col.

« Tu n'as pas perdu de temps, dit-elle. Clarence a eu raison de t'envoyer.

– Je connais bien la région. C'est pour ça que je vais vite. »

Il y avait là un message tacite qu'Alice choisit de ne pas comprendre. Pas ce soir-là. Elle déposa l'argent dans ses mains.

« Je pensais que tu venais d'un endroit plus au sud. Vers le Chilkoot.

– Oui. C'est mon pays. Mais je connais aussi cette vallée. Ma mère était à la fois tlingit et hän.

– Les Hän, qui sont les ennemis des Tlingit ? C'est ce que dit Clarence. Ou peut-être faisons-nous erreur ?

– Nous sommes nombreux à penser que nous avons bien des choses en commun. Surtout depuis votre arrivée, à vous autres. »

Il sourit.

Elle se trouva intimidée. Il ne s'exprimait plus de la même façon. Elle ne sut trouver les mots pour lui répondre. Ceux de Jim, si placides, l'avaient fait reculer.

À présent, il observait les pièces dans sa paume, les comptait du regard.

« J'espère que c'est assez pour toi », dit-elle.

Il haussa les épaules. Elle se sentit rougir.

« Merci, dit-elle. Ma sœur et moi te remercions. Du fond du cœur.

– J'espère qu'elle guérira. »

La voix était légère, impénétrable. Il se retourna, puis elle rentra avant de fermer la porte aussi vite qu'elle le put.

4.

Le docteur Moorhead resta chez les Berry. Tous les matins, il s'introduisait, nonchalant, dans la petite chambre et portait le poignet sans forces d'Ethel à son oreille. Il ne lui administrait pas un seul médicament. Sa température baisse, disait-il ; puis, le soir, il se demandait, à la table du dîner, si elle ne s'était pas sentie encore plus fiévreuse que d'ordinaire.

Il revenait cependant à Alice de prendre soin de sa sœur. Elle se levait à l'aube, avec les pépiements du moineau, les trilles de la fauvette, le chant exalté du troglodyte. Le monde appartenait aux oiseaux avant que les humains ne sortent de leurs maisons pour l'accaparer. Alice ranimait le feu. Elle déposait la pâte à pain de la veille dans un plat et la mettait au four. Puis elle allait affronter l'atmosphère moite de la chambre. Elle enjambait Clarence, lequel avait abandonné le lit conjugal pour dormir désormais devant la porte, en chien fidèle. Elle ouvrait la petite fenêtre pour aérer. Lorsque Ethel se réveillait, elle lui tendait une tasse de thé et secouait la couverture. Le lundi, elle installait la malade dans le fauteuil, ôtait les draps du lit et les enfonçait dans un baquet rempli d'eau bouillante, remuait les draps à l'aide d'une grosse branche d'épinette et les mettait à sécher sur une corde. Lorsqu'elle lavait les jambes d'Ethel, cette dernière se tordait en tous sens pour échapper, bien malgré elle, aux manipulations d'Alice, comme si ces doigts, ces chiffons, étaient autant d'insectes se repaissant de son corps nu.

Alice finit par se débarrasser de l'insupportable Moorhead de la manière la plus simple possible : en le nourrissant mal. Haricots secs, pains mal cuits. Le soir de son départ, elle alla au cagibi, en sortit les bonnes provisions qu'elle y avait dissimulées. Elle prépara un rôti de porc aux oignons et un gâteau au citron. Le vorace Moorhead parti, il resta malgré tout quelque chose de lui dans la maison. Son diagnostic s'incrusta dans les murs, pour devenir partie intégrante de la maison. L'utérus et sa purge. Il faut patienter, avait-il conseillé à Clarence.

Une semaine plus tard, à la mi-juin, sans qu'on puisse en rendre grâce à quiconque, la fièvre disparut. Un matin, Alice trouva l'oreiller sec. Ethel avait les yeux grands ouverts, le regard limpide. Quand sa sœur l'eut constaté, la peur qui l'avait hantée s'évanouit ; Ethel vivrait, comprit-elle. Elle inscrivit la date dans son journal suivie de ces mots : « Enfin, une amélioration. » La longue maladie avait cependant sapé le roc qu'était Ethel. Amaigrie et mélancolique, elle gardait la chambre. Quelques jours plus tard, la fièvre revint, sournoise, moins puissante. Il y eut encore un répit, puis de nouveau des journées d'épuisement. Une catastrophe œuvrait sous ces chairs si tendres. Quant à l'espoir d'enfants, il était probable qu'il soit perdu à jamais.

Clarence se changea les idées en s'échinant. Il était toujours en mouvement dans la concession : c'était une paire de bretelles rouges sur pattes, chapeau tiré sur le front. Ce qu'il aimait le plus, c'étaient les heures juste avant minuit, aussi brillantes que le jour. La pipe au bec, il regardait le torrent aux eaux rapides, les feux de camp devant les tentes des ouvriers, de l'autre côté de la vallée, dans les collines.

Un soir de cette semaine-là, Clarence prit Alice au dépourvu. Il frappa à la porte, de retour après douze heures au sluice, à rincer le gravier. Un soleil brumeux flottait au-dessus de son épaule ; son visage arborait une expression curieusement joyeuse. Pourquoi souriait-il ? Elle n'en avait aucune idée. Puis il respira profondément et sa poitrine se souleva entre ses bretelles. Elle se rappela alors ce qu'elle avait promis : une tourte au pigeon. Henry en avait tué un qu'il leur avait confié avant d'aller rendre visite aux voisins. Ce moment de tranquillité avait précédé un épisode de réconciliation. Ethel avait été agitée pendant toute la journée ; la préparation du dîner s'en était ressentie.

La table craqua sous le poing de Clarence. Ils s'installèrent l'un en face de l'autre, cuiller en main, avant d'avaler leurs haricots avec lenteur, sans lever les yeux. Millionnaire ou pas, il avait perdu espoir. Il rompit le pain, épongea le jus qui vernissait les rebords de son bol. Il mâchait la bouche ouverte, une main posée sur le banc, pathétiques manières de table d'un gosse des rues.

Tandis qu'elle faisait la vaisselle, il se faufila derrière elle et d'une voix où le susurrement le disputait à la menace sourde, déclara :

« Il nous faut une cuisinière. Tu ne peux pas te charger à la fois de la préparation des repas et du soin d'Ethel. Je vais nous trouver quelqu'un d'autre. Tu garderas tes quarante dollars par mois. »

Le visage d'Alice luisait, rouge, dans la vapeur ; elle sentait ses aisselles se tremper. Non, il ne faut pas faire ça, se dit-elle. La maison respirait déjà la féminité à plein nez. La dernière chose dont ils avaient besoin, c'était d'une troisième femme. Elle se sentit trop lasse cependant pour entamer la discussion à ce sujet.

« Parfait, répondit-elle sèchement. Ravie de l'entendre. Vole une fille qui sache travailler aux fourneaux d'une cantine de chantier. Je suis comme toi. Je meurs de faim. Je suis debout depuis quatre heures du matin et je n'ai pas arrêté de travailler une seconde. »

5.

Le vieux campement de pêche des Indiens situé sur le champ de bataille où le Yukon et le Klondike se mariaient, à l'endroit où s'étendait maintenant Dawson City, était la relique d'un temps qui ne reviendrait jamais. Les tombes des Indiens, mentionnées par Ethel et Clarence dans nombre de leurs « Contes de la piste », ces immenses abris construits sur pilotis, yeux de géants peints sur les flancs, avaient depuis longtemps été détruits par les chercheurs d'or en quête de combustible. Les ruisseaux où les Indiens autrefois pêchaient le saumon étaient à présent bordés de quais engorgés d'embarcations variées. Un certain Joseph Ladue, fondateur officiel de la ville en 1896, vendait désormais le terrain en parcelles, à plusieurs milliers de dollars pièce. Il avait installé une scierie en pleine ville, produisant dans un joyeux vrombissement saloons et boutiques, et fournissant des planches à des visionnaires de la même secte. En 1897, le jour de Thanksgiving, un incendie s'était déclaré dans les locaux de la M&M Establishment, un citoyen ayant lancé sur quelque rival une lampe à pétrole. Les flammes avaient fini par dévorer tout Dawson. Il avait suffi de quatre mois pour reconstruire la ville, chaque habitant y mettant du sien. Depuis lors, les animaux sauvages l'évitaient comme la peste, fuyant le vacarme incessant des haches et des marteaux, le brouhaha sans cesse croissant des nouveaux arrivants.

Suivant les ordres du chef Isaac, les Hän s'étaient installés l'année précédente à Moosehide, à trois miles en aval sur le fleuve. Personne ne s'était soucié d'eux. Le Yukon était si vaste : il y avait de la place pour tous. Les Hän pouvaient rester entre eux, si tel était leur souhait, continuer à chasser l'orignal et le renne, à pêcher le saumon dans leurs immenses filets, même s'il leur fallait pour cela trouver des terres de plus en plus lointaines. Près de leurs nouvelles habitations, ils avaient abondance de racines, de rhubarbe sauvage, de bouleaux riches en sève, de myrtilles et de canneberge à cueillir l'automne venu. S'ils le souhaitaient, ils pouvaient même profiter de la nouvelle économie de l'or. Bien sûr, ils ne pouvaient pas prétendre aux concessions dites de découverte, deux fois plus grandes que les concessions ordinaires : cet honneur était réservé aux chercheurs d'or. Et lorsqu'ils accusaient un Blanc d'empiéter sur leurs propriétés, ils n'avaient jamais gain de cause. La plupart d'entre eux cependant s'était enrichie grâce à la ruée. Ils pouvaient travailler à la scierie de Dawson City, ou dans les concessions, comme Jim. Ils pouvaient guider les chercheurs d'or blancs dans les grands espaces. Les femmes pouvaient se joindre à celles qui habitaient maintenant à Dawson : elles étaient certainement aussi qualifiées que ces dernières, si ce n'est davantage, pour devenir lavandières ou cuisinières.

Clarence sans doute avait tenu un raisonnement similaire, songea Alice, car, de Dawson, il fit porter un message aux concessions par l'un de leurs voisins pour annoncer qu'il venait d'embaucher une jeune femme du nom de Jane Lowell. Elle ferait son arrivée d'ici à quatre jours chez les

Berry. Il lui avait proposé un salaire de trente-cinq dollars par mois. Elle était jeune, écrivait-il, célibataire, solidement bâtie, très capable et bonne chrétienne. Elle avait été éduquée par les missionnaires et pouvait se targuer d'une lettre de recommandation rédigée par un homme d'Église fort respecté.

Qui plus est, Jim avait appuyé sa candidature. Pour quelle raison ? Eh bien, Jane était la sœur de Jim.

Il était clair, à la lecture de ce court message, que Clarence considérait ce lien familial comme un avantage supplémentaire. D'avoir sous la main toute une famille lui semblait relever du bon sens économique.

Alice avait rédigé une réponse qu'elle confia à Henry, lequel devait se rendre en ville. Que Clarence la reçoive au plus vite. *Non. Je ne veux pas de la sœur de Jim sous notre toit. Trouve quelqu'un d'autre.*

Henry, de retour avant son frère, lui avait cependant déclaré de son ton le plus chevaleresque, et non sans embarras :

« L'affaire est réglée, selon Clarence. Il m'a prié de te dire que tu devrais faire avec. »

6.

Trois jours plus tard, Clarence et Jane firent leur entrée dans le chalet des Berry. En les entendant, Alice fit tomber le bol qu'elle nettoyait. Sans se casser, il percuta lentement le fond de l'évier, porté par l'eau sale. Le temps qu'elle sorte de la coquerie, ils avaient déjà ôté leurs manteaux. Jane était une belle femme, de la corpulence et de la taille d'Alice. Assez grande, comparée à Jim, bien qu'il y ait dans son regard une placidité et une vivacité similaires. Pourtant le sourire qui lui fendait le visage était sur le point de s'affaisser sous le poids de la déception. Les Berry avaient déjà constaté cette réaction chez toutes sortes de visiteurs : ce spasme, ce bref moment de réflexion tandis qu'ils découvraient l'intérieur de la maison. Les gens s'attendaient toujours à ce que la richesse puisse transcender les aléas de la géographie. Ils pensaient découvrir une salle de bal au sol de marbre. Un lustre. Une cave à vin contre les rondins. Or ils n'avaient sous les yeux qu'un foyer confortable, rehaussé par les quelques touches d'élégance qu'autorisait le Klondike : la toile ample et propre clouée au plafond de bois, au-dessus de la table, les rideaux de dentelle aux fenêtres de la façade avant, le plaid aux vives couleurs disposé sur le dossier d'un fauteuil à bascule et les patères de fonte auxquelles on pouvait accrocher les pelisses, plutôt que les laisser entassées sur le plancher.

Jane se remit, comme les autres visiteurs avant elle.

« Je te présente ma belle-sœur », dit Clarence.

Alice s'avança d'un pas.

Jane se retourna.

Leurs regards s'entrechoquèrent comme deux billes de métal froid.

Alice s'essuya les mains sur son tablier avant de tendre la droite, puis de se raviser. Jane inclina légèrement le buste. Elle posa à terre son sac à pampilles puis ôta son grand chapeau de paille, si bien ajusté à son crâne qu'il lui faisait comme une auréole. Elle était vêtue d'un corsage blanc, impeccablement repassé, et d'une jupe plissée en drap marron : Alice avait une tenue du même type et la comparaison semblait injuste, car si Jane le portait comme un déguisement, il lui seyait plus élégamment qu'à Alice. Clarence s'attabla tandis que Jane restait debout à regarder alentour. Alice songea qu'elle n'avait pas à servir la cuisinière. Pourtant, le pain se trouvait dans la cuisine, dans un panier, sous un torchon à carreaux : elle était la seule à savoir où le trouver. Elle s'y rendit sans hâte et, avec des gestes terriblement lents, elle s'empara du panier et sélectionna le bon couteau. Tandis qu'elle tranchait le pain sur le plan de travail et préparait le beurre, hésitant à plusieurs reprises sur la quantité à présenter, elle les entendait discuter. Jane parlait de l'épidémie de typhus l'hiver précédent, à Dawson, de la boue répugnante dans les rues, au mois de mars, tellement profonde que les chevaux ne s'y risquaient pas, de peur de s'embourber. Clarence racontait le difficile voyage vers le Nord et l'avalanche du dimanche des Rameaux, catastrophe dont tous avaient entendu parler, affirma Jane avec aplomb.

Une anecdote bien différente était revenue à Alice : la mort prématurée de son grand-père maternel, survenue lorsque son cheval préféré l'avait projeté au bas d'une carrière de pierre de taille. Il était d'abord tombé de quatre pieds, avait roulé sur lui-même avant de subir une nouvelle chute de vingt pieds, s'écrasant le dos sur un pilier de calcaire blanc. Lors du repas de funérailles, la grand-mère d'Alice avait répété ceci cent fois peut-être : « Ce cheval, c'était le cadeau qu'il s'était fait à lui-même pour chanter sa propre gloire, mais le jour où il nous l'a ramené, je me suis dit, avec un frisson au cœur, qu'il n'était pas de force à le maîtriser. » Tous autour d'elle compatissaient à sa douleur, sans pour autant croire l'histoire de son pressentiment.

Dans la coquerie mal éclairée, Alice songea : ils ne me croiront jamais, encore moins maintenant que Jim, qui me déteste déjà, a reçu du renfort.

Comment pouvait-elle expliquer cette certitude au reste de la famille : Il faut se méfier des gens que vous avez lésés ? Pourtant, Clarence et Ethel ne comprendraient jamais en quoi il avaient pu faire du tort à qui que ce soit. Ils ne se jugeaient que par ce qu'ils avaient dans le cœur.

Cependant, Alice se rappelait la colère sourde qui vous saisit lorsqu'on vous a dépouillé de vos biens, la colère sourde de l'humiliation. L'année durant laquelle ils avaient attendu le rouquin sur son cheval pie, par exemple. Il était arrivé au galop dans leur cour et il avait remis à Poie l'avis d'expulsion qui, si Clarence n'avait pas été là, aurait signifié la saisie de leur ferme, de leur étable, de leur maison. Cette colère, cette peur liquides qui noyaient tous les soirs son cœur. Que devait ressentir Jim ? Et cette femme, Jane ? Qu'éprouvaient-ils au fond de leur cœur chaque fois qu'un ambitieux, un acharné comme Clarence débarquait chez eux et leur volait un nouveau pan de terre ?

Question plus essentielle encore : les Berry n'auraient-ils pas dû prendre le temps de répondre à ces interrogations avant de convier Jane à partager leur toit ?

7.

Jane dormait dans la coquerie sur un matelas et une peau d'ours, posés à terre, qu'elle roulait tous les matins et rangeait dans un coin de la pièce. Henry ne l'avait pas rencontrée : il était parti quelques heures plus tôt pour sa concession du *Cinquante-Huit* Bonanza, autre raison pour laquelle le foyer avait beaucoup perdu de sa gaieté. Il n'y avait pas de cabane sur son terrain et le malheureux jeune homme avait dû emprunter la tente que les Berry avaient utilisée lors de leur voyage. Il allait creuser un peu, voir ce qu'il trouvait, leur avait-il dit. Un jour, pourtant, Clarence l'avait surpris là-haut vautré sur un rocher, une pelle à portée de main, les yeux fermés, jouissant de la tiédeur du soleil.

« Je suis encore en train de me remettre de cet hiver dans le Klondike, avait marmonné Henry. Te moque pas de moi, C. J. »

À la suite de ces allées et venues, Alice s'était installée dans le grenier. Il y faisait chaud, étouffant. Le toit en pente rendait l'espace exigu. Elle appréciait pourtant cette intimité, le soulagement de ne pas dormir à côté de Jane dans la cuisine. Ce changement faisait également d'elle, par défaut, la gardienne de la maison. C'était dans le grenier, accessible par une trappe que Clarence désormais entreposait les sacs d'or extraits du gravier, la cachette sous le plancher de la chambre étant pleine. Les sacs de grosse toile ceignaient le mur de pure richesse, leurs nœuds en forme de chignon frôlant les poutres de chaque côté du toit. Leurs corps bedonnants s'affaissaient jour après jour, telle une armée de trolls ventripotents.

Un matin, trois jours après l'arrivée de Jane, Alice marcha à quatre pattes jusqu'à l'échelle, l'attrapa d'une main ferme et descendit, montant par montant, dans la salle à manger. Elle tira le rideau de la coquerie et réveilla Jane en sursaut. Le long visage de la jeune femme se redressa à la verticale. Elle bâilla sans mettre la main devant sa bouche et roula son matelas, sans précipitation.

« Je vais vite dehors, dit Jane. Cela ne prendra qu'une minute.

– Tu aurais déjà dû allumer le poêle. Je veux que ma sœur puisse avoir son thé dès le réveil.

– Quoi ? répliqua Jane. Et me lever encore plus tôt ?

– C'est ce que j'ai fait pendant des semaines. Qu'est-ce qui t'en empêcherait ? »

Jane haussa les épaules avant de sortir de la maison. Elle cajola tous les chiens sur son chemin.

À dix heures, Henry passa devant la fenêtre, les mains dans les poches, sifflant en mesure avec les oiseaux. Il entra en coup de vent et traversa la salle à manger, fourrant immédiatement la tête derrière le rideau. Alice fut contente de le voir. Son retour n'avait rien de surprenant. Elle avait bien pensé qu'il ne resterait jamais longtemps loin de Clarence.

« On ne t'a pas dit, pour moi ? Je meurs du scorbut. L'ordonnance délivrée par mon cher frère est limpide : il faut me nourrir de quartiers d'orange et de biscuits sucrés et me masser les pieds pendant que je digère. »

Lorsqu'il aperçut Jane, ses sourcils firent un bond. Il ôta son chapeau avec la désinvolture qui était sienne, en équilibre précaire entre le respect et la taquinerie.

« Ravi de faire votre connaissance.

– Même en cet instant si désespéré ? »

Les lèvres de Jane faisaient la moue et son regard pétillait.

« Mais oui ! Maintenant, j'aurai deux jolies filles pour s'occuper de moi.

– Oh, vraiment ?

– Oui, et elles prieront pour mon salut.

» Qu'est-ce que vous nous préparez ? demanda-t-il en flairant l'air.

– Des gâteaux, répondit Alice, même si la question s'adressait à Jane qui n'avait pas été assez rapide.

– Quel genre de gâteaux ?

– Tu ne reconnais pas l'odeur ? répliqua Alice, moqueuse. Clarence nous a rapporté un tonneau de pommes. Elles sont encore très vertes. On a de quoi cuisiner une semaine avant d'en être débarrassés.

– Délicieux ! »

Henry sortit de la cuisine en se frottant l'estomac.

« Passe dire bonjour à Ethel ! cria Alice, la tête dans l'embrasure. Elle a pu s'habiller, aujourd'hui, elle est dans son fauteuil. »

Henry pivota sur ses talons pour saluer Alice. Bientôt, elles entendirent sa voix de stentor résonner dans la chambre, et le rire d'Ethel. Alice se dirigea vers le plan de travail, embarrassée. Elle appréciait les taquineries de Henry, mais ce n'était pas une comédie qu'elle voulait jouer à trois.

« Il se moque de moi parce que je suis catholique, dit Jane après un instant de silence. Mr Berry a dû le lui raconter. Vous avez entendu : “Et elles prieront pour mon salut” ? »

Alice ne leva pas les yeux, toute à sa tâche. C'est vraiment comme cela que tu te décrirais, songeait-elle, « catholique » ? Il y eut une flambée. Elle prit une serviette pour ouvrir le four. La croûte avait pris une couleur brun doré. Elle posa le gâteau sur le plan de travail, pour qu'il refroidisse.

Jane à présent lui tournait le dos. Elle portait une robe en coton bleu à rayures toute simple, mais d'un impeccable ouvrage.

« Eh bien, dit Jane, je ne mordrai pas à l'hameçon.

– Tu te trompes, je pense, dit Alice d'un ton sec. Les Berry ont des racines irlandaises. Ils ne sont pas très assidus à la messe, mais leur mère adore saint Valentin. Dans leur salon est accroché un grand tableau qui le représente dans son aube rouge foncé ; c'est même la première chose qu'on voit en entrant chez eux. »

La deuxième cargaison de pommes commençait à bouillir : celle-ci était destinée à devenir compote.

« Tiens, ajouta-t-elle. Avant de te mettre à les écraser, prends donc le tablier d'Ethel.

– Ça l'ennuiera peut-être, si je le salis ?

– Non. D'ailleurs, garde-le. Je parle en son nom. Je t'en fais cadeau. »

Jane, non sans hésitation, prit le tablier avant de le passer par-dessus sa robe. Alice attendit. Ce geste était un test. Jane se tourna vers le poêle et se mit à fredonner tout en faisant tourner la cuiller de bois dans la marmite.

« Très bien, dit-elle. Je vais les retirer du feu. »

Rien, donc. Et ce fut la même chose tout l'après-midi : là où l'on aurait attendu des remerciements obséquieux, le silence persistait.

Le lendemain, Henry revint dans l'après-midi, à cinq heures précises. Il était en compagnie d'un pauvre garçon de Selma, un certain Charlie, que les jeunes Berry et Bush avaient connu sur les bancs de l'école. Plusieurs jeunes gens de Selma étaient montés dans le Nord cette année-là, pour suivre l'exemple de Clarence. Ils étaient pleins d'espoir, et sans doute plus sots que la moyenne, car ils semblaient croire qu'être originaire de Selma avait joué un rôle dans la fortune de Clarence. Fort heureusement, ce dernier se sentait plus ou moins responsable de leur sort ; il avait même songé à leur donner du travail sur les concessions et à les héberger sous les tentes, avec les autres ouvriers, service qu'il avait notamment rendu à Charlie. Faute de cela, ils seraient allés grossir les rangs des indigents de Dawson.

Clarence les rejoignit bientôt, maculé de boue, les doigts gourds, recroquevillés, comme s'ils tenaient encore le manche de la pelle.

« J'ai dû confondre les saisons, dit-il. On ne m'a pas prévenu que c'était Noël. »

Il adressa un regard lourd de sens à la compagnie, puis à la table : purée de pommes de terre, bœuf et son jus, cuisiné avec deux oranges qui avaient coûté une somme honteuse. Alice se figea sur le seuil, près du rideau. Loin de Clarence, elle ne ressentait plus de gêne ; cela donna le temps à ses joues de retrouver leur fraîcheur. Ethel n'intervenant plus dans la vie domestique, Alice s'autorisait souvent à oublier que le cagibi appartenait à Clarence. Elle se croyait à la place d'Ethel, c'est-à-dire à celle de l'épouse, et se permettait des hérésies telles que celle-ci, cuisiner leurs meilleures provisions sans en demander la permission.

Henry, attablé, tint les propos suivants à Charlie :

« C'est le problème des fils aînés. Il suffit de prononcer le mot plaisir pour les faire défaillir. Un simple dîner avec un vieil ami et un frère, et ils sont persuadés que ces extravagances vont les tuer. Et je peux te dire exactement d'où ça vient, poursuivit-il. De leur enfance. Quand ils étaient hauts comme trois pommes (et Henry baissa la main vers le parquet), leurs papas leur disaient toujours : "Travaille dur, et tiens bon", ou une ânerie du même genre. Nous, les plus jeunes, nous n'avons jamais pris ce conseil au sérieux, mais l'aîné n'a pas de protection, pas d'autre frère ou sœur qui puisse le protéger ; il prend ça pour argent comptant. Et vingt ans plus tard, ça donne ce que tu as sous les yeux : des individus horriblement raides, mais qui ont réussi.

– Ce n'est pas Frank, l'aîné, chez vous ? dit Charlie.

– Si, dit Clarence. Il a deux ans de plus que moi.

– Certes, reprit Henry, désinvolte. Mais personne ne le prend en considération. D'ailleurs, ajouta-t-il d'une voix plus forte en se tournant vers le rideau de la cuisine, ne nous dites pas que vous avez oublié le pauvre Frank ! »

D'après la rumeur, Frank était de retour de Quartz Creek, sans le sou, buvait et traînait dans Dawson à la recherche d'un nouvel expédient pour subvenir à ses besoins.

Alice s'avança vers la salle à manger et manqua de percuter Jane. Elles se contournèrent sans croiser le regard.

« Il m'a écrit qu'il viendrait peut-être lundi, dit-elle.

– Lundi, répéta Henry. Attends que je réfléchisse. Ah, lundi, c'est vrai, je reçois le roi et la reine d'Espagne dans la soirée. Dis-lui que je suis vraiment désolé de ne pouvoir me joindre à vous. »

Les coudes sur la table, la tête penchée, il se mit à chuchoter pour le bénéfice de Charlie :

« J'ai eu la chance de rencontrer Frank en ville, la semaine dernière. Il n'a pas cessé de geindre et ne m'a pas proposé un sou pour le repas, que j'ai payé pour deux. Nous sommes revenus le long de la rivière, et c'est là que je me suis dit : et si on collait ce bon vieux Frank sur un radeau pour l'expédier chez les Indiens ?

– Ils nous l'auraient tout de suite renvoyé, dit Clarence en s'épongeant le visage. »

Henry frappa du poing sur la table, hilare. Alice lança un regard à Jane, debout près du fourneau. Aucune réaction, pas même un frémissement. La cuiller effectua deux tours dans le sens des aiguilles d'une montre, puis Jane tapota le manche sur le bord de la casserole avant de lever les yeux.

« Si on les laisse cuire plus longtemps, les petits pois vont se rider.

– Sors-les, dans ce cas. Tiens, voici un bol. »

Jane le lui prit des mains. C'étaient des pois en conserve, qui venaient de la métropole ; ils avaient voyagé sur l'océan puis par vapeur, sur la rivière. Il fallait traiter ces aliments avec plus de respect, songea Alice, indépendamment de la fortune de Clarence.

« Vous voulez les leur apporter ? demanda Jane. Ou je m'en charge ?

– Vas-y. Je passe voir ma sœur. »

Alice traversa la salle à manger en s'essuyant les mains sur les cuisses. Elle s'arrêta devant la porte de la chambre et posa l'index sur ses lèvres. Les hommes se turent. Elle entrouvrit le battant. Ethel lui tournait le dos ; à en juger par le léger mouvement de soufflet de son torse, elle dormait. Elle avait eu un petit accès de fièvre la nuit précédente, mais il était inutile de prendre le risque de la réveiller pour vérifier sa température. Alice referma doucement la porte.

« Essayons de ne pas faire de bruit, dit-elle en ôtant son tablier avant de rejoindre les hommes à table.

– Tu ne dînes pas avec nous, Jane ? » demanda Henry.

Jane se tenait près de Charlie, auquel elle venait de confier le lourd saladier rempli de petits pois.

« Très bien. Pourquoi pas, oui. »

Elle aurait pu rapprocher le fauteuil à bascule de la table. Elle aurait pu s'asseoir à côté d'Alice. Au lieu de quoi, elle se faufila sur le banc, près de Henry. Cette marque d'attention n'échappa pas au jeune homme, dont le visage afficha une vanité joyeuse. Leurs coudes se frôlaient. Leurs épaules ne cessaient de se frôler.

Ils apprirent de nombreuses choses sur le compte de Jane, ce soir-là, car lorsqu'on lui accordait la parole, elle s'en emparait volontiers. Et pourquoi pas ? Elle avait bien des histoires à raconter. Elle se servit en pain et en petits pois, elle se coupa une tranche de bœuf. Elle leur raconta que son père était un mystérieux Français, qui faisait autrefois commerce dans un hameau, non loin de la concession. Il avait rencontré lors d'un voyage une belle femme, mi-Tlingit, mi-Hän, la future mère de Jane, dont il était tombé immédiatement amoureux. Quoiqu'il y ait eu de très nombreux prétendants à la main de cette jeune femme, il avait fallu pour le père de Jane deux visites à la famille, chargé de cadeaux, pour que le mariage puisse se dérouler.

La naissance de la petite fille avait été un événement mémorable ; toute la famille était passée la voir, car la rumeur disait qu'il n'y avait jamais eu au monde bébé plus joli. Tout s'était bien passé jusqu'à sa huitième année. Son père alors était parti, comme tous les ans ; cette fois-ci, cependant, il n'était jamais revenu. Il lui était sûrement arrivé malheur, se disait la mère, mais Jane avait ces derniers temps admis la possibilité qu'il se soit lassé de son épouse dont la santé s'était dégradée.

Le père malgré tout avait laissé un héritage. L'Église catholique, à laquelle appartenait son père, avait entendu parler d'une petite Française qui vivait chez les Indiens. Il leur fut difficile de résister à la tentation ; ils envoyèrent des éclaireurs dans la région. Les deux envoyés discutaient en français lorsque Jane sortit de la forêt pour interrompre leur conversation dans cette langue, ce qui les stupéfia.

De quoi parlaient-ils, elle ne s'en souvenait plus à présent, confia-t-elle aux Berry. Comme elle l'avait raconté, sa mère avait perdu la santé. Elle était atteinte de ce mal où l'on tousse et son cas était grave, de sorte que quand les hommes lui proposèrent de prendre Jane dans leur école, elle dut songer que cela vaudrait mieux pour la petite, même si Jane, à présent, pensait que, valide, elle n'y aurait jamais consenti. Jane n'avait pas compris qu'elle partait pour de bon. Elle se rappelait avoir pensé aux parties de pêche avec ses oncles et tantes, sur la rivière, et s'attendait à les revoir à cette occasion au printemps.

Les hommes d'Église, cependant, avaient décidé qu'une enfant catholique devait aller à l'école. Ils l'emmenèrent à la mission, une grande bâtisse en bois à deux étages avec de larges fenêtres pourvues de vitres, qui donnait sur la rivière. Les sœurs lui apprirent à lire et à écrire. Un jour, elles organisèrent un concours d'orthographe, et elle battit les élèves plus âgés. Puis la sœur. Puis le prêtre qui, au contraire de Jane, échoua à épeler le mot « diocésain », un comble. Cela pouvait encore passer, mais lorsqu'elle annonça, au début de l'été, qu'elle quittait l'école pour rendre visite à sa mère, ils prétendirent que c'était interdit. Elle se sauva en pleine nuit et se tordit la cheville au matin. Ils la retrouvèrent à quatre miles de la mission et la ramenèrent de force. Il n'y eut pas d'autre tentative d'évasion avant ses quinze ans. Cette fois-là fut la bonne. Jane retrouva le campement de sa famille, près de la Porcupine. Son retour ne fut pas le triomphe dont elle avait rêvé. Sa mère était morte. Dans l'intervalle, elle avait eu le temps de mettre trois jeunes fils au monde, portant tous son nom de famille à elle, Lowell, leur père n'ayant joué aucun rôle dans leur éducation. Jim était le puîné. Ces garçons, quoique ravis de la réapparition de leur demi-sœur, se moquaient d'elle, car elle était incapable de faire cuire quoi que ce soit sur un feu de camp, sa vie dût-elle en dépendre, et qu'elle ne cessait de confondre les mots de leur langue.

« Jim se moquait, lui aussi ? demanda Alice.

– Oui, dit Jane qui avala sa dernière bouchée de petits pois au beurre, non sans lécher ensuite le dos de la cuiller. Mais il voulait faire comme les deux autres. Ce n'était pas vraiment dans sa nature. Il n'a pas tardé à me faire toutes sortes de petits cadeaux. Il m'a appris à pêcher, et je lui ai enseigné l'anglais. Il a toujours été tellement gentil.

– Remarquable ! s'exclama Henry. C'est une histoire absolument remarquable. Penser que vous viviez ces grandes aventures pendant que nous poursuivions chevaux et cochons dans la poussière, sur la même planète que vous, sans nous douter qu'il y avait d'autres manières de vivre. »

Jane eut un sourire poli.

« Et quel profit vous avez pu retirer de la ruée vers l'or, toi et les tiens ! ajouta Henry. On entend tellement dire le contraire.

– Je ne peux pas dire que j'approuve tous les changements que nous avons vécus ici, rectifia Jane d'une voix douce. Pour moi et pour Jim, ça s'est bien passé, uniquement parce que nous parlons anglais. Pour d'autres, non. »

Comme nous nous ressemblons, songea Alice. Nous ne montrons rien de nos véritables sentiments.

Lorsqu'ils eurent nettoyé leurs assiettes jusqu'à la dernière miette, Alice débarrassa. Jane se leva pour ramasser les couverts. Charlie sortit de table et voulut à tout prix se charger des assiettes. Il n'avait pas si bien mangé depuis un an, affirma-t-il. Henry, ne voulant pas paraître en reste se leva lui aussi et réclama un balai. Clarence, qui ne s'était guère manifesté pendant le dîner, se carra contre le dossier de sa chaise et, posant les pieds sur la table, chevilles croisées, il sortit sa pipe.

« Quel spectacle ! Henry et Charlie de corvées ! »

8.

Le sol continua à vomir sa fortune, en stupide créature qu'il était. Le long de la rivière, les riches terres étaient creusées, retournées, taillées puis exposées sous le soleil dans leur nudité. Un jour, une pelle heurta un os. Un crâne de bison, parfaitement conservé. On le secoua pour en faire tomber la poussière, on nettoya les interstices à la brosse. Clarence le posa sur sa tête, erra dans la concession et pénétra ainsi coiffé dans la maison, faisant hurler Ethel. Ce soir-là, ils passèrent du fil de fer dans les orbites et accrochèrent la relique au mur. Ils ornèrent les cornes de dentelle noire et s'installèrent sous le regard de leur dieu chenu. Mais avaient-ils encore besoin d'un tel talisman ? Une hiérarchie nouvelle était apparue dans les concessions. Clarence Berry n'était plus simplement un homme riche parmi cinquante autres. Grâce à ses infatigables ouvriers et à sa féroce autorité, il était devenu le plus fortuné de tous. Jusqu'ici, il s'était bien adapté à cette évolution. Autrefois, on pouvait encore reconnaître le garçon de ferme en lui. À présent, cet adolescent du passé n'était guère plus gros qu'un pépin, enseveli au plus profond de sa puissante poitrine. De Selma, on lui avait écrit que sa sœur Cora s'était mariée, et que Daisy Bush, comme prévu, avait épousé Ed Keller. Il tenta bien de feindre un intérêt pour ces deux événements, mais ne convainquit absolument personne. D'ailleurs, il n'eut même pas l'idée d'envoyer des cadeaux de noces ; il fallut qu'Ethel, relisant leur correspondance dans son fauteuil à bascule, le lui rappelle.

Il se rendit coupable de quelques outrances. Il planta un panneau à la limite de la concession sur lequel était inscrit « Servez-vous » et installa au-dessous une bouteille de whisky et un seau plein de pépites. Que les petits chercheurs d'or qui remontaient la rivière se servent tout leur saoul, disait-il. Et que les autres ressassent leur bile, suggérait-il. Lorsqu'une troupe de journalistes de New York vint lui rendre visite par la voie maritime, la plus chère, ouverte uniquement en été, Clarence les pria de tenter leur chance avec les terres aurifères de la *Cinq* et de garder ce qu'ils trouveraient. Si les journalistes se prêtèrent avec déférence au jeu, ils avaient emmené deux gamins de seize ans qui, eux, perdirent la tête. Ils se remplirent quelques sachets de pépites et ce fut le plus beau jour de leur vie. Il aurait été inexact cependant de considérer Clarence Berry comme un homme généreux. Si les visiteurs n'avaient pas été journalistes, ils n'auraient pas eu droit à ce traitement de faveur. Clarence n'aurait pas davantage offert de whisky et de menues pépites s'il n'avait pas été certain que l'histoire ferait bientôt le tour de l'Amérique, ce sur quoi il ne se trompait pas.

Le lumineux mois de juin tirait à sa fin et l'état d'Ethel s'améliorait lentement. Les accès de fièvre n'étaient plus si brutaux et les pertes de sang s'étaient interrompues aussi mystérieusement qu'elles étaient apparues. Les Berry n'avaient toujours aucune idée de ce qui les avait causées. L'une des théories d'Alice, qu'elle ne confia qu'à son journal, trop superstitieuse pour l'énoncer à haute voix, était qu'après son terrible malaise Ethel avait souffert d'une infection qu'elle avait vaincue par miracle.

Clarence bientôt sembla aussi accepter cette amorce de convalescence, car il lui vint un jour une idée. Pour que sa femme puisse s'occuper, il lui conseilla vivement de renouer avec son passe-temps de l'année précédente, la collection de pépites. Alice fut priée de s'y joindre, sans aucune considération des tâches ménagères qui lui incombaient encore. Ethel fut transportée dans la salle à manger et les sœurs restèrent pendant des heures à table, à choisir les plus jolies pépites, ou les plus étranges. Une pépite en forme de croissant de lune. Une pépite en forme de cœur. Dans ce pochon de velours marron qu'Ethel avait rapporté de Selma, elles entreposèrent leurs pépites préférées. Ethel le gardait à son chevet.

9.

Les chiens désormais dormaient autour de la maison, un contre chaque mur, leur nouvel emploi étant de protéger les personnes et l'argent qui s'y trouvaient. Clarence se réveillait à dessein plusieurs fois dans la nuit pour sortir et surprendre ces bêtes en plein ménage. Il les trouva toujours fidèles au poste.

« Ces chiens sont tout de même incroyables, dit-il plus tard à Alice. Je leur ai expliqué une seule fois où se tenir, là, là, là et là, et ils n'ont pas eu besoin d'autre chose. »

Il se tenait dans l'embrasure de la porte, une tasse de café à la main, secouant la tête. Lorsqu'il surprit le regard ébahi de sa belle-sœur, il ajouta ceci, comme pour l'aider à comprendre où il voulait en venir :

« Ces chiens, bon sang ! Je n'en ai jamais eu de meilleurs. »

Et elle, la belle-sœur, qu'était-elle ? Moins qu'une fosse. Pire qu'une chienne.

Elle aurait pu s'asseoir sous la pancarte « Servez-vous », à côté du whisky et des pépites : ç'aurait été la plus piteuse des trois offrandes.

Il y avait le cercle éblouissant de ceux qui comptaient, et elle n'en faisait pas partie. Où qu'elle aille, c'était son sort. Lamentable ! Elle ne pouvait même pas passer pendant trois mois d'affilée pour le parti la plus désirable de la maison. À Selma, elle avait toujours été la troisième, après Annie et Ethel ; une fois Annie mariée et Daisy plus grande, la troisième encore après ces deux-là. À présent, lorsque Henry et Charlie voyaient approcher Jane, ils s'arrêtaient de bavarder et leurs cerveaux se brouillaient.

Henry était le plus subjugué des deux.

« À quoi joues-tu, à nous planter un tel piège dans ta cuisine ? l'avait-elle entendu dire à Clarence. Ça ne te suffit pas de nous narguer avec ton or ? Tu veux aussi nous rendre fous avec cette beauté ? »

Elle savait que Henry ne serait pas le premier à épouser une Indienne. Le père de Jane n'était-il pas français ? Quant aux premiers chercheurs d'or de la région, nombre d'entre eux vivaient encore avec leurs épouses, et dans le bonheur, selon leurs dires. George Carmack, le premier à découvrir l'or du Yukon, était marié à une femme tagish, Kate, qu'il faisait parader dans toute la ville avec leurs trois petits mioches derrière eux. Ma et Pa Berry ne seraient pas d'accord, mais l'argent gagné par leurs enfants leur ôtait tout crédit. Alice imagina Jane revêtue d'une robe pâle. Elle imagina Jane en sœur d'Ethel. Elle imagina Jane riant aux plaisanteries de Henry pendant qu'elle, Alice, remuait la soupe dans la cuisine. C'était donc cela, sa grande aventure ? Les deux derniers mois s'étaient déroulés dans le long éblouissement du jour permanent, durée pendant laquelle elle s'était principalement occupée de sa sœur.

Elle avait cru – à quoi s'attendait-elle ? – qu'elle arriverait à quelque chose dans ce pays. Qu'elle pourrait pour le moins rentrer métamorphosée à Selma. Rien n'avait changé, pourtant. Elle était toujours aussi pauvre, et avait toujours aussi peu d'avenir. Fille de fermier elle était partie, seule enfant célibataire à la charge de ses parents, fille de fermier elle rentrerait, dans les mêmes conditions. Elle vivrait la même existence, avec les cadeaux de sœurs mieux dotées, qui lui étaient toutes passées par-dessus la tête. Elle vieillirait sans vivre ce que d'autres vivaient. Elle vieillirait sans progresser, comme un enfant momifié. Elle vieillirait pleine d'un potentiel qui ne s'épanouirait jamais.

10.

« Quand on parle du loup », dit Henry.

Alice leva les yeux, pensant voir Jane, mais cela désignait Frank, dont la lettre reposait, ouverte, près des jetons de poker. Juillet commençant, il s'était enfin mis en chemin, et ce non pas seulement pour leur rendre visite, mais pour s'installer avec eux sur la concession. La missive annonçait une arrivée imminente. Il y avait quelque chose dans le choix des mots qui sembla curieux aux Berry. Frank avait l'air de penser qu'il leur avait manqué.

Un pli profond barrait le front de Henry. Qui avant ce jour avait su que sa bouche pouvait se tordre si périlleusement ?

« Je vais te dire quelque chose que j'ai gardé jusqu'ici dans mon cœur, C. J., chuchota-t-il. C'est un aveu difficile, mais il faut bien le faire. Je crois que Frank te considère d'un très mauvais œil. Je ne parle pas de ses pleurnicheries habituelles. Il est empli de haine à l'idée que tu sois devenu riche. Encore plus qu'il ne le laisse paraître. Cette semaine, quand je l'ai croisé à Dawson, il s'est senti obligé de te dénigrer toutes les deux minutes. Comme si tu l'obsédais.

– Si j'étais toi, je ne le laisserais pas monter au grenier, ajouta Charlie avant de voir l'expression de Clarence. À moins que je ne sois pas censé savoir qu'il y a de l'or dans le grenier ? »

Henry se plaqua la main sur les lèvres, les yeux écarquillés, le regard horrifié, avant de se reprendre aussitôt.

« Oh, ne t'en fais pas, C. J. Ce n'est que Charlie.

– Tu as la langue bien trop pendue, Hen, maugréa Clarence.

– Écoute, je n'avais pas l'intention de te mettre de mauvais poil. Allez, rassure-toi. On vit avec Frank depuis toujours. On devrait continuer à s'en sortir.

– Tu viens de me dire que je ne pouvais pas me fier à ma propre famille. C'est quand même bien triste.

– Tot pourrait dormir dans la cuisine, suggéra Charlie. Et toi, tu coucherais dans le grenier, avec ton fusil.

– C'est exact, dit Henry. Ce grenier n'est peut-être plus très sûr pour notre jeune amie. »

Il enveloppa Alice d'un regard amical, ce qui la surprit agréablement.

« Charlie n'a pas tort, poursuivit-il. Tes merveilleux chiens ne peuvent pas te protéger des gens que tu as conviés.

– Soit, dit Alice en se penchant pour ramasser les miettes qu'ils avaient laissées sur la table. J'aime bien mon petit nid, mais si besoin est, je m'installerai avec Ethel. »

Ce qui signifiait : Il n'est pas question que je dorme dans la cuisine avec Jane.

Les hommes la regardèrent sans comprendre. Quelques minutes plus tard, ce fut sans considérer ni Alice ni Jane que Clarence décida de faire coucher Frank dans une des tentes, sur la colline, avec Charlie et les autres journaliers. C'était la vie. Quand deux jeunes hommes se détestaient, la ville entière était au courant, mais quand cette mésaventure arrivait à deux jeunes femmes, elles étaient condamnées à la discrétion.

Et elles s'y tinrent.

Cette semaine-là, quand le vent se mit à hurler au-dessus des collines, Jane dit à Alice :

« Entendez-vous ces gémissements dans le vent ? Ce sont les pleurs d'un petit garçon qui, il y a bien longtemps, tomba dans une crevasse du glacier. Il survécut à sa chute, mais ne pouvait pas remonter à la surface, et les cordes dont disposaient les hommes et les femmes de son groupe n'étaient pas assez longues pour l'atteindre. Sa mère ne voulait pas le quitter. Elle s'était assise sur le bord de la crevasse et elle pleurait. Encore maintenant, quand on tend l'oreille – Jane toucha la sienne, tandis que le vent de nouveau hurlait –, on peut entendre la mère et le fils qui pleurent, pleurent sans cesse. »

Jane jouait-elle de ses émotions ?

Oui, songea Alice, pour aussitôt se dire que non.

Par exemple, un autre jour, Jane lui confia ceci, alors qu'elle tendait un drap qui portait encore une tache sombre, marque des pertes les plus abondantes d'Ethel :

« Quand ma mère était petite, les femmes allaient dans une autre maison, dans ces moments-là. Quand elle a perdu son premier sang, elle s'est mise dans un coin, derrière un rideau ; elle a jeûné et s'est privée d'eau le plus longtemps possible. Vous comprenez, l'en instruisit Jane, pour nous, ce n'est pas la même chose. Quand le sang coule, la jeune fille peut devenir très puissante. On parle de certaines qui ont fait bouger des montagnes par la force du regard. C'est pour cette raison qu'on doit nous enfermer, jusqu'à ce que ça passe. »

Côtoyer Jane en permanence était chose épuisante. Elle avait la manie de raconter des histoires qui ne finissaient jamais comme prévu. Par exemple, elle vantait la manière de vivre des chrétiens puis, au moment où on s'y attendait le moins, elle se mettait à chanter les louanges du peuple de sa mère. Elle disait qu'avant l'arrivée des Blancs, les femmes appartenaient aux maris, et les filles à leurs familles. Elle ne comprenait pas, disait-elle, comment les Blancs pouvaient supporter toute cette confusion. Elle demanda à Alice, de but en blanc, pourquoi les missionnaires étaient si nombreux au Klondike : on avait bien plus besoin de leurs leçons dans la métropole.

Une autre fois, alors qu'elles découpaient des pommes de terre en tranches, Jane avait demandé, comme si son seul désir était le pur bavardage, si Alice connaissait l'histoire du premier navire russe parvenu en Alaska. Le capitaine avait envoyé une barque sur le rivage, mais les hommes n'étaient jamais revenus. Le même sort avait frappé le second canot. À l'aube, le capitaine et le reste de l'équipage avaient aperçu pour la première fois les indigènes, qui proféraient des cris de guerre en approchant sur leurs canoës. Pris de peur, le capitaine avait fait virer de bord son navire avant de rentrer en Russie le plus vite possible. Ses hommes avaient certainement été massacrés. Le fait est qu'en atteignant le campement indigène ils avaient décidé d'y rester. Ils n'avaient jamais si bien dormi, si bien mangé ni vu de femmes si belles. Et surtout, dit Jane, couteau en l'air, en levant les yeux du plan de travail, ils étaient las d'obéir à leur capitaine. Pour une fois dans leur vie, ils voulaient vivre libres.

11.

Frank arriva deux jours après la date qu'il avait brandie au-dessus de leurs têtes. Il apparut au tournant de la rivière, rictus étincelant dans la lumière du soir d'été. En dépit de ses haillons et de la pipe puante qui lui pendait au bec, il était plus séduisant que jamais. Si Clarence et Henry ressemblaient à leur père, Frank était le portait de leur mère : son épaisse chevelure noire, sa maigreur élancée, sa démarche de prince. À la première rencontre, on ne pouvait que l'apprécier, car il avait du charme. Il était à l'aise en tous lieux et avait le chic pour égayer les conversations en y instillant quelques doses de provocation politique. Il pouvait en quelques minutes démantibuler un journal pour en faire dix chapeaux en papier, même s'il ne se serait jamais abaissé à en porter un. Il avait toujours un paquet de cartes sur lui, pour convier les étrangers les plus élégants à l'affronter. Ce n'était qu'au fil du temps que les avis changeaient. Il plaisantait avec vous un jour, puis vous battait froid le lendemain. Les jeunes filles de Selma le craignaient toutes un peu. Alors qu'il était encore à l'école, il prétendait qu'aucune fille de fermier du coin n'était assez bonne pour lui. Dans les soirées, il évitait la piste de danse, préférant prendre une chaise pour aller s'abîmer dans une conversation sérieuse avec une jolie mère de famille, ce qui était sa manière de dire qu'aucune fille à marier du voisinage ne l'intéressait, aussi bien dotée soit-elle.

Le soir qui suivit son retour, Alice se trouvait seule dans la coquerie quand Frank la rejoignit. Il s'appuya contre l'étagère du haut avant de se pencher sur les haricots qu'elle triait.

« Cette gamine est atteinte d'une henryite aiguë, dit-il. Et si on les rendait jaloux, ces deux-là ?

– Comment, ces deux-là ? » demanda Alice sans lever les yeux.

Elle avait compris qu'il était plus facile pour elle de discuter avec Frank quand elle faisait semblant de ne pas lui accorder toute son attention. Elle écarta du bout du doigt un petit caillou qui s'était mêlé aux haricots et le poussa jusqu'au bord du plan de travail.

« Qu'est-ce que tu insinues ?

– Je n'aime pas que Jane fasse les yeux doux à mon frère, dit-il à voix basse. Alors, si toi et moi, on pouvait se dire des choses à l'oreille, comme deux bêtas. Je t'appellerai "chérie" devant eux, et tu pourrais appeler Hen "Cooter" par-ci, "Cooter" par-là, c'est son petit nom. Elle pensera que tu as le béguin pour lui, et ça l'ennuiera. Et la jalousie à lui sera réveillée par le fait qu'il pensera que j'ai le béguin pour toi. »

Les minauderies de Frank tournaient au vinaigre.

« Et si ça ne marche pas, j'appliquerai le plan B, qui est de lui flanquer un bon coup sur la tête. Il se pavane dans la maison comme un coq trop bien nourri en se prenant pour un double de Clarence ; ça me rend malade !

– Oui, pourquoi pas. »

Alice évita son regard. Elle aurait dit oui à tout, tant Frank était persuasif. Et cependant il consentait, songea-t-elle, à s'allier avec elle, à l'appeler « chérie », même si ce n'était que pour le jeu. Le plan selon elle était voué à l'échec. Henry flirtait parfois avec elle, mais se sentirait-il blessé si un autre homme semblait lui faire la cour ? Elle se garda bien d'en avertir Frank. Elle évitait toujours d'attirer l'attention des autres sur son insignifiance. Le monde en général s'en chargeait à sa place.

Le lendemain, alors qu'ils étaient tous ensemble, Frank lui donna un coup de coude ; Alice déclara d'une voix aiguë, faussement assurée :

« Cooter, tu pourrais aller chercher de l'eau à la fontaine ? »

D'un regard prudent, Henry la dévisagea, puis Frank.

« Oh, bien sûr, Alice. Laisse-moi une seconde pour finir ma bouchée ! »

Frank se pencha sur la table, tapota l'épaule de son frère.

« Ne mets pas le pied dehors sans Tot. Elle a passé la journée dans la cuisine.

– Moi aussi », dit Jane en faisant la moue.

Frank se retourna vers elle d'un mouvement languide, comme un canon.

« Tu peux m'accompagner quand ils reviendront. On rapportera un second seau. »

Si les paroles étaient affables, l'expression de son visage et le ton de sa voix étaient glacials.

« Inutile, dit sèchement Jane. Je dois m'occuper de ces draps. »

Frank cligna de l'œil et Alice songea en sortant dans la lumière de l'après-midi avec Henry que c'était là une habile manière d'humilier quelqu'un : emballer la haine dans une proposition ordinaire, de manière que la seule répétition des paroles ne puisse faire comprendre la vérité. Henry, par exemple, avait beau eu se trouver dans la même pièce qu'eux, il n'avait pas perçu le sens de l'échange qui avait abasourdi Jane. Elle tremblait encore sous l'effet de la méchanceté de Frank, et pourtant : où était l'insulte ? Qu'avait-il donc fait, en apparence, hormis la prier de l'accompagner à la fontaine ?

12.

Cet après-midi-là, Hen, le beau-frère, et Alice, la belle-sœur, se contentèrent d'un aller et retour à la fontaine. Le soir qui suivit, cependant, encouragée par Frank, Alice suggéra à Henry une promenade d'après dîner, audace qui la remplit de surprise et de joie. Jane fulminait. Frank en hoqueta de joie.

Alice ne savait que penser, ce fut donc l'esprit confus qu'elle sortit de la maison en compagnie de Henry. À Selma, Henry avait fait la cour à Annie. Lorsque Alice lui avait révélé le béguin d'Annie pour William Carswell, l'épicier de l'Illinois, les sentiments du jeune Berry avaient échoué à se reporter sur elle. C'était Selma cinq ans plus tôt : autant dire d'autres temps et d'autres mœurs. Les gens changent. Les scintillements du Klondike, de la fortune des Berry et des Bush, lui donnaient peut-être plus d'éclat. Elle-même considérait Hen d'un autre œil, pour constater qu'il s'était, lui aussi, amélioré au contact du pays et du statut nouvellement acquis par les Berry.

Dehors, la concession leur parut immense, bruyante. Outre Charlie, Clarence avait bien voulu accepter d'embaucher trois autres jeunes compatriotes de la vallée de San Joaquin. Visages pâles, luisants au grand jour, ils se penchaient, épaules rondes, pour découper la terre à rudes coups de pelle. Jim travaillait à leurs côtés, c'était leur professeur du jour, un pédagogue tout en patience. Quand il lui fallait superviser leur maniement du sluice, il les taquinait et secouait la tête, mais avec une telle gentillesse que les novices en riaient aussi.

Au bord de la rivière, des mineurs plus expérimentés faisaient tourner les casseroles. Les bords de leurs chapeaux se déployaient devant les flots comme autant de soleils levants. Autour du sluice, la danse se déroulait en pas saccadés, selon un rite aussi précis qu'une grande horloge. Alice à présent connaissait cette routine. Le gravier aurifère dévale le sluice. L'eau dégringole. La boue aurifère reste collée au bois ; on la racle et on l'apporte à la rivière pour la passer à la casserole.

Alice et Henry escaladèrent une colline et cueillirent des fleurs des champs pour Ethel, de quoi garnir le petit vase vert que Clarence lui avait offert pour leur premier Noël ensemble, à l'hiver 1896. Henry se traîna jusqu'à un parterre multicolore. Il se baissa, puis se releva avec à la main une généreuse poignée de fleurs violettes.

« Alors, dit-il. Tu m'aimes bien, maintenant ? »

Une paluche d'ours aplatissant des ailes de papillon, un gros garçon, casquette et bretelles, pressant sous son bras un journal.

« J'aime bien quand tu m'aides, répondit-elle en acceptant le bouquet, avec une hypocrite modestie. Je ne savais pas que tu étais si disposé à donner un coup de main pour la cuisine, si doué avec les malades.

– Je ne peux pas faire grand-chose pour Ethel.

– Tu l'égaies. Elle est toujours contente de te voir.

– Tu te souviens quand même que j'ai travaillé à l'hôpital de Fresno, comme homme à tout faire ? Je restais au chevet des patients après leurs opérations. Les infirmières disaient que je les apaisais.

– Je me rappelle, maintenant, dit-elle avec un clin d'œil espiègle. Tes frères avaient même une anecdote à ce sujet, je crois ?

– Pitié ! Pas cette histoire !

– Le médecin t'avait demandé de faire prendre un somnifère à un des malades, s'il le réclamait, dit-elle avec un grand sourire. Et dans ton rapport, tu avais écrit que tu avais réveillé le pauvre homme pour lui faire avaler sa pilule. »

Il se cacha derrière son chapeau quelques secondes avant de se relever, hilare.

Ils marchèrent un moment le long de la crête. Il lui demanda ce qu'elle pensait de Charlie.

« Oh, c'est un gentil garçon. À l'école, nous avons été dans la même classe pendant une année, celle de nos quatorze ans. Un jour, il a oublié son déjeuner, ce dont il ne s'est pas rendu compte avant la fin de la récréation, parce qu'il jouait au ballon avec les autres garçons. Il s'est mis à gémir et à pleurer comme un bébé. Pour une telle bricole ! Je n'avais jamais vu ça. Je crois que le maître l'a renvoyé chez lui avant la fin de la journée.

– Pauvre Charlie, dit Henry avec entrain. Je ne lui jette pas la pierre. Moi aussi, quand je rate un repas, je deviens grognon.

– Oh, fais-moi confiance, jamais je ne t'ai vu dans cet état. »

La lumière du soleil déclinait du doré au rouge. Le bleu lavande des collines s'obscurcissait de longues stries grises. Ils arrivèrent sur un petit plateau, au sommet de la colline, face à l'ouest, immense et lumineux.

« Quand tu rentreras chez toi, n'oublie pas qui t'accompagnait quand tu as vu le soleil se coucher sur l'Alaska. »

Ils restèrent un instant sans rien dire, les bras ballants. Leurs mains n'étaient séparées que de quelques pouces. Il aurait suffi d'un geste imperceptible pour que leurs doigts se frôlent. Alice resta pendant quelques secondes figée dans l'attente, puis le moment passa sans que rien se produise. Ils descendirent la pente l'un derrière l'autre, à cause des rochers. Qu'était-ce donc ? se demanda Alice. Frank avait-il réellement senti quelque chose ? Comment pouvait-on savoir si les autres vous aimaient bien ?

13.

L'échelle de corde battait contre le rebord de la trappe.

« Tu devrais descendre, ça vaut le coup d'œil ! » hurla Henry.

La porte claqua tandis qu'Alice enfilait tant bien que mal sa robe. Elle glissa son journal sous le matelas. Le temps qu'elle se laisse glisser à terre, il n'y avait plus que les deux autres femmes dans la salle à manger : Ethel et Jane, chacune à leur fenêtre, tournant le dos à Alice, comme un duo de sentinelles de pierre. Alice se dirigea vers sa sœur et tira un peu plus sur le rideau de dentelle.

Clarence, devant la maison, faisait les cent pas en hurlant. Les ouvriers étaient en rang devant le sluice.

« Par le ciel, marmonna Alice, qu'est-ce que…

– Il manque un sac de terre aurifère, murmura Ethel d'une voix tremblante, sans quitter son mari des yeux. J'ai du mal à y croire, mais Clarence en est persuadé.

– Quel genre de sac ?

– De la terre d'hier. Elle avait été passée au sluice, mais pas encore tamisée. »

Au loin, Clarence hurlait encore sous les regards stupéfaits des journaliers.

Alice se retourna vers sa sœur. Il ne fallait pas qu'Ethel se mette dans tous ses états, qu'elle rechute : hors de question, alors qu'elle s'était si bien remise !

« Ça va, Ethel ? Tu ne veux pas que j'apporte ton fauteuil ?

– Ça va, bien que cette affaire m'inquiète un peu. »

La distance assourdissait les vociférations de son mari. Le rythme de sa harangue ne pouvait se deviner qu'aux mouvements de ses membres massifs. Alice ne le quittait pas des yeux. Aucun larcin n'avait encore été commis par cet été-là. En tout cas, pas sur les concessions des Berry. La loi était d'une grande sévérité dans le Klondike, il fallait cela pour compenser la faiblesse des troupes de la police montée, incapable de faire face à l'afflux des chercheurs d'or. Les voleurs étaient donc pendus.

La rangée de journaliers dépenaillés eut un mouvement de recul. Clarence, de tout évidence, allait passer à l'attaque.

Et sur qui bondirait-il ? se demanda Alice. Là était la question.

Pas sur Jim, non. Jim était sacré, depuis qu'il leur avait sauvé la vie sur le Chilkoot.

Pas sur ses compatriotes de San Joaquin, qui se considéraient apparemment comme membres du clan des Berry.

Alors sur les autres, les petites mains – Handler, Richards et une dizaine d'autres dont Alice ne connaissait même pas les noms –, même si cela aussi semblait inconcevable ? C'étaient des hommes doux et obéissants, bien qu'ils vivent depuis des années sur cette terre. Ils travaillaient pour les Berry parce qu'ils n'avaient jamais eu le cran de tenter leur chance en solitaire. Ils vivaient de peu, ceux-là. Ils adoraient les miches de pain frais qu'elle et Jane déposaient devant leurs tentes le dimanche.

Derrière Clarence restaient trois hommes qui ne s'étaient pas mêlés aux autres mineurs : Henry, Frank et Charlie. Ce dernier, excité, se frottait les mains. Oh, c'est Charlie, songea Alice fugitivement. Non, absurde. Charlie était un double de Henry : bien trop satisfait de sa vie à la concession pour se livrer à une effraction aussi ignoble.

Et Frank ? Oh, pourvu que Henry cesse de dévisager son frère de cette manière devant tous les mineurs. Frank faisait un excellent coupable. Il était envieux, mesquin. Pour autant, aurait-il pu commettre un tel délit ? L'instinct d'Alice lui dictait le contraire. Elle songeait, à tort ou à raison, qu'il était trop orgueilleux pour s'abaisser à cela.

Cette nuit-là, personne ne ferma l'œil. Pas même pendant l'heure de profonde obscurité que leur procurait juillet. Des lueurs se promenaient sur les poutres du grenier, portées en toutes directions par des pas traînants. Alice changea le matelas de place, puis se coucha sur le ventre avant de ramper dans cette position jusqu'à frôler, du bout des doigts, le rebord de la trappe. Clarence, Henry et Charlie s'étaient rassemblés dans une bulle de douce lumière. Coudes sur la table, ils étaient penchés vers la flamme puissante et régulière de la lampe à pétrole, laquelle avait ce soir-là très belle allure sur son napperon de dentelle. Alice l'avait fini quelques heures plus tôt, excellent prétexte pour s'installer à la porte et surveiller la concession toute la journée.

« Voilà ce qu'il faut faire, déclara Charlie. Regrouper les gars, les interroger un par un. Avec qui tu étais à tel moment ? Est-ce que tu as des dettes ? Ainsi de suite. Et recommencer, mais juste avec les gars de sa tente, puis regrouper les informations pour voir où ils se contredisent.

– Et la vérité éclatera ? demanda Henry d'un ton aimable, quoique dubitatif.

– Je pense.

– C. J., qu'est-ce que tu en dis ? reprit Henry en haussant les épaules. Ça n'est pas plus bête qu'autre chose, comme plan. »

Il y eut un silence, celui de la lente construction d'un raisonnement.

« Et si ça m'entraînait trop loin, cette affaire ? articula enfin Clarence.

– Pardon, vieux ? Tu peux répéter ?

– Quand on aura pincé notre homme, son sort nous échappera. La police montée me collera le fouet dans la main, que je le veuille ou non. S'ils le pendent, ils pourraient même me demander de nouer la corde.

– Non, le rassura Henry. C'était comme ça dans le temps, mais ils se chargent de tout, maintenant.

– Pourtant, marmonna Clarence avec un regard en coin. je commence à me demander si ça vaut la peine d'en arriver là.

– Facile à dire en ce qui te concerne, dit Henry. Moi, je veux bien rester ici cet hiver, mais je dormirai mieux si je sais que le coupable est sous les verrous.

– Sans compter, l'avertit Charlie, fidèle à son mentor, qu'en ne réagissant pas cette fois-ci, tu encourages les voleurs à s'attaquer à d'autres chercheurs d'or moins riches.

– Écoutez, gronda Clarence. Je ne suis pas Dieu !

– Quelle lucidité ! »

Henry s'esclaffa pour atténuer l'effet de la pique. Charlie, ne sachant s'il fallait rire ou pas, se contenta d'émettre un grognement.

« Enfin, honnêtement, reprit Henry, de quoi as-tu peur, C. J. ? Tu penses que c'est Frank, c'est ça ? Tu sais que je suis le dernier à prendre sa défense. Là, pourtant, je me dis qu'il n'est pas assez bête pour ça.

– C'est toi pourtant qui m'as juré qu'il voulait ma peau.

– Oui, mais pas de cette manière. Dans mon esprit, c'est surtout qu'il sucera ton argent jusqu'à ce que tes poches soient vides. Pour ce qui concerne ces gars-là (il tendit la main vers les collines, vers les tentes des mineurs), tu ne peux pas t'attendre à ce que parmi les vingt types qui palpent ton or à longueur de journée, il n'y en ait pas un, de temps en temps, qui referme le poing. C'est la loi de… Comment appeler ça ? La loi de l'accaparement.

– Tu as passé dix mois sur cette concession, dit Clarence d'une voix douce. Tu as creusé la terre, tu as géré mes biens. Tu ne m'aurais jamais volé un grain de sable.

– Non, dit Henry en se reculant contre le dossier. Mais je suis un homme parfait. Tu ne peux pas juger le reste de l'humanité à mon aune.

– Bon, je n'irai pas plus loin. »

Clarence se leva en ignorant leurs protestations amicales. Nulle colère dans son départ, il était seulement fatigué.

« Charlie, lâche-moi les basques. Je vais me coucher. Il y en a qui travaillent, dans cette maison. »

La porte de la chambre à coucher s'ouvrit ; la voix d'Ethel se fit entendre puis, le battant se refermant, il n'y eut plus qu'un murmure étouffé. Alice attendit quelques instants avant de descendre l'échelle. Elle venait tout juste de se réveiller, dit-elle aux garçons, lesquels, qu'ils l'aient ou non crue, répétèrent la conversation pour son bénéfice.

« Il a peur de mettre sa réputation en jeu, souffla Henry en joignant ses doigts épais. Si tu savais le discours qu'il m'a tenu sur les deux ouvriers qui sont morts cet hiver ! Il a été très dur. Bon, j'étais leur patron par intérim, mais pas une fois je n'ai rechigné à les payer. C'est ma faute, si ces gars préféraient boire leur salaire ? Je n'étais quand même pas censé leur servir de maman et vérifier qu'ils se nourrissaient correctement. Je n'oublierai jamais l'effet que ça fait d'aller taper dans une casserole devant la tente d'un type. De se payer sa tête, de le traiter de tous les noms, et de le retrouver tout raide et tout bleu sur son matelas, les yeux grands ouverts. Bon sang, ça n'est pas une façon chrétienne d'honorer les morts !

– Assurément, se risqua Alice, ça ne s'est produit que pour le premier des deux. Tu n'aurais pas commis la même erreur deux fois.

– Tu retournes le couteau dans la plaie, marmonna Henry en se frottant le menton.

– Pauvres garçons, dit Charlie en toute sincérité.

– Oui, et pauvre Henry. Il a fallu une semaine pour creuser chaque tombe. Je n'en menais pas large. J'ai manié la pelle, comme les autres. Ça a été l'enfer, pour faire fondre la terre, mais on y est arrivés. Et quelle vision c'était, les deux grands feux de joie, si on peut dire, dans le cimetière de Dawson, à même la neige. On a creusé comme des fous, du mieux qu'on a pu. Mais notre mieux, c'était quatre pieds, pas un de plus. J'ai donné mon accord. À six pieds, on serait morts, nous aussi. Et puis vous êtes arrivés, tous les trois, et mon frère m'a passé un savon. Sa grande crainte, c'était que les gens aillent baver sur les tombes, prétendre qu'elles n'étaient pas assez profondes, que c'était un manque de respect. C'est C. J. tout craché. Ça ne lui suffit pas d'être le patron, il faut aussi que tout le monde l'adore. »

Henry disait vrai, et Alice le sentit bien. Des phénomènes jusqu'ici sans cause formèrent soudain des enchaînements cohérents : d'abord, la distance et la politesse sirupeuse avec laquelle Clarence traitait Alice depuis qu'il avait déchiré le certificat de propriété, et son relatif adoucissement depuis le grand malaise d'Ethel.

Ils restèrent silencieux un moment, ce qui leur permit d'entendre le ronflement régulier émanant de la cuisine. Henry demanda si c'était Jane, ou les chiens ; Alice répondit que c'était Jane.

« Mon Dieu, dit Henry en renversant la tête.

– Voilà ce que j'en dis, reprit Charlie en écartant de son front ses mèches de cheveux blonds et gras. Puisqu'il est question de chiens. Si j'étais ton frère, je me lèverais, je m'habillerais et je tendrais l'oreille. Au premier aboiement... On ne peut pas cacher mille ou deux mille dollars bien longtemps dans un talon de botte.

– Et si c'est Frank ? » se risqua Alice.

Ils la dévisagèrent, bouche bée.

« On fera avec, dit Henry en remontant ses manches.

– Tu jetterais ton propre frère dans une prison canadienne, simplement parce que c'est un sale type ? »

Henry, après un instant de réflexion, lui décocha un clin d'œil.

« J'aime t'entendre. Tu vas droit au but. Non, je ne ferais pas ça, je pense. Mais laisse-moi du temps, pour que j'y réfléchisse. »

14.

En dépit de la tension, la journée du lendemain leur parut d'un interminable ennui. Dans l'après-midi, Charlie annonça qu'il allait se distraire en ville. La main sur son chapeau que secouait la brise, et dandinant des hanches sur le sentier cahoteux, il était, d'après sa théorie, un suspect de premier plan, bien que ce seul fait, sa joyeuse distraction et son incapacité à se considérer comme potentiellement coupable, l'absolvait sans doute possible.

« J'espère que le vol ne va pas changer les plans de Henry pour cet hiver, dit Jane.

– En quoi est-ce ton affaire ? répliqua Alice.

– J'ai besoin de cet emploi. C'est la raison pour laquelle j'y pense. »

Jane sourit dans le vide.

« Henry est incapable de se préparer quoi que ce soit à manger. L'autre jour, il me regardait pocher des œufs, comme si j'accomplissais un miracle.

– Il a passé l'hiver dernier à la concession et y a survécu sans mal.

– Oui, mais il a souffert.

– Je ne dirais pas ça. Rien de grave, en tout cas. »

Alice se servit une tasse de thé.

« Ce soir, il faudra compter une personne de plus pour le dîner. Un de nos voisins, qui vit en aval de la rivière, passe nous voir.

– Qui est-ce ?

– Ça ne te regarde pas. C'est quelqu'un qui a eu connaissance du vol et qui veut entendre l'histoire de la bouche de Clarence. »

Jane ne répondit pas.

Dans la salle à manger, Ethel était à table, picorant dans son assiette.

« Depuis ce matin, tu souris beaucoup, ajouta Alice à voix basse. Pour quelqu'un dont le patron vient d'être victime d'un vol.

– Comme vous me l'avez dit, ce n'est pas mon affaire. »

Alice avala une gorgée de thé, brûlant.

« Et je crois que Clarence n'en souffrira pas tant que ça, poursuivit Jane. Il a extrait assez d'or de nos petites rivières pour se nourrir jusqu'à la fin de ses jours. »

Elle pétrissait de la pâte sur le plan de travail, puis s'interrompit un moment pour s'essuyer les mains sur les cuisses. Alice était sur le point de lui répondre lorsque Jane leva la main pour l'en empêcher, ce qui l'irrita.

« Une seconde. Vous me direz ça plus tard. Je vais aller fureter un peu. Je me demande si on ne peut pas mettre quelques fruits secs dans cette miche. »

Le cagibi, voulait-elle dire. Fureter dans le cagibi. Quand elle ne se trouvait pas dans la coquerie, c'était là-bas qu'elle allait, à fureter entre les étagères de provisions. Chaque fois que Clarence rapportait des courses de la ville, elle aimait tout ranger. Elle triait ce qui se gâtait, ou bien mettait de côté les mets de choix, pour un dîner de fête : huîtres en conserve, roues de fromage. Elle allait même au cagibi le dimanche matin, bien qu'elle ait, avant cela, demandé expressément la permission de rester sur son matelas près du fourneau, à ânonner des prières en contemplant la croix de métal qu'elle avait clouée au mur.

Alice avait les joues en feu.

Un chien se livra chemin dans la cuisine. Au lieu de le chasser, Alice lui donna des bouts de porc qu'elle ôta de la casserole : une ration de viande qui aurait fait la semaine à la moitié des habitants de Dawson. La langue rose se démenait entre ses doigts odorants. Le chien s'appuyait contre ses cuisses.

« On est amis, maintenant, je pense ? »

Il n'y avait plus dans la concession que l'activité des jours ordinaires. Les collines désertes, le torrent décidé dans sa course éternelle. Quand la brise se levait, une légère pluie de gravier grésillait sur la façade.

Que fabriquait donc Jane là-bas ? Elle était partie depuis un bon quart d'heure, davantage peut-être. Le feu avait baissé. À quoi était-elle donc payée, si elle n'était pas fichue de leur préparer un simple dîner ? Elle n'allait tout de même pas remuer les bûches, elle n'allait pas faire le travail de Jane à sa place. Jane pensait peut-être qu'au fil de l'été personne ne remarquerait plus sa paresse ? Ou bien avait-elle croisé Henry, avec qui elle discutait ?

Intriguée par ce désir d'en découdre, Alice reposa la casserole et sortit de la maison dont elle contourna la façade. Sa jupe se balançait. Elle tourna, bottine crissant dans le gravier, et ses pas croisèrent – non ceux de Henry –, mais ceux de Clarence.

Il était abasourdi. Elle aussi. Il avait la pipe fichée entre les dents et, à la main, une poignée de biscuits salés.

« Pour alimenter la fièvre », dit-il.

La fièvre de l'or, songea-t-elle, et non pas celle, bien réelle, que sa femme avait combattue.

Elle était trop stupéfaite pour lui répondre. Elle ne l'aurait pu d'ailleurs, avec Ethel dans la maison, quand bien même elle aurait su quoi dire. Ne voulant pas suivre Clarence dans la maison, elle alla jusqu'au garde-manger, le cœur battant. Dans les profondeurs du cagibi, un bruit de frôlement, de queue de chat tambourinant sur le bord du rideau. Alice n'en croyait ni ses oreilles ni ses yeux, lesquels lui disaient que Jane s'était trouvée dans le cagibi, avec Clarence, et qu'ils y étaient restés de quinze à vingt minutes tous les deux, seuls, au vu des circonstances. Jane se trémoussait devant les étagères chargées de provisions, les boutons de sa robe scintillant de la nuque au bas du dos. Lorsqu'elle se tourna vers l'intruse, son petit sourire satisfait affichait par-dessus une colonne de boîtes de conserve un défi sans équivoque : *Tu n'oserais pas.* Alice faillit bien poser la question, mais les mots, étranglés, pantelants, ne lui sortaient pas clairement de la gorge. Elle rebroussa chemin : vers le dehors, dans l'allée de gravier, puis dans la maison.

15.

Au matin Alice se réveilla en sursaut. Pas de moment rituel de paresse, pas d'appui sur les épaules et les hanches avant de se retourner. Son regard filait droit. Son cœur battait plus vite. Ses poumons s'emplissaient de l'air du Grand Nord. Qu'avait-elle donc surpris ? Toute vierge qu'elle était, elle aurait été heureuse d'en connaître les détails. Peu importait la tendresse de Clarence pour Ethel, peu importait sa sollicitude. Pour qui se prenaient-ils, ces Berry ? Se croyaient-ils au-dessus des Bush ? Pensaient-ils que les filles de cette famille allaient supporter longtemps cette humiliation ? Elle n'avait aucune preuve. Lorsqu'elle voulait apaiser sa rage, elle se faisait cet aveu. Des soupçons, pas plus. Des suppositions, mais lorsqu'on lève les yeux vers les étoiles, on distingue les connections, on reconnaît les constellations.

Depuis toujours, songea Alice, je me laisse aller au gré des autres, mais plus maintenant. Plus de flottement, plus d'espérance. Plus de petites observations pour le seul bénéfice de ma correspondance familiale.

Ces hommes, songea-t-elle encore, ils perdront un million de dollars avant même le petit déjeuner. Et avant même de s'en rendre compte, ils causeront la ruine de leur famille.

Ils ne savent pas, songeait-elle encore, la chance qu'ils ont de m'avoir auprès d'eux. Elle se sentait d'aplomb comme si, au milieu d'un torrent en furie, ses pieds nus avaient enfin trouvé le gué.

Un peu plus tard dans la matinée, elle mettait le couvert dans la salle à manger lorsque Clarence remarqua :

« Je me demande ce qui se passe. Je vois Hen sur le chemin. »

Elle suivit la direction de son regard et aperçut la silhouette massive du jeune homme, le long du torrent. Elle posa l'assiette et la fourchette suivantes, tous les sens en alerte, aiguisés par l'attente.

Quelques secondes plus tard, la porte s'ouvrit avec fracas sur un Henry aux mains vides – excepté son chapeau.

« Salut ! brailla Clarence en guise de bienvenue. Et ta concession ? Tu n'y travailles plus ?

– La semaine dernière a été fantastique, répondit Henry, affable. Je n'ai plus besoin de poussière pour un bon moment. »

Clarence éclata de rire avant de le traiter de menteur. Il appréciait toute conversation qui puisse le distraire du larcin. On était déjà en août, et il n'avait encore entrepris aucune enquête, semblant vouloir faire jouer le temps. Henry finit par s'esclaffer de même et écarta son frère d'un geste de la main.

« Vous n'allez pas tarder à repartir. Qu'est-ce que je peux te dire ? »

Son regard croisa celui d'Alice, son œil cligna.

« On est seul, ici, en hiver. J'ai bien le droit de plaisanter un peu. »

L'argument ayant convaincu Clarence, Henry en fit à nouveau usage un soir qu'il se promenait avec Alice.

« Les longues nuits me fatiguent, dit-il. Je suis ravi de diriger la concession en hiver pour C. J., qui n'a confiance qu'en moi, et Dieu sait qu'il a particulièrement besoin de mon aide en ce moment. Mais c'est tellement long, et la tâche est si rude ! J'ai l'impression de ne jamais être complètement réveillé. Pas un rayon de soleil pendant quatre-vingt-dix jours, tu imagines ? Et cette horrible solitude. Tu me connais, il me faut du monde à table et des chansons après dîner. Ce n'est pas drôle de manger tout seul et de passer la soirée à regarder une fissure dans le mur. »

Ce discours fut prononcé avec son humour habituel, en dépit de son contenu, et de la détresse de Henry.

« Ce qu'il faut, en hiver, ici, c'est quelqu'un avec qui parler. Et c'est encore mieux si c'est une personne avec laquelle on est en train de faire connaissance.

– Pourquoi ne pas faire venir je ne sais quel pauvre hère de Dawson ? suggéra Alice d'une voix égale.

– Oh, dit-il en lui lançant un regard peiné. Je pensais à quelqu'un de plus agréable à regarder.

– Je vois. Alors sache que Jane espère pouvoir rester pour te faire la cuisine.

– Non, ce n'est pas Jane que j'ai à l'esprit.

– Et pourquoi donc ? »

Elle le poussait dans ses retranchements, se jouait de lui. Elle commençait à l'apprécier, à imaginer un futur dont elle n'aurait pas osé rêver un an plus tôt. Pourtant, elle se refusait à franchir ce pas considérable tant qu'elle n'aurait pas une idée plus claire de la situation. S'il y avait quelque chose entre Clarence et Jane, Henry était peut-être au courant. Et s'il y avait quelque chose entre Jane et Henry, ce qu'à Dieu ne plaise, il fallait qu'elle le sache.

« C'est une bonne fille, et elle t'aime bien. N'aie pas honte ! Elle est à moitié française, après tout. Si tu l'épouses, si tu rentres avec elle à Selma, que peuvent-ils dire là-bas ? Que lorsqu'elle était plus jeune, elle a couru les forêts ? Qu'elle n'a pas écouté sa mère, qu'elle a jeté son bonnet par-dessus les moulins ?

– Ce n'est pas très charitable.

– Non.

» Quoi qu'il en soit, il n'y aura pas de critiques sur son physique. Même Charlie la trouve ravissante. »

Ils restèrent un moment silencieux, tous deux malheureux.

« Tot, finit par dire Henry, tu n'es pas gentille avec moi.

– Vraiment ? En quoi ?

– Un jour, je répondrai à cette question.

– Pourquoi pas aujourd'hui, puisque je ne vais pas tarder à repartir ?

– Non, marmonna-t-il. Je ne peux pas te le dire tout de suite. »

Ils cheminèrent un instant sans rien dire, avant qu'Alice ne demande d'une voix douce :

« Tu te souviens de mon premier jour ici ? Tu n'étais pas content.

– C'est faux ! s'écria Henry, sidéré. Quand vous êtes arrivées, Ethel et toi, j'avais l'impression que toutes les fleurs du monde s'ouvraient en même temps.

– J'aurais dû préciser, le lendemain. Quand tu as appris qu'Ethel m'avait donné son bout de terrain.

– Ah. J'avais oublié. Oui, je me suis peut-être montré désagréable, ce jour-là. J'aurais apprécié que C. J. mette une petite partie des concessions à mon nom. Mais tu vois, poursuivit-il avec vigueur, si mes souvenirs sont exacts, j'en ai bientôt conçu une certaine admiration. Je me suis demandé : Qui est-elle donc, cette remarquable jeune femme, qui parcourt à pied des milliers de miles loin de chez elle pour s'occuper de sa sœur malade et empoche au passage un petit bout des propriétés de mon frère, pourtant réputé pour sa diabolique avarice ?

– Il me l'a repris.

– Je sais, murmura Henry. C'est un rat, parfois, mon cher frère.

– Et tu ne t'es pas posé de questions de cet ordre. Tu me connais depuis l'enfance.

– Je n'aspire qu'à mieux te connaître. »

Le silence revint. Elle sourit, en baissant les yeux vers sa jupe qui tourbillonnait dans le vent, vers les galets qui glissaient sous leurs pieds.

« Si ça t'intéresse, dit Henry, je peux te donner quarante pieds de ma concession.

– Tu n'arrêtes pas de dire qu'elle ne vaut rien.

– Qui sait ? Cette terre est riche de surprises.

– C'est trop aimable, Hen, dit-elle. Tu dois me trouver bien avide. Ce n'est pourtant pas le cas. Je n'ai pas de goûts de luxe, mais j'ai connu une fois la pauvreté, et cela m'a suffi.

– C'était si dur que ça, à Selma ?

– Je veux dire, avant Selma.

– Ah, oui. Vous veniez du comté de Placer, c'est bien ça ? Canyon Creek ? »

Il y avait une compassion bien réelle dans la voix de Henry.

« Je me rappelle la première fois que je vous ai vues, les sœurs. Guère plus que des squelettes, et pâles comme des revenantes. On disait que vous aviez mangé de la terre, le dernier hiver là-bas.

– Ça n'est arrivé qu'une ou deux fois. Je ne pensais pas que la chose avait pu s'ébruiter.

– Oh, si c'est ce que tu crains, on n'en a jamais profité pour dire du mal de vous. Ton Poie, c'est un homme droit. Personne ne prenait plaisir à son malheur.

– Il n'était pas fait pour devenir bûcheron. Ni fermier, d'ailleurs. Ce n'est pas qu'il rechigne devant l'effort, c'est plutôt…

– … qu'il est incapable de ruser.

– Exactement, dit-elle en le dévisageant, surprise qu'il l'ait si bien comprise. »

Ils étaient parvenus au sommet de la colline. De là, ils avaient vue sur la cabane d'Anton Stander et sur deux autres concessions, en amont de la rivière. Les collines s'étendaient de toutes parts en vagues sereines. La rivière reflétait le soleil, les ronds dans l'eau scintillaient comme des joyaux : c'était la rivière qui, dans toute cette région, avait apporté l'or d'une source ancienne.

« Je donnerai toute ma concession pour savoir ce que tu penses à l'instant, murmura Henry.

– Seulement au paysage, dit-elle en souriant.

– Veux-tu que je te dise à quoi je pense, moi ? À la chance que mon frère a eu d'épouser ta sœur. Vous autres filles Bush, vous êtes des forces de la nature.

– Ethel m'est bien supérieure. Courageuse, certes, mais aussi plus attentionnée, plus patiente.

– Très bien, mais tu es celle qui me plaît. Prête à la bagarre. »

Il éclata de rire. Alice essaya de se retenir, mais le rire de Henry était immanquablement contagieux.

« Tu vois ? dit-il en la prenant par la taille, ravi de cette aubaine. Je savais bien que tu ne pouvais pas te cantonner longtemps dans ce rôle de jeune fille guindée. »

Ce soir-là, Jane pria Henry de rester pour une partie de cartes. Sur le seuil de la cuisine, elle lui prit la main dans les deux siennes avec une moue suppliante. Les doigts raidis, il échappa à son étreinte. Alice les regardait, assise dans le fauteuil à bascule d'Ethel, son tricot sur les genoux. Le regard de Henry se tourna vers le plafond. Il avait l'esprit ailleurs, grâce à une autre femme.

16.

Les semaines qui les séparaient du départ se firent moins nombreuses sur le calendrier. La date de leur départ, le 14 septembre, sortit des brumes pour prendre la forme concrète de billets de compagnie maritime, et aimanter nombre de leurs préoccupations. À l'approche de l'automne, Ethel, Clarence et Alice partiraient bientôt pour Dawson, puis embarqueraient pour la Californie. Ethel était impatiente de lever l'ancre. Elle avait eu une patience d'ange. Tous les matins, désormais, elle faisait son petit tour le long de la rivière, de *Trois* à *Quatre*, puis remontait, la main sur l'épaule d'Alice. Ni le sang, Dieu merci, ni la fièvre n'étaient revenus : pendant sa longue maladie, elle avait cependant perdu toute la force de ses jambes et de ses poumons. Durant ces promenades, elle ne perdait jamais l'occasion de se reprocher vertement sa propre obstination : elle avait failli mourir parce qu'elle tenait absolument à revoir le Klondike. À présent, elle tenait surtout à rentrer chez elle avant quelque nouvelle catastrophe.

Jane devait quitter la concession en même temps qu'eux, ayant échoué à prolonger son embauche. Et pourtant, elle s'était bien battue, déposant de temps à autre une assiette de crêpes épaisses sous le nez de Henry en susurrant : « En novembre, qu'est-ce que ça serait appétissant ! » Cette déclaration était suivie d'un regard insistant destiné à Clarence, comme pour dire : « Ne pourrais-tu au moins faire cela pour ton frère, lui permettre de rester choyé et bien nourri grâce à moi ? »

Puis il se produisit un événement curieux : un jour qu'Alice était sortie de la maison, Ethel alla au cagibi chercher des biscuits, et interrompit une troublante conversation entre Jane et Jim dont elle ne voulut rien dire par la suite.

« Mais enfin, lui demanda Alice en essayant de masquer son irritation, ils parlaient de l'or volé ?

– Non, non, absolument pas, protesta Ethel. Cela n'a rien à voir. Je n'aurais pas dû en parler. Je vais chasser la chose de mon esprit.

– Donne-moi au moins un indice sur la teneur de leurs paroles. »

Ethel eut un sourire larmoyant.

« Allez !

– Oh, c'est idiot. J'ai eu l'impression que Jane se moquait de moi. Parce que je pourrais bien ne jamais avoir d'enfant.

– Je serais capable d'étrangler quiconque ose dire des choses pareilles.

– Tu vois ? Je n'aurais pas dû t'en parler. Je les ai entendus prononcer le mot "bébé". Il me semble que Jim se demandait si j'étais enceinte, si ma maladie avait un rapport avec cela ; Jane lui a répondu que non. Je ne lui reproche pas sa curiosité. C'est ma faute, si ses paroles m'ont blessée. Je n'avais pas à les espionner.

– C'est chez toi, ici. Tu n'es pas une espionne. Tu es libre d'aller où tu veux. »

Et cependant, cet incident modifia légèrement la manière dont Alice voyait les choses. Elle se demanda si Jane était si calculatrice que cela, si elles étaient vraiment semblables sur ce point. La situation était la suivante : Hen n'avait pas demandé sa main à Jane. Clarence n'avait pas demandé à Jane de garder son poste. Si Jane se moquait réellement d'Ethel, n'était-ce pas particulièrement imprudent et stupide de s'y livrer près du cagibi, alors qu'Ethel vivait tout près, et qu'elle n'avait plus besoin de garder la chambre ?

Quant à Jim : depuis la machination montée sur la plage de Dyea avec le capitaine, qu'avait-il fait ? Il avait travaillé à la concession, formé les nouveaux saisonniers de l'année. À quoi se résumait donc son faux pas ? À pas grand-chose.

Ou bien…

Un après-midi radieux, les hurlements de Clarence explosèrent comme des bâtons de dynamite. Clarence, rouge, se tenait près du sluice, et donnait des coups de pied dans la terre, comme un possédé. Son visage s'était vidé de toute qualité humaine, hors sa fureur irlandaise à la peau rose. La troupe effarée de mineurs dépenaillés s'était figée dans toutes sortes de positions, corps pétrifiés en pleine tâche : penché sur un tas de terre, debout le long de l'interminable sluice, versant une pelletée de gravier humide dans un crible. Clarence emprunta une pioche à l'homme le plus proche et commença à retourner les débris, fendant au passage de longs fragments de bois noirci et couvert de mousse. Il empoigna la brouette par la roue pour la retourner, la laissant tel un énorme insecte incapable de se relever.

« Hé, vieux ! Que se passe-t-il ? »

Un nouveau vol. De l'or non lavé, des pelletées de riche gravier, pour une valeur environnant les dix mille dollars, profitable exploitation d'un nouveau filon de la *Cinq*.

Les journaliers fouillèrent du regard les collines et les ondulations du ciel bas et gris. D'autres choisirent de dévisager Clarence. Ils n'avaient qu'un but, lui paraître innocent ; aucun cependant ne savait comment s'y prendre.

Il avait été possible jusqu'ici de croire que le coupable était un vagabond de Dawson, qu'il avait traîné dans Eldorado pour y choisir sa victime.

Cette hypothèse était devenue malheureusement indéfendable. Ce tas de gravier était une exception parmi une vingtaine d'autres bien moins riches. Aucun nouveau venu n'aurait pu le soupçonner. Henry à présent avait saisi son frère par l'épaule et l'écartait doucement du sluice. Ils descendirent le long de la rivière, tandis que Henry parlait à l'oreille de Clarence.

« Ils cherchent un moyen pour expulser Frank, dit Ethel, j'en suis sûre. J'avais du mal à y croire, mais Clarence en est convaincu à présent. Il l'a vu traîner dans le coin où se trouvait ce tas il y a trois jours. Et Henry a entendu dire par plusieurs personnes en ville que Frank a connu de la malchance au jeu, qu'il a des dettes. »

Silencieuse, Alice ne répondit pas. C'était la meilleure méthode pour qu'Ethel dise tout ce qu'elle avait sur le cœur.

« Ce qui est drôle, poursuivit lentement cette dernière, c'est que nous avons déjà donné au moins cinq mille dollars à Frank. Clarence d'ailleurs était prêt à lui en donner davantage, s'il le demandait. C'est son frère aîné, tout de même. Mais il ne lui pardonnera pas ce vol.

– Ethel, ma chère, sais-tu ce que je pense de tout cela ? reprit Alice après un court silence, d'une voix qui chevrotait légèrement. Je ne pense pas que ce soit Frank qui ait volé cet or. Comme tu le dis si bien, quand Frank a besoin d'argent, il tend la main. Il est trop orgueilleux pour voler du gravier. Trop impatient, aussi. Tu l'imagines rôder dans la nuit par ici, sur la pointe des pieds, la pelle à la main ? »

Tandis qu'elles parlaient, Frank en personne avait fait son apparition à quelque distance. Il tirait derrière lui une jeune épinette, presque intacte, comme un chasseur traîne sa proie en rentrant chez lui. Le faîte du petit arbre raclait la terre, créant un sentier dans son sillage. Son visage arborait une expression de joie sans mélange. Le regard balayant le paysage en tous sens, il semblait parfaitement ignorant du drame qui se jouait.

« Si ce n'est pas Frank, alors qui a volé ? »

Alice haussa les sourcils et pencha la tête vers la fenêtre de la coquerie, restée ouverte tout ce temps. La cuiller, la cuiller qui battait la mesure dans la marmite de bouillon cessa sa chanson. Pendant quelques minutes, elles furent toutes les trois suspendues par un crochet invisible inséré dans la nuque à quelques centimètres du sol.

« Non, murmura Ethel.

– Je ne parle pas de qui exécute les ordres, chuchota Alice, mais bien de qui les donne. »

17.

« Qu'es-tu allée raconter à Ethel, pour qu'elle s'imagine je ne sais quoi sur Jane ? »

Alice se tenait dans le torrent, les mollets enserrés dans des bottes en caoutchouc, la jupe nouée aux genoux. Le seau à la main, elle raclait la surface de l'eau, puis le faisait couler à la verticale.

« Tu ne le sais peut-être pas, annonça Clarence sur le rivage, alors je vais te le dire. Les vols, c'est Frank. Il est venu ici pour l'or, et il lui en fallait absolument, par n'importe quel moyen. Tu n'avais pas compris pourquoi je n'ai pas fait appel à la police montée ? S'il n'y avait pas eu ma mère, je n'aurais pas hésité.

– Certaines mères, dit Alice, prennent comme une faveur que les fils prodigues soient châtiés par leurs autres enfants.

– Je ne crois pas. Vous, les femmes, aimez punir de vos propres mains les hommes qui en ont besoin. »

L'eau se rua dans le seau, avant d'en ressortir. Avec tous ceux qui travaillaient ce jour-là à la rivière, l'eau était bien trop boueuse. La lessive allait devoir attendre.

« Et tu n'as pas d'autres personnes à défendre, à part Frank ? Je me pose la question.

– Par exemple ? »

Elle se retourna lentement, de manière à lui faire face.

« Je me souviens de cette journée où je vous ai trouvés tous les deux dans le cagibi, Jane et toi. Vous y êtes restés combien de temps ? J'apprends tant de choses sur le Yukon. Henry et Charlie m'ont parlé, un jour, de cette habitude que les chercheurs d'or avaient de vivre avec les femmes indigènes. Ça se passait comme cela, à Forty Mile ? »

Clarence était surpris. Enfin, pas tant que cela. Il s'était habitué aux insolences d'Alice.

« À Forty Mile, j'étais célibataire ; je me suis contenté de survivre à l'hiver et de creuser dans la fange. Je suis navré que Henry et Charlie aient cru convenable de te distraire avec des anecdotes de cette époque. Il n'y avait que des hommes à Forty Mile. Ces histoires ne regardent qu'eux.

– Si tu suspectais Jane de ce vol, la protégerais-tu ? Si je peux te poser cette question ?

– Elle est pertinente, mais je n'y répondrai pas. »

Et, comble de l'outrage, il semblait très content de lui. Pendant ce temps-là, les mains d'Alice gelaient sur le seau. Toujours ce ciel bleu éteint. Ce soleil éteint. On avait l'impression de les voir à travers du papier recouvert de cire. À Selma, le paysage était d'une netteté tranchante, en guerre contre lui-même.

Comme Alice, à présent. Elle pouvait encore lâcher l'affaire. Perdre dix mille dollars, ou même vingt mille, cela n'affecterait en rien sa sœur. Et pourtant, qui sait si cette hémorragie financière n'allait pas devenir la nouvelle lubie des Berry ? Elle ne pouvait pas laisser Clarence s'y abandonner.

« Tu ne comprends pas la colère qui gronde chez ces gens-là, les Jane, les Jim, dit-elle. Tu crois qu'ils ne se formalisent pas de ce que tu sois riche et qu'eux soient pauvres. Tu penses qu'il suffit de les payer pour qu'ils te soient reconnaissants. Tu ne t'es jamais figuré qu'ils n'avaient que du mépris pour toi ? Qu'ils pouvaient très bien se dire : Ce pays est le nôtre et nous devrions recevoir une partie de ce que tu en extrais ?

– Une sorte de taxe de douane ?

– Ce que j'ai à l'esprit est moins civilisé.

– Ah. Je vois où tu veux en venir.

– Il t'a fallu tout ce temps ?

– Alice, ne te méprends pas. Je suis d'accord sur les grandes lignes. Les Indiens peuvent avoir certains griefs. Mais ni Jane ni Jim ne sont de l'espèce rancunière, celle qui rôde dans la forêt la hache à la main. Ils parlent anglais et sont bien élevés. Les emplois que nous leur donnons leur permettent de progresser. Un salaire, c'est un salaire. Et je ne suis pas pingre. L'arrivée des Américains a amélioré leur quotidien. C'est ce qu'ils ont eu l'air de dire, d'ailleurs, l'un et l'autre.

– Tu devrais leur reposer la question.

– Je ne plaisante pas, Tot. À moins bien sûr que tu n'aies la preuve qu'ils reviennent nous voler pendant la nuit. D'ici là, plus un mot. Tu as été élevée avec des filles. Tu ne sais pas de quoi les frères sont capables. On va renvoyer Frank en Californie ; après cela, il n'y aura plus de vol, fais-moi confiance. »

Il gonfla la poitrine, orgueilleux ; dans son esprit, déjà, la solution prenait forme.

« Ce n'est pas Frank, dit Alice d'une voix neutre. Tu es bien naïf de t'en tenir à ça. »

Elle planta là Clarence pour remonter sur la berge, puis jusqu'à la maison. Elle trouva Jane seule dans le cagibi, à mettre de l'ordre dans les étagères trop garnies.

« Eh bien, mademoiselle Jane ? Tu étais au courant que les garçons étaient sur le point de renvoyer Frank au bercail ?

– Ah bon ?

– Clarence prétend que c'est lui, le voleur de gravier. Dieu sait ce qu'il a pu en faire. Quoi qu'il en soit, les preuves, apparemment, ne manquent pas. »

Aucune réponse de Jane. Elle se retourna, pourtant. Le visage aussi expressif qu'une huître, et dans le regard, une lueur guère plus révélatrice que le reflet du soleil couchant sur les boîtes de conserve.

« Alors, qu'est-ce que tu en penses ?

– Un frère aîné, répondit précautionneusement Jane, a tendance à penser qu'il est le maître de ses frères. N'est-ce pas ainsi que vont les choses ? Les cadets peuvent grandir et se marier. Ils peuvent faire fortune. Les plus âgés, eux, se croient encore responsables des autres. »

Puis elle s'enhardit, comme agréablement surprise par sa propre réponse :

« Pour ne pas vous mentir, je trouve très étrange que Mr Frank Berry doive dormir sous la tente, avec les ouvriers. S'il y a de la place pour vous et pour moi dans la maison, il devrait y en avoir pour lui aussi.

– Tu penses donc que Frank a eu raison. Je vois ce que tu veux dire. Un frère aîné a droit au respect. Et s'il ne l'obtient pas, alors il a le droit de se retourner contre les siens. De les voler. »

Jane sourit.

« Ah ? Tu trouves ça drôle ?

– Je pensais à autre chose. Je pensais au fait que vous vous appropriez les soucis de votre sœur.

– Nous sommes très proches, s'emporta Alice. Et tous les Bush sont proches des Berry. Nous connaissons Clarence et ses frères depuis l'enfance.

– Inutile de vous justifier, mademoiselle Bush. Quand votre beau-frère m'a engagée, il m'a dit : "Je te paierai trente-cinq dollars par mois. Et pas un dollar de plus, car je donne quarante dollars à la petite sœur de ma femme. Et si elle n'est pas mieux payée que toi, elle me cassera les oreilles jusqu'à la fin des temps." »

Elle avait érigé une colonne de bocaux de poires en conserve entre ses paumes et son menton. Elle fit un pas.

« J'ai promis à Henry un dessert bien sucré, et je ne peux pas faire mieux. Il est trop tard pour un gâteau. »

Jane sortit du cagibi, puis contourna la maison, avant de frapper d'un poing vigoureux à la porte. Entre les étagères, les grains de poussière dansaient dans un grand rayon de soleil oblique. Des silhouettes s'agitaient autour de la rivière. Hurlantes. Le gravier pleuvait le long du sluice. Alice posa la main sur son cœur. Cet animal brûlant, palpitant, enseveli dans sa poitrine.

CHAPITRE 5

Dawson City, Yukon

2015

Au moment où j'ouvrais les yeux, il m'est venu l'idée, le matin où nous devions rencontrer Winnie et Leanne, que la famille Lowell allait peut-être me haïr. Que non seulement elles seraient rebutées par l'offre de mon grand-père, mais que lorsque je leur remettrai les papiers de la Morgan Stanley, elles décèleraient dans mon attitude quelque chose qui leur rappellerait les spoliations passées. J'avais été bien sotte de ne pas y penser plus tôt. Après tout, je ne pouvais pas faire semblant de n'être mêlée en rien à cette histoire. Le lien était lointain, mais c'était le grand-oncle et la grand-tante de mon grand-père, donc mon propre arrière-arrière-grand-oncle et ma propre arrière-arrière-grand-tante qui, brisant un mur invisible, s'étaient introduits dans le Klondike. Clarence et Ethel Berry avaient arraché à la terre tout l'or qu'ils avaient pu. Ils avaient transféré ces richesses à Los Angeles pour les investir prudemment et, grâce aux progrès constants des infrastructures du pays et aux efforts de leurs propres frères et sœurs, avaient enrichi toute leur famille. Leur aventure semblait ancienne ; et cependant, leur fortune était de celles, solides, qui ne s'érodent pas facilement. Une fortune qui pointe tous les jours à la Bourse, et augmente sans cesse sa propre masse. À tel point que, plus de cent dix ans plus tard, mes quatorze cousins et moi-même nous étions fait payer plus d'un demi-siècle d'années de fac par notre grand-père. À tel point que tous ceux qui pouvaient se prévaloir d'un lien du sang avec Peter Bailey pouvaient le taper de dix mille dollars. Il adorait signer ce genre de chèque, à la demande. Difficile de ne pas trouver cela répréhensible. Qui, de nos jours, pouvait juger la chose équitable ? Certainement pas moi.

« Comment aborder la question ? ai-je demandé à Owen en enfilant mon sac à dos, avant de tirer le verrou de notre chambre.

– Dis ce que tu as à dire, c'est tout. Quel que soit l'emballage, on verra les taches, de toute façon.

– Je croyais que tu trouvais ça bien.

– Certes, mais je n'ai jamais dit que ça ne serait pas gênant. Si ça venait d'une association, très bien. Là, comme c'est une décision personnelle de Peter, dit-il en prenant un air grave, je ne sais pas comment Leanne, surtout elle, va le prendre. Comme…

– Comme la faveur consentie par un papy woke ?

– Oui, dans le pire sens du terme.

– Et nous, là-dedans ? »

Il me dévisagea longuement.

« Eh bien, essaie juste de ne pas donner l'impression que ton grand-père se conduit en preux chevalier. C'est mon conseil.

– Tu ne veux pas te charger du discours ? Tu as tout en tête, non ?

– Non, c'est toi la penseuse, celle qui parle comme un livre. »

Pendant que j'accrochais le trousseau à mon sac, il s'est penché pour m'embrasser sur les lèvres, par surprise.

« En d'autres termes, bonne chance. À toi de jouer, maintenant. »

Nous avons marché vers les montagnes immenses, parcouru une petite route déserte jusqu'à la maison des Lowell, un petit bungalow aux murs blancs, de plain-pied, l'air confortable, tout près des maisons voisines. Des pierres peintes le long de l'allée. Des carillons à vent accrochés à la branche la plus basse d'un arbre, quelques autres à la bordure de l'auvent, à la peinture écaillée.

Nous avons gravi le petit perron aux marches affaissées, et deux huskies se sont précipités vers nous, le museau contre la moustiquaire qui doublait la porte. Laquelle a été ouverte d'une main par une femme qui retenait les chiens de l'autre. Ce ne pouvait être que Leanne. Ses longs cheveux lui balayaient le visage ; elle a essayé de les rejeter en arrière, tout en tirant sur les colliers des chiens et en maintenant la porte ouverte d'une épaule.

« Salut ! Ne vous inquiétez pas. Ils sont bruyants, mais gentils. Ne faites pas attention à eux et entrez, c'est tout droit jusqu'au fond. »

Nous avons traversé le vestibule pour entrer dans une cuisine jaune, encombrée d'étagères et de placards, exhibant une collection multicolore, dépareillée et chaleureuse d'assiettes et de bols.

Au bout de la table, recouverte d'une nappe bleue et verte, se tenait une femme âgée, au visage rond. C'était la petite-fille de la ruée vers l'or, la petite-fille de Jane, l'héroïne des histoires de mon grand-père. Winnie Lowell. La rencontrer me fit oublier en une seconde l'idée que je m'en étais faite. Le regard sombre et vif, d'épais cheveux gris tirés en un strict chignon, elle avait, je le savais, quatre-vingt-dix ans, seulement trois ans de moins que mon grand-père. Pourtant, il émanait d'elle une santé lumineuse qui la faisait paraître bien plus jeune.

« C'est merveilleux, ai-je dit en m'avançant, la main tendue. Je suis Anna. C'est une joie de vous rencontrer. Je suis tellement heureuse de vous voir en chair et en os.

– Vous ne ressemblez pas du tout à Peter », a déclaré Winnie en m'examinant des pieds à la tête.

J'ai ri et, sans réfléchir, j'ai passé la main sur mon nez, mes sourcils et les épais cheveux noirs que mes oreilles avaient du mal à retenir. En vérité, oui, je tenais plus de mes ancêtres arméniens que de mon grand-père, à la longue silhouette anglo-irlandaise. Ironie qui ne m'a pas échappé. J'avais craint, au réveil, que Winnie ne voit en moi la réincarnation des odieux chercheurs d'or de la famille, ou même celle d'Alice. Ce n'était sans doute pas l'impression que je venais de lui donner.

Pendant ce temps-là, Leanne a servi le déjeuner : filet de saumon et riz, légumes froids au citron et au poivre. Les concombres et les courgettes venaient du jardin, derrière leur maison. Elle a souri à Owen lorsque ce dernier lui a expliqué qu'il était enseignant. Elle-même intervenait souvent dans les écoles de Dawson et de Whitehorse pour présenter la culture hän *via* divers artefacts provenant du centre culturel Hän Hwëch'in, si bien, précisa-t-elle, pince-sans-rire, en se rasseyant, qu'elle s'intéressait elle aussi « à l'art complexe d'entrer en relation avec des adolescents ».

Elle m'a également posé quelques questions sur mes études, et j'ai fait de mon mieux pour résumer les recherches que je menais pour ma thèse dans un labo de biochimie environnementale.

« Nous travaillons en ce moment sur une expérience qui consiste notamment à étendre du minéral réactif sur des champs autour du labo, en l'occurrence de la poudre de basalte, ai-je expliqué en posant ma fourchette sur l'assiette orange. C'est génial : le basalte réagit avec le dioxyde de carbone en l'extrayant de l'atmosphère et l'opération ne secrète aucun déchet industriel. Au contraire, le minéral qui en résulte est d'un type nouveau, riche en carbone, très stable, et excellent pour les cultures.

– Alors, s'est gentiment moquée Leanne en levant le nez de son plat, on peut dire que vous êtes l'inverse du mineur. Il extrait du minéral alors que vous, vous en rajoutez. »

Mon résumé ne visait pas à donner cette impression et j'ai rougi, le sourire aux lèvres. Elle n'avait pas tort. Puis, voulant détourner l'attention de ma personne, j'ai ouvert mon téléphone pour montrer à Leanne et à Winnie une photo de mon grand-père, extraite de ma bibliothèque dans ce but précis.

« Eh bien ! s'est exclamée Winnie. Le temps passe, pas vrai ? »

J'ai transmis les excuses de mon grand-père, qui regrettait sincèrement d'avoir perdu le contact avec elle. Il était désolé des dissensions entre les deux familles, qui avaient sans doute contribué à cet éloignement, et dont il comprenait qu'elles avaient fait souffrir les Lowell.

« Son message n'a pas changé depuis 1944, dit Winnie d'un ton languide, entre deux petites bouchées de saumon. Il est entré chez nous en uniforme, d'un pas martial, la casquette à la main, prêt à nous infliger un long discours. Mes parents n'avaient aucune envie de l'écouter présenter des excuses. Il n'était pas chez nous depuis dix minutes que mon père l'a mis à la porte. Même s'il était animé des meilleures intentions du monde.

– Mais vous êtes sortis ensemble, tous les deux, par la suite, non ? ai-je demandé.

– Oui. Nous habitions tout près de la base navale, donc je pouvais me faufiler hors de chez moi discrètement. Je me souviens de la première fois… J'avais mis ma plus belle robe, orange vif, comme votre assiette : incroyable, hein ? Et j'avais une fleur de la même couleur dans les cheveux. Je me rappelle qu'il y avait un grand miroir au dancing, qui prenait tout un mur, près de la piste, et que chaque fois que je me retournais, je regardais dans ce miroir pour m'admirer, et je me disais : Oh, regardez-moi, je suis en train de tomber amoureuse. »

Elle éclata de rire.

« Nous avons correspondu pendant qu'il était encore dans la marine. De temps en temps, il m'envoyait des lettres de cinq pages pour me dire à quel point il était fou de moi. Les temps étaient difficiles. Il m'écrivait, je crois, chaque fois qu'il avait peur d'y passer. Après, on a continué à échanger des lettres, mais j'avais des limites. Je le maintenais à distance, comme on dit. Et ça valait mieux, d'ailleurs, car la seule fois que je lui ai demandé de l'aide, il a fallu qu'il réfléchisse. L'idée de rétablir la justice, ça lui plaisait. Mais pas trop, quand même.

– Ça, c'est quand j'étais enfant, s'interposa Leanne. Je me souviens de l'avoir rencontré à LA.

– Il m'en a parlé, ai-je dit. Il n'en est pas fier.

– Quoi qu'il en soit, poursuivit Winnie, comme je vous le disais, nous étions amis. Mais ça ne pouvait pas aller plus loin. Bien avant nos naissances, il s'était produit des choses beaucoup plus cruelles que cela entre nos deux familles.

Pendant la ruée vers l'or, l'oncle de mon père, Jim Lowell, a été tué par les Berry. Leanne vous en a parlé, je crois.

– Oui, ai-je acquiescé. De plus, Alice y fait allusion dans le journal qu'elle a tenu pendant son voyage. Même si elle ne rentre pas dans les détails.

– Jane n'a jamais pu vraiment savoir ce qu'il s'était passé. Un accident, disaient-ils. Une bagarre, et un coup de feu qui part tout seul du fusil de Clarence Berry.

– Une terrible catastrophe pour Jane, ajouta Leanne. Non seulement elle perd son frère, mais elle ne saura jamais exactement comment. Jane Lowell, elle aura tout vu. De la naissance à la mort, elle a été constamment maltraitée. »

Était-ce la transition que j'attendais ? Ce n'était pas le moment idéal, mais sans réfléchir davantage, et sans même un regard à Owen, j'ai posé mon sac à dos sur mes genoux et j'ai sorti les papiers de Morgan Stanley d'une chemise en carton avant de les poser sur la table.

« Je ne sais pas ce que vous allez penser de ce que je vais vous dire, ai-je articulé, débitant le discours qui s'était formé dans mon esprit au cours de la matinée, mais voilà : mon grand-père est profondément désolé de tout ce qui a pu se passer. Et peut-être lui a-t-il fallu trop de temps pour en arriver là, mais il comprend, maintenant, qu'il doit essentiellement à une injustice la richesse dont il a joui toute sa vie. En ce moment, il veut répartir la fortune des Berry, et… »

J'étais nerveuse, sous le regard filtrant de Winnie, et les éclairs sombres dans celui de Leanne : visiblement, la teneur de ces premières déclarations n'était guère bienvenue.

« … et il pense qu'une partie de cet argent vous appartient de droit. Il voudrait être en mesure de faire quelque chose pour vous. »

Et sans autre explication, j'ai poussé les papiers vers Leanne et Winnie.

« Je pressentais une proposition de ce genre, a marmonné Leanne.

– Je suis désolée. J'aurais dû vous prévenir plus tôt. »

Leanne a lu les papiers de la première à la dernière ligne, puis elle les a tendus à sa mère, qui a émis un petit « Ah ! » condescendant. Comme si ce genre de manœuvre était exactement ce à quoi elle s'attendait de la part du jeune écervelé qu'elle avait connu autrefois.

« C'est une grosse somme, a-t-elle dit, tout aussi dédaigneusement.

– Elle vous est due depuis des années. Il est désolé d'avoir tant attendu. Désolé aussi, ai-je précisé, que ni ses parents ni ses grands-parents n'y aient jamais pensé.

– Écoutez, finit par dire Leanne, on a eu bien des difficultés dans la vie. N'est-ce pas, maman ? »

Puis, se tournant vers Owen et vers moi :

« Je n'ai pas eu de père, pour ainsi dire. Quand j'étais enfant, nous avons vécu quelques années où votre donation nous serait apparue comme un vrai petit miracle. Mais ça n'est plus le cas. Nous avons une bonne vie à Dawson, très stable. »

Elle a lancé un regard éloquent à sa mère, et j'ai eu la vive impression qu'elles avaient discuté avant notre venue de l'éventualité d'une telle offre, même si elles n'en connaissaient pas exactement la teneur. Puis, d'un geste ferme, elle a repoussé les papiers vers moi.

« Nous ne voulons pas de son argent.

– Je comprends très bien », ai-je répondu.

Et tel était vraiment le cas. À tel point qu'en dépit des conversations que j'avais eues avec Owen, j'avais le sentiment d'avoir commis un impair en obéissant aux ordres de mon grand-père.

« Cela dit, a ajouté Leanne d'un ton qui m'a fait immédiatement relever la tête, nous avons une contre-proposition à lui faire.

– Ah ?

– Comme je vous l'ai dit tout à l'heure, je fais partie du conseil d'administration du centre culturel depuis dix ans. Nous sommes constamment à la recherche de nouvelles sources de financement. Si Peter est partant, le centre sera ravi de recevoir une donation de ce montant. »

Le centre culturel Hän Hwëch'in se trouvait à l'autre bout de la ville, sur la rive du Yukon. Owen et moi y sommes allés à pied avec Leanne ; Winnie a préféré rester à la maison : elle avait eu sa dose de distraction pour la journée, nous expliqua-t-elle. Le bâtiment du centre était remarquable du point de vue architectural, comme je l'avais pressenti la veille en le découvrant sur Internet. Sa modernité, ses lignes tranchantes et claires, ses poutres de bois dressées vers le ciel me sont apparues comme un doigt d'honneur élégamment brandi au reste de la ville et à ses grotesques pastiches western.

« L'architecte a voulu créer quelque chose qui évoque les cabanes d'hiver des Hän, nous a expliqué Leanne. Il s'est inspiré des séchoirs à poisson que l'on dressait à cette saison. »

Elle nous a fait rapidement visiter la grande salle circulaire du musée. On y avait exposé une hutte reconstituée, un dôme bas, en bois recouvert de fourrures, et un long canoë taillé dans un tronc de bouleau. Une paire de raquettes aux lacets en croix était fixée au mur. Une silhouette de carton représentant le chef Isaac, grandeur nature, veillait sur les lieux. C'était lui, nous a dit Leanne, qui avait décidé en 1897 de faire quitter le site de Dawson aux Hän, dont c'était pourtant le territoire ancestral, pour les installer à cinq kilomètres de là, à Moosehide. Il avait pressenti les risques que la ruée faisait courir aux traditions de son peuple et s'était employé à préserver scrupuleusement ses danses, ses chants, ses récits, ses rites, dont nombre avaient survécu à ce jour.

« Notre principal objectif, a expliqué Leanne en poursuivant la visite, est de préserver l'histoire des Hän pour le bénéfice de nos descendants. Je n'ai pas d'enfant, mais il y a ici beaucoup de jeunes qui sont très impliqués dans la vie du centre. Ils chantent et dansent dans les spectacles ; les plus âgés nous donnent un coup de main pour les activités estivales. Ces jeunes sont des nièces et des neveux, pour ainsi dire. Notre deuxième objectif, a-t-elle ajouté devant le chef Isaac, est de raconter à tous nos visiteurs la véritable histoire de ce pays. Je veux que ces gens pensent à nous et pas seulement à la ruée vers l'or, quand ils veulent se faire une idée de ce que cette terre a connu. Le renforcement de notre souveraineté est une lutte quotidienne, et le centre culturel est un rappel constant des enjeux de ce combat. Certes, il est modeste, et nous sommes pour ainsi dire des nouveaux venus dans ce type d'activité, mais cela ne nous empêche pas de garder l'espoir pour les années à venir. »

Perspectives que je partageais. Il m'est immédiatement apparu que mon grand-père, même s'il avait eu l'intention de donner cet argent directement aux Lowell, ne pouvait pas trouver meilleur récipiendaire à sa générosité. Nous sommes sortis, Leanne, Owen et moi, dans l'air frais et brumeux de la berge, envahie par le brouhaha de la confluence des deux cours d'eau ennemis.

« J'espère que votre grand-père nous suivra, a dit Leanne.

– Bien sûr ! ai-je répondu, haletante. Je vais l'appeler et lui faire part de notre conversation. »

J'ai pourtant attendu un certain temps avant de prendre mon téléphone. Je ne savais pas vraiment comment lui présenter les choses, pressentant qu'il serait déçu par le refus des Lowell. Ce soir-là Owen et moi sommes allés au Diamond Tooth Gerties, un vrai piège à touristes, avec ses numéros de cabaret et son pianiste de ragtime. J'ai gagné environ trente dollars en pièces de vingt-cinq cents en jouant avec une machine à sous ancien modèle, et en ai conçu une immense fierté. Nous avons trouvé une table, commandé à boire et à manger et avons dégusté nos pâtes en regardant le spectacle. Les danseuses étaient vêtues d'amples robes à franges, façon années 1890, dont elles relevaient les jupes bariolées toutes les trois secondes pour révéler l'entrecuisse triangulaire de leurs collants noirs. Elles interprétaient, sans grande discipline, un french cancan du type de celui qui avait charmé les visiteurs de Dawson à l'époque de la ruée vers l'or. Même si ce n'était qu'une lointaine imitation des nuits déchaînées vécues par nos ancêtres… D'après le dépliant du restaurant, ces dames proposaient à l'époque des performances plus fascinantes encore après le spectacle, dans l'une ou l'autre des cabanes longeant Paradise Alley, une rue toute proche. Il suffisait aux messieurs d'avoir entre cinquante cents et cinq dollars en poche, en fonction de la danseuse et de ses conditions, pour avoir le droit de monter sur un petit lit en bois où, derrière un baldaquin de fortune, il pourrait entreprendre les fantaisies de son choix.

Vers vingt et une heures, après le spectacle, nous sommes allés nous promener sur le sentier, au bord du Yukon.

« C'est trop tard pour appeler grand-père, ai-je dit à Owen. J'attendrai demain. »

Il faisait grand jour. La rivière scintillait au soleil, me donnant le sentiment familier depuis mon arrivée à Dawson que je n'aurais peut-être plus jamais besoin de dormir. Comme si le sommeil ne dépendait que de la luminosité.

La sonnerie de mon téléphone, au chaud au fond de ma poche, m'a donc prise au dépourvu. La voix languide de mon grand-père s'est fait entendre au creux de mon oreille.

« Soit tu n'as pas rencontré ces dames, soit il y a en toi un instinct sadique qui prend plaisir à me faire attendre. »

Passablement honteuse, j'ai avoué que la rencontre avait eu lieu, que Winnie était une femme merveilleuse et qu'elle se rappelait parfaitement sa rencontre et ses échanges épistolaires avec lui. Et que Leanne s'en souvenait également. Après que je lui ai résumé la conversation, il a bien fallu aborder la question des formulaires de la Morgan Stanley.

« Les Lowell ne veulent pas accepter cet argent, ai-je bien été forcée de lui dire.

– Comment ?

– Je suis désolée. Elles disent qu'elles n'en ont pas besoin. »

J'ai senti l'abattement le gagner. Avant que je puisse l'interrompre, il s'est lancé dans une tirade contrite, se reprochant de ne pas avoir renoué plus tôt avec Winnie, d'avoir raté cette occasion de la convaincre.

« Mais attends, grand-père, suis-je enfin parvenue à m'interposer. Elles ont une autre idée. Leanne est membre du conseil d'administration d'un musée de Dawson. Le centre culturel Hän Hwëch'in. Elles voudraient savoir si tu n'es pas plutôt disposé à faire don de cet argent au musée.

– Ça leur irait ? dit-il après quelques secondes de silence.

– Tout à fait, je pense.

– Parfait, alors.

– Vraiment ?

– Oui. Et comme c'est sans doute une association à but non lucratif, je pourrai même leur donner plus. Oui, je crois que je peux aller jusqu'à cinq millions.

– Oh ! ai-je soufflé, en trébuchant. Elles vont trouver ça génial, j'en suis sûre. »

Lorsque j'entendais parler, de temps en temps, des maisons qu'il s'achetait, ou des vacances de trois mois qu'il se payait en compagnie de Numéro Six, je me rendais compte que je n'avais aucune idée des sommes faramineuses dont il disposait réellement. Il tenait particulièrement à garder le secret sur cette question, de même que sur celle de son testament, ce qui nous semblait parfois très irritant. S'il m'arrivait de songer qu'il n'était pas aussi riche qu'il le prétendait, à d'autres moments, comme celui-ci, je le pensais milliardaire.

« Et si je venais négocier dans le Yukon, avec vous ? a-t-il ajouté.

– Toi, venir à Dawson ? ai-je répondu, sur mes gardes.

– Pourquoi pas ? »

Sa voix avait pris des accents intraitables.

« Ce n'est pas si loin. Et j'aimerais les rencontrer en personne. Il n'y a pas que toi qui as le droit de s'amuser.

– Mais c'est très loin, grand-père », ai-je insisté.

Owen, qui contemplait la rivière, s'est retourné, le regard stupéfait, interrogateur.

« Sept heures de vol pour Fairbanks, ai-je précisé d'une voix dont je maîtrisais à peine l'inquiétude. Et huit heures de route de Fairbanks à Dawson.

– Je pourrai sans doute réserver un jet privé pour Dawson.

– Mais ça reste de l'avion », ai-je rétorqué, au désespoir.

Owen secouait fermement la tête : non, surtout pas, non !

« Tu te souviens, grand-père ? Le médecin t'a prévenu : les changements de pression, c'est dangereux pour ton cœur. C'est la raison pour laquelle tu n'as pas pu venir à notre mariage. Et c'est la raison essentielle pour laquelle nous sommes venus ici, à ta place.

– Bon, bon, j'ai compris, a-t-il grommelé. Tu n'as pas entièrement tort. »

Je me suis sentie soulagée, avant que la tristesse ne prenne le dessus. Après tout, qu'avait-il à perdre ? Il avait quatre-vingt-treize ans. C'était peut-être le dernier des grands projets qu'il pourrait accomplir. Mon grand-père n'était plus un enfant qui met en jeu son avenir en prenant un danger inconsidéré. La mort aurait aussi bien pu le prendre le lendemain en Californie, chez lui, alors qu'il regardait une série judiciaire. Si cela lui permettait de revoir Winnie, de visiter pour la dernière fois le lieu où sa fortune avait jailli de terre, peut-être aurais-je dû simplement lui répondre : Grand-père, fais comme tu veux.

« Elles t'ont parlé de moi, sinon ? m'a-t-il demandé sans forcer. Elles ont dû être sidérées quand elles ont vu les papiers de la banque, non ? Elles n'ont pas l'habitude de voir autant d'argent. Elles t'ont laissé un message pour moi ? Ah… et tu as pensé à montrer ma photo à Winnie ? »

Sa légèreté me décontenançait. J'ai même failli éclater de rire. Il avait beau avoir des moments d'inquiétude, il restait fidèle à lui-même : fils de riche adulé par ses parents, Melba et Paul, petit-fils de riche descendant de ces chercheurs d'or fortunés qu'étaient les Berry et les Bush. En d'autres termes, il était un homme dont l'ego solaire, quelles que soient les critiques essuyées, s'était toujours épanoui au grand jour, en quatre-vingt-treize années de croissance heureuse dans le sol de la fertile Amérique.

CHAPITRE 6

Klondike

1898

1.

Ils étaient fiancés. Deux brèves rencontres entre les parties concernées avaient suffi, menant à l'échange des aveux nécessaires. Dans son lit sous les combles, Alice riait, le visage enfoui dans l'oreiller. Elle sentait ses joues aux chairs tendres s'embraser. Moi, songeait-elle. Et non plus la suiveuse. Et non plus la petite sœur. Moi, Alice Bush, bientôt Alice Berry. Elle se caressa le bord de la mâchoire, avant de tendre le bras. Ses doigts frôlèrent la toile de jute, les sacs d'or replets, ces trolls solides et ventrus, et frémirent à ce contact. Et dire que je m'inquiétais ! Il n'y avait aucune raison. Elle était couchée à plat ventre sur le matelas, route échauffée sur le plancher du grenier. Son ventre se mit à trembler. Elle riait à gorge déployée, elle riait de soulagement.

La première rencontre avait eu lieu dans le cagibi. Alice avait, ces derniers temps, accaparé le lieu de prédilection de Jane. Dans ce paysage si lumineux, si vaste, si nu, c'était à vrai dire un refuge plaisant que ce cabanon poussiéreux, sombre, exigu, avec ses étagères de bois à peine dégrossi. On y trouvait des cartons de fruits séchés, qu'il fallait retourner régulièrement pour qu'ils ne collent pas, des boîtes de conserve à l'éclat sourd, des sachets d'herbes aromatiques dont le parfum épiçait l'air, le tout perpétuellement blanchi par de la poudre de farine. Le cagibi avait de fait quelque chose de voluptueux, même pour une personne seule. Même quand aucune autre présence ne venait y créer la moindre opportunité, se figurait Alice.

Un jour que Henry devait dîner sous leur toit, elle s'y était trouvée dans l'après-midi, disposée à recevoir tous ceux qui auraient voulu lui parler dans l'intimité. Elle rangeait les boîtes de conserve quand elle entendit la voix d'Ethel parler, de l'intérieur de la maison :

« Tot est dans le cagibi, si c'est elle que tu cherches. »

Exactement. Tot est dans le cagibi. Son bras resta suspendu dans les airs. Son souffle compta les secondes. Une porte claqua. Le gravier crissa, sous le pas traînant d'un homme grand et fort qui contournait la maison. Puis il surgit devant elle, lui cachant un instant la lumière.

« Je vais t'aider. »

Sa voix était douce, hésitante. Comme s'il craignait de troubler les conditions idéales pour mener à bien son projet.

Ils se mirent au travail. Vidant des sachets de viande séchée les uns dans les autres pour constituer des rations plus consistantes. Procédant de même avec les pruneaux secs. Versant le sucre dans un bocal plus petit. Elle s'approcha assez pour que leurs bras se frôlent. Il parut en faire autant. Ils étaient pratiquement l'un contre l'autre lorsque enfin Henry tendit les mains et l'attira à lui dans une puissante étreinte. Elle avait gardé les bras le long du corps. Il enfouit son visage enfiévré au creux de l'épaule d'Alice. Puis ses lèvres brûlantes effleurèrent la peau de la jeune femme. Il ne dit rien ; elle se tut également. Henry dégageait une odeur agréable, virile ; il incarnait en tous points ce type de grand gaillard irlandais qu'elle appréciait pour sa solidité. Lorsqu'il relâcha enfin son étreinte et sortit du cagibi sans avoir articulé un seul mot, elle sentit pendant longtemps une forte pression sur son sternum.

Le soir suivant, il revint dîner ; il y eut une seconde rencontre. À la fin du repas, Alice déclara qu'elle allait sur la colline pour cueillir des fleurs.

« Attends que j'aie fini mon gâteau, ma belle, j'irai avec toi », dit Frank.

Le défi fut entendu, accepté. Henry se leva, le visage tout rose, et fit grincer terriblement sa chaise.

« Alice, dit-il, allons, je t'accompagne. »

Et tandis qu'ils contournaient la table, leurs mains se frôlèrent. Ils échangèrent un regard éloquent. Frank s'en rendit compte. Il passa du soupçon à la stupéfaction, puis au désespoir. La manœuvre qu'il avait initiée dans le but de contrecarrer Jane et de punir Henry de sa vanité allait trop loin à son goût. Jamais il n'aurait imaginé la naissance d'une véritable idylle.

Pauvre Frank, songea Alice. La distance s'amenuisant entre frère Henry et sœur Tot, les joues de Frank s'affaissèrent, sa bouche se mit à béer. Il sombra sous leurs yeux dans la dépression. Il avait été si désireux d'empêcher l'intrusion d'un sang indien dans la famille qu'il n'avait pas prêté attention au danger qui le menaçait lui-même, ce dont Alice s'était rendu compte à son avantage, en grande partie grâce à ce même Frank. Et le frère aîné pouvait bien avoir couvert Ethel de charmantes attentions – flirt léger, fleurs et pépites aux formes singulières si régulièrement offertes –, c'était le joyeux, le truculent Henry qui le mettait à terre d'un coup aussi puissant que brutal. Henry épouserait la sœur et leurs sangs alliés, s'ils en venaient à couler dans les veines d'un enfant, produiraient ce qui se rapprochait le plus du désir cher au cœur d'Ethel : l'union du sang des Bush et des Berry, la fabrication d'un récipiendaire presque idéal de la fortune d'Ethel et de Clarence.

Le seuil une fois franchi, Alice accorda toute son attention à Henry. La nature du jeune Berry, depuis toujours pétrie de bonté, commençait à lui apparaître comme le complément évident de la sienne. Le sens de l'humour, après tout, ne s'apprend pas ; le rire est une valeur inestimable. Quant à ses aptitudes aux affaires, bien sûr, il faudrait sans doute les encourager. Elle pourrait s'y employer sans mal. L'essentiel, c'était que coule dans ses veines le sang des Berry. De tous les célibataires qu'elle connaissait, c'était celui qui fréquentait de plus près la fortune.

Sur le sentier, Henry lui offrit son bras. Elle l'accepta, et il la serra à son côté. Des années plus tôt, Annie avait courtisé William Carswell pendant six bonnes semaines avant de consentir à l'épouser. Au printemps, il avait fallu moins de temps à Daisy pour conclure le marché avec Ed Keller. S'il devait se produire quelque chose entre Alice et Henry, il n'y avait plus de temps à perdre.

Ils montèrent sur la colline, au-delà des concessions. Ils cueillirent de petits bouquets d'épilobes violet, aux pétales frais et raides, assez pour remplir une nouvelle fois le petit vase.

« Tiens, dit Henry en fourrant une poignée de fleurs dans la main d'Alice. Et maintenant, tu m'aimes bien ?

– Pourquoi me poses-tu tout le temps cette question ? demanda-t-elle, faussement modeste.

– Tu ne m'as jamais vraiment répondu.

– Eh bien, oui, je t'aime bien. Tu as bon cœur et tu travailles dur.

– C'est tout ? »

La conversation ne cessait de gripper à cet endroit, de sorte qu'elle décida de lui retourner la question :

« Et toi ? Tu m'aimes bien ?

– Si tu n'étais pas aussi obtuse, tu ne me le demanderais pas. »

Elle soupira. Il s'arrêta.

« Pourquoi ne me dis-tu pas les choses franchement ? Alors, je pourrai te répondre. »

Henry était parvenu au comble de l'émotion. Et comme si l'immense vaisseau de son corps était impuissant à la contenir, elle passa par-dessus bord et se répandit en tous sens.

« Oh, Tot, s'écria-t-il. Tu ne vois donc pas que je t'aime ? »

Elle sourit et prit sa main dans les deux siennes. Il sourit à son tour, le regard plein d'affection. Ils firent quelques pas. En général, ils prenaient le chemin qui longeait les tentes des ouvriers. Ce jour-là, Henry préféra les éviter.

« Tu devais bien savoir que je tombais amoureux. Je passais mon temps à te regarder. »

Elle se montra modeste.

« Oh, je l'ai peut-être remarqué une ou deux fois.

– Et ça ne te donne pas envie de me fuir ?

– Je suis restée, tu vois bien ? Je n'ai pas trouvé de prétexte pour rentrer à la maison. Je ne me suis pas signée, je n'ai pas appelé Ethel à mon secours. »

Il éclata de rire, soulagé. Puis, timidement, il lui fit part de ses plans.

« Nous pourrions nous marier à Dawson et rester ici cet hiver.

– L'idée me plaît. Mais est-elle réalisable, je ne le sais pas. Je suis venue m'occuper de ma sœur. Elle aura peut-être besoin de moi sur le chemin du retour. Et puis ton frère ne sera peut-être pas d'accord. Il prétextera que je suis sous sa responsabilité, qu'il a promis à mes parents de me ramener à Selma.

– Alors, je rentrerai avec vous. Clarence trouvera quelqu'un d'autre pour surveiller les concessions.

– Non, je t'en prie. Tu ne m'aideras pas en renonçant à ton emploi.

– Soit. Faisons comme tu l'entends, dit-il, inquiet. Je rentrerai en Californie en mai et nous nous marierons à Selma. »

Il l'attira à lui. La rivière apparut sous leurs yeux, décrivant une large courbe qui la ramenait vers l'amont.

« Tu ne m'as toujours pas répondu. Maintenant, il faut dire oui ou non.

– Oui ou non à quoi ? dit-elle en riant. Tu n'as toujours pas posé la question. »

Il s'arrêta de nouveau, la fit pivoter sur ses talons, pour que leurs regards puissent se croiser, la força à ne plus bouger.

« Alice, veux-tu m'épouser ?

– Oui.

– C'est le plus beau mot jamais prononcé devant moi.

– Je suis contente de te l'entendre dire. Je suis heureuse, moi aussi. »

Il posa la main sur sa joue. Elle se surprit à étudier la réaction que ce geste suscitait en elle.

« Et je te promets de te faire honneur. Tu es une femme de principes, et je te jure sur ce que j'ai de plus sacré que je ferai tout pour être à leur hauteur.

– Je sais, Hen. »

Elle en était effectivement convaincue, sachant en quelle estime il tenait les femmes. Henry Berry trouverait son bonheur dans la vie de famille, pensait-elle. Elle se sentait sûre de son choix. Et pourtant restait un certain détail dont elle ne pouvait ignorer l'existence. Elle ne s'était pas encore faite à ses expériences passées. Il aimait flirter. Il s'adonnait à ce sport au su et au vu de tous. Alors de quoi était-il capable, loin des regards ? Elle aurait aimé avoir un peu de temps pour se pencher sur la question avant que les fiançailles, puis le mariage viennent obscurcir le passé du célibataire qu'il avait été.

« Écoute, reprit-elle. Il y a une condition.

– Tout ce que tu veux.

– Je ne veux pas que tu en parles à qui que ce soit avant que je t'en donne la permission. »

Il était vexé. Elle ne le quittait pas des yeux. C'était, peut-être, le dernier passage dangereux.

« Bon. Mais donne-moi une date, pour le mariage. Je veux que ce soit fixé aujourd'hui.

– Je voudrais un peu de temps pour y réfléchir. »

Il réitéra sa demande.

« Je ne sais pas ce qui nous conviendrait le mieux. Et toi non plus, peut-être. Et puis il y a la question de Jane.

– Qu'est-ce que Jane vient faire là-dedans ? demanda-t-il, d'un ton soudain aigre.

– Je te retourne la question. Je sais me servir de mes yeux. Elle sera grandement déçue de te perdre. Elle espérait te servir de cuisinière cet hiver. »

Il baissa le coude, laissant tomber la main d'Alice.

« Si tu veux reprendre ce que tu viens de me donner, n'hésite pas, annonça-t-il en passant en quelques secondes de l'amertume à la colère, de la colère au désespoir. Si tu ne veux pas de moi, ne cherche pas d'excuses ailleurs. Il n'y a jamais rien eu entre Jane et moi. Je ne lui ai jamais dit qu'elle pouvait rester cet hiver, et je ne compte pas le lui proposer.

– Très bien. »

Alice n'ajoutant rien à cela, il s'écarta d'un pas vif. Pourtant, sa réponse avait convaincu la jeune femme : à ses yeux, ces protestations ne cachaient aucun trouble secret. Elle le rattrapa aussitôt.

« Attends. Je t'ai dit oui, Henry. Je t'ai dit oui de tout mon cœur. Nous sommes fiancés. C'est une réalité.

– Alors pourquoi ne pas l'annoncer dès aujourd'hui ? insista-t-il, soupçonneux. Je me disais que je pourrais me lever à la fin du dîner pour boire à la santé de ma fiancée. Ils adoreraient ça. Ils seraient tellement surpris !

– Moi aussi, je veux qu'ils le sachent bientôt. Mais il vaut mieux attendre la fin de l'été. »

Qu'en espérait-elle ? Elle avait du mal à le définir : c'était un désir d'éviter l'explosion aveuglante qui accompagne les amours contrariées, les amours à sens unique. Elle s'imagina des conversations murmurées entre Henry et Jane, Jane faisant ses bagages. Jane ne devait pas s'éclipser si tôt, se disait-elle. Et, le cas échéant, elle ne devait pas disparaître au seul motif d'un cœur blessé. L'or volé n'avait pas été retrouvé : pourquoi lui offrir une raison si commode de s'enfuir ?

« Fais-moi confiance, dit-elle. J'en suis fermement convaincue. Attendons que le moment s'y prête. »

Ces cachotteries déplaisaient à Henry ; il s'y plia néanmoins. Elle lui posa la main sur l'épaule, un baiser sur la joue.

« Ah, non, attends, ça ne va pas », dit-il en la serrant contre lui de ses grandes et puissantes mains, avant de l'embrasser sur les lèvres.

2.

La concession était déserte et silencieuse. Dans un accès de générosité feinte, Clarence avait donné le samedi et le dimanche à ses ouvriers. Les hommes étaient partis en une unique cohorte en ville, pour y passer la soirée. Jane elle aussi était partie, chaperonnée par son frère, faisant remarquer à tous qu'il était grand temps qu'on lui accorde un peu de repos. La table du petit déjeuner avait été débarrassée. De la porte grande ouverte, une large bande de lumière du jour traversait le plancher nu. Clarence adressa un signe de tête à Henry. Ils se préparaient depuis une semaine.

Lorsqu'ils furent parvenus devant la tente de Frank, il leur fallut le réveiller pour l'en extraire. Soudain le silence fut rompu dans la concession. Les deux frères expliquèrent à Frank la raison de leur venue. Frank était abasourdi. Il éclata de rire, les insulta. Ethel et Alice, devant la maison, n'en manquèrent pas un mot. Henry se jeta sur Frank, plaqua ses maigres bras contre son dos pour l'empêcher de bouger, tandis que Clarence pénétrait sous la tente. Bientôt une immense couverture en fourrure fut propulsée par les rabats, suivie de trois marmites, d'une pelle, d'un manteau d'hiver, d'un sac de farine et d'un autre de café. Ce capharnaüm fut suivi de Clarence en personne, tête baissée et mains vides, de plus en plus perplexe.

Frank se débattait et la poussière montait. Son talon rata de peu l'entrejambe de Clarence. Henry consentit enfin à le libérer, et l'aîné des Berry trébucha, jambes flageolantes.

« M'accuser de vol ? »

Frank cracha au visage de Clarence.

« M'accuser, moi ? Espèce de salaud ! Crétin prétentieux !

– Allons, Frank… bafouilla Henry.

– Oh, la ferme, toi. Personne ne t'a rien demandé. »

Et revenant, féroce, à Clarence :

« Qu'est-ce qui ne tourne pas rond chez toi ? C. J., bon sang, regarde-toi. Ton fichu pognon t'est monté à la tête.

– Frank, je ne tolère pas les vols », martela Clarence.

Cette réponse à son frère, aussi ferme qu'elle puisse sembler, paraissait lui avoir coûté toute sa volonté.

« Je t'ai toujours traité avec bonté, reprit-il. C'est injuste.

– Bon Dieu. Je ne te croyais pas aussi stupide. »

Frank paracheva cette déclaration en donnant des coups de pied à sa tente, jusqu'à ce que la toile s'affaisse. Le temps qu'il rassemble ses effets, Clarence et Henry avaient déjà traversé la rivière et se dirigeaient vers la maison, le visage serein, résolu, en dépit de leur immense perplexité.

Les invectives de Frank les poursuivirent de longues minutes. Il replia la toile de sa défunte tente, en fit un sac et y fourra ses maigres possessions. Puis il le souleva d'un coup d'épaule. Les deux femmes rentrèrent dans la maison, et les deux frères les rejoignirent sans leur lancer un regard. Ils se mirent à table, le pas lourd. Tous, les yeux tournés vers la fenêtre, virent Frank traverser au lointain la concession. Il continuait de les insulter tel un ivrogne en pleine rage, ce qui n'était pas le cas, ils le savaient bien. Il ne conservait aucune réserve d'alcool et ne buvait qu'au bon vouloir de Clarence, c'est-à-dire fort peu, ces derniers temps.

L'air frémissait d'incertitude, rendant toute parole ténue, avide d'interruption. Dès que Frank eut quitté les terres de Clarence, ce dernier y retourna d'un pas lent. Henry et Ethel le suivirent du regard tandis qu'il s'approchait du méandre de la rivière. Ils dépendaient de Clarence, et voulaient être certains de n'avoir pas misé sur le mauvais cheval en accusant Frank.

Alice emprunta la capeline d'Ethel, se faufila au-dehors et descendit vers le rivage, longeant le sluice où la terre avait séché depuis sa dernière utilisation. Clarence avait disparu, ce qu'elle confirma aux deux autres lorsqu'elle fut rentrée au bercail.

3.

Plus tard, dans la soirée, telle une prédatrice, une araignée aux pattes torses et véloces, elle traversa le grenier poussiéreux, avant de se suspendre à l'échelle de corde pour descendre dans la salle à manger. Elle passa devant Henry qui dormait à poings fermés dans le fauteuil. Elle avait entendu la porte d'entrée s'ouvrir et se fermer quelques minutes plus tôt, et Clarence, comme elle l'avait escompté, était revenu à table, les bottes encore aux pieds. Elle s'approcha silencieusement de lui. Il était courbé sur la table, la tête dans les mains ; la douce lumière de la lampe à pétrole illuminait son visage torturé.

« Alors ? C'est bon ? Je t'avais bien dit que ce n'était pas Frank. Tu l'as compris en mettant sa tente sens dessus dessous, hein ? Tu as compris que tu t'étais trompé. Tu ne voulais pas m'écouter, les autres fois, alors ouvre grand tes oreilles. Ou bien préfères-tu te laisser plumer par Jane et Jim, dollar après dollar ? Je n'imagine même pas ce qu'ils doivent penser de toi en ce moment. À mon avis, ils rient aux larmes ! »

Les épaules de Clarence eurent un sursaut, puis s'affaissèrent un peu plus.

« Ils rient… Comme tout le monde, non ? souffla-t-il lorsque Alice eut contourné la table pour se tenir en face de lui. Cet été, il n'y a de vols que chez moi. Ce n'est pas bien grave si ces deux-là se moquent aussi. »

Son humour était celui du désespoir, automatisme hérité de ses années de misère paysanne.

« Clarence, quel est le montant exact de ta fortune ? Honnêtement, j'aimerais bien le savoir.

– Et tout aussi honnêtement, je ne te répondrai pas.

– Assez riche, en tout cas, pour jeter l'argent par les fenêtres. Je crois que j'ai un début de réponse. Quelle comédie tu nous as jouée aujourd'hui avec Frank, poursuivit Alice à voix basse. Pourtant tu n'as pas tenu jusqu'au bout, je ne me trompe pas ? Tu étais tellement horrifié par tes propres actes que tu n'as pu trouver le salut que dans la fuite.

– Alice, dans une minute, je vais devenir fou. »

Elle recula, reflua, pour ainsi dire, comme la vague, avant de revenir déferler avec une force décuplée.

« Jim se joue de toi depuis Dyea, dit-elle. Son but était de s'introduire dans la concession, et tu l'as laissé faire. Tu crois que je les juge sans raison, mais c'est toi qui les maltraites. Oh, certes, tu es généreux avec eux, tu leur ouvres les bras, mais c'est seulement parce que tu les crois très inférieurs, et que tu penses avoir sur eux une noble autorité, comme sur des enfants. Tu estimes qu'ils ne valent même pas la peine d'être détestés. Et tu n'accordes pas une bribe d'intelligence à Jim. Je te l'ai dit pourtant, j'ai vu Jim sur la plage discuter avec le capitaine. Tu n'as pas cru un instant possible que le destin de cent hommes blancs dépende de lui. Ensuite, tu as fait grand cas de l'avertissement qu'il nous a donné au pied du Chilkoot. À tes yeux, c'est la preuve de son incroyable loyauté. Tu ne comprends donc pas qu'il était dans son intérêt que nous survivions ? Quand on parvient à harponner un millionnaire, on ne le laisse pas partir d'un pas joyeux s'enterrer sous la neige.

– Oh, pour ce qui est d'harponner des millionnaires, tu me parais très experte.

– Comment oses-tu ? gronda-t-elle à voix basse, avec une férocité qui n'avait rien à envier à celle de Clarence. Tu m'as appelée sœur, un jour, aussi proche qu'une sœur de sang, tu ne te souviens pas ? Je vais te rafraîchir la mémoire. C'était avant que tu déchires mon certificat de propriété. Le certificat que ma sœur m'avait offert de toute son âme. Je te le dis, Clarence, Jim ne te suit que pour se servir dans tes poches, piocher dans tes mines. C'est aussi simple que ça. Attends, je n'ai pas fini. J'ai pensé à quelque chose. Une dernière question, et je te laisserai. »

Les mots se bousculaient. Elle sentait le gouffre proche.

« Connaissais-tu Jane avant de l'embaucher comme cuisinière ? Oui ou non ? »

Une rougeur intense partit à l'assaut du cou de Clarence. Elle laissa échapper un cri, une excitation joyeuse qui le poussa enfin à bout. La flamme trembla tandis que la main de Clarence s'abattait violemment sur la table, derrière la lampe.

« Ça suffit. Tu m'entends ? Ça suffit ! »

4.

Les ouvriers revinrent le lundi matin, satisfaits de ce bref repos et pleins d'énergie pour les dernières semaines de rude labeur. Frank ne manqua à aucun d'eux, car il les traitait avec dédain et les gênait dans leur travail au sluice et à la casserole.

La semaine s'écoula rapidement. On était le 10 septembre, jour de la fête que Clarence et Ethel avaient prévue pour leur départ. Ils en avaient organisé une l'année précédente, pour les voisins, idée qui avait rencontré un grand succès. Depuis un bon moment, Ethel insistait, en dépit des protestations de son mari :

« Il n'y a plus de fièvre. Plus de douleurs. Je n'ai pas retrouvé ma vitalité, mais je ne renoncerai pas à la fête. »

Elle s'était mise en frais pour son mari, se levant tôt un matin, cuisinant en compagnie d'Alice et de Jane de gros œufs de poule que Clarence s'était fait spécialement livrer de Dawson. Elle lui avait servi une montagne de tartines grillées beurrées. Elle lui avait annoncé qu'elle avait envie de se promener pour cueillir des fleurs et avait effectué un aller et retour de toute la longueur des concessions pour rapporter des épilobes roses et violet, de la vergerette blanche, du lupin arctique et de longues et puissantes hampes de sauge verte.

« Tu vois ? » lui avait-elle dit.

Et tandis qu'elle lui tendait son bouquet profus et bariolé, son visage rond irradiait de sérénité.

Clarence alors avait cédé ; à présent Ethel, qui songeait également au bonheur de son mari, présidait à sa manière la soirée, confiant le service à Alice et à Jane et restant pour l'essentiel assise dans son fauteuil à bascule, autour duquel les invités pouvaient venir converser avec elle.

Henry et Charlie furent les premiers à venir, suivis d'Anton Stander, le partenaire financier de Clarence, puis deux cousins Bush, Peggy et Tom, qui venaient d'arriver dans le Klondike. Le voisin de *Dix* Eldorado leur rendit également visite, rata la marche du perron et faillit tomber à la renverse, ayant déjà bu quelques verres.

Les mineurs vinrent en force. Ils s'étaient débarbouillé le visage et les bras. Un des gaillards, hirsute, s'était rasé : on découvrait un tout autre homme. Clarence lui donna une gentille bourrade et le taquina : qui était cet inconnu qui voulait se faire passer pour l'ouvrier barbu et empocher son salaire ? Clarence devait payer ces hommes le soir même de leurs six dernières semaines de travail. La plupart d'entre eux ne tarderaient pas à rentrer chez eux. Rares étaient ceux qui hivernaient à la concession, pour continuer à travailler sous les ordres de Henry. Ils s'étaient plaints, les semaines précédentes, de la rétention de leur solde, mais, ce soir-là, semblant en comprendre l'utilité, ils ne maugréaient plus.

Alice vécut une tout autre soirée. Elle dansa avec Hen. Leur accord fut respecté : les fiançailles restèrent secrètes. Elle avait insisté sur ce point, ne voulant pas troubler le bon fonctionnement de la maisonnée en un moment aussi critique. Cependant, les secrets ont leur manière bien à eux de donner des coups de coude aux clôtures et de sauter allègrement par-dessus les barrières. Au milieu des invités, Henry surprit son regard et lui décocha un clin d'œil. Ils se croisèrent sur le seuil de la cuisine, Henry sortant un verre propre à la main, Alice entrant pour inspecter le four ; il effleura sa taille du bout des doigts.

Jane, les joues rosies par la chaleur accumulée dans la coquerie, inspectait justement le contenu du four. Elle s'éventait à l'aide d'un journal qu'elle ne traitait pas avec le respect dû à cette denrée rare. Il y en avait vingt exemplaires au plus dans les concessions, expédiés à prix d'or de Dawson.

« Si j'étais vous, dit-elle à Alice, je garderais un gros morceau de ce gâteau. Un de vos voisins nous disait justement tout à l'heure que sur le bateau la nourriture est pleine de vers. À cause de l'humidité, j'imagine. Je ne sais pas. Je ne connais pas bien les bateaux. »

Elle retira du four un plateau couvert de biscuits au fromage et ajouta avec aplomb :

« Et dire que bientôt, vous serez en mer. Il n'y aura plus que Henry dans la maison ; pratiquement tous les ouvriers seront partis. Sauf Jim. Clarence vient de le lui confirmer.

– Comment cela ? s'écria Alice, stupéfaite.

– Je suis bien contente pour lui. »

Jane regarda alentour, les yeux plissés par une trop longue contemplation du four.

« Vous avez déjà parlé avec mon frère ? s'enquit-elle, faussement naïve.

– Pourquoi cette question ? Nous avons voyagé ensemble, je te le rappelle. J'ai passé tout l'été ici.

– Bien sûr. Eh bien, je n'ai pas besoin dans ce cas de vous dire que c'est quelqu'un de très bien. »

Elle détacha les biscuits à l'aide d'un couteau avant de les disposer dans un panier qu'elle couvrit d'une serviette. Dans la salle à manger, dix hommes éclatèrent de rire, un chœur de barytons qui imprégna les murs.

« Je n'ai pas renoncé, pour Henry. Je pense toujours rester cet hiver. Personne ne veut que ça se passe comme l'an dernier. Si quelqu'un avait pu faire la cuisine à la concession, les deux ouvriers morts dîneraient avec nous ce soir.

– Tu devrais attendre un peu avant d'en discuter avec Hen. Nos plans peuvent encore changer. Il n'est pas impossible que je reste cet hiver avec Henry. Ce qui signifie que je me chargerai de la cuisine. »

Alice s'empara du bol.

« Ma sœur, bien sûr, rentre chez nous. »

Au tour de Jane de se montrer surprise. Avait-elle compris ce qu'impliquaient ces changements ?

Non, songea Alice, qui changea aussitôt d'avis. Car Jane, qui s'était contrainte à paraître impassible, semblait à présent effarée.

« J'ai besoin de travailler cet hiver.

– Il faudra chercher un autre emploi. »

Jane ôta son tablier et le lança à terre. Le tablier d'Ethel. Sans un mot, elle sortit en trombe de la coquerie. Elle planta là Alice, avec la moitié du repas de fête à faire cuire et un second plateau de biscuits au four.

Alice passa dans la salle à manger pour rejoindre les invités. Où était allée Jane ? Elle sortit, trouva dehors trois groupes d'hommes, chacun absorbé dans une conversation différente. L'air sentait le tabac de pipe. Les étoiles commençaient à luire. Ah, elle était là-bas, de l'autre côté de la rivière, du mauvais côté, du côté qui n'était pas celui de la fête, presque invisible dans la pénombre de bientôt minuit. Ils étaient là-bas tous les deux, Jane et Jim, marchant la tête baissée, en grande discussion, passant d'un pas prudent d'une pierre à l'autre. Que pouvaient-ils se raconter ? Pendant des mois, ils avaient semblé cultiver, pour les apparences, une relation fraternelle et paisible. Ethel cependant avait vu un jour, dans le cagibi, la faille, et la flamme de la révolte qui luisait par cette faille. Alice la percevait à présent.

5.

Un homme apparut au côté d'Alice. Anton Stander. Il avait les cheveux d'un roux flamboyant, une moustache hirsute et une longue barbe assortie. Au début de la fête, sans outil à la main pour travailler le sol, il avait semblé un peu égaré. Cependant, l'alcool avait consolidé son amour-propre et apaisé sa nervosité. Il s'était métamorphosé. Il se souvenait qu'il était millionnaire, qu'il avait découvert Eldorado.

« Vous avez vu un spectre ? »

Il s'approcha d'Alice, dégageant un nuage de puanteur humaine. S'il avait pris soin de laver sa chemise pour la soirée des Berry, son pantalon avait échappé à ce traitement. Alice avait suivi les conseils familiaux et avait pendant tout l'été gardé ses distances avec Anton. C'était la première fois qu'ils se parlaient.

« Non, aucun spectre. »

Elle sourit. La porte de la maison se referma, par mégarde ; ils furent plongés dans l'obscurité jusqu'à ce que quelqu'un la rouvre.

« Maintenant que vous m'y faites penser, dit-elle d'un ton léger, c'est un peu décevant. Avec tout le cas qu'on fait des cimetières indiens, ici, je comptais bien revenir avec quelques anecdotes à raconter à mes sœurs. Une tête qui apparaît dans un recoin obscur, quelque chose de ce genre. »

Il suivit la direction du regard d'Alice et se mit alors à les regarder, lui aussi, l'homme et la femme sur la rive désolée, avec en arrière-plan les pierres, la colline tout aussi désolée. La rivière coulait avec vigueur. Elle séparait la terre comme une frontière tracée par un dieu. De leur côté, une douce fin de soirée en l'an 1898, de l'autre Adam et Ève, la floraison des aptitudes les plus étranges des humains, l'avidité, la conspiration.

« Oh, vous aurez d'autres histoires, je pense.

– Je le crois aussi.

– Je crains que votre frère ne laisse ces damnés Indiens lui voler son or sans rien faire. »

Un éclair. Les feux d'artifice sous le crâne d'Alice n'étaient apparents qu'à elle-même sur cette terre.

« Vous les suspectez ? demanda-t-elle avec une parfaite maîtrise d'elle-même.

– Suspecter, mon œil ! Jim est sorti de sa tente la nuit où l'or a disparu. C'est ce que dit Jefferson Handler, un ouvrier d'ici, qui a l'œil sur lui depuis le début. Et comme vous êtes quelqu'un de bien, je vais vous donner un autre détail qui ne manque pas de piquant, mademoiselle Berry. Clarence m'a remboursé ma demi-part de sable volé. Ce qui veut bien dire qu'il se considère comme responsable du fait que le voleur n'a pas été arrêté. »

L'intérêt d'Alice, un instant juché sur d'éblouissantes éminences, commençait à diminuer.

« Il vous a payé votre moitié parce qu'il pense que c'est Frank qui a volé cet or. C'est normal. Il peut se permettre s'il le veut de ne pas livrer son frère à la police, mais il n'est pas juste que vous en payiez le prix.

– Frère. Maîtresse. Ça donne la même sorte de comportement. »

L'esprit d'Alice retrouva toute sa vivacité, confronté soudain à un brasier encore plus violent. Ce qui la fit parler sans réfléchir :

« Un jour, j'ai surpris Clarence et Jane dans notre cagibi.

– Un jour ? Ce n'était ni le premier ni le dernier. Vous pouvez gager votre joli chapeau. »

Elle porta sans réfléchir la main à sa capeline. Oui, elle était jolie, en effet, avec son ruban neuf et sa fleur violette fichée sur le côté. Anton baissa la tête pour allumer sa pipe.

« J'ai toujours eu l'impression que cette relation durait depuis un certain temps, dit Alice, sans révéler cependant le comment et le pourquoi de sa pensée.

– Au moins 1895, quand j'ai rencontré Clarence. Avant que vous ne veniez en force civiliser ces lieux, vous les dames. »

Il considéra Alice pour la jauger un moment. Une idée venait de naître dans son esprit, au prix d'un effort qui se lisait sur son visage.

« Mrs Berry, est-ce votre sœur ou votre belle-sœur ? »

Alice en fut ébahie : il ne s'était donc jamais donné la peine de vérifier cette information ?

« Ma sœur, répondit-elle avec calme. Elle s'appelle Bush, de son nom de jeune fille. Comme moi.

– Je crois que votre sœur n'aime pas beaucoup Jane.

– Si elle avait un peu de jugeote, ce serait le cas. Ma sœur a le cœur tendre, ajouta-t-elle aussitôt, pour atténuer ce jugement sévère. Elle ne voit que le bien chez les gens. Elle pense que Jane est une jeune femme innocente.

– Innocente ? Non. J'en sais quelque chose. »

Deux ou trois hommes sortirent de la maison. Il poursuivit, s'étant assuré qu'il ne s'agissait ni de Henry ni de Clarence.

« L'hiver dernier, figurez-vous qu'elle a frappé à ma porte avec un petit papoose dans les bras. Elle avait certainement essayé de le coller dans les bras de C. J., sans succès, alors elle s'est dit qu'elle allait me faire le coup. C'était le mien, d'après elle. Elle voulait de l'argent et un toit. Je lui ai conseillé d'essayer avec le voisin, en aval. Elle est revenue le lendemain, plus insistante, avec cette petite chose qui vagissait contre sa poitrine ; cette fois-ci, je l'ai giflée. Elle est tombée dans la boue, les bras bien serrés sur son rejeton.

Ça n'est pas dans mes habitudes de frapper des femmes avec des bébés dans les bras, mais parfois, avec ce genre de gourgandine à la tête de bois, on est bien forcé de dépasser les bornes pour se faire comprendre.

– Ce n'était peut-être pas son papoose », suggéra Alice, pour tester Stander, et se souvenant aussi de ce qu'Ethel lui avait dit de l'incident du cagibi, du bébé dont avaient parlé Jim et Jane.

Ethel avait pensé qu'ils se moquaient d'elle : parfois, la tristesse vous joue des tours, vous donne à penser que vous êtes au centre des préoccupations d'autrui.

« À Chicago, reprit Alice, il y a des femmes qui recueillent des gosses des rues pour les forcer à mendier. C'est ce que me dit ma sœur jumelle. Ou bien elles nouent un bonnet sur une bouteille de whisky et vous disent qu'elles ont besoin d'argent pour acheter du lait.

– Non, c'était bien le petit bâtard de Jane. Ça se voyait bien. À Forty Mile, elle était maigre comme un clou. Maintenant la voilà toute ronde, une vraie barrique. »

Il fallut un moment à Alice pour comprendre ce qu'il voulait dire.

« Clarence sait-il que l'enfant est de lui ? finit-elle par demander.

– Ah, s'esclaffa Anton. S'il le sait, il n'est pas assez bête pour le dire.

– Et où est-il, ce bébé, maintenant ?

– Qu'est-ce que j'en sais ? Ce ne sont pas mes affaires. »

Il faisait crisser le gravier sous ses bottes, la bouche légèrement béante, lèvres engourdies par l'alcool. De l'autre côté de la rivière, Jane et Jim avaient disparu entre les collines enchevêtrées et sombres. L'humidité de l'air, si rafraîchissante durant la journée, avait à présent quelque chose de glacial ; elle transportait des bouffées contagieuses. Chaque fois qu'Alice inspirait, un goût aigre lui venait dans la gorge. Une brise se leva au-dessus de la rivière, ridant sa surface sans troubler ses profondeurs.

« Brrr, fit Anton en serrant les coudes contre ses flancs. Je vais rentrer, je crois. »

6.

Ils se seraient crus à Selma. La soirée se termina de la même manière. Les cousins, Peggy et Tom, furent les premiers à partir, les yeux levés vers le ciel noir. Alice ne les connaissait pas bien ; elle avait cependant décidé qu'ils appartenaient à cette classe d'individus qui préfèrent rester chez eux à côté du poêle, un chat sur chaque genou, plutôt que passer la soirée à côtoyer des inconnus, loin du foyer.

Malgré tout, elle n'en pensait pas de mal. Ils avaient passé l'essentiel de la soirée près du fauteuil à bascule d'Ethel. Durant cette petite conférence, cette dernière avait sorti sa bourse en velours et présenté, spécimen par spécimen, sa collection complète de pépites, essentiellement à l'intention de Peggy. La pépite en forme de cœur. La pépite qui ressemblait à une carapace de tortue. La pépite avec un trou au milieu, beignet miniature et pendentif naturel. Et Peggy, spectatrice modèle, s'était extasiée devant chaque trésor, sans pouvoir les départager, sur son honneur : ils étaient tous tellement extraordinaires.

Une fois les couples et les hommes mariés rentrés chez eux, il fallut plus de temps pour se débarrasser des célibataires.

« Prenez donc ce qui reste de whisky et ramenez-le dans les tentes », proposa Clarence.

Et cela aurait dû suffire, tout de même, mais au lieu de cela, ils restèrent tous dans la salle à manger, avec Henry Shuttler et ses deux bouteilles : dans ses mains vigoureuses, on aurait dit deux oies. Ils prirent congé de Henry, que tous aimaient, puis Clarence leur tapa dans le dos, serra longuement leurs mains calleuses.

« La bonne santé, hein, et les poches pleines », leur souhaita-t-il, comme au Nouvel An.

Pour ceux qui hivernaient, le message variait : « Travaillez dur, mais pas trop quand même. »

En d'autres termes : s'il vous plaît, ne mourez pas sur mes concessions, comme les pauvres bougres de l'an dernier.

La porte se referma.

Alice accompagna Ethel au lit, avant de revenir dans la salle à manger.

« Je me demande où est passée Jane.

– Oh, fiche-lui la paix, pour ce soir, répondit Hen. Il n'y a qu'à laisser la ficelle à l'extérieur, et elle pourra soulever le verrou et rentrer quand elle veut. Les gars vont faire la fête dans les tentes jusqu'à l'aube. Je ne pense pas qu'elle puisse se perdre dans les collines. »

La porte s'ouvrit et fit reculer Henry.

« Je suis là !

– Seigneur, tu m'as fait peur ! »

Jane murmura du coin de la bouche une insolence dont Alice ne saisit pas tout à fait le sens. Puis elle entra dans la cuisine et tira soigneusement le rideau.

« Quelle prétentieuse », souffla Henry en levant les yeux au ciel.

Clarence haussa les épaules. Hen referma la porte. Cette fois-ci, il tira la ficelle à l'intérieur, que personne ne puisse ouvrir du dehors.

Les voix des ouvriers s'estompèrent. Clarence bâilla. Il poussa le banc contre la table et suspendit le pochon de velours, qui contenait la collection d'Ethel, au crochet de fonte, près de l'entrée. Puis il se laissa tomber dans le fauteuil à bascule, les pieds surélevés tout comme Ethel, avant de croiser les mains sur le ventre et de fermer les yeux.

« Hé, dit Henry en infligeant un léger coup de pied à la cheville de son frère. Va coucher dans votre chambre. Je voulais dormir là. »

Clarence, sans rouvrir les yeux :

« Tant pis pour toi.

– Henry, s'interposa Alice. Tu peux prendre le grenier, si tu veux. Je vais dans la chambre, avec Ethel.

– C'est gentil de ta part. »

Le regard de Henry, posé sur sa fiancée, s'était attendri.

« Mais ça n'est pas la peine. Finalement, je dormirai très bien par terre. Je ne veux pas être une source d'inconvénients pour Mrs Berry. Surtout pas. »

Alice se tenait près de l'échelle, sans pour autant être prête à remonter. Elle présidait en silence sur les gestes des deux frères. Un visage qui se tourne. Un bâillement. Ils étaient presque identiques dans leur manière de se préparer au sommeil, comme il lui avait semblé le premier jour d'Alice à la concession, lorsque Henry leur avait ouvert la porte de la maison pour les inviter, les bras écartés, à entrer. Elle était si joyeuse alors, si éprise de tous les Berry. Elle était fière à cette époque que sa sœur se soit alliée avec eux, à l'époque où Clarence n'était rien. À présent, elle allait devenir une Berry, elle aussi. Elle ne l'aurait pas cru possible, trois mois plus tôt. Un sort trop bon pour elle.

Elle se frottait les mains, regardait en tous sens, incapable de ne pas bouger. Non qu'elle se soucie vraiment, sur un plan moral, de ce que Clarence avait pu faire avant son mariage. Diable, comment lui en vouloir d'avoir été jeune et attiré par les femmes ? Personne ne lui aurait demandé le matin de ses noces s'il se présentait vierge à l'autel. C'était le présent qui importait. On ne gardait pas de lien avec les filles de sa jeunesse. Et pourtant Clarence était allé chercher Jane. Il l'avait installée dans sa maison. Si Jane avait donné naissance au bébé de Clarence alors que la femme de ce dernier ne pouvait concevoir, c'était abominable. Cela pouvait tuer Ethel. Il devait bien le comprendre. En ce cas, pourquoi embaucher Jane ? Pourquoi, alors qu'elle avait, sans aucun doute, follement envie de ne pas le perdre de vue ? Pourquoi flatter ce désir ?

Oh, pour ce qui est d'harponner des millionnaires, tu me parais très experte, avait-il dit à Alice.

Aucune insulte ne l'empêcherait jamais de protéger sa sœur.

Elle passa devant les deux frères endormis en se dirigeant vers la fenêtre. Les ouvriers avaient allumé deux feux de joie dans les collines. Peut-être dansaient-ils. Leurs silhouettes passaient sans cesse devant des bouffées de lumières oranges ; tout cela était loin, indistinct. Hen laissa échapper un ronflement sonore, gras de morve, qui la fit sursauter. Pas un son n'émanait de la chambre. Ni de la cuisine. Elle se demanda ce que Jane mijotait et quelle excuse elle invoquerait pour ne pas avoir fait la vaisselle. Personne ne l'avait autorisée à prendre sa soirée.

Alice tira sur le rideau de la coquerie ; un visage lui sauta aux yeux. Jane était accroupie sur le plancher, à l'autre bout de la petite pièce. Elle était penchée sur un seau d'eau bouillante, les bras trempés jusqu'à ses manches relevées. Les assiettes et les tasses étaient disposées sur le sol. Le feu dans le fourneau ne brûlait plus guère, quelques flammes encore au-dessus des bûches, juste assez pour échauffer les mollets lorsqu'on s'en rapprochait.

« J'espère que je n'ai pas fait de bruit ? demanda Jane, ce qui irrita Alice au plus haut point, Jane ayant compris qu'elle était venue la gourmander.

– Non. »

Alice la dévisagea, pendant un bref instant de confusion. Jane était la même Jane, mais tout ce qui l'entourait avait légèrement changé. Son frère, Jim, avait volé l'or de Clarence. Considérait-il ce vol comme une juste rétribution de ce que les gens comme Clarence lui avaient dérobé ? Si Stander disait vrai, c'était pour une raison plus précise encore que Jim pouvait s'approprier une part de la fortune : raison découlant du droit profond et naturel d'une mère et de son enfant.

« Je suis venue te parler de quelque chose, dit Alice en reprenant ses esprits. Ne te lève pas. »

Le genou de Jane, tendu sous la jupe, se reposa à terre.

« J'ai fait des mystères, tout à l'heure, quand je t'ai dit que je resterais peut-être cet hiver. Le fait est que Henry et moi sommes fiancés. En secret. Ethel et Clarence ne le savent même pas. »

Une assiette fut plongée dans le baquet, en émergea.

« Je suis la première personne à qui vous le dites ?

– Je n'y avais pas pensé sous cet angle, mais c'est exact, oui. »

Le visage de Jane était neutre, tandis qu'elle s'essuyait les mains sur son tablier. Elle n'allait certainement pas perdre de nouveau son calme. En jeune fille catholique bien élevée, elle savait se maîtriser. Son expression se fit hautaine.

« Alors, je suis honorée d'être la première à vous souhaiter bien du bonheur. »

Ah. Alice s'y était attendue, s'y était même préparée. La réponse émergea rapidement d'un puits de ruminations préparatoires.

« Nous te devions de te prévenir rapidement, me suis-je dit. Avec tous ces gens qui arrivent dans le Yukon, et en particulier toutes ces femmes, ce ne sera plus aussi facile pour toi de trouver du travail. La dernière fois que Hen est allé à Dawson, il n'a pas été sollicité par moins de cinq dames, lui proposant, toutes, de faire sa lessive. Des dames bien élevées et bien habillées, venant toutes de bonnes familles. Tous les jours, de nouveaux arrivants. Dawson ne ressemble plus à la ville où Clarence t'a embauchée. »

Silence.

« Vous savez ? finit par dire Jane. C'est sans doute vrai. »

Elles avancèrent l'une vers l'autre, presque trop proches pour pouvoir s'arrêter, avancées minuscules vers la révélation de leur détestation mutuelle.

« Anton Stander m'a appris quelque chose ce soir que je ne savais pas. Il dit que Clarence et toi vous êtes rencontrés en 1895. Est-ce vrai ? »

Jane ne répondit pas. Elle prit une assiette, à laquelle adhéraient de petits bouts de viande, et la plaça d'un geste délicat au fond du baquet. Elle eut un regard qui disait : Ta sœur est mariée, tu vas bientôt l'être ; en quoi ça t'importe, petite garce, de savoir si c'est vrai ou non ?

« Il m'a rapporté d'autres détails, poursuivit Alice, dont je ne pense pas que je peux les répéter ici. »

Un dédain brûlant irradiait de sa peau.

« Encore que cela m'ait fait comprendre, poursuivit Alice, d'où te vient cette idée que le monde ici t'appartient plus ou moins. »

Jane haussa les épaules. Elle tourna la tête, comme pour mettre fin à cette conversation. Dans la pièce d'à côté, le plancher craqua ; quelqu'un se retournait dans son sommeil.

« Clarence ne tolérera pas encore bien longtemps cette attitude scandaleuse, poursuivit Alice, dans un murmure éthéré. J'espère que tu peux le comprendre. J'espère que ton frère le comprendra aussi. Je le jure devant Dieu, ajouta-t-elle devant son silence. Si je parviens à prouver que ton frère est bien notre voleur, je le ferai pendre. »

Jane s'immobilisa. Les mains sur le rebord du seau, pour garder son équilibre, elle leva les yeux.

« Merci beaucoup pour ce que vous m'avez dit des dames de Dawson. C'est si gentil de votre part de vous intéresser à moi. Depuis mon arrivée, vous m'accordez une attention extraordinaire. »

7.

La même nuit, quelques heures plus tard, encore fébrile, Alice fut réveillée dans son perchoir par des éclats de voix. Le toit était toujours aussi bas. Les trolls voûtés étaient toujours alignés près de son matelas, compagnons geignards, source directe d'une fièvre brûlant trop fort en de trop nombreux esprits. Il faisait vraiment sombre. Septembre était déjà bien entamé ; finis, les flirts de l'été avec la nuit. À présent, celle-ci était vraiment noire, dense, elle avait repris du poids, de l'influence. Elle tendait une couverture au-dessus de la maison, comme partout dans le monde, en n'importe quelle époque de l'année.

La lumière émanant de la trappe provenait d'une bougie. Les voix, rageuses, se répondaient comme en un jeu de balle. Elle n'en comprenait pas un mot, n'arrivait même pas à savoir qui parlait. Homme et femme. Homme et homme. Elle replaça ces voix dans des bouches connues, testant les appariements. Clarence et Ethel. Ethel et Hen. Hen et Jane. Jane et Clarence. Clarence et Hen, peut-être. Ou bien Jim. Dans le murmure, toutes les voix se ressemblent.

Alice se redressa sur son séant. Elle rampa vers la trappe en prenant soin de ne pas faire de bruit.

La porte d'entrée claqua. Elle attendit. La bougie fut éteinte. Sous les sacs d'or, la porte de la chambre fut ouverte et fermée. Puis le silence. Ses yeux se firent à l'obscurité. Plus alerte que jamais, elle roula sur elle-même, pour glisser un regard par la trappe. La salle à manger lui apparut dans une brumeuse précision.

Elle avait une idée, ou plutôt un début d'idée. Elle pouvait retourner se coucher et ne plus y penser. L'oserait-elle, ou non ?

8.

Le lendemain, dans la matinée, le fourneau était éteint. Le matelas dans la cuisine roulé dans un coin. Pas de petit déjeuner tout prêt pour Ethel. Le sac brodé de Jane absent de l'étagère. La croix de métal décrochée de son clou.

« Nous avons perdu notre cuisinière ! » s'exclama Alice d'une voix sonore, presque chantante, pas assez cependant pour réveiller Hen, qui dormait encore à même le plancher.

Clarence, naturellement, était déjà au courant. Il était à table, buvant à petites gorgées une tasse d'eau du puits. Ses yeux étaient écarquillés, son regard éteint, fragile.

« Qu'est-ce qui se passe ? Tu t'es disputé avec Jane ? »

Les veines de ses globes oculaires saillaient, rose vif.

« Tu nous as entendus, cette nuit ?

– J'ai été réveillée par des voix, mais je n'ai pas essayé d'en savoir plus. J'ai pensé que c'était une conversation entre Ethel et toi, et je suis restée au grenier. Cela ne me regardait pas.

– Ce n'était pas Ethel. Jane a frappé à la porte de la chambre vers trois heures du matin. Elle avait enfilé son manteau, elle était en colère. Elle m'a dit qu'elle allait partir sur-le-champ. Elle avait fait son bagage, inutile de la retenir. Elle a l'air de considérer que nous l'avons maltraitée. Elle pensait avoir été embauchée pour une longue période, du moins qu'elle pourrait travailler ici cet hiver, ce que je jure ne lui avoir jamais promis. Hen ne voulait pas. Elle m'a demandé ses gages du mois, et je les lui ai donnés. Elle est partie à Dawson chercher un nouvel employeur.

– Et se répandre en ragots sur notre compte, je suppose, se risqua à commenter Alice. Mais nous y survivrons. »

Elle ouvrit la porte du fourneau et ralluma le feu. Une langue orange, solitaire, l'embrasement puis le crépitement réconfortant, le souffle des flammes. Qu'il était facile à Clarence de partager ses responsabilités avec les autres ! « Nous l'avons maltraitée », avait-il dit. Comme s'il n'était pas son unique patron. Il y avait sur le fourneau une casserole pleine d'eau. Elle la couvrit et retourna dans la salle à manger.

« Ethel dort encore ?

– Oui. Elle ne s'est jamais réveillée.

– Jamais réveillée ?

– Je veux dire qu'elle ne s'est pas réveillée, cette nuit. À cause de Jane.

– Parfait. Elle se serait fait du souci pour elle, ce qui n'est pas une bonne chose.

– Ce qui n'empêche. J'ai une mauvaise nouvelle à lui annoncer, j'en ai bien peur.

– Quoi ? »

L'homme se décomposa sous le regard d'Alice. Accablé de tristesse, le menton sur la poitrine, les coudes sur la table.

« Je pense que je me suis trompé sur le compte de Frank, marmonna-t-il.

– Frank. Tu veux parler de Frank, ton frère ? »

Un hochement de tête imperceptible.

« Je ne retrouve pas les pépites d'Ethel. Elle les a sorties hier soir pour les montrer à Peggy. Juste avant d'aller me coucher, j'ai accroché le sachet à une patère, à côté des chapeaux. Ce matin, j'ai eu un mauvais pressentiment. En allant chercher le sachet, je me suis rendu compte qu'il avait disparu. »

Alice se dirigea vers les chapeaux, qu'elle ôta un à un des patères avant de les laisser tomber au sol.

« Tu es sûr que tu n'as pas rangé le sachet ailleurs ? Dans votre chambre ?

– Sûr et certain. »

La porte de la chambre était fermée, Ethel dormait encore.

« On vérifiera plus tard.

– Jane les a volées, déclara-t-il d'un ton morne. Inutile de chercher. Personne d'autre n'est passé dans la maison après que je les ai laissées avec les chapeaux. Et il y a pire : Jim aussi a disparu. Les gars sont venus me le dire il y a vingt minutes. Il était censé travailler à la concession cet hiver. »

Son soupir, aussi lourd que celui d'un cheval, s'acheva sur le raclement de gorge d'un chagrin bien humain.

« Tu ne t'étais pas trompée sur leur compte.

– Tu m'accordes trop de crédit. Je n'avais aucune preuve.

– Tu savais que Frank n'y était pour rien.

– J'ai seulement dit qu'il était trop orgueilleux pour voler.

– Seigneur. Je suis navré pour Ethel. Elle ne mérite pas ça. Elle collectionne ces pépites depuis deux ans.

– Que valaient-elles, si je peux te poser cette question ?

– Quinze cents. Moins que les sables qu'on nous a volés. Mais la valeur était surtout…

– … sentimentale.

– Oui, dit-il en regardant la porte de la chambre.

– Tu veux que je lui en parle, Clarence ?

– Non, c'est à moi de le faire. »

L'eau bouillait. Elle retourna dans la coquerie, se faisant discrète. Les bulles remontaient sur la paroi sombre de la casserole. Elle porta la main à sa poitrine, et resta debout près du fourneau, sans un bruit, à sentir sous ses doigts les martèlements puissants de son cœur.

9.

Ils ratèrent le vapeur à Dawson. Clarence racheta des billets pour un autre vaisseau, l'*Orlantha*, qui ne partait pas avant la deuxième semaine d'octobre. Ce choix le tortura pendant des journées entières. Il avait une aversion superstitieuse pour les changements de plan. Il avait également le sentiment qu'il ne pouvait quitter la concession tant que ses affaires n'étaient pas réglées. Bien sûr, il était certain de causer leur mort à tous, d'autant que Henry put l'assurer assez vite que le bateau sur lequel ils auraient dû rentrer, le *Caroline's Pines*, était arrivé à San Francisco avec un ou deux jours d'avance sans la moindre embûche. C'était affreux, affreux, de penser à tout ce qui pouvait se produire. Avait-il troqué une heureuse traversée pour un voyage fatal ? ne cessait-il de se demander. Question à laquelle nul ne pouvait répondre.

Ethel versa des larmes amères sur ses pépites. Elle essaya bien de les retenir, pour ne pas faire de peine à son mari, mais rien n'y fit. Elle s'épancha d'une voix sonore entre ses sanglots : qu'elle était sotte de pleurer sur ces babioles. Elle était horrifiée de découvrir ainsi la vraie nature de Jane ; elle n'avait pas perçu en elle cette inclination vicieuse. Bientôt, elle voulut surtout ne plus penser à la cuisinière. Peu importaient les pépites, leur valeur ne représentait rien. Elle se frotta les yeux. Elle rit de sa détresse, les joues luisantes de larmes.

Le travail des sluices avait cessé. Les tas de sables aurifères qui, au début du printemps, faisaient la taille d'un homme, avaient presque entièrement fondu. Bientôt les compagnons du sommeil d'Alice, les trolls aux ventres ronds, descendraient du grenier. Elle ne les verrait plus. Elle posa les paumes sur la toile de jute, sentit les grains d'or crisser de l'autre côté. Les toucher, sans les posséder.

Jamais Clarence n'avait répondu sans détour à sa question, pourtant des plus simples : combien vaux-tu ? Au Klondike, personne n'y répondait. Réticence répandue et compréhensible, elle le savait : ce n'était pas seulement vulgaire de se répandre partout sur sa bonne fortune, c'était également une erreur de gestion. Le gouvernement canadien récupérait dix pour cent des gains effectués sur son sol au passage à la frontière. Le chiffre final devait donc rester variable. Suivant le responsable du poste de douane, il pouvait baisser de dizaines de milliers, voire de deux ou trois cent mille par rapport à son montant initial.

« Alors ? demanda-t-elle à Henry en mettant à sauter dans l'huile grésillante des filets de saumon, des rondelles de courge et du choux vert, et parlant assez fort pour que toute la maisonnée entende. Il croit vraiment que je vais arpenter la concession en hurlant ses secrets ? Que je vais inscrire le chiffre au charbon sur notre porte d'entrée ? »

Elle aurait pu bombarder sa sœur de questions à ce sujet, mais n'avait jamais jugé la chose correcte.

Hen, au moins, était trop amoureux pour la faire languir. Le soir, après dîner, pendant qu'elle débarrassait la table et alors qu'ils étaient restés seuls tous les deux dans la salle à manger, il l'enlaça de son bras massif en l'attirant à lui.

« Un million quatorze mille douze », souffla-t-il au creux de son oreille.

10.

Pendant ce temps, l'insulte s'envenimait. Les jours passaient. Le calendrier tournait sur sa bobine métallique et Clarence, misérable, ne savait toujours que faire. Devait-il ou non porter plainte auprès de la police montée pour les trois vols ? Il ne le pouvait qu'en nommant Jim et Jane, ce qui le chagrinait. Il craignait que cette dénonciation ne suffise à les condamner. C'était stupéfiant. Alice le poussait dans ses retranchements ; Henry de même, grâce aux encouragements d'Alice. Charlie s'apprêta à franchir une frontière invisible en faisant quelques remarques sur l'intégrité de la loi américaine, non, pardon, canadienne. Même Ethel, qui détestait être en désaccord avec son mari, se risqua à lui demander si les voisins ne seraient pas scandalisés par cette absence de réaction. Dans leur aimable confusion, personne ne remarqua ce qu'Alice seule voyait : l'accusation portée contre Frank venait d'un recoin de l'âme où l'on entretient ses désirs impossibles ; et ce n'était que la peur profonde, la culpabilité intense, l'amour fou ou une combinaison de ces trois sentiments qui poussaient Clarence à agir de manière aussi incohérente.

La lueur voilée de la bougie rendait visible la trappe carrée sur le plancher du grenier ; Alice sortit aussitôt de son lit. Elle était attirée par cette lumière comme un papillon de nuit. Attirée par la grande table et l'homme qui y était assis, penché sur sa plume oblique.

C'était rare de le voir le porte-plume à la main. D'après ses sœurs, Nellie et Cora, il n'avait envoyé que deux lettres de tout le printemps et de l'été 1895.

« Ah, tu écris enfin à la police montée.

– Je te serais reconnaissant d'éviter ce sujet, dit-il en posant sa plume.

– Tu vas donc les laisser bafouer la loi sans sévir, c'est ça ? Cette femme t'a volé, elle a volé ton épouse, et te voilà planté là, trop lâche pour porter plainte, comme l'aurait fait toute personne saine d'esprit. Jim t'a délesté de dix mille dollars sous ton nez.

– Si ça m'est égal, pourquoi t'acharner ?

– Ne serait-ce que pour les pépites de ma sœur, pour commencer. Tu m'as dit qu'elles valaient quinze cents dollars à elles seules.

– C'est de la menue monnaie.

– Vraiment ? s'exclama-t-elle en tendant la main. Alors donne-les-moi. »

Ce geste pour lui n'avait rien d'une farce. Ses yeux étaient deux mares claires, ce soir-là. Quand on croisait leur regard, on s'y noyait.

« Et puis tu dois des réparations au pauvre Frank.

– Dès notre retour, mère va me sauter au visage à ce sujet. Elle me fera payer très cher le fait d'avoir faussement accusé notre aîné. Fais-moi confiance, elle n'a pas besoin de ton aide.

– Aucune nouvelle de Jane à Dawson ?

– Aucune.

– C'est qu'ils ont dû trouver refuge dans un campement indien. Je les vois très bien autour du feu, avec tout cet or éparpillé sur une couverture, pour que les petits enfants le voient. Et ils se moquent de nous.

– N'essaie pas de me faire sortir de mes gonds, Tot. Ça ne marchera pas. »

Le porte-plume, qu'il venait de lâcher, roula sur la table ; le premier nœud dans le bois brut arrêta sa progression. Clarence se carra contre le dossier de sa chaise et tira les pans de sa veste sur son ventre.

« Ils peuvent fabriquer une poupée à mon effigie et la farcir au crottin de cheval, je m'en fiche. Quand nous débarquerons, à San Francisco, le gouverneur, le maire et l'armée au grand complet des journalistes de la ville m'attendront en rang d'oignons sur le quai pour me serrer la main. Il n'y en aura pas un seul pour se soucier de deux Indiens voleurs de gravier.

– Oh que si. Raconte-leur donc l'histoire ridicule de la coquine qui t'a volé ton or avant de prendre la porte. C'est le genre d'anecdote qui fait ricaner ces hommes-là et leur met le feu aux joues. »

Puis elle recroquevilla les orteils sur le plancher glacial, en détournant le regard.

« Du crottin de cheval, murmura-t-elle. C'est tellement bien trouvé. »

11.

À chaque conversation avec Clarence, elle s'enhardissait un peu plus. Dans les jours qui suivirent, la flamme qui lui consumait l'âme crût en ardeur. Elle se souvenait de ces moments sur la piste de Dyea à Dawson, à l'époque où un regard désapprobateur l'aurait anéantie. Il l'avait brutalisée, l'avait poussée dans la tente, à Sheep Camp. Il avait déchiré son certificat de propriété. Mais il l'avait laissée s'échapper, elle avait pu lécher ses blessures. Et qu'elles lui semblaient plaisamment superficielles, maintenant qu'elle était guérie et qu'elle avait retrouvé l'usage de tous ses membres. Elle s'en fichait, à présent. Ses cicatrices témoignaient de ses prouesses de guerrière.

Au Klondike, l'automne ne durait pas. Lorsque l'hiver arrivait, c'était en fanfare. Alice comptait chaque heure, chaque journée. Il ne restait plus que treize jours avant leur départ de Dawson. Ethel était retombée dans une humeur lente et morose, chose qu'on aurait crue impossible chez cette créature si vigoureuse, si épanouie, avant l'étrange obscurcissement provoqué par sa maladie. Alice quant à elle ne parvenait pas à retrouver le calme. Ses lettres à Poie et à Moie étaient brèves. Plus courtes aussi, les annotations dans son journal. Lorsqu'elle passait en revue les grands moments de son existence, elle n'aimait guère ce qu'elle avait sous les yeux.

Devant le fourneau, sur le vieux matelas de Jane, Clarence était couché sur le côté. C'était nuit noire, un peu après une heure du matin. Les braises grises luisaient d'un orange intense. Si rondes, si replètes, à vous donner envie d'ouvrir le foyer et de vous les poser sur la paume. Ethel devait avoir le sommeil agité, et Clarence avait voulu sans doute trouver une couche plus tranquille. Dommage pour lui : le tourment l'attendait. Sa joue reposait sur ses mains jointes en prière : c'est ainsi qu'on voit dormir les enfants dans leurs livres d'images.

« Je sais que tu ne dors pas, Clarence. Tu ne le sais peut-être pas, mais quand tu dors profondément, tu ronfles. C'est comme cela que nous faisons la différence. »

Il se retourna, en poussant un grognement. Pas encore prêt à cesser la comédie. À quelques pouces de sa tête, une boîte de pêches en conserve, vide, cuiller à l'intérieur.

« Anton Stander m'a raconté quelque chose l'autre soir, pendant la fête.

– Ah bon ?

– J'y pensais ce soir, et je ne pouvais pas trouver le sommeil ; dans ce cas-là, me suis-je dit, Clarence n'a pas le droit de dormir tranquille. »

Il ouvrit les yeux.

« Mais le droit de te coller une gifle, sûrement ?

– Stander m'a dit que Jane avait un enfant.

– Tu crois tout ce que Stander te dit ?

– Je préférerais pouvoir te faire confiance.

– Attention, Tot. Je pense que tu vas un peu trop loin.

– Comment veux-tu que je fasse autrement ? chuchota-t-elle. Ces jours-ci, je tourne en rond, à essayer de te comprendre. Toi et Jane, si la rumeur est vraie, ce n'était que le début. Ensuite la faire venir comme cuisinière, laisser Jim te dépouiller. Ça aussi, ça va trop loin, non ? Jane vole les pépites d'Ethel et tu laisses faire. Un vrai cadeau à la dame. Le sable, encore, ça se comprend, mais je pensais vraiment que tu n'accepterais jamais qu'on fasse du tort à Ethel. Sais-tu seulement qu'un jour elle a entendu Jane et Jim discuter dans le cagibi ? Elle les a entendus prononcer le mot “bébé”. Elle a pensé qu’ils parlaient d’elle. De ses difficultés à ce sujet. Tu imagines, si elle avait entendu le reste ? »

La colère de Clarence se levait dans le silence.

« Je suis désolée, dit Alice dans un revirement habile, pour se faire plus conciliante. Tu comprends bien à quel point cela pourrait détruire Ethel. Tout ce qu’elle désire, c’est un enfant. Et il se peut qu’il n’arrive jamais. Tu ne lui as jamais rapporté ce que le docteur Moorhead a vraiment dit. Il n’était pas optimiste.

– Il y a trois ans, dit Clarence d’une voix lente, je suis arrivé à Dyea avec cinquante dollars en poche. C’était mon premier voyage de prospection. J’étais pauvre comme Job. Et regarde où j’en suis aujourd’hui. Ne me dis pas, à moi, que les choses ne peuvent pas changer du jour au lendemain.

– Du jour au lendemain. »

Elle sourit.

« Quand la nuit dure trois mois, cela prend un autre sens. »

Il semblait sur le point de l’interrompre ; elle fut plus rapide.

« Le fait est, Clarence, que le corps d’une femme ne fonctionne pas comme une mine d’or. Il ne suffit pas de travailler dur et d’être opiniâtre.

– Tu en sais, des choses, pour une vierge.

– Tu me prends pour une sainte-nitouche. Sache que je suis fiancée à ton frère. »

Ah, enfin, le véritable réveil. Il tombait des nues. Jane aurait pu le lui dire, ou Henry négliger sa promesse, s’était-elle dit. Rien de cela. Le visage de Clarence exprimait la stupéfaction.

« Hen ?

– À ton avis ?

– Tes parents sont au courant ?

– Pas encore. Mais tu sais qu'ils en seront heureux. Je suis certaine qu'ils s'attendaient à un moins beau parti. Et puis qui peut trouver à redire à un Berry ? »

Ce à quoi il répondit par un grognement.

« C'est un peu maigre, comme félicitations, s'esclaffa-t-elle. Réfléchis, Clarence. Nous allons être doublement frères et sœurs. Simplement, n'en parle pas à Ethel. J'attends qu'elle soit d'humeur plus sereine. Et je lui dirais tout, au moment du dessert. Tu vois ? Moi aussi, j'ai des secrets. Mais les miens sont plus agréables.

– Je t'en supplie, gémit-il. Jane et Jim sont partis. Inutile de revenir sur la question. »

L'œil unique que son profil montrait était dardé sur Alice. Puis, dans un murmure, à la fois lugubre et irrité, il posa une question, révélant la profonde intelligence qui l'avait mené à la fortune, si profonde qu'Alice ne la percevait pas toujours.

« Mais que cherches-tu, au juste ? »

12.

Derniers clous dans les caisses. Vêtements nettoyés et pliés. Marmites récurées. Rideau décroché du seuil de la coquerie, pour l'aérer et le blanchir au soleil. Plancher balayé, débarrassé de toutes ces petites particules de boue séchée que les semelles faisaient entrer en contrebande. Poussière envolée en une nuée scintillante par la porte grande ouverte. Les pensées d'Alice flottaient à des kilomètres de là, non pas vers Selma, mais au bas d'une falaise blanchie par le sel, couronnée de verdure : là-bas, sur un bout de terrain, se dressait une maisonnette blanche, qui appartiendrait un jour à ses parents.

Ils lui manquaient. Enfin, c'est ce qu'elle s'imaginait. Elle se demandait ce qu'ils diraient de ses fiançailles, s'ils seraient contents, ou tristes de perdre leur dernière fille. Elle se mit à genoux pour passer à l'encaustique les pieds du fauteuil. Non que Henry puisse le remarquer, mais parce qu'il était contraire à ses principes de ne pas laisser une maison en parfait état. On était le 5 octobre. Dès que Clarence donnerait le signe du départ, ils se rendraient à pied à Dawson, y passeraient une dernière soirée en ville et se prépareraient à embarquer le 11 au matin. Ethel s'était habillée, et était assise sur le tabouret de la cuisine pour surveiller la cuisson des haricots. La maison s'emplissait d'une odeur familière : bile et miel, cette purée en décomposition.

« Oh, vous avez entendu ça ? » dit Henry, entré en trombe.

Alice, prise au dépourvu, lui hurla d'enlever ses bottes. Il s'exécuta puis plia les orteils, pour les faire craquer contre le plancher.

« Jane est en ville. Et nous qui pensions qu'elle avait eu l'élégance de filer vers Circle City. Tu parles ! Elle se pavane sur les trottoirs de Dawson, en robe de soie, avec un chapeau de paille à rubans. Un de nos voisins l'a croisée, et il se trouve qu'il m'a tout raconté. Ah, j'allais oublier : elle a un éventail assorti à la robe, soie bleue et dentelle blanche. Personne ne lui a dit que Clarence était encore ici. Enfin, je pense. Vous étiez tous censés débarquer en Californie la semaine dernière. »

Dès que Henry se fut faufilé dans la coquerie, Alice se précipita hors de la maison. Elle descendit vers la rivière, les poings serrés sur sa jupe relevée. Elle sentait sur elle les regards des deux mineurs restés pour l'hiver. Un visage poussiéreux, encrassé de boue, par-dessus le manche d'une pelle ; un autre entre les deux bras relevés d'une brouette.

Elle fondit sur Clarence qui, marteau en main et lèvres cloutées, consolidait les fosses actives en prévision de la neige. L'année passée, il avait confié cette tâche à Stander. Ils avaient perdu deux fosses : la neige les avait remplies et, au printemps, lors de la fonte, les murs saturés de boue s'étaient effondrés.

« Hen me dit que Jane est à Dawson. »

Clarence cracha les clous dans sa paume.

« Je sais. Il m'a croisé en remontant chez nous.

– Et Jim ? On l'a vu, lui aussi ? »

Il ne répondit pas immédiatement, réfléchissant sans doute à ce qu'il pouvait ne pas lui dire.

« Il est passé à la concession ce matin. Les gars m'ont dit qu'il avait traîné dans deux ou trois tentes à l'aube ; il cherchait des affaires qu'il avait laissées. Il pensait que nous étions déjà partis. Richards et Handler l'ont fait décamper.

– S'est-il expliqué ?

– Il ne comprenait pas qu'on lui refuse le droit d'aller chercher des affaires qui lui appartenaient.

– Bien sûr. Il n'a peur de rien. Et ça se comprend. »

Ce soir-là fut marqué par des conversations futiles, nerveuses, timides plongées d'oiseaux dans une étendue d'eau. Dawson, Selma, comment les ouvriers dépenseraient leurs gages, le voyage de retour, imminent. La gêne était palpable. Ils écoutaient les bruits du dehors, et comprirent finalement le danger qu'Alice avait pressenti depuis le début de l'été. À présent, il était trop tard pour adopter une autre stratégie.

La vaisselle était nettoyée, essuyée, et les maîtres de maison étaient couchés. Dans un recoin de la salle à manger, Henry ouvrit les bras. Alice vint s'y nicher. Il la serra contre lui, la fit danser, comme si le toit produisait quelque douce musique. Bientôt ils danseraient sans quatre couches de laine pour les séparer ; bientôt, peut-être, elle accueillerait, lové au creux de son ventre, un petit vermisseau de l'espèce des Berry. Elle était prête. De Jane et de Jim, elle avait dit : « Ils n'ont peur de rien. » Et bien qu'elle continuerait de le penser, elle se rendit compte que ce verdict lui était venu sans trop réfléchir parce qu'il s'appliquait aussi à elle.

13.

Une furie d'aboiements se réverbéra dans les collines. Il faisait encore noir. Alice fut même étonnée de constater qu'elle avait pu s'endormir, surprise par l'éclat noir du ciel, visible par la lucarne ronde, et le tremblant clair de lune qui creusait la rivière d'un étroit chemin de lumière. Après avoir entendu des bruits de pas et des voix affolées au rez-de-chaussée, elle passa ses bas avant de descendre rapidement l'échelle. Ethel était adossée près de la porte de la chambre, le visage cireux, figé. Clarence tâchait d'enfiler un pantalon par-dessus son caleçon tandis que Henry, déjà habillé, avait empoigné son chapeau. Les chiens aboyaient autour de la maison. En descendant l'échelle, elle avait entendu Henry gronder :

« Mais qu'est-ce que c'est que ce boucan ? »

« Je vois quelqu'un dehors », annonça-t-il d'un ton plus calme, à la fenêtre.

Deux quelqu'un, de fait, les mineurs qui hivernaient. Matthew Richards et Jefferson Handler. Ils entrèrent dans la salle à manger avec Boomy, leur chien, au moment où Clarence décrochait son fusil des patères.

« Et maintenant, il va nous tirer dessus ! » protesta Handler, comme s'il avait, durant son approche, passé en revue tout ce qu'il reprochait à son patron sans se douter de la grandiose scène finale qui l'attendait.

Clarence était abasourdi.

Henry se pencha sur le chien pour l'examiner, en dépit des jappements de la bête. Son museau portait une balafre et sa fourrure était poissée de sang.

Handler fournit une première explication. Jim était revenu au campement des ouvriers dans la nuit. En prenant la fuite, il s'en était pris au chien, ce chien qu'ils avaient justement dressé contre les Indiens.

Richards compléta ce rapport. Les chiens aboyaient, c'est ce qui les avait alertés, même si Jim avait déjà filé, à ce moment-là. Ils avaient été étonnés d'entendre Boomy gémir, ce qui était inhabituel. Ils l'avaient alors découvert, la gueule ensanglantée. Richards avait eu le réflexe d'entrer dans l'autre tente, où ils conservaient justement les affaires de Jim. Son instinct ne l'avait pas trompé. La tente avait été fouillée, les fourrures retournées, plusieurs objets de valeur manquaient : la hache, la cuiller ornée de perles, le bol en fer-blanc, le tabac et la pipe.

« Il paraît que vous n'avez jamais déposé plainte pour les vols à la concession, dit Handler. Trois vols en deux mois, et les gars de la police qui ne sont pas au courant !

– Nous pensions que Frank était le coupable, marmonna Henry pour tenter de défendre son frère.

– On sait bien que vous avez un faible pour les Indiens », rétorqua Handler.

Clarence perdait de sa superbe. Devant ces ouvriers indignés, son autorité s'amenuisait à vue d'œil. Handler pendant ce temps comptait sur ses doigts et détaillait l'ampleur des larcins de Jim. Pas uniquement cette nuit-là, hein : cela durait depuis le début de l'été, c'était clair à présent. Quatre pommes de terre, une paire de bretelles. Handler allait soigneusement recompter ses gages, même s'il avait eu la prudence de les mettre en lieu sûr. Ces Indiens, disait-il, leur chair n'est pas solide comme la nôtre. On lui avait parlé d'un Tlingit qui pouvait enfoncer dans les trous de serrure un index si long et si fin qu'il ouvrait les portes de l'intérieur.

« Il n'a pas pu finir, parce qu'on l'a surpris, ajouta Handler. Mais croyez-moi, c'est que le début. »

Une bourrasque fit vibrer les vitres des fenêtres.

« Seigneur ! » s'exclama Henry, avant de se laisser retomber dans son fauteuil, soulagé.

Ethel avait porté la main à ses lèvres.

Suivit une conversation animée. Jim se trouvait-il encore à la concession ou attendait-il un moment propice à proximité ? Clarence le pensait parti. Les deux ouvriers étaient d'un avis contraire. Rien ne put les convaincre de réintégrer leurs tentes.

« Parfait, dit Clarence. Si vous promettez de ne pas manger toutes nos réserves, vous pouvez dormir dans le cagibi. »

La proposition fut acceptée. Le cagibi n'avait pas de fenêtres et la porte était solide, fermée de l'intérieur par une barre qui s'insérait dans un crochet : obstacle infranchissable, y compris pour le doigt magique d'un Indien.

« Tu pourrais m'offrir un million, Clarence, que je ne passerais pas la nuit là-bas, dit Alice une fois qu'ils furent partis. Si Jim y met le feu, ils ne s'en rendront peut-être pas compte avant d'être cernés par les flammes et brûlés vifs.

– Quelle horreur ! souffla Ethel, les yeux écarquillés. C'est ce que tu crains ?

– Mais non, bien sûr. Je plaisantais. Ethel, et si Clarence t'aidait à te mettre au lit ? Je vais faire chauffer de l'eau pour le thé. Ça nous fera du bien à tous, un thé bien chaud. »

Magnifique, leur empressement à suivre son conseil. Clarence conduisit Ethel dans leur chambre. Un simple mouvement du menton envoya Henry à la cuisine. Aucun d'eux n'avait remarqué sa perplexité. À vrai dire, Alice était ébranlée. Elle ne s'était pas vraiment attendue à ce retour de Jim, même pour récupérer ses affaires.

« Je me fais du mauvais sang pour toi, souffla-t-elle à l'oreille de Henry, une fois qu'elle l'eut rejoint dans la coquerie. Je ne voulais pas le montrer devant ma sœur, mais ce retour m'inquiète. Et s'il ne s'en tenait pas là ? Il pourrait s'en prendre à toi. Et personne ne s'en rendrait compte pendant des jours, puisque nous autres serions partis. »

Le cœur de Henry se gonfla de fierté. Quel compliment dans le souci d'Alice !

« Ça ne me tracasse pas, répondit-il. Je me suis toujours bien entendu avec Jim.

– Henry, Seigneur ! Ce n'est pas seulement ça. Jane et Jim sont persuadés que nous autres Américains n'avons pas le droit d'être ici. Que nous n'avons pas le droit d'extraire une seule pépite de cette terre. Ces bouts de bois que les chercheurs d'or enfonçaient dans le sol pour marquer leur territoire. Ce ne sont que des bouts de bois. On les enfonce, on les retire. Il faut croire en ce qu'ils représentent pour qu'ils aient une signification, et les Indiens n'y croient pas. Rien ne les incite à y croire. Non que je leur en veuille, je les comprends parfaitement. Si j'étais à leur place, je ne me coucherais pas, je ne renoncerais pas à mon pays. Je lutterais. Je ne reculerais devant aucune ruse. C'est bien pour cela que j'ai peur. »

Henry cligna des yeux. Les mots l'avaient surpris, tempête dont il ne semblait pas avoir saisi le sens.

« Ces bouts de bois, comme tu dis, c'est la loi. Une fois que tu les as plantés, une fois que c'est enregistré, c'est réglé.

– Enregistré de quelle façon ? Réfléchis. Les registres à Dawson ? Les registres tenus par de petits gratte-papier au visage pâle, que Jim pourrait plier d'une main ? »

Henry émit un grognement, puis sourit. Il s'empara de cette comparaison exagérée pour se protéger de l'inquiétude qui venait.

« Jim et moi, on soulève les mêmes poids. Ce n'est pas un monstre né d'une crevasse dans la terre, Alice.

– D'accord. Mais imagine-toi en plein hiver. S'il rentre dans la maison alors que tu es endormi ?

– Il y aura les chiens.

– Tu as pu constater tout à l'heure qu'il n'en avait pas vraiment peur. »

Le regard de Henry s'égara, ses joues s'affaissèrent tandis qu'il cherchait désespérément la réponse qui mettrait fin à ces hypothèses.

« Je mettrai des barres à la porte et aux fenêtres. Et je dormirai avec mon fusil.

– Un fusil chargé dans ton lit ? Ce n'est pas très prudent.

– Je le laisserai contre le mur, bien sûr.

– C'est très bien si tu passes huit mois cloîtré, insista-t-elle. Mais tu sortiras. Et qui sait s'il ne sera pas toujours dans la concession, n'attendant que ce moment ? »

Une nuée de vapeur, langue vivante de la bouilloire. La boue devenue eau, l'eau devenue thé. Une famille de Californie courtisant l'Arctique. Des miséreux riches à millions. Des Indiens qui vous sauvent la vie en avril pour vous la voler en octobre. Ces métamorphoses n'étaient-elles pas si faciles ?

Alice imagina Hen devant la porte de la maison, étendu sur le gravier. Son corps fendu jusqu'au nombril, humides entrailles au grand air. Peau blême, mains croisées. Indifférent à ce qui orne son front, une pyramide parfaite de pépites dorées.

« Qu'est-ce que je peux faire ? dit-il dans un soupir.

– Parler à Clarence. Lui expliquer qu'en n'allant pas immédiatement porter plainte auprès de la police montée, il te met en danger. Lui passera bientôt la nuit dans un hôtel bien confortable de San Francisco. Mais toi ? Dans une semaine, tout le Klondike sera au courant de ce qu'il y a dans Eldorado des concessions où on peut tout voler. Si nous ne faisons rien contre Jim, il reviendra avec ses amis harceler tous les chercheurs d'or le long de la rivière. Rappelle à Clarence le vol des pépites d'Ethel. Ces gens-là, rien ne les arrête. Va voir ton frère et tiens-lui ce discours. »

14.

L'aube grise se répandit sur la terre, les collines, la rivière, surprenante sensation de voir réapparaître le paysage exactement comme ils l'avaient laissé. Bientôt, quelle apparence aurait-il ? Collines dénudées, évidées, berges érodées. Encore une saison, et il commencerait à changer. D'ici à trois ans, ces contrées sauvages ne ressembleraient plus à ce qu'elles avaient été.

« Nous allons à Dawson déposer un rapport à la police montée. »

La voix de Clarence était si ferme qu'on aurait cru que l'idée venait de lui.

« Mesdames, voulez-vous que Hen reste ici, pour veiller sur vous ? »

Elles déclinèrent l'offre : la place de Henry était auprès de son frère. Cependant, une fois la porte refermée, l'assurance d'Alice s'émoussa quelque peu. Dans ce pays immense et nouveau, elle ne s'était jamais trouvée loin de Clarence ou de quelque autre membre de leur groupe. À présent, elle et sa sœur étaient – ah ! – non plus vraiment elles-mêmes, mais n'importe quelles femmes de l'histoire, tremblant derrière une porte verrouillée. Dans la maison, cependant, les objets étaient les mêmes. Quatre murs rugueux, des troncs couchés à l'horizontale. Une échelle de corde reliant le rez-de-chaussée à un trou dans le plafond. Une solide table sous laquelle sommeillaient deux chiens. Des crochets de fonte près de la porte auxquels rien ne pendait. Un crâne de bison aux cornes ornées de dentelle noire. Ethel traîna son fauteuil à bascule au milieu de la salle à manger. Elle serra dans son poing une pelote abandonnée sur le coussin. Elle se replia sur elle-même, son corps dans dix couches de vêtements, comme pour se protéger. Pourquoi ? se demanda Alice en considérant sa sœur. Elle n'avait tout de même pas conservé à la mémoire l'image des murs en rondins dévorés par le feu ?

Le jour tardait à venir. Cela pourtant ne dura pas.

Le lendemain, dès midi, les hommes réapparurent à la frontière de la concession. Alice les vit de la fenêtre de la cuisine. Ils étaient onze : Clarence, Henry, Charlie et leurs deux ouvriers, Handler et Richards, puis deux membres de la police montée, en uniforme. Des gamins cependant, c'était visible même à cette distance. Quatre chercheurs d'or, voisins d'Eldorado, complétaient le groupe : elle crut reconnaître James Renoncourt, Martin Pratt, Samuel Evans et Herman Whipple.

Ils avançaient nimbés de résolution ; à les voir aussi confiants, elle se demanda s'ils savaient déjà que la piste les ramèneraient sur les traces de Jim. Elle ne s'attendait pas à ce qu'ils reviennent si tôt. Elle allait devoir redoubler d'ingéniosité pour disposer sur la table charcuterie et fruits. Lorsqu'elle entendit frapper à la porte, elle se rua hors de la coquerie.

« Qui frappe à la porte ? s'exclama Ethel.

– Chut, Ethel. Ce qui, c'est ton mari. »

Elle n'avait pas vu juste en ce qui concernait le déjeuner. Clarence entra seul, pour donner rapidement quelques nouvelles aux femmes. Des mineurs leur avaient rapporté à Dawson que Jane et Jim étaient ensemble, qu'ils remontaient vers le nord du pays. Il y avait un campement indien à trente miles environ dans cette direction. En fin de compte, Jim n'était pas venu une nouvelle fois dans les concessions. La police montée étant à présent impliquée, il n'était donc pas question de partir à leur poursuite. Comme Clarence l'avait pressenti, le contrôle des opérations lui échappait à partir du moment où il avait déclaré les vols.

« Mais n'y a-t-il pas danger ? »

En présence de Clarence, Ethel n'avait plus d'yeux que pour lui.

« Danger pour qui ? grommela-t-il. Nous sommes à onze contre un. Pour nous, c'est sans danger. »

Ferme déclaration, mais le ton n'y était pas. On aurait cru qu'il rentrait en traînant la patte après un combat perdu, et non qu'il se préparait à conduire une juste bataille.

« Nous avons avec nous Patrick et Larson, de la police montée. J'ai demandé des chevaux, mais ils ne veulent pas que leurs bêtes s'aventurent aussi loin.

– Ils peuvent faire mieux que ça, tu aurais dû le leur dire », gronda Alice.

Et Clarence ayant secoué la tête, elle ajouta :

« Dis à ces garçons de venir manger un morceau. »

Clarence, cependant, s'était vu administrer une leçon, une leçon de justice ; ce savoir nouveau, bien qu'il n'ait que mépris pour ce qu'il avait ingurgité, le poussait vers la porte. Il avait sollicité avec insistance ses voisins, la police. À présent, il ne pouvait les ralentir. Ils grattaient le sol de leurs sabots, impatients de poursuivre.

Il faudrait qu'ils se contentent de quatre sacs de bœuf séché, qu'elle lui tendit.

« Tiens. Prends au moins cela. »

Ethel et Clarence se tournèrent au même moment vers elle, la dévisageant avec effroi. Ils comprirent qu'Alice, leur sœur, parlait pour la majorité. Puis Ethel, réticente, prit son mari par le bras. Cette hâte lui faisait horreur.

« Je t'en supplie, reste. Dis que c'est ma faute. Explique-leur que j'ai peur. Que tu ne peux pas laisser deux femmes seules avec ton or. »

Il eut un instant de réflexion. Oui, ça n'était pas impossible. Il pouvait prétexter de cela : il faut que je veille sur mon million de dollars en poussière, et aussi sur ma femme. Avant qu'il puisse approfondir la question, l'un des jeunes policiers annonça leur départ d'une voix forte. Tous soudain affichaient une féroce résolution, remarqua Alice. Même Hen.

Alice passa le bras sous celui de sa sœur.

« Je sais que tu as peur, ma chère, mais il faut qu'il y aille. Clarence n'est pas un roi qui peut envoyer des hommes au combat sans les mener. »

De nouveau, les époux Berry dévisagèrent Alice avec épouvante. Puis Clarence embrassa sa femme et franchit le seuil d'un pas martial. La barre retomba. Les rideaux tardèrent à se fermer. Ils ne le furent qu'une fois la troupe disparue au tournant de la rivière. Si Henry perd la vie, songea Alice, je ne me pardonnerai jamais de l'avoir envoyé dans ce piège. Si c'est Clarence qui meurt, Ethel m'en jugera responsable, et me haïra jusqu'à son dernier souffle.

15.

Un vacarme assourdissant réveilla Alice. Il faisait encore noir. Les hommes se précipitaient sur la porte. Ils étaient partis depuis dix-huit heures au plus, pourquoi ce si prompt retour ? Elle sauta du lit, s'approcha de l'entrée, mais la combinaison de leurs poids sur le battant pressait la barre contre son support, la rendant inamovible. Elle leur cria de reculer, en écartant le chien d'un coup de pied. Elle cria à Ethel d'ouvrir la fenêtre pour dire aux hommes de s'éloigner. L'information n'ayant pas circulé, il fallut quelques minutes pour qu'ils s'abstiennent de peser sur la porte ; elle put alors soulever la barre et les faire entrer.

Ils étaient partis à onze. Trois seulement se tenaient devant elle, et pas ceux qu'elle aurait voulu voir. Le chien qu'elle avait chassé, Boomy, traversa d'un bond la salle à manger pour accueillir Handler, Richards et Charlie.

« Et les autres ? » demanda Ethel.

Les trois lui passèrent sous le nez pour palper les fenêtres et examiner le verrou de la porte et levèrent leurs fusils.

« Charlie, bon sang, gronda Alice. Réponds à ma sœur.

– On ne sait pas, dit Charlie sans quitter la fenêtre des yeux. On a entendu Clarence et Henry beugler. Je crois que Jim a pu filer. Hen a hurlé je ne sais quoi à Clarence, ne lâche pas le fusil, quelque chose comme ça. Il avait la trouille. On a entendu des coups de feu, et après plus rien.

– Qui a tiré ? »

Alice avait du mal à articuler les mots, submergée par la peur.

« Clarence ? Ou bien est-ce que Jim a pu attraper son arme ?

– Ma bonne dame, c'est ce qu'on n'a pas pu savoir ! Et c'est pour ça qu'on est revenus en vitesse ici », répondit Charlie d'une voix étrange, qui semblait ne pas lui appartenir.

Le vent soufflait. Ethel, n'écoutant pas les protestations des mineurs, ouvrit la porte. Au-delà du seuil, la concession, déserte. Et au-delà de la concession, une poignée d'étoiles. Et les ténèbres tout autour étaient creuses, comme l'intérieur d'un tambour. Si creuses, qu'elles semblaient ramper jusqu'à la maison, pour l'évider à son tour, en dévorer toutes les vertus.

« Clarence ! » hurla Ethel.

Charlie l'empoigna par le bras pour la faire rentrer de force. Il referma la porte tandis qu'elle s'effondrait en sanglots à ses pieds. Derrière Alice, désormais : une fortune en or, une veuve éplorée à genoux sur le tapis. Elle sentit quelque chose. Elle sentit que ces journées qu'elle avait façonnées avec soin, ainsi que des bibelots d'ivoire, dégringolaient de ses genoux, qu'elles plongeaient dans l'oubli, comme si elle avait commis une énormité, s'était enorgueillie trop vite, avait gâché en raison de sa précipitation, en raison de ses erreurs quelque chose d'insoutenablement précieux.

Tandis que Handler posait la lampe sur la table, que Richards se tenait près de la fenêtre et que Charlie buvait du brandy au goulot, les détails de l'incident furent révélés en désordre. Jim. Une cabane minable dans les bois. Une prompte découverte. L'or retrouvé. Ils avaient envoyé l'un des deux jeunes policiers, Larson, prévenir son chef à Dawson, un certain Dells ; ils n'avaient pas eu le temps d'attendre la réponse. Clarence et Henry avaient ligoté les poignets de Jim et le faisaient avancer entre eux, avec Renoncourt, Pratt, Evans, Whipple ; l'autre policier, Patrick, suivait en renfort. Jane s'était volatilisée ; ils ne l'avaient même pas aperçue. Seuls un châle et quelques perles bleues abandonnés dans la cabane attestaient du passage d'une femme. Eux trois – Charlie, Handler et Richards – avaient pris la tête du cortège de la victoire vers la rivière. Ils avaient pris trop d'avance, cependant, et ne s'en étaient rendu compte que lorsqu'ils avaient entendu les cris de Clarence et de Hen. Puis les coups de feu, qu'ils n'avaient pas pu compter, et dont ils connaissaient encore moins la raison.

« C'est Clarence, se lamenta Ethel. Je sais que c'est lui ! Il avait un mauvais pressentiment. Il ne voulait pas vous suivre. J'aurais dû l'en empêcher. »

Sa robe était remontée jusqu'aux genoux, révélant des couches successives de coton blanc. Elle sanglotait et avait du mal à respirer. Elle se tordait de chagrin au pied du fauteuil à bascule. Les hommes ne la regardaient pas. C'était un étrange spectacle que cette femme à terre, et ces hommes qui ne la relevaient pas. Alice se représenta Henry. Elle avait tout prévu. Elle commençait même à se voir, vêtue d'une robe en soie, le tenant par les mains devant leurs familles réunies. Elle était incapable de concevoir sa mort. Il était trop encombrant, trop joyeux, trop présent. Les Berry pouvaient-ils vraiment disparaître dans les ténèbres immenses du Klondike, laissant les Bush vivantes sans eux ? Ethel, à son côté, s'était recroquevillée, la tête penchée. Les vertèbres saillaient sous sa peau, entre le col et la racine des cheveux.

« Il faut attendre, voulut-elle la rassurer. Je suis sûre que Clarence et Henry sont sains et saufs. »

Une autre idée cependant était apparue dans son esprit, une autre direction : si Clarence est mort, c'est moi qui prendrai les rênes. Ethel sera trop accablée pour s'en charger.

Au-dessus de sa tête : les sacs de jute, les trolls pleins d'or. Elle s'attendait presque à les voir tomber du ciel et atterrir à ses pieds dans un nuage de poussière éclatante.

À la fenêtre, Charlie se mit à hurler.

« Les voilà ! Oui, on dirait Clarence, Hen et les autres ! »

Alice s'empourpra immédiatement.

Ethel se releva. Puis elle se précipita vers la porte, l'ouvrit et descendit le perron d'un pas gauche. Elle poursuivit sa course incertaine dans la pénombre avant de se jeter au cou de son mari. Alice l'observait. Alors lui apparut, sur le côté, derrière la tête d'Ethel, l'œil de Clarence. Un œil violent. Un reproche qui la fit trembler. Elle faillit ne pas voir Hen, qui venait à elle. Et lorsqu'il la souleva dans l'une de ses immenses et généreuses étreintes, les boucles de ses bretelles pressant contre la poitrine d'Alice, elle était encore si bouleversée par le regard de son beau-frère qu'il lui fallut quelques secondes éprouver du soulagement.

« Charlie nous a dit qu'il y avait eu des coups de feu, dit-elle. Dieu merci, vous êtes là. Tout va bien.

– Tout va bien ? Non. Jim est mort », dit Clarence.

16.

À présent la manière terrible dont les choses s'étaient passées pouvait être rapportée, un échec retentissant suivant l'autre. Tout d'abord, ils avaient eu vent à Dawson de la rumeur qui donnait Jim et Jane en fuite, vers le nord-ouest de la rivière. Ils avaient marché cinq heures dans cette direction et campé quand ils n'en pouvaient plus. Au matin, en apercevant une cabane dans la forêt, près de la berge, ils ne pensaient même pas aux fuyards. C'était trop tôt, se disaient-ils. Ils s'imaginaient plutôt trouver des chercheurs d'or et avaient même hurlé quelques plaisanteries en approchant. Difficile de dire qui avait été le plus surpris. Un visage familier, celui de Jim, leur était apparu ; ils avaient immédiatement compris. Jim avait pris ses jambes à son cou. Onze paires de bras avaient eu raison de lui. Jane était invisible. Clarence avait passé vingt minutes à piétiner les sous-bois, les rochers. Elle n'était pas loin, se disaient-ils, la sentant même les épier ; il aurait cependant été stupide de continuer à la traquer. Sur ses propres terres, une Indienne échappera à ses ennemis comme la fumée entre les feuilles, toute en volutes. Pendant ce temps-là, Henry fouillait la cabane.

« J'ai trouvé ! » avait-il crié.

De l'or. La terre aurifère de la *Cinq*. Les dix mille dollars que Jim, en effet, avait volés. La situation n'était plus la même. Ils étaient désormais en possession d'un coupable. Patrick l'avait officiellement déclaré en état d'arrestation. L'autre jeune policier, Larson, était reparti à Dawson pour demander à Dell, leur chef, ce qu'ils devaient faire du prisonnier. Ils lui avaient ligoté les poignets et le tenaient en laisse. Henry lui avait dit qu'il serait pendu à Dawson par la police montée, ce qui, avoua l'intéressé, était une erreur ; peut-être était-ce pour cette raison que Jim avait pris peur. Ce qui était arrivé un mile plus loin. L'Indien s'était débarrassé de la laisse avant de bondir sur le fusil de Clarence. Un corps-à-corps s'était ensuivi ; le coup était parti alors que le canon était dirigé vers le haut du cou de Jim, sous son menton. Une détonation à fendre l'air. Il avait trébuché et s'était effondré sur les bottes de Clarence. Il ne respirait plus, et ils avaient commencé à étancher le sang qui coulait de la blessure avant d'abandonner. Il se trouvait à présent sur la concession. Ils l'avaient roulé dans une couverture et couché dans une cabane, sur la *Cinq*, à une certaine distance, mais dans le champ de vision de la maison des Berry. Les hommes parlaient de Jim au présent. À tel point qu'Alice, perplexe, se demanda si elle n'avait pas mal compris leur récit.

« Doit-on appeler un médecin, ou bien le coup de feu l'a-t-il réellement tué ? demanda-t-elle.

– Non, en voulant prendre le fusil, il s'est tué, la reprit Renoncourt, un des voisins.

– Je l'avais mis en état d'arrestation, compléta Patrick, le jeune policier. Au nom de la loi. Eh oui. Il avait été pris la main dans le sac. »

Alice le dévisagea. Il paraissait considérer la mort de Jim comme une insulte personnelle, un geste d'irrespect à son encontre. Elle se tourna vers Clarence, et quand leurs yeux se croisèrent, elle sentit son visage s'embraser.

« Pendant une seconde, dit Henry, quand il s'est écroulé, j'ai cru que c'était C. J. »

Tous les regards se tournèrent vers ce dernier. Il resta silencieux, clignant des yeux.

Derrière lui, près de la porte, gisaient les sacs retrouvés dans la cabane. Personne ne semblait vouloir y toucher.

« Et les pépites d'Ethel ? demanda Alice, comme si elle venait juste d'y penser. Ils les avaient laissées avec le reste ? »

La question tira enfin Clarence de son mutisme.

« On ne les a pas retrouvées. Ils ont dû cacher le petit sac ailleurs. Ou peut-être les dépenser.

– Ça n'est pas grave, Clarence. »

Cette fois-ci, l'assurance d'Ethel n'avait rien de factice. Elle s'était blottie contre son mari et caressait doucement la cicatrice rose sur sa joue. Elle lui prit le menton à deux mains et lui baisa le visage.

Dehors, la lumière du soleil apparut au-dessus des arbres, de la rivière, du cabanon de la *Cinq*, avec son terrible contenu. Ce même soleil qui s'était couché sur Jim, lequel n'aurait, par la grâce de Dieu, nul lever similaire. Alice eut un regard pour Ethel, qui continuait de bécoter et de palper cette bûche muette et pétrifiée qu'était son mari. Dans un recoin de la salle à manger, un estomac fit entendre son discret gargouillement. Alice dit à Ethel de ne pas bouger : elle se chargerait de faire la cuisine.

Une fois dans la cuisine, elle remit des bûches dans le fourneau. C'était curieux de se trouver seule dans cette pièce. Elle s'était habituée à y travailler avec Jane. Boomy, le chien, passa sous le rideau, s'arrêtant contre sa jambe. Il leva vers elle ses yeux chagrins et avala avec avidité le morceau de viande qu'elle lui donna.

Elle mit le pain à cuire. Pourtant les hommes avaient dû soudain changer d'avis, car au moment où elle déposait du beurre dans une casserole, elle entendit les bancs et les chaises grincer sur le plancher. Elle revint dans la salle à manger pour les voir partir. Ils avaient pillé le tonnelet de biscuits salés et avaient accaparé tout le fromage.

Henry, qui s'était attardé auprès de Clarence, se coiffa de son chapeau.

« Je vais à pied à Dawson. Au moins, que ce soit ton frère qui aille témoigner auprès du chef de la police. C'est mieux qu'un voisin.

– Très bien.

– Tot voudra peut-être m'accompagner, ajouta Henry en apercevant Alice.

– Non, dit Clarence. Il faut qu'elle reste avec sa sœur. »

Henry s'en fut, faisant claquer la porte.

Clarence se retourna vers sa belle-sœur. Ils étaient seuls à présent. Ethel devait être allée se changer dans leur chambre.

« Continue à me regarder avec ce sourire insolent, dit Clarence, et je te fendrai les lèvres. »

Le beurre allait brûler. Elle passa le rideau tête penchée. Il allait partir maintenant, se dit-elle, peut-être monter la garde près du corps de Jim. Cependant, il la suivit, passant le seuil d'un pas lourd. Elle baissa le menton. Comment lui paraissait son visage à présent ? Elle n'aurait su dire s'il était plus ou moins provocant.

« Tu es contente, maintenant. »

La situation n'évoluait pas en la faveur d'Alice. La proie de Clarence s'était trop vite terrée ; il n'avait pas rentré ses griffes et battait encore l'air.

« Bien sûr que non, répondit-elle à voix basse. Un homme est mort. Il faut vraiment que tu aies de moi une opinion effroyable, pour croire que j'en suis heureuse. »

Son corps pivota, tout à son travail : elle prit trois assiettes sur l'étagère, bien qu'elle ne sache pas si Clarence voulait manger ; peut-être ne cuisinait-elle pour personne. Elle offrit à son regard une moitié de visage. Comme si son attention n'était pas entière, comme si ses sens ne se concentraient pas sur le moindre changement de l'humeur de Clarence. Elle coupa des pommes de terre en tranches dans un bol. La colère de son beau-frère sombra dans ses yeux de bonde, trous noirs au bord desquels toutes choses trébuchaient et tombaient.

« Tu ne supportais pas Jane.

– C'est faux.

– Tu la méprisais.

– Je ne l'aimais pas beaucoup, c'est possible. »

Elle s'entendit parler d'une voix précise, presque sans émotion.

« Mais dans une mesure à laquelle on peut s'attendre, étant donné ce que nous sommes, l'une et l'autre. Vois les choses de mon point de vue, qui est celui d'une femme depuis peu fiancée à ton frère. Comment voudrais-je d'une personne comme Jane sous ce toit ? »

Elle versa les pommes de terre dans la poêle. Ce qu'elle disait n'intéressait pas Clarence, elle le savait : mais que faire, sinon parler, encore, toujours ?

« Demande à tes sœurs, si tu ne veux pas me croire, poursuivit-elle. Nellie et Cora te diraient la même chose. »

Ils passèrent dans la salle à manger. Alice ôta son tablier et le posa sur le dossier d'une des chaises. Elle se sentait plus en sécurité, ici, avec Ethel dans la chambre toute proche.

« Va voir Jim, dit Clarence. Soulève la couverture et regarde ce qui reste de son visage. Tu n'auras peut-être plus envie de te rengorger après ça… »

Submergé par l'émotion, il s'interrompit, se mit à pleurer. Il avait encore du mal à croire ce qui s'était passé.

« Clarence, écoute-moi. »

Il fallait saisir l'occasion, essayer de le raisonner, en dépit des risques.

« Tu as tort de t'en vouloir à ce point. Jim savait dans quel guêpier il se fourrait lorsqu'il a commencé à te voler ton or. Ce n'était plus un gosse. À tout moment, la loi aurait pu le frapper et le résultat aurait été le même. La police montée n'est pas réputée pour sa mansuétude.

– Il méritait donc la mort ?

– Non, répondit-elle après une hésitation, pas pour les vols, non. Mais pour avoir voulu te prendre ton fusil, oui. Il aurait pu te tuer. Dieu merci, ce n'est pas toi qui te trouves dans ce cabanon. »

Il ne répondit pas.

« Toi, ou ce jeune homme, Patrick. Ou imagine Hen. »

Clarence pourtant n'était pas d'humeur à la suivre dans ces mondes hypothétiques. Il resta fermement planté devant elle. Et sa voix, quand il reprit la parole, débordait de fureur.

« Tu voulais que Jane et Jim fichent le camp de la concession, et tu as réussi ton coup. »

Sursautant, le corps transpercé par sa colère, elle s'écarta. La réalité de ce sentiment était en cet instant la seule qui comptait pour lui ; il en aurait frappé n'importe quelle créature assez sotte pour lui faire obstacle. Elle recula encore d'un pas, puis d'un autre.

« Tu as fait de moi un tueur. »

Les mots avaient été prononcés. Il en fut enhardi. Ayant trouvé sa coupable, il l'accabla de nouveau.

« Tu as fait de moi un meurtrier !

– Et comment ? En t'achetant de la poudre ? Est-ce que j'étais avec toi à Forty Mile, avant ton mariage ? poursuivit-elle dans un murmure frénétique. Est-ce moi qui ai fait venir Jim et Jane à la concession ? Est-ce moi qui t'ai enfermé dans le cagibi avec Jane ? Où est-elle, d'ailleurs ? J'aimerais bien le savoir. Il paraît que tu l'as cherchée dans les bois pendant vingt minutes, sans rien trouver. C'est vrai, ça ? Tu ne lui as pas plutôt suggéré une cachette plus sûre ? C'est grand, le Yukon. Ce ne sont pas les terres qui manquent. »

Il bondit sur elle. Elle s'y était attendue, pourtant, et avant qu'il comprenne ce qui lui arrivait, elle avait filé. Pendant toute sa tirade, elle avait calmement traversé la salle à manger. Elle se faufila dans la chambre, ferma la porte, puis baissa la barre.

Ethel : dressée sur son séant, dans son lit, épaules droites et cheveux frisottants, sans leurs épingles.

« Que se passe-t-il ? Je t'ai entendu parler de Jane. »

Choc sourd d'une épaule contre la porte.

« Alice, tu saignes de la bouche. »

Elle porta la main à ses lèvres ; son doigt était nappé de rouge. Elle avait dû s'écorcher le visage en fermant la porte.

Épouvantée, Ethel descendit du lit, main tendue vers le verrou. Alice fit barricade de son corps, l'étreignant.

« Qu'as-tu dit à Clarence ?

– Ethel, reste dans la chambre. Je t'en prie ! Nous sommes hors de nous-mêmes, mais nous allons nous calmer. »

Deuxième assaut.

Ethel avait été depuis toujours la plus vigoureuse. Alice la saisit par la taille, la retenant sans peine. À travers la tendre épaisseur de chair, la saillie des os. Au pire instant de la maladie de sa sœur, Alice s'était réconfortée en songeant qu'Ethel était toujours aussi replète. Elle avait peut-être eu tort de se rassurer à ce compte. Et si pendant tout ce temps, se demanda Alice, je n'avais pas réussi à lui garder la santé ? La tristesse s'abattit sur elle ; au même moment, elles entendirent Clarence reculer, puis la porte d'entrée s'ouvrir et se refermer. Ethel s'affaissa. Elle fit deux pas en arrière et s'affala sur le lit.

« Toi et Clarence, vous me traitez comme une enfant.

– Je ne…

– Tais-toi. Je n'en peux plus. Je hais cet endroit. Pauvre Jim. Je pleure sans cesse. Je sais qu'il a volé l'or de Clarence, mais ça m'est complètement égal. On leur a mené la vie rude, à ces pauvres gens. Jim était quelqu'un de bien. Il nous a sauvé la vie, au Chilkoot. »

C'était affreux. Son désespoir atteignit Alice. Elle fut, un bref instant, avec Ethel, submergée par l'épouvante. Puis elle parvint à s'extirper de ces sables mouvants.

« Personne ne le reprochera à Clarence.

– Il n'aurait jamais dû se lancer à la poursuite de Jim. Ça n'en valait pas la peine. »

Une crevasse de douleur déchirait la poitrine d'Alice, son cœur lui sembla malaxé à main nue.

« Je te le jure, Ethel. Tout va s'arranger. Une fois que nous aurons quitté le Klondike, le monde reprendra son cours. Imagine-toi de retour à Selma, avec Moie et Poie. Le soleil sur nos têtes. Toi et Clarence, vous avez tant de choses à faire. Des maisons à acheter. Des visites à des amis. Vous pourriez peut-être voyager. En Angleterre. En Italie.

– Arrête, Alice, répondit Ethel, dans les griffes du chagrin. Tu sais très bien que ce n'est même pas ce dont je rêve.

– Bon. Alors je vais te parler d'autre chose. J'aurais voulu te l'annoncer plus tard, mais je sens que c'est le moment. C'est une bonne chose. Une adorable chose. Henry et moi nous sommes fiancés.

– Quoi ? »

Ethel était secouée, perplexe. Suffisamment pour ne plus verser de larmes.

« Vraiment ?

– Oui, ma chère, vraiment. Tu vois ? Il ne se passe pas que des choses horribles ici. Et nous aurons peut-être rapidement des enfants, Henry et moi, et nous les partagerons avec toi. Toi, et nous, nous les aimerons ensemble. J'aurai peut-être un grand garçon dont tu pourras t'occuper. Tu t'es toujours mieux occupée que moi des petits garnements des voisins ! Tu te souviens, quand ils sont montés sur le poulailler et qu'ils ont pissé sur le toit ? Ah, si je n'avais pas eu de chapeau… Ma foi ! »

La distraction perdit de sa force. Ethel eut un sanglot, un son de poitrine qui ressemblait presque à un rire.

« Oui, tu te souviens. Je ne tolère pas ce genre de déchaînement. Si tu n'avais pas couru à leur aide, je leur aurais donné le martinet, à faire saigner leurs petites fesses toutes maigres. »

La voix de Clarence résonnait au-dehors. Elles eurent l'impression qu'il appelait Pratt et Evans, peut-être. Puis elles comprirent qu'il ne s'adressait à personne.

« Il est bouleversé. »

Alice attira sa sœur à elle. Corps flasque et tiède contre le sien, mais c'était Alice qui tremblait.

« Il n'arrive pas à croire que Jim est mort. Mais il laissera ses soucis ici. Tu le retrouveras bientôt, le Clarence d'avant. »

17.

Fin de matinée à la concession. Vol bas de l'épervier, son ombre qui tremble sur le sol. Alice, qui se dirigeait vers le cabanon, s'arrêta à l'endroit où le chemin devenait irrégulier, caillouteux. L'air était humide et frais, saturé des brumes venues de la rivière. Un jour, Jim avait attrapé un renard et l'avait violemment projeté à terre. L'avait-il vraiment fait ? C'était peut-être une des fables du docteur Moorhead. On pouvait imaginer cet instant d'une autre manière : les mains de Jim jointes sous le ventre de velours de la bête, puis la lâchant doucement, sans lui faire de mal. La lumière ruisselait du ciel bleu et nu. Le temps n'existait pas. Elle aurait pu rester là une minute ou une heure, elle en aurait eu la même part. Il semblait encore ressentir les choses. Il semblait encore presque là. Pourtant, écoutez le silence. Voyez les planches. Sèches, fendues, coupe rectiligne. Rien dans ce cabanon ne pouvait résister à la pression des jours nouveaux. Et ils arriveraient bientôt, flot qu'on ne pouvait arrêter ; et ils les emporteraient loin d'ici.

18.

Les derniers jours dans le Nord se déroulèrent sous ses yeux comme une série de vignettes. D'abord les derniers préparatifs, la porte de la maison qu'on ferme, les dix-neuf miles à pied jusqu'à Dawson. Puis Alice Bush, Mr et Mrs Clarence Berry et Henry Berry arrivant en ville. Le benjamin arborait un sourire gêné, des fruits de bardane et des épines hérissant son veston, une longue estafilade sur le menton, résultat d'un raccourci emprunté dans les bois entre *Cinquante-Huit* Bonanza et *Quatre* Eldorado, la veille, car il craignait d'arriver en retard pour prendre congé des siens. Clarence, lui, était sobre d'humeur et de corps. À la table du Gertie's Saloon, sa tasse ne contenait que du café, et son regard du mépris pour les joueurs de cartes. Il déplorait la mort d'un Indien, disait-on autour de lui, un Indien qui s'était évertué à le voler au su de tous. La plupart trouvaient ce chagrin excentrique, accessible uniquement à ceux qui pouvaient se permettre de si délicats sentiments.

Mrs Clarence Berry, sa propre sœur, était elle aussi distante. En 1896, Ethel avait été cette plantureuse aventurière au grand sourire réputée pour son ascension du Chilkoot en jupe et bottines à talons. Il n'en restait plus grand-chose : comme si le Klondike, avec son or et tout le reste, l'avait frigorifiée, desséchée de l'intérieur.

À ses côtés – et particulièrement consciente d'elle-même, de la manière dont elle était perçue – se tenait enfin Miss Alice Bush, la sœur cadette. On savait maintenant qu'elle était fiancée à Henry Berry : alliance si évidente qu'elle n'avait surpris quasi personne. À première vue, ce double d'ombre du couple Bush-Berry n'éveillait pas vraiment l'intérêt des employés d'hôtel, des épouses, des lavandières, des boutiquiers, des miséreux ou des propriétaires de concession dont ils partageaient la table. Mr H. Berry et Miss Bush n'étaient pas riches. Ou plutôt, ils n'étaient pas riches indépendamment de leur frère et de leur sœur. Lui était gros et bête. Elle était taciturne et quelconque. Quand on les mariait en esprit, ils se frottaient l'un à l'autre comme deux carrés de laine humide : il n'en naîtrait jamais les étincelles argentées qui donnent à l'union de deux jeunes gens l'éclat d'une nouvelle qu'il est agréable de colporter.

Alice surprit ce message dans les regards appuyés, pour le chasser aussitôt de son esprit. Elle s'offrit une capeline doublée de soie orange et se promena au soleil.

Le 11 octobre 1898, Alice, accompagnée d'Ethel et de Clarence, embarqua sur un vapeur de l'Alaska Commercial, en partance pour St Michael. C'était l'un des derniers départs de la saison pour le port fluvial de Dawson, c'est-à-dire l'une des dernières possibilités de quitter le Yukon. Henry, sur le quai, poussa des cris et poursuivit le vapeur pendant quelques mètres le long du rivage, feignant d'avoir changé d'avis et suppliant le capitaine de baisser l'ancre et de le laisser monter à bord. Et ce fut leur dernière vision avant le tournant du fleuve : Henry, ses grosses mains en porte-voix, hurlant joyeusement : « Ne me quittez pas ! »

19.

Les cabines étaient toutes réservées, le pont envahi par des foules emmitouflées dans des fourrures noires ou brunes. L'or était conservé sous une trappe pourvue d'un cadenas, en fond de cale, sous la surveillance de trois membres de la police montée. Chaque jour de la semaine que dura l'ennuyeux voyage, Alice écrivit une ou deux phrases dans son journal, purement descriptives. De part et d'autre du fleuve le paysage était vert, ambre et brun, si différent des espaces enneigés et boueux du printemps. Le vapeur s'arrêtait toutes les quatre ou cinq heures pour laisser monter des passagers qui battaient frénétiquement des bras sur la rive. Ils longèrent des campements, exhalant des nuages de fumée grise au soleil. Des Indiens en canoë repoussés vers le bord du fleuve. Agrippés aux branches basses, aux ronces, ils affrontaient les vagues du sillage. Puis ils attendaient, prudents, que les flots retrouvent leur tranquillité : alors, pivotant le torse, ils abaissaient les pagaies et reprenaient leur progression.

Les passagers se réveillèrent à Eagle City, dans les eaux américaines, avant d'accoster sur un quai grinçant et tout aussi américain. Les policiers canadiens laissèrent place à trois garçons du Midwest, qui arboraient une expression d'ébahissement affable à tel point similaire que l'un des porteurs les baptisa « les triplés ». Leurs physionomies n'étaient guère de nature à instiller la crainte dans le cœur des voleurs et des escrocs ; cela dit, il paraissait peu probable que de tels malfaiteurs soient présents à bord.

À St Michael, ils embarquèrent sur l'*Orlantha*, qui devait les reconduire à San Francisco. Alice s'agrippa à la rambarde. Elle avait l'impression qu'une machine à mouvement perpétuel s'était installée sous son crâne, qu'elle ne connaîtrait plus jamais l'immobilité. La sciure traçait des formes délicates sur le pont. On l'en avait saupoudré pour recueillir les déjections des animaux et les vomissements des humains, mais l'opération avait été exécutée trop prématurément, avant l'embarquement de la cargaison, et la sciure s'était répandue sur tout le bateau.

Dès la troisième nuit, un vent inévitable se leva. Quand Alice se tenait à l'extrémité de l'*Orlantha*, près de la poupe, le pont étant si incliné qu'elle avait l'impression de monter un escalier. Les jointures des planches béaient puis se refermaient. Un autre passager, non loin, le remarqua également. Son compagnon le rassura immédiatement :

« C'est toujours comme cela qu'ils les construisent, pour éviter qu'ils ne se brisent. »

Les marins formaient le groupe plus fidèle à ses coutumes qu'elle ait jamais fréquenté.

« Vous pensez qu'il y aura une tempête ? » ne cessait-elle de leur demander.

Mais avant de s'y retrouver plongés jusqu'au cou, ils refusèrent d'admettre que la mer paraissait mauvaise. Un passager en gilet vert fit la leçon à des mineurs dépenaillés sur les tempêtes d'équinoxe ; les marins le fusillèrent du regard, comme s'il avait invoqué le diable en personne.

Le ciel se couvrit de nuages noirs. Dans les derniers instants avant l'évacuation du pont, meubles et humains compris, Alice s'avança vers la rambarde, face aux remous écumeux et sortit d'une poche secrète de sa robe la bourse d'Ethel en velours marron.

Elle la garda un instant dans sa main pour sentir les pépites s'entrechoquer à l'intérieur. Puis, d'un ample mouvement du bras, elle la lança dans les embruns.

Une petite boule sombre traversa les airs avant de glisser sous les eaux, sous la vague. L'homme au gilet vert leva les yeux, ses auditeurs commençant à se disperser.

« Qu'est-ce que c'était ? Vous vouliez faire un vœu ?

– Oh, rien de spécial, répondit Alice. Mais je ne voudrais pas être enterrée avec. »

Le pont s'inclina. Elle se mêla aux passagers qui se précipitaient vers les cabines. Elle fit un faux pas, rata les cinq dernières marches et percuta la cloison de plein fouet. Les genoux soudain tremblants, elle s'affaissa. Pas de mal, pourtant. Elle se releva sans peine, riant comme une folle de sa chute. Ivre de soulagement.

20.

Ils n'eurent pas plus de chance qu'à l'aller, avec le temps.

Sur le plancher de la cabine d'Alice, l'eau clapotait sur un pied de profondeur, projetant des gouttelettes fétides quand elle refluait vers le mur. Ne suis-je déjà pas passée par là, songeait Alice, dois-je vraiment subir une nouvelle tempête en mer ? Lorsque le navire gîtait, c'était sans un bruit : ils sombraient dans un puits, sans garantie de jamais revenir à l'air libre.

Les heures passèrent. Le fil de sa vie se concentra en un point unique. Elle s'inquiétait pour ses parents. Ils allaient voir mourir peut-être deux de leurs enfants sur quatre, en une seconde. Quelle perte. Surtout Ethel. Et aussi l'or des Berry.

Elle pensa à Henry, fiancé peut-être de la femme qui avait disparu en mer. Elle le voyait se traîner d'une maison à l'autre, sanglotant à la table du dîner, expliquant à qui voulait l'entendre qu'Alice Bush était la jeune fille la plus tendre dont les petits pieds aient jamais foulé cette terre ; elle était irremplaçable.

Une autre version d'elle-même se sépara de son corps et s'accroupit, regard d'acier, col en dentelle amidonnée, prenant sa place dans le récit historique. Une version naturalisée, simplifiée de ce qu'elle était. Une Alice à conserver sur une étagère, dans les hauteurs. C'était la vie, ou plutôt, c'était ce qui vous arrivait après la mort.

Elle retint sa respiration. Elle garderait le nez et les lèvres soigneusement fermés. Elle perdrait volontairement connaissance avant que l'eau ne remplisse la cabine jusqu'au plafond. Une bulle d'air naquit dans sa gorge. Ses joues enflèrent. Elle souffla, suffoqua.

21.

De larges bandes de ciel bleu apparurent le lendemain matin. Ethel et Alice s'installèrent sur le pont, loin de la rambarde. Leurs fauteuils étaient si proches l'un de l'autre que les deux accoudoirs n'en faisaient plus qu'un. Elles regardaient la mer et les gens qui allaient et venaient sur le pont, vêtus de couleurs ternes. C'était une foule silencieuse. Ils avaient été poussés ensemble au bord du gouffre de la vie, avaient plongé l'orteil dans le néant. On les avait rattrapés par le collet, rendus à l'existence. Et pourtant, ils se sentaient paralysés par le froid. Leurs visages se tournaient timidement vers le soleil. Lorsque l'*Orlantha* dévalait la vague, tous tressautaient.

« Ça te fera quelque chose à raconter à Henry, dit Ethel.

– Oui. »

Long silence.

« Pourtant, je ne lui dirai pas tout. Je ne veux pas qu'il flanche quand ce sera à son tour de rentrer.

– Il a fixé une date pour le mariage ? Je ne lui ai jamais demandé. »

La conversation était intime mais, le vent soufflant fort, elles devaient crier.

« Au printemps. C'est ce que nous avons décidé. Cela dépendra de la fonte des eaux.

– Donc, le plus vite possible.

– Oui, exactement. Quand nous serons rentrées, je veux commencer à me confectionner quelques robes. S'il rentre plus tôt que prévu, je veux être prête.

– J'adorerai t'acheter de la soie.

– Oh, vraiment ?

– Mais oui, à San Francisco, ce sera moins cher. Et avec plus de choix.

– Les Macintyre seront vexés. »

Ces Macintyre étaient leurs marchands de tissu habituels, à Selma, sur Front Street.

« Nous avons d'autres choses à leur acheter. »

Puis Ethel se tut, avant qu'une question joyeuse ne franchisse ses lèvres :

« Et vous avez discuté de la prochaine génération ?

– Oh, on ne met pas la charrue devant les bœufs, tu sais, répondit Alice d'une voix aussi douce que la bise le permettait. D'habitude, je prévois, mais à l'instant j'ai peur de faire des plans à si long terme.

– Quelle tempête, en effet, acquiesça Ethel. Clarence a juré sur Notre-Seigneur que si nous arrivions vivants, il ne reprendrait jamais la mer. »

Puis, comprenant que cet aveu pouvait nuire à Henry :

« Enfin, ce matin, il parlait de reprendre un billet pour mars, en plusieurs étapes. Il pense que lorsqu'on ne perd jamais de vue la terre ferme, on peut au moins espérer rejoindre le rivage à la nage.

– Oui, il y a une certaine logique là-dedans.

– Hier soir, nous avons longuement discuté, Clarence et moi. En particulier d'un sujet qui te concerne.

– Vraiment ?

– Nous avons décidé que si Henry et toi aviez un fils, et que vous l'appeliez Clarence Jesse, nous pourrions faire quelque chose pour lui.

– Je ne suis pas certaine de comprendre.

– Ce que je veux dire par là, c'est qu'il pourrait hériter de nos biens. »

Les sens d'Alice étaient en alerte, parfaitement éveillés. Quatre matelots passèrent devant elles en portant des rouleaux de cordages ; on aurait dit des décorations de Noël. Alice, de son côté, évoluait de même sur une corde tendue, juste au-dessus d'un sol couvert de tessons de verre. Le moindre faux pas, un talon en porte-à-faux : si Ethel le percevait, le numéro serait gâché.

« Et Clarence est d'accord ?

– Nous en avons parlé hier soir. C'est ce qu'il souhaite, pour moi. Il sait que nous allons en parler, toi et moi.

– Alors dans ce cas, je pense que nous pourrions faire cela, Henry et moi. Nous pourrions donner le nom de Clarence à un de nos enfants.

– Ce serait le sang des Bush et des Berry. La même chose que Clarence et moi, le même rapprochement des deux familles. »

Les yeux d'Ethel brillaient, bordés de larmes. Ne l'avaient-ils pas été toute cette matinée, avec le vent ?

« Bien sûr, dit Alice, nous n'aurons peut-être que des filles à la suite les unes des autres. Regarde nous quatre.

– Il y a des années, j'avais choisi un nom pour une petite fille. Clarence l'aimait bien, lui aussi. Melba.

– C'est très joli. »

Leurs voisins, autrefois, avaient eu une laitière qui s'appelait Melba Bride, les dents toutes cariées. Ethel avait dû l'oublier.

« Je vois ça d'ici, se risqua-t-elle à poursuivre. Toi et moi sirotant tranquillement de délicieux thés froids pendant qu'une troupe de petits mioches joue sur la pelouse.

– La pelouse ? Quelle pelouse ?

– Une piscine, peut-être, se hâta-t-elle de rectifier. Une vraie piscine, creusée dans le sol, avec du sable au fond. Pas un baquet en fer-blanc, comme nous avions à la ferme. »

Petits pieds nus ; cheveux bruns ; gracieux tendons de l'arrière des genoux, visibles une seconde ; deux mères de famille aux mains veinées, marmoréennes, se précipitant pour faire tenir sur une tête d'enfant une couronne de fleurs. Un toit de palmes, oriflammes vertes, bruissant dans une brise placide, répandant sur le jardin une ombre confortable et luxueuse.

La chair tendre se plissa, se relaxa et se tendit, lisse, sur le front de sa sœur. Pendant ce temps-là Alice garda la main serrée contre ses côtes. Son cœur palpitait sous quatre couches de laine.

Je suis prête à ce changement de température, songea-t-elle. Clarence Jesse. Melba. Tu peux les appeler comme tu veux.

CHAPITRE 7

Dawson City, Yukon

2015

Mon grand-père a voyagé en première classe de Los Angeles à Fairbanks, avant d'affréter un Cessna à quatre places pour le voyage de Fairbanks à Dawson City.

Owen et moi, de l'autre côté du grillage, sirotions nos cafés brûlants en regardant le Cessna au nez pointu, fuselage d'argent, effectuer une vaste boucle au-dessus de la ville et des sapinières.

La piste d'atterrissage était rustique, couverte de gravier et, à mes yeux de non spécialiste, horriblement courte. L'avion cependant s'est posé avec élégance. Il a relevé ses volets et, dans un grand tourbillon, s'est arrêté à quinze mètres de l'orée du bois.

Les hélices ont fini par s'immobiliser. La porte s'est ouverte. Deux longues jambes sont apparues. Puis, d'un pas extrêmement hésitant, mon grand-père a descendu la passerelle, agrippé à la rampe. Il a regardé alentour, les yeux pétillants, absorbant le paysage, les montagnes, les arbres, l'air si différent de celui qu'il venait de quitter.

Il nous a vu, et son visage a revêtu une expression de défi orgueilleux : comme un enfant qui vient d'escalader un mur trop haut, qui n'y croit pas tout à fait et qui veut que le monde applaudisse son audace.

Il portait un jean, une chemise et un appareil photo, monstre massif et noir passé à son cou. Nous lui avons ouvert le portail ; il nous a rejoints d'un pas encore mal assuré, en s'appuyant contre le grillage.

« Vous n'avez pas honte, vous deux, nous a-t-il interpellés, le regard soudain malicieux : forcer un vieillard à venir au Yukon ? »

Owen lui a proposé son bras ; à défaut, ne voulait-il pas se débarrasser de son énorme appareil photo ? Mon grand-père a refusé les deux propositions. Il était resté trop longtemps assis, ses genoux lui faisaient mal : dès qu'ils se seraient dégourdis, tout irait mieux.

Nous avons pris le temps de saluer le pilote, un quarantenaire athlétique et sûr de lui.

« Je ne suis pas mécontent du grillage, nous a-t-il dit, une main en visière au-dessus de ses lunettes de soleil bleutées. Il y a eu trop de problèmes avec les bêtes sauvages sur cet aéroport. L'an dernier, un orignal s'est égaré sur la piste et a percuté un petit appareil en plein décollage. Le moteur a pris feu et le pilote est mort. »

Owen s'est alors lancé dans le récit de notre périlleuse rencontre avec l'ours ; je me suis retournée vers la piste, l'esprit plein d'images de la collision bien réelle entre l'orignal et l'avion, de l'explosion, et c'est à ce moment-là, seulement, que j'ai remarqué le second passager du Cessna.

La cinquantaine trapue, les épaules voûtées, les cheveux noirs coiffés en arrière, lissés sur le crâne. Veste en jean et grosse boucle de ceinture en argent pesant sur sa bedaine.

Le copilote ? me suis-je demandé.

Puis je me suis rendu compte, avec une pointe d'appréhension, que je connaissais cet homme.

Rhett. Le fils cadet de Numéro Six, fruit d'un de ses précédents mariages. Je l'avais rencontré à plusieurs reprises lors des infernales réunions de famille que mon grand-père tenait à organiser au moins une fois par an pour sa nombreuse descendance. Ce Rhett, diplômé en management, jonglait avec les projets et les emplois, à la vaine recherche du tremplin qui ferait de lui un nouveau Steve Jobs. Et je ne l'aimais pas, pour toutes sortes de raisons, certaines futiles et d'autres essentielles. Il était étroit d'esprit, matérialiste, grossier. Depuis le remariage de mon grand-père avec sa mère, il ne les quittait plus, pour des raisons sans doute liées aux prêts nombreux et discrets qu'ils lui consentaient. Mes deux oncles, qui vivaient également près de Fresno, ne supportaient pas sa présence plus d'une minute.

À présent, téléphone en main, l'œil sur l'écran, il récupérait sa valise. Il semblait mal à l'aise, comme si la perspective de devoir nous rejoindre et nous saluer le plongeait dans le désespoir.

Était-il venu de son plein gré ? J'ai commencé à en douter. Il se serait volontiers imposé à mon grand-père si ce dernier s'était rendu à New York ou à Las Vegas (deux destinations qui lui auraient convenu), mais dans cette ville fantôme, relique minière transformée en attraction touristique au milieu de nulle part ?

Il finit par se diriger vers nous.

« Tu as décidé de te joindre à nous ? lui ai-je demandé.

– Ouais, c'est à peu près ça.

– C'est plutôt sympa de pouvoir t'accorder des vacances avec un préavis aussi court », ai-je insisté pour le mettre mal à l'aise.

À vrai dire, je ne savais même pas pourquoi je prenais cela à cœur. Le sentant entre deux eaux, j'avais sans doute besoin d'affirmer mon autorité.

« Son affaire d'écrans plasma n'a pas décollé, a expliqué mon grand-père en tapotant l'épaule de son beau-fils. Ça n'a pas bien marché côté marketing, c'est ce qu'on peut dire, hein ? Bah. On ne peut pas gagner à tous les coups. »

Et mon grand-père lui a tourné le dos. Un geste qui m'a convaincue, sans doute possible, que Numéro Six avait envoyé son fils à Dawson contre son propre gré et au grand dam de mon grand-père. Même dans les circonstances les plus ordinaires, elle aimait bien garder un œil sur lui. S'il avait annoncé ce voyage soudain au Yukon et si elle avait fait le lien avec Winifred Lowell, je la voyais très bien parlementer, hurler, pleurer et finir par cet ultimatum de la dernière chance : d'accord, mais Rhett part avec toi.

À quatre-vingt-treize ans, on n'a plus une minute à perdre. On ne cède pas à sa petite-fille, qui fait tout ce qu'elle peut pour vous contenir et qui vous conseille, par exemple, de ne pas débarquer inopinément chez les gens. Me pliant aux ordres de mon grand-père, j'ai donc envoyé un message à Leanne l'avertissant que l'ancienne flamme de sa mère, dont je lui avais déjà annoncé l'approche, avait atterri à Dawson et qu'il était désireux de les rencontrer. La réponse n'a pas tardé.

Bien sûr, écrivait Leanne. *Venez à 15 heures.*

« Tu vois bien ! a dit mon grand-père, rayonnant, quand je lui ai montré ces quelques mots. Elles sont aussi impatientes que moi. »

Après quoi, il a parcouru toute la longueur de la Deuxième Avenue d'un pas vif, dans un état de parfait contentement.

Nous sommes arrivés devant le Downtown Hotel, bâtisse rouge vif où il avait, la veille, réservé deux chambres. Ce n'était pas l'Ahwahnee, loin de là, mais l'établissement comprenait une réception spacieuse avec de vastes fenêtres et surtout un restaurant mitoyen, le Sourdough Saloon, où l'on pouvait déguster le fameux « Sourtoe Cocktail » agrémenté de son orteil humain momifié. Nous avons déjeuné en vitesse dans une salle où les chaises à barreaux et le bar tapissé de miroirs et de bouteilles me donnaient l'impression d'entrer dans une temporalité parallèle. Rhett s'est renseigné auprès de notre serveuse, une jolie jeune femme d'une vingtaine d'années, sur le célèbre cocktail maison, puis, fanfaron, a promis de revenir le tester, trouvant en elle une oreille apparemment attentive.

À trois heures moins le quart, mon grand-père est remonté dans sa chambre se faire beau, puis a filé dans le supermarché tout proche avant d'en ressortir avec un énorme bouquet de fleurs roses à la main.

« Ne vas pas le répéter à ta mère, a-t-il soufflé à Rhett. Mais ce serait faire déshonneur à mon éducation que d'arriver les mains vides chez une dame. »

Quel étrange cortège nous faisions dans les rues de Dawson ! Sur cette étroite plaine au pied des collines, au-delà des formations rocheuses du Midnight Dome, qui jadis hébergeait les Hän dans les mois d'été, pour la pêche au saumon. C'était sur cette terre qu'étaient plantés les séchoirs à poisson, le long des berges, dans la chaleur des feux couverts et grésillants. C'était cette terre qu'avaient habitée George Carmack, Anton Stander et Clarence Berry, et tous ceux qui avaient vanté au monde la richesse de ces lieux. Ces rues boueuses avaient, en 1898, été piétinées par des centaines de milliers d'argonautes débarquant l'esprit confus, commençant peut-être à sentir que tout n'allait pas exactement comme ils l'auraient souhaité et qu'ils étaient, comme je l'éprouvais en cet instant, prisonniers d'un rêve.

Nous sommes arrivés devant la maisonnette blanche, avec ses myriades de carillons et de pierres peintes.

« Encore mieux que ce que je pensais ! » a murmuré mon grand-père.

La porte s'est ouverte sur Winnie. Visage intrigué, résolu, insolent. Cheveux détachés sur les épaules, robe violette dont l'ourlet frémissant lui frôlait les chevilles.

Ils n'avaient soudain plus d'yeux que l'un pour l'autre. Peter et Winnie. Nous avons été ramenés, l'espace d'un instant, soixante-dix ans en arrière : à l'époque où une jeune femme et son cavalier d'un soir, soldat américain, partaient danser dans une salle bondée près de la base navale de Sitka. À l'époque des lettres d'amour. À l'époque d'une Los Angeles disparue qui les avait vus se rencontrer pour la dernière fois. Puis le temps a reculé un peu plus, et nous avons été plongés dans un monde souterrain où flottaient des visages morts, des émotions défuntes, les Bush, les Berry, les Lowell, tous ceux qui avaient, sans le vouloir, autorisé ces confluences.

Mon grand-père a tendu les fleurs à Winnie.

« Je croyais que je ne te reverrais jamais. »

Elle a respiré le parfum des fleurs et souri.

« Je te croyais mort.

– Ah, non ! Ça valait le coup de rester en vie, cette petite aventure. »

Près de la clôture, Rhett a marmonné quelques paroles inintelligibles avant de lever les yeux au ciel. Leanne rayonnait.

Puis, tendant la main d'un geste qui nous embrassait tous, elle nous a demandé si nous voulions entrer boire un thé glacé.

Winnie cependant avait un autre plan en tête.

« Oui, rentre, chérie, a-t-elle dit à sa fille. Moi, je voudrais profiter pleinement de l'occasion. Ce n'est pas si souvent que j'ai de la visite. Je vais faire découvrir ma promenade habituelle à Peter. »

Sans attendre de réponse, elle a entraîné mon grand-père, soudain converti à l'obéissance, sur une allée qui menait vers un petit sentier de randonnée le long de la rive du Klondike. Leanne les a suivis du regard, aux prises avec un tiraillement intime. Elle a fouillé ses poches, tendu le cou pour mieux surveiller leur lente progression. Puis ils ont disparu. Et même si elle venait à peine de nous inviter à entrer chez elle, elle regrettait manifestement cette offre.

« Je pense que je vais quand même m'assurer de... a-t-elle marmonné.

– Vous voulez les suivre ? s'enquit Owen simultanément, donnant une voix à son inquiétude.

– Ce n'est pas charitable, souffla-t-elle, soulagée, mais oui, je préférerais, si possible. C'est que j'ai peur qu'un des deux, en tombant, n'entraîne l'autre.

– Allez-y, a dit Owen avec un grand sourire. On ne leur dira rien.

– Oui, bien sûr, ai-je ajouté, en réponse au regard éloquent que Leanne m'a alors adressé. Moi aussi, ça me rassurerait. Après le long voyage en avion, je crains que les jambes de mon grand-père ne soient un peu rouillées. »

Et Leanne a filé, furtive, sur le sentier.

Nous nous sommes alors retrouvés seuls avec Rhett, pour notre malheur.

« Vous rentrez à l'hôtel ? a poliment demandé Owen à ce dernier, visiblement sur le départ.

– C'est bon, a rétorqué Rhett. Peter n'est plus là.

– Je vous demande pardon ?

– Vous pouvez tomber les masques. Je sais ce que vous venez faire ici. Je sais que Peter veut refiler une fortune rondelette à cette bonne femme. »

Owen m'a lancé un regard, sourcils en accent circonflexe. Il semblait aussi ébahi que moi. Donc, l'opération secrète de mon grand-père ne l'était pas du tout. Et pourquoi Rhett s'en prenait-il exclusivement à Owen ?

Ce ton rageur, ces accusations… Rhett n'avait décidément d'yeux que pour mon mari.

« C'est quoi, votre rôle, là-dedans ? Palper la commission de trente pour cent, pour vos bons offices ? »

Cette fois-ci, l'effet de surprise n'a pas duré, laissant rapidement place à une glaciale compréhension.

« Je n'ai rien à voir avec cette transaction. Je suis professeur d'éducation civique dans le secondaire, pas investisseur en Bourse.

– Ah oui, mais vous avez ça dans le sang, non ? Le goût du fric ? »

Owen a dû comprendre où Rhett voulait en venir avant moi, car sa réponse a fusé, hostile.

« J'ai bien entendu ce que vous venez de dire ?

– Je plaisantais. »

Rhett a levé les bras, avant d'ajouter ceci, visiblement amusé par les ondes presque tangibles de dégoût et de surprise que nous dégagions sûrement :

« Putain, mais qu'est-ce que vous êtes cul serré, vous autres ! »

Et il s'éloigna en secouant la tête sur la longue rue de terre battue qui nous séparait.

CHAPITRE 8

San Francisco

1898

1.

Tandis que l'*Orlantha* virait vers le port, Clarence Berry se campa au bout du pont, les mains sur la rambarde, figure de proue de la bonne fortune. Manteau de drap constellé d'embruns, chapeau trônant droit sur son crâne. Une épaisse écharpe rouge bordeaux lui protégeait le cou, ajoutant à la gravité de sa pose. À distance, il avait la solidité du soldat, voire du chevalier. Mais sa bouche était agitée de tics et la rigidité de ses membres trahissait une immense agitation. Il lâcha la rambarde, trop humide et trop froide pour ses paumes nues, et fourra dans ses poches ses mains qui semblaient n'avoir plus aucune conscience d'elles-mêmes. L'une d'elles ne venait-elle pas d'entrer en contact avec quelque objet ? Et ce n'était pas la première fois. De nouveau, cette enveloppe dont on distinguait le coin. Alice le surveillait discrètement et, n'osant tourner la tête, se contentait de le suivre des yeux. Ce qui n'empêchait pas Clarence de se sentir épié. Il fit disparaître d'une petite tape le provocant triangle blanc.

Alice l'avait déjà vu sous le pont manipuler à plusieurs reprises cette lettre dont il paraissait ne pas vouloir se séparer. Dans sa cabine, puis dans le couloir. Portant le papier crème à ses lèvres. Sur le pont, il prit cependant soin de ne pas ressortir l'enveloppe. Cette lettre, si c'en était bien une, il la gardait pour lui, tout comme ses soucis.

Elle inspira l'air glacial, corrosif. Jim était mort. Jane s'était enfuie. Ils seraient bientôt de retour en Californie. Ce voyage sur l'océan les avait récurés. Ils étaient propres, ils étaient purs, libérés de toutes les horreurs du Klondike.

Libérés, vraiment ?

C'était à Clarence de briser les dernières chaînes.

Il finit par poser le regard sur sa belle-sœur, qui le serait bientôt doublement ; une vague de sentiments fit vibrer l'air marin entre eux deux. Étrange phénomène bientôt interrompu par le tourbillon d'embruns qui s'affala sur le pont, ce dont Alice ne put que se féliciter. Le froid chassa la gêne de son visage. Il s'était passé tant de choses entre eux. Elle ne savait plus ce que Clarence pensait d'elle.

Une troupe de mineurs crasseux passa sur le pont, animal aux cinquante têtes, aux cent jambes. Leurs moustaches d'insectes palpaient l'air entre les passagers, à la recherche d'un lieu moins bondé. Sur leurs épaules, des matelas de fourrure, soigneusement roulés. Sur leur poitrine, des cuirasses de provisions et d'ustensiles. Ethel se matérialisa après leur passage, au grand soulagement d'Alice. Elle était allée chercher un châle qui lui couvrait les épaules ; elle affrontait le vent, les traits plissés. Lorsqu'elle aperçut les maisons multicolores de San Francisco rendant vie au paysage, elle s'exclama : « Dieu soit loué ! » Une vague glaciale explosa contre la coque, les noyant dans la bruine.

Clarence tendit le bras. Ethel vint se blottir contre lui, les bras autour de sa taille. Il posa le menton sur le haut de la capeline d'Ethel, geste simple et domestique : comme s'il avait rangé une tasse dans un buffet.

Au loin, sur les flots, un petit remorqueur se détacha des navires à l'amarre, décrivit une large boucle, puis fila droit vers le large. En quelques minutes, on vit paraître à son bord deux hommes qui, une fois la jonction réalisée, furent autorisés à monter sur l'*Orlantha*.

Le chapeau melon marron du journaliste fendit en sautillant la foule amassée sur le pont. Son visage joua un instant à cache-cache entre les passagers, jusqu'au moment où il jaillit sous le nez de Clarence. Alors son expression guerrière fit place à un grand et joyeux sourire.

« J'avais vu votre nom, mais je ne savais qui croire, car nous vous attendions sur le *Caroline's Pines*.

– Des affaires de dernière minute à régler, dit Clarence en acceptant la main tendue. Une semaine de plus, et nous n'aurions pas pu quitter Dawson. Le fleuve a été pris dans les glaces peu après le départ de notre vapeur.

– Eh bien ! Bienvenue à San Francisco. J'espère que vous avez fait bon voyage.

– Oh, nous avons échappé de peu au naufrage.

– Ricky Delaney.

– À quel titre ?

– Pardon ?

– Le *Chronicle*, le *Call*, un autre ?

– Le *Chronicle*. Bien sûr. Le *Chronicle* ! Le meilleur, dit le journaliste en riant. En espérant que vous nous êtes resté fidèle, et que vous nous garantirez l'exclusivité.

– Allons, que reste-il à tirer de cette vieille moitié de citron ? Je vous ai déjà raconté ma vie l'an dernier.

– Certes, mais il y a des lacunes, des lacunes considérables, si mes collègues veulent bien me pardonner.

– Des lacunes ? Lesquelles ?

– Eh bien, par exemple, nous ne savons toujours pas où vous êtes né.

– Ah, répondit Clarence d'une voix lente. Ça, monsieur Delaney, c'est normal. Parce que la chose est d'une grande complexité. Voyez-vous, je me suis échoué, tout bébé, nu comme un ver, sur les plages de sable fin de Beyrouth, et personne ne sait vraiment d'où je viens. »

Le journaliste fouilla ses poches à la recherche d'un crayon, l'œil vif, avant de comprendre qu'il avait été joué ; il sourit, cramoisi.

« Ah. J'ai bien failli marcher. »

Ethel, encore rivée à son mari et reprenant son rôle de solide et joviale épouse, que les journaux aimaient tant :

« Il tient ça de sa mère. Essayez de leur rendre visite un jour que vous aurez envie de relever le défi. Elle invite les jeunes gens comme vous pour le dîner et glisse des pétards sous leurs chaises.

– Elle les taquine ?

– Non, dit Ethel en riant. Elle garde des feux d'artifice du 4 juillet pour faire des farces. Ce n'est pas une image. »

L'*Orlantha* se rapprochait de la terre. Clarence avait les yeux fixés sur la ville.

« Allons, jeune homme, dit-il, qu'est-ce que vous attendez de moi ?

– Que vous révéliez les secrets de votre succès, par exemple ? »

Delaney, remis de sa maladroite amorce, s'était mis au diapason de l'humour des Berry.

« Il part des dizaines de milliers de candidats au Klondike. Cinq cents seulement trouvent un filon et trente reviennent ici avec de l'or en poche. Qu'est-ce donc qui vous distingue ?

– Une chance aveugle.

– Non, c'est plus que cela.

– Alors, disons, l'opiniâtreté.

– J'ai lu dans un entretien avec vous que vous parliez des échecs de votre jeunesse comme d'un aiguillon.

– Ah. J'ai dit ça, moi ? »

Une fausse ingénuité gentiment moqueuse. Clarence avait répété cette antienne partout : à la chaleur des feux de camp, à la table de leur maison d'Eldorado, aux étrangers de passage. Delaney n'avait pas compris à quel point il tombait bien. Clarence était inquiet, ce qui le rendait bavard. Les mythes, et surtout celui qu'il s'était confectionné, étaient des couvertures dans lesquelles s'emmitoufler, réchauffer ses épaules voûtées, sa carcasse tremblante.

« Je pourrais en faire tout un article, insista Delaney. Il faudrait me donner un exemple.

– Ethel, qu'est-ce que je peux lui raconter ? »

Elle avait cette manière bien à elle, Ethel Berry, de se fondre dans la masse avant de ressurgir, éclatante, lumineuse.

« Ton premier hiver dans le Klondike, peut-être ? C'étaient vraiment des temps difficiles.

– Très bien. »

À Delaney, donc :

« Je ne crois pas que votre collègue de l'an dernier ait insisté sur mon premier voyage dans le Nord. Ça devrait vous plaire. À la fin de l'histoire, je pousse un bateau dans la vase avec cinquante Indiens de l'enfer. »

Il éclata de rire. Un rire forcé. Un rire à enterrer Jim douze pieds sous terre, au lieu de six.

« En 1897, donc ?

– Non, mon premier voyage date de 1895. Allons, Rick. »

Clarence empoigna le journaliste par l'épaule et le secoua gentiment. Le melon du jeune homme, dans sa chute, heurta le rebord dégoulinant de la rambarde ; il ne fut sauvé d'un plongeon dans l'abîme que par la présence d'esprit de Miss Alice Bush, la belle-sœur muette.

« Vous le comprenez aussi bien que moi, je crois. Il faut avoir de l'avance sur la populace. »

2.

L'*Orlantha* jeta l'ancre en mer : il fallait patienter jusqu'à la fin du grain avant d'approcher le quai. La ville de San Francisco, si belle, si spectaculairement américaine, étalée sur les collines, les accueillait à couleurs ouvertes. Delaney et Clarence prirent quatre chaises et s'installèrent, en attendant, pour discuter, Delaney crayon en main, Clarence avec sa pipe tiède dont la volute de fumée ne résistait pas longtemps à l'air du large, se dispersant dès sa sortie du fourneau.

Et Clarence Berry raconta l'histoire de sa fortune, en commençant, pour complaire au point de vue choisi par Delaney, par ses débuts misérables, ses premiers faux départs, ses échecs. Il avait, enfant, connu la vallée de San Joaquin à une époque où il n'y avait guère que des hameaux suffoquant de sécheresse. Il n'était pas resté longtemps à l'école, avait travaillé à la construction des canaux d'irrigation au pied des montagnes ; il fallait amener l'eau jusqu'aux fermes. Il avait travaillé avec son père et ses frères, s'évertuant à faire sortir du sol raisins, oranges, citrons et pêches. Lutte sans fin, banale histoire. Les Berry avaient pu économiser assez pour acheter une batteuse ; les frères Berry étaient chargés de récolter quelques dollars en battant les blés de leurs voisins. À dix-sept ans, Clarence s'était révolté contre son père, tyran domestique. Il avait exigé de pouvoir travailler contre un salaire la moitié de la semaine, aux champs, dans les ranchs. Il avait économisé sou à sou, dans un bocal qu'il cachait sous son lit, détail resté à jamais gravé dans sa mémoire. Lorsqu'il eut amassé quatre-vingt-six dollars, il s'acheta sa première terre, soit quarante hectares.

Pendant un temps, tout s'était bien passé. Jeune fermier, il pouvait espérer un avenir radieux. À vingt-deux ans, il avait cependant décidé de jouer plus gros. Il avait hypothéqué sa ferme pour tripler la surface de son exploitation. Le moment était si mal choisi que le pari de Clarence avait tout d'une plaisanterie des dieux. Quelques mois plus tard, débutait en effet la grande panique de 1893, la pire récession que l'Amérique ait jamais connue : un tiers des commerces et entreprises en faillite, l'industrie ferroviaire en déconfiture et les prix des fruits en chute vertigineuse. Clarence ne pouvait plus passer une journée dans les champs la faux à la main sans perdre de l'argent. Une nuit, son orangerie fut pillée, pendant qu'enfermé dans son cabanon il tirait sur les voleurs. Il les rata tous, mais pas son propre chien, qui en mourut. Que pouvait-il lui arriver de pire ? À l'automne suivant, cinq cents banques firent faillite, sauf celle qui détenait son hypothèque. Il reçut trois avis de saisie. Pensa qu'ils n'oseraient jamais. Se disait qu'on pouvait encore lui faire confiance, qu'il redresserait la barre quand les prix repartiraient à la hausse. Un jour, cependant, deux hommes armés, à cheval, arrivèrent avec ordre de saisir sa ferme. Il fut chassé de ses champs, expulsé de la cabane qu'il avait construite de ses propres mains. Il n'y avait pas d'échec plus cuisant au monde. Il aurait voulu mourir de chagrin et de honte. Pendant quelques années, il travailla comme journalier. La sécheresse persistait ; il avait beau accepter toutes les corvées, il n'arrivait toujours pas à sortir la tête de l'eau.

À vingt-cinq ans, c'est-à-dire au plus bel âge de sa vie, Clarence Jesse Berry se sentait au fond du gouffre. Il descendait dîner en compagnie de ses parents et restait à table devant son assiette, sans pouvoir avaler une bouchée. Que faire ? Son frère aîné, Frank, avait évoqué l'Alaska, les vieilles rumeurs d'or enfoui sous les collines. Et ce fut ainsi qu'aiguillonné par Frank (qui trouvait fort drôle d'avoir sous la main un frère à terre, manipulable) mais surtout hanté par son rayonnant désespoir Clarence se décida à partir pour le Yukon.

Il avait un peu d'argent en poche : dix dollars avancés par son paternel, quarante par un inconnu qui avait lu des témoignages intrigants sur Forty Mile, mais ne souhaitait pas s'aventurer si loin au nord. Au printemps 1895, Clarence arriva sur le sablonneux rivage de Dyea, du vomi séché plein la chemise, fermement résolu à ne plus jamais remonter sur un bateau. Une bande d'Indiens venait juste de traverser le village. Il était question de poussière d'or et de pépites serrées dans de petites poches qui pendaient aux lanières de cuir de leurs sacoches. Clarence se joignit à la première équipée qui voulut bien de lui : c'était un ramassis disparate de pieds-tendres. Ils progressèrent dans la neige, entre les séracs, vers le Chilkoot. Au bas de la falaise, ils n'étaient plus que seize : les autres avaient décidé d'attendre le dégel. Les seize, dont Clarence, attaquèrent la paroi à la pioche, au talon, grimpèrent. Un exploit dont ils étaient particulièrement fiers. Leur joie cependant fut de courte durée : du côté canadien, vers ce qui était sans doute devenu le lac

Bennett, ils sentirent le sol se dérober sous leurs pieds et perdirent un traîneau et la moitié de leurs réserves dans une crevasse. Treize renoncèrent. Clarence quitta les derniers, deux frères, près d'une fourche de la rivière.

Un mois plus tard, presque sans le sou, il parvint enfin à Forty Mile, le campement des mineurs. Si épuisé qu'il aurait pu dormir pendant un an : mais il n'y avait pas une minute à perdre. Ce printemps-là, soixante-treize aventuriers blancs utilisèrent Forty Mile comme camp de base pour leurs prospections. Il était impossible de les voir partir la tête basse, déjà las, par groupes de deux ou trois, sans se dire : Bon sang, c'est peut-être ceux-là qui vont trouver le filon.

À la mi-juillet, Clarence s'embarqua dans un périple qui changerait le cours de sa vie, ou qui du moins le conduirait au fond rocailleux de l'abîme, mettant fin à une perdition qui durait depuis des années déjà. Il avait fait affaire avec un certain Herbert Yates, un vétéran de la prospection qui vivait depuis trois ans dans le Yukon. Ils avaient déjà marché deux jours en amont de la rivière de Forty Mile lorsque Clarence, qui marchait à une vingtaine de pas de Yates, perdit l'équilibre sur une pierre de gué. Il tomba dans l'eau, se froissa l'épaule. Pendant un long moment, il n'eut plus devant les yeux qu'un immense ciel bleu où flottait un petit nuage blanc. Il appela Yates. Aucune réponse. Il hurla de nouveau. « Bon Dieu, Yates, je sais que tu m'entends ! » Ils n'étaient ni des amis ni même des connaissances. Cependant ce fut l'idée du mépris avec lequel on prononcerait son nom à toutes les tables du saloon de McPhee qui fit se retourner Yates. Il rebroussa lentement chemin tandis que Clarence, dégoulinant, se remettait sur pied.

« De la casse ? » marmonna Yates.

Non, Clarence n'avait pas senti d'os craquer. Son épaule malgré tout n'allait pas bien. Il ne pouvait plus se servir de son bras, fichue déveine. Ils firent du feu ; Clarence se blottit près des flammes ; ses vêtements fumaient. Il ne fallut que quelques minutes à Yates pour proposer de rompre leur partenariat. Certes, Clarence pouvait marcher sans assistance, mais il était incapable désormais de manier la pelle. Bon, dit Clarence. Et Yates ajouta, après un silence :

« Quand t'auras passé du temps ici, tu comprendras. Les mois d'été sont précieux.

– Bon, répéta Clarence. C'est dit, hein ? Garde tes explications. »

Et Yates se redressa avec prudence et lenteur, étirant ses longs membres. Puis il murmura un « Adieu » gêné. Il y avait entre eux déjà quelques épaisseurs de troncs d'arbres, balafrées de branches maigrelettes, lorsque Clarence avait porté sa main valide à ses lèvres. Et, s'en servant comme d'un porte-voix, il s'était mis à chanter à tue-tête, furieux, éclatant : « Ce n'est qu'un au revoir, mon frère, ce n'est qu'un au revoir, si tu fiches le camp pour ne pas revenir, tant pis, ce n'est qu'un au revoir. »

Yates avait pivoté sur ses talons et lancé un dernier regard à celui qu'il abandonnait. Une nuée de mésangeais avait pris son envol.

« Ce n'est qu'un au revoir, mon frère, oh ! Ce n'est qu'un au revoir, mon frère, oh ! »

Quand Yates eut disparu, Clarence, épuisé, s'était réconforté en songeant que l'autre devait le croire fou à lier.

« Il préférera sûrement passer entre une ourse et ses petits que de recroiser mon chemin. »

Ainsi donc ce fut seul que quelques jours plus tard, n'ayant que peu progressé sur le chemin du retour, grande imprudence, il se trouvait couché dans la forêt, le chapeau rabattu sur les yeux, quand il entendit des cris. Il se leva, voulant en savoir plus. Ce fut alors qu'il découvrit un fascinant spectacle : des dizaines d'hommes, de part et d'autre de la rivière, à cet endroit peu profonde, tiraient une embarcation à l'aide de deux cordes. Les visages de ces forçats étaient striés de bandes noires pour les protéger du soleil. Ils portaient des haillons de diverses provenances, tuniques et bottes indiennes, pantalons européens. Troupe d'apparence fruste, acharnée, guère coopérative en dépit de cet envasement. Un homme blanc se tenait à la proue du bateau. Ils se rendaient à Franklin Gulch, expliqua-t-il à Clarence, qui l'avait hélé.

« J'irai bien avec vous, dit ce dernier.

– Pose tes affaires là, et trouve-toi un bout de corde ; je paie un dollar. »

Le Blanc ricana : quelle bonne blague c'était là ! Cependant Clarence préférait tirer sur une corde de sa bonne main, plutôt que continuer à trimbaler son paquetage. Il pensait également, à tort, sans doute, que ce Blanc, un certain Finn, ne le laisserait pas mourir de faim. Il déposa son sac à bord. Les Indiens rechignèrent à lui faire de la place. Pour des raisons qu'il ne comprenait pas, ils semblaient considérer sa présence comme un déshonneur. Ils franchirent sept miles sans s'arrêter. La tâche était rude. Ils pataugeaient dans la vase, et l'embarcation se mouvait avec la légèreté d'une vache gravide prisonnière des sables mouvants. Lorsque Finn, faisant claquer son fouet, les traita de porcs et de paresseux, il éclata de rire. Finn le considérait visiblement comme faisant partie de la vermine.

Ce fut ce jour-là, cependant, que quelque chose changea en Clarence. Il se sentit libre, sachant qu'il ne pourrait jamais tomber plus bas. Une autre idée se fit bientôt jour : il était tout aussi certain de ne pas être à sa place dans ce gouffre peuplé d'Indiens aux visages bariolés, abîme où il s'était lui-même jeté. Il ne serait pas facile d'en sortir. Il gémit, il chanta. À la pause suivante, il prit la tête des bateliers, se noua la corde autour de la taille. Il tira. Hurla de douleur lorsque la corde, en se serrant, comprima ses organes. Tira, hurla. Les Indiens, cessant de le dévisager, échangèrent des regards. « Choukadi », murmuraient-ils, ou « choukdi », peut-être, ce qui ne pouvait que signifier « Cet homme est fou ».

3.

Le soleil de l'après-midi se déversa sur leurs têtes. Le vent enfin tomba. L'ancre fut levée, l'*Orlantha* se rapprocha du port, tous les passagers poussèrent un cri de joie. Ils accostèrent enfin à quai et le navire fut arrimé. La foule était si nombreuse, si enthousiaste dans son accueil que les Berry durent baisser la tête et courir jusqu'à la voiture qui les attendait. Delaney était plus que disposé à leur rendre service. Une main sur l'épaule de Clarence, il repoussait les admirateurs de l'autre.

« Laissez passer ! Allons, laissez-lui un peu d'air ! Allez, les gens, reculez, il faut qu'il passe ! »

Une fois réfugiés dans leur chambre du sixième étage du Palace Hotel, ils jouirent du soleil qui les inondaient par la vaste baie vitrée. Alice était émerveillée par ce retour au pays, émerveillée d'avoir pu être transportée, en ce qui paraissait maintenant un éclair, des glaciales extrémités du globe au cœur chaleureux de la civilisation. Le plancher ne tremblait pas sous leurs pieds. Les chaises n'étaient pas de guingois. Les appels des grooms résonnaient dans les couloirs. Dehors, de puissantes roues écrasaient les gravillons sur des pavés réguliers. En quel pays avait donc débarqué Alice ? Lieu étrange, énergique, puissant, immense. Rien à voir avec l'Amérique de l'Arctique.

Dans le luxueux salon, avec ses meubles et ses tentures d'or et de pourpre, Clarence reprit sa conversation avec Delaney, cherchant toujours à retrouver son équilibre. Il tournait le dos à Ethel et à Alice, déjà occupées à rédiger leur abondante correspondance.

« Après ces mésaventures, un esprit plus sain aurait décidé d'en finir avec le Nord, poursuivait Clarence. Je suis rentré à Selma en 1896 plus pauvre encore que je l'avais quittée. J'étais dans la plus noire misère et n'avais pas pu m'attribuer la moindre concession. Mais voici justement l'avantage, mon jeune ami. Comme je l'ai déjà dit, je n'avais rien à perdre. Et cette certitude avait changé quelque chose en moi. Raffermi ma volonté. Je pouvais prendre des risques. J'avais retrouvé mon ambition. Et la première chose que j'ai faite, ce printemps-là, c'est de demander la main de la plus jolie fille de Selma. Quelle audace ! Et par miracle, ce dont je remercie Dieu, elle a dit oui.

– Il y a eu un autre miracle, s'interposa Ethel, sans même lever les yeux de son papier à lettres. Cette jeune fille a accepté de te suivre dans le Nord, pour sa lune de miel.

– Donc, s'enquit Delaney, nous arrivons à l'été 1896 ? Le filon de Carmack, la première grande découverte ?

– Exactement. Ethel et moi étions à Forty Mile. Mais j'ai péché par bêtise. J'avais beau être sur place, j'ai raté les meilleures concessions de Bonanza. C'est grâce à ma femme qu'on a pu s'en tirer avec *Quarante et un*. »

Ethel émit un doux petit rire. Ce qui arracha cette déclaration à un Clarence enhardi :

« Eh bien, ajoutez ça à votre liste d'ingrédients secrets. En un, la chance aveugle. En deux, l'opiniâtreté. En trois, les échecs cinglants. En quatre : une épouse beaucoup plus maligne que vous. »

4.

En mars 1896, Ethel et Clarence, tout juste mariés, avaient quitté Selma en chariot, des rubans jaunes attachés à l'attelage. Ils avaient pris le bateau pour Dyea. Ils s'étaient joints à un groupe qui partait comme eux pour le Nord, avaient fait route en sa compagnie jusqu'à ce qui était devenu ensuite Sheep Camp. De là, armés de pioches et de haches, ils s'étaient hissés sur trois mille pieds de glace, sous un ciel immaculé. Et tous les hommes contemplaient Ethel, l'indomptable Ethel, en jupe et bottines à talons. Ils avaient vaincu le Chilkoot. À Forty Mile, ils avaient récupéré une vieille cabane branlante, pleine de courants d'air, désertée par son précédent occupant ; ils s'en étaient fait une maison. Il n'y avait pas de fenêtre, le sol était de terre battue et la cheminée consistait en un orifice dans le toit. En guise de décoration, une vieille paire de raquettes clouée au mur ; en guise de mobilier, une estrade en rondins qu'Ethel recouvrit de rameaux d'épinette et de fourrures pour en faire un lit. Pendant tout l'été, Clarence entreprit d'innombrables tournées de prospection, tandis qu'Ethel faisait de son mieux pour améliorer leur frugal intérieur. En dépit de ses efforts, la cabane resta tout aussi misérable, tout aussi branlante ; et, chose plus importante, en dépit de ceux de Clarence, l'or continua de leur échapper. En août, ils eurent dépensé tout l'argent de leur lune de miel et les quelques sous que Clarence avait économisés en trimant pour son père, après son premier retour du Nord. Clarence se fit embaucher par McPhee, qui tenait le seul saloon du camp.

Et c'est ainsi qu'il se trouvait derrière le bar en cette soirée à marquer d'une pyramide de pierres blanches, cette soirée où George Carmack, à la douteuse réputation, rentra des vallées. Mémorable épisode ! Carmack, grelottant dans ses fourrures, passa brusquement le seuil et s'écria :

« Les gars, c'est bon ! Il y a de l'or à Rabbit Creek, et j'ai déjà déposé une demande de concession de découverte. Prenez vos pelures et suivez-moi si vous en avez envie : je vais vous conduire dans un endroit où vous aurez tous la possibilité de faire fortune ! »

Il faut préciser qu'un des surnoms de Carmack était George le menteur. Rien d'étonnant à ce que ses déclarations ne rencontrent que moqueries. Les rires s'arrêtèrent net, cependant, lorsque Carmack sortit de sa poche de poitrine une cartouche vide de winchester et en renversa le contenu sur le comptoir : un flot d'or, jaune et scintillant, une vision que Clarence ne devait jamais oublier. Les pépites elles-mêmes, longues et plates, comme un ongle de petit doigt, ne ressemblaient à rien de connu. L'atmosphère changea. Des buveurs qui avaient insulté Carmack s'en furent, avec des sourires gênés, décrocher leurs manteaux de fourrure des patères. Trois hommes se faufilèrent au-dehors. Puis huit autres.

Clarence n'avait qu'une envie, les suivre. Malgré tout, une bande d'Irlandais réfractaires refusa de quitter le bar, le contraignant à rester. L'un d'entre eux se pencha sur le comptoir en grommelant :

« On va quand même pas se mettre dans tous nos états parce qu'un type comme Carmack raconte ce genre de blague ? On est des braves gars, nous. »

Il lui fallut attendre quatre heures du matin pour filer à la cabane. Ethel fut épouvantée par son récit.

« Oh, Clarence, c'est peut-être le bon moment ! »

Elle prépara son sac tandis qu'il restait assis au bord du lit, la tête dans ses mains. Panique bien compréhensible : il avait trop attendu. Le temps qu'il parvienne au bord de la rivière, toutes les concessions qui jouxtaient celle de Carmarck avaient été réservées par l'un ou l'autre de ces hommes qu'il avait vus sortir du bar, sauf les *Deux* et *Trois*, échues aux beaux-frères tagish de Carmack. Clarence avait dû remonter toute la rivière à partir de la première concession, et reconnaître plus de trente visages avant d'atteindre des terres non réclamées. Le cœur tremblant, il avait planté ses poteaux dans la boue et s'était assuré la possession de *Quarante et un* Bonanza, laquelle n'avait quasi aucune valeur, comme il le pressentait déjà.

« Et j'aurais dû, là encore, renoncer, déclara Clarence, les yeux brillants sous l'effet de ses réminiscences. Combien de temps le monde peut-il répéter à un homme qu'il n'a aucune valeur, combien de temps cet homme peut-il s'entêter à ne pas l'entendre ? J'ai persisté, pourtant. Je suis rentré à Forty Mile, j'ai fait enregistrer ma concession et je suis retourné travailler au saloon. J'étais furieux contre moi-même, ne souhaitait plus que ma propre mort. Mais c'est alors (Clarence était visiblement fasciné par sa propre histoire) que s'est produit un nouveau coup du sort. Quelques semaines plus tard, j'étais au saloon, à servir les clients, en ce jour tout aussi crucial que le premier. Un chercheur d'or autrichien du nom d'Anton Stander, tout juste arrivé au camp, est entré dans le bar. »

Cet Autrichien venait de s'arroger une concession de découverte assez prometteuse dans une petite vallée de Bonanza. Seulement, expliqua Clarence, Mr Anton Stander était dans un fichu pétrin. D'abord, il n'avait plus rien à manger. Ensuite, il ne possédait pas même une tente pour affronter l'hiver. Troisièmement, il n'avait pas un seul outil pour creuser la terre. Il avait découvert de l'or en évidant les berges du torrent à mains nues, s'aidant de pierres plates. Pour parvenir à une profondeur sans nul doute plus fructueuse, il fallait d'autres moyens. Quatrièmement, l'Alaska Supply Company, seul magasin à proximité à vendre les équipements dont il avait besoin, refusait de lui faire crédit. Il était dans l'impasse, comme il en fit l'aveu à Clarence en avalant cul sec un deuxième verre, avant d'essuyer d'un revers de manche sa barbe scintillante et crasseuse. Que faire, bon sang ? Il n'en avait pas la moindre idée. Clarence alors se sentit électrifié, tiré d'une torpeur qui n'avait que trop duré. Il dévisagea Stander. Il lui fallut quelques minutes pour comprendre que l'homme n'était pas sain d'esprit, ce que proclamait l'ardeur excessive de son regard. Il était bien plus fou que Clarence ne l'avait jamais été. Et n'était-ce pas la raison de son succès ? Si Clarence s'était retrouvé à sa place, qu'aurait-il fait ? Le ciel d'acier se refermant sur lui, ses intestins se tordant de famine, ses provisions épuisées ? Et sans aucune garantie que ses efforts puissent lui rapporter quoi que ce soit ? Lui, Clarence Berry, n'avait pas creusé un seul trou dans *Quarante et un* Bonanza, concession qu'il jugeait indigne de lui. Et voilà qu'il avait sous les yeux, soudain, de quoi compenser cet échec. Oui, chose admirable, extraordinaire, il avait la solution aux problèmes de Stander, comme il le lui expliqua d'une voix tremblante, penché sur le comptoir. Et cela, pour une raison singulière. L'année précédente, poursuivit-il, un de ses anciens partenaires, un certain Yates, avait quitté le Yukon sans payer ses dettes. Clarence s'en était senti pour partie responsable et, sans en comprendre entièrement la raison (mais peut-être voulait-il démontrer par là tout le mépris qu'il avait pour le manque d'éducation de Yates), avait réglé quelques-unes des petites factures de son ancien compagnon. À sa grande surprise, et pour l'en remercier, l'Alaska Supply Company lui avait accordé un crédit illimité. Il était donc, assura-t-il Stander sans pouvoir contenir son excitation, en mesure d'offrir un équipement complet à ce dernier, et des provisions à gogo. Seule condition – sublime condition, notez bien, condition qui lui changerait la vie : en échange des outils, des vivres et de la moitié de sa *Quarante et un* Bonanza, Clarence réclamait la moitié des concessions de Stander dans la petite vallée.

« Ça a été le marché le plus profitable jamais signé dans le Klondike, déclara Clarence au journaliste. Hormis les premiers accords passés avec les Indiens. »

Puis il poussa un soupir, se dégourdit les jambes et contempla l'opulent décor du salon.

« Chaque fois que je rentre chez moi, je me demande comment j'ai pu une fois de plus sortir vivant de cet enfer oublié de Dieu. J'examine mes actes d'un œil lucide et je me dis que la chose tient vraiment du miracle. Seigneur ! Vous avez entendu parler de l'avalanche du dimanche des Rameaux ? Soixante-dix personnes ensevelies sous la neige, avant même qu'on puisse comprendre ce qui s'était passé. Nous étions là. Nous avions roulé les toiles de tente, préparé nos paquetages. Si nous étions partis ce matin-là, comme prévu, nous aurions été enterrés vivants sur le Chilkoot… »

Il s'interrompit, soudain frémissant ; Ethel, bouleversée de sympathie, se retourna vers lui.

« Si cela ne t'ennuie pas, je crois que nous allons nous faire monter à dîner. »

Delaney attendit une invitation qui ne vint pas, sourit dans le vide et commença à rassembler ses affaires.

« J'imagine qu'il ne sera pas possible de revenir demain ? Pour éclaircir certains détails ?

– Je ne suis pas une de ces vieilles dames qui tiennent leur journal, répondit Clarence. Je peux difficilement vous dire ce que j'ai mangé au petit déjeuner le 5 mars.

– Ce n'est pas grave.

– Si ça peut vous faire plaisir, mon garçon, pourquoi ne pas noter vos questions par écrit et les glisser sous la porte ? Je ferai de mon mieux pour vous répondre et renverrai le tout à votre bureau. »

5.

La porte se referma enfin sur Delaney. Et l'humeur changea. La morosité, un instant chassée par la présence de cet inconnu, afflua des recoins. Clarence n'avait plus la moindre envie de parler. Debout près de la fenêtre, il regardait la ville étendue à ses pieds, puis l'océan scintillant, blanc-bleu, au-delà des maisons. Chaque pouce du Palace Hotel était conçu pour combler un homme tel que Clarence Berry : son plaisir cependant n'avait été que de courte durée. Alice l'épiait d'un regard soupçonneux. Ils avaient quitté le Klondike, ils étaient arrivés en Californie : son beau-frère, pourtant, n'était pas entièrement libéré du Nord. Quelque chose l'y retenait encore.

Son regard errant finit par se poser sur la table, et sur ses piles de lettres. Il s'en approcha, puis trancha dans le papier.

« Qui t'écrit ? s'enquit Ethel, brisant le silence.

– Des dizaines de niais qui s'imaginent que je peux les aider à trouver le bon filon. »

Il sortit une enveloppe du lot.

« Ah, nous avons également une lettre de Henry.

– Tu le classes dans une catégorie à part ? ironisa Alice.

– Peut-être devrais-tu attendre de l'avoir épousé avant de te moquer de lui ?

– Oh, mais Henry, ce n'est pas la même chose, s'interposa Ethel, volant au secours de sa sœur. Il aime qu'on le taquine. C'est en partie pour cela qu'ils s'accordent si bien. »

Elles attendirent que Clarence finisse sa lecture.

« J'espère qu'il va bien, se risqua alors à demander Alice.

– Toujours pareil, dit Clarence en repliant la lettre.

– Il donne des nouvelles ? le pressa Ethel.

– De fait, oui. Il a eu une entrevue avec la police montée, en compagnie de Renoncourt et de Pratt. Ils ont conclu, avec ces témoignages, à un homicide involontaire en situation de légitime défense.

– Ah, très bien, s'exclama Ethel. Je n'en doutais pas, mais c'est un grand soulagement.

– Malheureusement, ils n'ont pas renoncé à traquer Jane, en dépit de mes demandes.

– J'en suis navrée, dit Ethel. La mort de son frère est une punition suffisante pour les vols commis. »

Alice sentit le regard de Clarence peser sur elle.

« Je suis bien d'accord, dit-elle. Ils devraient la laisser tranquille. »

Un tic fit palpiter le visage de Clarence, qui ne répondit pas.

Les sœurs se firent monter le dîner. Clarence expliqua qu'il ne serait pas en mesure de dormir s'il ne sortait pas, ne serait-ce que pour mettre les pieds au grill pour les messieurs, qui se trouvait au rez-de-chaussée. Il remonta quelques heures plus tard, dégageant un fumet où l'odeur de tabac le disputait à celles de la viande grillée et d'âcres épices orientales, spécialités de l'établissement. Clarence avait à la main le courrier du soir, et notamment un feuillet noirci par une écriture serrée, qu'il montra à sa femme.

« Une lettre de la famille. Elle a croisé les vôtres. Pa est en route pour San Francisco, avec Frank et Nellie. »

Ethel n'en revenait pas.

« Mon Dieu, quelle idée !

– Ils voulaient assister à l'arrivée de l'*Orlantha*. Que leur as-tu écrit, quand nous étions à Ketchikan ?

– De rester à Selma. Je leur ai dit que nous prendrions le chemin du retour dès que nous aurions récupéré notre argent à la banque centrale.

– Ah, bah.

– Ce n'est pas respectueux de leur part, remarqua Ethel. Et ta mère ? Et Cora ? Elles sont de la partie ?

– Non, uniquement ces trois-là. J'imagine qu'il faudra leur payer une chambre. »

Clarence s'assit au moment même où Ethel se levait.

« J'étais déjà fatiguée, mais après cette nouvelle, c'est encore pire, s'amusa Ethel. Je vais me coucher. »

Le visage de Clarence s'assombrit, funèbre. Si sa femme l'avait remarqué, elle se serait ravisée.

« Attends, dit-il en donnant un coup sec à la feuille, pour l'aplanir. Je ne t'ai pas tout dit. Ils ont discuté entre eux des divers moyens de dépenser notre argent. Frank pense que nous devrions investir dans le pétrole.

– Ils plaisantent, dit Ethel.

– Non, ils laissent ce privilège à Henry.

– Voilà qui m'achève. Ne m'en dis pas plus. Bonne nuit, mon chéri. Bonne nuit, Alice, ma belle. »

Le regard de Clarence suivit sa femme, comme un petit chien filant sur les talons de sa maîtresse ; ses paupières retombèrent sitôt la porte fermée. Il déplia le *Chronicle*, dont Delaney avait laissé un numéro. Il tourna une page, émit un grognement. Lorsque Poie en faisait autant, cela signifiait qu'il souhaitait qu'on l'interroge sur ses lectures. Aucun suggestion de ce genre dans les manifestations de Clarence, comme Alice l'avait compris après ces quelques mois de vie commune. La moindre question l'aurait au contraire irrité. Ou simplement, parfois, rappelé au fait qu'il n'était pas seul dans la pièce.

Il reposa le journal et se dirigea vers le petit bar de leur salon. Les bouteilles s'entrechoquèrent, les verres scintillèrent dans la lumière orange.

« C'était un plaisir de t'entendre raconter une fois de plus ces histoires », s'enhardit Alice.

Le ton était neutre. Elle tâtait le terrain.

« Pourtant, rétorqua-t-il aussitôt, tu dois en avoir assez.

– À chaque fois, elles me laissent une impression différente.

– Pourquoi ? Je m'en tiens aux faits. C'est toujours la même chose.

– Tout ce que je veux dire, c'est que ma vie change. Et que je les entends d'une autre oreille. »

Il se rétracta, irrité par sa propre nervosité. Il souleva la bouteille de brandy.

« Je te sers un verre ?

– Pas plus d'un doigt, vraiment presque rien, dit-elle en pinçant l'air.

– Je ne veux pas avoir d'ennuis. »

Il se carra contre le dossier du fauteuil, les yeux fixés sur elle, cette fois-ci. En sirotant le brandy, qui la fit grimacer, il se souvint du jus de citron qu'une famille de voisins, à Selma, des Suisses, se versait goutte à goutte dans les yeux. Si ça pique, disaient-ils, c'est que ça doit avoir un effet médicinal.

Clarence roula le journal en tube et s'en frotta la jambe. Il fit la moue.

« Ça ne doit pas être très agréable de répondre à ces questions alors que tu penses encore à Jim », dit Alice.

Pas de réponse.

« J'ai bien aimé ce Mr Delaney.

– Ah oui ? J'ai encore sa petite voix guillerette dans la tête, et je ne sais pas comment m'en débarrasser.

– Clarence, tu as quelque chose sur le cœur, dit-elle en reposant son verre. Et ce n'est pas seulement Jim. C'est quelque chose qui s'est produit depuis. Sur l'*Orlantha*, tu semblais tellement mal à ton aise. »

Elle n'osa pas encore parler de l'enveloppe dont il n'arrivait pas à se défaire. À bord, elle avait pensé qu'il s'agissait peut-être d'un message de la police montée, lui cherchant des noises. La lettre de Henry lui avait fait comprendre que ce n'était pas le cas.

Il lança un regard noir au mur, comme si la remarque d'Alice en avait émané. Son silence se prolongea si longtemps qu'elle perdit espoir d'avoir une réponse ; elle se résignait à ce mystère lorsqu'il prononça une phrase qui la glaça jusqu'à la moelle.

« Je crois que j'ai fait une bêtise. »

6.

Pendant quelques secondes, elle se sentit abattue par ces quelques mots, renversée. Serait-elle même capable de se relever ? Elle y parvint quand même.

« Si je peux t'aider, Clarence, n'hésite pas. »

Il renâcla. Elle feignit de n'avoir pas entendu, comme s'il s'agissait là d'un de ses grognements de lecteur de journal.

« Tu penses que ça te regarde ?

– Non. Je me contente de t'offrir une oreille compatissante. »

Le chagrin comprimait ses traits, mais c'était une bonne chose, un mouvement dans la bonne direction. Cela valait mieux que la colère. Peut-être était-il plus pudique qu'elle ne le pensait. Avait-il le choix, du reste ? Vers qui pouvait-il se tourner ? Ses parents ? Ses frères ? Non. Sa femme ? Il la tenait en trop haute estime pour lui exhiber ces horreurs. Il jouissait, de même qu'Alice, de la douce chaleur de sa considération. C'était cette bonté qui rendait Ethel inutile en des moments comme celui-ci. La lettre dans la poche de Clarence, le triangle blanc qui ricanait à la vue de cette si digne femme.

« Je m'étonne aussi que ce qu'écrit Henry ne t'ait pas apaisé, persista Alice. La police a conclu à la légitime défense. Pour eux, cette mort n'est qu'un accident. »

Il sortit sa pipe de sa poche.

« Mais tu sais très bien que ce n'est pas la fin de l'histoire.

– Pourquoi donc ?

– Parce qu'il y a Jane. »

Le cœur d'Alice palpitait dans sa poitrine. Elle attendit quelques secondes, le temps qu'il fallait, selon son estimation.

« Tu veux peut-être m'en dire plus ? poursuivit-elle.

– Veux-tu vraiment savoir ?

– Bien sûr ! »

Un geste désinvolte du menton, signifiant « Je-peux-tout-entendre ».

« Après l'année que nous venons de vivre, rien ne me surprend plus, je crois.

– Jane est venue me voir après la mort de Jim.

– Jane est venue te voir après la mort de Jim ? »

Alice pesa chaque mot. Avec les mots, le visage, ce long museau chevalin, ces prunelles lugubres. Quel imbécile, ce Clarence. Entre la mort de Jim et leur départ sur le fleuve, il ne s'était passé que quelques jours. Ah, celui-là, il aurait fallu garder l'œil sur lui nuit et jour.

« Je suis sûre qu'elle avait besoin d'argent. »

Il ne répondit pas.

« Il fallait payer, sans quoi elle se vengerait de la mort de son frère. Je ne t'en veux pas, si tu as cédé. Combien lui as-tu donné, en fin de compte ? Cinq cents dollars ? »

Elle s'exprimait avec un optimisme feint qui, par cette grossière sous-estimation, visait à le blesser.

« Qu'est-ce que l'argent, même une somme pareille, si cela te garantit la paix de l'esprit ? »

Toujours aucune réponse. Le regard de Clarence la perçait, l'emplissait. Elle n'y tint pas. Un barrage s'effondra, libérant sa colère.

« Oh, si je pouvais remonter le temps et l'envoyer sur un iceberg, descendre je ne sais quel fjord ! Seigneur, Clarence, comment peux-tu fréquenter des femmes de cette espèce ? »

À la grande surprise d'Alice, il trouva la question à son goût. Il y trouvait un sens, quelque chose qui pouvait peut-être lui venir en aide, maintenant. Oui : comment pouvait-il fréquenter des femmes de cette espèce ? Comment se produisent les événements ? À dire vrai, expliqua Clarence, et sans mentir à Alice, il connaissait Jane depuis quelques années, depuis son premier voyage à Forty Mile, en 1895, quand il n'était pas encore marié. Il s'était attendu à ce qu'Alice se scandalise de cette révélation ; ah, mais non, il s'en souvenait maintenant, Stander le lui avait déjà dit. Et reprenant le fil de son récit, Clarence parvint à s'emballer, atteignant même à une certaine ivresse. Delaney avait ouvert les vannes. Et venait enfin l'épisode qu'il tenait tant à raconter.

« C'était après le voyage avec Yates, reprit-il, après avoir touché le fond, et tiré le bateau avec les quarante Indiens, pour ce bourreau d'esclaves, ce Finn. Je suis rentré à Forty Mile épuisé, mais vivant, décidé à tenir. À cette époque, le campement était bien différent. Y vivaient non seulement environ soixante-dix hommes blancs, mais aussi une dizaine de femmes indigènes. Nous les appelions « femmes de charge » ; elles habitaient avec ceux des Blancs dont les garde-manger étaient les mieux garnis. Elles aidaient certainement une solide portion de ces garçons à survivre à l'hiver, je pense, parce qu'elles savaient comment faire sécher les vêtements, et fabriquer des chaussures. De plus, leurs frères surgissaient parfois de la forêt et guidaient les chasseurs, quand le gibier se faisait rare. Et le fait est que Jane était au nombre de ces femmes. Jane, oui, Jane. Elle vivait là avec un certain Fitzwilliam. »

Un jour, poursuivit Clarence, il décida de partir une semaine avec ce Fitzwilliam, pour prospecter. Ils avaient eu une illumination : si aucun d'eux ne parvenait à trouver le bon filon dans cette vallée, c'était que les techniques employées n'étaient pas les bonnes. Les mineurs hésitaient à creuser à plus de cinq ou six pieds, alors que la roche se trouvait bien plus loin, à douze pieds. C'était là qu'il fallait chercher. Le dernier après-midi de leur expédition, ils se trouvaient à une vingtaine de miles du camp quand ils firent halte, comme toujours, attachèrent les chiens et marchèrent jusqu'à un certain point pour creuser. Ils étaient arrivés à quatre pieds lorsque la chose se produisit. Clarence était dans la fosse. Le feu qu'ils avaient allumé pour faire fondre la terre glacée s'éteignait sous ses pieds et Fitzwilliam déclara, avec une nonchalance qui seyait peu à la gravité de son propos :

« Ça fait bien une heure que j'ai pas entendu les chiens. »

Ils y réfléchirent tous deux, sans vouloir briser le sortilège. S'ils ne tenaient pas compte d'un incident aux conséquences potentiellement mortelles, peut-être pourraient-ils le rendre nul et non avenu.

Revenus à leur tente, il leur fallut affronter l'évidence. Quatre chiens sur six disparus, et les deux autres s'acharnant sur la toile déchirée. Fitzwilliam s'empara d'une des bêtes. Clarence parvint à chevaucher l'autre pour la rouer de coups de poing. Le chien fila entre ses jambes, vers la forêt. Clarence tremblait de rage ; Fitzwilliam l'apaisa. À quoi bon punir des animaux ? C'était une perte d'énergie. Ils n'avaient plus ni nourriture, ni tente, ni chiens pour tirer le traîneau ; il fallait rentrer à Forty Mile avant que le froid ne les tue.

Du moins avaient-ils sauvé leurs raquettes. Ils se mirent en chemin après les avoir enfilées. Fitzwilliam, plus expérimenté que Clarence, ne cessait de faire halte pour ne pas distancer son compagnon. Et chaque fois que ce dernier le rattrapait, Fitzwilliam l'alertait : « Ton visage gèle » ; Clarence alors se rendait compte que ses lèvres avaient tant de mal à bouger qu'il ne pouvait même pas répondre. Sur la rivière figée qui ramenait à Forty Mile entre des rangées d'arbres rabougris, Clarence eut le sentiment que sa vie ralentissait. Il se rappelait encore avoir pensé : Si je meurs ici, je n'aurai plus à traîner ces fichues raquettes. Il était sur le point de perdre son compagnon de vue quand ils parvinrent enfin à l'ultime courbe de la rivière, piétinée par mille pas. Sans un mot, ils traversèrent le camp et son dédale de cabanes et de huttes, et poussèrent d'un coup d'épaule la porte du saloon de McPhee.

« Charivari ! »

Tel fut l'étonnant message avec lequel ils furent accueillis dans la salle bien chauffée. Une dizaine de gaillards se leva d'un bond pour les assaillir, telle une ultime rafale.

« Charivari ! Le voilà, Fitzwilliam, le voilà, notre homme ! »

Clarence ne comprenait pas. Le charivari, au camp, c'était un rite de harcèlement. Un groupe d'hommes qui venait assiéger la cabane d'un individu coupable d'avoir désobéi à une règle sacrée des lieux, tambourinant sur les fenêtres et les portes. Au nombre de ces infractions : le refus de partager le gibier, par exemple, ou le fait de se prétendre pauvre, tout en cachant des provisions. Enfin la lumière se fit dans l'esprit de Clarence : dans le cas présent, il s'agissait d'une femme. Pendant leur absence, apprirent-ils, un certain Cam Cronister avait courtisé Jane, qui était allée vivre chez lui. Et les autres attendaient le retour au camp de Fitzwilliam, pour le voir avaler son verre cul sec, ôter ses gants et prendre la tête du cortège qui lui rendrait sa bonne femme. Ledit

Fitzwilliam, le visage rosi par le froid, et désormais par l'attention de ses pairs, approuva le projet. Un mile plus tôt, il était à l'agonie. Il ne lui fallut pas plus d'une minute au saloon pour dégeler, et retrouver ses forces. Clarence dévisagea McPhee et tenta désespérément d'arrondir les lèvres pour prononcer un mot. Avant qu'il y parvienne, le tenancier souffla :

« Clarence, t'as la figure couverte de cloques.

– Charivari ! hurla Fitzwilliam en martelant la table de son verre vide. Les gars, prenez une poêle et une louche, et on se retrouve tous devant chez Cronister. »

Clarence frôla de sa main enflée les ailes de son nez, puis les contours de ses joues. Un cratère s'était ouvert à gauche : dur au toucher, irrégulier comme un morceau de chair morte. La salle se vida. Faisant la sourde oreille aux protestations de McPhee, il suivit le mouvement. Ses bottes retrouvèrent la piste creusée par les autres dans la neige. Ses genoux flageolaient. Quelle torture il s'était infligée ! Il sentit croître en lui une affection subite pour ce pauvre corps mal-aimé. Ce soir, il en prendrait soin. Il lui donnerait du thé, du bacon, sa dernière boîte de pêches en conserve. Il ferait un grand feu.

La petite bande s'était rassemblée autour de la cabane de Cronister, en silence, hormis quelques gloussements. Fitzwilliam leva la main, compta sur ses doigts. Un, deux, trois ! Et soudain, rompant le silence de glace, une explosion vitale, le tintamarre des casseroles, les chants : « Rendez-moi ma bien-aimée », air dont ils avaient convenu chez McPhee. Et dans la neige embrumée, une deuxième cacophonie. Une nouvelle troupe s'était collée devant la masse de glace opaque qui servait de fenêtre :

« Regardez ! Elle est là ! Elle est à poil ! Regardez, on voit son cul ! »

Cinq colosses enfoncèrent la porte et ressurgirent dans l'air glacial, portant sur leurs épaules un Cronister en petite tenue, délirant.

« Chez McPhee ! » beugla Fitzwilliam en tendant le bras vers son rival.

En passant devant Clarence, il ajouta ceci, sur le même ton :

« Je voulais faire un chahut pour la récupérer, mais je vois maintenant que c'est pour m'en débarrasser ! »

Les hommes s'éloignèrent avec leur proie, laissant Clarence seul. Il lança un regard à l'intérieur, cet antre de chaleur. Enhardi, il fit le tour de la cabane et la vit clairement de face, par la porte restée ouverte. Ses longs membres. Son dos si droit. Ses seins, portés bas, tétons pointus. Elle fouillait sous la couverture, cherchant… ses vêtements, probablement, mais sans hâte, comme si elle avait voulu se fustiger par le froid. Clarence perçut sur son visage quelque chose de familier : l'inquiétude de se trouver malgré soi dans un lieu auquel on n'appartient pas. Comme lui, prisonnier de ce camp dominé par des hommes cruels, sans repos, sachant au fond de son cœur qu'il valait bien mieux qu'eux.

Il sentit en cet instant, avant de connaître son nom, que Jane et lui étaient des âmes sœurs. Tous deux maltraités par le sort, tous deux détenteurs d'une secrète clairvoyance. Il écarta son écharpe pour lui parler, mais ne sortit de ses lèvres qu'un petit nuage de néant arctique. Jane avait perçu son arrivée. Elle tendit vivement le bras pour attraper une fourrure, dans laquelle elle s'emmitoufla.

Elle n'avait plus de toit. Alors il lui proposa en un marmonnement figé de passer une nuit dans sa cabane. En règle générale, il se tenait à l'écart des femmes. Ce soir-là, il était encore mû par l'énergie de sa propre survie, étalon de course entre ses jambes. Rétrospectivement, peut-être était-ce la réalité de sa défiguration qui lui avait donné du courage. Si elle avait refusé, il aurait pu incriminer cette laideur temporaire. Elle accepta, de fait. Elle se releva, agile, et se prépara à le suivre avec l'assurance d'une dame qu'on vient d'inviter à déjeuner. Dans son sac orné de perles, elle glissa un piège à lapins, et un sachet de poisson séché qui dégageait une odeur fétide.

Ils vécurent ensemble pendant un mois. Dans la joie et le bonheur. Fitzwilliam ne voulait plus d'elle, Cronister non plus ; les autres ne furent guère choqués par cet appariement. Clarence était pauvre ; il était normal qu'il aille chercher de la compagnie au fond du panier.

7.

Clarence tira sur sa pipe ; ses volutes flottaient devant les ors et les pourpres du papier peint. Il avait sombré dans le silence. S'il y avait une suite, il paraissait heureux de la revivre pour lui seul.

« Quel spectacle, finit-il par dire. Ces yeux d'oiseau avec lesquels tu me regardes.

– Je pensais être blasée, dit-elle, mais ce n'est pas le cas. Je ne savais pas jusqu'à quel point Jane était ce genre de femme. »

Ou, songea-t-elle, que tu étais, toi, Clarence, ce genre d'homme.

« Parce qu'elle savait ne pas montrer les choses. Tu la détestais tellement que tu n'as jamais pu lui rendre justice.

Tu étais sûrement loin de penser qu'elle pouvait devenir quelqu'un d'aussi respectable, après cette vie sordide dans les campements. »

Alice ramassa l'ouvrage qu'Ethel avait laissé sur le dossier du fauteuil : une robe en indienne dont elle avait relevé l'ourlet à cause de la neige et qui était sur le point de retrouver sa longueur originelle. C'est ainsi que fonctionne la religion, songea-t-elle. Elle se nourrit de la jouissance de la confession. Le point reprit, ligne rouge sang. Elle s'y était mise avec sérieux, sachant pourtant qu'elle volait ce travail à Ethel. Peu importait la fortune : riche ou pauvre, on aimait à occuper ses dix doigts.

« Et tu as fait entrer Jane sous notre toit. Je ne te comprends pas.

– Je ne t'ai pas tout dit.

– Rien ne justifiera le fait que tu puisses insulter ma sœur de cette manière. C'est scandaleux.

– Je n'ai jamais insulté Ethel. Jamais je n'aurais mis son bien-être en danger pour sortir Jane du ruisseau.

– Vraiment ? Où était Jane, la nuit où vous avez capturé Jim ?

– Ah. »

Il frôla la table de sa paume. Le chagrin menaçait.

« Je sais que tu penses à Jim, à l'instant. Mais la police t'a innocenté. Il faudrait que tu en fasses autant.

– Tu n'as pas vu comme moi la balle lui traverser la tête. »

Ses cils se chargèrent de larmes. Il se posa le bout des doigts sur les tempes, tirant sur les chairs.

« Tu as laissé Jane vous filer entre les mains ? demanda-t-elle, sans quitter l'ouvrage des yeux, son aiguille d'argent qui filait sur le chemin de la couture. Tu l'as retrouvée dans les bois, fait semblant de la chercher ?

– Et alors ? Qu'est-ce que ça peut te faire ?

– Ça lui a donné du courage, Clarence. Ça l'a enhardie. Si tu étais prêt à l'aider du vivant de Jim, alors qu'elle te volait ton or, quelle offre mirifique es-tu capable de lui faire aujourd'hui ?

– Elle n'a pas eu une vie facile.

– Mais c'est le cas de nombreuses personnes. À commencer par nos propres familles, Dieu les bénisse. Les gens de bien ne se cachent pas derrière cette excuse pour accaparer tout et n'importe quoi, suivant leur bon vouloir. »

Il avait les traits tirés. Son regard croisa celui d'Alice, à présent levé, et sans doute plus mesquin que jamais. La fatigue sans doute envahissait peu à peu Clarence, car il offrait maintenant un aspect tendre, fragile, sans plus rien de tranchant, sauf son soupçon. Ses yeux ronds d'Irlandais se plissèrent en croissants de lune.

« Qu'est-ce que tu cherches, au juste ? » lui demanda-t-il, comme au Klondike.

La flamme de la lampe vacilla avant de s'éteindre. Ils étaient plus intimement liés que deux corps entremêlés sous une couverture. Elle se leva, prit tout son temps pour rallumer la mèche. La lampe était jolie, avec son abat-jour de porcelaine blanche et ses cristaux de verre vert, accrochés au pourtour ; ils virevoltaient et scintillaient dans la douce lueur.

« Je veux savoir ce qui est arrivé à Jane la nuit où son frère est mort.

– Ah.

– Tu l'as laissée fuir, oui ou non ?

– Qui suis-je ? Pour que mes actes aient une telle importance ? »

Ces accents indignés, c'était une spécialité des gens fortunés. Ils aimaient à faire croire qu'ils n'étaient responsables de rien, que les autres surestimaient leur emprise sur le monde.

« Elle ne m'était pas indifférente, poursuivit-il. Je ne vais pas le nier. Je n'ai pas honte d'être un homme. Avec ce que cela implique.

– Je m'étonne de ne pas m'en être rendu compte avant. De ce penchant, je veux dire. »

Pépiements sans conséquence, bourdonnements d'insecte. Ses petits mensonges à elle.

« En général, je suis très attentive aux petits… Comment appeler cela ? Aux petits signes que s'envoient les gens. Lorsqu'ils s'apprécient, lorsqu'ils se détestent. Lorsqu'ils ont un passé commun. Et donc, Ethel…

– Ethel ne sait rien. Et je compte sur toi pour qu'elle reste dans l'ignorance.

– Tu sais que tu peux me faire confiance sur ce point.

– Je sais, oui. »

Il tira sur sa pipe. S'il voulait poursuivre sur ce registre, jouer la comédie des amis, des confidents, elle ne l'en empêcherait pas. Il y prenait plaisir, de toute façon. Et semblait, à chaque minute, se mettre au défi de tout dire.

« Toi et moi, nous avons ça en commun, reprit-il. Nous refusons catégoriquement de mettre le bonheur d'Ethel en danger. Elle t'a déjà parlé de ce à quoi j'ai donné mon accord, vous concernant, toi et Henry. Faire de votre enfant notre héritier. Pendant toute la tempête du retour, elle n'a pensé qu'à ça.

– Heureusement que j'ai pu saisir ma chance avec Henry. J'étais certaine que Jane essaierait de me le voler.

– Jamais mon frère n'aurait pu épouser Jane. Ça n'a jamais été envisagé. »

Il y avait du dégoût dans sa voix. La question de sa propre hypocrisie ne l'effleura pas.

Elle imagina Clarence se dirigeant vers Jane, dans la cabane de Forty Mile. Lui, ensommeillé par la mort. Elle, brûlante, infâme, séduisante.

« Pourtant, tu l'aimais bien, toi.

– Je t'ai dit pourquoi. Elle a de quoi plaire à un homme.

– Je ne suis pas encore mariée, Clarence, rappelle-toi.

– Oh, mais bien sûr, ricana-t-il. L'innocence faite femme. »

8.

Il ne pensait pas revoir Jane, lui confia-t-il. Pas après cet hiver 1895. Il paraissait soudain désireux de fournir cette précision. En revenant au printemps suivant, poursuivit-il d'une voix étouffée, rauque mais déterminée, il était en compagnie d'Ethel. À chaque fois que le couple s'en approchait, les jeunes Indiennes de Forte Mile s'éclipsaient, tourbillon de cheveux et de tissus bruns. À l'automne, Ethel et lui bâtirent leur maison dans Eldorado, pour s'installer près des concessions. Qu'Alice imagine donc sa stupéfaction lorsqu'il alla un matin rendre visite à son partenaire, Anton Stander et, qu'ayant frappé au battant et crié son nom, il vit la porte s'ouvrir sur Jane.

« Bonjour, C. J., dit-elle sans hésitation ni émotion particulière.

– Mais qu'est-ce que tu fiches là ? »

Elle haussa les épaules, lança un regard de côté avec une irritante nonchalance.

« Tu tiens son ménage ? J'aurais dû me douter que tu finirais chez lui, vu ton type d'hommes. Fitzwilliam, pour commencer, et maintenant, Stander. Tu les aimes bien bâtis et mal embouchés.

– Tony est malade, aujourd'hui. »

Cela, sans doute, pour expliquer qu'elle tienne un piège à la main, visiblement prête à sortir. Peut-être régurgitait-elle ce que Stander lui avait ordonné de dire.

« Transmets-lui ce conseil d'ami : s'il buvait moins, ça lui ferait du bien. »

Elle ferma la porte d'un geste vif et se dirigea vers la colline. Il la suivit. Elle s'arrêta quelques secondes pour tendre le fil de fer du piège, geste où il crut voir de la désinvolture.

« J'espère qu'il t'interdit l'alcool. Si ce n'est pas le cas, je vous dénoncerai tous les deux. »

Ce qui lui valut le même regard de défi que dans la hutte de Cam Cronister. Cette attitude qui lui était si particulière : femme refusant de paraître effrayée dans une situation où elle aurait dû l'être. Il fut tenté de la gifler, pour la corriger de cette audace. Il se contint, cependant, et lui arracha le piège des mains.

Elle se releva. Plus souple qu'un jeune sapin. Aucune contorsion n'aurait pu la briser.

« C'est la concession de Tony, ici.

– Non, mademoiselle. Vous vous trompez. Ici, tout m'appartient à cinquante pour cent.

– Vraiment ?

– Je suis venu avec ma femme, poursuivit-il. Si tu la croises sur mes terres, rends-toi invisible.

– Tu ne me la présenteras pas ? »

La réponse de Clarence fusa, pétrie d'autorité.

« Que je n'aie pas à te le répéter. »

Fanfaronnades. Aussitôt qu'il avait tourné le dos à Jane, il sentit son cœur sombrer. Terrifié, impuissant. Il se fichait bien que Jane ait échoué chez Stander : il n'en voulait pas dans la concession, à si proche distance d'Ethel. Que se passerait-il si Jane cherchait à la croiser au puits, à la rivière, lui soufflait au creux de l'oreille quelque ragot infect, mensonger, uniquement pour le plaisir de semer le trouble ? Le pire, c'était ceci : plus il interviendrait, plus il la menacerait, plus elle serait susceptible de prendre la mouche, ce qui hâterait leur perte à tous. Stander ne savait probablement rien de leur passé commun. Mais que la chose s'évente, que Jane s'autorise des confidences imprudentes, et les ennuis commenceraient. Stander n'avait aucune retenue. Il pouvait très bien se quereller pour des motifs sordides, des histoires de vieux garçon, au vu et au su de tous. Et notamment de l'épouse si bien élevée de Clarence. Ethel, à cette époque si pleine de santé, forte comme un bœuf, les joues rondes, comme colorées par le pinceau généreux du peintre. Elle était la première femme blanche à mettre le pied dans la région, raison pour laquelle tous la respectaient, y compris son mari. De retour chez lui, ce jour-là, il lui conseilla, d'une voix tremblante, de ne jamais s'approcher de la cabane de la *Six*, arguant de la douteuse réputation de Stander. Un soir qu'elle écrivait une lettre, elle sentit qu'il lisait par-dessus son épaule, et sourit.

« Tu remarqueras que je ne parle pas des filles, dit-elle.

– Quelles filles ?

– Les filles du Betty Mae Saloon, qui sont passées aujourd'hui dans les concessions, à la recherche d'âmes solitaires. Elles ont soigneusement évité cette maison, car elles la savent occupée par une épouse. C'est peut-être pour cela que tu ne les as pas vues. »

Clarence se souvint d'avoir pensé ceci : Quelle curieuse et sereine fierté elle trouvait dans le respect que lui témoignaient les prostituées. Et son cœur faillit se rompre d'amour.

« Je m'inquiète pour elles, cependant. Je crois qu'elles ont rebroussé chemin vers chez Stander. La squaw va peut-être se mettre en colère et leur arracher les yeux ?

– Tu as remarqué la squaw ?

– Mais oui. Enfin, je crois que c'en est une. Je ne l'ai vue que de loin.

– Je vais aller m'en assurer.

– Tu ne peux pas t'introduire comme ça chez les gens !

– Je me contenterai d'une promenade du côté des fosses. Si je croise une danseuse aveugle qui s'approche trop de la rivière, je la ramènerai sur le droit chemin. »

Nuit lumineuse. Le clair de lune étincelant sur les étendues neigeuses, immaculées. La cabane en rondins d'épinette rayonnante de vie. Fenêtre d'un vert intense, qui ne consistait qu'en une simple rangée de bouteilles vides et qui cependant dégageait une lumière surnaturelle, fragment d'aurore boréale enchâssé en ce monde. Et ce monde, d'ailleurs, que serait-il sans des gens tels qu'Anton Stander ? Des excentriques comme lui, il en fallait. Hommes impossibles à vivre, voisins et partenaires insupportables, mais n'y avait-il pas eu des nuits où il avait pu fermer l'œil en sachant que Stander se trouvait à portée de voix ? Que si les chiens se mettaient à hurler, l'Autrichien descendrait de la *Six* à la *Quatre*, par pure et sotte curiosité ? Et que s'il croisait en chemin un vagabond ivre venu de Dawson, couteau à la main, un ours furieux ou un Indien cumulant ces deux tares, il n'hésiterait pas à leur sauter à la gorge, sans considération ni pour la loi ni pour sa propre sécurité ?

Clarence parvint devant la cabane. À l'intérieur, un chahut de fête. Que peut bien faire un homme avec une femme de charge indienne et quatre prostituées sous son toit ? Si Ethel ne l'avait pas attendu, il serait certainement allé jeter un coup d'œil. Des silhouettes passaient et repassaient devant la petite fenêtre verte. Clarence dirigea le canon de son fusil vers les étoiles, juste au-dessus du toit. Il pressa sur la gâchette. Les filles hurlèrent. Second tir. Et même résultat. Cela lui suffisait. Il s'en fut retrouver Ethel, pensant avoir exprimé le fond de sa pensée à Stander et à ses invitées. Langage trop subtil pour eux, de fait, car la nuit passa, l'aube revint et la fête continua.

À la mi-juin, après avoir nettoyé les terres excavées de la *Quatre* et de la *Cinq*, Clarence se retrouva avec deux cent mille dollars en poche, tous frais payés. Même si les choses n'étaient pas encore réglées, il espérait que Henry puisse venir hiverner dans les concessions, pendant qu'Ethel et lui se reposaient en Californie jusqu'au printemps. Il demanda à son ami Ed Keller, Ed qui avait épousé Daisy, et qui se trouvait encore dans le Klondike, d'emmener Ethel à Dawson. Il les y retrouverait plus tard. Il avait une affaire privée à régler. Stander lui aussi était rentré en métropole : le soir, cependant, la cheminée de sa cabane crachait encore de la fumée ; des traces de pas creusaient la boue.

Le toit de la cabane était dangereusement affaissé, les rondins imbibés d'eau, noirs de pourriture. Il ouvrit la porte d'un coup de pied. La pièce puait le poisson séché ; des mukluks ornés de perles étaient alignés dans un coin. Comment faisait-elle pour supporter toute cette fumée ?

Le tuyau du poêle était à demi bouché, l'air était gris de particules, si dense qu'il faillit suffoquer. Elle se redressa d'un bond, emmitouflée jusqu'au cou dans une pelisse en fourrure. Sauvée de l'opprobre par sa seule expression, qui était de pure et simple surprise.

Elle le pria de s'asseoir, ce qu'il fit.

« Stander te traite bien ? »

Elle haussa les épaules, un geste que sa volumineuse protection rendait presque imperceptible.

« Pas assez bien pour t'emmener quand il part en voyage. »

Elle eut une expression de dégoût, pour lui faire croire, peut-être, que l'offre avait été faite et déclinée.

« Je veux que tu décampes, dit Clarence. D'ici à deux ou trois mois, mon frère, célibataire, vient s'occuper des concessions pour l'hiver. Si ma mère apprenait que tu restes, elle tomberait morte sur le plancher. »

Il tira de sa poche un sachet de terre aurifère, le lança vers le lit, sur le bord duquel il atterrit. Jane vint à Clarence. Tendit la main, par l'ouverture de la pelisse, et la posa sur son bras. Forty Mile se dressa devant leurs yeux, comme invoqué par un des sortilèges de Jane. Elle, nue, au milieu des hommes aux regards vicieux ; Clarence, sur le seuil, défiguré, stupéfait. Le sachet tomba du lit. Le bruit les fit sursauter. Il s'écarta d'elle, fut au lit en trois pas, ramassa l'or. Le posa dans la main tendue. Les longs doigts se refermèrent sur la toile, avec l'avidité d'une araignée s'emparant d'une mouche.

En passant le seuil, il l'entendit renverser le contenu du sachet sur le sol, gravier moucheté d'or. Il se retourna, vit l'espoir et l'avarice déserter les traits de Jane.

« Ça ne suffit pas, se contenta-t-elle de dire. Tu connais les prix de Dawson. »

Il lui sembla perdre l'esprit, tant la colère l'embrasait.

« Ce n'est pas la honte qui t'étouffe, dis-moi ? Je n'ai que ça à te donner. Tu pourrais dire merci. »

Et sans doute était-elle capable de se raisonner car, le lendemain, sans autre cérémonie, elle disparut des concessions.

9.

« Ne me dis pas que l'histoire n'est pas encore finie », soupira Alice.

Il haussa les épaules.

« Si tu étais si désireux qu'Ethel et Jane ne se rencontrent jamais, pourquoi l'as-tu conviée sous notre toit ?

– Je n'en avais pas l'intention. Je me suis laissé entraîner.

– Et tu le regrettes ? Sincèrement ?

– Bien sûr que je le regrette. Toutes les bontés que j'ai eues pour elle, toutes les pensées amicales me sont revenues empoisonnées. Comme cette sotte espérance qui m'a fait accuser Frank, et non Jim, du vol de l'or. Et que s'est-il passé ? Jim en a tiré une conclusion qui n'était pas la bonne. Comme ils ont pensé que je me trompais de coupable en connaissance de cause, ils se sont crus tout permis. Jim a pensé que j'étais faible. Il a volé de nouveau. Et Jane aussi, Jane a volé les pépites d'Ethel, ce qui a été la dernière goutte d'eau. Ils avaient pris trop d'assurance, tous les deux. Et quand j'ai compris que c'était lui, quand nous l'avons rattrapé et mis en état d'arrestation, j'ai bien vu qu'il ne me craignait pas vraiment. C'est pour cela qu'il a essayé de m'arracher le fusil.

– Je ne comprends toujours pas pourquoi tu as persisté, après avoir chassé Jane de chez Stander, dit Alice d'une voix soudain plus basse. Ç'aurait dû être le point final.

– Mais si. Tu sais pourquoi, Alice. C'est à cause de Jim. »

10.

Ce n'était pas sa faute, disait Clarence. Il n'y avait pas moyen de leur échapper. Les premiers temps, Jane et Jim n'avaient pas fait état de leurs liens familiaux. Jamais Clarence n'aurait eu l'idée d'associer la jeune fille de Forty Mile et son porteur de la piste. Cette révélation datait de leur arrivée à Dyea, au printemps de l'année 1898, lorsque Jim avait surgi des brumes du rivage comme une apparition. Ce jour-là, tout avait changé.

« Vous avez besoin d'un porteur ?

– Pas encore. Pas avant le Chilkoot.

– Berry, non ? »

Son regard s'était ajusté à la bonne distance, du néant lointain aux blancs étincelants des yeux du jeune homme.

« Exact.

– Vous ne vous souvenez pas de moi ? Je vous ai accompagné sur le Chilkoot, en 1896.

– Ah oui. C'est Jim, c'est ça ?

– Et je vous connais par ma sœur.

– Ta sœur ? Qui est-ce ?

– Jane. Elle m'a dit qu'elle connaissait un chercheur d'or du nom de Berry. Je lui ai dit que je le connaissais, moi aussi. Elle dit que vous payez bien. Elle dit que vos concessions sont parmi les plus riches du Klondike.

– Elle t'a dit ça ? Eh bien ! C'est quelque chose, tout de même. »

Sa pipe, qu'il avait eu l'intention de fumer en descendant sur la plage, petite récompense après les rudes journées en mer, atterrit mollement dans sa poche. Que pouvait-il faire ? Ignorer Jim ? Impossible. Ils avaient besoin d'un porteur ; lui préférer un garçon moins qualifié aurait été une insulte.

« Combien prends-tu ? avait-il marmonné.

– Oh, rien de trop cher pour vous. »

Un inconnu portant jambières passa devant eux en descendant vers le navire. Il tapota l'épaule de Jim.

« C'est un bon gars. Un mauvais client, mais un bon gars.

– C'est le propriétaire du saloon, expliqua Jim. Je ne bois pas.

– Heureusement, dit Clarence. Eh bien, Jim. C'est bon. Ton jour de chance, je pense. »

Il lui mit le ballot de sucre dans les bras. Rien de très lourd, mais Clarence se sentait déjà vaincu.

« Et Jane ? Que devient-elle ?

– Elle a pris une chambre dans la ville des chercheurs d'or, là où les deux rivières se mélangent. »

C'est-à-dire Dawson. À l'endroit d'un camp de pêche, piétiné, aplati, sous la surveillance spectrale des tombes brûlées des ancêtres. Une insolence, cette formule dans la bouche de Jim. Les Indiens, en ne prononçant pas son nom, refusaient de reconnaître l'existence de la ville.

11.

La poignée tourna, les gonds gémirent ; ils sursautèrent tous deux, Clarence et Alice. Ethel apparut dans sa chemise de nuit, visiblement ébahie par la vision du conciliabule qu'elle interrompait. Elle venait de se réveiller, seule dans le lit, raison pour laquelle, peut-être, elle se montrait sans fard, ses traits reflétant l'étendue de sa surprise. Ce ne fut que progressivement que son visage en vint à arborer une expression plus sociable.

« Eh bien ! Quel spectacle vous faites ! Deux chouettes sur leur perchoir.

– Nous t'avons réveillée, dit Clarence, effaré.

– Je venais juste de me retourner dans mon sommeil. Et je ne savais plus où j'étais. Pas dans la cabine, je me disais. Plus du tout en mer. J'étais complètement perdue. C'est cela plutôt qui m'a tirée du sommeil. »

Elle aurait pu dès lors se retirer. Boire un peu d'eau, manger un biscuit, rentrer dans sa chambre. Elle s'attarda. Elle vacillait dans l'embrasure, inspectant du regard la table, les fauteuils, en quête d'indices. Elle avait perçu quelque chose d'inconvenant entre son mari et sa sœur. Un fumet dans l'air, énigmatique, qu'elle aurait été bien en peine de décrire.

La famille occupait deux appartements mitoyens. Alice étant une jeune femme seule, la porte qui les reliait resta grande ouverte. Elle entendit Ethel et Clarence discuter à voix basse une fois qu'elle leur eut souhaité bonne nuit et se fut retirée dans sa chambre ; Clarence ensuite se servit un dernier verre avant d'aller se coucher. Alice se retourna, juste à temps pour voir une sourde lueur dorée passer au noir. Curieuse pensée : que son beau-frère n'ait pas voulu immédiatement rejoindre sa femme. Qu'il ait souhaité peut-être poursuivre la conversation avec Alice.

La chambre de cette dernière ressemblait à un coffre à bijoux : papier rose saumon à rayures argentées, lustre trapu pendant d'un médaillon de plâtre au bout d'une courte chaîne. Lit doux et replet comme un nuage. Dans le comté de Placer, lorsqu'elle était enfant, les bourrasques d'hiver passaient entre les rondins, la saisissaient de froid dans son lit. À Selma, elle dormait avec un seul et chiche oreiller sur un sommier dur comme le bois, et passablement usé.

Elle se sentait plus à son aise ici. Comme il était facile de se faire au luxe.

Elle sortit sa chemise de nuit d'un tiroir en bois de cèdre, l'enfila, la laissa retomber en cascade de la gorge aux talons.

Elle s'étendit, dans un ressac de pensées consacrées uniquement à Jim et à Jane. Si elle avait été Jane, ou plutôt, Jane, la situation, et non Jane, la personne, aurait-elle comploté avec son frère pour voler l'or de la concession ? Oui, bien sûr. C'était si facile. Elle se vit immédiatement arpenter les rives de gravier, se réappropriant l'or que les autres avaient fait leur.

Quelle étrange façon de construire un pays, songea-t-elle encore en se tournant pour apercevoir par la fenêtre les lumières de la ville dans la nuit. Et c'était devenu un problème. L'Angleterre, l'Irlande, la France, l'Italie, la Chine et le Japon : tous pays nés d'une graine plantée dans leur propre terre. En Europe, les frontières se définissaient après des confrontations millénaires. Il est vrai que certains Anglais et certains Français ne pouvaient toujours pas s'asseoir à la même table sans montrer les dents. Ce n'était pas la même chose, pourtant. Chiens de faïence, oui, mais aussi rivaux historiques, presque amoureux les uns des autres. Ici, non. Ici, les fantômes marchaient avec les vivants. Ils filaient derrière les arbres, le long des bonnes rivières. Ils avaient des paquets de cartes entre les dents, un jeu de tarot complet, et disaient l'avenir, ces fantômes, ces Jim. C'était une question de naissance. Une étrangeté dans la manière dont l'Amérique s'était construite. Rien d'une croissance facile et concentrique, de la naissance mesurée, ordonnée d'un arbre. En Amérique, on tendait la main pour aplanir la terre. On avançait d'un pas, comme Johnny

Pépin-de-Pomme, et la verdure poussait derrière soi. On installait les siens cinquante miles plus loin, vers le coucher du soleil, avec dans la tête une idée claire. On ne tolérait pas ceux qui se mettaient en travers de cette idée. On ne pouvait pas davantage dissimuler leur haine mortelle sous l'odeur de la sciure et de la peinture.

Dans les villes de la côte est, écrivaient les journaux, il était devenu commun de pleurer à chaudes larmes sur le sort des Indiens. Commisération envisageable de ce côté-là du pays, se disaient presque tous les gens de Selma, car il n'y avait plus d'Indiens à l'est ; ils étaient morts, ou partis. De toute façon, ce chagrin des bonnes gens de New York ou de Pennsylvanie avait quelque chose d'hypocrite aux yeux des Californiens, comme les protestations de ceux qui regrettent d'être nés. Car jusqu'à quel point peut-on, comme individu ou comme nation, regretter sa propre naissance, avant que ce sentiment perde sa sincérité ?

12.

Les chiffres de la banque centrale (il se disait en ville que Clarence Berry y avait obtenu plus de cinq cent mille dollars pour son or) avaient eu un curieux effet sur le temps. Non seulement les Berry de Selma avaient fait le voyage avec une incroyable rapidité, retrouvant leurs parents du Yukon une semaine à peine après leur arrivée triomphale, mais ces Californiens semblaient avoir inversé la flèche du temps et retrouvé une insolente jeunesse. Ils traversèrent le couloir avec une vigueur de tornade, gloussèrent à la porte.

« Devinez qui est là ? »

Puis Pa Berry pénétra en trombe dans le petit salon, ôta son veston avec maintes gesticulations et l'abandonna sur le dossier d'une chaise. À voir son visage fendu d'un grand sourire, étincelant de vanité, on lui aurait donné trente ans, si ce n'avaient été les deux rejetons adultes qui le flanquaient.

« Eh bien ! piailla Nellie à la vue de Clarence. Tu es brun comme la dinde de Noël à la sortie du four. Personne ne t'a fait penser à porter un chapeau ? »

Il l'embrassa sur la joue.

« Doucement, la taquina-t-il. Ou je rapporte tous tes jolis cadeaux au magasin.

– Il y a bien pire, dit Frank. Tu devrais voir les faces d'écrevisse qui passent pour des représentants du genre humain là-haut. Vous voyez le genre, ajouta-t-il, dédaigneux, à l'attention de Clarence et des deux femmes, trio silencieux. Trop de soleil. Roses et très durs.

– En voilà des manières », souffla sa sœur.

Clarence, lui rendant sa liberté, agrippa Frank par l'épaule, lui infligea une pression amicale. Ils ne s'étaient pas revus après le démontage par Clarence de la tente de Frank, et les protestations d'innocence de ce dernier. Un voisin leur avait dit par la suite que Frank était resté dans les environs des semaines après la confrontation, avant de rejoindre un groupe de chercheurs d'or errants, et de creuser des trous dans la boue, tout autour de Bear Creek. Puis il s'était trouvé à court de provisions et avait dépensé le peu d'argent qui lui restait dans les saloons de Dawson et dans le lit des femmes de Paradise Alley, derrière la grand-rue, les détails de ces frasques restant pour l'essentiel cachés à Alice. Frank était rentré en Californie à la mi-septembre : ils le savaient, car il avait fait payer sa traversée par son frère. De Dyea, il avait vogué jusqu'à Seattle, puis était retourné à Selma, où il avait fait étalage de sa grandeur d'âme en aidant ses parents à la ferme ; sans doute avait-il, dans ses heures perdues, nourri de son amertume le cadeau empoisonné de son frère, l'accusation à tort.

Lequel, d'ailleurs, avait décidé de faire revenir le sérieux dans leur conversation.

« Frank, je te dois des excuses.

– Tu me l'as déjà dit. Je n'ai pas lu ta lettre en entier, elle était trop longue.

– Oui. Mais je voulais te le redire en personne. Je ne sais pas comment j'ai pu accuser de vol mon propre frère. J'en ai honte. J'espère pouvoir un jour t'offrir une compensation.

– Je ne comprendrai jamais comment tu as pu pointer le doigt vers moi, s'indigna de nouveau Frank, avec cet Indien, ce renard, constamment sous ton nez. C'est Henry, j'en suis sûr, qui m'a débiné.

– Non, je suis le seul responsable. Je me méfiais de tout le monde. »

Frank recula ; le bras de Clarence retomba.

« Ne t'inquiète pas. Mon cœur est sans rancune, dit l'aîné.

– Et garde ton mea culpa pour Ma, Clarence, s'interposa Nellie. Tu pensais que Ma t'en voudrait d'avoir accusé Frank : c'est l'inverse qui s'est produit. Nous avons eu beau lui répéter que tu t'étais trompé, nous lui avons même montré ta lettre : elle, elle se contente de dire qu'elle connaît bien son fils. »

Frank agita la main sur le nez de sa sœur. Pa Berry était atterré. Lui-même aîné de sa fratrie, il n'avait pas renoncé aux prérogatives dues au rang. L'aîné doit être respecté des plus jeunes. Dix ans plus tôt, Frank jouissait encore de ce droit. Les cartes avaient été brouillées en sa défaveur, ce qui troublait son père.

Et cela ne s'arrêtait pas là, constata Alice, sans intervenir. Tous, ce jour-là, cherchaient à évaluer leurs situations respectives. Des mots étaient lancés, comme des drapeaux dans le vent. Les uns et les autres recueillaient des indices en suivant la trajectoire des opinions émises. Avaient-elles été adoptées ? Quand et par qui ? Ou bien, rejetées, étaient-elles revenues vous gifler au visage ?

Ethel sortit de sa chambre, visage sobre sous une couche de poudre.

« Ah, ça, dit Pa, quel plaisir pour les yeux, enfin ! »

Il lui prit la main tandis qu'elle tendait la joue, qu'il puisse l'embrasser.

« Ma chérie, tu nous as tellement inquiétés !

– Merci beaucoup. Je vais bien mieux.

– Tu rayonnes !

– Dans cette tenue d'épouvantail ? s'esclaffa Ethel. Nous avons écris à Moie pour qu'elle nous envoie nos vêtements de Selma. Nous pourrons enfin, Tot et moi, nous gâter en nous offrant une ou deux robes neuves.

– J'aimerais bien que Cora soit des nôtres, dit Pa. Bien sûr, emmenez Nellie faire les courses avec vous ; mais Cora aurait adoré ça. »

Tentative de réaffirmer la prééminence des Berry sur les Bush en évoquant sa jolie progéniture. Cora pourtant était une femme terne et pieuse que personne n'aimait. Nellie fit la moue et se mit à cligner des yeux.

« Et ce bon vieux Henry ? Il était de bonne humeur ? demanda Frank à Clarence.

– Oh, on n'a guère le choix des humeurs, avec Henry. Mais il rayonnait, en effet, répondit Clarence. Et non sans raison, car notre cabane de la concession est un refuge apaisant. Il y a trois mille livres de nourriture au cagibi.

– Et dans un mois, ironisa Frank, il rampera jusqu'à Dawson City pour se plaindre partout en ville que son frère l'affame.

– Combien de temps le fais-tu hiverner ? s'enquit Pa.

– Il prendra le premier vapeur du printemps, à Dawson. Ce sera sans doute en mai.

– Ils vont travailler laquelle ? La *Trois* ? demanda Frank.

– Le haut de la *Six*, le bas de la *Quatre*, et ensuite la *Trois*.

– Tout cela en un seul hiver ?

– Non, bien sûr. Mais si tu écris à Henry, ne va pas te répandre en formules défaitistes de ce genre. À ce propos ! »

Clarence frappa dans ses mains, requérant l'attention générale.

« Question importante. Voulez-vous déjeuner ici, ou sortir ? Si vous préférez la deuxième solution, je dois vous prévenir qu'il vous faudra me partager avec d'autres. Je ne peux pas m'asseoir ma pipe à la main sans que trois badauds viennent me proposer du feu.

– Ici, Clarence, le pria Ethel à voix basse. Que Tot et moi puissions nous joindre à vous. Nous ne pouvons pas sortir dans nos robes du Klondike. Pour dîner, vous n'aurez qu'à essayer Les Trois Muses.

– C'est parfait, dit Frank, pour prendre l'ascendant sur Clarence. Car nous avons des questions plutôt délicates à débattre.

– Diable, Frank ! D'où vient ce frisson d'épouvante qui vient de traverser mon cœur ?

– Écoute ton frère, Clarence, le réprimanda Pa. Tu n'es pas au courant, puisque tu n'étais pas là. En Californie, on ne parle plus d'or, mais de pétrole. Frank a discuté plusieurs fois avec un monsieur du nom de Murphy, que nous avons eu la chance de pouvoir mettre dans notre poche. C'est un conseiller d'expérience, qui sait tout sur la question. Moyennant des honoraires très raisonnables, il pourra guider l'investisseur que tu es dans la bonne direction. Il a déjà quelques investissements à te présenter. Il y a deux entreprises très prometteuses, Sunset Oil, et un partenariat, Jewett et Boggart ; dans les deux cas, les travaux d'extraction viennent à peine de commencer. Ces gens apprécient Murphy et sont prêts à discuter avec toi.

– Oui, dit Clarence d'une voix douce. Tu m'en parlais dans ta lettre.

– Et de mon côté, dit Pa, reprenant les rênes, je me suis autorisé quelques petites explorations. Le mois dernier, sur un coup de tête, j'ai traversé le désert jusqu'à Kern. Et sais-tu ? Je me trouvais au milieu de nulle part, quand a surgi un troupeau de moutons, des basques, avec les sabots noirs. On les aurait dits trempés dans le goudron. J'ai demandé au berger d'où elles venaient, ces bêtes. Il était très obligeant, heureux d'avoir un peu de compagnie. Il m'a ramené vers une sorte d'éminence, où le pétrole suintait de la terre. Il faudrait le dire à Murphy.

– Oh, très intéressant. »

Ton désinvolte, distrait, mais cette impolitesse n'était-elle pas trop subtile pour que Frank et Pa la perçoivent ?

« Laissez-moi le temps de me réconcilier avec la société. Alors, je pourrai voir de quoi tout cela retourne. Il faut que je réapprenne à me servir d'un couteau et d'une fourchette avant de pouvoir déjeuner avec des messieurs aussi chics. »

13.

Le déjeuner leur fut apporté sur des chariots roulants. La disposition du salon changea, Clarence se rapprochant lentement des femmes. Peut-être avait-il, à un certain moment, attendu avec impatience l'arrivée des siens, en espérait-il une distraction bienvenue. Si tel avait été le cas, il n'y croyait plus guère. Les Berry de Selma eurent tôt fait de jauger le contenu des chariots. Du regard, ils apprécièrent le jambon et le bœuf froids, les olives, le fromage poivré avec sa garniture de prunes cuites, les moules dans leur bouillon au vin rouge, auréolées de vapeur. Chaque plat avait son message. À qui profiterait la fortune ? Aux très proches, au cercle étendu ? Clarence avait tout prévu : nul ne pouvait se plaindre des mets, lesquels cependant ne faisaient pas justice à l'extravagance dont les cuisines du Palace Hotel étaient capables. Cinq bons vins, mais pas de champagne. Trois serveurs pour dresser les assiettes. L'humeur se fit plus joyeuse lorsque l'agneau fut découvert, avec sa couronne frémissante de gelée à la menthe.

« Je vous le dis, l'avenir, c'est le pétrole, dit Frank en brandissant sa fourchette. Tu ne peux pas te reposer sur tes lauriers et manquer cette occasion, C. J. Et comme le disait Pa, la question, maintenant, c'est de savoir qui aura l'intelligence d'acheter ces terres. Ça va être comme les champs aurifères, deuxième acte. Et tu sais, là aussi, les Indiens savaient de quoi il retournait. Exactement comme pour l'or. Un jour, des gars creusaient. Ils ont déterré un cercueil yokut, très ancien. Et quand ils l'ont ouvert au pied-de-biche, ils ont découvert un vieillard, dont le visage était entièrement intact, conservé dans une couche de bitume.

– Mais à quoi sert ce pétrole ? demanda Clarence. Qui s'en sert, à part les Yokut ?

– Ça ne fait que commencer, dit Frank, non sans une certaine méfiance. Et c'est bien pour ça que l'affaire est si juteuse ! Tous les jours, on découvre de nouveaux usages.

On peut s'en servir pour l'éclairage, à la place de l'huile ou du pétrole lampant. On peut aussi s'en servir en guise d'encre : cela donne d'excellents résultats, et l'écriture ne pâlit jamais. On s'en sert aussi pour les routes. Pour le moment, il y a quelques problèmes, parce que le pétrole qu'on utilise sous cette forme d'asphalte est trop liquide et qu'il éclabousse les voitures, ce qui détruit les roues et les essieux. Mais on trouvera certainement le moyen de rendre ce revêtement plus épais. Pour ce qui est de la lubrification, le pétrole est sans rival. Pour les roues, les mécanismes… La liste est sans fin. Cela dit, C. J., le potentiel le plus excitant, c'est le moteur à essence. D'après Murphy, les compagnies ferroviaires commencent à se passer le mot. Le fait est qu'elles s'inquiètent, parce que le charbon s'épuise. Et bien sûr, il y a l'automobile. Tu peux toujours penser qu'il ne s'agit que d'une foucade, mais je peux te dire une chose : les fabricants de ce type de véhicules doublent leurs ventes tous les jours ! Tous ceux qui peuvent s'offrir une auto se pressent à leurs portes. Les gens rêvent de pouvoir filer d'un endroit à l'autre, de prendre le volant, de faire la course avec tout un chacun sur les routes de ce pays. Bien sûr, il ne sera pas simple de raffiner le pétrole en grandes quantités. Ce sera toute une histoire. Mais le profit qu'on peut en tirer ! Regarde les Vanderbilt, les Carnegie : tu pourrais très bien être à leur place.

– Alors, C. J., qu'est-ce que tu en dis ? » le pressa Pa Berry.

Clarence était silencieux, tête contre le dossier du fauteuil, yeux clos.

« Chut, murmura-t-il. Ne me réveillez pas, je me vois en Vanderbilt. »

Les deux autres eurent un léger mouvement de recul. Ils étaient comme deux chiens qu'un maître indigne d'eux garde en laisse.

« Tu es encore avec nous ? demanda Frank. Ou tu dors ?

– Ah, tu pourrais me faire confiance, tout de même, maugréa Clarence en rouvrant les yeux. Je peux vous écouter et méditer en même temps. Franchement, tu sais, en dépit du mirifique tableau que tu dresses, je ne suis pas convaincu. Et puis je pensais en avoir fini avec le désert pour le restant de mes jours. Quand je regarde dans la glace, aujourd'hui, c'est un vétéran du Klondike que je vois, en manteau de fourrure, le piolet à la main.

– Et moi qui pensais que tu mettais des draps sur tes miroirs, pour ne pas te faire peur la nuit ! »

Le verre de Clarence heurta la table et son contenu se déversa sur la nappe. Délaissant Frank, il se tourna vers Nellie, qui s'était assise près de lui sur le canapé.

« Eh bien, Nellie, dit-il, et si nous réglions cette affaire une bonne fois pour toutes ? Tu es la seule ici en qui j'aie confiance. Honnêtement, comment me trouves-tu ? »

Nellie resta interdite quelques secondes. Puis, un sourire infime lui faisant trembler la lèvre, elle se mit à fredonner tout bas.

« Oh, la vieille jument, elle a bien changé, bien changé, bien changé… »

Clarence la prit par l'épaule. Tête renversée, il éclata de rire.

14.

Les confettis furent rapidement remisés. Cela faisait presque huit mois que Clarence avait quitté Pa Berry et

Nellie à Selma. Trois mois depuis qu'il avait accusé Frank, à tort, d'avoir volé de l'or dans les concessions. Il ne semblait pas souhaiter rattraper le temps perdu avec les siens. Ce qu'il voulait, c'était rester avec Alice, retournement étonnant au vu de la manière dont il l'avait traitée par le passé. Il s'avéra qu'Alice était indispensable. Qu'Alice était celle qui le comprenait le mieux.

Dans les heures mornes qui séparaient le déjeuner de la préparation des cocktails, il réussit à faire réintégrer leurs chambres aux trois Berry, et même à sa femme. Il cherchait la compagnie de sa belle-sœur comme un jeune homme celle d'une fille désirée. Ce n'était pourtant pas pour la finesse de sa taille, son accorte poitrine ou ses beaux yeux bruns. Il n'appréciait que ses oreilles. Une coursive peu fréquentée faisait le tour du dernier étage de l'hôtel, illuminée par un toit de verre. On y trouvait çà et là de petits fauteuils. Ils s'y rendirent, comme des amants secrets : elle partant la première, à son invitation, lui suivant dix minutes plus tard. Elle était heureuse de s'y plier. Elle avait craint, au Klondike, de l'avoir trop durement traité, au risque de se retrouver à jamais rejetée. Pourtant, elle était parvenue à ses fins plus complètement qu'elle ne l'avait pensé alors. La barrière de la politesse s'était effondrée. La violence, les accusations, les émotions fortes avaient autorisé cette proximité nouvelle.

Le grand toit de verre se dressait, anguleux, au-dessus de leur tête. Un serveur prit leur commande et dut descendre sept étages avant de la leur remonter.

Oui, il aurait dû tourner le dos, avoua Clarence, déjà pantelant, en nage, les coudes plantés sur les cuisses, quand Jim l'avait abordé à Dyea. Il s'en rendait bien compte, maintenant. Il avait fini par partager le point de vue d'Alice sur l'incident de Sheep Camp, ce qu'il consentait désormais à reconnaître : si Jim leur avait sauvé la vie, ce jour-là, c'était par intérêt. Une relation stable avec les Berry ne pouvait que servir ses projets. Lorsqu'ils étaient arrivés à Dawson, Clarence avait même essayé de convaincre Jim de travailler dans une scierie ; non, le jeune homme ne pensait qu'aux concessions. Clarence avait cédé. Et Jim, bientôt, s'était fondu dans la masse des ouvriers, sans poser le moindre problème. Clarence avait préféré oublier ses réticences, poursuivre son chemin. Les ennuis étaient venus plus tard, après l'aggravation subite de la maladie d'Ethel. Ils étaient tous épuisés. Alice, sûrement, se souvenait de cette nuit de désespoir et de tumulte : elle lui avait promis une tourte au pigeon puis avait oublié. Le lendemain, Clarence était sorti de la maison les poches lourdes : l'or lui cognant les mollets. Il était égaré, n'avait plus qu'une idée en tête : il fallait trouver quelqu'un pour leur faciliter la vie, quelqu'un qui puisse soulager sa femme. Une cuisinière, oui. Il s'était souvenu alors de la nourrice de son enfance, vieille femme sans famille qui avait sauvé le petit Clarence d'une fièvre mauvaise en le nourrissant à la cuiller d'un ragoût de bœuf aux oignons et aux carottes, mitonné par ses soins. Ce souvenir l'avait propulsé sur dix-neuf miles dans la neige et le vent, tête baissée, boulet de canon coiffé d'un chapeau à larges bords.

Ses espérances n'avaient pas survécu à l'arrivée en ville. Trop d'animation, trop de boucan dans Front Street. Et par où commencer ? Par la femme qui vendait des citrons, ou par les citrons eux-mêmes, quarante cents pièce, antiseptiques réputés ? Ou se dirigerait-il vers l'enseigne de la blanchisserie, pour recruter la solide matrone derrière le comptoir ? Un vapeur venait d'arriver avec une cargaison de poulets vivants : pourquoi ne pas renoncer aux femmes et suivre les volatiles ? Il avait cru qu'en arrivant à Dawson il aurait un plan, une stratégie. Que la ville, si vivante, si peuplée, recelait une panacée évidente à ses maux. Clarence était un campagnard. Il se fiait exagérément aux villes, aux miracles qu'elles pouvaient accomplir pour un homme.

Viens, tout de même, avec ou sans espoir. Oui, viens chercher de l'aide. Tu l'avais dans la main, ce que tu voulais acheter chez l'apothicaire, ce mince flacon rempli d'herbes vertes et violettes, fermé par un bouchon de liège, tu le tournais dans tous les sens, et tu as compris que ce n'était qu'une façade.

Il eut un vertige. Des couples jusqu'ici inextricablement liés se séparèrent. Le cheval et le joug. Le joug et la charrette. La femme et l'homme. Les bras en l'air, s'écartant l'un de l'autre. Il cligna des yeux à plusieurs reprises. Il aurait voulu s'emparer de ce flacon trop cher et le briser sur la corniche la plus proche. Il ne s'en serait pas privé si le flacon et la corniche avaient encore quelque substance, si le sol ne se dérobait pas déjà sous ses pieds.

Trop tard pour rentrer. Une boucle blanche perdue dans les constellations nocturnes : c'était tout ce qu'il restait de la lune. Qui l'avait prévenue ? Il ne le sut jamais. À Dawson, beaucoup le connaissaient de vue ; la rumeur sans doute avait couru plus vite que lui. Elle s'habillait comme les femmes blanches, à présent, raison pour laquelle il ne la reconnut pas quand elle apparut loin devant lui, et poursuivit sa maudite trajectoire jusqu'à ce qu'ils se retrouvent soudain l'un contre l'autre, devant le Gertie's Saloon, sous le dôme chaleureux et jaune d'un réverbère.

« Qu'est-ce que c'est que ce déguisement ? »

D'un geste de la main, il désignait la robe à fleurs, bordée de dentelle.

« Je me suis mariée, dit Jane. À un chercheur d'or. Il vient d'acheter une part dans la *Vingt-Neuf* Bonanza. Il n'est pas aussi riche que toi, mais il a d'autres qualités. »

Elle le toisa.

« Il paraît que tu cherches une cuisinière ? J'ai travaillé pendant huit mois dans une cuisine. J'ai une lettre de recommandation écrite par un prêtre de Sitka. »

Il ne répondit pas, refusant de la conforter dans son impertinence. Il sortit sa pipe, la serra entre ses molaires. Des hommes passèrent devant eux en leur lançant des regards accablés.

« Viens, dit-elle. Je veux te faire voir quelque chose. »

Il n'aurait pas dû l'écouter. Il n'était pas dans son état normal. L'égarement. Il pensait qu'Ethel allait mourir. Il portait déjà le deuil d'Ethel. Il aurait suivi n'importe quelle voix, les jambes tremblantes.

Un escalier, une série de planchettes branlantes fixées au mur extérieur, une porte si basse qu'elle avait peut-être été à l'origine une fenêtre. Dans un coin de la petite pièce mal éclairée, un vagissement. Elle se rua dans la pénombre, nimbée du reflet brumeux des lumières des voisins, et revint vers lui avec une petite chose emmitouflée dans une couverture. De cette épaisse enveloppe émergeait le visage éclatant, innocent, d'un bébé. Rond, tendre, surmonté d'une tignasse brune.

« Je suis désolée pour ta femme, dit Jane en pressant sa joue contre celle du petit. Il faut une santé de fer pour vivre dans ces vallées. Elle a perdu un enfant qu'elle attendait ? D'après le docteur Moorhead, elle se vide de son sang depuis des mois.

– Je ne suis pas là pour alimenter des racontars sur ma femme. Tu n'as pas de quoi te payer des bougies ? »

Elle fronça les sourcils. Elle revint vers la table, se battit un moment avec une allumette. Puis, soudain en contre-jour, elle se retourna vers lui avec le sourire orgueilleux d'une femme qui vient de changer de chapeau.

« Nous n'en savons rien, reprit Clarence d'une voix lente. Moorhead parle d'un excès de fluides. Le corps qui cherche à se purifier. Peut-être d'un résidu de grossesse qui n'a pas pris, peut-être d'autre chose. »

Pour Dieu sait quelle impénétrable raison, cette réponse fit se rengorger Jane avec une complaisance redoublée. Clarence avait la plus vive envie d'en finir. Jusqu'alors, il n'avait pas eu le sentiment de trahir Ethel. Il avait tendu à Jane un petit bout du malheur de sa femme, et Jane l'avait accepté comme un enfant avale le bonbon qu'on lui met sur la langue.

« C'est si triste, qu'elle ne puisse pas avoir d'enfant.

– Ne te fais pas de mauvais sang pour nous. Je suis homme à obtenir ce qu'il veut d'une manière ou d'une autre. »

Le visage de Jane s'anima.

« Peut-être plus tôt que tu ne le penses. »

Elle tendit le paquet à bout de bras. Le front se plissa. Les vagissements reprirent.

« Le petit Horace. Tu n'as pas besoin d'une épouse pour le fabriquer. C'est ton fils. »

Satan s'était levé et marchait à sa rencontre. Pourquoi aurait-il patiemment attendu l'heure de sa mort ? L'enfer referma ses murs autour de Clarence. Jane était rouge d'excitation, pupilles dilatées par la concentration. Clarence était bouleversé par cette insinuation insultante. Ce dont tu te souviens, toi, c'est du plaisir de t'être trouvé sous les draps, à Forty Mile ; moi, je prends ce que les hommes me donnent, j'en fais un tas, et pendant que tu es ailleurs à réfléchir à d'autres choses, je m'accroupis, je me recueille, et de ce tas je fais mon trésor.

Jane était une sorcière. Une magicienne maléfique. Comment décrire autrement la femme qui, de quelques mots marmonnés du coin de la bouche, peut vous priver de toute la bonté de l'existence ?

Bien sûr, c'était une ruse vieille comme le monde. L'enfant était un petit amas de chair infantile. Trop gros pour venir de *Vingt-Neuf*, trop petit pour appartenir à Clarence. Ce qu'il expliqua à Jane.

« Tu me prends pour un idiot ? C'est le fils d'Anton Stander.

– C'est le tien.

– Arrête.

– Je pensais que tu voulais un fils. »

Il avait perdu la tête. Il ne s'expliquait pas les choses autrement. Il ne se souvenait plus de ce qu'il avait répondu à Jane, même s'il avait encore dans les oreilles l'écho de ses hurlements indignés. Il avait sans doute perdu conscience pendant quelque temps. Car au souvenir suivant, ils étaient de nouveau contre le mur, dans la pénombre ; et son énorme et noueuse main, sous ses propres yeux, se refermait sur la gorge de Jane ; cou tordu, elle serrait toujours contre elle ce mioche de l'enfer, minuscule créature qui se cramponnait à sa mère de toutes ses forces. La vie la quittait peu à peu. Il avait desserré les doigts ; elle avait trébuché. Tout semblait ralenti en elle, les mouvements de son corps, ceux de son esprit. Elle avança d'un pas chancelant, s'adossa au mur. Mais c'était encore elle, Jane. D'une voix funèbre, venue d'un lieu qui paraissait presque entièrement inaccessible à la lumière, elle articula :

« J'ai quand même besoin d'un travail.

– Et ton mari ? Le chercheur d'or ?

– Ça fait cinq semaines que personne ne l'a vu, dit-elle en secouant doucement sur sa hanche l'enfant geignard. Je crains qu'il ne soit allé prospecter loin de mon existence.

– Ça ne suffit donc pas, que j'aie embauché Jim ? Il prétend être ton frère.

– Il est vraiment mon frère. Et le meilleur dont on puisse rêver. Avec ce que tu le paies, il peut subvenir à mes besoins. Mais ça ne peut pas durer jusqu'à la fin de mes jours. »

Elle attendait. Sans peur, sans honte. Elle le regarda droit dans les yeux.

« Hors de question que tu viennes chez nous. On ne veut pas sous notre toit de mioche qui geint et qui fait des manières.

– Ma grand-mère va s'en occuper. »

Solution simple, et sobrement exposée. Il était difficile d'imaginer Jane avec une grand-mère, ou même Jane avec une famille. Elle semblait être venue au monde adulte, toute habillée, par une longue crevasse ouverte dans les airs. En dix minutes, elle fit se matérialiser une vieille dame voûtée. Venue, à en juger par le bruit de ses pas, du logement voisin. Une indigène, au visage grossier, grêlé comme un billot. Elle sourit, exhibant quelques chicots pourris, et délesta Jane du petit, comme si son règne de nourrice débutait à l'instant.

Il se sentit vidé. Comme après la rougeole qu'il avait eue à dix-sept ans. Une douleur sourde tendue entre les deux épaules et pointant dans la mâchoire. Il pinça la chair sous ses yeux entre ses pouces et ses index, se fit un masque de monstre. Sa vie n'était qu'une suite ininterrompue de fractures.

15.

« J'étais en son pouvoir, avoua-t-il à Alice. Incapable de lui dire non. Elle voulait travailler, je cherchais quelqu'un. Ça s'est fait comme ça. »

Il se carra contre le dossier du fauteuil.

« Ou peut-être que je ne devrais pas lui en vouloir. C'est peut-être moi, le responsable, avec cette faiblesse que j'ai pour les indigènes du Grand Nord. Les Indiens de la Californie ne me font aucun effet. Mais vois les erreurs que j'ai commises. Je n'ai pas pu dire non à Jim. Je ne regrette pas du tout d'avoir fait fortune, mais quand on a la chance que j'ai eue, il est difficile de ne pas se sentir plus ou moins responsable de ce qui s'est passé en cours de route.

– Tu m'avais dit, dans le temps, que tu ne savais pas que Jane avait un enfant.

– J'étais incapable de t'en parler, à cette époque. Enfin, qu'est-ce que ça change, si elle a ce mioche avec Stander ?

– Stander ne l'a pas reconnu. Et puis, comme tu viens de me le raconter, c'est toi qu'elle en rend responsable.

– Ce n'est pas mon enfant.

– Clarence, que sais-tu des bébés ? De la taille qu'ils peuvent avoir à un âge donné ?

– Je ne suis pas complètement ignare », marmonna-t-il.

Son entêtement, oui, dans sa forme la plus intense, son entêtement seul lui permettait de surnager. Il regarda le mur. Il inhala l'air brillant et tiède entre ses lèvres roses. Elle, dans l'intervalle, s'efforçait de dompter sa terreur. La position d'Ethel dans la famille se dévalorisait à vue d'œil, et avec celle d'Ethel la sienne. Au printemps froid et gris, Clarence avait déchiré son certificat de propriété ; la rivière, vive et susurrante, avait emporté les bouts de papier tandis qu'Alice ravalait sa juste colère et ses protestations. Après quoi elle n'avait jamais ménagé sa peine. Henry était tombé amoureux d'elle. Ethel de même, à sa manière, celle des sœurs de sang. Alice avait dans sa rampante progression dépassé tant de concurrents, Jane, Jim, ces arrivistes de Berry, Pa et autres, pour parvenir à ces sommets. Il n'était pas question de perdre cette place.

Le soleil brillait derrière le toit de verre avec la puissance d'un fanal. Les aisselles d'Alice ruisselaient. Rien d'étonnant à ce qu'ils soient seuls à s'installer dans cette fournaise.

« J'étais certain que Jane dissimulerait son passé, reprit Clarence. Elle avait trop besoin de ce travail. Elle ne pouvait pas risquer de le perdre. Et ç'aurait été pire si j'avais suscité sa colère. Face à quelqu'un qui a décidé de propager une rumeur, on ne peut rien. Elle pouvait également utiliser ma propre discrétion à son avantage. Et je ne m'en suis pas rendu compte avant qu'elle soit chez nous. Je pouvais supporter les moqueries de Frank. Je pouvais supporter tes soupirs, tes récriminations. Ma pire appréhension, de fait, c'était Hen. J'avais tellement peur qu'il ne tombe amoureux de Jane. Si peur de ne pas pouvoir l'alerter sur les dangers de cette relation sans admettre celle que j'avais eue avec elle, et que je voulais plus que tout garder secrète.

– Et pourtant, dit Alice, tu lui as permis de rester. Le temps qu'elle voulait.

– L'été est court là-haut. C'est ce que je me disais. À l'automne, on en aurait fini.

– Même si elle te volait ton or.

– J'ai cru que…

– Oui, je sais. Tu as cru que c'était Frank.

– Jusqu'au départ de Jane. Jusqu'à la disparition des pépites.

– Et pourtant, insista Alice, aussi tranchante que lui, tu me dis qu'elle est venue te voir à la concession. Après la mort de Jim. Et que tu l'as laissée repartir. Que tu n'as rien dit à la police montée.

– Tu connais la raison.

– Tu te sentais responsable de la mort de Jim.

– Comment aurais-je pu, béni comme je l'étais par la fortune, trahir des gens qui, eux, me semblaient oubliés des dieux ? »

Trop, c'était trop. Quand Clarence se pencha pour reprendre le verre qu'il avait posé sur la petite table de verre, entre eux deux, elle s'inclina de même ; ses ongles effleurèrent la main de Clarence.

« Qu'attend-elle de toi, Clarence ? Et cette lettre que tu regardes régulièrement, qu'est-ce que c'est ? Une lettre de Jane ? Tu lui as promis quelque chose ? »

Il porta la main à sa poche. Un spasme d'indécision lui traversa le visage.

« Tiens, chuchota-t-il, feignant la témérité d'une voix dont il était pourtant incapable de chasser les tremblements. Tu es celle qui a réponse à tout. Dis-moi que faire. »

Elle prit la lettre. Le papier avait été lustré par les embruns et la caresse grasse et répétée, depuis des semaines, des doigts de Clarence. Elle reconnut l'écriture. Elle reconnut même la couleur de l'encre. Après le récit de Clarence, elle ne pouvait plus être surprise par rien, pas même par l'intimité de son ton, immédiatement perceptible.

Cher Clarence,

Je sais à peine ce que j'écris. Tu dis que ce n'est pas ta faute si mon frère est mort, mais personne ne t'a forcé à nous poursuivre. Personne ne t'a forcé à lui attacher les poignets, à le faire arrêter, alors qu'il voulait simplement fuir. Et quand il est parvenu à se libérer, il a fallu que tu l'en empêches. Et le voilà mort, mon petit frère chéri. Tu l'as tué et je te hais. S'il y avait une justice au ciel, le fusil aurait tiré de ton côté. Mais je n'en dis pas plus. Si je devais décrire mes sentiments ici, mille pages ne suffiraient pas.

La dernière fois que nous avons discuté, tu m'as fait une proposition. Aujourd'hui, je te réponds oui.

Tu dois penser qu'il est absurde de haïr quelqu'un tout en acceptant ses offres. En ce qui concerne mon fils, je dois garder la tête froide et l'esprit pratique, dans son intérêt. Je voudrais que Horace ait une famille. Si j'avais pu, je m'en serais occupée moi-même, mais grâce à toi, je suis recherchée par la police montée. S'ils me rattrapent, ils nous sépareront, ils l'enverront Dieu sait où. Je n'ai pas de mari. Ma grand-mère est malade. Chose étrange, je n'ai pas un seul ami au monde.

Pour Horace, ce que je veux, c'est une famille. Quand j'étais enfant, on m'a arrachée à ma mère. J'ai raconté des histoires amusantes sur la période où j'étais élève dans une mission chrétienne, mais je peux te dire que j'ai connu l'enfer, chez eux. La deuxième année, je me suis enfuie. Je voulais revenir chez ma mère. Ils m'ont retrouvée dans la forêt, la cheville cassée. J'ai dû marcher pendant quatre miles jusqu'à la pension, sans être soignée. Là-bas, les garçons étaient encore plus maltraités que les filles ; certains mouraient. Certains arrêtaient de manger pour cesser de vivre. Un jour, en allant nettoyer la salle de bains des garçons, j'ai vu un enfant d'environ huit ans couché en rond sur le plancher. Je l'ai cru endormi, mais il était mort. Je ferai tout pour que Horace n'aille jamais dans ce genre d'endroit. J'irais même jusqu'à le confier à un idiot comme toi.

Tu m'as suppliée à genoux de te donner la possibilité de te racheter. La voilà. Je te l'offre. J'espère que tu deviendras le tuteur de Horace et que tu veilleras à ce qu'il soit heureux.

Très sincèrement tienne, Jane.

Alice leva les yeux. Les mots étaient encore des mots et leur sens lui perçait encore les chairs.

« Quand Jane travaillait chez nous, chuchota Clarence, d'une voix rauque, tendue, le petit était chez la grand-mère. Bientôt la vieille dame a été trop impotente pour pouvoir continuer ; Jane m'a demandé de l'aide. En juillet, sans que ni toi ni Ethel en sachiez rien, j'ai écrit à la mission St Vincent, à Whitehorse, pour que la grand-mère puisse y être transportée. Chose faite, je me suis dit que cette affaire était réglée. La première chose qu'ai faite Jane après la mort de Jim, cependant, ça a été de filer à Whitehorse pour prendre des nouvelles de son fils. Elle voulait être certaine qu'il était bien traité, car avec la police montée à sa poursuite, ce serait peut-être la dernière occasion. Elle a été horrifiée par ce qu'elle a vu à la mission. Le petit était à l'agonie. Ils ne s'en occupaient pas du tout. C'était ce qu'elle avait redouté, un vrai cauchemar. Elle l'a repris sur-le-champ. Elle l'a confié à une nourrice, à Dawson, le temps de voir comment les choses allaient tourner. C'est là qu'elle est revenue à la concession pour me parler. Elle est venue à ma rencontre en plein jour. On aurait presque pu nous voir de la maison. Étonnant, d'ailleurs, que ça n'ait pas été le cas. Comment ne nous as-tu pas surpris, toi, par exemple, qui avais toujours le nez à la fenêtre ? Jane pleurait encore la mort de Jim, et les malheurs de son fils ajoutaient à sa colère.

– Tu as essayé de te débarrasser d'elle ? demanda Alice, sans conviction.

– Oui. J'ai promis de lui donner assez d'argent pour qu'elle puisse continuer à payer la nourrice, ou même prendre soin elle-même de son garçon. À elle de voir. Mais pour elle, ce n'était pas suffisant. Comme je te l'ai dit, elle avait peur que la police montée ne finisse par l'attraper, la mettre en prison ou pire. Je lui ai promis d'aller voir moi-même le commissaire, de la faire ôter de la liste des personnes recherchées. Elle m'a dit qu'elle n'y croyait pas ; ils refuseraient, même si la demande venait de moi. D'ailleurs, elle n'avait pas tort. Tu as dû lire la lettre de Henry. Ils n'ont jamais renoncé à la traquer. Elle était folle de chagrin. Elle m'a répété cent fois que j'avais tué son frère, son petit frère, la meilleure personne que la terre ait jamais portée, la seule personne qui l'ait bien traitée. Dieu me punirait, disait-elle. Et elle n'a pas renoncé à prétendre que Horace était bien mon fils. Je te le dis, Alice, même si tu trouveras ça saumâtre. Jane m'a dit qu'il fallait que je considère Horace comme tel, que je lui offre ce qui était dû à un fils.

– Quelle insolence, dit Alice.

– Et je lui ai demandé ceci, poursuivit Clarence. Si je trouvais une famille où placer ce garçon, serait-elle apaisée ?

– Une famille ? Mais pas... »

Il lui fut impossible de prononcer le reste de la phrase.

« Je ne lui ai pas donné d'autres précisions, dit-il en clignant des yeux, nerveux, les mains mobiles. Je n'ai jamais promis de m'en occuper en personne. C'est peut-être ce qu'elle voulait. Et je reconnais avoir pensé qu'Ethel, peut-être... »

Il s'interrompit un instant, avant de reprendre, avec un entrain forcé :

« Tu comprends, Alice, quelle coïncidence ! On ne peut pas avoir d'enfant, et en voilà un qui te tombe du ciel.

– Du ciel ? Elle ne te le donnait pas, cet enfant. D'autant qu'elle continuait à penser que tu étais son père.

– Je savais bien que tu trouverais ça absurde.

– Clarence ! »

Elle était outrée.

« Comment as-tu pu imaginer une seconde cette manœuvre, avec ma sœur ?

– Je te rappelle que la première chose que je t'ai dite à ce sujet, c'est : “Je crois que j'ai fait une bêtise.” »

La panique la reprit. Une fortune étincelante, palpitante, de la taille du globe, au nom de Clarence Berry. Ethel écartée de ce soleil d'or, à cause de Jane et de son fils. Alice, qui dépendait d'Ethel, bannie dans des confins encore plus lointains.

« Tu as vraiment pensé qu'une fois ses griffes plantées dans ta peau, Jane te libérerait sans y être forcée ?

– Elle me reproche la mort de Jim. Mais je le jure, j'ai toujours fait ce que j'ai pu pour son frère. Jamais une injustice. Sa mort est totalement accidentelle. »

Ses mots se déroulèrent dans les airs ; il semblait les suivre des yeux, comme s'ils constituaient une corde à laquelle il pouvait toujours se raccrocher.

« Peu importent tes intentions, Clarence. Elles ne ramèneront pas Jim parmi les vivants. Et tu ne peux pas faire venir le petit en Californie. Il est hors de question qu'Ethel puisse poser les yeux sur lui. Fais comme si tu n'avais pas reçu cette lettre. La moindre communication avec Jane, même impitoyable, la fera revenir.

– Alors elle paiera la traversée de ses propres deniers, et il y aura sur le quai, à San Francisco, une nourrice avec un gosse dans les bras qui demandera notre adresse à tous les passants. »

Sage constat. Il était trop tard. S'ils essayaient de se cacher, Jane les retrouverait, leur imposerait une rencontre selon ses propres règles du jeu.

« Pourquoi ne pas essayer les petites annonces ? se risqua-t-il à proposer. Trouver un couple que cela pourrait intéresser ?

– Ils penseront immédiatement que c'est ton fils. Oh ! La presse à scandale va adorer cela.

– Je prendrai un faux nom.

– Mais non. Là aussi, si la chose s'évente, tout le monde se dira que c'est ton petit. »

Clarence fut submergé par une immense vague d'auto-apitoiement, qui prit la forme d'un soupir. Pourquoi lui ? se lamentait-il. Pourquoi fallait-il que cela lui arrive à lui ? À l'époque où il n'avait pas un sou, personne ne s'intéressait à lui. Et maintenant qu'il était riche, on le rendait responsable du bien-être de la moitié des habitants de ce monde. Les gens lui reprochaient de parler du terrible voyage dans le Nord comme d'une partie de plaisir. Les gens lui reprochaient les hordes d'aventuriers qui s'étaient ruées vers le Klondike pour n'y rencontrer que la maladie et la pauvreté. Les gens lui reprochaient la mort dans le dénuement hivernal des deux mineurs, quand Henry surveillait les concessions. Un journaliste avait même eu le toupet de le rendre responsable de la discrimination dont souffraient les indigènes. Quelle injustice ! Rien de tout cela n'avait de rapport avec lui. Clarence Berry n'était qu'un fermier pauvre de Californie qui avait fait de son mieux pour s'élever dans la société. Il n'avait jamais eu l'intention de se rendre au Klondike pour rabaisser le reste de l'humanité. Il n'avait jamais perçu la volonté divine dans ce que lui indiquait la boussole. Même sa famille ne parvenait pas à comprendre cela. L'année précédente, à Noël, les employés de la banque de Selma avaient installé un portrait de Christophe Colomb dans la grande salle ; Frank avait posé son écharpe sous le nez du grand homme en déclarant : « Regarde, Clarence, tu es à la banque ! » Et cependant, il n'avait rien d'un explorateur. Il se voyait plutôt en père pèlerin du Massachusetts, avec son chapeau noir. L'échine courbée, obséquieux, marchandeur, pleurnichard.

« Ne les mésestime pas, lui conseilla Alice une fois cet accès de désespoir passé. Ils étaient plus féroces que tu ne te les figures. Maîtres d'un art subtil, ces colons américains.

– Vraiment ? C'est-à-dire ?

– Quand ils ont voulu s'emparer de la côte Est, ils n'ont pas hésité. Ils ont tué tous ceux qui leur faisaient obstacle. Ils n'étaient pas comme nous, gens de l'Ouest un peu velléitaires, qui ne faisons les choses qu'à moitié. »

Plus un seul Indien dans l'Est, à présent, pour ennuyer les Américains. Plus de Jim, plus de Jane. Plus de disputes sans fin sur le droit de propriété de la terre. Plus d'yeux dans les collines, de voix dans les arbres. On pouvait se promener à Boston, à Manhattan, à Philadelphie l'esprit léger : il aurait fallu un puissant effort d'imagination pour y reconnaître des champs de bataille.

« C'est un peuple rétif, dit Clarence. On ne peut pas les intégrer dans une terre chrétienne. »

Elle acquiesça.

« Une culture déplorable, poursuivit-il, faisant de son mieux pour se convaincre de la véracité de ses propos. Je suis ravi qu'elle soit en voie de disparition.

– Ils se sont battus. Ils ont perdu. Pour eux, désormais, la fin est proche.

– Oui, tu as raison, je pense. »

Et ils méditèrent un instant cette conclusion, au Palace Hotel, la petite table entre eux deux, tandis que d'épaisses gouttes de condensation se formaient lentement sur leurs verres. Peut-être Clarence voyait-il avec les yeux de l'esprit, comme Alice en cet instant, la guerre entre indigènes et premiers Américains, histoire connue d'eux depuis l'enfance, d'un point de vue perdu dans les hauteurs, d'un refuge au sommet d'une colline. Quelle vie misérable et décousue avaient ces Indiens. Tribus trop petites, disséminées, sans cohésion. Escarmouches incessantes. Absence totale d'aversion pour le massacre. Expliquez donc le terme de « chevalerie » à un mari indien, il vous poursuivra de son rire jusque dans le lac le plus proche. Vraiment ? Alice un instant n'en fut plus si certaine. Car n'était-il pas exact, par ailleurs, que les pères pèlerins les avaient plongés dans la perplexité ? Ils avaient dû, songea Alice, s'étonner de leur stupide obstination. Car après les mutilations. Après les villages indiens incendiés. Après les cuirs chevelus prélevés sur des corps parcourus de spasmes. Après les plus valeureux jeunes gens d'un clan indien invités à dîner, puis abattus. Après les femmes blanches enceintes, dénudées de force, dansant de force puis éventrées. Après la cavalerie encerclant trois cents Indiens, les tuant tous d'une balle dans la tête. Après les crânes des enfants des pionniers fracassés contre les arbres. Après tout cela, comment se faisait-il que notre message ne passait toujours pas, interrogation d'Alice, question qu'avaient dû se poser aussi les Indiens. Comment se faisait-il que les envahisseurs continuaient d'envahir, sans comprendre ce que nous voulons leur dire, de si claire manière, dans le langage universel du sang : nous sommes heureux ici, vivant à notre manière, et nous ne voulons pas de vous.

Un cri ténu, haut perché, l'interrompit. Un cri d'enfant. Ou peut-être pas. Le toit de verre déformait le son. Une mouette, peut-être, qui volait à l'envers, remontant le temps, bec acéré tranchant l'air. Alice fut ébranlée. Il fallait faire quelque chose. C'était une injonction qui la rassérénait. Nous devons agir.

« As-tu pensé à Daisy et à Ed ? » demanda-t-elle.

Il la dévisagea sans comprendre.

Cette idée soudaine la surprenait elle-même. L'instant d'avant, elle se projetait les horreurs d'un siècle ensanglanté. Et maintenant ce sont deux fades visages sans corps qui dansent sous son crâne, solution anodine à un problème mathématique.

« Et si, poursuivit-elle, pensant à haute voix, Daisy et Ed Keller accueillaient le fils de Jane chez eux ? Ils sont tout jeunes. Ils ont de l'argent, mais ils le jettent par les fenêtres ; ils ne dédaigneront pas d'en gagner un peu plus. »

Sa plus jeune sœur, Daisy Bush, désormais Mrs Ed Keller. Un mariage à six poulets rôtis, tout Selma invité. Un trousseau complet. Une maison au bord de la mer. Un solitaire au doigt de Daisy, mains potelées, à fossettes. Leur rêve s'était réalisé pendant les sept mois à la concession.

« C'est bien mieux que de payer des inconnus. Des inconnus dont les motivations pourraient se révéler dangereuses pour toi. L'enfant resterait à portée de main. Pas tout près, mais pas loin quand même. Dans le cas où Jane essaie de semer le désordre.

– Les Keller ne vont sûrement pas tarder à avoir des bébés à eux.

– Ils en feront peut-être dix. Ils sont jeunes. Du moins Daisy. Mais surtout, ils sont sans surprise, c'est cela qui importe. Si tu leur verses une rente pour l'enfant, leur loyauté sera totale sur ce point. Jusqu'à la fin de leurs jours. »

Silence.

« Écris à Ed Keller. Vois ce qu'il te répond.

– Tu penses vraiment qu'ils diront oui ?

– Si tu leur verses une rente. »

Et dans le silence rétabli, une lente éclosion. L'espérance prenant vie. Il cligna des yeux et se redressa dans le fauteuil.

« Je leur verserai mille dollars par an, s'écria-t-il, chevaleresque.

– Mille dollars ! »

Elle le fit taire. Se fit taire, elle aussi. Et dire qu'elle avait cru Clarence revenu à la raison.

« Commence donc à quatre cents. »

16.

« Maintenant, il faut que tu investisses dans le pétrole, dit Frank.

– Si j'étais toi, j'écrirais tout de suite à ce Murphy », ajouta Pa Berry.

Le filet de whisky étincela dans l'air, de la bouteille au verre, devant la fenêtre grande ouverte sur la lumière de la fin d'après-midi. C'était neuf jours plus tard, et ils n'avaient toujours pas renoncé à cette antienne.

Clarence changea légèrement de position. Alice, assise près d'Ethel, suivait tout de même son beau-frère des yeux. Elle avait compris, au mouvement ténu de ses épaules, qu'il avait entendu son père.

« Vraiment ? »

Voix lisse, sur fond de brouhaha urbain.

« Je croyais que tu voulais que je revienne à l'agriculture.

– Pas du tout ! Il y a dix ans, oui, on pouvait parier sans risque sur la pêche et le raisin, mais plus maintenant. Tu es bien placé pour le savoir. Souviens-toi de Kingsburg. »

Clarence se retourna, encaissant de front l'insulte paternelle. Trois ans plus tôt, il en aurait été anéanti. Aujourd'hui… bah.

« Je plaisantais. Personne ne croit plus à l'agriculture.

– Le pétrole te fera doubler ta mise. Ça vaut vraiment la peine d'investir.

– Facile à dire, pour toi. Ce n'est pas toi qui t'es cassé le dos à amasser le capital. Pour moi, cinquante dollars, ce n'est pas seulement de l'argent. C'est un après-midi dans une fosse de vingt pieds de profondeur, à patauger dans la boue de l'Arctique. »

Clarence tendit à Nellie le verre qu'il lui avait servi, puis tordit les lèvres, pour faire saillir sa cicatrice.

« Tu vois ? J'y ai même laissé mon teint de jeune fille.

– Ne raconte pas cette histoire. Elle est trop triste. »

Nellie avala si bruyamment qu'on vit presque la gorgée franchir son œsophage. Une belle plante, Nellie, saine, le teint rose. Alice l'aimait bien, ou du moins lui démontrait plus d'affection que les Berry.

« Les Californiens ont beau être tous impressionnés par ta personnalité, ça ne marche pas avec les gens de ta famille. C'est dans la Bible.

– Excuse-moi, dit Ethel. Dans la Bible ?

– Un prophète n'est pas sans honneur, hormis dans son doux foyer.

– Ah ! ricana Clarence. Si tu te mets à citer les Écritures, il est temps de cesser de fréquenter Cora et de te trouver d'autres amis.

– Ce n'est pas vraiment citer, murmura Ethel.

– Oooh, Cora, roucoula Nellie. J'adore ma sœur, mais quelle bigote !

– Surveille ta langue », dit Frank d'un ton sec, hostile.

Ethel ouvrit la bouche, puis se ravisa. Mieux valait se taire. Elle n'avait pas à défendre une de ses belles-sœurs contre les attaques de l'autre. Mais peut-être voulait-elle simplement défendre les croyants, ce qui était un droit universel.

Clarence se tenait derrière le canapé, prenant appui, bras écartés, sur le dossier, comme devant un lutrin.

« Je vous remercie de ce fructueux concile. La séance est levée. »

Pa protesta.

« Allons, allons », marmonna Frank, vaine tentative de faire revivre son ancienne autorité.

À présent, lorsque l'aîné des Berry piochait dans l'ironie caustique de son registre habituel, il n'en sortait guère plus que de la bile.

Ils devaient dîner en ville le soir même, et partirent chacun de leur côté pour se changer. Ethel et Alice avaient enfin récupéré leur garde-robe de Selma, après deux semaines d'attente. Le clou de celle d'Ethel était une robe bleu ciel, corsage orné de fleurs en soie. Pour Alice, froufrous couleur crème, gansés de velours noir. Les robes étaient exposées dans les chambres, à un pied du plancher ; elles irradiaient dans la profusion liquide de la lumière de la fin de journée.

Clarence entra dans les appartements d'Alice sans frapper ; elle lui tournait le dos, nouant à l'instant même le ruban à sa taille. Il ne se sentit nullement gêné, comme si elle avait été, en vérité, sa sœur, sa mère, sa femme. Elle fit d'abord le cou, pivoter son cou, puis le reste de sa personne. Ce qui avait poussé Clarence dans cette chambre : une enveloppe blanche, une lettre, tout juste arrivée, frétillante dans sa main.

« Ils acceptent de le prendre. Ils sont ravis. Simplement, ils me demandent six cents. Cela ne pose naturellement aucun problème. »

17.

Quelques minutes plus tard, la famille se regroupa dans le vestibule. Pa Berry prit le bras d'Ethel. Frank Berry leva le nez en l'air et s'en fut d'un pas vif, désordonné, comme un chien qui mène le traîneau, Nellie sur ses talons, refusant de se laisser distancer. Ne resta plus que Clarence, qui tendit le bras à Alice. Elle avait en descendant le perron de l'hôtel un sentiment de triomphe. La soie immaculée crissait comme du papier. De sa chevelure s'échappait un parfum d'huile de lavande, fine traîne qui ondulait à chacun de ses vifs mouvements. Ses yeux étaient parés d'une nouvelle aura de mystère : tout cela grâce à deux simples lignes de crayon noir. Tout San Francisco baguenaudait sur les trottoirs. Le temps était doux. Ce devait être la nuit la plus délicieuse du mois, à en juger par l'euphorie de la foule. Se déplacer dans cet air ni trop chaud ni trop froid leur parut le comble de la légèreté. Un bain de ciel, qu'on aurait fait couler pour les corps humains, avec leur seul confort à l'esprit. Le reste de l'univers ? Qu'il courbe l'échine. Le crépuscule déploya ses lueurs indigo striées de rose à l'ouest ; s'y épanouissait une lune précoce. Les murs bruns des immeubles luisaient.

Qu'ils étaient à plaindre, ceux qui ne se trouvaient pas dans les rues de San Francisco, en route pour le restaurant, le soir du 29 octobre 1898 : Alice avait vraiment pitié d'eux. Elle n'aurait pas cédé sa place pour un empire.

Un diseur de bonne aventure tenait une échoppe surmontée d'une enseigne ornée de signes chinois ; à ses pieds, son fils jouait aux dés. Clarence, menton levé vers l'ouest, avait le visage tourné vers le ciel, pour jouir des dernières grandes lueurs du soir.

« J'ai réfléchi, disait-il. Je vais peut-être rappeler Delaney. "L'importance de l'échec", ce n'est sans doute pas le bon point de vue. Ce devrait plutôt être "ingénieux avant toute chose", ou quelque chose de ce genre, plus optimiste. Je pourrais par exemple lui parler de ma machine à vapeur. Ma petite invention. Tu l'as vue à la concession. C'est un récipient qui contient de l'eau bouillante, auquel on raccorde un tuyau en caoutchouc. Pour dégeler le sol, c'est formidable. Et c'est moi qui l'ai inventé. En bricolant un peu, c'est tout. Henry me rebat les oreilles depuis des mois pour que je prenne le temps de m'asseoir à mon bureau, de dresser un schéma et de déposer un brevet.

– Mais oui, acquiesça Alice. Avant que quelqu'un ne l'accapare. »

San Francisco s'était figée dans la phase finale d'une partie de chaises musicales. Les gens s'engouffraient dans des immeubles, à la recherche d'une table où dîner. Les Bush et les Berry avançaient sur le trottoir comme sur quelque aristocratique tapis. Rois et reines, en vérité : et que cela dure, oui, que cela dure. Qu'il se passe deux cents ans avant que d'autres ne surviennent sur un air de danse pour les détrôner. Une éternité, avant que le pays ne soit subsumé, que ces rues, transformées, pullulent d'inconnus avides, encore non nés, aux sentiments plus froids que glaise.

Accroche-toi à cela, se dit Alice. Jouis-en pleinement. Car ce n'est pas un état destiné à durer, ce trop-plein d'amour. Mieux vaut le recueillir tant qu'on peut. Il y a cette expression : se prendre pour le nombril du monde. Mais n'était-ce pas nécessaire, en un sens, d'avoir ce travers pour survivre, pour ressentir les choses ? De respirer comme en ce jour béni ? De songer qu'il n'est que trop naturel que ce cœur doive palpiter de sang, de mouvement ?

« On passe tout ce temps à se construire cette identité d'homme d'affaires, disait Clarence. On est son propre professeur, on s'inspire de ses propres succès et de ses propres échecs, dont la plupart ne sont visibles que pour soi. Et on n'a guère le choix que de continuer sur cette voie.

– Je suis d'accord avec toi, acquiesça aussitôt Alice. Tu es dans une bonne passe. Poursuis sur cette lancée, sans ralentir. »

Ils avançaient à grands pas. Au-dessus de leurs têtes, une hampe en bronze. Un drapeau américain battait l'air. Couleurs vives, coton rêche, décrassé par une journée au soleil.

« Ce n'est pas l'argent, poursuivit-il. Je ne suis pas excité par les liasses de billets. L'homme d'affaires n'est que l'enfant des sauvages de jadis. J'ai été dressé à me battre pour la moindre bribe de nourriture, mon arc en tendons de renne et ma pointe de flèche en silex à la main. Dans mon état de nature, je mène une troupe d'hommes vêtus de peau de bête dans les forêts. Tu vois ce que je veux dire ? C'est l'excitation de l'action que je recherche. La chasse. La traque. »

Il éclata de rire et glissa une de ses mains dans celles d'Alice ; c'était un geste qui consolidait leur nouvelle intimité. Il lui faisait part de ses visions, de sa joie. Il ne se rendait pas compte du danger qu'il encourait. De la proximité dans laquelle Alice se trouvait, à tel point qu'elle pouvait toucher ses rêves, les pincer délicatement, les soulever, les enrouler bien serrés autour de son petit doigt.

Il l'attira à elle. Se confia.

« Je ne peux pas en vouloir à Pa ni à Frank. Ils me connaissent trop. Je ne vais pas mettre cet argent de côté, je ne vais pas non plus le donner. Je vais continuer à acheter. »

CHAPITRE 9

Dawson City, Yukon

2015

J'avançais sur une route poussiéreuse en buvant à petites gorgées l'eau tiède de ma thermos en plastique bleu, le cœur triomphant. Nous nous étions rendus à Dawson City pour restituer à quelques-uns une petite part de l'avide fortune qui aurait dû leur revenir. Nous portions au Nord un geste de réparation, en compensation de la violence, du vol, de l'humiliation subie par les ancêtres de ces quelques-uns aux mains des miens, les Bush et les Berry. Nous avions agi en accord avec cette idée nouvelle : nulle civilisation ne devrait s'imposer par la puissance et la violence lorsqu'elle a, en face d'elle, un peuple qu'elle peut dominer physiquement. Et nous avions suivi une autre règle morale, édictée au XXIe siècle : c'est à ceux qui ont profité des crimes du passé (et qui, dans notre cas, en profitent encore) de proposer des dédommagements concrets. Nous agissions au nom de la justice, donc. Au nom des petits gestes, pour reprendre les termes d'Owen. Au nom de la morale. Et surtout, au nom de l'amour.

Tout cela pour dire que nos intentions étaient les meilleures du monde. Les miennes. Celles d'Owen. Celles de mon grand-père.

C'est notre mode opératoire qui manquait de rigueur.

Owen et moi nous promenions sur la Septième Avenue quand mon téléphone a sonné. Ô surprise ! C'était mon oncle Craig, l'aîné des demi-frères de ma mère.

« Je ne sais pas si tu t'attendais à ce que je t'appelle, me dit-il en guise de salutations, mais il se passe de drôles de choses en ce moment, et tu devrais être en mesure de me donner des explications.

– D'accord, ai-je répondu d'une voix lente, tandis qu'Owen articulait un « Quoi ? » muet.

– Tu peux peut-être me dire pourquoi, tout à l'heure, en me rendant chez mon père pour lui apporter son médicament pour le cœur – je te rappelle qu'il a quatre-vingt-treize ans –, j'ai appris qu'il était parti pour le Yukon ?

– Oh, il ne t'avait pas prévenu ? ai-je bafouillé.

– Où es-tu, Anna ?

– À Dawson City.

– Et où est mon père ?

– Il est avec moi.

– Passe-le-moi.

– Enfin pas exactement avec moi. Il est allé se promener, pour l'instant. »

Et avec toute l'insouciance que j'étais capable de feindre, j'ai ajouté :

« Je ne sais pas si tu es également au courant, mais il a pu contacter les Lowell, cette famille des Premières Nations dont il parle souvent. Leurs aïeuls avaient travaillé pour les Berry pendant la ruée vers l'or.

– Je suis au courant, a répondu mon oncle d'un ton grave. J'ai discuté avec les gens qui s'occupent de ses investissements chez Stanley Morgan. Apparemment, il a procédé à de gros transferts de fonds. Cela fait des mois qu'ils se demandent s'il n'est pas victime d'une tentative d'escroquerie. Et je constate que c'est le cas.

– Mais non ! Tu confonds tout. »

J'ai essayé en vain d'expliquer à mon oncle la véritable histoire des Lowell. La conquête coloniale du Klondike. Le vol des terres. L'exploitation par le travail. La mort de l'arrière-arrière-grand-oncle Lowell, Jim. Le refus de Winnie et de Leanne de toucher la moindre réparation, et leur proposition de verser cet argent au centre culturel Hän Hwëch'in. Mon oncle ne m'a pas laissée finir.

« Écoute, Anna. C'est bien gentil, tout ça, mais c'est de l'histoire ancienne. En attendant, j'ai les comptables et la famille sur les bras, et ils sont inquiets. Et j'ai Sylvia, Numéro Six, qui m'a seriné pendant une bonne heure sur la santé mentale de mon père, lequel serait d'après elle en pleine bouffée délirante.

– Je suis navrée, Craig. Je ne pensais pas que ça prendrait de telles proportions de votre côté.

– Mike veut partir pour Dawson. »

Mike était un autre demi-frère, plus jeune que ma mère, celui-là.

« Moi aussi, d'ailleurs. Et comme Kelly n'a pas pu trouver de baby-sitter, on fait le voyage avec les enfants. »

Kelly, conseillère en placements, était la femme de Craig.

« On va régler cette histoire et le ramener sain et sauf à la maison. Il n'est pas impossible que nous louions une voiture pour faire les trois mille kilomètres du retour ; je ne pense pas qu'il soit prudent de le laisser reprendre l'avion. À l'instant où je te parle, je regarde les horaires pour les vols. D'ailleurs, dans quel hôtel est descendu papa ? Je vais y prendre des chambres pour nous. Aucune envie de me retrouver dans la forêt avec les ours. »

Je suis repartie à l'assaut, lui décrivant cette fois-ci le centre culturel, le petit musée. Peine perdue, il n'avait pas l'air le moins du monde intéressé. J'ai mis fin à l'appel dans un tourbillon de mauvais pressentiments. Tandis que je rapportais les propos d'oncle Craig à Owen, le téléphone m'a sonné dans les mains.

Cette fois-ci, c'était maman.

« Ma chérie, je reçois des appels dans tous les sens de la famille. Tout le monde est sens dessus dessous. Tu as vraiment dit à ton grand-père de prendre l'avion pour donner cinq millions de dollars à quelqu'un que tu viens juste de rencontrer dans le Yukon ? »

Owen et moi sommes revenus vers le bungalow des Lowell. En chemin, j'ai fait de mon mieux pour apaiser les angoisses de ma mère en lui résumant les événements. Aussitôt que j'ai raccroché, j'ai reçu une rafale de SMS hautains, provenant d'un cousin plus âgé qui étudiait le droit. Avant de pouvoir lui concocter une réponse, j'ai dû répondre à un troisième appel. Cette fois-ci, c'était mon père.

« Dans quel pétrin t'es-tu fourrée ? Tu as vraiment besoin d'un voyage dans le Yukon pour ton CV ? »

J'étais anéantie.

« Tout le monde m'en veut, ai-je gémi à l'attention d'Owen.

– Écoute, a-t-il répondu. Était-ce une idée si formidable que ça pour ton grand-père de dire merde à son cardiologue et de prendre l'avion ? Non, sans doute. Mais tes parents, oncles et tantes peuvent difficilement s'opposer à son geste.

Sans la ruée vers l'or, il serait certainement beaucoup moins riche. On ne peut moralement pas lui reprocher de vouloir rendre une partie de cet argent, tout de même.

– Ce n'est pas le genre de raisonnement qu'ils comprennent. Eux, ils pensent que quand on obtient quelque chose, on le garde. Sans présenter d'excuses. »

J'ai passé encore un bon quart d'heure à me morfondre sur les réactions familiales en sirotant mon eau tiède, les carillons à vent tintant dans la brise, jusqu'à ce que Leanne réapparaisse au coin de la Huitième Avenue, avec un sourire à la fois réjoui et embarrassé.

« Si ça ne vous ennuie pas, on fait comme si vous étiez restés chez moi le temps de leur ballade ? a-t-elle chuchoté, avant d'ajouter, avec une vague stupéfaction : Maman passe un excellent moment. Ça fait dix ans que je ne l'avais pas vue aussi bavarde ! »

Quelques minutes plus tard, les vieux amis sont réapparus, marchant lentement, l'un contre l'autre, perdus dans leur conversation.

« La promenade était agréable ? » les ai-je hélés tandis qu'ils entraient dans le jardin.

Ils ont levé la tête au même moment. Ils n'avaient pas remarqués que nous les attendions.

« Absolument délicieuse, a répondu mon grand-père. Quelle magnifique région du monde !

– Je suis ravie. »

Puis sans flancher, car l'humeur était au beau fixe, et que cela me fendait le cœur de la gâcher, j'ai parlé à mon grand-père des appels, du fait que la famille était informée des transferts de la Stanley Morgan et de son intention de débarquer en masse à Dawson. Et il a bien fallu que je dise, et cela devant Leanne et Winnie, qu'il était fort possible que ladite famille s'oppose à la donation.

« Il ne peuvent pas venir, trancha mon grand-père, péremptoire. Dis-leur qu'on ne les a pas invités.

– Je crains qu'il ne soit trop tard, ai-je bafouillé, à la cantonade, avant de poursuivre mes réflexions à haute voix. Et je ne voudrais pas avoir l'air de paniquer, mais je me demande s'il ne serait pas plus prudent de donner le coup d'envoi rapidement. Grand-père, tu peux procéder à la donation demain matin, non ? Avant qu'ils débarquent tous ? »

Hélas, mon grand-père ne m'écoutait pas, penché vers l'oreille de Winnie. Leanne, elle, a compris la gravité de la situation, en dépit de mes euphémismes.

« Demain, on est samedi. Le musée est ouvert aux visiteurs, mais les bureaux sont fermés.

– Mais peut-être que si ce n'est pas trop demander, dis-je sur le ton le moins directif possible, on pourrait quand même faire venir les personnes nécessaires ? »

Nouveau regard appuyé de Leanne.

« Désolée, ai-je poursuivi. Mais les gens de la famille sont… sur les nerfs, si je peux dire. Cette énorme somme qui change de mains…

– Ah, dit Leanne. Pourtant, ce n'est pas une première, ici, les fortunes qui changent de main. Et nous sommes bien placés pour savoir à quel point ça peut "mettre sur les nerfs". »

Il n'y avait pas moyen de rendre la pilule moins amère, d'atténuer la violence de l'insulte lancée à la tête de Leanne et des autres responsables du centre. Elle a quand même accepté de réunir ses collègues un samedi matin pour accélérer le transfert.

Il n'y avait en effet pas une seconde à perdre. Mon oncle Craig était déjà dans l'avion pour Anchorage au moment où nous nous sommes retrouvés pour le dîner. Sa femme et ses deux enfants avaient pris un billet moins cher pour Fairbanks. Oncle Mike avait relevé le défi : annulant une réunion capitale, il avait promis d'arriver à Dawson City samedi à midi. Et Numéro Six, entre quelques appels comminatoires à son mari et à son fils, avait eu le culot d'essayer de me joindre. Son nom clignota sur l'écran deux fois pendant le dîner, avec la sonnerie d'usage, avant que je ne mette le téléphone sur vibreur.

Mon sang cette nuit-là a fait mille tours. Avec le soleil de minuit toujours à ma fenêtre, derrière des rideaux trop fins, j'ai à peine fermé l'œil. Horrifiée par cette avalanche de motions de défiance à mon encontre. Ce n'était guère plaisant d'imaginer la famille de ma mère unanimement déchaînée contre moi, ne rêvant que de me faire comparaître devant leur tribunal privé, m'accuser d'avoir conduit mon grand-père trop confiant dans un traquenard. Lorsque je fermais les yeux, je les imaginais en avion, sur des ferries, penchés sur un comptoir d'agence de location de voiture, enfonçant une clef dans une serrure. *Le fait est qu'on appelle ça la ruée vers l'or*, m'avait dit Owen à l'Ahwahnee lorsque j'avais gémi sur le rôle joué par l'argent dans mon histoire familiale. Laquelle avait commencé dans le métal précieux, avant de prendre d'autres voies. Cent quinze ans plus tard, les miens se retrouvaient avec le même but : se ruer vers le Yukon, de nouveau envahir Dawson City : car c'était là, une fois de plus, que l'argent était en jeu.

Owen et moi nous sommes réveillés le lendemain matin épuisés, confus, et avec devant nous juste assez de temps pour avaler un café brûlant : nous avions rendez-vous à neuf heures. Nous avons retrouvé Leanne et Winnie devant le centre culturel Hän Hwëch'in. Peter est arrivé une minute plus tard, l'air particulièrement content de lui. Rhett, qui l'accompagnait, ployant sous le poids de l'énorme appareil photo de mon grand-père, avait en revanche bien mauvaise mine, les yeux injectés de sang. Parfait, ai-je pensé. J'espère qu'il en bave autant que moi. Sa mère avait peut-être passé sa nuit à l'appeler, gémissant sur l'héritage perdu et faisant chauffer la batterie du téléphone.

Nous avons traversé la grande galerie, avec sa hutte en fourrure, son canoë, ses raquettes et le chef Isaac, grandeur nature, avant de pénétrer dans un petit bureau sans fenêtres, chichement meublé.

Cinq personnes se sont levées pour nous accueillir. Nous avons fait la connaissance de Jack Willis, le comptable qui se chargerait du transfert, de Marjorie Rook, la directrice du centre, de Clinton Hoff, de Bo Johnson et d'Irene David, tous trois aînés de la communauté des Premières Nations, piliers et membres fondateurs du centre.

Mon grand-père leur a serré la main à tous. Il avait retrouvé son élément.

« Quel magnifique musée, a-t-il déclaré. Vous ne pouvez pas savoir à quel point je suis heureux de contribuer à son fonctionnement. Avec cinq millions de dollars, vous allez pouvoir en faire, des choses ! Oui, cinq millions. J'ai décidé d'en rajouter un peu. J'avais des fonds de côté pour Stanford, mais ils sont déjà tellement arrosés qu'ils ne savent plus quoi inventer. Vous ne devez pas avoir un budget de fonctionnement gigantesque, j'imagine ? Avec cette somme, et si vous l'investissez sagement, vous aurez la paix un bon moment. D'ailleurs, je vais vous dire, avant de partir, je vais vous mettre en contact avec des cabinets-conseils en Californie, pour vous donner un coup de main. Je pense qu'ils peuvent vous concocter une formation express sur la gestion des donations. Elle est sans doute plus importante que celles que vous avez l'habitude de gérer. »

Owen et moi avons pris place, comme les autres, autour de la table, sans ouvrir la bouche, et sirotions nos cafés. À quoi pensait-il, mon mari ? Pour ce qui me concerne, la harangue de mon grand-père me pétrifiait de honte. Cette absence totale d'humilité avait quelque chose de haïssable. Débarquer ici sans vergogne, faire part de son approbation avec tant de condescendance : comme si les membres du bureau n'avaient, ces dix dernières années, attendu que lui pour croire pleinement au projet auquel ils avaient donné vie avec tant d'ardeur et de patience.

Et puis il a eu des mots durs : mais ceux-ci étaient destinés uniquement à son beau-fils.

« Rends-toi donc utile, a-t-il sifflé à Rhett, qui se tenait, indécis, au bout de la table. Lève ce gros objet devant ton œil et appuie sur le petit bouton noir. On appelle ça un appareil photo, chez nous. »

Les papiers du transfert étaient éparpillés sur la table. Mon téléphone a vibré : c'était oncle Craig. J'ai refusé l'appel. Il ne devait plus être très loin de Dawson. Manœuvre que j'ai réitérée quelques minutes plus tard. Jack Willis a tendu un formulaire à mon grand-père, mentionnant les coordonnées bancaires du centre : il n'avait plus que ça à signer.

« Je tiens vraiment à remercier ma mère et Peter, a déclaré Leanne tandis que Jack s'installait devant son ordinateur. Merci, Peter, pour avoir fait le voyage, et pour votre générosité. Et merci, Winnie, pour avoir déterminé que les besoins du groupe comptaient plus que ceux des individus.

– Bravo ! » s'est exclamé mon grand-père.

Le regard de Leanne s'est perdu dans le vague, tandis que Rhett toussotait. Puis le cliquetis du clavier de l'ordinateur, *tic-tic-tic*.

Le transfert ne passait pas.

« Il doit y avoir un petit souci informatique, a marmonné Jack, dont l'expression cependant exprimait une vive inquiétude. Je vais les appeler. »

Quelques minutes plus tard, il était en grande conversation avec un comptable californien. Mon grand-père ne cachait plus sa nervosité. D'ailleurs, nous en étions tous au même point. Les merveilles du musée n'ont pas réussi à alimenter durablement la conversation, en dépit des efforts d'Owen, pourtant maître en cet art.

Rhett a demandé où se trouvaient les toilettes. Non sans difficulté, il s'est débarrassé de l'appareil photo et l'a posé sur la table.

« Et c'est un élément récent ? » demandait Jack, toujours au téléphone, tout en prenant des notes.

Plus un bruit dans la salle de réunion. Leanne semblait rétrécir à vue d'œil dans son tailleur. Owen m'a lancé un regard, sourcils haussés, qui signifiait clairement : Ça coince.

« Ah, très bien, a repris Jack Willis qui, sous nos yeux, perdait progressivement toute sa solennité et son optimisme. Je comprends. Ça fait un petit moment. »

Il a raccroché après les politesses d'usage et nous a considérés avec la grimace de quelqu'un qui aurait aimé être téléporté le plus loin possible de Dawson.

« Il y a un problème plus important, a-t-il marmonné. Et je ne sais pas si nous allons pouvoir le régler. Le fait est que vos comptes sont bloqués, Peter.

– Pardon ? Mais qu'est-ce que ça veut dire, ça ? »

Voix cinglante, mais pétrie d'une certaine appréhension.

« Il semble, a dit Jack en épongeant une goutte de sueur qui perlait à son front, qu'un membre de votre famille a remarqué, au printemps, que vous procédiez à des transferts de fonds assez importants. Cette personne a visiblement craint que vous ne soyez victime d'une escroquerie. Le comptable avec lequel j'ai discuté à l'instant me dit que d'après les informations qu'il détient vous avez donné, il y a trois mois, procuration complète à votre famille concernant vos finances.

– Je n'ai jamais rien donné à qui que ce soit !

– Le nom de Randall Larro vous dit quelque chose ? Vous l'avez rencontré, ces derniers temps ?

– C'est un de mes hommes de loi, a répondu mon grand-père. J'ai dû déjeuner deux ou trois fois avec lui. On ne peut pas dire que j'apprécie outre mesure sa conversion.

– D'accord. Sachez que c'est lui qui s'est chargé de ce dossier. Il vous arrive peut-être, de temps en temps, de signer des choses que vous ne lisez pas de A à Z. Si vous avez le sentiment d'avoir été abusé soit par un membre de votre famille, soit par ce Mr Larro, il va falloir que vous contestiez la procuration. Dans l'intervalle, il vous est impossible d'effectuer des transferts de fonds importants. Je suis vraiment navré de vous l'apprendre. Mais le fait est que, techniquement, vous n'avez plus la maîtrise de ces comptes. »

CHAPITRE 10

Los Angeles

1903

1.

La lumière du jour entrait à flots dans le grand salon de la maison d'Ingraham Street. C'était une belle demeure de deux étages, dotée d'un immense escalier, d'auvents chantournés, de plafonds à moulures représentant des fleurs et des vignes. Il y avait une cuisine moderne, un boudoir jaune, une salle à manger où trônait une longue table d'un poids de huit cents livres qui pouvait accueillir seize convives. À l'étage se trouvaient quatre chambres à coucher reliées par de spacieux couloirs et un autre salon illuminé par de grandes baies vitrées ; c'était la pièce qu'Alice, Mrs Henry Berry et non plus Alice Bush, avait accaparée.

C'était un trésor que cette maison, et pourquoi pas ? C'était l'or métamorphosé, le pétrole métamorphosé. Ingraham Street était une rue passante à la limite du centre de Los Angeles. Près des restaurants, du théâtre, avec un arrêt de trolleybus à proximité. Il s'était passé cinq ans depuis que les frères Berry et les sœurs Bush étaient rentrés du Klondike, cinq ans depuis que Clarence, cédant aux désirs de Pa Berry et de Frank, en dépit de ses réticences initiales, avait accepté de rencontrer Murphy, le pétrolier. Grâce à cette alliance, Clarence avait débuté en fanfare sa nouvelle vie californienne. Ethel et lui n'avaient condescendu à vivre à Selma que quelques mois ; ils avaient vite rendu les clefs de la jolie maison qu'ils louaient dans Front Street pour déménager à Los Angeles. Il était de première importance que Clarence ait des bureaux dans la grande ville, et se joigne à la troupe d'hommes d'affaires qui passaient leurs journées à investir et à embaucher. Ils émettaient des prédictions mirifiques et, lorsque l'envie les en prenait, partaient en bande explorer ces déserts en apparence anodins et lisses, bientôt champs pétrolifères ; c'était une appellation en constante expansion. Nellie et Cora s'étaient également installées à Los Angeles avec leurs époux respectifs. Ethel avait ainsi profité de la compagnie de ses deux belles-sœurs loin d'Alice, sœur de sang, restée à Selma. À la fin de l'année 1899, cette dernière, apprenant qu'elle était enceinte, avait convaincu Henry Berry de rejoindre le reste de la famille à Los Angeles ; Selma, disait-elle, était trop petite pour leurs ambitions. Toujours prêt à suivre le mouvement, Henry s'était plié à ce désir avec sa bonne humeur coutumière. Et c'était dans cet élégant décor que leur petite Melba, âgée de trois ans, allait grandir. Ethel et Clarence, qui demeuraient à quelques rues de là, leur rendaient souvent visite.

Ou du moins quand ils le pouvaient. Quand ils n'avaient pas d'autres engagements.

Alice était installée dans le salon de l'étage, aux grandes baies, dans la lumière pâle d'un matin frisquet de décembre 1903. Immobile. Seule. Main figée au-dessus d'une feuille de papier à lettre blanc crème. C'était un simple message, un service qu'elle rendait à Clarence ; et cependant, elle y réfléchissait depuis des heures sans avoir pu lui donner forme. Cette lettre devait être rédigée avec précision et envoyée sans délai ; détail crucial, ces deux opérations devaient être exécutées en secret. Ce n'étaient pourtant pas ces circonstances qui expliquaient l'indécision d'Alice.

On aurait pu penser qu'avec l'argent venait la sérénité. Que la disposition naturelle avait nom désormais aisance, facilité. On aurait pu penser qu'après s'être péniblement détachée de la fange américaine, d'une cabane branlante dans les forêts du comté de Placer, d'une ferme misérable, grise de poussière, à Selma, à nettoyer les étables et à vivre dans la peur de la faillite, d'une concession glaciale au bord d'un torrent du Klondike, où on la prenait pour une moins que rien – on aurait pu penser qu'après avoir accosté à ce havre de raffinement et de confort Alice serait parvenue à l'apaisement. Bras qui cessent de mouliner en tous sens, jambes qui ne courent plus, regard qui prend le temps d'embrasser le somptueux décor.

Pourquoi en était-elle incapable ?

Henry, son mari, percevait souvent en elle cette inquiétude de fille pauvre. Décontenancé par ses angoisses, il la prenait sur ses genoux, l'attirait à lui et de ses lèvres ardentes lui soufflait à l'oreille :

« Mais que veux-tu ? Que veux-tu ? Cela ne te suffit pas, cette belle maison ? Et Melba, notre délicieux bout de chou ? Tu trouves que nous n'avons pas assez d'argent ? Parce que écoute-moi, Alice, je vais te dire ! Nous en avons bien plus que je n'aie jamais prévu de dépenser dans ma vie ! »

Il ajouta un jour, tenaillé par un vague pressentiment :

« Je te l'accorde, ça n'est pas autant que certaines personnes. Mais ce bon vieux C. J. ne va pas tarder à devenir l'homme le plus riche de tout l'État. On ne peut pas se réveiller tous les matins en se comparant à lui. »

2.

Clarence et Ethel. Présences floues qui, traversant l'esprit d'Alice, suscitaient en elle une vive réaction. À l'éclatante fin du siècle précédent, Ethel et Clarence étaient déjà des célébrités de la ruée vers l'or. Renommée qui, comme leur richesse, n'avait pu que croître depuis, grâce à des investissements audacieux, visionnaires, effectués au tout début de la folie de l'automobile. Leur demeure de trois étages était flanquée de deux tourelles, d'une pelouse sur le devant, comme un château, et d'une petite mare à l'arrière, dans laquelle trois élégants poissons de pierre vomissaient de solides arceaux d'eau limpide. Ces Berry-là employaient un majordome, deux cuisinières, une gouvernante et une troupe de jeunes Irlandaises dont la plus grande fierté en ce monde était de travailler pour eux. Clarence attirait des foules d'admirateurs. Ethel se tenait, solide comme le roc, au milieu d'un tourbillon incessant de fréquentations éphémères, toutes financières. Sa plus belle robe était gris-vert, manches gigot, corsage brodé de noir, ornée d'un énorme nœud à double boucle au creux du dos, qui mettait en valeur sa silhouette. À Los Angeles, ses « Contes de la piste » avaient repris du service, dans ces maisons grouillant de visages nouveaux, encourageants, californiens. Ses prunelles scintillaient à la lumière intense des candélabres. On l'entendait souvent dire qu'elle avait peine à croire ce qu'elle avait accompli, sentiment que partageait son époux. Elle portait deux pépites brutes aux oreilles.

« J'en avais autrefois assez pour en faire un collier, avait-elle déclaré à quelques reprises, mais j'ai perdu ma collection dans le Yukon. »

C'était un collier d'une autre sorte qu'elle se délectait parfois à porter par-dessus la soie gris-vert aux volutes de broderie noire : il était constitué de dents d'ours, creuses et jaunes, que Clarence avait récoltées lors de l'un de ses premiers voyages de prospection. Les femmes se précipitaient sur elle. Elles caressaient ce collier tout en complimentant Ethel, assurément l'hôtesse la plus chic, la plus excitante de toute la Californie.

Grand bien leur fasse. Alice prenait du plaisir à la bonne fortune échue à sa sœur et à son beau-frère. Elle se réjouissait de voir le nom des Berry croître en renommée, en partie bien sûr parce qu'il était désormais le sien, aussi. Et cela en dépit du fait qu'elle avait naguère entretenu de plus vastes espérances ; y repenser lui donnait de légers haut-le-cœur. Elle avait rêvé d'autre chose que de cette manne auxiliaire. Que de ces actions en Bourse offertes parcimonieusement. Que de la réputation conférée par le nom. Elle se souvenait qu'au retour de leur séjour au Klondike, par un matin venteux de 1898, sur le pont instable de l'*Orlantha*, et sous la voûte grise et lourde du ciel, Ethel avait parlé :

« Si tu as un enfant, nous pourrions faire quelque chose pour lui. Il pourrait devenir notre héritier. »

Et donc ?

La fille d'Alice et de Henry était née en 1900. Elle se nommait Melba Ethel Berry.

Elle était rousse ; son visage rond était la copie conforme de celui de Henry ; elle avait des fossettes aux mains et de petites jambes potelées sans cesse en mouvement.

Alice n'avait-elle pas honoré sa part du contrat ?

Mais quant à ce qu'un testament cacheté de cire vienne les foudroyer de son extravagance : rien ! Silence. Des cartes de visite, des compliments, oui : mais pas l'ombre d'une promesse de legs, ce mot qui faisait battre plus fort le cœur d'Alice.

Elle se redressa sur son séant, rigide. Ce jour-là, le Klondike la menaçait de toutes parts. Et c'était là, sans doute, qu'était le problème. La feuille vierge sous ses yeux le manifestait assez. Feuille sur laquelle elle devait écrire une lettre destinée à un propriétaire d'immeuble, à Chinatown. Jane Lowell devait arriver sous peu en Californie, événement à peine croyable ; elle avait besoin d'un logement. Cela n'avait rien d'un voyage d'agrément. Jane venait poussée par la colère et la peur. Clarence, après des années d'extrême retenue, lui avait donné à comprendre ceci, dans leur correspondance secrète : le fils de Jane (Horace, que les Berry appelaient Ed Junior) n'habitait pas sous le toit de Clarence et d'Ethel ; il était de fait hébergé chez de « proches parents ». Se sentant trahie, Jane avait annoncé à Clarence son intention de venir rendre visite à son garçon. Clarence l'avait alors prévenue que les Keller, ses parents adoptifs, y étaient fermement opposés. Pendant cinq ans, on leur avait donné à penser que le petit Ed était le fils orphelin d'une connaissance de Clarence. Ils avaient appris récemment que la mère avait été cuisinière dans le Klondike, entre autres détails. De cela, Henry, Ethel et le reste de la famille n'avaient pas été informés. Un mois plus tôt, Clarence, écartelé, à la torture, avait sollicité, tête basse, les bons conseils d'Alice.

« Aide-moi, l'avait-il suppliée. Je ne sais plus quoi faire. »

Ed Junior était un enfant de sept ans, tout simplement. Un garçon de sept ans qui pouvait, comme n'importe quel esprit du Grand Nord, être modelé à l'image de n'importe quel adulte. Jane avait prétendu, dans le Klondike, qu'Ed était le fils de Clarence, ce que l'intéressé niait. Non, le père était Anton Stander. Ce mystère aurait pu se résoudre avec le temps ; cependant Ed ne ressemblait vraiment qu'à sa mère. Alice avait le sentiment que Clarence était incapable de jauger l'enfant, qu'il ne savait qu'en penser. La plupart du temps, le garçon se fondait dans le joyeux et bruyant désordre de ses cousins et cousines : la petite Melba, bien sûr, Blanche, la fille de Cora, quatre ans, Duane, trois ans, et le bébé William, tous deux fils de Nellie, et Wanlyn, la fille d'Annie, une grande de huit ans maintenant.

« Aide-moi, avait gémi Clarence.

– Je m'occupe de tout », avait répondu Alice, consolante mais ferme.

Elle reposa le porte-plume. Et cette main désormais vide se plaqua sur son jabot de dentelle. Elle était seule. Ou bien non : car l'accompagnait sa vieille amie, la frustration, battant de ses ailes puissantes dans sa cage thoracique.

3.

Sous ses fenêtres, une petite foule tournant au carrefour. Le trolleybus sans doute repartait à l'instant, après l'avoir déversée sur le trottoir. Alice y repéra sans tarder une personne – une personne venue la harceler : Maggie, jeune femme rondelette et blonde de dix-neuf ans, qui se trouvait par ailleurs être l'amie de cœur d'Anton Stander, et que ce dernier envoyait sans cesse quémander.

Ils n'étaient bien sûr plus associés, Anton et Clarence. À l'hiver 1899, Anton avait quitté sa cahute sordide et branlante de la concession et vendu à Clarence ses parts, pour un million de dollars. Cette fortune en poche, il s'était installé à Los Angeles et, jetant son dévolu sur l'industrie hôtelière, avait investi son pactole dans trois hideux établissements prétendument luxueux qui défiguraient le bord de mer. Il avait tout perdu. Clarence naturellement n'y était pour rien. Anton était d'un autre avis, il s'était retourné contre son ex-partenaire, remettant en cause la vente des concessions, pourtant vieille d'un an. Chose étonnante, Clarence ne l'avait pas renvoyé sur les roses. Certes, il avait refusé de lui payer les cinq cent mille dollars exigés par l'Autrichien, mais il lui versait, ainsi qu'à sa compagne, une rente mensuelle et accédait sans faute à leurs modestes sollicitations, effectuées à intervalles aussi réguliers qu'une sonnerie de coucou suisse.

La sonnette de la porte d'entrée retentit. Des bruits de pas provenant des pièces sur cour, puis Nanny qui traverse le vestibule. Melba sans doute faisait la sieste, comme tous les matins. Pourvu que cela ne la réveille pas, espéra Alice. Ni l'autre dormeuse, dont elle se souvint alors avec un léger sursaut. Elle tendit l'oreille. Elle avait bien failli oublier la présence sous leur toit d'Annie, sa sœur jumelle. Annie et sa fille Wanlyn étaient arrivées la veille, sans raison précise, ne prévenant sa sœur qu'à la dernière minute. Annie avait expédié Wanlyn dans la chambre d'enfant, avalé un solide repas, versé des larmes dans sa tasse de thé et refusé que sa sœur l'aide à se déshabiller. C'était pour l'heure tout ce à quoi se résumait sa visite.

Deux personnes montant bruyamment l'escalier. La lettre, les trois lignes au propriétaire de l'appartement de Chinatown, disparut dans un tiroir au moment où la porte du petit salon s'ouvrait.

« Maggie, annonça Alice en se retournant vers la jeune fille, il faut faire vite aujourd'hui. J'ai des invitées. Ma sœur jumelle est arrivée hier de Chicago. Indisposée, hélas. Malade, en fait. J'étais sur le point de me rendre à son chevet quand j'ai entendu la sonnette.

– Je ne vous ennuierai pas longtemps, répondit Maggie, une vive lueur dans le regard. Je voulais vous parler de quelque chose de très précis. J'ai des nouvelles. Et je voudrais que vous me donniez votre sentiment. »

Elle tendit la main à Alice, pour lui faire voir une bague de pacotille.

« Mr Stander m'a demandée en mariage, et j'ai accepté. »

Alice, penchée, s'empara de la douce main et l'examina poliment. Où Maggie voulait-elle en venir ?

« Êtes-vous sûre que vous voulez mon avis ? L'affaire semble réglée. Je ne peux que me contenter de vous adresser mes félicitations.

– Le mariage va se faire ; c'est la date qui reste incertaine, et c'est en cela que vous pouvez me conseiller. Mr Stander pense gagner un peu d'argent en investissant dans des usines de conserves de poisson, mais pour l'heure nous n'avons pas de toit, et pas un sou. Il me dit que le mariage cependant ne peut pas attendre. Moi, je n'en suis pas si sûre.

– Ah. »

Suivit un silence gêné. Si Ethel avait encore été préposée à la charité familiale, le coffre serait déjà ouvert, les billets dans la main potelée et les Berry délestés de mille dollars. Du fond de la maison s'éleva la plainte de la petite Melba ; on entendit Nanny traverser le vestibule pour aller la chercher. Annie, sans doute, avait fini par se réveiller, si elle ne l'était déjà.

« Voyons, ma chère, dit Alice en sortant de sa rêverie. Où en étions-nous ? »

Elle tira à elle le registre relié de cuir rouge où elle tenait le compte des bontés consenties par les Berry.

« Vous avez bien reçu vos dix dollars habituels pour le loyer et le couvert, je pense ? Et avant cela… Attendez un instant. »

Elle tourna les pages d'épais papier quadrillé.

« Oh, mon Dieu, j'avais oublié. Nous avons également donné cent quarante-cinq dollars à Anton à l'automne dernier.

– Pour régler une dette urgente, s'empressa d'expliquer Maggie. Il craignait fort qu'on ne lui tire dessus s'il ne la payait pas au plus vite.

– C'est exact. Je m'en souviens, maintenant. »

Maggie avait-elle compris que le moment était fort mal choisi pour s'adresser à sa bienfaitrice ? Alice se sentait d'humeur cruelle, plus cruelle que d'ordinaire.

« Voici ce que je vous propose, dit-elle en refermant le registre. Nous allons vous donner trois cents dollars, à Mr Stander et à vous-même. Cela vous convient-il ?

– Oh, infiniment ! »

Le visage de Maggie n'exprimait plus que félicité.

« Je suis certaine que cela nous suffira pour ce mariage. Je vous le dis aussi au nom d'Anton : je ne peux vous remercier assez ! »

Maggie lissa ses boucles blondes derrière ses oreilles, rayonnante. Pendant une seconde, son esprit s'égara, tant ses émotions étaient puissantes, et l'idée qu'elle se faisait d'elle-même soudain plus éclatante. Elle posa vivement la main droite sur son ventre et la bague, trop grande, vit cogner sur l'articulation de sa phalange ; il lui fallut la remettre à sa place.

« Maggie, êtes-vous bien certaine de vouloir Mr Stander pour époux ? »

Elle répondit d'un vigoureux hochement de tête.

Le coffre fut ouvert par une petite clef qu'Alice était allée pêcher dans les profondeurs de sa robe. Prestidigitation, manipulation destinée à éblouir. Elle posa dans la paume tendue de Maggie les billets promis, ne retira pas la main. Un sourire lui vint aux lèvres. Et maintenant, place à la comédie.

« Eh bien, ma chère Maggie. Il est temps, je pense, de nous dire au revoir. Dans quelques semaines, vous serez une femme mariée.

– Oh, souffla Maggie, déconcertée car en général Mrs Henry Berry comprenait parfaitement ce qu'on lui disait. Nous n'allons pas déménager, vous savez. Anton n'a pas l'intention de quitter Los Angeles.

– Bien sûr, susurra Alice. Mais vous allez désormais débuter une période nouvelle. Une vie de femme mariée. C'est une page qui se tourne. Et la fin de nos relations. Il est un point sur lequel Mr Clarence Berry est très ferme, ajouta-t-elle en levant la main, comme pour écrire dans les airs cette règle nouvelle. Et j'en suis convaincue moi-même. Nous n'aimons pas faire obstacle aux jeunes mariés. Vous vous rendrez bientôt compte qu'il est de la première importance pour Mr Stander d'être seul maître dans son foyer. Je sais qu'il n'a pas beaucoup de goût pour le travail sous ses formes traditionnelles. Mais vous ne tarderez pas à enfanter, et les nécessités du foyer le pousseront sans doute à reconsidérer ses choix. Vous n'avez sûrement pas envie que les Berry fassent obstacle à cette évolution. À compter d'aujourd'hui, nous laissons à Mr Stander l'honneur et la joie de subvenir à vos besoins. »

Une clochette tinta aigrement dans la main d'Alice, jusqu'à ce que Nanny fasse son apparition, le chignon défait et le regard excédé : était-elle donc censée s'occuper de tout dans cette maison ? Elle raccompagna Maggie à la porte, comme on écarte une fillette du bord de la falaise. Les grincements de l'escalier se réverbérèrent jusque dans le petit salon. La porte d'entrée s'ouvrit et se ferma, suivi par le cliquètement du verrou. Nanny négligeait peut-être la poussière dans les recoins, mais il fallait lui reconnaître ceci : jamais elle n'oubliait de verrouiller la porte sitôt les pauvres reconduits.

Alice se retourna dans son fauteuil et sortit la feuille du tiroir. Non, elle n'était pas d'humeur à écrire. Dans la chambre voisine, Annie… Annie sanglotait, semblait-il. Alice traversa le couloir et posa la main sur la poignée de la chambre d'amis. Les sanglots se firent plus sonores. Alice renonça à sa première impulsion. Annie avait épousé William Carswell neuf ans plus tôt. À cette époque, il valait mieux être épicier que cultiver des pêches en Californie ; on jugea Annie chanceuse. Puis il y avait eu la ruée vers l'or et le monde avait si follement tangué ! Quand ils avaient rouvert les yeux, tous, et recouvré leurs sens, ils avaient compris qu'Annie et William étaient désormais les parents pauvres du clan Bush et Berry.

La cuisine était grise de vapeurs et d'odeurs appétissantes : pain frais fourré au fromage et aux herbes aromatiques, sandwiches à l'œuf, bouillon odorant. Bessie, la cuisinière, pivota sur ses talons, le visage rouge, en nage ; elle était sur le point de composer un plateau.

« Ma sœur jumelle, la Belle au bois dormant, s'est-elle réveillée ?

– Assez pour demander son déjeuner.

– Est-elle habillée ?

– J'aurais du mal à vous le dire. Les tentures étaient tirées et elle avait la couverture remontée jusqu'au nez. »

Annie n'était même pas depuis vingt-quatre heures dans la maison que les domestiques la détestaient déjà.

« Faites-moi voir ce rôti. »

Elle ouvrit la porte du four et, saisissant l'énorme plat avec une serviette, fit remuer la viande.

« Vous allez le faire tomber, dit Bessie en la considérant, les yeux plissés.

– Ne faites pas tant d'histoires, rétorqua Alice. Je me tue à vous le répéter, je suis plus forte que j'en ai l'air. »

4.

Alice renvoya Bessie à d'autres tâches et finit de préparer le dîner elle-même, pour s'occuper agréablement. À sept heures moins dix, Henry rentra, puant le tabac. Il était allé faire un tour au Billiard Parlor, une affaire qu'il avait créée pour son seul plaisir. Il embaumait toute la maison. Veste à carreaux jaunes, chapeau ornée d'une marguerite : c'était l'un de ses accoutrements favoris. Digne d'un clown, aurait-on pu lui dire : il aurait été ravi du compliment. Lorsqu'ils avaient acheté la maison, le *Los Angeles Herald* avait publié un article intitulé : « Le Millionnaire Henry Berry Achète Une Maison En Ville. » Depuis, Henry s'était efforcé de ne pas se faire oublier de la presse : c'est une excellente publicité pour le Billiard Parlor, se justifiait-il. Et ses costumes donnaient du tonus, ou de la couleur, pouvait-on dire, aux articles. De temps à autre, il était décrit comme un idiot par quelque journaliste à l'esprit mesquin. Cela plongeait Alice dans la fureur, sans déranger le moins du monde Henry. Les coquetteries de la presse ne le troublaient pas plus que les prétendus faits. Par exemple, ils étaient loin d'être millionnaires. Ils disposaient d'un capital de cent mille dollars, environ, essentiellement grâce à Clarence qui avait associé Henry à quelques-uns de ses investissements pétroliers, la *Cinquante-Huit* Bonanza n'ayant jamais rapporté grand-chose. Ils n'auraient jamais pu déménager à Los Angeles si Clarence ne leur avait pas offert de quoi régler l'acompte de la maison, sans condition. Bien sûr, Henry, même s'il n'avait guère le sens des affaires, n'aurait jamais fait rectifier ces erreurs. Paraître fortuné pouvait avoir ses avantages, il l'avait bien compris. On ne prête qu'aux faux riches.

« Salut à toi, ma reine », dit Henry en embrassant Alice sur la joue.

Elle coupa un dé de rôti bien juteux et le lui posa sur la langue.

« Mmh, quel délice. Bien cuit et bien relevé, dit-il en se léchant les lèvres. De la visite, aujourd'hui ?

– Personne d'agréable. J'espérais la venue d'Ethel, mais elle est sans doute trop occupée à courir les magasins. »

En préparant leurs assiettes, Alice se figura une conversation sincère avec Henry, au cours de laquelle elle lui ferait part de sa corvée du jour. « Devine qui va bientôt débarquer en Californie ? » Non, c'était impossible. Henry n'était pas au courant des accords passés entre Jane et Clarence. Il pensait, comme les Keller, qu'Ed Junior était le fils d'une connaissance de Clarence, morte pendant la ruée vers l'or. Et contrairement aux Keller, il ne savait pas que la mère du garçon n'était autre que leur cuisinière au Klondike.

Alice et Henry emportèrent leurs assiettes dans la salle à manger et les posèrent sur la grande table. Alice alluma plusieurs bougies posées sur le centre de la table, un vrai chef d'œuvre d'argenterie, avec des chevaux qui galopaient de chaque côté. Bessie réintégra tranquillement la cuisine pour s'occuper des autres convives, Annie, les deux fillettes et elle-même.

« Ta sœur n'est pas apparue, j'imagine ? s'enquit Henry en s'installant à sa place coutumière.

– Seigneur, non ! Elle ne s'est même pas habillée. Elle a passé la journée à pleurnicher dans son lit… »

Alice s'interrompit pour goûter la viande qu'elle mâcha longuement, la trouvant moyennement bonne, sans plus.

« Tu sais ce qu'elle m'a demandé, hier au soir ? Elle voulait savoir si nous connaissions des femmes divorcées qui se sont remariées.

– Divorcées ? »

La fourchette de Henry se figea dans les airs.

« Je crois qu'elle songe à se séparer de William.

– Seigneur. Et que lui as-tu répondu ?

– Que nous en connaissions un certain nombre, oui. Sauf que je n'ai pas pu lui donner un seul nom. »

Il avala une bouchée et gloussa, le poing fermé devant ses lèvres.

« Ethel ne pourrait-elle pas l'héberger ? Ils ont plus de place que nous.

– Hors de question qu'Annie puisse mettre ses griffes sur Ethel !

– Très bien, alors nous ferons de notre mieux pour elle. Elle n'a pas bonne mine du tout, poursuivit Henry d'un ton réprobateur. Quand je l'ai retrouvée, à la gare, c'est tout juste si je l'ai reconnue. Penses-tu qu'on puisse souffrir à ce point d'un cœur brisé ?

– Non, plutôt d'un cœur envieux, trancha Alice en buvant son vin à petites gorgées. Je connais ma jumelle. Étant la plus jolie des quatre, elle s'est figuré qu'il lui revenait de faire le meilleur mariage. Elle s'est mariée la première... avec le premier venu.

– Oh, ma puce ! gémit-il. J'espère que tu seras gentille avec elle.

– Je serai juste.

– C'est adorable. Alors, la mission m'échoira, je pense, d'égayer la sœur mélancolique ?

– Tu as le costume idoine. »

Il rajusta, énergique, les revers du veston jaune.

« C'est le moins qu'on puisse dire, mon amour. »

Puis il se mit à dévorer son rôti, les coudes écartés, la viande et les petits pois tanguant dans l'assiette. Il avait les mêmes manières de table qu'à Selma, avec quatre robustes frères et sœurs, une mère qui ne lâchait jamais sa cuiller en bois favorite et un père qui se levait, l'assiette à la main, pour aller contempler sur le seuil les jeux de lumière du crépuscule sur la Sierra Nevada, ciel orange sanguine et bleu sourd.

« Tant que tu es encore de bonne humeur, dit-il en s'essuyant la bouche avec une serviette tout juste dépliée, j'ai quelque chose à t'avouer.

– Oui ? »

L'esprit d'Alice fut immédiatement en alerte.

« Doux Jésus, ce regard que tu m'as lancé ! dit Henry en levant les deux mains. Je te le jure, je n'ai tué personne.

– Henry, parle ! Inutile de faire durer les choses.

– Bon. Voilà. Cette semaine, j'ai prêté de l'argent à quelqu'un qui le mérite vraiment. »

Elle gémit, les mains sur le visage.

« Alice, enfin !

– Combien ? »

Il se rengorgea. Était-ce de l'orgueil, ou du défi ?

« Attends. Avant de te mettre en colère, je dois t'expliquer le pourquoi de la chose.

– Dis-moi combien. Après quoi, je t'écouterai.

– Douze cents. »

Elle poussa une nouvelle et brève lamentation.

« Attends un peu, Alice. Ce jeune homme, c'est Mr Edwards, le dentiste qui s'est occupé de moi quand il a fallu m'arracher cette dent. Il est venu me voir dans un terrible état. Sa femme devait être opérée, sa vie en dépendait, et il a appris vendredi que les chirurgiens exigeaient d'être intégralement payés avant d'opérer. Que voulais-tu que je fasse ? »

Il se redressa sur sa chaise.

« Cet homme, que je considère comme un ami, se précipite dans mes bureaux, en nage, en larmes, sachant très bien que j'ai assez d'argent pour sauver l'amour de sa vie d'une mort certaine, et…

– Quel type d'opération, Henry ?

– Un problème intime, je crois.

– J'imagine, en effet. T'a-t-il dit dans quel délai il comptait nous rembourser ?

– Je pouvais difficilement lui poser ce genre de question sur le moment. Il était au désespoir.

– Il n'est pas le seul, tu sais. Ils sont même légion. Sors de chez nous, aborde quelqu'un dans la rue : il est à peu près certain que tu tomberas sur un de ces infortunés, qui méritera sans doute plus que lui ton prêt charitable. »

Il arracha la serviette qu'il avait fourrée dans son col d'un geste brusque et la posa près de son assiette, faisant vaciller les flammes des bougies.

« Écoute-moi bien, Alice. Toi et moi, nous sommes très différents. Tu n'es pas mécontente de rester assise dans ton salon toute la journée, mais moi, j'ai besoin d'aller dehors, de voir le monde. C'est une partie de mes occupations, c'est ce que je suis, et je ne regrette en rien d'avoir ce que la plupart d'entre nous appellent une conscience sociale.

– Très bien », dit-elle.

Il récupéra sa serviette, reprit sa fourchette en main pour faire la chasse aux petits pois.

« Douze cents, marmonna-t-il. Ce n'est pas grand-chose. Tout compte fait.

– Je t'ai dit, très bien, Henry. Je ne t'en parlerai plus.

– Et je vais me permettre une suggestion. Tu devrais peut-être essayer de te faire des amies. »

Elle leva la tête, et leurs regards se croisèrent au-dessus de la longue table et des bougies aux lueurs vacillantes.

Plus tard, ce soir-là, les couverts débarrassés, les lampes de l'entrée éteintes, Alice monta à l'étage, suivie de Henry. Ils avaient passé le reste du repas à échanger, furibonds, diverses amabilités, mais contrairement aux couples vraiment désaccordés de leur connaissance, au premier rang desquels Annie et William, leurs différends ne duraient jamais. Sur le palier, à mi-chemin de l'étage, un vase trônait sur un guéridon. Henry sauta deux marches, s'empara d'une fleur et la braqua vers Alice. Comme elle refusait de descendre vers lui, il tendit le bras ; la rose toucha le menton de sa femme. Il pressa, étalant les pétales sur sa peau et, le regard écarquillé, d'une absolue sincérité, murmura :

« Bisous. »

Et dans la nuit, plus tard encore, au lit, elle le regarda longuement dormir, couchée sur le flanc. Une famille de trois frères, c'est un peu la même chose qu'une famille de quatre sœurs : chacun doit prendre soin, en grandissant, de se distinguer des autres. Frank était séduisant, Clarence était un bourreau de travail. Et Henry ? C'était l'homme qu'il fallait combler d'amour. Il bougea dans son sommeil, ouvrit enfin les yeux, se rendit compte qu'il était observé.

« Qu'est-ce que j'ai fait, encore ?

– Rien, chuchota-t-elle. J'étais en train de me dire que je t'aimais. »

Il se réveilla tout à fait. Feignant la nonchalance, mais l'on sentait bien la vague de chaleur qui l'envahissait.

« Et comment pourrais-tu ne pas m'aimer ? souffla-t-il d'une voix tremblante. Je t'ai donné une maison, une fille magnifique, des bijoux, des voyages, une famille qui transforme en or tout ce qu'elle touche. Je te paie sans rechigner le meilleur coiffeur que cette ville ait jamais connu. Et puis, et puis, ajouta-t-il en lui effleurant la cuisse, je suis ici avec toi, en chair et en os. Et surtout, beau comme le jour. »

5.

Par un matin glacial de la mi-décembre, deux employés municipaux arpentèrent le pâté de maisons en accrochant d'énormes rubans rouges aux réverbères. Des bougies étaient allumées aux fenêtres. La lettre au propriétaire de l'appartement de Chinatown avait été envoyée depuis longtemps. Leur invitée était arrivée du Nord et s'était aussitôt installée dans ledit logement, s'il fallait en croire la réponse qu'Alice avait reçue à son message. D'ordinaire, Ethel et Clarence recevaient la famille pour Noël. Pas cette année. Alice avait proposé le marché suivant à sa sœur : Héberge Poie et Moie, je me chargerai des réjouissances. Donc. Il fallait de la vigne vierge sur la cheminée. Du gui au-dessus des portes. Une statue du père Noël avec sa capuche en fourrure blanche dans le vestibule. Et des plateaux couverts de petits gâteaux posés sur le moindre guéridon.

La sonnette de la porte d'entrée retentit le 23 décembre. Alice ouvrit grand la porte, s'attendant à voir Ethel, et trouvant Frank Berry, rentré depuis quelques jours seulement du Klondike. Deux petites têtes de porcelaine saillaient aux plis de ses coudes, une de chaque côté.

« C'est toi ! s'écria Alice. Tu aurais dû nous prévenir de ta visite. Henry voulait t'accueillir avec une bannière, en bonne et due forme. »

Frank entra, les yeux brillants, un rictus mauvais aux lèvres.

« C'est incroyable, dans les rues. Tout Los Angeles fait ses courses aujourd'hui, dit-il en tendant les poupées à Alice. Une pour Melba, une pour Wanlyn. Tu pourras trouver de quoi les emballer ? Je n'ai pas eu le temps. »

Nanny et Bessie arrivèrent au même moment dans le vestibule et, chaleureusement accueillies par le réprouvé, manquèrent de se pâmer à ses pieds. Il pouvait endosser devant les domestiques le manteau du prince voyageur, de retour du continent. Il comprenait fort bien en revanche qu'il ne valait guère plus, aux yeux du reste du monde, que le chien dudit prince. Clarence l'avait depuis deux ans renvoyé dans les concessions, où il supervisait une équipe d'une centaine d'ouvriers. Il était arrivé deux jours plus tôt et n'avait pas arrêté une seconde de se plaindre, d'après tous les autres membres de la famille.

« Oh ! Frank ! Quel mauvais vent t'amène ? le héla Henry, qui venait de rejoindre les femmes dans l'entrée.

– Un vilain blizzard, répliqua Frank. Bien loin de la brise élégante qui souffle sur vous autres, à Los Angeles. »

Il essayait, ce disant, vainement d'ôter son manteau : un de ses bras y était resté coincé. Pendant ce temps-là, Alice envoya Bessie à la cuisine, pour y préparer un plateau de hors-d'œuvre et Nanny au petit salon, pour y allumer la cheminée.

« Et vous allez m'expliquer quelque chose, ajouta Frank enfin libéré de son pardessus, qu'il tendit à Henry. Parce que je n'y comprends rien. C'est moi qui rencontre Murphy. Je vais avec Pa examiner la parcelle de Kern. C'est moi qui pousse à la roue pour le pétrole. Comme j'ai poussé à la roue pour le Klondike. Mais c'est vous qui êtes ici au chaud, et moi qui me retrouve au bord d'un torrent dans le Yukon.

– Tu étais d'accord pour y aller, répondit Henry. Que je sache, Clarence ne t'a pas forcé la main.

– Clarence m'a berné.

– Dommage pour toi. »

Frank lui lança un regard mauvais. Henry s'éclipsa pour confier le manteau de son frère à Bessie. Dès qu'il fut parti, Frank se tourna vers Alice, le regard sombre.

« J'ai cru comprendre à ce que disait Clarence que c'est toi qui lui as suggéré de m'envoyer là-haut.

– Moi ? »

Et la main, candide, se posa sur la gorge.

Frank, irrité par cette posture, lui prit le bras, l'abaissa de force. Ce n'était pas tout à fait un jeu. Elle avait l'impression que Frank avait franchi une ligne invisible, et en fut surprise.

« Ne mens pas, chuchota-t-il, lèvres collées à son oreille. As-tu, oui ou non, conseillé à Clarence de me nommer responsable des concessions ?

– Franchement, mon cher, quand bien même ce serait le cas, quelle importance ? »

Elle eut un sourire de fausse humilité. Elle était consciente de se trouver tout contre le père Noël du vestibule, de ne pouvoir reculer sans se retrouver dans ses bras.

« Ton frère sait ce qu'il veut. Il peut nous montrer toute son affection, prêter l'oreille à nos propos, mais il ne nous prend jamais au sérieux.

– Tu mens. »

Henry réapparut ; Frank lui lâcha le bras. Nanny les appela du petit salon. Alice pivota sur ses talons et respira profondément pendant que les deux hommes la suivaient. Nanny avait allumé un feu dans la cheminée ; Bessie leur avait laissé un plateau chargé de viande froide, de fromage, d'olives et de gâteaux secs fourrés à la confiture. Frank se précipita sur la nourriture et mangea à même le plateau, sans prendre de serviette.

« Si ça peut te rassurer, dit Henry à Frank tout en ouvrant le bar pour préparer à boire pour la compagnie, le pétrole, comparé à l'or, c'est épouvantable. Ces pauvres malheureux creusent à des températures qui atteignent les cinquante degrés Celsius à l'ombre. Les contremaîtres ne cessent de leur répéter qu'il faut éviter de boire l'eau, car elle est contaminée de mille façons : parasites, métaux et autres déchets. Certains malheureusement cèdent à la soif, et tombent gravement malades. Il y a de l'eau potable : ils en font venir sur des attelages à quatre chevaux, mais ça n'est jamais suffisant. Et puis il y a les puits eux-mêmes. Il fait tellement chaud, c'est tellement poisseux que les hommes travaillent souvent nus. J'y ai suivi Clarence une ou deux fois ; on peut voir ces malheureux au déjeuner, assis sur des journaux pour protéger les bancs, le corps couvert de goudron noirâtre ; quand ils se lèvent, les journaux restent collés sur eux. Et plus on creuse, plus c'est épouvantable. Clarence n'a pas voulu que je descende dans les fosses, c'est dangereux, dit-il. Au bout d'un moment, la fumée est très dense, il n'y a presque plus de lumière. Les mineurs travaillent avec des lampes de sécurité… mais elles représentent un danger en elles-mêmes. L'an dernier, pendant les excavations exploratoires, un homme a ouvert sa lampe pour allumer une cigarette. Les débris ont été projetés. Il y a eu de la terre projetée à plus de six ou sept mètres. L'ouvrier et son partenaire ont été réduits en cendres.

– Quel drame, dit Frank. Mais pour ce qui te concerne, tu as l'air d'aller.

– Oui, on ne se salit pas les mains, poursuivit Henry, impassible sous les coups de boutoir de son frère. Mais on ne s'arrête jamais de travailler. Quand acheter, en quelle quantité, et quand vendre… Tout le monde ici se dispute le territoire. Il faut que je te dise que le mois dernier Tot et moi avons investi une somme importante dans une compagnie du nom de Premiere, sur le conseil de Clarence : eh bien, nous avons tout perdu. À présent, nous avons deux autres firmes, Vancouver et Eldorado, mais personne ne peut m'expliquer ce à quoi elles servent exactement.

– Toutes les deux à Kern ?

– Aucune idée ! »

Elles étaient effectivement domiciliées à Kern, ce qu'Alice faillit leur confirmer ; elle se ravisa. Inutile d'asseoir son autorité sur un point aussi secondaire. Elle préféra conseiller à son séduisant beau-frère de s'installer devant le feu et accepta le verre que lui tendait Henry.

« Je t'aurais bien demandé de rester, ajouta-t-elle d'un ton suave, comme s'il ne s'en était pas pris à elle quelques minutes plus tôt, mais Annie a élu domicile dans la chambre d'amis.

– Oh, très bien. J'ai déjà posé mes valises chez Cora. Dieu me bénisse. Elle reste longtemps, ton Annie ?

– Elle n'a pas donné de date. Elle parle d'un divorce.

– Ah ? Et pourquoi ?

– Nous ne savons pas ! Mystère !

– Pas vraiment, ricana Frank. Ce William Carswell… c'est son nom, hein ? J'ai toujours pensé qu'il était fourbe de nature, depuis notre première rencontre, à Selma. Il aimait flirter, et plus les filles étaient jeunes, plus il était ardent. Annie n'avait pas plus de seize ans à cette époque, je crois.

– Exact, mais je ne pense pas que nous puissions incriminer William pour ce qui est de la présente brouille. Annie se satisfaisait de lui. Et puis Ethel et Clarence ont commencé à faire la une des journaux.

– Et pourtant, grasseya Frank, un instant détourné de la contemplation de son propre malheur par le spectacle de celui d'un autre. Un divorce, c'est une épreuve, pour une gamine comme Annie.

– Tu crois ? C'est de plus en plus fréquent.

– Pas dans notre milieu. Regarde-toi. Jamais tu ne quitterais Henry dans un accès de fierté. »

Henry, un grand sourire aux lèvres, rougit du front au cou. Par le Christ, mais pourquoi cet air-là ? À quoi pensait-il ? Aux filles de son club ?

« Tu n'as pas tort, en l'occurence, dit Alice en croisant les mains. Jamais je n'abandonnerais mon mari. Si tu penses à ce que je crois que tu penses, nous resterions mariés, et je ferais de sa vie un enfer. »

Le sourire s'effaça aussitôt. À Frank maintenant de se montrer amusé, et de lui décocher des clins d'œil.

« Et puisqu'on parle d'enfer, enchaîna-t-il, j'ai entendu dire, Alice, que tu avais accepté la lourde tâche de gérer les aumônes de Berry ?

– Ce n'est que pour soulager Ethel un moment.

– C'était une trop lourde charge pour elle ?

– Ma sœur manquait de discernement. Même aux yeux de Clarence.

– Elle vidait les caisses, c'est ça ? »

Alice posa l'index sur l'aile de son nez.

« Mais Tot fait du beau travail, s'interposa Henry, qui se tenait toujours près du bar, jambes impatientes. Tu devrais voir cette maison le dimanche. Oh, cette cohorte de miséreux qui montent et descendent l'escalier ! Et ma femme dans son petit salon, distribuant son dû à chacun, avec dans le coffre des liasses de billets. Une vraie manne !

– Des liasses dans le coffre, dit Frank. Tu pourrais me recevoir le dimanche, alors, Alice ?

– Si tu veux, parles-en à Clarence. D'autres n'ont pas hésité.

– Qui, par exemple ? »

Le ton de Frank restait affable.

« Oui, donne des noms, sinon je ne pourrai pas te suivre.

– Eh bien, McPhee, par exemple. Nous venons de lui faire envoyer six cents dollars…

– McPhee était le patron de Clarence à Forty Mile, les interrompit Henry. Il a aidé Clarence à l'époque où ce dernier n'avait pas le sou.

– La ferme, dit Frank. Je sais qui est McPhee.

– Son saloon a été incendié, reprit Alice, froide et calme. Vous n'avez pas appris la nouvelle, à Eldorado ? Clarence l'a su, et a voulu lui envoyer immédiatement assez d'argent pour qu'il puisse le reconstruire. Sans condition. Comme l'a rappelé Henry, Clarence a toujours gardé en mémoire le fait que McPhee lui ait donné du travail quand il en avait le plus besoin. Et la réaction si paternelle de McPhee quand Clarence est revenu au campement avec le visage gelé.

– Et alors ? dit Frank en la dévisageant.

– Et tu te souviens de ce bon vieux Charlie ? Sur la liste. Tu seras également ravi d'apprendre que ton frère aide financièrement Anton Stander. Et sa fiancée.

– Anton a vraiment réussi à dilapider son million ?

– Et même davantage.

– Clarence doit te tenir en haute estime, pour te laisser disposer ainsi de son argent.

– Allons, enfin, dit-elle en le repoussant de la main. Ce sont des miettes, comparées à ses transactions.

– Si tu le dis. Mais je pense que tu es trop modeste. »

Les flammes dansaient dans le dos de Frank, avec force crépitements ; et pourtant le salon, avec ses glaces et ses grandes baies, semblait froid.

« Cora et Nellie voient les choses autrement, reprit Frank d'une voix douce. Elles te pensent d'une intelligence hors du commun, ce que sait très bien Clarence. Elles prétendent que quand il hésite sur un achat pétrolifère, il te consulte. Tu te rends compte ? Deux frères. Mais son bras droit est une belle-sœur.

– C'est toujours comme cela, Frank, dit Alice en posant son verre. Dans une grande famille, il y a toujours quelques tiraillements. Mais l'essentiel est que nous ne nous battions pas, alors que nous pouvons jouir de la vie pour laquelle nous avons tant lutté. »

L'expression de Frank n'était plus qu'un masque. C'était d'ailleurs le cas la plupart du temps, songea-t-elle.

« Ah, je me rends compte, chère Alice, que nous avons oublié de trinquer. »

Il tendit lentement le bras. Les verres s'entrechoquèrent.

« À tes sages paroles, ajouta-t-il. Et joyeux Noël. »

6.

Les présents gisaient en tas sous les rameaux ornés de guirlandes d'un sapin de huit pieds. Ethel et Clarence arrivèrent, en compagnie de Poie et de Moie, qui avaient quitté pour l'occasion leur maisonnette blanche du bord de mer, à Carpinteria, cadeau que leur avait offert leur gendre à l'été 1899, comme il l'avait promis à Alice le jour où il avait déchiré son certificat de propriété. La canne de Poie se prit dans un pied de chaise ; Alice le retint par le bras et posa un baiser sonore sur sa joue. Il avait choisi le bon moment pour prendre sa retraite : après des dizaines d'années de labeur dans les forêts et les vergers, son dos l'avait trahi. Il avait le plus grand mal à se tenir droit. Si leurs enfants n'avaient pas fait fortune, Poie et Moie auraient connu une lamentable vieillesse. Alice conduisit sa mère vers le plus confortable des fauteuils. Ethel portait un énorme sac de paquets emballés dans du papier de soie, avec de jolis rubans rouges.

« Tu en as trop fait », la gronda Alice en disposant les paquets sous le sapin.

Ethel se contenta d'en rire, et Clarence se retourna pour voir ce qui la distrayait.

« Comment puis-je m'en empêcher ? Je vous aime tant, tous autant que vous êtes. Impossible de me retenir ! »

Les étiquettes étaient rédigées en code. « Pour Cooter, de la part de Tot. » « Pour Mimi, de la part de Panky. » La plupart de ces offrandes étaient destinées aux petits. Mais Cora avait eu des casseroles, Poie un gilet et un chapeau. Il y avait un bracelet pour Tot, choisi par Ethel.

L'humeur était particulièrement joyeuse. Les chèques d'Eldorado Oil étaient arrivés le lundi précédent. En résultaient des chaînes en or, assez de soie pour vêtir un troupeau d'éléphants. Pas moins de sept poupées pour Melba, qui les fit toutes asseoir sur le canapé, comme pour témoigner de sa valeur, comparée à la moyenne des enfants de Los Angeles.

L'allégresse perdura à table. Les Berry s'attablèrent dans la salle à manger pour un festin de dindes et autres mets. Clarence put les entretenir d'une nouvelle parcelle à vendre dans East Kern, dont son conseiller venait juste de lui parler : comme si le boom d'Eldorado Oil ne leur suffisait pas !

Alice se sentit pendant toute la soirée observée par son beau-frère. Elle se souvint de l'époque de San Francisco, où ils n'avaient cessé de conspirer tous les deux, comme des amants secrets. Son regard profond, cherchant sans cesse à croiser le sien. Son attention redoublée chaque fois qu'elle entrait ou sortait de la pièce. Elle en vint presque à craindre qu'Ethel ou Henry ne s'en émeuvent : comme le soir où Ethel, au Palace Hotel, était sortie de sa chambre et avait trouvé Clarence et Alice en plein conciliabule à voix basse, à sa grande surprise. N'avait-elle pas dit à Alice, plus récemment, « Vous vous entendez comme larrons en foire », le jour où Clarence l'avait convaincue de confier à Alice le soin de gérer leurs aumônes ?

« C'est surtout qu'il veut te débarrasser d'une corvée déplaisante, avait ironisé Alice. Et moi de même. »

Elle avait cependant remarqué la visite fugace, sur le visage lisse de sa sœur, d'une ride inquiète.

Le dessert fut servi : une pyramide de mousse à la vanille et à la fraise, surmontée d'un chapeau en chocolat parfaitement triangulaire, dont les enfants se disputèrent la propriété. Puis les invités allèrent prendre le frais sur la pelouse, tandis qu'Alice restait un moment seule dans le grand salon, où se dressait l'immense sapin de Noël. L'étoile d'or qui le couronnait, seul or de la maison qui ne soit pas massif, reflétait, scintillante, la flambée de la cheminée. Les ornements de verre soufflé, petits tambourinaires et fillettes aux joues rouges, semblaient croiser le regard fixe d'Alice. Elle ferma les portes-fenêtres, s'approcha de l'arbre et enfouit son visage dans les rameaux, respirant à plein nez leur odeur intense et forestière.

Les portes-fenêtres s'étaient rouvertes dans son dos. Elle s'y attendait, naturellement. Elle se retourna. Les larges épaules, les battants qui se referment en claquant.

Il pivota sur ses talons. Regard brûlant, joues rosies par le vin.

« L'as-tu rencontrée ?

– Non. J'irai demain, avec un panier de restes. Si nous en avons. Clarence, elle ne se contentera pas de cela. Elle a fait un si long chemin. Elle va exiger de voir son fils.

– Je lui ai dit qu'on ne pouvait s'imposer de cette manière dans une famille. J'aurais voulu la cueillir sur le quai et lui payer un retour immédiat.

– Et qu'a-t-elle répondu ?

– Elle était furieuse. Elle a dit qu'il faudrait plus qu'un individu dans mon genre pour la faire repartir. Elle n'en a aucune envie.

– Quand tu lui as fait croire qu'Ethel et toi alliez élever le garçon, tu nous as mis dans un fichu pétrin.

– C'était en plein drame, voulut-il se justifier. Nous pleurions Jim, elle et moi. Je me suis raccroché aux premières branches venues pour atténuer son chagrin.

– Eh bien ! Je ferai ce que je peux pour atténuer sa colère, maintenant.

– Très bien.

– Il n'y a rien d'autre à faire que d'attendre qu'elle se calme.

– Tu en es sûre ?

– Oui. Qu'elle boude, qu'elle trépigne et nous haïsse. On la regardera faire. Gentiment. Et sans prendre le risque d'une grande scène. Dieu nous épargne cela ! Tu imagines ? On sonne à votre porte, et c'est elle ? Quand elle sera revenue à de meilleurs sentiments, Clarence, nous le lui achèterons, ce billet de retour. Et elle décampera. »

Clarence lança un regard à sa belle-sœur, hocha la tête et, pensant la question réglée, se retourna vers la porte.

« Attends. »

Alice l'avait rejoint et lui posa la main sur le bras, le figeant sur place.

« Avant que tu t'en ailles, je voudrais te parler de cette nouvelle parcelle à Kern, à laquelle tu faisais allusion tout à l'heure. C'est un si bon investissement que cela ? »

Il eut un moment d'hésitation. Puis opina lentement du chef, la question lui semblant relever d'un simple intérêt pour ses affaires.

« Oui, j'ai vu les affleurements et j'en ai eu confirmation par trois personnes de confiance. Bien sûr, rien n'est jamais sûr à cent pour cent, avec le pétrole.

– Non, ta réponse me convient. Je crois que nous aimerions en obtenir une part.

– Ton mari est le bienvenu, s'il souhaite y consacrer une partie de son capital.

– Ce n'est pas exactement mon idée. »

Elle parlait d'une voix affable, choisissant ses mots avec le plus grand soin.

« J'ai toujours pensé, cher Clarence, que tu voulais faire un geste pour Melba. Alors quand tu as parlé de Kern, tout à l'heure, je me suis dit : C'est peut-être l'occasion qui lui conviendra.

– Je serai ravi de prendre en charge l'éducation de Melba quand le moment sera venu. Quant à Kern, c'est un investissement considérable qui…

– Considérable ? C'est-à-dire ? Aussi considérable que ce que tu prévoyais autrefois pour elle ? »

Elle ne bougea pas. Clarence avait senti le changement subtil d'atmosphère. Depuis la naissance de Melba, Alice avait trois ou quatre fois abordé le sujet. À chaque fois : une pression de l'index, ferme, délibérée.

« Souviens-toi de ta promesse d'autrefois, poursuivit-elle. Mon enfant devait hériter de vous. C'est d'une immense générosité, je ne le nie pas. Et ce sont des mots qui nous restent gravés dans la mémoire.

– Ethel et moi, nous ne nous rendions pas compte, à cette époque, dit-il avec une grande lassitude, à quel point il serait difficile de choisir l'élu parmi toutes nos nièces et tous nos neveux.

– C'est une objection que tu as déjà évoquée. Mais est-ce vraiment la seule ? Il n'y a pas d'autre obstacle ?

– Bien sûr que non. Que vas-tu imaginer ? »

Et comme elle ne répondait pas, n'évoquait ni Jane ni Ed Junior, il poursuivit, résolu :

« D'ailleurs, Henry ne m'en veut pas.

– Henry vit dans l'instant. Il ne comprend pas les enjeux. N'essaie pas de me faire croire que tu ne le sais pas. Tu le connais aussi bien que moi. »

Clarence la dévisagea de ses yeux bleus, écarquillés. Sous son souffle bruyant d'homme qui a bien dîné et bien bu, on entendait quasiment le grincement des rouages de son esprit, cet opéra tonitruant qui avait nom « Clarence Berry produit un raisonnement ». Il était désarçonné. Elle avait cependant gagné de haute lutte le droit de le harceler ainsi, fraternellement. Elle l'avait suivi jusqu'au Klondike, en était revenue avec lui, l'avait conseillé et consolé en de trop nombreuses nuits.

« Clarence, susurra-t-elle d'une voix aussi soyeuse que ses nouvelles emplettes, drapées sur un fauteuil, je te raconterai ma discussion avec Jane. Je suis bien désolée si je t'ai semblé vindicative. Ce n'était pas mon intention. Et si nous rejoignions le reste de la troupe ? Ils ont l'air de bien s'amuser. »

7.

Il ne fallut que vingt minutes au trolleybus pour conduire Alice en centre-ville. Lorsqu'elle descendit, le chauffeur lui lança un bref regard, comme pour lui demander si elle savait ce qu'elle faisait. Pas une enseigne en anglais : mais ces signes étrangers ne lui étaient pas entièrement inconnus. Leur taudis du comté de Placer se trouvait du même côté du fleuve que les camps des travailleurs chinois ; enfant, avec Ethel, elle s'y était souvent rendue. Par une nuit sombre, l'hiver où les Bush avaient failli mourir de faim, elle était sortie titubante de la maison et avait erré sur la rive enneigée, monotone, au clair de lune, à la recherche de la moindre nourriture. Des ouvriers chinois l'avaient fait entrer dans leur tente ; un homme au doux sourire avait partagé son repas avec elle. Ils l'avaient renvoyée chez ses parents avec un gros sac de riz, lequel avait assuré leur subsistance pendant un mois. En mai de l'année 1903, le *Los Angeles Herald* avait préconisé la destruction de cette verrue nommée Chinatown : qu'on fasse comme à San Francisco, qu'on transporte tous ces Chinois aux confins de la ville. Alice avait manifesté son opposition farouche à ce projet, et s'en était ouverte à toutes les personnalités politiques qu'elle pouvait croiser chez son beau-frère.

Elle entra dans un vestibule qui baignait dans une odeur de ragoût, grimpa quatre volées de marches en zigzag en se répétant cette pensée rassurante : Ce n'est que Jane, tu sais, notre ancienne domestique, notre cuisinière au Klondike.

Une porte branlante, ouvrant sur une caverne. Et Jane. Jane se tenant sur un sol aussi lisse, aussi nu que la pierre. Cheveux tirés en arrière, plaqués sur le crâne, yeux saillants, peau jaunâtre après les journées de traversée et l'exécrable cuisine du navire. Mais belle, noble. Ce qui se voyait encore plus clairement à Los Angeles. Plus belle, songea Alice, que je ne le serai jamais. Jane lui rendit son regard, sans rien dire, comme si elle avait besoin de temps pour tout digérer.

« C'est bien toi. En Californie. Il fallait que je le voie de mes yeux pour y croire, finit par murmurer Alice en refermant la porte. Joyeux Noël. Je t'ai apporté de bonnes petites choses. N'attends pas demain pour manger la dinde, si tu veux mon avis. Le reste se gardera très bien jusqu'à dimanche. »

La table branla sous le poids du panier. Elle était flanquée de deux chaises aux pieds fragiles.

Jane avança vers la table et souleva le torchon.

« Quel jour sommes-nous ?

– Le 26.

– Noël est passé, et je ne m'en suis même pas rendu compte.

– C'est souvent le cas, après un long voyage. Surtout un voyage en mer. On ne sait plus où on en est.

– Je croyais que vous m'inviteriez à dîner chez vous.

– Pour Noël ? »

Les deux fenêtres donnaient au nord. L'appartement n'avait pas de lumière directe. Alice ne pouvait détacher les yeux de Jane : son port de tête, ses vêtements, son expression. Après leurs mois de cohabitation dans la cuisine de la concession, c'était comme si elles s'étaient quittées la veille. Jane ôta le torchon, trouva les restes de dinde. Elle détacha le quignon du pain. Tout comme aux premiers jours de leur vie commune au Klondike, lorsque Alice lui avait donné le tablier d'Ethel, il n'y eut ni remerciements, ni compliments, ni reconnaissance.

« Quand pourrai-je voir mon fils ?

– Je pense que Clarence t'a donné quelques explications. Les parents s'y opposent. Ils craignent que cela ne bouleverse le petit. Et Clarence estime que nous devons nous plier à leurs souhaits.

– Je me moque de leurs souhaits.

– Si mes souvenirs sont bons, poursuivit Alice, suave, tu voulais que Horace puisse vivre en sécurité. Tu ne pouvais plus t'occuper de lui, avec la police montée à tes trousses. Tu ne voulais pas le confier à un pensionnat, tu voulais qu'il soit recueilli par Ethel et Clarence. Je comprends bien ton mécontentement à l'idée que les choses ne se soient pas exactement passées de cette façon. Qu'il habite non pas chez eux, mais chez d'autres gens. Mais je peux t'assurer que le résultat est conforme à tes désirs. Ton fils est dans une excellente famille. Il habite pratiquement à la campagne. Il fait du cheval, il cueille des baies, il rend ses parents fous. C'est une vie de rêve, pour un jeune garçon. »

Leurs regards se croisèrent. Elles s'étaient détestées dans le Klondike, elles se haïssaient en Californie. Il y avait quelque chose de triomphal dans ce constat : deux mille miles ne changeaient rien à la nature de leur haine.

« Je t'ai apporté quelque chose qui te fera sans doute plaisir », finit par déclarer Alice.

C'était un gage de paix, quelques lignes dans une lettre que Daisy leur avait envoyée quelques mois plus tôt. Elles décrivaient les prouesses d'Ed Junior à la raquette. Alice les avait soigneusement découpées aux ciseaux dans la lettre. Son cadeau n'eut pas l'effet escompté.

« Ils ont osé lui donner un autre nom, grommela Jane. Ed ? Quelle horreur. Tous les Ed de ma connaissance sont des canailles. Pourquoi ne pas avoir gardé Horace ? C'était le prénom de mon père. »

Elle pressa sur ses paupières du bout de ses index, comme pour chasser Alice de sa vue.

« Quand puis-je le voir ?

– Tu n'as pas compris ce que je viens de te dire ? répondit Alice, interdite.

– Je veux en parler à Clarence, alors.

– C'est lui qui m'envoie.

– Il vous raconte tout, je crois ? »

Jane la défia du regard.

« Donc vous savez certainement que mon fils est son héritier.

– Tu insultes ma sœur. Je t'interdis de répéter ce mensonge. »

Jane continua de la toiser, comme si un barrage venait de s'effondrer en elle, événement capital.

« Je n'en peux plus. Je ne supporte plus cette situation.

– Quelle situation, Jane ?

– Votre présence. Pour commencer. »

La pièce fut submergée par une vague de chaleur.

« J'ai fait confiance à Clarence. Je pensais qu'il pourrait aimer Horace. Je l'ai connu avant qu'il soit riche ; je me suis dit que c'était un esprit supérieur, un homme au caractère égal. Quand Jim est mort, Clarence m'a dit qu'il avait du chagrin. Vous a-t-il raconté ce qui s'est passé à la concession, avant qu'il rentre au pays ? Nous avons discuté. Il s'est mis à genoux, sur le gravier humide, il m'a baisé la main et m'a suppliée de lui pardonner. Lui-même, m'a-t-il dit, s'en voudrait à jamais d'avoir causé la mort de Jim. Il m'a implorée d'accepter son aide. Et j'ai accédé à sa prière. Je n'aurais pas dû. »

Comme si ce souvenir lui était encore une brûlure, elle passa la main sur son visage, sur son cou. Et lorsqu'elle se remit à parler, ce n'était plus à l'attention d'Alice.

« Mes actes n'ont aucun sens. Quand j'étais enfant, ma vie a pris une mauvaise direction ; je n'ai pas été capable de revenir sur le droit chemin. Quand les chercheurs d'or sont arrivés à Forty Mile, tout est redevenu hideux. Je ne sais pas comment j'en suis arrivée là. J'ai ce serrement ici (elle posa la main sur sa gorge, doigts écartés) qui me fait mal quand j'avale. Je tourne en rond, je dors, mais je ne sais pas ce que je fais. Hier, je suis restée un long moment à cette fenêtre en me demandant pourquoi je ne sautais pas.

– Quand les gens font ce genre de commentaires un peu désinvoltes sur le suicide, articula Alice, avec lenteur, choisissant ses mots, c'est souvent qu'ils veulent échapper à une vie qui ne leur convient pas, sans savoir comment. Je t'admire, Jane. Sincèrement. Ce voyage que tu as entrepris, je l'ai fait dans l'autre sens. Il est épuisant, je sais. Mais ce n'est pas une raison pour que l'orgueil t'oblige à rester. Écoute… »

Elle se leva.

« Ce logement. Vraiment, je te présente mes excuses. C'est un peu plus fruste que ce à quoi je m'attendais.

– Ce doit être confortable, chez vous.

– Nous avons une jolie petite maison qui nous convient très bien.

– Vous et votre mari.

– Oui. Et notre fille.

– Je ne vous l'ai pas laissé sans lutter, Henry. »

Jane se raidit, attendant une réponse cinglante.

« Ah ça, oui. Entre toi et moi, je ne le nierai pas.

– Et nous étions toutes les deux des domestiques.

– Tu veux que je reconnaisse que nous étions pareilles. J'en conviens assez. Le jour où tu es entrée dans la maison, à la concession, j'ai compris que nous étions des âmes sœurs. Toutes les deux des femmes à qui le monde répète qu'elles ne sont rien, et qui refusent ce verdict. Je me souviens de ce que tu m'as raconté sur ta mère, à laquelle on t'a arrachée. J'en suis vraiment navrée. Moi aussi, j'ai eu une enfance difficile. Jusqu'à l'âge de dix ans, j'ai vécu dans une cabane misérable, dans le comté de Placer, au bord de la rivière Canyon. On mourait de faim. Mon père était forestier, mais il gagnait très mal sa vie. En venant ici, c'est à cela que je pensais.

– Ne comparez pas ce que nous avons vécu.

– Pourquoi pas ? Tu ne crois pas que les gens comme nous, qui ont eu faim, à qui on a fait du mal, passent ensuite leur vie à fuir ces choses horribles ?

– Ce qui m'est arrivé est pire que ce que je vous ai raconté. »

Les ombres bougèrent. Sans doute était-ce le jeu des nuages, au-delà des fenêtres, par-dessus les hauts murs. Jane ôta une épingle de ses cheveux et réintégra à son chignon une longue mèche qui s'était égarée le long de son oreille.

« Il y a une chose que je veux que vous m'expliquiez, dit Jane, d'un ton un peu plus neutre. Vous trouverez cela curieux, mais je dois vous en parler.

– J'écoute.

– C'est quelque chose dont Clarence m'a parlé le soir de la mort de Jim, et qui m'intrigue. Le soir où les ouvriers ont découvert notre cabane, j'étais cachée dans la forêt. Clarence savait sans doute que je n'étais pas loin ; il est parti à ma recherche. J'avais peur, mais je l'ai laissé approcher…

– Je le savais, siffla Alice. J'étais sûre qu'il t'avait laissée décamper, cette nuit-là.

– Ça n'a pas duré plus d'une minute, poursuivit Jane, sans prendre garde à cette interruption. Il m'a dit une chose qui paraissait très importante pour lui. Il m'a attrapée par le bras et il m'a soufflé cela à l'oreille… C'est étrange, je sais, mais voici ce qu'il m'a dit : "Dépense les pépites d'Ethel". » *Dépense les pépites d'Ethel.* C'est étrange, non ? Je n'ai pas eu le temps de lui demander ce que cela voulait dire. Nous avons dû nous séparer dans la seconde qui a suivi ; j'ai couru, pour qu'on ne puisse pas me rattraper. Je n'y ai pas vraiment repensé. Il croyait peut-être, à tort, que votre sœur m'avait fait un cadeau. Pourtant, il m'en a reparlé. La veille de votre départ du Klondike, le jour où je suis venue lui parler, à la concession, le jour où il s'est mis à genoux sur le gravier, où il m'a juré qu'il s'occuperait de Horace. "Au moins, tu as les pépites d'Ethel, que tu peux dépenser", m'a-t-il dit. J'ai répondu que je ne savais pas ce qu'il voulait dire. Il pensait que je lui jouais la comédie. Ce jour-là non plus, nous n'avons pas pu parler bien longtemps. Les ouvriers allaient sortir de leurs tentes, il fallait que je me sauve. Et cette fois-ci, j'y ai repensé. J'ai essayé de comprendre ce que cela voulait dire. Ce qui me venait à l'esprit, c'était cette poche en velours marron, avec les pépites que collectionnait votre sœur et qu'elle avait sorties pendant la fête pour les montrer à vos cousins. Clarence devait penser que je les avais volées. Mais ce n'est pas le cas. J'ai quitté votre toit sans rien d'autre que la paie que vous me deviez. »

Tout le sang du corps d'Alice lui monta au visage, défiant la gravité. Son cœur battait avec une telle force qu'elle eut peur d'en mourir.

« C'est toi qui as volé ces pépites. C'est pourtant la vérité. Qui d'autre ? »

Cependant la détresse d'Alice n'avait pas échappé au regard de Jane.

« Je veux voir Horace.

– Non.

– Je vais vous répéter une des dernières choses que j'ai dites à mon frère », murmura Jane.

Son corps se redressa, quittant vivant le trou dans lequel il était resté ces dernières minutes.

« Je lui ai dit ceci : "Tu aurais dû laisser les Berry mourir dans l'avalanche." »

Coup de langue brûlante à même la chair, ces mots.

« Oh, s'il avait pu ! »

8.

Le 28 décembre, Clarence entra sans frapper dans le petit salon d'Alice et posa sur son secrétaire une liasse de certificats d'actions, imprimés sur un épais papier jaune paille, agrémenté d'une bordure élégamment gravée. Les actions de la parcelle de Kern, portant le nom de Melba et de son père comme tuteur. Modeste triomphe. Alice leva lentement la tête, en dépit de l'espérance qui la faisait vibrer.

« Henry en est-il informé ?

– Oui. Il est passé au bureau, ce matin. Il en était surpris. Il se demandait pourquoi une telle générosité.

– Eh bien, j'espère qu'il était content. Nous te sommes extrêmement reconnaissants, Clarence. De tout ce que tu nous donnes. »

Il répondit d'un grognement. Elle posa son porte-plume et rassembla les certificats, les feuilleta pour vérifier les intitulés et les chiffres.

« Et Jane ? s'enquit Clarence.

– Elle est déprimée. Mais elle s'en remettra.

– Que pouvons-nous faire pour elle ?

– Franchement, je n'en ai aucune idée. Je n'ai jamais vu quelqu'un aussi peu adapté à la vie dans une grande ville.

– Nous pourrions peut-être la persuader de repartir plus vite que prévu ?

– Si tu fais usage de tes pouvoirs magiques ? »

L'allusion fut comprise.

« Mille ?

– Clarence, mon cher beau-frère. Jane prétend que tu as désigné son fils comme héritier de tous tes biens. Ce n'est pas avec mille petits dollars que tu t'en déferas. »

Le regard d'Alice se posa aussitôt sur lui ; peine perdue, il était impassible. Les frondaisons des palmiers effleuraient les murs de la maison. Clarence réfléchissait, pesait le pour et le contre, tâche difficile.

« Il faudra que j'aille la voir ?

– Ce serait entrer dans son jeu. Elle n'attend que cela pour te faire une scène. Elle me tolère tout juste. Mais c'est toi, sa proie. Et nous ne céderons pas à ses caprices de tragédienne.

– Tu es sévère.

– Pas du tout. Quand je suis passée la voir, elle menaçait de se suicider.

– Oh, Seigneur. Vraiment ? Que lui as-tu dit ? »

Alice leva la tête.

« Mais rien, ou tout comme. Pourquoi ? Quel discours lui aurais-tu tenu, toi ? »

Dans la semaine qui suivit, les actions de l'East Kern restèrent à un dollar vingt. Pas un frémissement. Puis, le 10 janvier, une foreuse perça la veine bouillante qui passait dans le terrain. Le jet monta à cent pieds dans le ciel et l'action suivit le mouvement.

Le puits fut baptisé Sunrise Gusher, le « jaillissement de l'aube ». Le pétrole en saignait à raison de cinq cents barils par heure, sans donner aucun signe d'épuisement.

On venait de Los Angeles admirer le spectacle. Alice et Henry empruntèrent la voiture de Clarence pour aller voir, eux aussi.

Si Hen avait ressenti la moindre blessure d'orgueil à voir sa femme et son frère conclure un marché dans son dos au bénéfice de sa propre fille, il n'en montra rien.

Ils garèrent l'auto près de celles des autres touristes. À bonne distance du puits, tout de même, car lorsque le vent tournait, il pleuvait du pétrole sur les voitures, ce qui abîmait le cuir des banquettes. Une goutte noire vint tout de même maculer la robe d'Alice. Elle ne se donna même pas la peine de frotter.

« J'aime bien cette tache, cria-t-elle à Hen, dans le hurlement du vent. C'est la marque des gens riches. »

Clarence n'aurait pas pu mieux choisir le moment de ce cadeau à Melba. En rentrant en ville, Alice s'enquit de la valeur des actions de sa fille. Melba était désormais détentrice d'un capital de quatre-vingt-dix mille dollars.

« Tu as ce que tu veux, maintenant ? » demanda Henry.

Elle se pressa contre lui et l'embrassa à pleine bouche.

« C'est un bon début. »

9.

Le lendemain, Alice arpenta la maison, balai en main, dépoussiérant les recoins que Nanny avait négligés. Elle passa les meubles en revue, imagina des améliorations. Examina d'un œil critique les tableaux au mur, se demanda s'il ne fallait pas acheter des œuvres de meilleure qualité. Elle visita la chambre d'enfant, ses deux petits lits avec leurs couvertures bordées de dentelles. De la fenêtre, elle aperçut les cousines, Melba et Wanlyn, qui faisaient comme tous les matins leur gymnastique sur la pelouse du jardin. Annie était sortie avec elles. Elle s'était assise à l'ombre, sur un banc. Attendant qu'on la remarque (ce ne serait pas Alice), qu'on la plaigne. Dieu merci, Alice n'avait jamais rapporté à sa sœur jumelle la conversation qu'elle avait eue avec Henry, à Selma, un jour de canicule. Il lui avait ouvert son cœur, avait confié son amour pour Annie. Et ce moment tellement embarrassant où Alice, dos au mur, lui avait révélé qu'Annie, Annie avait le béguin pour William Carswell. Si sa jumelle avait pu récupérer cet os, elle aurait passé ses journées à le ronger, à l'exhiber entre ses dents. Cela dit, Alice ne doutait pas de la fidélité de Henry, ce dont elle était reconnaissante. Oui, bien sûr, elle n'aimait guère les filles de son club. Mais lorsque l'heure était grave, Henry savait se montrer chevaleresque. Si Alice lui avait rappelé cette conversation à Selma, sous le cyprès, il ne l'aurait pas crue. Non, aurait-il protesté, ça ne colle pas. Je t'ai toujours tellement aimée, Alice.

Les cousines à présent poussaient des cris aigus, couraient, se poursuivaient. La plupart des spectateurs n'auraient pu s'empêcher d'observer Wanlyn, la belle enfant, mais Alice, étant la mère de l'autre petite, n'avait d'yeux que pour elle, le regard tout aussi aimanté. La petite robe blanche battant sur les mollets pâles de Melba. C'était une fillette potelée, couverte de taches de rousseur, très rousse, de grandes dents. Alice, trois ans après la naissance de sa fille, n'attendait plus l'apparition sur son visage d'une quelconque ressemblance. Le vent se leva. Les cousines s'étreignirent. À présent, les cris de joie étaient perçants. Wanlyn possédait un cerf-volant qu'elle traînait comme un chiot en laisse, ne voulait pas le prêter à Melba ; Melba sortit les griffes, puis les dents. Wanlyn hurla, griffa et mordit à son tour. Annie dut se lever d'un bond pour mettre fin à l'escarmouche. Ah, mais voyons. Melba était bel et bien la fille de sa mère. Une fois les bras, les jambes, les rubans, les jupes et les chapeaux séparés, Alice le vit bien : seule Wanlyn pleurait. Et la petite Melba, triomphante, et fort contente d'elle-même, serrait le cerf-volant sur sa poitrine.

10.

Pour la nouvelle année, Clarence offrit à chaque foyer de la famille une part dans une nouvelle parcelle près du village de McKittrick et loua trois voitures pour les emmener tous la voir. Ils emportèrent du champagne et des sandwiches, qu'ils disposèrent sur une couverture de pique-nique, avec trois parapluies pour dispenser un peu d'ombre. La parcelle était encore vide, à l'exception d'une équipe qui commençait à prendre les repères pour les premiers forages. Fallait-il aller saluer les ouvriers ? Clarence finit par n'en rien faire. Il était désormais un homme d'affaires établi. Il ne connaissait pas les noms des gens qui travaillaient pour lui, ne les aurait jamais reconnus dans la rue, et n'éprouvait aucun besoin de les congratuler. La famille chanta « Car c'est un bon camarade » pendant que Clarence, qui ne leur demandait pas de se taire, se leva, sortit de l'ombre des parapluies et baptisa la terre aride d'un jet de champagne.

« Tu es une vraie merveille, dit Alice à son beau-frère, une fois la chanson finie. Dis-moi, qu'est-ce que tu as donc reçu sur la tête à vingt-neuf ans, pour ne plus jamais avoir connu l'échec depuis ? »

Après déjeuner, les sœurs, bras dessus, bras dessous, marchèrent en rond autour de leur pique-nique. Dans le Klondike, elles avaient arpenté une terre qui grondait d'or. Ici le sol, blond et doux, à perte de vue, bouillonnait de pétrole.

La semaine qui suivit, Premiere baissa tandis qu'Eldorado Oil montait. Clarence ne tarda pas à acheter une autre parcelle à Bakersfield, qu'il divisa à parts égales entre ses frères. Il garda une portion au nom d'Ethel, tout en lui rappelant qu'un cadeau mille fois plus coûteux n'aurait pas suffi à lui rendre justice. Il en donna une autre à Moie et à Poie, avec des dividendes qui triplèrent bientôt leur rente mensuelle. Par pure générosité, il associa Daisy et Ed Keller à une opération qu'il mettait sur pied avec Strummer, un des grands pétroliers. C'était cependant la parcelle de Melba, à East Kern, qui rapportait le plus. Les puits étaient profonds, la production régulière. Les chèques tombaient avec la régularité des attelages convoyant les tonneaux d'acier à travers le désert. Le rugissement des moteurs à essence, qui résonnaient dans la maison et qui, jadis, irritaient Alice et lui donnaient l'impression de ne plus savoir ce que le monde devenait, elle qui avait peur des automobiles et trouvait sa consolation dans le bruit des sabots et les hennissements des chevaux – ces rugissements à présent suscitaient en elle un orgueil si viscéral qu'il en devenait obscène. Finalement, elles étaient appréciables, ces automobiles, quand leur nombre déterminait l'accroissement de votre fortune.

La vie est belle, disait Henry. Un jour, il rentra déjeuner en compagnie d'Ethel et de Clarence, qu'il avait croisés en ville ; il avait les pommettes roses et gloussait sans pouvoir s'arrêter. Il se laissa tomber dans un fauteuil près d'Annie à la grise et pâle mine, et fit part de son intention de s'offrir les San Francisco Seals, l'équipe de base-ball, opération complexe. Clarence pouvait-il lui avancer le capital ?

« Oublie le pétrole cinq minutes, déclara-t-il en frappant du poing sur la table. Si on s'amusait, pour une fois ? »

Alice guida la conversation vers des eaux plus sûres ; ces caprices pouvaient épuiser sans utilité la bonne volonté du millionnaire Clarence. C'est vraiment à moi, se dit-elle en allant préparer le thé, de bien faire les choses dans cette famille. Et retrouvant une contenance plus accorte, pour retrouver les siens, elle se dit aussi ceci : Si j'arrive à obtenir l'héritage autrefois promis à Melba, ce sera vraiment en dépit de tous ces gens.

CHAPITRE 11

Dawson City, Yukon

2015

Mon grand-père était hors de lui, outré. Tandis que sortait de sa bouche un chapelet de jurons bien sentis, neuf paires d'yeux se sont tournées vers lui. Qui avait pu lui jouer ce mauvais tour ? Qui avait osé ? Mon cœur battait la chamade, mes joues se sont enflammées. Ils m'avaient menti. Oncle Craig, ma propre mère. Comment avaient-ils pu me cacher ça, au téléphone, la veille ? Avaient-ils vraiment souhaité cette humiliation publique pour mon grand-père ? N'étaient-ils pas conscients de la grossièreté de leur comportement à l'égard du centre, qui n'avait pas demandé à être mêlé à ces sordides affaires ?

Une heure plus tôt, j'avais songé que mon grand-père mourrait sans avoir jamais appris à modérer les élans de son gigantesque ego. À présent, je le voyais se désagréger sous mes yeux, horrible spectacle. En descendant de l'avion, la veille, il m'avait semblé rajeuni. Rien de tel maintenant. Le poids des ans était revenu, férocement redoublé. Mon grand-père était épouvanté. Accablé par l'échec de sa générosité.

« Je sors un moment », ai-je chuchoté à Owen.

Dans la grande salle ronde du musée, sous les raquettes du XIXe siècle disposées en croix, j'ai sorti mon téléphone et tapé un SMS groupé pour ma mère, oncle Craig, oncle Mike et tante Kelly.

Vous avez vraiment obtenu une procuration sur les comptes de grand-père ? Parce que sa donation est bloquée.

Ni tante Kelly ni oncle Mike n'ont répondu, ce qui n'avait rien d'étonnant ; ils devaient être soit au volant, soit dans l'avion. En revanche, maman et oncle Craig ont réagi en trente secondes. Ils tombaient des nues.

Maman : *Tu peux m'en dire plus sur ce qui se passe, s'il te plaît ?*

Oncle Craig : *J'ai essayé de te joindre. Où est papa ? Je suis au musée de Dawson City.*

Puis ce message d'Owen : *Pas de virement. La réunion est finie, on rentre. Tu es où ? Je te retrouve devant.*

Après l'atmosphère confinée de la salle de réunion, le grand soleil et les embruns de la rivière étaient revigorants. J'ai aperçu Rhett devant les restaurants, au téléphone, à une dizaine de mètres de moi. Il m'a vu, je pense, sans pour autant me faire signe, est reparti aussitôt dans l'autre sens de ce pas lent et lourd que j'avais appris à connaître. Et soudain, je me suis demandé comment j'avais pu suspecter de la moindre manigance mes oncles, ma tante et ma mère.

Les portes de verre se sont ouvertes avec un léger chuintement ; Owen est venu à ma rencontre.

« Oncle Craig est déjà sur place, lui ai-je dit en lui montrant l'écran du téléphone. Il est au musée de Dawson City.

– C'est lui, hein ? a feulé mon grand-père. Attends que je lui mette la main dessus ; je vais…

– Je ne crois pas, grand-père, l'ai-je interrompu, en retournant dans ma tête l'idée qui m'était venue.

– Tu parles !

– J'en suis quasi certaine, grand-père. Je commence à me demander si ce n'est pas Rhett.

– Rhett ? a henni mon grand-père. Il est incapable de faire ses lacets tout seul ! »

Au lieu de me lancer dans un débat sur la question, j'ai suggéré qu'il valait mieux retrouver oncle Craig. Ce qui nous a menés au musée de Dawson City, monument à la gloire de la ruée vers l'or. Nous sommes passés devant un Clarence Berry en carton, grandeur nature, surveillant la machine à vapeur de son invention. Puis devant une bouilloire rouillée et une vieille sacoche en cuir. Oncle Craig était assis sur un banc dans une alcôve sombre, où passait en boucle un montage de photographies en noir et blanc prises à l'apogée de la ruée. De l'écran, nous regardaient des fantômes aux visages hâves, misérables, effarés.

« Ah, vous voilà. »

Oncle Craig a ramassé son stetson et s'est redressé, le dos raide, s'arrachant à la contemplation du film.

« C'est fou, cet endroit, hein ? J'ai toujours eu envie d'y aller. Mais pas vraiment dans ces circonstances, évidemment. »

Il a posé la main sur l'épaule de mon grand-père.

« Comment tu te sens, papa ? J'ai ton médicament pour le cœur. Ça n'est pas chic de disparaître comme ça, sans prévenir.

– Je n'ai pas besoin de t'avoir à mes basques », a répliqué mon grand-père.

Avant que cette discussion ne tourne mal, j'ai expliqué à oncle Craig ce qui s'était passé pendant la réunion. Mon grand-père a écouté sans rien dire ; il a pris les comprimés et les a glissés dans sa poche.

Une fois mon petit discours fini, et mes accusations lancées, mon grand-père m'a regardée, déconcerté ; c'était oncle Craig à présent qui bouillait de colère.

« Qu'est-ce qu'il croit, cet abruti ? Bon Dieu, il a dû penser avec cette histoire de donation qu'il pouvait jouer un coup de maître. Il a toujours essayé de faire passer tes biens sous le contrôle de Sylvia. »

Mon grand-père a bien tenté, du bout des lèvres, de défendre sa femme. Oncle Craig ne voulait rien entendre. C'était la plupart du temps un homme de peu de mots dont la placidité confinait au flegme le plus total. Il avait fallu que l'on salisse son honneur et celui de son père, que l'on mette en danger l'héritage pour qu'il explose de rage.

« Très bien, Owen, a-t-il dit en flanquant une chaleureuse bourrade à mon mari. On va lui montrer de quel bois on se chauffe, à ce sale type. Passons d'abord à l'hôtel, voir si Mike est arrivé. On sera à trois contre un. »

Owen, qui jusqu'ici ne s'était guère mêlé à la conversation, a haussé les sourcils.

« Oui, Très bien. Il faut lui dire qu'il peut s'attendre sous peu à ce que vos avocats…

– Oublie les avocats. Je vais l'expédier sur la Lune, ce clown. »

Au Downtown Hotel, pas un signe d'oncle Mike ni de ma mère. En revanche, nous avons trouvé Rhett attablé au Sourdough Saloon. Les stores étaient à demi-baissés, le bar donnait l'impression de flotter, verre et miroirs, dans la pénombre. Rhett était environné d'un brouhaha excité et confus. Debout devant sa chaise, il avait levé son verre et beuglait « On y va ! » au reste de la salle. J'ai distingué une forme sombre au fond du verre, et compris alors que Rhett était sur le point d'absorber le fameux Sourtoe Cocktail dont il nous avait entretenus avec tant d'entrain la veille au soir.

Nous avons franchi le seuil à temps pour le voir porter le verre à ses lèvres, l'orteil glissant lentement vers le rebord. Du comptoir, deux hommes ont bruyamment manifesté leur joie, tandis que le barman sifflait, admiratif. Rhett, triomphant, les lèvres humides, reposa le verre d'un geste brusque au pied d'un énorme pichet de bière, avant de s'essuyer la bouche d'un revers de main. Ce faisant, il nous a aperçus. Loin d'éprouver la moindre vergogne, il était visiblement content de lui et trouvait un plaisir supplémentaire à nous avoir attirés dans cet antre.

« Vous tombez à pic, nous a-t-il hélés. Je suis au sommet de ma gloire ! Je suis désormais membre du Sourtoe Cocktail Club. »

Il ne nous mentait pas. Le barman, un cinquantenaire souriant en veste de cuir, lui remit un certificat authentique que Rhett pourrait faire encadrer et accrocher au mur chez lui.

« Rhett, j'ai un problème à régler avec toi », dit oncle Craig en se faufilant entre les tables.

J'allais lui emboîter le pas quand j'ai senti une main se poser sur mon épaule.

« Ton grand-père », m'a soufflé Owen au creux de l'oreille, d'une voix inquiète.

Je me suis retournée : Peter s'était affaissé dans un des fauteuils du bar et s'essuyait le visage d'un mouchoir tremblant. Je me suis ruée vers le comptoir pour lui rapporter un verre d'eau dont Owen et moi avons réussi à lui faire boire une gorgée.

Laissant mon grand-père à la surveillance de mon époux, j'ai rejoint oncle Craig qui accablait Rhett de reproches sous le regard intéressé de trois couples âgés et de deux hommes d'âge mûr debout près du bar.

« Ne tourne pas autour du pot, dis-nous ce que tu as fait, ai-je lancé à Rhett. On a deviné les grandes lignes.

– Ma mère a une procuration sur ses comptes depuis trois mois. »

Rhett a souri de toutes ses dents. Mimique destinée à oncle Craig, qu'il identifiait comme son égal, et son rival. Je ne comptais pas.

« Elle a remarqué qu'il mijotait quelque chose, que ce quelque chose impliquait une femme, et elle a flairé l'abus de faiblesse. Heureusement, leur avocat a pu faire rapidement le nécessaire. Peter ne peut plus disposer de son argent sans en référer à ma mère.

– On va la faire révoquer, cette procuration, gronda oncle Craig.

– Je vous souhaite bien du bonheur si vous y arrivez à temps.

– Qu'est-ce que ça veut dire, espèce de salaud ?

– Regardez sa bobine, s'est moqué Rhett en désignant mon grand-père d'un geste du menton. Il a un pied dans la tombe. »

C'était d'une cruauté insigne. Mon grand-père l'a entendu, et l'effet a été immédiat. Il pouvait gloser sur sa mort imminente, faire toutes les blagues de la terre et la déplorer par anticipation : mais il était le seul à détenir ce droit. Nous autres étions censés considérer sa mort comme un événement impossible, absurde. C'était le rôle que j'avais rempli lors de notre dîner à l'Ahwahnee, par exemple. Que son beau-fils ait pu tenir ces propos sidérait mon grand-père. Il s'est violemment empourpré avant de se recroqueviller, sans rien de sa superbe coutumière. Oncle Craig n'y a pas tenu. Il adorait son père. S'emparant du pichet et renversant au passage le verre à cocktail et son précieux orteil, il a projeté à la tête de Rhett un tsunami de bronze liquide et scintillant. Le fils de Sylvia a poussé un cri de joie. Il était homme à profiter de la moindre opportunité d'en découdre. Il a empoigné un tabouret de bar, a plaqué oncle Craig contre le mur, juste sous la tête naturalisée d'un orignal aux bois immenses.

La situation était critique. Mon oncle, à plus de soixante ans, n'était plus un jeune homme. Il a été incapable de repousser l'assaut de Rhett. Cette joute avait tout d'une bagarre de série B, aux acteurs trop mous et trop lents. La détresse de mon oncle cependant était bien réelle. Son visage s'est épaissi, ses lèvres se sont ouvertes ; il avait du mal à respirer.

Mon grand-père s'est relevé tant bien que mal pour venir à son secours ; je l'ai doucement repoussé dans le fauteuil sans même le regarder, d'une main ferme. Nous sommes restés dans cette position.

Le barman, complètement affolé, a ramassé l'orteil sur la moquette et l'a fourré aussitôt dans un pot à confiture rempli, selon toute vraisemblance, de gros sel. Un couple d'octogénaires nous contemplait bouche bée, pailles au bec. Un autre client du bar, vêtu d'une chemise en flanelle rouge, suivait les événements d'un regard ébahi.

« Arrête tout de suite », ai-je grondé à Rhett.

Ce qui n'a été suivi d'aucun effet, d'autant que la salle semblait avoir pris fait et cause pour le fils de Sylvia, héros du Sourtoe.

J'ai senti quelqu'un bouger dans mon dos. Et vu soudain Owen traverser la salle d'un pas déterminé et félin. Son bras droit, long, la manche relevée, a reculé comme un ressort qu'on arme avant de se projeter droit vers la joue de Rhett.

Celui-ci, certes plus jeune et plus vigoureux que mon oncle, ne faisait guère le poids face aux vingt-huit ans d'Owen.

Le sang a jailli des narines de Rhett, a coulé sur la main qu'il avait levée vers son nez pour stopper l'hémorragie. Il a vacillé, basculé vers l'arrière avant de reprendre péniblement son équilibre. Oncle Craig, libéré, s'est cassé en deux, les mains sur les côtes, pantelant.

« Putain ! » a vitupéré Rhett.

Il s'est redressé de toute sa hauteur et, le visage contracté, a sans doute étudié l'éventualité d'une riposte avant d'y renoncer.

« Allez vous faire foutre, connards », a-t-il déclaré tout en se dirigeant vers la porte, la main sur son nez qui pissait toujours le sang.

Pendant ce temps-là, Owen, au milieu de la salle, se caressait les phalanges et faisait gigoter ses doigts, qu'il regardait soudain, sidéré, comme s'ils ne lui appartenaient pas.

« Je ne comprends même pas comment j'ai pu lui envoyer mon poing dans la figure, a-t-il articulé. La dernière fois que je me suis battu, j'avais cinq ans. »

Il était heureux, et gêné. Puis son regard s'est porté vers moi, et son expression a changé. Ce qu'il a vu alors de ses yeux, je l'ai senti sous mes doigts. J'avais, pendant toute la bagarre, gardé la main sur l'épaule de mon grand-père pour l'empêcher de se relever. La pression de son corps venait de disparaître ; il s'était affaissé. En baissant les yeux, j'ai croisé un regard bleu clair, irradiant la peur et la surprise. Ses mains s'étaient croisées sur son cœur, comme si elles tenaient quelque chose de beau et de délicat que personne d'autre ne voyait.

CHAPITRE 12

Los Angeles

1904

1.

Une dégradation, usure progressive des murs, des meubles et de l'esprit, s'était emparée de l'appartement de Jane. C'était comme aux pires moments de la maison du Klondike, lorsque le poids de la maladie d'Ethel leur était tombé sur les épaules. Ici, c'était la puanteur d'un pot de chambre, mêlée à celle de fruits pourris. Des pamplemousses et des poires, à en juger par les globes tavelés qui se décomposaient sur le plan de travail. L'air était poisseux. Alice aurait bien aimé pouvoir respirer ailleurs. Mais n'étaient-ce pas ses propres manigances qui l'avaient conduite en ce lieu ? Mains sur les hanches, coudes écartés. Cheveux coiffés en arrière, épousant le crâne, chignon sur la nuque. Qu'on y passe le doigt, et les mèches crépiteraient, comme la paille.

« Je verrai Horace. »

Non, répondit la gardienne.

« Je parlerai à Clarence.

– Il ne vaut mieux pas, répondit la gardienne.

» Et je te l'ai dit cent fois, poursuivit cette dernière en posant le panier de Bessie sur la table. La meilleure chose que tu puisses faire pour ton fils, Jane, c'est le laisser en paix, même si je comprends que cela puisse te sembler cruel. »

À ces mots, Jane s'avança vers Alice. Créature longue, élancée, mais avec des épaules et des hanches qui n'avaient rien à envier à celles des sœurs Bush, lesquelles, à l'âge adulte, n'avaient jamais été frêles.

« Vous vous entendez parler ? Si vous étiez à ma place, vous feriez exactement comme moi. »

Que voulait-elle dire ? Ce jour-là, Alice avait résolu de ne pas se laisser déborder par Jane. Malgré cette résolution, elle se sentait nerveuse. Vous êtes mère, avait voulu dire Jane, vous aussi, vous auriez réclamé le droit d'intervenir dans la vie de votre enfant. Ou bien cette remarque était plus profonde ? À comprendre comme : *Vous aussi, vous avez placé un enfant qui vous permettra de mettre la main sur la fortune de Clarence.*

« Fort heureusement, dit Alice avec un flegme laborieusement feint, je ne suis pas à ta place. Toi et moi, nous avons dû cohabiter par force dans le Klondike. Notre statut était similaire alors. Nous ne nous mouvions pas encore dans les cercles de l'âge adulte. Mais le pas est franchi et les différences de situation et de statut commencent à se voir. Elles préexistaient sous les apparences. À présent, elles sautent aux yeux.

– Vous êtes une mauvaise femme.

– Comme on fait son lit, on se couche, rétorqua Alice. C'est tout ce que j'ai à dire pour ma défense. Pour voir le mal, il faut le pratiquer. Les cœurs mauvais le remarquent toujours : c'est leur nature, c'est ce qui leur est familier.

– Mon fils est le seul enfant de Clarence.

– Ton fils est l'enfant d'Anton Stander. Respecte-nous, bon sang ! »

Elle avait crié. Il ne fallait pas laisser Jane la pousser à bout. Elles entendirent la clochette du trolleybus, les gens qui montaient en s'interpellant. Elle avait dit à Henry : « Je vais faire des courses, cet après-midi. »

« Tu perds la tête, reprit-elle, plus calme.

– Comment puis-je être certaine que vous n'avez pas tué mon garçon, après Jim ?

– Jane, Seigneur ! Quelle accusation ! »

Le rire d'Alice déchira l'air stagnant.

« On devrait en rabattre un peu, si tu veux bien. Et nous accorder sur deux ou trois points. Tu n'es pas une voleuse. Enfin, pas vraiment. Jim n'était pas un voleur. Enfin pas vraiment. Et Clarence n'est pas un assassin. Enfin pas vraiment. Ce qui s'est passé dans le Klondike est catastrophique. Il n'y a pas un seul d'entre nous qui ne voudrait pas remonter le temps, changer les destinées.

– Que ferez-vous, si Clarence, un jour, décide de reconnaître mon fils ?

– Jane, allons.

– Vous vous pendrez aux poutres de votre belle grande maison, plutôt que supporter l'humiliation de voir Horace élevé à un rang supérieur au vôtre et à celui de votre fille. »

2.

Quand elle rentra, Chopin faisait frémir les murs. Henry était avachi dans leur fauteuil le plus confortable, les yeux fermés, faisant lentement tourner un verre presque vide. Pas tout à fait endormi, cependant, car lorsque le piano grimpa vers une nouvelle et tempétueuse résolution sous les doigts de Wanlyn, experte en ces drames du clavier auxquels elle s'adonnait les épaules les premières, Henry se pourlécha, laissant la musique lui couler dans le gosier.

Alice posa son sac à main. D'une main tremblante, elle dénoua son écharpe. Dans le vacarme orchestré par sa nièce, son esprit se perdait, par-delà monts et mers, en des terres lointaines. Elle se demanda de quels instruments jouaient les compatriotes de Jane, et comment se nommaient ceux qu'ils considéraient comme leurs grands musiciens. Le jour où elle oserait poser cette question à Jane, cette dernière comprendrait l'insinuation ; elle y tisserait aussitôt une autre comparaison, pour l'adapter à sa propre mesure de la valeur des choses. Et cependant, songea Alice, qu'y avait-il de si spectaculaire dans la submersion d'une culture par une autre ? C'était aussi vieux que l'homme. Aussi vieux, bien plus vieux que l'Angleterre. Aussi vieux que Jérusalem, que la Perse, que la Mésopotamie, les Aztèques, l'Égypte ancienne. Aussi vieux que les peuples qui s'étaient affrontés, qui avaient changé au cours des siècles, sans même laisser de marque, pas même un trait grossier gravé dans la pierre.

La musique faisait de drôles de choses à son cœur, l'émouvait. Dans le galop des accords, elle vit des chevaux, des bisons, des trains traversant tous la prairie, d'est en ouest. Les Européens devaient s'emparer du continent, c'était inévitable, songea-t-elle. Si un pays prospère, c'est forcément une bonne chose, songea-t-elle encore. Les forêts ne poussent pas sur le sable. Il doit y avoir quelque chose de vivant dans le sol. Melba était née dans une bulle de sang. Le sang de la mère. C'est la vie. Même s'il y a quelque chose de cannibale là-dedans. Qui ne s'efface jamais. On enlève ses chaussures, on marche par terre, sur l'herbe ; on se sent revigoré, parce qu'on marche sur des tombes humides, entassées les unes sur les autres, qu'on absorbe les sucs qu'elles sécrètent par la plante des pieds.

Accord final. Doigts courbés, tendus, immobiles, pédale enfoncée. Puis l'enfant se retourna sur le tabouret et les regarda avec une vague surprise. Elle n'avait pas entendu sa tante entrer. Son sourire, modeste élévation, ne manquait pas d'orgueil. Wanlyn jouait déjà pour elle seule. Les réactions des adultes n'avaient plus vraiment d'importance pour elle.

Henry ouvrit les yeux.

« Splendide, ma chérie. »

Alice renchérit. Car c'était la vérité, ce qu'elle pouvait parfois daigner admettre.

« Splendide. »

3.

Lundi : ils réinvestirent de l'argent qui leur venait de la parcelle de Kern.

Mercredi : Vancouver grimpa, ils vendirent vingt pour cent de leurs parts, avec un profit qui fit siffler d'aise Henry.

Jeudi : les nuages comme les macules floues d'un vase de marbre, les longues palmes caressant la façade de la maison.

« Si nous n'y prenons pas garde, dit Henry, nous serons bientôt riches comme les Carnegie.

– Tu t'avances un peu trop, mon amour », dit Alice.

Elle se posa la main sur la joue, cependant, souriante, elle aussi.

Puis tandis qu'ils servaient le champagne, l'automobile de Clarence s'approcha, roues crissantes, de la maison. Clarence n'y était pas. Elle s'arrêta avec un soubresaut.

Alice fut la première sur le perron.

« Il s'est passé quelque chose de grave ?

– Non, madame, répondit le chauffeur, le visage ruisselant de soleil et de sueur. C'est Mr Berry qui vous fait dire que Mrs Berry veut vous voir. »

4.

Clarence attendait devant le portail en fonte. Il se hâta de la rassurer tandis qu'elle bondissait de l'automobile. De corps, Ethel se portait toujours aussi bien : mais de nouvelles investigations avaient réveillé ses angoisses, les blessure de son esprit.

Le matin même, expliqua Clarence, Ethel avait consulté un nouveau médecin, un pionnier fort admiré dans le domaine de la santé des femmes. Au vu des symptômes que lui avait rapportés Ethel, cet expert avait rendu le verdict suivant : à l'origine de sa longue maladie se trouvait sans doute une grossesse qui s'était développée en dehors de l'utérus. On appelait cela une grossesse tubaire, maladie rare et dangereuse. L'ovule fécondée s'implantait, trop rapidement, dans le tube étroit qui connectait l'ovaire à la matrice, au lieu de parcourir tout le chemin. Lorsque l'embryon commençait à s'y développer, les parois du tube se distendaient et finissaient par se rompre, causant fréquemment la mort de la femme par hémorragie. D'une semblable rupture des tubes, Ethel avait indéniablement souffert, dit Clarence à Alice, en clignant sans cesse des yeux. Occurrence gravissime, stupéfiante, car le médecin avait déterminé que cette grossesse avait duré quinze longues semaines : c'était le terme maximal pour cette maladie. La rupture avait eu lieu le jour où Ethel s'était effondrée sur le gravier en se vidant de son sang, le jour où ils avaient craint de la voir mourir. Elle avait eu de la chance : l'hémorragie s'était apaisée d'elle-même, ainsi que l'infection qui avait suivi. Non sans endommager les organes, cependant. Cinq ans après cette terrible journée au bord de la rivière, et en dépit des innombrables spécialistes qu'ils avaient consultés, aucune grossesse ne s'était plus jamais annoncée.

« Je m'en veux, souffla Clarence, au supplice. On peut opérer, pour éviter ces horribles séquelles. Mais cela doit se faire juste après la rupture. Alors, cinq ans plus tard… Cela ne sert plus à rien. Je n'aurais jamais dû laisser venir Ethel cet été-là. Moi qui croyais à une appendicite. Je n'aurais jamais pensé que… »

Clarence abandonna Alice à l'entrée du salon et s'en fut errer, âme en peine, dans le vestibule. Alice inspira profondément avant d'ouvrir la porte. Robe en désordre, allongée contre le bras du canapé blanc crème, Ethel l'attendait, mains plaquées sur les cuisses.

« Il t'a expliqué ?

– Oui. »

Alice ferma la porte sans bruit.

« J'ai donc été enceinte. Au moins une fois. »

De la fierté dans ces mots, ce qui déconcerta Alice. Que demandait sa sœur ? De la pitié ? Ou des félicitations en sus ? Elle ne sut que dire. Ethel le remarqua, et rougit. Alice traversa le salon pour étreindre sa sœur.

« Je me sens si bête », dit cette dernière.

Un sanglot s'échappa de sa poitrine, troublant la dignité de son visage rond et placide.

« Je croyais avoir accepté sereinement mon existence. Je me rends compte maintenant que j'espérais encore. Car je ressens de nouveau cette perte. Tu crois qu'on peut pleurer quelque chose qu'on n'a jamais eu ?

– Bien sûr. »

Alice caressait les cheveux de sa sœur.

« J'ai peur, Tot. Peur de ne plus jamais pouvoir connaître le bonheur. Je me sens anéantie. Je sais qu'on ne le dirait pas, à me voir. Cela paraît idiot. Mais je te le garantis, la vie m'a assommée. Les détails les plus infimes m'accablent. Je n'ai même pas le courage de tirer les rideaux. »

Elles tournèrent la tête vers les tentures, vert menthe.

« Il y a un oiseau qui fait son nid sous le toit, expliqua Ethel. On le voit de l'auvent, sur la gauche. On entend les oisillons pépier toute la matinée. Tu imagines ce que je ressens ? Un oiseau peut avoir des bébés. Et pas moi.

– Ethel, tu vas te remettre. Tu es la personne la plus forte qui soit.

– Force qui ne sert à rien, quand la seule chose qu'on veuille, c'est un enfant. »

Alice effleura la joue de sa sœur, la joue bien-aimée, y arrêta une larme. Elle eut l'impression que son cœur allait se briser par sympathie.

« Viens chez nous, dit-elle. Ça te changera les idées. Je m'occuperai de toi.

– Tu as déjà Annie sur les bras.

– Je l'enverrai chez Nellie.

– Non, je t'en prie. Je ne veux pas vous causer de soucis. C'est une telle humiliation. Je t'en supplie, pas un mot aux petites.

– Bien sûr ! Jamais !

– Le médecin m'a dit quelque chose qui est pire que tout, reprit Ethel. D'après lui, si j'avais consulté immédiatement, si je m'étais trouvée à Seattle et non dans le Klondike après la rupture du tube, la matrice aurait pu être sauvée par un bon chirurgien.

– C’est ce que disait Clarence.

– Tu comprends ce que ça veut dire ? »

Ethel était au supplice, elle aussi.

« Tu te souviens, à l’hôtel de Seattle, quand tu m’as conseillé de rester, de ne pas aller dans le Klondike ? Je t’ai dit non. Je t’ai dit que c’était le plus beau moment de ma jeunesse. Ma grande aventure. Je comprends maintenant que j’ai payé cette aventure d’un prix qui aurait pu être le reste de ma vie. Du prix de ces bébés que je n’aurai jamais. »

Elle baissa la tête et fondit en larmes. Les barrières s’écroulèrent : elle s’exposait, dans sa nudité la plus intime, la plus fragile. Alice lui couvrit le visage et les bras de baisers frénétiques. Il fallut de longues minutes à Ethel pour retrouver le calme, dans l’épuisement. Elle n’avait pas fermé l’œil de la nuit, craignant ce rendez-vous. À présent, il lui fallait trouver le sommeil. Elle tira d’une petite boîte un cachet de morphine, comme ceux qu’elle prenait dans le Klondike, l’avala et s’étendit de tout son long. Sombra enfin. Alice, très lentement, se leva, s’éclipsa, laissa sa sœur, main contre la joue, endormie contre le bras du canapé.

Alice ferma la porte derrière elle, la clenche enfoncée ; les battants claquèrent imperceptiblement. Une lueur dans le vestibule, venant de la cuisine. Elle y trouva Clarence, recroquevillé sur une chaise. Son visage luisait dans la pénombre, épuré par les émotions, et cependant lointain.

« C’est gentil d’être venue, murmura-t-il.

– Ne me remercie pas, dit-elle à voix basse. C’est à cela que sert la famille. »

Comme à Seattle. Il était incapable, songea-t-elle, d’affronter certaines réalités. Tendre aux mauvais moments. Attentif quand il ne le fallait pas. Jamais quand on avait besoin de lui, jamais avec les bonnes personnes.

5.

Après la visite à Ethel, Alice n'avait aucune envie de s'imposer Jane. Elle lui laissa son panier à la porte de l'appartement.

Elle ne fut pas plus tranquille sous son propre toit. Une révolution se préparait. Elle voyait les pièces flotter sous ses yeux, prêtes à s'effondrer.

La jeune Maggie avait fait sa réapparition. Culottée. Sans vergogne. Fidèle à sa promesse, Anton Stander l'avait épousée. Ce qui ne l'empêcha pas de retourner quémander chez Alice comme si de rien n'était, comme si cette dernière ne l'avait pas officiellement congédiée.

Alice ne décolérait plus, sa fureur tournée contre Maggie. Non. Qui, alors ? Clarence, réellement. Car s'il l'avait souhaité, elle aurait pu régler à jamais la question des Stander.

Et Jane. Ils étaient dans l'impasse. Clarence ne savait plus comment la faire renoncer, rentrer chez elle, et dans le même temps, c'était à Alice de la nourrir, de lui parler, de l'apaiser. Jane avait déjà passé plus de quatre semaines à Los Angeles lorsque Clarence pria Alice de prolonger la location de Chinatown jusqu'en mars. Seule décision qu'il ait prise de son propre chef depuis des mois. Alice l'annonça en personne à Jane. Elle n'aurait pas dû : lui rendre visite alors qu'elle était en colère. Jane, outrée, retournant sans une minute de silence les reproches et les insultes d'Alice.

Alice de nouveau chez elle, Alice dans son petit salon inondé de soleil. Maggie debout près de son fauteuil, pleurnichant, Anton et moi n'avons plus le sou, bientôt plus de toit.

Alice, cette fois-ci, la fit taire d'un geste ferme.

« Plus de cadeaux, Maggie, déclara-t-elle, dans son épuisement. Vous n'aurez plus rien pour rien. Écoute-moi bien. J'ai un travail à te confier. »

La semaine suivante, ce fut Maggie qui porta chez Jane le panier préparé par Bessie. Mission à ne pas ébruiter. Maggie devait garder le secret, sauf pour son mari, bien sûr, auquel on pouvait difficilement dissimuler les détails de l'opération.

Et quand Alice en toucha un mot à Clarence, il en fut atterré. Elle resta sans pitié.

« Anton a enfanté Ed Junior. Toi, tu subviens à ses besoins. Que sa femme me soulage de quelques corvées n'est que justice. »

6.

En ce premier mardi de février, c'était à Chinatown que se rendait Maggie, tournant dans la rue d'un pas léger dans la petite foule des passagers qui venaient de descendre du trolley. Robe neuve, pour une fois. Bleu-vert, bordée de bleu marine, ornée d'une ceinture gris huître. La coupe n'était pas ajustée ; la jupe se gonflait, aérienne, tandis qu'elle traversait d'un pas vif la chaussée, se souriant à elle-même, aux cochers, aux chauffeurs, qui s'arrêtaient pour la laisser passer. La petite avait compris au moins une chose dans sa vie : le bleu lui allait à merveille.

Elle accéléra le pas, sauta sur le trottoir, retenant son chapeau d'une main. Elle sonna. Pas sonores, solennels, faisant écho à ceux de Nanny, plus haut dans l'escalier. La porte s'ouvrit, percuta le mur, effleurant au passage le fauteuil ancien livré le matin même par l'antiquaire.

« Elle est persuadée que vous avez tué son fils.

– Qu'as-tu répondu ? »

Alice s'était retournée.

« Que c'était absurde. Je lui ai dit, Seigneur, mademoiselle Jane, où vous croyez-vous ? On est à Los Angeles, ici. Dans une grande ville, en Amérique, quoi. On est civilisé, quoi. Que je sache, on ne s'amuse pas à massacrer les écoliers, chez nous. Mais elle est tellement impossible, cette femme. Vous savez de quoi elle m'a traitée, juste parce que je lui répondais ? »

D'une voix plus basse :

« De petite salope. »

Maggie s'assit. Très contente d'elle. Encore plus que d'habitude.

« Et je vais vous dire, ce que je touche pour m'occuper de quelqu'un comme ça, ce n'est pas assez. Cinquante dollars par semaine, ça serait plus juste. »

Alice la dévisagea, légèrement hébétée. Elle se dirigea vers le coffre. Elle compta les billets, les empila. Ils craquaient sous ses doigts.

« Voici cinquante dollars. C'est un pourboire, au vu de ce que tu as dû subir aujourd'hui. Je ne t'en donnerai pas la semaine prochaine.

– Anton va être furieux.

– Anton. Anton.

– Ce n'est pas avec ce que vous me payez qu'on peut survivre.

– Mr Stander a-t-il jamais envisagé d'améliorer son ordinaire en recherchant ce qu'on appelle un emploi, en bon Américain ? »

Contraction subite des lèvres de Maggie.

« Vous savez, Jane vous déteste.

– Malheureusement, Jane et moi ne nous sommes jamais entendues. Je ne sais pas si elle t'a parlé de quoi que ce soit, mais il se trouve qu'en pleine ruée vers l'or, le frère de Jane, un porteur du nom de Jim, a été surpris en flagrant délit de vol d'or, un or qui appartenait à Clarence. En voulant s'échapper, il a perdu la vie, hélas. Une terrible tragédie. Nous en avons été très affectés. Clarence connaissait Jim depuis des années ; il se fiait entièrement à lui. Et comme tu peux l'imaginer, Jane a été bouleversée par cet accident. Depuis, elle n'est plus la même. »

Maggie resta coite. Cela était nouveau pour elle, ce qui donna du cœur à Alice.

« Jane était complice de ces vols, poursuivit-elle, ce dont je suis navrée. Bien sûr, on ne peut la tenir pour aussi coupable que son frère, qui l'avait entraînée. Et, ce qui est fort triste pour elle, cette culpabilité partagée n'a fait qu'aggraver son chagrin. »

Le visage de Maggie avait changé d'expression. Alice se retourna vers son secrétaire et, porte-plume en main, sortit une enveloppe.

« Nous avons vraiment besoin de cinquante dollars par semaine », s'obstina pourtant Maggie.

Alice s'humecta le bout de l'index et prit une feuille de papier vierge.

« Ce n'est pas juste. Anton a découvert les filons d'Eldorado, et il n'a plus un sou. Ce n'est pas juste que Clarence soit riche à millions. »

Alice reposa le porte-plume avant de gratifier Maggie de son rire strident de fille pauvre.

« Tu ne sais pas à quel point les gens peuvent être d'accord avec ce constat, Maggie. Ils sont tellement nombreux à penser comme toi que j'en ai la tête qui tourne. »

7.

Dans les jours qui suivirent la visite au médecin, Ethel et Clarence se firent discrets en ce monde. Ethel restait principalement derrière les tentures et les grilles de fonte de sa maison. Elle ne supportait plus d'aller faire des courses, de participer aux repas de famille. Puis avec le temps, cette femme endurante, qui avait survécu à la misère dans le comté de Placer, qui avait tenu la ferme de ses parents, qui avait affronté par deux fois le Klondike, commença à retrouver son équilibre, et sa force.

La perte, elle, ne s'effacerait jamais. Ne pas avoir d'enfant, quand on en a le profond désir. D'une curieuse manière, cependant, Ethel et Clarence semblaient avoir accédé définitivement à l'âge adulte. Le diagnostic était incontestable. Leur passé et leur futur étaient expliqués, résolus. Ethel avait fermement reposé les deux pieds sur terre. Elle avait trente ans. Chrétienne convaincue, elle jouirait désormais de ce que le Seigneur lui avait concédé ; elle aimerait la vie accordée par Dieu, elle lui donnerait toute plénitude.

Et quelle vie, de surcroît ! Alice regardait de loin la réputation et la richesse des Berry croître journellement, à un rythme qui semblait ne jamais ralentir. Pas assez, en tout cas, pour accueillir d'autres passagers à bord, comme elle.

Clarence projetait d'acheter une deuxième maison, plus proche des champs pétrolifères.

Le *Los Angeles Herald* croqua élégamment les Clarence Berry après une acquisition récente de monsieur. L'illustration occupait toute une demi-page.

On ne pouvait pas s'installer une heure tranquillement avec eux dans leur jardin sans que quelqu'un sonne à la porte, au retour du centre-ville, pour les saluer.

Cora passa chez Alice avec sa fille Blanche ; elle revenait d'un thé avec des dames de l'église.

« Ethel nous a accompagnées, dit-elle, elle n'a pas arrêté de complimenter Blanche sur ses excellentes manières. »

Un autre jour, Nellie raconta à Alice qu'Ethel avait emmené le petit Duane, l'aîné des enfants de Nellie, voir Clarence dans ses bureaux. Le garçon aimait s'asseoir sur les genoux de son oncle. Il avait dessiné sur son ardoise pendant que Clarence travaillait. Annie et Wanlyn passaient souvent voir Ethel le dimanche, pour que Wanlyn puisse jouer sur le Steinway de sa tante.

Au moment même où Alice songeait « Ils nous ont oubliés », Melba enfin fut invitée. Ethel et Clarence voulaient que Melba et Nanny passent deux semaines avec eux à Laguna Beach. Proposition qui fut acceptée avec remerciements et grandes espérances. Alice embrassa sa petite fille. Puis elle lui prit le visage dans les mains et chuchota au creux de son oreille :

« Tu vas bien t'amuser. Tu vas aller voir la plage avec ton oncle et ta tante. »

Sans Melba, la maison était silencieuse. Trop silencieuse. Henry, sentimental, prit une photographie qui se trouvait sur la cheminée et la posa sur le secrétaire d'Alice. Elle représentait Melba âgée d'un peu moins de deux ans, sur une chaise longue, ses petits poings potelés pressant sur ses petites joues potelées. Alice la regarda avec tant d'intensité que Bessie, passant derrière elle, susurra :

« Attention, madame ! Vous allez tomber. »

Son bébé, pourtant. Le fait qu'elle n'en aurait jamais qu'un donnait peut-être une force particulière à ses sentiments. Melba, en venant au monde, avait emporté avec elle une petite partie de sa mère ; de même qu'Ethel, Alice avait saigné trop abondamment. Elle se souvenait des draps gonflés de sang, de Bessie et de Nanny les roulant en boule, les ongles rouges. Pendant sept semaines, après la naissance, et tandis qu'une nourrice allaitait le bébé, Alice était restée couchée, à peine consciente ; son corps cherchant de toutes ses forces à se remettre. Quand elle avait pu enfin se libérer de cette chambre de malade et renouer avec sa vie, elle l'avait fait sachant qu'elle ne pourrait parcourir une seconde fois ce chemin. Un autre accouchement la viderait, ne laisserait d'elle qu'un cadavre exsangue. Henry, le sachant, avait adapté ses besoins.

Dans la maison silencieuse et solitaire, Alice, chose étrange, se mit à penser à Jane.

Elle était comme Alice. Une mère qu'on avait, de manière bien plus définitive, séparée à la hache de son enfant.

Ed Junior. Un petit garçon au regard fixe, aux manières hautaines, intelligent et volontaire, comme les Lowell. Grand, en pleine santé, élevé avec soin. Aimé par la famille qui l'avait accueilli, ce qui était conforme au souhait de Jane.

Une pensée inédite prit forme sous le crâne d'Alice : pourquoi se cacher ?

Daisy et Ed Keller ne voulaient pas que leur fils rencontre Jane.

Mais depuis quand fallait-il se plier aux désirs de Daisy et d'Ed ? Depuis quand étaient-ils ses maîtres à elle ?

Nous avons été trop cruels, songea Alice, traversée par un frisson. Et pas assez calculateurs. Melba est à la plage. Ethel et Clarence l'adorent. Mon but est presque atteint. Ne gâchons pas ce parfait ouvrage par la malveillance.

Plus tard, au cœur de la nuit, elle se retrouva dans le même état d'esprit, bien que les pensées qui l'accompagnent alors soient plus vastes, plus désordonnées. Une pile de casseroles s'écroula avec fracas dans la cuisine et elle se réveilla en sursaut. C'était Jane, pensa-t-elle, cette femme qui, grâce aux Berry, n'avait plus ni fils, ni frère, ni argent, ni ville à perdre. Elle la voyait : debout devant la fenêtre ouverte, agitant les bras, demandant où se trouvait la chambre d'Alice Berry.

Le matin la trouva accablée, l'esprit embrumé ; elle avait cependant pris une décision. Elle écrivit ceci à Jane :

Je n'aurais pas dû t'interdire de voir ton fils. Je vais expliquer à ses parents adoptifs que tu dois le rencontrer.

Elle se caressa la joue. Sa peau était brûlante. Elle savait pourquoi. C'était la conscience d'avoir commis une erreur. Seigneur, songea-t-elle, qu'ai-je fait ? Si quelqu'un m'ôtait Melba, je molesterais des hommes, des femmes, des enfants pour la récupérer. Comment n'ai-je pas compris le danger ?

8.

L'oncle, la tante et la nièce rentrèrent du bord de mer heureux et bronzés. L'oncle et la tante amoureux de la nièce, et réciproquement. Alice s'empara de sa fille, la serra contre son cœur, joue contre joue, refusa de relâcher son étreinte quand la petite se mit à gigoter ; Melba finit par se soumettre, inerte. Victoire dans la violence du droit maternel. Quant au futur de l'enfant, il dépendait aussi de cette mère. C'était l'apogée du voyage entamé en 1897 à Selma, lorsque Alice, hystérique, le couteau sous la gorge, avait reçu la lettre d'Ethel, l'explosive annonce de l'or au Klondike. Ou peut-être avait-il débuté bien avant : dans les forêts venteuses du comté de Placer, à la lueur des bougies, lorsque la fillette affamée avait conçu cette pensée, germe de son esprit à peine éclos : je ne vais pas mourir, je vais lutter contre le froid, et ma vie n'en sera que plus forte.

La semaine suivante, la sonnette de la porte d'entrée retentit inopinément ; Ethel et Clarence entrèrent en trombe dans le vestibule, joues ardentes. À les voir tituber dans le couloir, on les aurait cru sortis tout droit d'un bar. De fait, ils venaient de chez leur avoué.

Clarence posa d'un geste ample sa mallette sur la table du salon.

« Voici quelque chose qui va vous réjouir », déclara-t-il en l'ouvrant.

Les quelques feuillets filigranés atterrirent d'abord dans les mains de Henry, qui les parcourut, l'œil soudain humide.

« C. J., c'est vraiment conforme à tes souhaits ?

– Nous y pensons depuis des semaines. Non, des années à vrai dire. Montre-les à ta femme, maintenant. »

Affables et royales instructions, que Henry suivit à la lettre.

Alice s'empara de la liasse. Les documents étaient à la date du jour. Après le jargon d'usage, à mi-parcours, la brûlante décision.

Melba Berry prendrait la place de l'enfant d'Ethel et de Clarence. Elle serait, par le sang même, cet enfant. Elle serait l'héritière d'Ethel et de Clarence.

Alice à plusieurs reprises lut ce passage.

« Eh bien, Tot, lui demanda Ethel. Qu'en dis-tu ?

– J'en suis bouleversée, répondit-elle, sincère. Pourtant vous m'aviez dit un jour que vous ne vouliez pas favoriser l'un ou l'autre de vos neveux et nièces.

– Nous avons reconsidéré la question, dit Clarence.

– Et le fait que ce soit une fille ne vous gêne pas ? »

Elle crut percevoir l'ombre d'une hésitation. Clarence cependant reprit, d'un ton assuré :

« Comme l'a dit Ethel sur la plage, écoutons ce que le Seigneur a voulu nous dire en nous envoyant Melba. Elle est le fruit de l'union de nos deux familles. Qui mieux qu'elle peut nous servir de fille ? »

Plutôt que parler, Ethel s'assit près de sa sœur, sur le canapé. Elle la prit par les épaules, la serra contre elle. Personne d'autre qu'Ethel ne l'avait jamais étreinte de cette manière, avec cette chaleur femelle. Même dans leur petite enfance, Moie ne les avait jamais cajolées ainsi ; c'était Ethel, la tendre petite mère.

« Il m'a fallu du temps pour m'y faire, tu sais, me faire à mon sort. Je crois que j'avais besoin d'entendre dire, en termes clairs, que je ne pourrais jamais porter d'enfant. Mais toi, tu avais Melba. Tu as donné cette suite à nos familles, et tu ne peux pas savoir à quel point cela me donne de joie. Je l'aime tant, Alice. Clarence de même. Elle est celle que nous rêvions d'avoir pour fille, en tous points. Elle nous ressemble même. »

Et le rire d'Ethel se mêlait à ses larmes.

« J'espère que tu ne m'en veux pas d'avoir ces pensées.

– Ethel, tu te souviens du retour du Klondike ? Je t'avais promis le partage.

– Tiendras-tu ta promesse ?

– De tout mon cœur.

– Il faut qu'on trinque », dit Henry.

Nerveux, il alla chercher une bouteille digne de ces circonstances. La nouvelle était trop récente : il avait besoin d'un peu de temps pour que la lumière imprègne la moelle de ses os. Une fois qu'il fut sorti, le silence s'installa.

« Alice, dis quelque chose, plaisanta Clarence. Ça ne te ressemble guère de rester ainsi la bouche bée.

– Merci, dit-elle en riant. Que puis-je te répondre ? Melba est une petite fille comblée.

– C'est une merveilleuse enfant, dit Ethel. Si j'avais eu une petite fille, je crois vraiment qu'elle aurait été exactement comme Melba. »

Les sœurs se blottirent l'une contre l'autre ; des larmes coulaient sur les joues d'Ethel.

« Regarde-moi ça, dit Henry de retour avec le champagne, campé derrière le fauteuil de son frère. Un vrai tableau de maître ! Par les cieux, je le jure, je n'ai jamais vu d'aussi belles femmes de ma vie ! »

9.

Alors : pourquoi n'était-ce pas la félicité éternelle ? Pourquoi ne dansait-elle pas dans les rues, talons virevoltants ?

Parce que l'inquiétude. Et qu'elle ne fit qu'empirer lorsque, le lendemain, Maggie entra en trombe dans le petit salon d'Alice et lui fourra dans les mains cette missive signée d'Anton :

La dernière fois que j'ai voulu emprunter à Clarence, il m'a renvoyé vers toi. Maggie me dit maintenant que tu nous renvoies vers lui. Je n'aime pas beaucoup ce petit jeu.

Quelle bêtise de sa part d'avoir envoyé Maggie chez Jane ! Son regard se brouilla. L'ombre d'un oiseau traversa le secrétaire, et la surprise la plaqua contre le dossier de son fauteuil.

L'inquiétude lui tenait encore compagnie le lendemain lorsque, honorant la promesse qu'elle avait faite à Jane, elle commanda une voiture et rendit visite aux Keller, Ed et Daisy, dans leur maison qui se trouvait aux confins de Los Angeles, à un demi-mile à l'est de celle d'Ethel et de Clarence. Elle fut installée dans la véranda côté jardin, y accepta une soucoupe de fraises molles, bien trop mûres. Ed Junior jouait au fond du jardin au base-ball, à s'envoyer des balles qu'il rattrapait au vol. Alice tint un habile discours aux parents. Sur la corde raide, d'autant plus qu'après six ans de mariage, Daisy et Ed n'avaient toujours pas d'enfant à eux, et portaient donc au petit Ed une affection profonde. C'était étrange, se disait souvent Alice, ce fait qu'aucune des filles Bush n'ait hérité de la fécondité maternelle, encore que, naturellement, cela n'explique pas tout. Pour ce qui concernait les Keller, par exemple, la faute en incombait peut-être à Ed. Et d'ailleurs, ne le savait-il pas avant d'avoir épousé Daisy, ce qui pouvait expliquer la raison pour laquelle il avait donné son prénom au petit Horace, au lieu de le garder pour quelque fils de son propre sang ?

Alice ne fut pas avare de paroles durant cette visite, et toutes avaient le même but : une brève rencontre entre Ed Junior et sa mère ne pouvait que faire du bien aux parents Keller. Le garçon avait le bon âge. Le moment ne pouvait pas être mieux choisi. Il en concevrait pour ses parents une immense gratitude : pour l'amour, l'éducation, les opportunités qui lui avaient été ainsi offertes.

Il fallut un après-midi pour convaincre les Keller, lentement mais sûrement. C'étaient des gens honnêtes et droits. Ils finissaient toujours par croire ceux qui prétendaient voir le monde du même point de vue qu'eux, c'est-à-dire avec eux au centre.

10.

Alice écrivit à Jane, lui indiquant la date et l'heure du rendez-vous, et la manière dont les choses se dérouleraient.

Mais Clarence ? Chose surprenante, le convaincre ne fut pas difficile. Il n'avait besoin que d'une permission. Il avait toujours souhaité que Jane puisse avoir gain de cause. Il n'avait qu'une inquiétude en tête :

« Que dirait Ethel ?

– J'ai dit aux Keller qu'il ne fallait surtout pas lui en parler. Cela ne les ennuie pas. Ils sont fiers de partager ce secret avec toi.

– Elle verrait le mal où il n'est pas.

– Oui, c'est bien ce que je pense. »

Ils se promenaient dans le jardin, sous l'ombre immense d'un amandier plus ancien que la maison. À quelques pas de là, les trois poissons en pierre de la fontaine crachaient de leurs bouches grandes ouvertes de puissants jets d'eau dans la mare scintillante.

« Au début, seuls les Keller étaient au courant, reprit-il d'un ton nerveux, accusateur. Et il a fallu que tu mêles Maggie à cela. Et par conséquent Stander. C'est trop de monde.

– Cela n'ira pas plus loin. »

Le vent se leva de nouveau et les feuilles tourbillonnèrent ; les ombres filtraient sur la pelouse.

« J'aimerais te parler d'autre chose, dit Alice, moins assurée. Dis-moi : si je te demandais de ne pas répandre la nouvelle de ton legs à Melba, que dirais-tu ? Je m'inquiète pour ma fille. Je crains la manière dont réagiront nos frères et sœurs.

– Tu ne peux pas gagner sur tous les tableaux, Alice.

– Vraiment ? chevrota-t-elle.

– De fait, j'en ai déjà touché un mot à Frank. Et mes parents sont au courant.

– Ah, ils savent ? Ils savent déjà ?

– Qu'est-ce qui ne va pas, Alice ? Tu n'arrêtes pas de te frotter la nuque. »

Elle laissa retomber sa main.

« C'est ce que tu faisais tout le temps dans le Klondike, quand tu n'étais pas rassurée. Tu avais peur de moi, à cette époque.

– C'est vrai. J'avais peur de toi, Clarence. Et j'ai encore peur, mais je ne sais pas exactement de quoi. »

Elle eut un rire aigu, cristallin.

« C'est peut-être que je perds mes moyens. »

11.

Sept jours : l'attente semblait insupportable. Le moment cependant finit par survenir. Alice retrouva Daisy et Ed Junior en centre-ville. En chemin, elle avait pensé à Jane. À présent seul Ed Junior occupait ses pensées, Ed et ce qu'ils lui faisaient subir. On lui avait toujours dit que sa mère était morte. Et soudain, sans cérémonie, elle ressuscitait, elle était là, à Los Angeles, et elle voulait faire sa connaissance. Ils se rencontrèrent au carrefour de la Quatrième Avenue et de Spring Street, traversèrent la rue sous la dense frondaison des câbles. Ils restèrent tant qu'ils le purent sous les auvents, car le soleil brûlait dans un ciel sans nuages. Devant l'hôtel Florence, un encombrement se forma, mêlant deux trolleys, une automobile et quatre fiacres ; chauffeurs et cochers descendirent de leurs véhicules pour s'invectiver, les joues roses. Il y avait du monde partout. Du chantier tout proche d'une construction publique s'élevaient nuées de poussière et fracas des ouvriers. Ils poursuivirent leur chemin sur la chaussée jusqu'à ce qu'un nouveau bouchon, chevaux contre automobiles, les fasse remonter sur le trottoir. Au carrefour suivant, ils abandonnèrent Daisy devant un magasin, Milton's Clothier ; elle disparut sans même embrasser Ed.

En chemin vers Chinatown, dans des rues plus étroites, Ed abîma ses bottines. Il ramassa un bâton, le fit racler contre les murs.

Comment le préparer ?

« Ta mère va être folle de joie, pépia-t-elle. Elle attend ce moment depuis des années. »

L'expression du garçon révéla une certaine inquiétude. Devant l'immeuble, il lança un regard soucieux à la façade ocre et rongée par le temps. Il n'était pas habitué à cette misère. Il gravit l'escalier en renâclant ; Wanlyn en faisait toujours autant, comme s'il s'était agi d'une montagne. Puis la porte s'ouvrit et ce fut une Jane régénérée qui les accueillit. Sa coiffure, ses vêtements, mais bien plus que cela, l'animation de son regard. Elle tendit les bras. Elle attrapa son fils par les épaules. Elle se réjouit à haute voix de sa beauté. Puis, d'un geste encore hésitant, elle l'étreignit, les yeux fermés, le visage penché, les lèvres murmurant une prière.

Dans l'appartement, sur la table flanquée de ses frêles chaises, il y avait du pain, des pommes, du fromage et de la viande froide.

Quant à Ed Junior, il n'avait pas protesté quand Alice l'avait prié d'embrasser sa mère. Quel soulagement. Elle était certaine pour une fois d'avoir bien agi. Elle pensa même, à voir l'autre femme et le garçon : Quelle impression cela faisait-il donc d'avoir un fils ?

Elle reviendrait dans trois heures, leur dit-elle. Elle erra dans Chinatown, caressa des tissus bariolés dans des boutiques, inspecta des caisses remplies de légumes verts puis baissa le regard, vaguement consciente de celui des autres. Elle imagina Jane fourrant quelques affaires dans un sac de voyage, Ed Junior faisant le guet. S'ils décidaient de prendre la fuite, ce serait un coup dur pour les Keller. Bah, Clarence leur trouverait peut-être un autre enfant.

Alice réapparut chez Jane à l'heure prévue. Le garçon était à table. Il avait déjeuné. Il avait un jouet dans les mains, un ours brun en bois sculpté. Surprenant le regard de sa tante, il le serra contre lui, le soustrayant à sa vue.

L'explosion qu'attendait Alice ne se produisit pas. Les adieux se réduisirent à quelques mots échangés, dans les larmes pour Jane et la promesse, de sa part, de revoir bientôt Ed.

Tandis qu'ils retraversaient la ville, la tante ne quitta pas le neveu des yeux. Peut-être avait-il impressionné Jane, en raison de sa beauté et de l'étendue de son savoir. Et par sa mise, on ne peut plus élégante et coûteuse. Sur ce point, on pouvait faire confiance à Daisy.

« Comment cela s'est passé ? demanda Alice.

– Bien, dit-il. Elle m'a dit qu'elle reviendrait en automne, pour mon anniversaire.

– Bonté divine, je n'étais pas au courant. Mais il est évident que cela peut se faire. »

Elle laissa le garçon chez ses parents. Daisy était rentrée, ses courses finies ; elle embrassa avidement Ed, le fit vite entrer et se garda bien d'inviter sa sœur pour un rafraîchissement. Alice, revigorée, se décida à passer voir Clarence. Elle ne s'était pas sentie aussi à son aise depuis des mois.

Elle marcha d'un bon pas. Se sentait fort éprise de sa vie. Quelle étrange chose que de se remémorer l'angoisse qui l'avait dévorée quelques heures plus tôt.

La maison de Clarence étincelait, orange, dans la chaleur de la fin de l'après-midi ; les arbres y projetaient des ombres élégantes.

Ce fut alors qu'elle les vit, avançant vers elle sur le trottoir : Anton et Maggie.

Lorsqu'ils se croisèrent, au bas de la maison, Anton la fusilla d'un regard mauvais ; Maggie, cramponnée au bras de son mari, la salua, sourire en coin :

« Bonsoir, Alice ! »

Frisson. L'insolence d'Anton, la satisfaction de Maggie n'annonçaient rien de bon. Elle franchit le portail de fonte.

La porte était grande ouverte. Ethel se tenait dans le vestibule, visage cendreux, effaré, dans une robe blanche qui lui donnait l'aspect d'un fantôme.

12.

« Ils sont venus demander de l'argent à Clarence, articula Ethel d'une voix aiguë, contrainte. Il est au bureau, en ville, mais je les ai fait entrer.

– Vraiment ? Tu n'aurais pas dû. »

Le portail se referma, sans que le pêne s'enclenche entièrement. Alice remonta l'allée dallée. Au bas du perron aux marches blanches, elle leva les yeux. Ethel ne s'était pas écartée pour lui signifier qu'elle pouvait monter.

« Ils m'ont dit que Jane était à Los Angeles. »

Alice resta muette.

« Ils m'ont dit que Clarence et toi vous étiez occupés de la faire venir. Qu'elle était là depuis Noël, que Maggie vous donnait un coup de main. D'après Anton, Ed Junior est en fait le fils de Jane.

– Je vais t'expliquer. Ed...

– Clarence m'avait certifié qu'Ed Junior était orphelin, que son père était un mineur de Forty Mile, que sa mère était morte. Il n'avait pas du tout mentionné Jane.

– Je vais te dire pourquoi...

– S'il n'y a pas de femme morte et pas de mineur, qui est le père ?

– Anton Stander. »

Et dans ces deux noms, Alice mit toute la conviction dont elle était capable.

Ethel pourtant secoua la tête et se mit à pleurer.

« Je ne te crois pas.

– Il faut bien, pourtant.

– Clarence l'aime ?

– Jane ? Mon Dieu, non ! »

Sans l'ombre d'une hésitation. L'instinct lui dictait de se précipiter sur sa sœur ; la peur de voir cette dernière se refuser à l'étreinte la paralysa.

« Ethel, je t'en supplie. Pour le reste, pense ce que tu veux. Mais sur ce point précis, sois certaine de l'amour de Clarence. Toi seule existe à ses yeux. S'il veut venir en aide à Jane, c'est uniquement parce qu'il se sent coupable de la mort de Jim.

– Je ne sais plus à qui me fier. »

Lorsque Ethel rouvrit ses yeux gris, son regard était froid.

« Maggie m'a raconté des choses que j'ai du mal à croire. Sur un détail qui m'était sorti de l'esprit depuis un an. Ma petite collection de pépites. Le pochon de velours marron. Clarence a toujours dit que c'était la goutte qui avait fait déborder le vase. Que c'était en constatant sa disparition qu'il avait décidé de se mettre en chasse, de retrouver Jim et Jane. Il n'a jamais pu remettre la main dessus. La petite poche ne se trouvait pas avec l'or des fosses, dans la cabane de Jim. Et Maggie me dit que Jane a juré sur ce qui lui était le plus cher qu'elle ne l'avait pas volé. Elle a avoué les autres vols, les sables aurifères, mais pas le petit sac en velours. Alice, peux-tu me dire pourquoi elle continuerait à nier ce vol-ci, précisément ? Mes pépites valaient bien moins que le gravier. Si je décide de la croire, si ce n'est pas Jane qui les a volées, la question se repose. Qui cela peut-il être ? Dans la maison, ce soir-là, il n'y avait que Clarence, Henry, toi et moi.

– Mais que disent… »

Le monde se pencha sur son axe. Alice se cramponnait du regard au perron, à la maison ; un vertige l'avait saisie. Il lui fallait absolument garder la tête et les idées droites.

« Que disent-elles ? »

Le Klondike, la frénésie. Les éclats jaunes dans le gravier. Le visage de Jane, le visage de Jim. Qu'elle est vigoureuse, la vérité ! Ses détails revenaient à la surface dans un ordre qu'Alice ne maîtrisait plus.

« Selon Maggie, articula Ethel d'une voix qui résonnait, tranchante, au-dessus des dalles, Jane pense que c'est toi.

– Je peux te donner la raison, Ethel.

– Je t'écoute.

– Clarence nous mettait en danger. Jim nous avait volés à deux reprises, déjà. C'est indéniable. Et Clarence ne voulait pas prévenir la police montée.

– Qu'es-tu en train de me dire ? »

Je vais tomber à genoux, songea confusément Alice. Oui, c'est ce que je vais faire. Je vais implorer son pardon.

« Il fallait protéger Henry. Protéger nos voisins.

– Tu as pris les pépites ? C'est cela que tu veux me dire ?
– Pour notre bien.
– Seigneur, Alice. Il y a eu un mort.
– Je sais.
– Et où sont-elles, ces pépites ?
– Au fond de l'océan. »

Elles se turent. Ethel, vêtue de fantomatiques dentelles blanches, dans l'ombre du vestibule. Visage d'une rondeur de lune : la sœur si bonne, tant aimée. La porte ouverte : mais Alice n'entrerait pas.

« Je te connais depuis l'enfance, dit Ethel. Le jour où tu es née, je t'ai prise dans mes bras et t'ai toujours aimée, depuis. Ma chère et tendre petite sœur. Je me souviens d'avoir pensé, quand tu étais bébé, si malade, que j'aurais trop de chagrin pour te survivre, si tu mourais. Sais-tu que je n'ai jamais permis à Clarence de dire le moindre mal de toi ? La nuit où Jim est mort, et Clarence était fou de rage contre toi, je lui ai même répété que je te défendrais jusqu'à mon dernier souffle. J'ai eu tort, Alice.

– Non. »

Son esprit se rebellait. Sans nul espoir, cependant, de rendre au monde la forme qu'elle aimait. L'Alice qui avait vécu dans les pensées d'Ethel s'évanouissait, remplacée bientôt par cette autre Alice, masque fendu, conscience en berne.

Ethel, en reculant imperceptiblement vers l'intérieur de la maison :

« Je ne te comprends absolument pas. »

13.

Dans la semaine qui suivi, Alice passa de longues heures dans le carré de lumière du secrétaire de son petit salon. Immobile, parfois, pendant vingt minutes. Elle allait jusque chez sa sœur. Elle attendait dans le vestibule. La femme de chambre lui disait que Mrs Berry n'était pas libre.

Un jour, Clarence vint rendre visite à Henry pour régler quelques affaires. Profitant d'un instant où ils se trouvaient seuls tous les deux, Alice lui demanda :

« Es-tu toujours disposé à faire de Melba votre héritière ?

– Pourquoi aurais-je changé d'avis ? » répondit-il, surpris.

Certes il lui reprochait d'avoir œuvré à ce que Jane ne puisse approcher Ed Junior et d'avoir impliqué Maggie dans leur relation, ce qui avait entraîné la révélation qu'il avait toujours cherché à éviter, Ethel prenant conscience de l'histoire secrète qui le liait à Jane et à Ed Junior. Il en voulait bien sûr à Alice. La complicité qu'ils avaient pu avoir naguère ne reviendrait jamais. Il y avait pourtant dans la réponse de Clarence une perplexité qui fit comprendre ceci à Alice : il ne connaissait pas la vérité au sujet des pépites.

Un autre jour, Henry demanda à sa femme :

« Pourquoi ne pas m'avoir parlé de la venue de Jane ? »

Il savait donc tout, lui aussi. Et cela lui était indifférent : ces années de secret étaient le produit absurde du désir de tout contrôler de son frère et des étranges caprices de sa femme. Sa seule crainte était de passer pour un mufle, puisqu'il n'était pas allé saluer Jane, vieille connaissance. On pouvait peut-être l'inviter à la maison ?

« Imagine les amis du Billiard, confia-t-il à sa femme. Ils seraient ravis d'avoir la possibilité de discuter, à l'occasion d'un bon repas, avec une véritable héroïne du Klondike. »

Le fait qu'Ed Junior soit le fils de Jane ne l'avait guère surpris.

« Et je dois dire que les Keller ont vraiment fait du beau travail avec ce garçon. Le petit sacripant ! Jane a dû apprécier le résultat. Les Keller se chargent du gosse et notre chère Jane reste libre comme l'air. Ce qui convient certainement mieux à sa nature. Très astucieux, tout ça. Qui a eu cette idée de génie ? »

Durant le torride printemps, et comme le contrat de location arrivait à son terme, Jane déclara qu'elle était prête à rentrer chez elle. Naguère, Alice, secrétaire des bontés des Berry, aurait dû lui acheter son billet. Ce rôle était désormais échu à Frank Berry qui, ayant obstinément refusé de retourner dans le Yukon s'occuper des concessions, et constatant la défection d'Alice, avait pu enfin réaliser son rêve de devenir le bras droit de Clarence. Par le plus grand des hasards, il se trouvait chez Alice et Henry ce matin-là. Il rendait visite, chose extraordinaire, à Annie, que cela avait mise en extase : elle était sur un nuage. Lorsque Frank reprit son chapeau et sa canne pour prendre le trolley qui conduisait au port, Alice se proposa de l'accompagner.

« Et pourquoi pas, ma vieille Alice ? En effet, tu as grandement besoin d'un peu de soleil. »

Il l'avait jaugée. Même s'il ne connaissait pas les raisons de sa disgrâce, il savait qu'elle s'était disputée avec Ethel. Il n'était pas disposé à la plaindre. Pas après l'élévation de sa fille. Depuis la rédaction du testament, il aurait fallu quelque innommable tragédie pour qu'Alice puisse susciter dans la famille la moindre compassion.

Il y avait foule sur les quais. Le vent menaçait sans cesse de les décoiffer. Ils durent faire la queue un certain temps avant d'arriver au comptoir. Jane pourrait embarquer sur l'*Equine* le 8 mars.

« Mais ce n'est que pour une personne ? Une dame ? Alors j'ai même de la place plus tôt, déclara l'employé.

– Allons-y, répondit Alice, en dépit des hésitations de Frank. Si c'est plus tôt et moins cher, c'est tant mieux. »

Elle aperçut son propre visage dans le miroir, vieilli, amer, comme ceux des vieux marins qui erraient derrière elle.

« Un aller simple sur le *Silver Dollar*, dit l'employé en relevant la tête. Il partira de ce quai le 6 mars. »

14.

Qui était-elle ? Après le départ en fanfare de Jane, la vie d'Alice perdit curieusement tout relief.

Elle essaya bien de trouver des choses à faire dans la maison, ou avec Melba. Elle aimait s'installer avec sa fille dans un grand fauteuil, pour déballer les trésors du plus glorieux de ses paniers à couture : longueurs de dentelle, fermoirs de manteau, boutons en soie pour robes du soir, paillettes, pierres semi-précieuses qui avaient naguère agrémenté quelque escarpin et dont Melba, à présent, pourrait peut-être faire des broches pour ses poupées.

Les coquelicots s'épanouissaient dans le jardin. Les oiseaux pépiaient avec ardeur devant sa fenêtre.

Annie traversait la maison en fredonnant. En dépit des réticences de William Carswell, elle allait pouvoir, avec le soutien des Berry, obtenir le divorce. Ce n'était guère justice pour le pauvre William. Annie l'accusait d'abandon, ce qui ne résistait pas à l'examen des preuves. Les absences de son époux étaient dues à des voyages d'affaires visant au développement de son commerce. Rien cependant ne pouvait plus arrêter Annie. La veille, on avait pu la voir bavarder à voix basse avec Frank, qui lui avait baisé la main avec ostentation. C'était tout juste si l'on n'entendait pas sonner au lointain les cloches d'une église brumeuse, étouffée de chaleur, dans laquelle ils s'entasseraient tous l'année suivante.

Le 10 mars au matin, le journal resta deux heures sur le guéridon de l'entrée avant qu'Alice, qui passait par là, ait idée de l'ouvrir. À la une figurait une photographie d'un grand navire à quai.

La veille au soir, le *Silver Dollar* avait chaviré, succombant à une brève tempête au large de la Colombie-Britannique. Il avait, disait-on, sombré rapidement, sans que l'équipage ait tenté grand-chose pour les trois cent vingt passagers. Il n'y avait pour l'heure que douze rescapés, pour la plupart des matelots ; parmi eux, aucune personne de réputation. À l'exception des marins qui avaient pu rejoindre le rivage sur un canot de sauvetage, tous ceux qui se trouvaient à bord du *Silver Dollar* avaient sans doute péri noyés.

Alice se rua hors de chez elle avec la vélocité d'une conflagration, le journal entre les mains. Elle n'avait qu'une idée en tête, parler à Clarence. S'il s'agissait d'une fausse nouvelle, s'il y avait d'autres informations, il le saurait peut-être.

À peine avait-elle atteint le pâté de maisons où se trouvaient ses bureaux qu'elle le vit sortir par la grande porte, le cigare à la main. Lorsqu'il aperçut sa belle-sœur, il se sépara de ses collègues.

« Le *Silver Dollar*, articula-t-il d'une voix pâteuse.

– Tu as donc appris.

– Oui, et j'en tremble. C'est nous qui lui avons pris ce billet, sur ce navire.

– Tu penses qu'elle a péri ?

– C'est ce que dit le journal.

– Il y a douze survivants. »

Et cela sonnait comme un sanglot.

« Je ne sais que penser. Il faut qu'on puisse en savoir plus. Elle a peut-être pu réchapper.

– Le journal dit, aucune personne de réputation.

– Clarence, c'est le cas de Jane.

– Oui, bien sûr, maintenant. »

Il eut un moment de stupéfaction et trébucha, avant que ses pieds ne s'assurent une position plus solide, de laquelle il put reprendre la parole.

« Si elle a pu être sauvée, nous ne tarderons pas à le savoir. Elle nous enverra un télégramme. »

Ce qui put convaincre Alice quelques minutes, avant que la réalité ne reprenne ses droits.

« Non, elle ne se manifestera pas. »

Une petite troupe d'hommes qui s'en allaient déjeuner tôt, avec force rires bruyants, passèrent devant eux, les obligeant à s'écarter.

« Jane était sur la liste des passagers, reprit-elle, réfléchissant à haute voix. Si elle a pu en réchapper, si elle se trouvait sur ce canot de sauvetage, elle en profitera pour se faire passer pour morte aux yeux de la police montée. C'est le seul service que tu ne pouvais lui rendre, Clarence. L'innocenter aux yeux des policiers. Elle avait tellement peur de la justice qu'elle a renoncé à son enfant. »

Clarence resta muet pendant quelques secondes.

« Cette façon que tu as de penser, Alice. Ça me sidère, marmonna-t-il en secouant la tête.

– J'ai besoin de savoir si elle a survécu.

– Pourquoi, Alice ? Qu'est-ce que ça peut te faire ? Je ne sache pas que vous soyez amies, Jane et toi. Je suis navré de te le dire, mais pourquoi ne fiches-tu pas enfin la paix à cette pauvre Jane ? »

Pourquoi ? Oui, pourquoi ?

Il avait raison. Et cela épouvantait Alice. Elle avait donc l'esprit si vil ? Elle n'avait donc que cela en tête, l'accumulation ? Elle se rappela Clarence, à San Francisco, parlant de ses aventures à venir dans le Klondike. « Je vais acheter d'autres concessions. » Se pouvait-il qu'elle ne connaisse elle aussi que ce jeu avide ?

« Écoute-moi. C'est une horrible nouvelle, on ne peut pas le nier. Mais qu'y pouvons-nous ? Rentre à la maison. Tâche de te calmer.

– Me calmer ? »

Elle se laissa tomber sur un parapet de pierre qui bordait l'immeuble. Elle tendit les jambes, exhibant ses bottines de cuir clair. Elles lui semblaient soudain tellement étranges !

« C'est un terme dont j'ai bien peur de ne pas connaître le sens.

– Tu sais quoi ? Je vais demander à Ethel de venir te chercher en voiture. Cette histoire avec Jane, ça la rend folle de chagrin. Quand je l'ai quittée, ce matin, elle était dans la cuisine, la tête dans les mains, pleurant toutes les larmes de son corps.

– Vraiment ?

– Mais oui. Je te signale qu'elle était la patronne de Jane, après tout.

– Elles ne se sont pratiquement pas côtoyées.

– C'est faux. Tous les matins, Jane lui apportait son thé. Maintenant, Alice, tu vas m'écouter, poursuivit Clarence en jaugeant sa belle-sœur du regard. Je sais que c'est difficile en ce moment pour vous, les deux sœurs, même si je n'en comprends pas la raison. Mais ça suffit ! Vous ne discutez plus, vous ne sortez plus ensemble, comme autrefois, et franchement, ça ne fait de bien ni à l'une ni à l'autre. »

Il se baissa, lui tapota la cuisse.

« Tu n'as pas oublié son anniversaire, à la fin de cette semaine ? Il faut que vous trouviez le moyen de vous réconcilier, maintenant, vous deux. »

15.

Alice rentra chez elle. Elle trébucha sur tous les pavés qui saillaient. Elle ne pensait qu'au *Silver Dollar*. Jane dans une cabine du pont inférieur. L'autre passagère, frêle créature, expliquant entre deux sanglots qu'elle ne sait pas nager. L'eau qui monte. Jane se cramponnant à la couchette, aux parois. Jane bouche ouverte, avalant une dernière goulée d'air, avant d'être enveloppée par les flots qui se scellent au plafond en un dernier et fatal sursaut.

Alice posa sa main sur la gorge ; elle suffoquait. Un fiacre tourna juste devant elle et sa portière laquée de noir lui frôla le visage.

« Faut faire attention, ma petite dame ! » hurla le cocher en s'éloignant.

Puis s'écartant d'un pas chancelant de la chaussée, Alice eut une autre vision. Jane aux aguets. Se ruant hors de la cabine. Se frayant un chemin dans le couloir, bousculant les autres passagers. Jane se jetant au milieu de l'équipage en révolte. Ils dénouent des cordages. Ils n'ont aucune envie de sombrer, eux. Jane saute dans un canot de sauvetage. Visage fouetté par le vent, la pluie. Elle trébuche sur le rivage. Elle a perdu ses bottines. Son ventre et sa poitrine giflent la terre. Elle plante les coudes dans le sol, elle rampe, elle s'accroche aux mauvaises herbes pour échapper à l'océan ; sa bouche, immense et joyeuse, baise la boue.

Elle vit Jane devant un feu. Emmitouflée dans une épaisse couverture de laine.

Ce qu'elle voulait, c'était cela : prendre une couverture et la lui lancer. Les minutes durèrent des heures en cette journée qui n'en finissait pas. Les faits l'emportaient cependant, les faits et Jane.

En rentrant, elle trouva Henry qui faisait sauter Melba sur ses genoux. Bessie et Nanny récuraient des casseroles dans la cuisine. Ils ne savaient pas, ces gens-là. Le journal, et son horrible une, avait fuit la maison avec Alice.

« À dada, à dada, à dada. »

Elle entra dans le vestibule. Cette vie n'était peut-être pas la sienne. Ou plutôt, n'était pas la vie qu'elle aurait dû vivre. Son esprit avait peut-être absorbé, à quelque étape vulnérable de son développement, un poison qui lui faisait tout voir de manière difforme, grotesque.

Les autres la virent entrer. Melba se laissa glisser à terre.

« Tiens, dit Henry en lui tapotant le derrière, va donc embêter ta mère. »

Melba se précipita hurlante vers Alice, s'empara de sa jupe, griffa la soie et, n'obtenant aucune réaction, poursuivit sa course vers Wanlyn qui, assise sur la troisième marche de l'escalier, nouait ses lacets.

Un problème : cette couverture qu'Alice avait soulevée pour la jeter sur Jane était maintenant de taille à enterrer la maison, le ciel, le monde entier. Henry était bien là, clignant de l'œil. Ethel était bien là, le cœur d'Alice entre les mains. Jane était bien là, vivante et morte, voluptueuse dans son manteau d'ombre, aussi proche qu'une cinquième sœur, bras ouverts, prête à l'étreindre chaleureusement.

« Alice ? Que se passe-t-il ? » s'inquiéta Henry.

Elle ne répondit pas. Une automobile s'était arrêtée au bord du trottoir, dehors.

Elle alla à la porte. C'était l'automobile des Berry avec, sur la banquette arrière, une forme raide, floue, féminine. Clarence avait tenu parole.

« Je veux aller me promener en voiture ! s'exclama Wanlyn.

– Moi aussi ! s'écria Melba en se ruant vers le seuil.

– Chut, siffla Alice, avec une méchanceté qui fit taire les enfants. Vous restez ici, toutes les deux. »

Elle parcourut l'allée en courant, ouvrit la portière de l'automobile sans attendre que le chauffeur sorte pour s'en charger.

« Joyeux anniversaire en avance », chantonna-t-elle d'une voix trop aiguë et contrainte, avant qu'Ethel, visage de pierre, ne lui reproche sa vulgarité, et rougisse.

« Où allons-nous ? s'enquit le chauffeur en démarrant.

– Au bord de la mer, dit Alice en lançant un regard inquiet à sa sœur. L'air pur nous fera le plus grand bien à toutes les deux. »

On pouvait désormais se déplacer à grande vitesse, dans Los Angeles. L'automobile passa à toute allure devant des rues nouvellement sorties de terre, des restaurants, une banque, des immeubles encore à l'état de squelette, tout cela oint par le soleil brûlant du jour. Ethel portait une robe grise. Col haut, tranchant sur le cou. La broche à sa poitrine, fleurs de rubis et d'améthyste, découpant et réfractant la lumière.

« On t'a dit, pour le *Silver Dollar* ? demanda Alice.

– Bien sûr.

– Et alors ?

– Et alors, quoi ? C'est horrible. »

Ses doigts se refermèrent sur son sac à main. Elle regardait droit devant elle. Elle était venue contre son gré ; Clarence l'y avait forcée.

Alice tendit la main. L'idée que sa sœur puisse se dérober la terrifiait. Elle prit cependant la main d'Ethel dans les siennes.

« Il s'est passé de si terribles choses entre nous, ma chère, dit Alice à voix basse. Mais je veux tout réparer. Je te demande pardon. »

Silence. Que finit par rompre Ethel.

« Comment oses-tu me demander quoi que ce soit ? »

Il y avait dans son ton une détestation manifeste. Alice en fut sidérée.

« Bien sûr, poursuivit la grande sœur, j'ai quelques remords. J'ai éprouvé de la jalousie, pour ce qui a pu éventuellement se passer entre Jane et Clarence. J'ai eu d'amères pensées. Elles me font honte. Nous nous sommes montrées si cruelles envers Jane.

– Pas vraiment, protesta Alice. Je ne suis pas d'accord. Nous avons fait de notre mieux. Elle ne nous a pas rendu la tâche facile.

– Alice, t'entends-tu parler ? »

Ethel avait fini par lui faire face, visage cramoisi.

« Tu as tout. Et pourtant, tu n'es toujours pas satisfaite. Et te voilà assise dans ton coin à déplorer les petites faveurs qu'on a pu faire à cette femme qui est morte.

– Tu as raison. Je suis navrée.

– Oh, ne fais pas semblant. »

Ethel ferma les yeux quelques secondes, comme pour rassembler ses forces.

« Quand j'ai appris que ce bateau avait fait naufrage, veux-tu savoir ce qui m'est venu à l'esprit ? Une idée atroce, absurde.

– Dis-moi.

– C'est que je crains même de te l'avouer. Mais voici : je me suis dit que c'était toi. Que c'était Alice, et nulle autre, qui avait coulé ce navire. C'est de la folie, mais c'est ce que m'a soufflé mon esprit. »

Trop de choses. Trop accablantes. Oublions Jane. Ce à quoi aspirait désormais Alice, c'était à forcer le temps à revenir en arrière. À l'époque où Ethel avait télégraphié à Selma, pour arracher Alice à la ferme, aride, jaune, envahie par les mauvaises herbes, et la nommer compagne de voyage, par nécessité. Ou bien au moment où Ethel avait eu besoin d'elle, besoin de la mère de Melba, pour lui procurer de la joie.

« Je ne peux pas naufrager les bateaux.

– Je t'ai dit que c'était absurde.

– Mais tu m'aimes. »

Alice de nouveau tendit la main vers celle d'Ethel.

« Il le faut. Ma vie n'aura de sens que si tu m'aimes. Monstre ou pas, je suis ta sœur. Nous avons affronté tant d'épreuves ensemble. Tu imagines si, enfants, nous avions pu avoir ne serait-ce qu'une brève idée de ce qui nous attendait ? Nous aurions trouvé cela extravagant. »

Le moteur ronronnait, redoublait d'efforts pour franchir les ornières. En quelques minutes, la ville avait laissé place aux coquelicots, aux lupins éclatants des collines. Puis l'automobile s'envola, en même temps que la route, avançant sur une terre qui, pendant un millénaire encore, si ce n'est à jamais, s'appellerait Californie.

« Il faut que tu m'aimes », dit Alice en se penchant vers Ethel, avec l'acharnement que toutes les épreuves de son existence lui avaient enseigné.

Elle serra la main d'Ethel dans la sienne, presque souriante, en dépit des efforts de sa sœur pour se libérer.

« Regarde-moi dans les yeux. Tu ne peux pas t'empêcher de m'aimer. »

Elles atteignirent le sommet de la colline. Alice parlant sans cesse, Ethel regardant droit devant elle.

L'océan sans fin leur apparut sous l'immensité du ciel. Cependant, derrière elles, comme un joug sur leurs épaules, s'étendait tout leur pays.

CHAPITRE 13

Dawson City, Yukon

2015

Mon grand-père était un vieil homme qu'on avait dépouillé de son argent. Et personne, cependant, ne s'apitoyait sur son sort. D'abord, cette infortune lui était survenue à quatre-vingt-treize ans, âge auquel il ne pouvait plus en sentir pleinement l'effet. Et cet argent, il faut le dire, était le résultat d'autres escroqueries. La fortune lui était tombée dans les mains, grâce à sa mère et à ses grands-parents, grands-oncles et grand-tantes. Il n'avait jamais réellement travaillé de sa vie, hormis ses cinq années dans la marine, et ses rares incursions dans la gestion des entreprises familiales. Quel droit avait-il, avions-nous, enfants et petits-enfants de Peter, de posséder tout cet argent ? À quoi bon gémir sur sa perte, tempêter ?

Mon grand-père n'allait pas bien. Il était à terre. Et c'est en plein chaos qu'oncle Mike, tante Kelly et mes deux jeunes cousins, le fils et la fille de Craig et de Kelly, tous deux arborant des casquettes de base-ball vert fluo, sont apparus à la porte du Sourdough Saloon. Ils n'auraient pas pu choisir un pire moment. Grand-père était couché sur le dos, pantelant, affolé, un veston roulé en boule sous la nuque en guise d'oreiller. Une infirmière, la seule professionnelle de santé à Dawson City, était agenouillée à son chevet. Téléphone rivé à l'oreille, elle organisait le transfert du malade vers Anchorage, par avion.

Il a fallu un certain temps pour qu'ils comprennent à quel point l'heure était grave. Puis oncle Mike s'est précipité vers son père. Accroupi, la main sur son épaule, il s'est lancé dans une discussion tendue avec oncle Craig : lequel des deux fils prendrait place dans l'avion auprès de leur père ? C'est Craig, le plus âgé, qui l'a emporté. Son obstination était telle qu'il a continué de répéter à qui voulait l'entendre, une fois l'affaire réglée, que son père ne quitterait pas Dawson sans lui, non, hors de question. Pauvre oncle Craig : cramoisi, à bout de nerfs, il se ressentait encore de l'humiliante confrontation avec Rhett. Lequel semblait s'être évanoui dans la nature.

Une heure plus tard, je me suis retrouvée sur une piste, au côté d'Owen, tandis que le petit avion argenté, avec mon grand-père, oncle Craig et deux secouristes à bord, s'élançait vers les cieux immenses pour y disparaître comme une aiguille dans un pan de tissu bleu. Ce n'est qu'alors que je me suis rendu compte que je n'avais pas vraiment pris congé de mon grand-père, que la logistique de son évacuation avait pris le pas sur les émotions et qu'elles me revenaient à présent en rafales dans ce brusque silence. Le chagrin m'a prise à la gorge.

Nous avons, Owen, mon oncle, ma tante et mes cousins passé les deux jours qui ont suivi dans une cohabitation gênée. Nous sommes retournés voir le spectacle du Diamond Tooth Gerties. Nous avons fait visiter Dawson City aux deux enfants, nous pliant à leurs caprices : visite de la cabane de Jack London, de celle de Robert Service, steaks de saumon, frites et glace au chocolat et au beurre de cacahuète, parfum connu sous le nom d'Empreintes d'orignal.

J'avais tenu Leanne au courant par SMS et j'ai continué, à sa demande, à lui envoyer quelques nouvelles. Elle a donc su que grand-père était en soins intensifs à l'hôpital d'Anchorage, information transmise par oncle Craig, qu'il ne reviendrait certainement pas à Dawson, et qu'Owen et moi ne tarderions pas à rentrer à Los Angeles. Elle nous a priés de passer la voir dès que nous le pourrions.

Et la porte-moustiquaire s'est ouverte de nouveau sur l'arrière-petite-fille de Jane, qui repoussait les chiens d'une pression de ses cuisses. N'était-ce pas le trop-plein d'activités de ces derniers jours, l'anxiété qui en avait découlé, méditait-elle à haute voix, qui avait causé le malaise de mon grand-père ?

« C'est principalement Rhett », ai-je répondu tandis qu'Owen et moi la suivions dans la cuisine. Et j'ai expliqué en quelques mots la procuration et la bagarre au saloon.

Winnie nous attendait, attablée ; Leanne nous a servi du thé glacé et des sandwiches à l'italienne, câpres et mozzarella. J'ai eu du mal à en avaler ne serait-ce que quelques bouchées. Leanne s'est éclipsée au bout de quelques minutes, avant de revenir, une petite boîte en carton à la main.

« Je ne voudrais pas vous accabler en ce moment, mais ces quelques souvenirs de famille peuvent peut-être vous intéresser. Je les avais mis de côté pour les montrer à Peter, mais avec cette histoire d'argent qui ne passait pas, je n'en ai pas eu le temps. »

De la boîte, elle a sorti un sous-verre qu'elle nous a tendu.

« Je n'ai pas mis mon nez là-dedans depuis… Oh, des lustres. »

C'était une photo en noir et blanc de Jane. Debout sur la jetée, seule. Chapeau impeccable. Robe claire, éclatante, sur fond d'océan aux rides grises. Visage heureux, regard vif, quoique légèrement hésitant, abasourdi.

« Tu te rappelles celle-là, maman ? » a demandé Leanne.

J'ai tendu la photo à Winnie qui, paupières plissées, l'a examinée de plus près.

« Oh, oui, bien sûr, a-t-elle répondu, le sourire aux lèvres. Ma grand-mère ne s'en séparait jamais. Elle la gardait dans son sac à main. Le jour où la photo a été prise, elle venait tout juste d'échapper à un naufrage. Elle racontait souvent qu'il lui fallait la regarder de temps en temps pour être certaine d'être pleinement en vie.

– Attendez, Winnie. C'était en 1904, c'est ça ? »

Ce naufrage avait fait revenir à ma mémoire une des lettres d'Alice.

« Oui, il me semble.

– J'ai lu des choses là-dessus. »

J'ai repris la photographie des mains de Winnie et l'ai examinée avec un intérêt redoublé.

« Alice en parlait. C'était le *Silver Dollar*. Et les Berry ne savaient pas si Jane en avait réchappé.

– Oh que si, a répondu Leanne, non sans orgueil. Elle faisait partie des rares survivants. Les matelots voulaient l'empêcher de monter sur un canot, mais elle les a combattus de toutes ses forces. D'ailleurs, alors qu'ils étaient encore en pleine mer, un de ces messieurs, sentant le renflement que faisait son portefeuille, a voulu lui arracher sa robe à deux mains, la voler. C'est à peine croyable ! Ils sont en pleine tempête, ne savent même pas s'ils vont s'en tirer, et un de ces types s'en prend à son argent ? »

Leanne a secoué la tête, incrédule.

« Dès qu'elle a senti le canot frôler les roseaux, elle a sauté. Seule, dans l'obscurité, elle a pataugé jusqu'au rivage. Elle a marché, nagé parfois dans les flaques. Elle s'est couchée sur la berge, elle y est restée jusqu'au matin, en reprenant son souffle. Une expérience qui l'a changée en profondeur, disait-elle. Après cela, elle n'avait plus peur de rien. Et d'ailleurs, à ce propos… »

Leanne a tiré une autre photo de la boîte.

« Tenez. Ça, c'est la seule photo que nous ayons de mon grand-père avec sa mère. »

Le cliché montrait un jeune homme que Jane tenait par les épaules. Le père de Winnie, que je connaissais sous le nom d'Ed Junior. Surprenante photographie qui me faisait faire un bond dans l'histoire, bien après les journaux et les lettres des Berry.

« Et quand est-il venu dans le Nord vivre avec sa mère ? ai-je demandé.

– Quelques années après le naufrage. Ses parents adoptifs l'avaient inscrit dans un internat de l'État de Washington, la Collins School. Très prestigieux. Destiné pour l'essentiel à des enfants de familles aisées.

– Et il a aimé ça ? a demandé Owen.

– Il n'y a jamais mis les pieds, a gloussé Winnie. Jane l'attendait en bas du perron. Ils sont repartis ensemble, tout bêtement. »

Le silence est revenu pendant quelques instants. Je voyais Jane et Ed, la mère et le fils, ensemble sur la longue pente pâle d'un escalier de pierre, sous le soleil, se prenant par la main et tournant le dos aux hautes façades de l'école, aux troupes de pensionnaires, aux pupitres et aux professeurs qui s'y trouvaient, partant vers une vie tout autre.

« Il adorait sa mère, a dit Leanne, lisant dans mes pensées. Mais vous le saviez, ça. Le sort n'a pas été tendre avec mon grand-père. C'était un homme d'une extrême intelligence, très doué, très ingénieux. Il aurait fait de brillantes études à la Collins School ; il aurait eu accès à une belle carrière. Il aurait même pu, plus âgé, demander de l'aide à Clarence. Il était trop fier pour ça.

– Les Berry l'auraient aidé, selon vous ? »

Mon attention avait été happée par la photographie.

« Peut-être, a dit Leanne. Jane était certaine qu'Ed était le fils de Clarence. »

J'ai immédiatement croisé son regard, stupéfaite, ce à quoi elle s'attendait, tout en y prenant un certain plaisir.

« Les vôtres, bien sûr, n'y ont jamais cru.

– J'ai lu quelques allusions à cette possibilité dans les papiers d'Alice, me suis-je hâtée de répondre. Bien sûr, cette idée la révulsait. Elle rejetait toute hypothèse qui mette en danger l'héritage de sa fille.

– Mon père, s'est interposée Winnie, disait toujours ceci des Berry : ils nous ont volés deux fois. D'abord en accaparant nos terres. Ensuite en me rejetant. »

J'ai reposé la photographie sur la table, avec délicatesse. Une bouffée d'excitation montait en moi, un défi à je ne sais quelle adversité.

« On peut encore vérifier les certitudes de Jane, ai-je dit en tendant mon bras nu au-dessus de la table, prête à offrir mon sang. Pourquoi ne pas commander deux ou trois kits ADN ? D'ici à un mois, nous n'aurons plus aucun doute. »

Winnie a regardé sa fille. Owen et moi de même. J'y tenais, j'y tenais vraiment. Et j'étais certaine que Leanne aussi, jusqu'au moment où j'ai vu monter en elle une résolution tout aussi combative que la mienne. Et on ne peut plus divergente.

« D'ici à un mois, ce sera toujours cent quinze ans trop tard, a-t-elle dit, le visage grave. Qu'est-ce que ça changera pour mon grand-père ? Pour Jane ? Et pour Jim ?

– Mais pour nous, ai-je soufflé. Ce pourrait être intéressant de savoir si…

– Non. Votre grand-père s'attache à récrire l'histoire de sa famille, à lui donner une fin sympathique. Mais plus j'y pense, moins je suis d'accord avec son projet. Je n'aime pas que les gens se servent de leur argent pour maquiller le passé. Le rendre plus présentable, de leur point de vue. »

Puis, chose surprenante, l'expression de Leanne est devenue plus amène. Elle s'est carrée contre le dossier de sa chaise et a échangé un regard avec sa mère. Et bien plus que cela : un message secret, une plaisanterie que ni Owen ni moi ne pouvions comprendre. Ce qu'elle nous a déclaré ensuite est resté gravé dans mon esprit, même si notre conversation ne s'est pas arrêtée là :

« Écoutez, je vais encore vous parler de l'argent des Berry. D'après ce que dit le comptable du centre, il n'y en a plus. En 1898, les vôtres ont débarqué ici en force et extrait une fortune de notre terre. Vous, vous arrivez à Dawson City en 2015, et voilà qu'en quatre jours à peine, c'est ça, hein ? Il ne vous reste apparemment plus rien de ce pactole de la ruée vers l'or. »

CHAPITRE 14

Californie

2015

Quant à mon grand-père, titubant entre vie et mort, n'entendant rien de ces conversations, il n'avait pour l'heure aucune envie de mourir. Peu importaient ses quatre-vingt-treize ans, son utilité et son mérite en ce bas monde, sans doute assez improbables. Le sort pourtant contrevenait à ses désirs : il perdait peu à peu ses pouvoirs et, comme un personnage de jeu vidéo des années 1980, devenait transparent sous nos yeux.

Ma mère a traversé tout le pays pour se rendre à son chevet. Elle l'a trouvé cloué sur son lit d'hôpital, amaigri, un fin tube en plastique fiché dans les narines l'alimentant en oxygène. Quelques semaines plus tard, il a subi une opération, première d'une série d'interventions destinées à drainer les épanchements qui comprimaient son cœur, pour le soulager.

« Il m'a fait un signe de la main pour me dire au revoir, m'a raconté ma mère, un mardi en août, plus abasourdie qu'attristée. Ils ont poussé le lit dans la salle d'opération. Il n'est jamais ressorti. »

Personne n'avait demandé la permission à Peter. Personne ne lui avait demandé de signer quoi que ce soit, d'approuver les termes du contrat. Il se peut qu'au vu des sentiers qu'emprunte la science, les riches de ce monde puissent, même quand l'espoir n'est plus de mise, échapper à la mort, moyennant finance. Nous n'en sommes encore pas là, pour le meilleur et pour le pire.

Numéro Six et Rhett se trouvaient également à Anchorage ce mardi-là. Ils n'étaient pas dans l'hôpital lorsque mon grand-père est mort, mais sont réapparus assez vite, pour saluer sa dépouille et récupérer sa montre, une babiole à cinquante ou soixante mille dollars. Ce qui nous a donné une petite idée de ce qui allait suivre. Du reste, Numéro Six et ses fils avaient déjà utilisé la procuration au maximum de ses capacités. Pendant les semaines d'hospitalisation de mon grand-père, des comptes bancaires avaient disparu, des biens que tous pensaient communs à la famille avaient été réattribués aux deux fils de Sylvia. La procuration ne permettait certes pas à cette dernière de récrire le testament de son époux, mais le texte était si mal rédigé qu'elle a pu le détourner à son avantage, par exemple en vendant tout simplement les actions de Berry Oil, car la répartition entre ses enfants biologiques stipulée par mon grand-père ne s'accompagnait pas de chiffres précis. Il n'en restait donc pratiquement rien.

Lesdits enfants se sont regroupés pour traîner la veuve de mon grand-père en justice, arguant de l'illégalité de ces manœuvres, et d'une utilisation frauduleuse de la signature du défunt. S'ils l'emportent, cela aura notamment pour effet de débloquer la donation de mon grand-père au centre culturel Hän Hwëch'in, sa dernière opération financière. Mais une fois que les avocats des deux camps auront prélevé leurs honoraires, que restera-t-il de sa fortune ? Chaque jour qui passe l'amenuise.

Tout cela pour dire qu'en août, donc, lorsque j'ai vu apparaître sur mon relevé bancaire le prélèvement de mes frais de scolarité semestriels, j'ai littéralement suffoqué. J'avais perdu ma bouée de sauvetage – le portefeuille de mon grand-père. Et soudain, ces frais me sont apparus sous leur vrai visage : exorbitants, assassins. Menaçant d'anéantir le futur universitaire qui m'importait plus que tout au monde. Owen m'a aidé à faire mes comptes, avec la lassitude de celui qui livre déjà pour lui-même cette longue, très longue guerre de tranchées. Et j'ai fini par faire comme tout un chacun : solliciter un prêt considérable pour assurer la poursuite de mes études et ma subsistance. Ce sera loin d'être le dernier.

Un moment difficile à passer, assurément ; il m'a fallu quelques mois avant de pouvoir me remémorer ce bref et désastreux voyage dans le Klondike avec plus de sérénité. J'ai fait de mon mieux pour ne plus penser à ce qui avait disparu, aux erreurs que j'avais peut-être commises. Le temps passant, j'ai commencé à pouvoir séparer mon grand-père de sa fortune, à le revoir tel qu'en lui-même. Et je me suis rendu compte de ce changement au moment où l'évocation de son visage ne s'est plus accompagnée que de l'arrière-plan luxueux et grandiose de l'Ahwahnee Hotel. À tel point que lorsque j'ai reçu, en octobre, ma part d'héritage, soit un peu plus de dix mille dollars, somme incroyablement modique au regard de ce qui m'était jadis promis, j'ai fait une proposition à Owen : après que nous aurions, en guise de pénitence, versé un don au centre culturel Hän Hwëch'in, je voulais dilapider au moins cinq cents dollars dans une nuit d'hôtel à Yosemite, histoire de rendre une dernière fois hommage à mon grand-père.

Owen était réticent. Parce que c'était imprudent, bien sûr, mais aussi parce que ce serait déprimant. Il a fallu que je retraverse la réception, et ses boiseries sombres de loge de chasse pour grands-ducs, pour que mes yeux, l'espace d'une seconde, se posent sur l'entrée de la boutique de souvenirs, m'attendant peut-être à ce que mon grand-père en sorte, alerte, les bras chargés de cadeaux pour nous. Et j'ai compris alors ce qu'Owen avait craint et ce que je n'avais pas voulu voir.

Le chagrin m'a serré la gorge. Peter Bailey était loin d'être un homme parfait. Mais c'était mon grand-père, mon grand-père à moi. Et sa mort me navrait. Nous nous sommes changés pour le dîner. Owen avait revêtu son plus beau costume, celui de nos noces ; je portais une robe, des escarpins à talons et assez de poudre pour cacher les effets d'une journée en voiture, rougeurs du voyage et de l'exposition au soleil.

Dans l'immense et luxueuse salle à manger, nous avons docilement commandé à la carte, affolés par les prix, même si j'avais insisté auprès d'Owen : « Prends ce que tu veux ! L'argent n'est pas un problème ! » Les fantômes nous entouraient. Les Ahwahnechee, mais aussi les gens qui avaient vécu en ces lieux deux mille ans, sept ou huit mille ans plus tôt, peut-être, qui avaient arpenté ces montagnes, dormi sur cette terre, chassé, cueilli leur nourriture, élevé des enfants, contemplé les étoiles.

Quand l'addition nous a été apportée dans sa bourse de cuir, nous l'avons laissée un instant sur la table, nous attendant peut-être à ce qu'une main spectrale, riche d'une fortune divine, descende des lustres sombres pour nous la subtiliser.

Cette fois-ci, après le dîner, c'est ensemble que nous nous sommes installés dans le bar si confortable, avec sa vaste cheminée, son immense et crépitante flambée, et sa collection de clients contents d'eux-mêmes vautrés sur les canapés. La fois d'avant, mon grand-père s'était perché sur l'un de ces tabourets en compagnie d'Owen. Et cela soudain me semblait impossible. Impossible, aussi, d'avoir cohabité plus de vingt ans avec lui, cet être si désuet qu'il jugeait incorrect qu'une jeune femme puisse boire un verre au bar après dîner.

« Dans le meilleur des mondes, ai-je dit à Owen tandis que nous réceptionnions nos verres, un œil sur la nuit noire qu'encadrait la fenêtre près de nous, les ululements sourds d'une chouette se mêlant au brouhaha de la salle, nous en serons encore là dans cinquante ans. Heureux, en pleine forme, assis tous les deux, au chaud, dans un magnifique endroit, avec un magnifique paysage de l'autre côté de la fenêtre.

– À toi, a dit Owen en trinquant.

– Nous serons vieux, ai-je ajouté. Et ça, donc, c'est si tout va bien.

– Oh, mais j'ai oublié de te dire, a pouffé Owen en posant son verre sur le comptoir lustré. Toi et moi, nous allons constituer une exception aux règles de la nature. Nous allons vivre jusqu'à cent dix ans, avec le cœur et le visage de nos trente ans. »

J'ai à peine fermé l'œil, cette nuit-là. Lorsque le réveil a sonné, à sept heures du matin, je me sentais épuisée, hébétée, même si je me suis efforcée de faire bonne figure. Après le petit déjeuner, mon regard s'est de nouveau tourné vers la boutique de souvenirs ; le fantôme de mon grand-père y rôdait encore.

« Je vais y faire un tour », ai-je prévenu Owen.

S'y trouvaient encore le présentoir à cartes postales, les poteries amérindiennes dont je me souvenais si clairement et aussi, dans des vitrines fermées à clef, la vaisselle, les tambourins, les attrape-rêves, les poupées Kachina, les tee-shirts, les bijoux en argent et turquoise.

« Tu veux quelque chose ? » m'a demandé Owen qui m'avait emboîté le pas, l'œil sur son téléphone.

J'ai caressé une couverture en laine, aux teintes et aux motifs éclatants.

« C'est joli. On n'a rien de ce genre à la maison. »

J'ai laissé retomber ma main.

« Non », ai-je marmonné, la tête lourde.

La réalité reprenait ses tristes droits : la facture mensuelle de téléphone, star de ma boîte mail, les loyers à payer.

Il y avait près de la caisse un présentoir en plexiglas proposant des cartes de randonnée gratuites. J'en ai pris une en sortant et l'ai brandie sous le nez d'Owen.

« Ça, c'est parfait, comme souvenir. »

Elle nous a été bien utile, en fin de compte, cette carte, puisqu'elle nous a signalé une parcelle d'étude sur les plantes invasives située à une distance raisonnable de l'hôtel, au sein du parc. Dehors, le temps était doux, la matinée lumineuse, l'air ponctué de mille chants d'oiseaux. J'ai retourné la carte, au dos de laquelle figuraient quelques règles à l'attention des visiteurs.

« Owen, il va falloir que nous suivions les directives du lieu. Tu veux que je te les lise ? ai-je claironné d'un ton faussement enjoué.

– Bien sûr, a-t-il répondu, les yeux plissés tant le soleil était vif, en rajustant les bretelles de son sac à dos.

– D'excellents principes, que les gens auraient tout intérêt à appliquer. »

Nous avons traversé la pelouse de l'hôtel et entamé notre périple sur le sentier qui nous ferait admirer, outre la parcelle témoin, une cascade cristalline qui valait à elle seule la randonnée, d'après les commentaires sur le Net.

« Première règle, ai-je lu. "Planifiez votre randonnée." Il faut voir sur la carte où on va, et s'équiper en conséquence.

– Fait, a dit Owen en tapotant son sac à dos.

– Ensuite : "Laissez le moins de traces possibles. Essayez de ne rien détruire, de ne rien souiller. Ne prélevez aucun spécimen. Ne prenez que des photos. Les fleurs, les plantes, les pierres doivent rester à leur place. Ne les accaparez pas pour votre seul plaisir." »

Owen a hoché la tête ; au vu de son regard pétillant et de son très léger rictus, il m'a semblé pourtant que sa solennité était feinte.

« Attention, troisième règle, l'ai-je gentiment tancé. "Savoir, c'est pouvoir. Votre sécurité et celle des autres personnes dépend des informations que vous détenez."

– C'est bon aussi, a-t-il rétorqué avec un grand sourire. Enfin j'espère.

– Et la dernière, ai-je sifflé en le fusillant du regard. C'est la plus importante, alors écoute-moi bien. Si tout le monde pouvait la faire sienne, cette règle si simple et qui semble pourtant si rarement appliquée.

– Vas-y, je t'écoute.

– La dernière règle à l'attention des visiteurs est : "Soyez toujours respectueux."

– Ah oui. Malheureusement, on a des soucis avec celle-là. »

Il a allongé le pas en riant ; une paruline jaune, toute dodue, a jailli du sentier pour disparaître dans les branches au-dessus de nos têtes. Owen l'a saluée d'un nouvel éclat de rire et je l'ai imité, cette fois-ci, avant de replier la carte et de la fourrer dans la poche arrière de mon pantalon.

Ce jour-là, nous avons marché vingt ou trente kilomètres. Nous avons vu la parcelle, la cascade cinq étoiles sur Internet, qui nous a rafraîchis de son immense nuage de brume, nous avons emprunté des bifurcations imprévues, admiré des spectacles non planifiés. Les falaises plissées. Les cieux striés de longs nuages blancs. Un lac incroyablement long et plat. Les frondaisons des arbres, vert sur vert, aiguilles sur feuilles, frémissantes, tournoyantes, dédale pour les yeux. L'immensité du temps nous devenait perceptible, de même le présent, tangible, vivant à sa manière animale, intime. Voilà, c'est ici, ai-je songé, en prenant la mesure du moment. Et c'était là.

REMERCIEMENTS

Pour documenter l'écriture des *Chercheurs d'or*, je me suis appuyée sur de très nombreuses sources dont la liste est trop longue pour figurer ici. Qu'il me soit cependant permis de citer deux livres dont la lecture a été pour moi fondamentale : les souvenirs d'Alice Bush, *The Bushes and the Berrys*, et l'ouvrage de Pierre Berton, *Klondike : The Last Great Gold Rush, 1896-1899*. J'ai consulté également des archives de toutes sortes, des cartes de la Bibliothèque du Congrès aux histoires de la famille de Joy Isaac, consultables en ligne et ne peux ici que remercier ceux qui croient en la permanente nécessité de conserver le passé.

Si j'ai pu mieux appréhender l'histoire des Bush et des Berry en Californie, c'est grâce à ces trois personnes : Chris Goode, Betsy Lumbye et Randy McFarland. C'est à ce dernier notamment que l'on doit la conservation de la correspondance des deux familles. Sa reconstitution de la Selma des débuts a donné vie à l'idée que je me faisais des lieux. Je remercie la Fulbright Foundation, qui m'a permis d'aller dans le Yukon au tout début de l'écriture de ce roman. C'est là-bas que j'ai pu rencontrer de nombreux conservateurs de l'histoire et de la mémoire culturelle de la région, au Dawson City Museum et au centre culturel Dänoja Zho, qui se trouve également à Dawson City. Deux institutions essentielles pour ma compréhension de cette région et la fascination qu'elle m'inspire, de même d'ailleurs que ces deux extraordinaires musées.

J'ai eu la chance plus tard de bénéficier des inestimables conseils et des lectures fructueuses de Glenda Bolt et de Fran Morberg-Green, toutes deux conservatrices au centre culturel Dänoja Zho. Je ne pourrai jamais les remercier assez pour leur généreux partage de connaissances et les réponses données à mes nombreuses questions. Ce sont elles également qui ont créé le nom que porte le centre culturel des Premières Nations dans *Les Chercheurs d'or*, « Hän Hwëch'in », et qui m'ont donné la permission de l'utiliser ; j'espère que ce double de fiction est un digne reflet de l'excellence de son modèle. Si mes *Chercheurs d'or* n'offrent guère qu'un point de vue extérieur sur l'histoire considérable des Premières Nations dans le Yukon, je souhaite cependant que ces quelques aperçus pourront donner aux lecteurs une idée de la dévastation infligée à ces peuples par l'arrivée des chercheurs d'or au tournant du siècle, et rendre justice au travail de mémoire et d'histoire entrepris ces dernières années.

Je remercie également du fond du cœur ceux et celles avec lesquels j'ai l'honneur de travailler à Union Literary et chez William Morrow, et plus particulièrement Sally Wofford-Girand, Molly Mittelbach, Emily Fisher, Kaitlin Harri, Ariana Sinclair, Nancy Singer, Ploy Siripant et Taylor Turkington. Merci à Virginia Norey pour ses immersions dans la géographie d'autrefois, et la conception d'une carte qui rend les choses si claires. Et quelle chance d'avoir pu faire lire à de si nombreux lecteurs-supporteurs, qui sont aussi de magnifiques amis, les premiers jets du livre : Ben Thompson, Alicia Oltuski, Lindsey Palmer, Anne Stameshkin, Celeste Ng et Marissa Perry.

Merci à Jenni Ferrari-Adler, qui savait avant que je m'en rende compte moi-même ce que racontait le roman et qui m'a accompagnée sur le très long chemin. « On y arrivera ! » m'a-t-elle maintes fois juré, en me soutenant d'une main amicale quand la pente se faisait plus abrupte. Grand merci, immense reconnaissance à Liz Stein : elle a débarqué dans cette aventure à un moment crucial, a examiné l'intrigue d'un regard lucide, a posé les bonnes questions et m'a permis de ne pas tomber dans les pièges que je m'étais tendus à moi-même. Grâce à elle, tout est meilleur dans ce livre.

Les Bush, les Berry, Jane : aucune de ces extraordinaires personnalités ne m'avait donné la permission de m'inspirer de leur passage sur terre. Pourtant, je ne puis que les remercier d'avoir laissé des traces historiques de ce passage. J'espère qu'ils auraient apprécié et compris ce que j'ai voulu faire avec eux et pour eux : récrire leurs vies, certes, mais de mots qui ne trahissent pas ce qu'ils ont été.

Je remercie mon grand-père, Peter Bennett, qui a été, durant les trente-trois années de notre cohabitation sur terre, ma passerelle vers le passé. À plus de quatre-vingt-dix ans, il s'était prêté avec moi au jeu de l'entretien au long cours. Non seulement ses récits familiaux éclairent le passé, mais sa manière de parler, de raconter, ont fourni à l'auteure que je suis un inestimable concentré d'époque. Le Peter Bailey du roman lui doit beaucoup, hormis nombre d'éléments concernant sa vie privée et sa fortune. Mon grand-père n'a jamais renoncé à évoluer au cours de sa très longue vie, ce qui est tout à son honneur.

Et je remercie une fois de plus mes parents, Gregory Djanikian et Alysa Bennett, mes beaux-parents, Howie et Joan Sandick, et Zach Djanikian, mon frère, mon ami. Je remercie Jesse Blatt – que nos conversations me manquent ! Et Phil, mon premier lecteur, là dès le début, Phil qui est de toutes les aventures et qui fait de l'aventure un bonheur. Elaina et Nathaniel me rappellent, au fil des jours, le mystère et l'importance de toute vie, et la raison pour laquelle je cherche à m'emparer par les mots de ces paysages, même si je n'attrape que d'infimes fragments.

COMPOSITION ET MISE EN PAGES
NORD COMPO À VILLENEUVE-D'ASCQ

ACHEVÉ D'IMPRIMER
DANS LES ATELIERS DE NORMANDIE ROTO IMPRESSION S.A.S.
61250 LONRAI
EN MARS 2024